ERIC GIACOMETTI
JACQUES RAVENNE

Eric Giacometti, journaliste dans un grand quotidien national, a enquêté à la fin des années 1990 sur la franc-maçonnerie, dans le volet des affaires sur la Côte d'Azur. Il n'est pas maçon. Jacques Ravenne est le pseudonyme d'un franc-maçon élevé au grade de maître au Rite français.

LE SEPTIÈME TEMPLIER

DES MÊMES AUTEURS

Aux éditions Fleuve Noir
La série Antoine Marcas

Le Rituel de l'ombre (2005)
Conjuration Casanova (2006)
Le Frère de sang (2007)
La Croix des Assassins (2008)
Apocalypse (2009)
Lux Tenebrae (2010)

Chez Pocket

Le Rituel de l'ombre (2006)
Conjuration Casanova (2007)
Le Frère de sang (2008)
La Croix des Assassins (2009)
Apocalypse (2010)
In Nomine (2010)
Lux Tenebrae (2011)

Aux éditions Fleuve Noir

Le Symbole retrouvé (2009)

ERIC GIACOMETTI
et
JACQUES RAVENNE

LE SEPTIÈME TEMPLIER

Fleuve Noir

ISBN 978-2-265-08852-8

À Aurélie, ma femme,
de Las Vegas à l'éternité…

Eric

« De notre ordre,
vous ne voyez que l'écorce
qui est au-dehors. »

Statuts de l'ordre du Temple

Blason du 30e degré maçonnique de chevalier Kadosh

PROLOGUE

Près de Paris,
17 février 1307

Un souffle chaud s'échappait des naseaux des chevaux. À mi-flanc de la colline, deux cavaliers, enveloppés dans de longues pelisses, observaient les bâtiments de l'abbaye de Vauvert. Ceinturé par une haute muraille, ponctuée de tours, le couvent des chartreux avait tout d'une forteresse. On ne voyait âme qui vive dans les champs et les chemins. Seul le cri rauque d'un chevreuil troublait le silence hivernal. Au loin, le brouillard montait de la Seine et ensevelissait la campagne.

— Ces chartreux sont plus discrets que des morts, lança Foulques de Rigui.

Son compagnon, un sergent d'armes, opina du bonnet sentencieusement.

— Peut-être ont-ils des raisons…

Foulques ne répondit pas. Par expérience, il savait se rendre transparent. Surtout quand sa curiosité était en éveil. Le sergent répondit :

— Je n'ai pas comme vous, messire, combattu en Orient, cette terre de tous les miracles. Mais j'ai vu et entendu des choses.

Le chemin surplombait d'anciens vignobles. Des ceps tordus et noirs achevaient de pourrir au milieu d'herbes gelées. Un pied de vigne se dressait seul comme un moignon abattu par la foudre. Le sergent pressa le pas de son cheval avant de reprendre.

— Ce n'est pas pour rien qu'on a installé les moines dans ce lieu maudit. Mais, même eux ont peur.

Ils venaient de passer la colline. Devant eux s'étendait une lande, envahie de taillis qui se perdaient déjà dans la brume. Rigui jeta un œil sur la terre que foulaient les chevaux. Une terre noire, aérée, parfaite pour la culture.

— Cette lande fait partie du domaine des moines ?

— Oui, mais ils ne la cultivent pas.

— Je suppose qu'ils ont leurs raisons...

De l'ongle du pouce, le sergent tailla un signe de croix sur ses lèvres gercées.

— Ne vous moquez pas, Seigneur ! Ici les pierres ont des oreilles et les arbres des yeux. Ils rapportent tout au Malin.

Malgré le froid qui figeait son visage, Foulques faillit éclater de rire. Depuis qu'il était entré au service de l'ordre du Temple, il avait entendu des milliers de fois de telles histoires où la superstition l'emportait toujours sur la raison. Lui avait suivi à Paris les cours du fameux Thomas d'Aquin, dont l'Église, disait-on, allait faire un saint. À cette époque, il n'était qu'un adolescent, mais il avait appris que l'exercice de l'intelligence se devait d'être la mesure de toutes les choses, visibles et invisibles. Le sergent rapprocha son cheval et baissa la voix.

— Dans les temps anciens, il y avait ici un château que le roi aimait à fréquenter, car les terres étaient giboyeuses. On y chassait le sanglier à l'épieu et on y forçait le cerf à la meute. Un vrai lieu de plaisir. Mais le roi avait commis un oubli. Dans ce château, il n'y avait pas de chapelle, pas de lieu consacré où célébrer la sainte messe.

Tout en continuant son récit, le sergent d'armes sortit d'une poche une croix attachée à un lacet de cuir et l'enroula autour de son poignet.

— Et un jour le diable, qui rôde par le monde pour remplir sa hotte des âmes des pécheurs, advint ici à Vauvert.

Ils venaient de s'engager dans un sentier étroit qui serpentait entre des chênes aux longues ramures. Entre les racines qui crevaient le sol surgissaient des restes de murs de brique délavée.

— Le Malin, une nuit, où les gardiens faisaient ripaille, pénétra entre les murs du château et s'en empara aussitôt. Dès le lendemain, valets, écuyers et gens d'armes fuyaient les lieux. Une odeur pestilentielle s'échappait du logis, des hurlements de damnés montaient des caves et une horde de chauves-souris avait pris possession des combles.

Un vol de palombes s'effilocha dans le ciel dans un bruit de velours froissé. Foulques leva les yeux. Un faucon venait de surgir qui piqua droit sur un oiseau paniqué. Un instant, les ailes déployées formèrent une croix noire avant de tomber en chute libre. Un bruit de branche cassée retentit entre les arbres. Les deux cavaliers s'immobilisèrent, l'oreille aux aguets. Foulques sentait la peur de son compagnon monter comme un venin sournois.

— C'est un signe du démon, murmura le sergent, Seigneur Jésus Christ, protège-nous du Mal !

Rigui se tourna vers son voisin. La brume rampait au sol comme un serpent. Déjà on ne voyait plus les sabots des chevaux.

— Allons, un valeureux soldat du Temple comme toi, tu t'effrayes pour un simple oiseau mort ? Si tu me racontais plutôt la fin de ton histoire ?

Le sergent rougit et donna un coup d'éperon à son cheval.

— Longtemps le château resta à l'abandon. Tout autour les hameaux se vidèrent. Le domaine se couvrit de bois et de taillis. Même les bûcherons évitaient les lieux. Bien sûr, quelques téméraires s'aventurèrent à Vauvert. Certains s'y rendirent même de nuit. On les retrouva, au petit matin, errant dans la campagne, les cheveux blanchis… (Le sergent baissa la voix.) … et tous, fous à lier.

Brusquement le soleil passa sous les arbres. Une ombre froide tomba d'un coup. Une brise se leva qui fit murmurer les ramures des arbres. Par réflexe, Foulques porta la main le long de sa cuisse. La dague était là, sous le pli de la fourrure. Prête à jaillir.

— C'est le roi Saint Louis qui a décidé les chartreux à venir ici pour y construire une abbaye, confia le sergent.

— Alors les chants des moines et l'eau bénite ont dû faire fuir le démon.

Le sergent se signa à nouveau.

— Il n'a pas fui loin, seigneur.

Devant eux s'ouvrait une clairière, parsemée de trous sombres qui se perdaient dans le sol. Une torche brûlait au pied d'un chêne. La monture de Rigui s'arrêta net.

— Messire, on m'a commandé de vous amener ici… (La voix du soldat se fit murmure.) … et de vous y laisser. Bonne chance. Je vais prier pour vous.

Hypnotisé par la flamme de la torche qui se tordait au vent, Foulques ne répondit pas. Quand enfin il se retourna, le sergent avait disparu dans le brouillard.

Foulques descendit de son cheval et fit mouvoir son corps courbaturé par des heures de chevauchée.

Sept jours plus tôt, le Grand Visiteur de France l'avait fait venir dans la salle des chartes, au donjon du Temple, à Paris. L'échange avait été bref. Il devait se tenir prêt à partir séance tenante quand l'Ordre lui enverrait un sergent. La destination lui serait inconnue, mais il ne devait se dérober sous aucun prétexte, même malade comme un chien atteint de la male mort. Le visage du Grand Visiteur était resté impassible, mais ses paroles l'avaient frappé par leur dureté.

Tu vas renaître ou mourir dans le Temple. Dieu en sera seul juge. Tu peux encore reculer et profiter des bienfaits de la vie ordinaire des chevaliers. Une fois là-bas, impossible de reculer, Foulques, entends bien mon avertissement.

Foulques n'avait pas hésité une seule seconde. Il attendait l'invitation depuis de nombreuses années. Il avait baissé le genou à terre, face au Grand Visiteur et courbé la tête. Une main ferme s'était posée sur son épaule.

Dieu est témoin que je t'aurai averti. Que cela soit.

Le souffle du vent parcourut les taillis. Le chevalier attacha le cheval à un tronc, serra la corde fermement et s'avança en direction de la torche. Malgré la pénombre naissante, on distinguait des vestiges d'habitation : des murs envahis de lierre, des amas de tuiles, des colonnes brisées. Un champ de ruines.

Au pied de la torche s'ouvrait un trou circulaire qui s'enfonçait dans le sol. Une odeur de terre humide, lourde et entêtante, se mêlait au brouillard. Foulques saisit le flambeau et balaya le sol. Un escalier se perdait dans le boyau.

Rigui fit glisser la dague hors de son fourreau et s'enfonça dans l'obscurité.

Arrivé à la dernière marche, le chevalier aperçut une lumière qui brillait par intermittence comme un feu follet dans un cimetière. Il s'avança sous une voûte humide d'où perlaient des gouttes glacées. La lueur apparaissait et disparaissait, tantôt proche, tantôt lointaine. Il avait l'impression que les murs se rapprochaient. Le sol crissait sous ses pas comme de l'herbe gelée. Bientôt, sa respiration se fit plus précipitée. Le tunnel se resserrait. Il dut avancer de profil, le dos contre le mur, les pieds en équerre. La lumière, elle, se rapprochait. Subitement, elle devint aveuglante. Foulques poussa un cri de douleur et porta la main à son front. La voûte venait brusquement de s'abaisser. Il tomba au sol. Devant lui, les murs se rejoignaient. Il était prisonnier. Paniqué, il projeta sa dague en avant. La lumière recula, révélant un goulot étroit. Le cœur battant à tout rompre, il se glissa dans le boyau. Les yeux fermés, pour les protéger, il rampa en s'aidant des pierres en saillie pour progresser. Son front saignait et l'air glacé lui brûlait les poumons. La lumière avait repris son va-et-vient. Brusquement ses mains battirent dans le vide. D'un coup de reins, il se cambra et jaillit du boyau.

Il ouvrit les yeux.

Devant lui un homme à la barbe grisonnante tenait une lanterne. Foulques, qui était tombé sur le sol, recula. Aux pieds de l'inconnu gisaient un sablier renversé et une faux brisée.

— Que demandes-tu ?

La voix résonna entre les murs du parvis. Rigui tenta de se relever, mais il glissa sur un coquillage fossile incrusté sur une dalle.

— Ici le temps est renversé.

Foulques balaya la pièce du regard. Aucune issue.

— Ici la mort est le commencement.

La voix semblait tomber de la voûte. Une fois encore, elle interrogea :

— Que cherches-tu ?

— La Vérité, murmura Rigui, presque malgré lui.

— En es-tu digne ?

— Je ne sais.

Un grincement s'ouvrit sur la gauche. Ébahi, Foulques vit le mur pivoter, en dessous d'une statue de saint Denis, et s'ouvrir. D'un bond, il se releva. Une ombre venait de surgir, une épée à double tranchant à la main.

— Quel est ton nom ?

— Rigui, Foulques de Rigui.

— Depuis quand fais-tu partie du Temple visible ?

— Trente-trois ans.

— Alors tu as l'âge.

L'ombre s'écarta.

— Lève-toi et marche !

Foulques suivit l'ombre et pénétra dans une immense salle. Il n'en crut pas ses yeux.

C'était une église. Une église souterraine. La nef s'arc-boutait sur des piliers qui se perdaient dans l'obscurité. Au bout, hissée sur un autel de pierre, la croix rouge sang du Temple brillait, illuminée par une forêt de cierges. Entre chaque colonne, assise sur un banc de bois, se tenait une silhouette, ensevelie dans une cape noire. Au pied de l'autel, tête nue, Foulques reconnut le Grand Visiteur de l'Ordre.

Comme il avançait, le gardien du seuil lui posa une main ferme sur l'épaule et l'obligea à contourner une dalle de pierre. Bientôt, il fut devant l'autel. Trois marches le séparaient du Grand Visiteur.

— Que demandes-tu ?

La voix venait de surgir dans son dos. La même que sur le parvis.

— La Vérité.

Une cagoule s'abattit sur son visage tandis qu'une main gantée ouvrit sa chemise.

— Tu n'es qu'un aveugle et tu ne le sais pas.

La pointe effilée d'une lame se planta dans sa chair juste au-dessus de son cœur.

— Tu es mort et tu l'ignores.

Foulques sentit le sang perler sur sa poitrine. Une main habile dénouait sa chausse gauche. Puis un liquide froid coula sur son pied nu. Foulques le reconnut à l'odeur. De l'eau-de-vie.

— Que cherches-tu ?

Rigui n'eut pas le temps de répondre. Un hurlement

lui tordit les lèvres. Son pied, baigné de vapeur d'alcool, venait de prendre feu. Il se débattit. Un linge glacé tomba sur son pied et apaisa la douleur.

— Nul ne connaît la Vérité qui ne traverse l'abîme de la terre, psalmodia une voix âgée.

— Nul ne connaît la Vérité qui n'éprouve la puissance du feu, répondit une autre du fond de l'église.

Sous la cagoule, Foulques suait à grosse goutte. Pardessus tout, il craignait de trembler. Que son corps trahisse sa peur.

— Tends ta main droite.

Foulques s'exécuta. La voix du Grand Visiteur s'éleva.

— Qu'elle se dessèche et qu'elle tombe en poussière, si jamais tu es parjure.

Cette fois, le chevalier n'eut pas le temps de hurler. Une odeur de chair brûlée d'acide le saisit à la gorge.

— Nul ne connaît la Vérité qui ne ressente le pouvoir de l'eau vive.

Derrière lui, le gardien le soutint par les épaules.

— Tu es descendu au fond de toi. Et qu'as-tu trouvé ?

— La douleur, murmura Foulques.

— Oui, car tu vis dans les ténèbres.

La main inconnue fit tomber ses derniers habits. Comme un vent glacé, le froid s'empara de son corps. Un instant, il crut qu'il allait s'effondrer.

— Nul ne peut atteindre la Vérité, qui ne subisse la morsure de l'air.

Le gardien le fit pivoter et le guida à pas lents. Foulques butait sur les pierres inégales du sol. Autour de lui, un bruit rythmé, métallique montait. Comme des épées dansant une ronde infernale.

— Tes yeux sont aveugles.

D'un coup on le poussa vers la gauche.

— Ton corps est mort.

Puis vers la droite.

— Ton esprit n'existe pas encore.

Brusquement on l'immobilisa.

— Tu veux toujours connaître la Vérité ?

La voix du Grand Visiteur.

— Oui, balbutia Rigui.

On ôta sa cagoule. Il était au centre de la nef. Face à la dalle rouge. Trois cierges noirs attendaient aux angles de la pierre. Le Grand Visiteur alluma le premier.

— Que la Force t'étreigne !

Une seconde lumière jaillit.

— Que la Sagesse t'habite !

Le dernier cierge s'alluma.

— Que la Beauté t'illumine !

Trois ombres se levèrent. Chacune saisit un anneau scellé dans la pierre.

Hypnotisé, Foulques regardait la dalle se lever. La voix du Grand Visiteur retentit :

— Meurs au mensonge et renais à la Vérité.

Dans un fracas d'apocalypse, la dalle tomba sur le côté.

Et la lumière fut.

I

1

De nos jours
Paris
Jardin du Luxembourg

Un premier joueur surgit à l'angle nord-ouest de l'Orangerie. Monsieur Paul déplia d'un geste expert une table de bois maculée de café. Assis sur une chaise pliante verte, sa canne à tête de lièvre délicatement posée contre l'arbre voisin, il commença de disposer avec lenteur les pièces sur les cases. Quand l'échiquier fut prêt, il leva la tête et attendit.

Le soleil jouait à cache-cache à travers les feuilles des marronniers, dispersant ses rayons en taches brillantes et mobiles. Tantôt le cavalier noir, tantôt la dame blanche luisait d'un éclat fugitif. Dans l'allée, un enfant qui poursuivait un ballon en cavale s'arrêta. Le soleil, facétieux en ce mois de septembre étrangement doux pour la saison, venait d'illuminer une tour. Le garçon fixa d'un regard intrigué les pièces blanches et noires. Il s'avança.

— Tu n'as jamais joué ?

L'enfant répondit d'un froncement de sourcils perplexe. La lumière venait d'atteindre le sommet de la petite tour de plastique. Entre les créneaux minuscules, une torche semblait flamber. Comme à l'entrée d'un château.

— Tu veux que je te montre ?

Le garçon tendit un doigt silencieux vers la tour. Monsieur Paul sourit.

— Ah... c'est une pièce magique, tu sais. Elle peut s'élever dans les airs et s'élancer comme un faucon...

— ... qui fond sur sa proie et l'emporte.

La voix était sans appel et sortait d'un visage impassible au-dessus d'un smoking noir. D'un bond l'enfant se souvint de son ballon et décampa dans la poussière de l'allée.

— Vous permettez ? Je m'appelle David, lança l'inconnu en saisissant une chaise.

— Vous lui avez fait peur ! s'indigna le joueur.

L'inconnu, un homme d'une trentaine d'années, l'allure sportive, les épaules carrées, posa un portable sur ses genoux, tourna d'autorité l'échiquier et s'empara des blancs.

— Je fais toujours peur. Jouons un blitz, voulez-vous ?

Le vieil homme hésita. Il n'aimait pas les manières brusques de cet inconnu. Mais d'un autre côté, il adorait le blitz ; rares étaient les joueurs qui le pratiquaient avec brio. Le concept était simple : jouer ses pièces le plus rapidement possible, une poignée de secondes pour chaque déplacement. La mesure ultime de la fulgurance intellectuelle appliquée au grand jeu.

— D'accord.

Les mains des joueurs virevoltaient sur l'échiquier. Monsieur Paul appliqua la tactique Amaury, la plus adaptée à un adversaire inconnu. En six coups, il avait déjà enfoncé les lignes de défense des noirs. La victoire semblait inéluctable quand, tout à coup, l'un des fous surgit sur sa diagonale de droite et pulvérisa son cavalier, pivot de son attaque. Monsieur Paul comprit sa méprise, son adversaire l'avait laissé venir pour mieux le contourner et détruire sa base arrière. Il tenta vainement de sauver ses dernières pièces. Encore quelques coups et il allait subir sa plus humiliante défaite. Lui qui venait pour se détendre et « pousser le bois » contre de paisibles retraités comme lui, voilà qu'il se trouvait confronté à un adversaire hors norme. Jamais il n'avait vu pareille attaque. L'homme au smoking avait déjoué tous les calculs, toutes les prévisions pour se retrouver en position d'en finir et de prendre son roi.

— Le contournement du maître français Régnier, implacable, reconnut Paul accablé, j'aurais dû me méfier de votre jeunesse. Vous me mettez à mort dans deux coups.

Le retraité regarda avec dégoût son roi encerclé par les noirs, le fou et la dame en tête de pont. Sur la table, le portable vibra. David tapota l'écran du doigt. Un message apparut. En un instant, il mémorisa le numéro de la camionnette.

— Dix-sept… battu en dix-sept coups… ça ne m'était jamais arrivé.

David se leva et lentement essuya la poussière sur ses chaussures lustrées. Il jeta à son adversaire :

— Le devoir m'appelle.

— Dix-sept, répétait Paul, incrédule.

— Mon nombre fétiche pour vaincre, annonça David en empochant son téléphone.

— Mais pourquoi ?

L'homme au smoking saisit la canne appuyée contre le marronnier et traça quatre chiffres romains sur le sable de l'allée :

XVII

— Et alors ?

David sourit et redisposa les chiffres.

VIXI

— Je ne vois toujours pas…

— Désormais ce sont des lettres et elles forment un mot.

Monsieur Paul chaussa ses lunettes à monture d'écaille, se baissa vers le sol et prononça lentement : *vixi.*

— Et en latin, ça signifie…

D'un geste brusque, David saisit sa dame et fit chuter le roi noir sur l'échiquier.

— *… je suis mort.*

Boulevard du Montparnasse

Il avait trop bu. Il le savait. Son pied battait la cadence sous la table, ses mains sur le velours de la banquette étaient moites. S'il avait de la chance, il pourrait traverser la salle sans trop de scandale et atteindre enfin les toilettes. Les touristes échangeraient des regards complices. Les femmes riraient. Lui tituberait avec art, se rattrapant discrètement aux tables. Des années d'expérience. Les garçons lui tendraient une main charitable en souriant tristement. *Pauvre Tristan.* En quelques années de déchéance, il était devenu le *pauvre Tristan*, l'alcoolique patenté de l'établissement, le pauvre type dont on se moque dans les cuisines, l'habitué qu'on ne tolère que par pitié. Il dévisagea les visages derrière le bar. Qui se souvenait encore de lui ? Du vrai *Tristan* ? De l'universitaire, de l'homme ? Plus personne. Chaque année l'avait vu tomber un peu plus bas. Lui, dont le regard ensorcelait les étudiantes de la Sorbonne, avait les yeux vitreux, rougis à l'alcool, désormais.

— Un autre ?

Tristan se retourna, surpris. Un inconnu venait de prendre place à l'angle de la banquette. L'ex-universitaire se rapprocha, fasciné ; l'homme portait un smoking noir impeccable. La grâce à l'état pur. Ébloui par cette apparition, Tristan tenta de faire une bonne impression :

— Vous savez que vous êtes assis à la place de Lénine ?

Un sourire énigmatique lui répondit.

— Lors de son séjour à Paris, Lénine passait ses journées, ici, à *la Closerie des Lilas* et il avait sa place réservée…

L'inconnu posa un mobile sur la table et fit un signe vers le bar.

— Un whisky, un double pour mon ami.

Il se rapprocha de Tristan et lui tendit la main.

— Je m'appelle Lucas. Alors comme ça, Lénine venait ici ?

L'universitaire déchu hocha la tête :

— Et vous savez pourquoi ? Pour jouer aux échecs, sauf que…

Tristan fit tinter les glaçons dans le verre.

— … sauf qu'il perdait toujours.

Une lueur bleue vagabonda dans le regard de l'inconnu.

— C'est amusant, j'attends de retrouver un ami, accro à ce jeu. Il est peut-être en train de pousser quelques pièces au Luxembourg. Moi, je ne joue pas aux échecs mais dans mon métier… je ne perds jamais.

Jardin de l'Observatoire

Le guide était un homme heureux. On était vendredi et il menait son dernier carré de visiteurs. Les autres jours de la semaine, l'Observatoire recevait surtout des groupes de scolaires, des bambins surexcités qui couraient en tous sens, quand ce n'étaient pas des adolescents blasés, l'oreille et l'œil rivés sur leur portable. Rien à voir, avec les jeunes retraités et les bénéficiaires des RTT qui formaient le public d'aujourd'hui. Des visiteurs attentifs, bien éduqués, prêts à écouter religieusement la moindre parole qui tomberait de sa bouche.

— D'abord bienvenue à tous à l'Observatoire de Paris. Un édifice d'exception dont la construction fut décidée en 1666 par le grand Louis XIV et son non moins grand collaborateur... j'ai cité... Colbert.

Des murmures d'approbation bruissaient déjà. Qui ne connaissait pas le Roi-Soleil et son infatigable ministre ? Un long sourire s'ébaucha sur le visage poupin du guide. Il tenait son public en main. Un peu d'emphase, un soupçon de suspense et le tour était joué.

— Dès 1667, le chantier commença sous la direction de Perrault.

— Perrault, celui du *Chaperon rouge* ? interrogea aussitôt une voix anonyme.

Le guide laissa planer le doute un instant. Il adorait quand il était ainsi le centre de la curiosité générale.

— Bien vu, mais non. Il ne s'agit pas de Charles Perrault, l'immortel écrivain... mais de Claude, son frère, architecte du roi, le bâtisseur de cette merveille.

Et d'un geste ample de la main, il désigna la façade de l'Observatoire. À cet instant précis, son plaisir était de contempler les visages ravis et reconnaissants des visiteurs. Sa joie fut subitement tempérée par l'ingratitude visible d'une femme d'une cinquantaine d'années qui consultait son téléphone. Les jambes nues vissées sur de hauts talons, les cheveux courts, roux, le visage anguleux, elle pianotait avec dextérité sur son clavier tactile sans se soucier de la visite. Le guide haussa les épaules.

— Je vous invite maintenant à rentrer dans ce bâtiment. Je passe en dernier pour refermer la porte.

Le groupe se mit en mouvement. L'inconnue ne bougea pas. Sur son écran, la page d'accueil de *Facebook* venait d'apparaître. Elle remonta le fil d'actualité. Depuis l'automne, FB avait intégré à ses services, une fonction de géolocalisation. En moins d'une seconde, une carte et un nom de lieu révélaient votre position exacte n'importe où sur la planète. Jamais plus vous ne seriez perdus. Jamais plus on ne vous perdrait.

Les deux derniers envois s'affichèrent :

David est à : *Jardin du Luxembourg*
Lucas est à : *La Closerie des Lilas*

— La visite ne semble guère vous intéresser, madame ?

Le guide venait de surgir, un sourire en lame de faucille entre les oreilles. Il n'allait faire qu'une bouchée de cette insolente.

— La visite ? (L'inconnue parut réfléchir.) En fait, je suis très surprise que vous n'ayez pas fait mention de la légende qui hante les lieux.

— Une légende ? (Le guide redressa l'amas graisseux qui lui servait de menton.) À l'Observatoire, dans ce temple de la Science ?

— Même les lieux dédiés à la lumière ont une part obscure. Vous ne savez pas qu'ici se dressait le château de Vauvert au Moyen Âge ? C'est pourtant dans n'importe quel guide touristique de Paris bien informé.

— Quel château ?

L'inconnue fit claquer le boîtier de son portable.

— Celui du diable.

2

De nos jours
République tchèque
Château Zbiroh

Une pluie violente frappait les grandes baies vitrées. Au loin, des éclairs zébraient la forêt environnante. La force des gouttes était telle que le verre vibrait comme s'il allait éclater à chaque instant. L'eau ruisselait par petites coulées pour se rejoindre dans des myriades de ruisseaux. Il pleuvait depuis trois jours, sans interruption, et les prévisions météo ne laissaient guère d'espoir pour les heures à venir. On était en septembre, mais on aurait déjà pu se croire en plein hiver.

Les arbres gigantesques ployaient sous la violence du vent, menaçant à tout moment de s'abattre à terre. Le vent hurlait dans la grande cour centrale, en contrebas une porte ouverte battait à tout rompre.

Antoine Marcas détourna son regard du paysage lugubre et, songeur, se dirigea vers un fauteuil en bois sculpté. La chambre était magnifique, reconstituée jusqu'au moindre détail dans un style XVIIIe. Au-dessus de la cheminée en marbre où crépitait un fagot de bois sec, un trumeau était décoré d'un tableau à la Boucher : une jeune femme, l'œil mutin, tenait un livre entrouvert où se devinait une gravure langoureusement libertine. Antoine s'assit près du feu et tendit les mains. Une nouvelle rafale de vent fit trembler la fenêtre. Il se demanda s'il avait eu raison d'accepter l'invitation du comte Potocki dans son palace perdu de Bohême. Il aurait pu passer quelques jours tranquille chez ses potes Olivier et Céline, dans leur charmante maison entourée de vignes du côté d'Aix-en-Provence. À cette heure-ci, ils devaient déguster un bon rosé devant le coucher de soleil provençal, à regarder babiller leur petite fille. Lui se retrouvait piégé dans ce castel tchèque battu par les vents et le froid. Antoine soupira, se leva et ajusta sa veste noire sur son pull à col roulé crème. La pendule finissait d'égrener ses coups graves et lugubres. Il était l'heure de descendre dans la grande salle pour rejoindre son hôte.

Antoine avait reçu l'invitation, quinze jours plus tôt. Un long mail. Cela faisait pourtant presque quatre ans qu'il n'avait pas vu le comte. Ils s'étaient connus, quelques années auparavant à Biarritz, à l'hôtel des Bains. Antoine goûtait un repos bien mérité en compagnie d'Anaïs, après son affrontement tragique avec le gourou Dionysos[1]. Le comte y séjournait après une rupture amoureuse. Le hasard, ou la maladresse du maître d'hôtel, leur avait fait attribuer la même dernière table du restaurant et ils avaient dîné tous les trois. Le comte Jan Potocki était le descendant extravagant, et en droite ligne, d'un noble polonais du XIXe siècle, auteur d'un roman devenu un classique : *le Manuscrit trouvé à Saragosse*. Princesses ensorcelantes, auberges espagnoles hantées, pendus maléfiques, alchimiste arabe érudit, brigands d'honneur : Antoine adorait ce livre, depuis son adolescence. Le noble avait été flatté de l'intérêt sincère du Français pour ce roman peu connu du grand public. La conversation s'était prolongée fort tard et

1. *Conjuration Casanova*, Fleuve Noir, 2006.

avait eu le mérite d'estomper, le temps d'une soirée, l'angoisse qui rongeait Antoine et Anaïs. Après leur départ de Biarritz, Antoine avait revu le comte à Paris où leur amitié s'était renforcée à force de confidences mutuelles et de repas bien arrosés. Derrière l'aristocrate snob et désabusé, le commissaire avait reconnu la pierre brute qui ne demandait qu'à être taillée et il avait parrainé le comte pour entrer en maçonnerie. Au fil du temps, Potocki s'était révélé un maçon itinérant, Grand Visiteur des loges et de rites au gré de ses multiples pérégrinations.

Antoine s'approcha du grand miroir encadré par des cornes de bois noir qui ressemblait à s'y méprendre à celui de la méchante reine de Blanche Neige. Il s'adressa d'un air sérieux à la surface polie.

— Miroir, miroir. Suis-je de plus en plus beau ?

Son reflet restait silencieux. Antoine détailla son double avec attention. Quelque chose avait changé en lui depuis son retour d'entre les morts[1]. Il ne savait toujours pas s'il avait rêvé son passage de l'autre côté du miroir ou si réellement la fondation Memphis avait mis au point une machine à pénétrer dans le royaume des morts. Curieusement, sa mémoire s'était estompée au fil des mois ; en revanche, la lecture de témoignages sur les NDE confirmait ce qu'il ressentait. Tous ceux qui avaient côtoyé le soleil noir de la mort revenaient avec une joie de vivre lumineuse. Les dépressifs redevenaient joyeux, les angoissés intrépides et les timides charismatiques.

Seul inconvénient, ce regain d'énergie agaçait à la longue leur entourage, fatigué de ne pouvoir suivre. Marcas le voyait bien au bureau, où il arrivait chaque matin en sifflotant, affichant un sourire radieux et bassinant ses collègues avec son optimisme agaçant. C'était

1. *Lux Tenebrae*, Fleuve Noir, 2010.

moins qu'infime et plus que perceptible. Des cheveux blancs et des sourcils étaient redevenus noirs de jais. Sa peau plus nette. Une poussée de jeunesse incompréhensible. Sans parler de sa vigueur sexuelle, il n'avait pas connu autant d'érections matinales et vespérales depuis longtemps. Émoustillé, il multipliait les rencontres sur *Meetic*, alignait les conquêtes d'une nuit et s'émerveillait, avec une mâle arrogance, de sa puissance retrouvée. Le grand n'importe quoi pour un type qui avait passé quarante ans et se croyait éternellement jeune.

Le spécialiste du centre médical parisien René Laborie, où il se faisait suivre régulièrement, n'en revenait pas. À la grande stupeur de son médecin, son taux de mauvais cholestérol avait baissé sans raison. Il lui avait sorti des explications pointues, sur une modification hormonale liée à son coma prolongé l'année précédente. Tout lui souriait et l'invitation de Potocki était tombée à point nommé. Le comte venait de racheter un vieux château à quelques dizaines de kilomètres de Prague pour le transformer en résidence de luxe et avait convié Antoine pour venir y passer quelques jours. Marcas avait atterri dans l'après-midi à l'aéroport de Prague et, après trois quarts d'heure de routes en lacet dans la campagne, était arrivé au château de Zbiroh sous un déluge de pluie. Le comte lui avait laissé un mot d'accueil, lui demandant de se tenir prêt pour le dîner. En spécifiant de mettre le maillot de bain déposé dans sa chambre par un domestique. Encore une excentricité du comte, il devait sûrement avoir installé une piscine intérieure quelque part dans le château et voulait en faire bénéficier ses hôtes.

Marcas pointa le doigt en direction du miroir et se recoiffa rapidement.

— Tu ne dis rien. Je comprends. Je suis vraiment plus beau.

Il sourit de sa propre crétinerie, ajusta sa veste de nouveau et desserra la ceinture de son pantalon. Le port du maillot n'était pas très agréable. Il s'en serait bien passé. Un grondement d'orage fit à nouveau trembler les vitres ; en fait, il n'avait aucune envie de piquer une tête dans une piscine par un temps aussi pourri, même si elle était chauffée et couverte.

Il referma la lourde porte de la chambre. Ses chaussures s'enfonçaient dans l'épais tapis rouge et noir qui serpentait vers l'escalier central. De chaque côté du couloir, des portraits d'aristocrates tchèques montaient la garde et faisaient comprendre qu'ils étaient les véritables propriétaires du château. Antoine esquissa un sourire, le décor lui faisait penser au castel d'un vieux film de Polanski, *le Bal des vampires*, sauf qu'en bon franc-maçon agnostique il ne portait pas de crucifix autour du cou pour se protéger d'éventuels suceurs de sang.

Au moment où il arrivait aux deux tiers du couloir, une porte s'ouvrit à sa droite. Point de seigneur en cape noire et canines sanguinolentes mais un homme de haute stature, la quarantaine, les cheveux coupés court en brosse, les épaules massives, le regard noir, serré dans une veste de velours marron. Une allure de militaire en civil, songea Marcas. L'homme inclina la tête.

— Antonio da Silva, dit-il avec un accent indéfinissable.

— Marcas Antoine, enchanté. Je suis un ami du comte.

— Français, je suppose ?

— J'essaye… Et vous ?

— Portugais mais je réside en Italie, le plus souvent. J'ai le grand privilège d'être un ami de longue date du comte, ça remonte à bien des années, ma foi.

— Après vous, je suis impatient de voir pourquoi nous sommes ici.

— Et moi donc !

Marcas descendit l'escalier de pierre monumental assez large pour faire se croiser quatre personnes. Des bougies, posées sur des candélabres, avaient été disposées à intervalles réguliers afin de former une spirale de lumière autour des marches. Ils descendirent les deux étages et arrivèrent dans une antichambre claire et spacieuse. Marcas se figea. Une fresque peinte sur le mur montrait un homme barbu, coiffé d'une sorte de fez blanc, debout devant une table. Il était ceint d'un tablier maçonnique. Sur la table trônait un livre orné d'un compas et d'une équerre. Derrière l'homme, on distinguait des arcades de pierre blanche, soutenues par deux piliers de pierre brune. Le peintre avait inscrit sur la droite le chiffre 3. Juste en dessous, était peint un cercle à l'intérieur duquel on pouvait distinguer un homme de Vitruve, bras et jambes écartés.

— Une œuvre surprenante, glissa da Silva. Elle vous parle ?

— Je suppose qu'elle est censée représenter un franc-maçon, répondit prudemment Antoine.

— Pas n'importe lequel. Il s'agit d'une gloire tchèque internationale des années 1920. L'illustrateur Alfons Mucha, vous avez dû sûrement voir ses dessins à Paris où il a longtemps résidé. Il a ensuite vécu ici avec sa famille une dizaine d'années et a peint son tableau vénéré par tous les Tchèques, la grande fresque slave, dans le grand hall.

Marcas ne répondit pas. Il consulta sa montre.

— Nous devrions rejoindre notre hôte, le comte. Suivons la musique.

Un air de piano provenait du fond d'un long couloir. Les deux hommes accélérèrent le pas. La musique devenait plus forte au fur et à mesure qu'ils avançaient. Ils débouchèrent dans une grande salle de réception. Antoine se figea devant l'entrée.

3

De nos jours
Paris,
Rue Pierre-Nicole
5e arrondissement

L'air inquiet, le concierge se retourna vers la porte qui séparait la loge de l'entrée. Une ombre passa devant la vitre dépolie et disparut dans le couloir mal éclairé. Aussitôt il baissa le son de la télé. Un tintement de clés, puis un raclement métallique crissa brusquement sur le sol. Comme la dernière fois, son cœur cognait à sa poitrine. Il tendit l'oreille : un bruit sourd de pas se perdait dans l'obscurité.

— C'est le quatrième qui entre, murmura Makele en direction de sa femme.

Captivée par l'émission, Aboussa répondit distraitement :

— Le local poubelles est juste à côté…

Makele secoua la tête.

— La porte est en bois et elle ne fait pas ce bruit de…

Il esquissa un geste, puis laissa tomber sa main. Elle tremblait. À son âge, ce n'était pas bon.

— Tu te poses trop de questions. C'est rien.

Têtu, Makele s'obstina :

— Franchement, tu peux me dire qui rentrerait dans l'immeuble pour aller tout de suite aux poubelles ?

Il fixa l'écran où passait un reality show. Des femmes aux seins insolents déversaient leurs états d'âme dans l'entonnoir sans fin de la bêtise humaine. Angoissé, il prit son pouls. Le sang pulsait sous son pouce. Et ce n'étaient pas les bimbos à balconnet sur l'écran qui lui faisaient monter la tension.

— Non c'est l'ancienne porte qu'*ils* ouvrent, j'en suis sûr.

Sa femme le regarda, surprise.

— La vieille porte, reprit Makele, celle qui descend... Quand j'en ai parlé au propriétaire, il m'a dit qu'elle était condamnée.

Son visage prit un air perplexe qu'Aboussa connaissait trop bien. La première fois qu'elle avait aperçu ces deux rides qui pointaient leur arc en plein front, c'était au Rwanda. Le matin où, à la radio, des inconnus avaient appelé la moitié de la population à massacrer l'autre.

— Et c'est déjà arrivé le mois dernier. Exactement à la même heure. *Ils* sont arrivés et *ils* ont ouvert la même porte.

Sans réfléchir, Aboussa appuya sur la touche « pause » de la télécommande. L'écran redevint aveugle et la loge ne fut plus éclairée que par la lumière de la rue.

— Qu'est-ce que tu racontes ?

Makele pencha la tête. Il aurait dû lui en parler plus tôt.

— C'était un vendredi. Un soir où tu es sortie pour téléphoner à ta sœur. Je m'étais installé sur le canapé pour lire. À cette heure, tout est tranquille. Les locataires dînent ou regardent la télé.

— Je me souviens.

— Une dizaine de minutes après ton départ, la porte

de l'immeuble s'est ouverte. J'étais plongé dans ma lecture et...

Aboussa se rapprocha. L'angoisse de son mari commençait à la gagner.

— Et j'ai entendu la porte. Le même bruit de métal rouillé.

— L'entrée condamnée ?

— Oui. Le lendemain, je suis allé voir. La porte était à nouveau fermée mais, sur le sol, il y a une rainure toute fraîche. La preuve que je n'avais pas rêvé.

Il prit la main de sa femme et baissa la voix.

— Des hommes viennent ici, ouvrent la porte interdite et s'enfoncent dans les enfers.

Aboussa saisit un chapelet et fit rouler les grains d'ambre entre ses doigts.

Plus que tout, elle craignait l'inconnu. L'ombre la terrorisait. L'ombre et la mort. Elle se redressa.

— Jamais on n'aurait dû accepter cette place. Jamais.

Son mari hocha la tête. Sur la table, les médicaments s'alignaient. Lexomil, Xanax... Tout ce qui lui était devenu nécessaire pour résister à ses souvenirs. Lors des massacres de Kigali, il avait dû se cacher dans la morgue de la ville, dissimulé entre les cadavres.

Le cliquetis de la serrure d'entrée retentit dans le hall. Un pas rapide remonta le couloir. D'un même mouvement, les concierges détournèrent le regard vers l'écran vide de la télé.

— Seigneur Jésus, protège-nous du mal... balbutia Aboussa.

Un crissement de ferraille lui répondit.

— Et de cinq, murmura Makele, la voix chancelante, lui aussi est descendu.

Sa femme ferma les yeux avant de demander :

— La dernière fois, ils étaient combien ?

La voix de Makele se figea.

— Sept. Ils sont sept en tout.

Observatoire de Paris

La voix ample du guide résonnait entre les murs vénérables. Depuis des années qu'il accueillait les touristes, il avait appris à moduler ses effets. Dans la salle Cassini, il prenait toujours un ton grave, nécessaire selon lui pour évoquer la période glorieuse de l'histoire des lieux. Et puis, il l'avouait, il était fasciné par les Cassini, cette dynastie d'astronomes, inséparable de l'histoire de l'Observatoire. D'ailleurs, il se sentait comme leur héritier, le gardien vigilant du temple.

— Permettez-moi, messieurs dames, de vous présenter Giovanni Domenico Cassini, le grand ancêtre, le premier directeur de cette illustre maison.

Un à un les visiteurs levèrent les yeux vers un portrait où un homme en perruque et toge rouge, une lunette de visée à la main, souriait depuis deux siècles. Une vibration indiscrète s'échappa d'un portable. Le guide ne la remarqua pas. D'un geste cérémonieux, il désigna un autre portrait.

— Et maintenant, voici César François, son petit-fils. Le savant immortel qui a dressé la première véritable carte de France. Encore aujourd'hui, elle sert de référence aux géographes du monde entier.

La femme aux cheveux courts s'écarta du groupe et consulta son iPhone. Elle enjamba une ligne rouge gravée dans le sol et se plaça dans l'encoignure d'une porte-fenêtre. Par-dessus les arbres, le soleil commençait de décliner. L'heure approchait.

— Quant à ce portrait, il s'agit de Jean Dominique Cassini, le dernier administrateur officiel de l'Observatoire.

Tout en tapant un SMS, la jeune femme jeta un regard sur le tableau. Des lèvres enfoncées dans la bouche, un nez en excroissance irrégulière, des yeux de poisson frits. Le dernier des Cassini avait tout d'un rejeton dégénéré.

— Ce malheureux Jean Dominique dut faire face aux tourmentes de la Révolution. Emprisonné sous la Terreur, il ne sauva sa tête qu'au pied de l'échafaud.

Son SMS était prêt. Elle le relut pour vérifier l'adresse de la rue et les références de la camionnette.

La jeune femme appuya sur la touche « envoi » et murmura :

— D'autres ne sauveront pas leurs têtes…

Closerie des Lilas
Boulevard du Montparnasse

Un groupe d'Américains pénétra dans la *Closerie* et se mit à rire en voyant l'étrange couple formé par le destin : un inconnu au smoking impeccable en pleine discussion avec un poivrot patenté. Tristan leva son verre et écorcha une chanson du *Chat noir*. Les Américains applaudirent, l'un d'eux jeta un billet qui atterrit au pied de la table.

— Vous savez, énonça Tristan en se penchant je n'ai pas toujours été l'homme que vous voyez.

Lucas jeta un regard indifférent au bar avant de répondre :

— Moi non plus.

La réponse surprit Tristan. Ce type portait un smoking sur mesure, une chemise immaculée et se la jouait de façon agaçante.

— Vous avez une autre vie ? ironisa l'ex-universitaire.

— Pourquoi pas neuf, comme les chats ?

Tristan masqua son agacement en siphonnant son whisky. Encore un de ces fils à papa, bourrés d'oseille, qui se prenaient pour des lumières et fricotaient avec les prolos, histoire de se payer une bonne conscience à peu de frais. Tristan méprisait ce genre d'hypocrites mais, puisque ce connard payait des verres, il allait lui en donner pour son argent.

— Puisque la littérature semble vous intéresser, sachez donc, monsieur, que sur cette banquette où vous êtes assis, la fine fleur des écrivains a posé son postérieur. Songez donc que Verlaine venait boire son absinthe ici-bas, que Baudelaire y donnait ses rendez-vous galants...

Le portable posé sur la table s'alluma. Tristan s'en empara aussitôt.

— ... Zola y bataillait peinture avec Cézanne. Apollinaire y discutait poésie avec Aragon. Jusqu'à Breton qui a inventé là le surréalisme...

— Impressionnant, commenta Lucas tout en lançant une recherche GPS sur son portable, votre culture des lettres françaises est exceptionnelle.

— Et encore je ne vous ai pas parlé d'Hemingway.

— Il s'est bien suicidé, non ?

Sur l'écran du portable, une carte du 5e arrondissement venait d'apparaître.

— Un coup de fusil en pleine poire, balbutia Tristan en mimant le geste fatal d'une main tremblante.

Lucas jeta un billet sur la table. Ses dents brillèrent quand il sourit.

— En pleine tête ? Ça me plaît.

Rue Pierre-Nicole

La rumeur du boulevard Saint-Michel disparut dès que Lucas tourna au coin de la rue. Il ralentit le pas, tourmenta ses poches à la recherche d'un paquet de cigarettes fictif et, d'un œil indiscret, scruta bitume et trottoir. La rue Nicole semblait une allée de plaisir, un havre de sérénité, comparée au boulevard du Montparnasse ou à la rue Saint-Jacques. Ici, pas de trafic incessant, de magasins bruyants ou de touristes avinés, mais des portes cochères en bois ouvragé, une file de voitures en stationnement impeccable et, au milieu, une camionnette d'une blancheur étincelante.

Lucas emprunta le trottoir, observant les fenêtres des immeubles. Certaines étaient ouvertes pour faire entrer un début de fraîcheur. On entendait de la musique qui perlait des balcons, du jazz paresseux que troublaient à peine quelques éclats de rire. L'automne approchait. Devant l'entrée d'un immeuble, une adolescente qui promenait son chien ralentit en voyant un inconnu déambuler en smoking. Lucas lui sourit et, d'un geste de la main, lui montra l'inscription sur la camionnette.

Maison Cardou
Traiteur
Depuis 1903

— Et à votre service, mademoiselle, ajouta-t-il en s'inclinant, la main sur le cœur.

L'adolescente rougit et reprit sa balade. Si elle se dépêchait, elle pourrait lâcher son chien dans le jardin du Luxembourg. À cette heure, les gardiens étaient plutôt cool et son fox adorait se rouler sur la pelouse fraîchement arrosée. Quand elle tourna rue du Val-de-Grâce, elle croisa à nouveau un homme en smoking. Elle lui décocha un petit sourire discret. Après tout, c'était pas tous les soirs qu'elle croisait deux gravures de mode sur son trajet.

Dans le fourgon, Lucas comptait les glacières. Six d'une contenance suffisante et toutes marquées du logo de la maison Cardou. On frappa contre la carrosserie. Deux coups brefs, suivis de deux longs. David fit son apparition.

— Tout est prêt ?

Lucas lui montra les containers réfrigérés.

— Le matériel est bien à l'intérieur ?

— J'ai tout vérifié.

David fit coulisser la porte du fourgon.

— Alors, que la fête commence !

4

De nos jours
République tchèque
Château Zbiroh

Les notes du piano montaient en volutes, emplissant la vaste salle de bal illuminée par de grands lustres de cristal rouge de Bohême. Un rouge sombre, charnel, puissant, inondait les murs et plafonds de style Arts déco. Marcas et da Silva ne pouvaient détacher leur regard du centre de la vaste pièce.

Cinq hommes vêtus de combinaison de plongée grise entouraient le grand piano à queue noir. Chacun portait sur son visage une cagoule ouverte surmontée d'un masque de verre relevé sur le front. Ils brandissaient tous une flûte de champagne en direction de la pianiste. Le flot d'arpèges devenait de plus en plus rapide, sur une cadence presque diabolique de virtuosité. Les mains de la jeune femme en robe blanche volaient au-dessus du clavier avec grâce. Elle était totalement concentrée sur son art, sans un regard sur ces hommes-grenouilles qui portaient un toast en son honneur. Elle entamait le dernier mouvement.

Le Français et le Portugais entrèrent dans la salle, décontenancés par l'incongruité de la scène. La dernière volée de notes jaillit, se faufila entre les lustres et s'évapora. Les plongeurs posèrent leur flûte sur le piano et applaudirent à tout rompre. L'un des hommes, à la carrure imposante, s'avança vers la pianiste et posa sa main sur son épaule.

— Bravo, Anouchka. Magnifique interprétation du *Prélude 24 en fa mineur* de Chopin. L'un de mes morceaux préférés.

Antoine toussa pour manifester leur présence. Les cinq hommes se retournèrent d'un seul bloc. L'homme qui avait salué l'artiste afficha un large sourire en les voyant.

— Ah mes amis. Venez. Vous êtes les derniers. Marcas et da Silva. Le franc-maçon et le prêtre, enfin réunis, quel duo magnifique ! Deux porteurs de lumière parmi nous, quel honneur. Bienvenue.

Les deux hommes échangèrent un regard gêné. Antoine inclina la tête poliment en se demandant quel genre de curé pouvait être le Portugais.

— Comte, tout l'honneur est pour nous. Je suis un peu surpris de ta tenue.

Massif, les cheveux blonds et épais, un nez de boxeur, le visage rouge, le comte Potocki affichait sa trogne avec assurance. Il serra Marcas comme un ours et donna une bourrade sur l'épaule du Portugais.

— Père Antonio, ravi que ton patron, le Saint-Père, t'ait donné l'autorisation de venir, tu ne vas pas le regretter.

Da Silva lui serra la main et jeta un regard en coin à Marcas.

— C'est une visite amicale, comte…

— Bien sûr, mon père. Et toi, Antoine…

Il le regarda avec chaleur.

— Toi, Antoine. Tu es splendide. Tu as trouvé l'élixir de longue vie ? Non, ne réponds pas… Le secret maçonnique, pas vrai ? Tu as sacrifié des vierges et bu leur sang : j'ai vu ça sur Internet. Décidément je n'ai pas été initié dans la bonne loge… Trêve de plaisanteries. Venez prendre vos combinaisons. Vous pouvez vous changer dans la pièce attenante.

— Dis-moi Jan, on est censé prendre un cours de plongée dans la piscine de l'hôtel ?

— Bien sûr que non, mon frère. On va faire de la spéléo.

Un garçon en livrée XVIIIe les accompagna dans une sorte de vestibule et leur donna les combinaisons. Le domestique déposa cérémonieusement leurs habits sur des cintres dorés et attendit que les deux hommes sortent en tenue de plongée.

Le comte attendait leur retour, accoudé à la balustrade de l'escalier.

— Chers amis, il y a un an quand j'ai acheté ce magnifique château pour le transformer en palace, nous avons lancé de lourds travaux de restauration. Cette demeure date du XIIe siècle mais elle a subi maintes transformations au cours d'une histoire très mouvementée. Je vous passe les détails mais sachez que, pendant la Seconde Guerre mondiale, les SS en ont fait l'un de leurs bastions. Leurs ingénieurs s'étaient rendu compte que la roche, sous le château, était parcourue de veines de jaspe, un minerai qui amplifie de façon extraordinaire les ondes radio. Ainsi Zbiroh a été transformé en centre d'écoute stratégique pour les nazis. Les SS ont réutilisé les souterrains, datant du Moyen Âge, et en ont profité pour aménager des caches secrètes.

— Vous voulez retrouver des vieux postes à galène, comte ? Écoutez plutôt la radio sur Internet, lança un homme à sa gauche. Ça nous épargnera de jouer les commandant Cousteau, dit l'un des invités avec un fort accent russe.

Le comte sourit.

— Non, cher Piotr. Ce château recèle d'autres trésors bien plus précieux. Dans les derniers jours de la guerre, la résistance locale a remarqué l'atterrissage d'un gros avion sur l'aérodrome voisin. Plusieurs camions ont chargé des caisses et ont ensuite filé vers le château. Quelques jours plus tard, les SS se sont enfuis en faisant exploser les camions et ils ont noyé les souterrains.

Antoine finissait d'ajuster sa combinaison. Le contact du caoutchouc humide lui était franchement désagréable.

— Je ne vois toujours pas le rapport avec ces tenues de plongée.

— J'y viens. Il y a trois mois, nous avons débouché le puits central pour approvisionner en eau la piscine intérieure. Un ouvrier est descendu et a découvert à une dizaine de mètres, dans un conduit latéral, une chape de béton coulée par les Allemands. Avec mon autorisation il l'a fait exploser. Derrière, s'enfonce un autre boyau. Et c'est précisément là que je veux vous emmener ce soir. Ces fils de putes de nazis ont fait quelque chose d'incroyable ici.

L'aristocrate polonais fit un signe à deux de ses hommes. Ils ouvrirent une porte-fenêtre qui donnait sur une longue tente blanche installée dans la cour centrale de l'hôtel. Le petit groupe s'avança à l'intérieur, marchant sur un tapis rouge humide, protégé par un auvent. La pluie redoublait de violence, le vent essayait d'arracher frénétiquement la toile de protection. Un homme en survêtement noir les attendait au bout de la tente à côté du puits. Il avait disposé par terre des petites bouteilles argentées d'air comprimé.

Potocki fit un geste pour arrêter la curieuse procession de plongeurs et s'assit sur la margelle de pierre. Une faible lueur bleutée montait de l'eau sale.

— Nous avons fait installer une échelle de fer le long de la paroi et des lampes étanches sur toute la descente. Suivez la personne qui vous précède et tout ira bien. Ladislav va vous donner vos bouteilles, elles sont légères et disposent d'une autonomie de vingt minutes, ce qui est largement suffisant.

Il éclata de rire en voyant les visages tendus de ses

invités. Ladislav lui passa une bouteille et un détendeur qu'il enfila prestement.

— Allons, mes amis. Un peu de courage. Il fait même meilleur dans l'eau que dehors, dit-il en fixant son masque sur ses yeux.

Un par un, les invités attachèrent leurs bouteilles. Le comte enjamba la margelle puis s'enfonça dans l'eau boueuse. Quand arriva le tour de Marcas, il ne restait plus personne derrière lui. Il regarda le curé portugais s'enfoncer avec appréhension dans l'eau aux reflets métalliques. Antoine mit le tuyau d'arrivée d'air à sa bouche, s'agrippa aux barreaux et avala une goulée d'air sec. Bientôt l'eau monta au niveau de sa taille, de ses yeux, puis l'engloutit progressivement.

La descente lui parut très lente. Des filets de petites bulles remontaient vers lui avant de disparaître. Le halo qui nimbait le fond du puits ne faisait qu'accentuer l'atmosphère angoissante qui régnait. Faire de la plongée dans un château tchèque à des centaines de kilomètres de la mer, c'était complètement insensé.

Brusquement surgit le niveau de la bifurcation d'où partait un boyau à l'horizontale. Le curé portugais s'y engouffra. Antoine rampa à son tour dans le conduit, vaseux et étroit. Après avoir parcouru ce qu'il estima à environ une vingtaine de mètres, il se retrouva dans une sorte d'immense cube nimbé d'une faible lueur verte, à l'intérieur duquel on avait fixé une lampe étanche. Des pics d'armature en fer rouillé jaillissaient d'un peu partout sur les parois en béton gris. Un autre boyau partait de la cavité par lequel les autres invités continuaient leur périple.

Soudain, il vit le Portugais se tordre en tous les sens. Ses mains agrippaient frénétiquement le tube d'arrivée d'air. Il donnait de grands coups de pied dans l'eau. Marcas fonça vers lui et arriva à sa hauteur. Il comprit en interceptant son regard paniqué sous le masque. Aussitôt Antoine enleva son propre tube d'où s'échappait un bouillonnement de grosses bulles. Le prêtre était parcouru de tressautements spasmodiques. Antoine reconnut le syndrome d'affolement typique des plongeurs débutants. La panique prenait le contrôle de l'individu au risque de le tuer. Il allait devoir être rapide. Il se plaqua contre le Portugais et lui arracha son tube. Le prêtre se cabra brutalement. D'un coup, ils se retrouvèrent projetés contre la paroi. Une douleur fulgurante traversa l'avant-bras de Marcas. Un filet de sang s'échappa de sa combinaison. Il vit l'épissure de ferraille qui avait cisaillé son épiderme de caoutchouc.

Antoine introduisit son tube dans la bouche du prêtre. Il le serrait de toutes ses forces malgré la douleur qui le gagnait. Antoine commençait à manquer d'air. Il ne pourrait pas tenir plus de trente secondes avant de suffoquer. Les yeux du Portugais s'écarquillèrent d'un coup. Le passage le plus dangereux entre le moment où l'air pénétrait dans les poumons et celui où le cerveau reprenait le contrôle de la situation. Le prêtre aspirait l'air à grandes goulées, sa main crispée sur le tube.

Les tempes de Marcas battaient à tout rompre. Son cœur s'accélérait, sa gorge le brûlait. Il ne fallait pas céder. S'il reprenait le tuyau, l'autre allait à nouveau paniquer. Il fallait tenir coûte que coûte. Tous les autres plongeurs étaient passés devant eux; le temps qu'ils s'aperçoivent de leur absence, il serait trop tard. Pis, le comte ne leur avait pas dit combien de temps devait durer la plongée, uniquement qu'ils avaient une réserve d'air standard de vingt minutes. D'après ses estimations, cinq minutes, peut-être dix s'étaient écoulées depuis leur plongée dans le puits. Le modèle que leur avait donné le comte n'avait pas de jauge. Ses poumons allaient exploser. Une pensée saugrenue jaillit dans son esprit. Ils allaient mourir tous les deux dans ce trou de béton. Le franc-maçon et le prêtre réunis, leurs deux corps flottant dans l'eau croupie. Son dernier acte héroïque aurait été de vouloir sauver un prélat du Vatican. Ses compagnons de loge les plus anticalotins n'oseraient même pas faire son éloge funèbre.

Il vit le regard du Portugais. Quelque chose avait changé dans le mouvement des yeux. Il se débattait moins. Soudain, l'homme enleva le tuyau et le lui tendit. Antoine avala goulûment l'air. Sa poitrine se gonfla. Il aspira à nouveau et rendit le tube. Le Portugais ne semblait plus paniqué. Antoine inspecta le tuyau défectueux jusqu'à la bouteille. Il comprit. L'embout de jonction avec le récipient d'air s'était torsadé, une languette de maintien pendait sur le côté. Il redéroula le tuyau et serra l'anneau. L'air jaillit à grosses bulles du tuyau noir. Le Portugais le fixa et hocha la tête plusieurs fois en signe de remerciement. Marcas tendit son index vers le boyau. Le prêtre opina. Ils s'y engouffrèrent l'un après l'autre.

La procession reprenait son cours. Il ralentit légèrement le débit de sa respiration. Le conduit remontait désormais à l'oblique. Brusquement, il aperçut au-dessus de lui un halo jaune, des têtes floues apparaissaient. Il jaillit hors de l'eau. On le hissa par les épaules sur un sol inégal et humide. La tête lui tournait. Il retira son détendeur et son masque et regarda autour de lui. Une immense salle en forme de cylindre, taillée à même le béton. À ses côtés le prêtre reprenait son souffle.

— Merci. Dès que je n'ai plus eu d'oxygène, j'ai paniqué. Heureusement, vous étiez là.

— Ce n'est rien. Mais ne mettez pas ça sur le compte de la providence ou d'un miracle.

Le Portugais sourit.

— Allez savoir. Dieu vous a peut-être mis sur mon chemin pour me sauver…

— Un dieu qui choisit un franc-maçon pour sauver l'un de ses serviteurs… Hosanna, répliqua Marcas sur le même ton ironique.

— J'adresserai alors mes remerciements à sainte

Gertrude. C'est la patronne de ceux qui ont été sauvés de la noyade.

— Si ça vous fait plaisir…

Le comte s'approcha d'eux.

— Vous en avez mis du temps, vous faisiez du tourisme tous les deux ?

— C'est un secret entre moi et le représentant du pape ! Quelle est la suite du programme ? Une escalade ? Un saut à l'élastique dans un gouffre ?

— Tu as le bras qui saigne !

— Une estafilade du Seigneur…

L'un des hommes en combinaison tendit une serviette à Marcas. Le comte lui tapa sur l'épaule.

— On est presque arrivé.

Antoine inspecta les lieux. Des câbles électriques couraient au sol, des ampoules de fortune pendaient le long des murs. Le groupe se dirigea vers une porte en fer rongée par la rouille. Des relents d'humidité s'exhalaient des murs lépreux. Sur le chambranle, on pouvait voir les restes d'un aigle allemand et des bribes d'une inscription en lettres gothiques. Le comte donna un grand coup de pied dans la porte qui ne trembla pas.

— On est où ? interrogea da Silva.

— Dans la partie souterraine est du château. À l'époque les nazis s'en servaient comme base technique pour leurs installations d'écoute. Du moins c'est ce que l'on a d'abord cru.

— Et alors ?

Le comte éclata d'un grand rire qui se répercuta en écho.

— Patience, ce n'est qu'une question de minutes. Je soigne mes effets.

Miroslav frappa à nouveau le métal rouillé.

— C'est du solide. On peut au moins reconnaître une chose aux Allemands, ils ne fabriquent pas de la camelote. Bien évidemment, on n'avait pas la clé. Il a fallu descendre un chalumeau pour fondre la serrure et mettre un peu d'huile dans les gonds.

Il agrippa la lourde poignée en arceau et tira vers lui, laissant entrevoir un trou béant et sombre. Le petit groupe se pressa pour tenter de distinguer l'intérieur. Le comte entra le premier.

Une lueur vive surgit du plafond.

Antoine et les autres invités clignèrent des yeux pour se protéger de la lumière crue.

Devant eux s'élevait une salle haute comme un immeuble de deux étages. Les murs étaient en béton gris sale, recouverts de poulies, de crochets et de chaînes. De vieux générateurs rouillés encadraient une gigantesque foreuse posée sur un mur. Une croix gammée de deux mètres de large peinte en blanc ornait le flanc droit de la coque de la machine. Deux sphères brisées pendaient du plafond, reliées entre elles par d'énormes câbles électriques.

— Approchez-vous.

Au centre de la cavité s'ouvrait un large orifice, protégé par une grille de fer. Une voie ferrée partait du bord droit du trou pour s'éloigner dans les ténèbres. De l'autre côté de la cavité, une casemate avait été construite en surplomb. Le groupe se disposa en arc de cercle autour de la grille.

— C'est quoi, ça ? Ils ont voulu construire un métro ?

Le comte croisait les bras, fier de son effet.

— En quelque sorte. J'ai retrouvé le journal du colonel responsable du château. Il était adepte d'un certain Bender, le théoricien de la terre creuse. Selon cet illuminé, très en vogue chez les nazis, il existait dans les profondeurs du globe des mondes perdus, où aurait régné une race supérieure. Des mondes avec des océans, des soleils en miniature, des forêts, etc. Les portes d'accès à ces mondes étaient localisées dans certains endroits précis de la Terre. Au pôle Nord, en Inde, dans les îles Canaries, mais aussi dans des zones où l'on trouve des minerais précieux, surtout le jaspe.

Un invité haussa les sourcils.

— Je vois mal des responsables SS perdre leur temps avec de telles absurdités. Mis à part leur délire antisémite, c'étaient des gens très rationnels. Des technocrates de l'extermination. Hélas !

Marcas intervint. Depuis son combat contre le groupe Thulé[1] il avait découvert, stupéfait, la passion sans limites des nazis pour les théories ésotériques les plus abracadabrantes.

— Détrompez-vous, cher monsieur. Adolf Hitler, Heinrich Himmler et bien d'autres croyaient dur comme fer à la théorie de la terre creuse et à une autre idée, encore plus bizarre, selon laquelle notre globe serait né d'un conflit entre le feu et la glace. Croyez-moi, la quincaillerie nazie des élucubrations ésotériques est bien fournie. Mais ce n'est pas ça que je voulais vous montrer. Par ici, je vous prie.

Le comte ouvrit la lourde porte de la casemate, éclairée à l'intérieur par des ampoules toutes neuves.

— Bienvenue, au paradis, mes amis.

1. Voir *Le Rituel de l'ombre*, Fleuve Noir, 2005.

5

De nos jours
Paris
Rue Pierre-Nicole

La sonnerie aigrelette de l'interphone résonna dans la loge. Aboussa se leva et posa une main sur la nuque de son mari.

— Laisse, j'y vais.

Elle baissa le son de la télé et se dirigea vers le téléphone mural. Le couloir qui donnait sur la loge était éteint. Depuis plus d'une heure, aucune entrée ni sortie n'avaient troublé la quiétude de l'immeuble. Les lieux étaient tellement silencieux, si sereins, qu'Aboussa en était à douter des craintes de son mari. Le pauvre prenait tant de médicaments. Son imagination lui jouait sûrement des tours. Elle soupira en saisissant le combiné. Le traumatisme de Kigali ne s'effacerait jamais.

Une voix jeune l'interpella :

— Bonsoir, madame, la maison Cardou, traiteur à domicile, on vient pour la soirée des Carlino.

Surprise, Aboussa ne répondit pas. La famille Carlino se composait d'un couple de septuagénaires qui ne recevait quasiment personne. Mais c'est vrai que, depuis le début de l'année universitaire, ils hébergeaient leur petit-fils qui débutait sa médecine à Descartes. Hésitante, elle appela son mari :

— Makele, il y a un traiteur dehors, il veut monter au second. Pour une fête chez les Carlino.

Makele quitta son fauteuil et écarta les rideaux. Devant la porte de l'immeuble, deux hommes en smoking, des glacières bleues aux pieds, parlementaient devant l'interphone.

— Tu leur as demandé pourquoi ils ne sonnaient pas directement chez eux?

— Ils disent que la sonnerie ne répond pas.

Le front de Makele se plissa : il n'aimait pas les imprévus et encore moins la négligence. Trois jours avant, il avait téléphoné au syndic pour le prévenir des désordres de l'interphone. Et bien sûr, rien n'avait été fait. Il traversa le salon en maugréant. Aboussa posa la main sur le micro du combiné et interrogea son mari :

— On fait quoi?

Makele répliqua d'une voix tendue :

— On ne va pas les laisser dehors. Tu veux qu'ils perdent leur soirée de travail?

— Non, mais...

— Écoute, ils sont en smoking et portent des glacières. Tu crois qu'ils viennent pour nous attaquer? Et puis tu as déjà vu des Blancs dévaliser des Noirs, hormis pour du pétrole et de l'uranium?

Aboussa se mit à rire. Tant que son mari était capable d'humour, il y avait de l'espoir. Elle appuya sur le bouton d'entrée.

S'il y avait une chose que Makele appréciait en France, c'était la politesse. Les médias avaient beau gémir sur l'incivilité galopante, lui aimait vivre dans un pays où on tenait encore la porte aux femmes. Pour lui, la politesse était le vrai passeport de la société française, il en était sûr et certain, et il mettait cette vérité en œuvre dès qu'il le pouvait. Ainsi il sortit de sa loge, remonta le couloir et alla lui-même ouvrir la porte cochère.

Si les deux hommes en smoking furent surpris de le voir, ils n'en montrèrent aucun signe. Au contraire, ils se confondirent en excuses pour le dérangement, ce qui conforta Makele dans sa certitude qu'un bon mouvement n'est jamais perdu. Il tendit la main pour aider à porter une des glacières, mais un des hommes le précéda. Trop lourdes. Mieux valait qu'il leur tienne la porte. Makele s'exécuta avec plaisir. Une fois les containers déposés dans le couloir, les deux hommes se présentèrent.

— Lucas, annonça le premier en enfilant une paire de gants.

Aboussa, qui venait de sortir sur le pas de la loge, parut ébahie devant pareil luxe.

— C'est pour le service, se justifia Lucas.

— Il y a combien de résidants dans l'immeuble ? demanda son compagnon, au fait moi, c'est David.

— Quinze, précisa Makele en jetant un regard nerveux sur la porte métallique, enfin, ça dépend des soirs...

— Tu ne vas pas recommencer avec tes histoires, l'arrêta sa femme, si tu appelais plutôt chez les Carlino pour leur dire que leur traiteur est arrivé ?

— Donc avec vous, cela fait dix-sept, conclut David en sortant à son tour une paire de gants, y a pas à dire, c'est mon jour de chance.

Aboussa tendait la main vers son mari quand un détail la frappa.

— Vous mettez des gants noirs ? Pour servir ?

David éclata de rire et ouvrit un des containers.

— Ce qui compte, ce n'est pas la couleur...

— ... c'est de ne pas laisser d'empreintes, conclut Lucas. Au fait, vous connaissez Hemingway ?

— Bien sûr, s'étonna Makele, mais qu'est-ce que vous...

Un pistolet, prolongé d'un silencieux, jaillit de la glacière. Aboussa se figea, elle voulait courir, s'échapper, mais ses jambes étaient de plomb.

— Tu savais, toi, qu'Hemingway s'était fait sauter le caisson?

— Bien sûr, j'ai lu une bio récemment, tu sais celle qui a été plagiée par un type connu de la télé, répliqua David en ôtant le cran de sûreté de son arme.

Makele sentit son cœur lâcher dans la poitrine. Il trébucha sur une glacière. Le couvercle tomba. Une scie sauteuse apparut.

— Et tu t'es jamais demandé quel effet ça faisait, un crâne qui explose, un cerveau qui se fait la malle? demanda Lucas.

David arma la culasse.

— Non, mais on va le savoir.

Quand Lucas ferma la porte de la loge, toute trace de leur passage avait disparu. C'était l'avantage d'un gros calibre, il ne se contentait pas de tuer, il éjectait aussi les corps. La balle, en traversant Aboussa, l'avait aussitôt renvoyée dans son salon où elle colorait la moquette. Quant à son mari, la décharge l'avait déjà dispersé sur le canapé qui faisait face à la télé nasillarde.

Lucas, l'air songeur, s'était installé devant la porte de métal. D'un doigt délicat, il suivait le contour poli de la serrure.

— Tu ne l'ouvres pas? s'étonna David.

Son complice montra une trace noirâtre en arc de cercle sur le carrelage

— C'est trop rouillé. Faut graisser.

— Je vais t'arranger ça.

Un instant plus tard, David ressurgit de la loge, une bouteille d'huile à la main.

— Elle est bio en plus.

Il humecta lentement la base de la porte. Lucas s'impatientait.

— Surtout prends ton temps. On ne joue pas aux échecs.

— T'inquiète pas, *ils* ne vont pas partir, répliqua David

Les gants tachés de graisse, il se releva et, de l'index, huila délicatement la serrure avant de la faire jouer. Une volée de marches s'enfonçait dans la nuit.

— Tu as les lampes ?

Il lui tendit une Maglite. Son poids surprit Lucas

— L'extrémité du manche est plombée, au cas où…

Le double faisceau des lames éclaira un escalier en colimaçon d'où montait une odeur insistante de salpêtre. L'enduit rongé du mur laissait apparaître des moellons à la face bombée. Par endroits, la lumière accrochait un coquillage incrusté dans la pierre.

— Ça pue la mort, chuchota Lucas en s'engageant dans l'escalier.

Les flambeaux illuminaient l'intérieur de la chapelle. Une croix de cristal rouge, évasée sur les bords, était dressée sur l'autel. Juste derrière, un grand triangle noir était accroché sur le mur de pierre, avec en son centre trois têtes de morts. Devant l'autel, un homme revêtu d'une longue cape blanche, frappée de la croix pattée, se tenait debout. Il portait un masque clair qui recouvrait tout le haut de son visage. Ses mains gantées étaient jointes sur le pommeau d'une épée massive qui lançait des reflets argentés.

Face à lui, six hommes, le visage dissimulé, eux aussi, avaient posé un genou à terre.

— Mes très chers frères, moi vénérable de cette loge, par les pouvoirs qui me sont conférés au degré de Maître Inconnu, je déclare ouverte cette tenue exceptionnelle en cette chapelle Saint-Denis. Notre loge est invisible aux yeux des profanes et masquée pour les initiés. Et elle le restera aussi longtemps que notre mission le justifiera, pour les siècles des siècles. Que la parole circule.

Les six hommes se remirent debout et restèrent silencieux. L'un des hommes porta un doigt à sa bouche. Celui qui se faisait appeler le Maître Inconnu inclina la tête.

— Oui, Jean.

— Les signes sont mauvais. Le mois dernier, mon domicile a été visité. Les intrus n'ont rien pris, mais ils ont effectué une copie du disque dur de mon ordinateur.

L'un des participants leva sa main gantée.

— Y as-tu consigné des informations sur notre loge ?

— Non, heureusement. Mais ce n'est pas tout, je suis suivi, au moins depuis un mois.

Un frère répondit d'une traite :

— Si l'Ordre est révélé, il faut immédiatement appliquer la procédure prévue par nos statuts.

Un concert de voix s'éleva.

— La trêve a été rompue, cela ne se peut pas !

— Il faut nous mettre en sommeil, tout de suite, répliqua un autre. Personne ne doit nous connaître.

— C'est déjà fait, coupa celui qui se faisait appeler frère Jean. Et j'ai pris la décision de mettre en sûreté le...

Un bip insistant retentit sur le côté. Tous se figèrent. Sur l'une des deux colonnes, à l'entrée de la nef, un voyant rouge venait de clignoter.

— Nous avons des visiteurs, annonça le frère qui se tenait près de l'autel.

— Où se situent les détecteurs de mouvements ?

— À mi-chemin de l'escalier. Nos invités imprévus seront là dans un instant.

L'orateur posa son épée sur l'autel avant de reprendre la parole.

— Mes frères, vous savez ce qu'ils veulent. Et nous avons interdiction de faire usage de la force. Il nous faut préserver l'essentiel. Vous êtes les chevaliers du Temple secret. Rappelez-vous le serment de l'Ordre ! Vous le connaissez par cœur depuis votre initiation.

Les hommes au blanc manteau crièrent d'une seule voix :

— Sept templiers.

— Trois portes.

— Une seule vérité.

Ils se précipitèrent vers le vénérable devant l'autel. Il se déganta et posa ses mains sur la croix de verre rouge, en appuyant sur les deux branches horizontales. Un grondement sourd fit trembler le sol. Sur le sol, une dalle de pierre s'affaissa, puis glissa dans une rainure, laissant entrevoir une mince fente qui s'agrandissait lentement.

— Nous serons bientôt en sécurité, le passage donne sur les caves d'un immeuble de la rue Saint-Jacques. Vite, dépêchez-vous.

Brusquement la dalle se bloqua aux deux tiers. Un cri d'effroi jaillit dans la chapelle.

— Que se passe-t-il, mon frère ?

— Le mécanisme est bloqué. Aidez-moi à pousser la pierre.

Chacun s'agenouilla, tentant de dégager l'ouverture.

— Ça ne marche pas, hurla un des frères qui essayait désespérément de forcer le passage.

— Nous sommes perdus, cria un autre.

Lucas faillit rater une marche. En se remettant d'aplomb, il heurta violemment le mur. Aussitôt, une plaque d'enduit se détacha, se brisa sur les marches et dévala l'escalier en cascade. D'un même geste, les deux hommes aveuglèrent les lampes avec leur main.

— Tu crois qu'*ils* nous ont entendus ? souffla Lucas.

— On s'en fout. Ils sont pris au piège. La porte de la chapelle est juste en bas.

Il braqua sa lampe sur le bas de l'escalier, une porte

en bois apparut dans le faisceau. Ils descendirent les dernières marches à toute allure. La porte n'était pas fermée. Lucas la fit voler avec fracas.

Devant eux, à une vingtaine de mètres, un groupe d'hommes en cape apparut dans leur champ de vision. Ils portaient tous des masques. Le visage de Lucas s'éclaira. Il sortit un pistolet-mitrailleur et, d'un geste lent, lâcha une rafale de gauche à droite, juste au-dessus de l'autel. La pierre du mur vola en éclats. Les frères s'arc-boutèrent contre la dalle, le visage crispé par l'effort.

Derrière l'autel, la pierre bougea de quelques centimètres. Le Grand Maître s'était mis sur le côté de l'autel, laissant s'échiner les autres hommes. L'un d'entre eux s'adressa à celui qu'on appelait frère Jean qui venait de tomber son masque.

— Va, mon frère, faufile-toi, nous allons encore pousser. Protège ta partie du secret. Ils n'auront rien si tu t'échappes.

Le frère arracha sa cape et entra tête la première dans l'ouverture réduite. Son corps s'enfonçait avec difficulté entre la dalle et le sol.

— C'est trop étroit !

L'un des hommes en cape blanche s'était accroupi et poussait de toutes ses forces.

— Le destin de l'Ordre dépend de toi ! Forcez le passage, mes frères, je vais tenter de les retenir.

Le Maître avança vers l'autel, très calme. Face à lui, un homme en smoking tendait un Beretta compact.

— Salut, moi c'est Lucas. Et celui qui ouvre une glacière, David.

Derrière eux, la dalle s'écarta de quelques centimètres, desserrant l'étau autour du fuyard. Le Maître pivota sur lui-même et braqua le pistolet sur les frères qui tentaient de dégager la pierre bloquée.

— Vous, ne touchez plus à cette dalle, je me suis

donné suffisamment de mal pour gripper le mécanisme avant la tenue. Et toi, dessous, n'essaye pas de t'enfuir.

— Trahison, hurla le plus âgé qui se releva avec une vigueur inattendue. Trahison ! Sois maudit.

Il se rua sur le Maître Inconnu qui aussitôt fit feu. La balle traversa la poitrine du malheureux. Son corps s'effondra sur la pierre humide. Le fuyard sentit la peur le saisir aux entrailles. D'un coup de reins désespéré, il se glissa dans l'étau de pierre. Une douleur brutale lui scia les côtes et il chuta dans un boyau de pierre.

En titubant, il entendit des détonations en rafales et des hurlements d'horreur. Tous ses membres tremblaient, il était un homme d'Église, un serviteur de Dieu, pas un guerrier. Il entonna une prière. Un appel jaillit de l'ouverture.

— Reviens ! Tu auras la vie sauve.

Le fuyard se retourna et vit un visage masqué apparaître entre les pierres. Celui du Grand Maître, le vénérable de loge.

— Le secret doit être révélé, laisse-moi t'expliquer. Je te jure que tu seras épargné.

— Non, murmura l'homme apeuré. Au nom de notre Ordre.

— Aie confiance, mon frère, gronda le traître qui essayait de s'infiltrer tel un ver dans l'ouverture, en dépit de sa corpulence.

— Judas ! Meurtrier.

La bouche sous le masque se tordit de colère. Le Maître Inconnu hurla. Ses paroles se répercutèrent dans le conduit souterrain.

— Dieu t'a condamné à mort !

6

De nos jours
République tchèque
Château Zbiroh

Deux faisceaux de projecteurs illuminaient une rangée de monumentales armoires métalliques, plantées au fond de la casemate de béton.

Un cri de stupéfaction résonna. Des tableaux de maître venaient d'apparaître. Un Rubens, avec ses inimitables couleurs chair, une Sainte-Victoire de Cézanne, un Botticelli éclatant de fraîcheur, un Monet de la série des cathédrales...

— C'est la caverne d'Ali Baba. Incroyable, il y en a pour des dizaines de millions d'euros, dit Marcas.

— Des centaines de millions, plutôt, répondit Potocki. Il n'y a pas que le gros Goering à avoir spolié les œuvres d'art dans toute l'Europe, les hommes de Himmler eux aussi ont raflé à tour de bras. À la fin de la guerre, les nazis ont tenté de cacher leur butin. Les SS ont d'abord déposé ces toiles au château, puis se sont servis des wagonnets d'extraction de jaspe pour les stocker dans les souterrains. Ensuite, ils ont bouché ou dynamité toutes les entrées.

L'un des invités, un petit chauve à l'accent suisse,

s'approcha d'un Renoir représentant une naïade sortant de l'onde. Ses yeux brillaient.

— Stupéfiant. Tu les as tous identifiés ?

Potocki redevint grave. Il s'appuya contre l'une des armoires.

— Je vois bien où veut en venir mon frère marchand d'art. Pas encore. Je voudrais avoir l'avis de mon autre frère, le commissaire Antoine Marcas de l'Office central de lutte contre le vol des biens culturels français.

À son tour, Antoine s'approcha. Les toiles étaient dans un état incroyablement préservé, l'intérieur des armoires devait être étanche, assurant une protection contre l'humidité.

— Je ne suis pas spécialiste des pillages nazis mais il existe une procédure internationale précise. Toute œuvre suspectée d'avoir été volée pendant la Seconde Guerre mondiale doit être déclarée à la fois aux autorités du pays et notifiée au comité international ERR. Ensuite, des experts sont mandatés pour examiner les tableaux et, le cas échéant, retrouver leurs anciens propriétaires et leurs héritiers.

L'un des autres invités, un quadragénaire un peu corpulent, leva le bras.

— Excusez-moi, dit-il avec un fort accent slave, mais c'est quoi, ERR ?

— Au milieu des années 2000, après la médiatisation mondiale des spoliations d'or par les nazis impliquant en particulier la Suisse et quelques pays restés neutres pendant la guerre, des commissions de travail ont été créées en Europe et aux États-Unis pour faire la lumière sur l'ampleur des pillages. Un comité juif de New York et le mémorial de l'holocauste ont réalisé un catalogue sur Internet recensant à la fois les victimes et les biens spoliés. ERR, pour Einsatztab Reichsleiter Rosenberg, qui est l'agence nazie spécialisée dans la spoliation. On estime à vingt mille, le nombre d'œuvres volées dont seulement la moitié a été recensée.

Le Suisse intervint :

— Les juifs ont été les premiers spoliés, mais il y a eu aussi beaucoup de musées dans toute l'Europe. Sans compter des marchands d'art.

Antoine sourit. Il contemplait le pur visage de la naïade. Son regard vert le transperçait de bonheur. La remarque du Suisse le tira de sa béatitude.

— Surtout les marchands d'art juifs, les autres s'en sont plutôt bien sortis. Quand ils ne se sont pas honteusement enrichis dans le trafic et le recel des œuvres volées. Mais pour revenir à ta découverte, Jan, elle est extraordinaire. Le retentissement va être énorme. Une vraie déflagration. Tu comptes la rendre publique quand ?

Le comte et Ladislav ouvrirent une autre armoire.

— Je ne sais pas. Dans un ou deux mois, j'organiserai une exposition fastueuse dans mon palace, le jour de l'inauguration. Ce sera excellent pour la publicité.

Antoine passait d'une œuvre à l'autre, subjugué par leur beauté. Leur présence dans ce gouffre leur conférait une aura mystérieuse. Il repéra une toile plus petite coincée sur le bord gauche de l'armoire. Il faillit pousser un juron. Le tableau représentait deux pâtres et une femme en toge en train de contempler un tombeau rectangulaire. Une petite pyramide était posée sur la pierre. Un Poussin, reconnaissable entre tous, une version inconnue des *Bergers d'Arcardie*. Un flot impétueux d'images traversa sa mémoire : Jérusalem, la grotte de Rennes-le-Château, le tombeau de Marie-Madeleine[1]. Le tableau de Poussin était la clé d'un des secrets les mieux gardés de toute la chrétienté. Le hasard était incroyable.

Potocki frappa trois fois sa main sur son épaule et murmura à son oreille :

— Le Poussin te plaît ? Je peux oublier de le déclarer,

1. Voir *Apocalypse*, Fleuve Noir, 2009.

si tu le veux… Tu le vois suspendu dans ta bibliothèque ? Et le plus drôle, c'est que personne n'en saura jamais rien.

Antoine resta tétanisé. La tentation était forte, posséder chez lui cette peinture inédite des *Bergers d'Arcadie*… Après tout, il aurait bien mérité une récompense, lui aussi. Aucune de ses aventures ne l'avait enrichi jusqu'à présent. Il se retrouvait à la quarantaine, propriétaire à crédit d'un minuscule appartement parisien. Pas terrible à son âge. Et ce tableau devait valoir un million d'euros au moins.

— Alors ? Un seul mot de ta part et je te le fais expédier discrètement. Ni vu ni connu, les autres ne l'ont même pas remarqué. En plus, ça me ferait très plaisir, mon frère.

Les yeux fermés pour ne plus voir la tentation, Antoine soupira.

— Je n'ai rien entendu. Tu oublies ma fonction, je suis justement payé pour traquer les voleurs et les receleurs. *Vade retro satanas*, comme dirait notre père da Silva. Et puis, le style n'ira pas du tout avec mon mobilier contemporain.

Le comte claqua ses mains.

— Bravo ! Tu m'aurais dit le contraire, j'aurais été très déçu. Antoine Marcas, le franc-maçon le plus intègre que je connaisse. Ah, j'allais oublier une autre curiosité. On a aussi trouvé ça, dit-il en pointant du doigt une énorme cantine de fer posée dans un coin.

Antoine ouvrit le caisson rouillé. Il était rempli de liasses de documents tamponnés de croix gammées. Il en prit une au hasard. Une longue lettre dactylographiée, signée par un Obersturmführer de la SS. Tout était rédigé en allemand, langue qu'il n'avait pas apprise à l'école.

— C'est quoi ?

— Des archives de la Gestapo et des SS, peut-être des comptes rendus de spoliations ou d'autres documents administratifs. Je compte les faire traduire. Peut-être regorgent-ils de secrets mystérieux… Allez, fin de la visite. Remontons à la surface, un bon dîner nous attend. Messieurs, la visite est terminée. On part par la voie ferrée, j'ai fait déboucher la sortie dans la forêt. Deux 4 × 4 attendent pour nous conduire au château.

Une demi-heure plus tard, le groupe était attablé autour d'une table dressée dans la grande salle d'apparat. Chacun croquait à pleines dents une pintade rôtie garnie de cèpes, le tout arrosé d'un vin aux arômes puissant. Antoine était assis à côté du comte et dévorait littéralement la volaille nappée d'une crème au sang. Il avala d'un trait le verre servi par l'un des garçons en livrée.

— Ce nectar est une pure merveille.

— C'est un vin de Moravie. Un saler 2002 de la région de Znojmo, un assemblage de cépages locaux, du Modry et du Frankovka. Les Tchèques possèdent quelques très bons crus. Personnellement, je préfère leurs blancs. En particulier, le Velké Dobré Bilé Premium, digne d'un chablis premier cru. Si tu en veux une caisse, j'en ai tout un stock en cave.

Antoine reposa son verre et se cala sur sa chaise. La chaleur qui régnait dans la salle et les rasades de vin lui tournaient légèrement la tête.

— Tu as mis la main sur un trésor incomparable. Sais-tu que sur les dix tableaux les plus chers du monde, figurent trois œuvres spoliées par les nazis ? Deux Klimt, dont l'un vendu aux enchères à cent trente-cinq millions de dollars et un Van Gogh, un portrait du Dr Gachet de 1890, parti à quatre-vingt-trois millions de dollars.

— Je sais, mais les trésors ne m'ont jamais fait rêver. Le destin m'a fait naître dans une riche famille qui a eu la présence d'esprit d'émigrer aux États-Unis avant l'arrivée des nazis, puis des bolcheviques. Je suis actionnaire d'une dizaine de sociétés très rentables. Ce trésor est en revanche une expérience unique dans ma vie. Ce qu'il vaut, quelle importance ?

Le commissaire tapota la table de ses doigts. Il restait songeur.

— Moi, je reste fasciné par les histoires de trésors fabuleux, enfouis et perdus à jamais.

Le comte intervint.

— Je vote pour celui des templiers. Un butin légendaire, un secret spirituel, une histoire tragique et des caches labyrinthiques connus des seuls chevaliers au blanc manteau. D'ailleurs, nous les frères sommes les héritiers légitimes des chevaliers de Jacques de Molay.

Antoine réprima un sourire. Il était effaré par le nombre de frères qui croyaient en cette vieille fable. Il s'était déjà frotté à une loge pseudo-héritière des templiers et en était revenu des pauvres chevaliers du Christ ! Leur secret n'avait rien de spirituel ou de monétaire. Il ne s'agissait que de la quête effrénée du pouvoir[1].

— Mon frère, je ne veux pas gâcher la soirée. Mais le trésor des templiers, c'est une belle foutaise. Aucun historien sérieux ne croit à ces balivernes. Quant à la filiation avec la maçonnerie, elle est purement spéculative et bien tardive.

Son portable vibra dans la poche de sa veste. Il décrocha machinalement, s'apercevant après coup que le numéro était masqué.

Une respiration saccadée se fit entendre.

— Allô ?

Une voix grésillante répondit.

— Mon frère… à l'aide… vite…

— Qui parle ?

— Ils veulent me tuer… Ils me poursuivent.

Antoine se leva de son siège et s'isola à quelques mètres des convives.

1. Voir *La Croix des Assassins*, Fleuve Noir, 2008.

— Qui êtes-vous ?

Un murmure tremblant lui répondit.

— Je… suis blessé. Chez moi… L'Abrax… Il ne faut pas qu'ils le trouvent… Le Maître Inconnu a trahi…

— Votre nom… donnez-moi votre nom !

La voix s'affaissa.

— J'ai… J'ai laissé un message au frère… Méfiez-vous du… Maître…

Des bruits d'objets renversés résonnaient dans le portable.

— Le… Abr… ax… garde la… vérité… Ils vont enfoncer la porte…

Un coup de feu retentit dans le portable. Antoine ne savait pas quoi faire. Il était impuissant. De longues secondes s'écoulèrent. Antoine s'impatienta. Ce devait être une mauvaise blague.

— Allô. Ça devient lourd, la plaisanterie.

— Qui est à l'appareil ? murmura une voix féminine.

— Je vous demande pardon ? répondit Marcas, interloqué.

— Une mauvaise blague…

Antoine s'appuya contre un grand buffet d'époque. Les convives du comte mangeaient avec appétit pendant qu'il parlait avec des inconnus à des milliers de kilomètres, en France. La situation était absurde. Il reprit :

— J'ai entendu un coup de feu.

— Un pétard. Ce n'est pas la première fois que mon ami nous fait le coup. Il compose des numéros et appelle au hasard. Je suis vraiment désolée, monsieur.

L'appel coupa net.

7

Paris
Palais du Louvre
21 février 1307

Une longue bûche flambait dans la cheminée. Au début du mois, la Seine avait gelé en une nuit. Dans les cabanes de fortune qui s'amassaient sur les bords du fleuve, la mort avait fait des ravages. En quelques heures, les corps sans vie s'étaient entassés sur les berges. Un cimetière à l'air libre qu'étaient venus visiter les bourgeois de la ville, s'amusant du cadavre d'un nourrisson grignoté par les rats, du corps nu d'une ribaude aux seins gelés.

Une lumière chiche filtrait de la fenêtre aux losanges de verre. Philippe fit jouer le loquet et un air glacé entra dans la salle du Conseil. Sur les berges, un groupe de brassiers déchargeaient un bateau qui remontait de l'estuaire. Des ballots de laine, venus d'Angleterre. Derrière une table bancale, un marchand, enseveli dans une lourde fourrure, comptait les marchandises déposées sur le quai. Plus loin, on roulait des tonneaux en partance pour Londres. Philippe sourit. Qui sait, sa fille Isabelle mariée au roi d'Angleterre goûterait peut-être de ce vin ? Il leva les yeux vers la tour de Nesle de l'autre côté de la Seine. Un filet de fumée s'élevait de la toiture, mais les fenêtres des trois étages étaient encore fermées. C'est là que vivait son fils aîné Louis. Le peuple l'avait surnommé le Hutin, en raison de son caractère entêté et querelleur. Petit, malingre, souffreteux, il avait sans cesse l'injure aux lèvres et la colère dans les yeux. Philippe plissa les lèvres. Dieu n'avait pas gâté le royaume en lui donnant pareil héritier. Des cris montèrent des quais. Un groupe de loqueteux se disputaient les restes d'un chien. Depuis le début de l'hiver, les pauvres étaient devenus la plaie du royaume. Des bandes de va-nu-pieds, de serfs en fuite, de déserteurs parcouraient la France, violant et pillant. À la fin de l'été, elles s'étaient abattues sur Paris, comme une bande de corbeaux sur un cadavre à dépecer. Déguisés en mendiants, les pillards arpentaient chaque quartier, repérant les maisons isolées, les familles sans défense, sélectionnant leurs proies le jour, pour les égorger la nuit.

— Qu'on appelle Nogaret ! commanda Philippe.

L'un des deux serviteurs, qui se tenaient à la porte d'entrée, passa dans l'antichambre où attendait le conseiller du roi.

— Sa Majesté m'a fait demander ?

Philippe quitta l'embrasure de la fenêtre et vint s'asseoir près du feu. Il fit signe à Nogaret de le rejoindre.

— Combien de meurtres cette nuit ?

— Six.

Le roi fixa la braise qui rongeait le centre de la bûche. Il la frappa d'un coup de tison. Une pluie de feu illumina l'âtre de la cheminée.

— Les hommes sont comme ces étincelles, Nogaret, vains et éphémères. Pour autant devons-nous les abandonner au Mal ?

Le front de Nogaret se plissa sous son bonnet de soie. Depuis peu, le roi parlait par énigmes et paraboles.

— Sire, un roi ne peut résoudre le Mal, mais il peut en atténuer les effets.

Philippe tendit ses mains vers la chaleur.

— Six… répéta-t-il à voix basse.

— Cinq hommes et une femme. Une veuve. Bien sûr, elle a été violée.

— Bien sûr… reprit le roi. Dites-moi, Nogaret, que dit le peuple de ces assassinats ?

— Il n'en a pas connaissance, Sire. Dès qu'un corps est repéré, il est aussitôt récupéré par la garde et remis aux chanoines de Saint-Germain-l'Auxerrois. Leurs caves, qui donnent sur la Seine, sont d'une exceptionnelle fraîcheur, surtout en cette saison.

— Ainsi donc, le peuple ne sait rien de cette épidémie de meurtres.

— Non, Seigneur, seules les familles des victimes pourraient avoir des soupçons.

— Je n'ai eu nul vent de leurs plaintes.

Nogaret se raidit sur sa chaise.

— Sire, la justice du roi ne peut être publiquement bafouée. Alors quand les moyens manquent…

Philippe plissa les lèvres. L'État n'avait plus rien en caisse. Il avait eu beau dévaluer la monnaie, spolier les banquiers lombards, imposer de force l'Église, ce qui lui avait valu une excommunication. Rien n'y avait fait. Le Trésor royal était toujours aussi vide.

— … Il faut y suppléer par l'imagination.

Le roi ne répondit pas. Ses yeux prirent une fixité de pierre. Le montant de chêne sculpté de rosaces, contre lequel était assis le conseiller, crissa légèrement.

— Pour que les familles des morts ne se plaignent pas, nous employons un artifice…

— Suffit, je n'ai pas à connaître les détails. Réglez le problème.

— Il en sera fait selon votre volonté, Sire.

Le monarque rabattit sa robe d'hermine sur ses genoux.

— Le peuple souffre, Nogaret. Nous ne pouvons lui infliger plus d'impôts. Il nous faut trouver de nouvelles ressources.

— Les juifs ? suggéra le conseiller.

— Nous les condamnons déjà à l'amende, mais le peuple, excité par les moines, les tue souvent avant.

— Et le pape ?

— Nous avons abattu son prédécesseur et tondu celui-ci.

— Les grands seigneurs ?

— J'ai des mis des années à acquérir leur loyauté, je ne vais pas la perdre en taxant leur fortune. Quant à ceux qui se sont rebellés…

La main du roi trancha l'air à la manière d'un couperet.

— … Ils ne sont plus en état de payer un quelconque impôt.

Nogaret tapota négligemment l'accoudoir de son fauteuil. Philippe connaissait ce geste depuis dix ans.

— Mais vous savez l'état du royaume aussi bien que moi et je suis sûr que vous avez déjà réfléchi aux moyens de remédier à cette situation.

Philippe observa son conseiller. Il l'avait distingué, quinze ans plutôt, à Montpellier. Un juriste subtil, travailleur infatigable, affamé d'ambition. Et aujourd'hui Nogaret était l'homme le plus haï de France.

— Sire, qu'avez-vous prévu ce matin ?

Le roi haussa les épaules.

— Je dois recevoir mon fils Louis, juste avant d'entendre la messe.

— Alors, nous avons une heure devant nous. J'aimerais vous présenter quelqu'un.

Palais du Louvre
Le donjon

Les rois de France s'étaient toujours méfiés de Paris. La cité, édifiée sur la rive gauche, souvent prompte aux révoltes, n'était pas assez sûre pour les souverains. Certes, on les voyait dans le palais administratif de la Cité mais, au moindre mouvement populaire, ils passaient la Seine et venaient s'établir dans leur forteresse du Louvre. Construit un siècle plus tôt, flanqué d'une dizaine de tours, le château formait un carré trapu autour du donjon central. C'était la plus ancienne et la plus haute bâtisse du Louvre, un monolithe gris qui surplombait la cité et les forêts alentour. Là où le roi détenait des prisonniers qu'aucun registre ne mentionnait, que personne ne réclamait jamais.

Nogaret marchait le premier, un flambeau à la main. D'un pas rapide, il descendait les degrés de l'escalier vers les salles souterraines. Derrière lui, le roi avançait en silence. Ce matin, il avait vu un vol de corbeaux tournoyer trois fois autour du palais et ce signe l'inquiétait. Depuis Noël, il lui semblait parfois qu'une main de plomb s'abattait sur son épaule. Il devait alors s'arrêter et reprendre son souffle. Ses pauses, que son corps lui imposait, l'irritaient fort. Parfois, alors qu'il maudissait son âge, le doute s'emparait de lui : avait-il été un bon roi ? Un vertige le saisissait. Combien d'hommes, de femmes, d'anonymes, avait-il sacrifiés dans l'intérêt supérieur du royaume ? Il craignait de retrouver leurs ombres quand lui aussi serait soumis au jugement éternel de Dieu.

Nogaret s'arrêta à un palier, face à une porte étroite, et fixa la torche à un anneau de métal.

— Sire, l'homme que vous allez voir a été arrêté à Montpellier, le mois dernier, il tentait de changer de l'or auprès d'un Lombard. La vieille ville étant sous autorité royale, il a été interrogé par notre bailli. Ce dernier n'a pas ménagé ses efforts, mais il n'est parvenu qu'à établir l'identité et les fonctions du prévenu.

— Son nom?

— Évrard, chevalier en la commanderie de Sainte-Eulalie en Rouergue, répondit Nogaret.

— Un templier... réfléchit à voix haute le roi, en train de trafiquer du métal précieux. L'avez-vous tourmenté, Nogaret?

— Personnellement, Sire.

Le roi poussa la porte.

— Alors il a parlé.

La salle était ronde et voûtée. Au centre du plancher, un sommier de bois se tenait incliné à mi-pente. Dessus, un homme gisait, les mains liées au-dessus de sa tête. Des marques bleues se voyaient au niveau des articulations. Nogaret s'approcha.

— Évrard n'a jamais passé la mer, ni connu le combat contre les Infidèles. C'est un anonyme et qui le restera.

Le roi regarda le corps nu frissonner sous le froid. Il avait encore des réflexes.

— Pourtant sa tâche, comme frère du Temple, est essentielle. C'est lui qui, dans sa commanderie, est chargé de recouvrer les bénéfices et d'en gérer les revenus.

Philippe suivait la ligne tremblante de la peau zébrée de crasse et de sang.

— Un simple rouage... murmura le monarque.

— Un rouage, oui, mais qui a tenté d'écouler pour trente mille florins d'or.

À ce chiffre, le roi ne cilla pourtant pas. Son regard restait fixé sur la chair nue qui tressautait. Nogaret reprit :

— Évrard voulait changer cette somme contre des pierres précieuses. Le Lombard l'a dénoncé.

— Une décision qui lui a sauvé la vie, sinon il aurait été accusé de recel de vol.

— Sire, il ne s'agit pas d'un vol…

Cette fois, Philippe se retourna.

— … mais du trésor de la commanderie.

Tous ses familiers le savaient, la face du roi était une énigme. Nul sentiment ne s'y inscrivait jamais, même l'âge semblait épargner l'ovale du visage et l'azur des yeux. Dans les chancelleries de toute l'Europe, on le surnommait le roi de marbre. Nogaret leva un regard discret sur son maître. Comme d'habitude, rien ne bougeait des traits du roi, pourtant sa pensée allait au galop.

— Sainte-Eulalie, j'y suis passé tout jeune, des pierres et du vent.

— Depuis, les templiers ont acquis des milliers d'arpents de terre, ils ont créé trois cités fortifiées, rationalisé l'élevage. De cette terre ingrate, ils ont fait de l'or.

— Trente mille florins… reprit le roi.

— Évrard a avoué que depuis la chute de Saint-Jean-d'Acre et le départ d'Orient, chaque gestionnaire de commanderie a pour ordre de thésauriser les bénéfices et une fois une certaine somme atteinte de la convertir en pierreries. Plus discret à transporter, plus facile à dissimuler.

— Saint-Jean est tombé en 1292, voilà donc quinze ans qu'ils accumulent… Combien y a-t-il de commanderies dans le royaume, Nogaret ?

— Près de sept cents, Majesté.

Pour la première fois, depuis son accession au trône, le regard de Philippe vacilla.

— Vingt millions de florins d'or…

— Oui, sire, murmura Nogaret, trente ans du budget du royaume.

Dans la salle voûtée aux pierres humides, on n'entendait plus que le râle du prisonnier. Le visage du roi avait retrouvé son apparence de statue. Sa voix résonna brusquement.

— Tel que je vous connais, messire mon conseiller, vous avez déjà un dossier complet contre les templiers ?

Guillaume s'inclina avant de répondre :

— Majesté, j'ai fait interroger dans les geôles du royaume les frères du Temple qui s'y trouvaient. Bien qu'ils dépendent de la justice du pape, nous en détenons un certain nombre que leur hiérarchie a oublié de réclamer. L'un d'eux, Esquieu de Floyran, détenu à Agen, s'est montré particulièrement prolixe. Atteint d'une maladie incurable, il craignait de perdre son âme s'il ne confessait pas ses erreurs et ses crimes.

— Des crimes, Nogaret ?

— Oui, Sire. Ignobles à entendre et horribles à dire. De quoi conduire tous ses pairs au bûcher.

Le menton entre ses mains, Philippe soupesait la valeur de l'information.

Le juriste précisa :

— Nous avons recensé par écrit son témoignage, puis nous avons interrogé les autres templiers à notre disposition.

— Ils ont confirmé ces dires ?

— Tous sans exception, sire. La torture leur a délié la langue.

L'homme sur la planche souillée se mit à gémir. Philippe éleva la voix :

— Nogaret, vous partirez ce matin même pour Poitiers, voir le Saint-Père, afin de l'informer de ces révélations et requérir son conseil. Quant à lui…

Le monarque tendit l'index orné du sceau royal vers le corps martyrisé.

— … je m'étonne que cet homme soit encore vivant.

— Votre étonnement ne saurait durer, Sire.

Nogaret se pencha vers le sol et souleva une trappe

de bois. Un boyau sombre dévalait dans l'obscurité. En un instant, la pièce étroite fut envahie par une odeur acide de pourriture. Guillaume se dirigea vers les bras du prisonnier et trancha la corde qui l'enserrait. Aussitôt le corps s'effondra dans la bouche d'ombre. Une multitude de cris aigus et grinçants se déchaîna.

Nogaret sourit au roi.

— Les rats de la Seine, Sire.

8

De nos jours
Paris
Rue Pierre-Nicole
Crypte de Saint-Denis

Les murs de pierre blanche étaient maculés de taches pourpres, de la même teinte que la croix pattée dressée sur l'autel. Les bancs, le sol de pierre, la statue de la Vierge, partout des myriades de gouttes de sang. Même les pieds du Christ en croix étaient teintés du fluide des victimes expiatoires.

L'homme qui les avait tous trahis restait debout dans la chapelle. Minéral, les bras le long du corps, sans un mouvement apparent, telle une statue. Seul, au milieu des cadavres, le Grand Maître avait ajusté sa cape blanche, remis son masque et contemplait les corps. Seuls ses yeux bleu vif bougeaient, balayant le sol. Juste avant de quitter les lieux et de le laisser face à ses ex-compagnons, les tueurs avaient déposé les corps à terre, alignés contre le mur. Après le massacre, il avait tenu à rester seul avec eux, jusqu'au petit matin, de longues heures à méditer dans un silence sépulcral.

Les cinq corps gisaient là, enveloppés dans leur

grand manteau blanc, souillés de leur sang. Les mains jointes comme pour une ultime prière.

Cinq corps sans tête. Tranchées à ras, à la hauteur du cou.

L'homme au blanc manteau avait voulu assister à leur décapitation après les avoir bénis. Les tueurs les avaient alignés puis l'un d'entre eux avait alors actionné la tronçonneuse pendant que l'autre maintenait le corps.

Un par un.

Le Grand Maître n'avait pas cillé en entendant les premiers raclements de la chaîne d'acier crantée sur les vertèbres cervicales. Il s'était imposé d'enregistrer jusqu'au moindre détail chaque décapitation.

Une par une.

Il était responsable devant Dieu et voulait l'assumer. L'ultime crâne découpé et placé dans la grande glacière, il avait demandé à rester seul. C'était lui qui avait donné l'adresse du fuyard au troisième membre du trio, la femme. À cette heure, les tueurs avaient dû exécuter le frère Jean et couper sa tête. Debout, face aux cinq suppliciés étendus contre la pierre, il devenait désormais le dernier de la loge des sept templiers. Le septième et le dernier. Il contempla les cadavres sans tête et récita intérieurement le serment de l'Ordre :

Sept templiers.
Trois portes.
Une seule vérité.

Il marcha, exténué, vers la porte de la chapelle. Il fallait chasser la fatigue, aller jusqu'au bout pour atteindre la *seule vérité.* Et pour l'extirper, cette vérité, il allait creuser dans les crânes de ses frères.

Et dans le sien aussi.

République tchèque
Zbiroh

La Jaguar verte filait à toute allure sur la route montagneuse. Les pluies torrentielles avaient abattu des branches d'arbres un peu partout sur la route mais le chauffeur ne s'en souciait guère. Le comte Potocki slalomait entre les débris végétaux avec aisance et semblait prendre plaisir à se jouer des obstacles. La petite route sinueuse n'avait aucun secret pour lui. Assis à l'arrière de la Jaguar en compagnie du père da Silva, Marcas s'accrochait à la lanière de cuir qui pendait au-dessus de la vitre, réprimant une envie de vomir. Le curé restait imperturbable, regardant le paysage avec indifférence.

Une vieille camionnette Skoda surgit au détour d'un virage, le chauffeur lança une injure en polonais et rétrograda brutalement. Marcas faillit se cogner la tête contre la vitre de séparation. Il jeta un regard noir au conducteur.

— À Biarritz, tu avais failli nous planter à la sortie du casino. Tu roules comme un malade.

Le comte sourit dans le rétroviseur, l'air goguenard.

— Soit tu veux attraper ton vol pour Paris à temps, soit je roule pépère. Vous dites comme ça, les Français, hein ? Pépère, j'adore cette expression. Mais il te faudra attendre six heures de plus à l'aéroport pour l'avion suivant. Tu comptes faire quoi pour le type qui t'a appelé ?

Le commissaire tenta de se caler contre le siège en cuir brun.

— Je ne sais pas si c'est une mauvaise blague ou quelque chose de plus sérieux. La fille qui m'a répondu avait l'air convaincante. Le numéro ne s'est pas affiché sur mon portable, j'ai appelé mon adjoint pour qu'il récupère mes fadettes.

Le prêtre se tourna vers lui.

— Les fadettes ?

— Les relevés d'appels et de réception d'un numéro de téléphone, fournis par les opérateurs de téléphonie aux services de police. Ils identifieront le numéro appelant en un rien de temps.

La route devenait plus large, les premières habitations apparaissaient de chaque côté dans le sous-bois. Un garage, des maisons à un étage en pierre noircie, un entrepôt de stères de bois empilés les uns sur les autres. La Jaguar coupa un carrefour sans s'arrêter au panneau stop. Antoine leva les yeux sur le plafond capitonné. Son portable vibra dans la poche de sa veste. Le numéro de son adjoint s'afficha.

— Salut, Tassard. Tu en as mis du temps. J'arrive dans cinq heures à Orly, sur le vol d'Air France. J'ai du mal à entendre.

— Moi aussi... mon contact chez l'opérateur... vacances, j'ai dû passer... voie officielle.

La voix de son adjoint arrivait comme en écho, elle était entrecoupée d'interférences.

— J'ai du mal à entendre. Parle plus fort.

— Moi aussi... Le type a... identi... habite... les collègues ont pris le...

Marcas pesta, il avait horreur des conversations hachées.

— Répète, j'ai pas entendu.

Le portable restait silencieux.

— Tassard !

La jauge de fin de batterie clignota sur l'écran. Le téléphone s'éteignit.

— Et merde. J'ai plus de batterie et en plus j'avais des appels en absence.

Le prêtre lui tendit un iPhone dans un élégant étui de cuir noir frappé d'un crucifix argenté.

— Voulez-vous le portable d'un serviteur du Seigneur pour votre enquête ? Je vous dois bien ça.

Antoine prit l'appareil.

— Modèle dernière génération. Le Vatican gâte ses employés, beaucoup plus que la police française.

— Le denier du culte… et la banque du Vatican le fait fructifier. Mais ce n'est plus ce que c'était.

Antoine composa le numéro de son adjoint. Il apprécia le fond d'écran, trois clés de saint Pierre en argent sous une tiare papale avec en fond un dais de velours noir. Une trentaine de secondes s'écoulèrent, il tomba sur un répondeur.

— Décidément ce n'est pas mon jour. Tassard, je t'appelle d'un autre portable. Essaye de me joindre sur ce numéro ou laisse-moi un message sur le mien.

Il raccrocha et tendit le portable à son voisin.

— Adressez une prière à saint Pantaléon, il guérit les troubles de la parole et améliore la communication entre les hommes.

— Sans façon mais merci pour le portable. Votre fond d'écran est orné d'un blason avec trois clés de saint Pierre, dans ma mémoire il n'y en a que deux sur les armoiries du Vatican. C'est un ordre particulier ?

— Vous êtes bien curieux. En effet c'est le blason de mon service au Saint-Siège.

La route avait cessé de descendre et rejoignit l'embranchement d'une voie plus fréquentée. Un panneau bleu indiquait Praha, Prague, à quinze kilomètres. La Jaguar s'inséra dans le flot de la circulation. Marcas était impatient de savoir si Tassard avait identifié son interlocuteur. La voix du type était angoissée, désespérée. Son souffle haché, rauque. Antoine avait même entendu le bruit des talons qui cognaient contre le pavé. Si c'était une blague, le type avait poussé le réalisme assez loin. Pourquoi l'avait-il appelé mon frère ? Un membre de sa loge ? Il lui aurait tout de suite donné son prénom. Et cette femme… Il y avait quelque chose de bizarre dans sa voix. Ça ne tenait pas. Il sentait monter en lui cette délicieuse irritation qu'il éprouvait chaque fois qu'il se trouvait confronté à une énigme.

Les derniers mots prononcés par son interlocuteur tournaient dans sa tête.

Le Maître Inconnu.

L'Abrax.

L'Abrax garde la vérité.

Il n'avait aucune idée de ce que voulait dire Abrax. Et pourquoi pas abracadabra.

La Jaguar ralentit brutalement.

— À l'aéroport je vais demander à mes collègues tchèques de te retirer ton permis sur-le-champ.

— Saint Christophe peut faire beaucoup pour vous, comte, ajouta le prêtre.

La circulation devenait plus dense. Le comte pointa son index vers un grand panneau publicitaire planté au bord de la route.

— Antoine, ouvre tes yeux et que la grâce te tombe dessus.

Antoine rapprocha son visage de la vitre pour mieux voir les affiches.

Un septuagénaire à l'air sévère, habillé d'une longue tunique blanche, ouvrait les bras en croix. Ses cheveux blancs vaporeux formaient comme une auréole autour de sa tête, contrastant avec le bleu, presque artificiel, de ses pupilles. Des visages d'enfants souriants encadraient la silhouette légèrement voûtée qui se détachait sur une croix sombre. Un slogan en tchèque, en grosses lettres rouges, remplissait le haut de l'affiche. Le comte avait allumé une cigarette.

— Je traduis. Bienvenue à Toi, Très Saint-Père.

Marcas ricana.

— Notre bon pape… Belle promo. Digne d'une star de la pop. Lady Gaga n'a qu'à bien se tenir. Et dire que je vais rater ça, si j'avais su je serais resté plus longtemps.

Le père da Silva restait silencieux. Le comte bougonna.

— C'est passé. Il était en tournée de promotion pastorale pendant trois jours. Au programme, meeting, after et vêpres dans la cathédrale Saint-Guy, tournée chez les fans de province, recueillement à Stara Boleslav, lieu de supplice de Wenceslas, le saint national. La totale. Et pourtant les Tchèques sont pas les plus cathos d'Europe centrale, à peine un tiers de la population. Mais bon, il faut fortifier la foi et il s'y emploie.

Le comte prit un virage serré et accéléra. Marcas ne tenait pas en place. Il n'avait qu'une hâte, arriver à Paris et connaître l'identité de l'inconnu au téléphone.

La Jaguar sortit par un embranchement secondaire et traversa un quartier de gigantesques barres grises, splendeur passée de l'époque communiste. Cinq minutes plus tard le véhicule se gara dans la file de dépose rapide des voyageurs. Sans se soucier des policiers en faction, le comte laissa sa voiture et accompagna ses invités dans l'aéroport. Le vaste hall était bondé. Les passagers allaient dans tous les sens. Des policiers, casquette vissée sur la tête, fusil sur la hanche, patrouillaient. Le grand écran d'affichage des vols indiquait des retards d'une heure pour ceux de Paris et de Rome. Potocki leur fit signe de le suivre.

— Vous êtes mes hôtes jusqu'au bout, suivez-moi.

Ils prirent un petit escalator qui jouxtait le poste de police et arrivèrent au premier étage. Une hôtesse blonde les accueillit devant un cordon de toile qui barrait l'accès à une porte entrouverte. Au-dessus, était placée une plaque noire, gravée en lettres gothiques. PLATINIUM CLUB. Le comte échangea quelques phrases avec la jeune femme et montra le billet de Marcas. Elle les laissa passer en affichant un sourire éclatant. Ils pénétrèrent dans un bar cosy, avec des fauteuils en cuir anglais. Des serveurs en costume noir passaient entre les tables pour servir de rares clients, pour la plupart plongés dans la lecture de journaux ou la consultation de leurs ordinateurs.

— Luxe, calme mais pas de volupté, mes amis.

— La classe affaires a du bon.

— Quelle classe affaires ? C'est pour les gagne-petit. Ici, c'est la Platinium, un cran au-dessus. Champagne, a minima, Bollinger, à volonté, massage sur demande, caviar beluga et pas le sevruga des pauvres, et surtout contrôle de sécurité et enregistrement VIP pour ne pas faire la queue en bas avec le troupeau. Je vous ai fait bénéficier de ma carte de membre. Servez-vous, tout est offert. Sauf les serveuses.

Il consulta sa montre et frappa dans le dos du Français.

— Je retourne au château. Bon voyage, appelle si tu as besoin de quoi que ce soit.

— Salut, Jan. Merci pour ce trip.

— Mon père, ce fut un plaisir. J'espère que le Saint-Père priera pour mon salut de franc-maçon très catholique. Pas comme ce mécréant de Marcas.

— Comte, je me ferai une joie d'intercéder en votre faveur.

Après un dernier salut, Potocki disparut par la porte. Le prêtre se tourna vers Marcas.

— Un homme charmant, ce comte. Si nous allions prendre un verre avant de nous envoler vers nos contrées respectives ?

— Bien volontiers.

Ils s'installèrent à une table le long de la grande baie vitrée, avec vue directe sur le tarmac. On entendait à peine le grondement des réacteurs du 747 de Cathay qui décollait à pleine puissance sur la piste principale. Il remarqua que le prêtre avait un regard fixe, ses paupières ne cillaient pas. Ses lèvres charnues lui donnaient un air presque sensuel. Il quitta le regard du père da Silva et fit signe à un garçon qui prit leur commande. Il demanda une omelette aux truffes et un jus d'orange pressée, le Romain opta pour un breakfast complet avec des tranches de saumon de la Baltique. Antoine s'assura que son billet était bien dans sa poche.

Il fallait absolument qu'il puisse joindre Tassard avant de s'envoler. Peut-être avait-il laissé un message sur le portable du prêtre.

— Pouvez-vous vérifier si mon adjoint ne vous a pas appelé ?

Da Silva consulta son smartphone et secoua la tête.

Le serveur apporta leur commande et Antoine se rua sur l'omelette.

— Est-ce indiscret de vous interroger sur votre fonction au Vatican ?

— Un frère est-il capable de garder un secret ?

— Rassurez-vous, ça restera sous le sceau de la confession, mon père.

Da Silva mangeait avec appétit, il sourit.

— Je sécurise les voies empruntées par le représentant du Seigneur.

— Vous êtes une sorte de collègue ? Sans blague ?

— Pas tout à fait. La garde suisse et la gendarmerie du Vatican remplissent ce rôle à merveille. Je suis conseiller auprès du cardinal camerlingue, qui s'occupe de certaines affaires de la Curie. Juste avant de venir au château, j'ai passé mon temps à faire des réunions avec la police tchèque et une partie de l'équipe de protection du pape envoyée en détachement. À mon tour d'être indiscret.

— Je vous en prie.

— Vous êtes un « frère » du comte... La franc-maçonnerie est une société bien intéressante, mais qui nous a aussi causé quelques problèmes, ces deux derniers siècles.

Antoine soutint son regard fixe.

— Votre pape actuel ne nous porte pas dans son cœur. N'a-t-il pas dit que nous étions des brebis égarées qui se prenaient pour des bergers ? Et que les mauvais bergers conduisaient les agneaux vers la falaise et l'abîme. Si je ne m'abuse, votre patron n'a pas révoqué la bulle qui exclut les francs-maçons de la communion.

Vous n'avez pas peur de parler à un homme en état de péché perpétuel ?

— Disons qu'il a une position arrêtée sur le sujet. Pour ma part, rassurez-vous, dans ma carrière, j'ai eu affaire à des pécheurs bien plus dangereux que vous. Voici ma carte de visite. Peut-être aurons-nous l'occasion de nous revoir. Je vous suis très reconnaissant de m'avoir sauvé la vie dans le boyau. J'ai une dette morale envers vous.

— Dites à votre Saint-Père de se faire initier en maçonnerie...

Marcas prit la carte.

Antonio da Silva

Un numéro de téléphone, une adresse à Rome, au Vatican.

Et toujours les curieuses armoiries avec les trois clés.

Marcas tendit la sienne.

— Le logo de la police est moins original, je le crains.

Da Silva porta la main à sa poitrine et en sortit son portable.

— Excusez-moi.

Antoine avala son jus d'orange. Da Silva lui tendit son appareil.

— C'est votre adjoint.

Antoine reposa son verre et prit le portable.

— Commissaire ! Je vous ai laissé un message sur votre répondeur.

— Je n'ai plus de batterie. Heureusement que le ciel m'a donné un coup de main téléphonique.

— Hein ?

— Laisse tomber. Alors ça donne quoi, l'identification ?

Da Silva mangeait à grandes bouchées et regardait un Airbus à la carlingue bleue s'envoler sur la piste.

— On a retrouvé le type. Un certain Jean Balmont.

Il habite à Paris, dans le 6e arrondissement, rue Saint-Jacques. Vous le connaissez ?

— Jamais entendu parler de lui. Je ne comprends toujours pas pourquoi il m'a contacté. Tu l'as interrogé ?

— Ça risque d'être dur. Il est mort.

9

Paris,
Église Saint-Germain-l'Auxerrois
23 février 1307

Guilhem traversa le cloître en coupant par le jardin. Près du puits, deux desservants de la paroisse discutaient en attendant la messe. Ils parlaient en riant d'un bordel qui avait brûlé, rue de Fournille. La nuit avait été froide. Entre les allées, les plantes médicinales étaient encore couvertes de givre. Guilhem se pencha pour observer les jeunes pousses de basilic. Il lissa entre ses doigts les feuilles tendres et se dit qu'il demanderait à un frère convers de les recouvrir de paille pour la nuit prochaine. L'église de Saint-Germain était célèbre dans tout Paris pour son jardin. On y cultivait des plantes venues d'Orient aux propriétés merveilleuses. Le peuple comme les bourgeois se pressaient dans la boutique qui dépendait de l'église. Guilhem hâta le pas vers la pharmacie. C'est là que se préparaient les onguents salvateurs et autres philtres miraculeux que commercialisaient les avisés chanoines. La porte était fermée de deux robustes serrures que Guilhem fit jouer en douceur. Chaque semaine, il vidait une petite fiole d'huile de Sicile dans chaque verrou. Guilhem aimait le silence et la discrétion. Orphelin, il avait été recueilli par l'Église qui souhaitait en faire un prêtre. Il en avait gardé l'habitude de la discipline et le goût de la solitude. Installé dans la pharmacie, il n'ouvrit pas la fenêtre et préféra allumer une chandelle. La lumière vacillante éclaira des rangées de bocaux anonymes. Par précaution, le jeune homme n'inscrivait jamais le nom d'aucune plante. Il faisait confiance à sa mémoire. Pour lui, le mur où s'alignaient les pots multicolores était comme un damier où chaque case correspondait à un code formé d'une lettre et d'un chiffre. Ainsi en E 8, se trouvait l'*hyoscyamine* qui rend fou et en J 13 la *muscaria* qui enfante les cauchemars. Un par un Guilhem vérifia les bocaux scellés à la cire. Il passait son doigt sur chaque rebord avec attention. Rien que sur une seule rangée, il y avait de quoi tuer une rue entière de Paris. Au moment où il vérifiait le récipient rempli de psyllium, on frappa à la porte. Dans l'entrée se tenait un des novices, visiblement essoufflé.

— Magister, le doyen vous attend sans délai dans la sacristie.

Guilhem répondit par un grognement. Il lui restait encore du travail. Voilà peu, on lui avait rapporté les feuilles séchées d'une plante sans nom. Selon le marchand, un Galicien, elles avaient le pouvoir de provoquer la mort sans laisser de trace visible. Depuis, Guilhem tentait d'en extraire la substance active. Les feuilles macéraient dans une solution d'alcool. Guilhem s'empara du récipient où s'opérait la décantation, le ferma d'un bouchon de liège, puis dissimula le tout dans une jarre emplie de brou de noix. Il moucha la chandelle, ferma la porte, puis se dirigea vers l'église.

Depuis des années, l'enclos de Saint-Germain-l'Auxerrois était en reconstruction au gré des ressources de la paroisse. Tantôt les fondations d'une chapelle latérale sortaient du sol, tantôt des échafaudages montaient à l'assaut du clocher, mais le plus souvent le chantier restait en plan, en attente de la générosité aléatoire d'un donateur. Guilhem contourna l'atelier de taille de pierre où l'on n'avait plus vu un apprenti depuis des mois et se dirigea vers la nef. Une gargouille inachevée verdissait au pied du mur dans les décombres de tuiles brisées et de pierre de rebut. Une planche branlante jetée sur un fossé donnait sur l'église, sans passer par la grande porte. Guilhem l'emprunta. À l'intérieur, les préparatifs de la messe avaient débuté. Un chœur de novices répétait un *miserere* qui montait en vrilles plaintives sous les voûtes. Entre les colonnes, des frères convers nettoyaient le sol à grands coups de balais de genêts. La sacristie s'ouvrait à gauche de l'abside. Un domestique portant une livrée rouge écarlate jonchait le pourtour de l'autel, de fleurs. Un enterrement de grand seigneur, pensa Guilhem en frappant à la porte. Le vicaire ouvrit et s'écarta pour le faire entrer. Au milieu de la pièce entièrement boisée en chêne se tenait le doyen vêtu d'une chasuble brodée qu'un novice nouait dans le dos.

— Ah, Guilhem, j'ai très peu de temps. Nous devons enterrer l'ambassadeur du roi d'Aragon qui a eu la bonne idée de venir mourir chez nous.

Il tendit son anneau de pasteur à baiser tandis qu'on lui passait l'étole autour du cou.

— Le chef des archers du roi vous attend en bas. Comme d'habitude, il souhaite votre coopération et comme nous n'avons rien à refuser à messire Nogaret…

Le doyen fit un geste équivoque de la main. On le disait un pur politique, soucieux de ménager à la fois et le pape et le roi. Rêvant d'être un jour évêque de Paris, il passait le plus clair de son temps à se rendre utile aux pouvoirs en place, escomptant qu'on le lui rendrait le moment venu.

— Ah, et tant que j'y suis, dit-il d'un air négligent, vous irez ce matin au Temple. Le Grand Visiteur de

France Hughes de Payraud, qui est de mes amis, m'a demandé un petit service, je compte sur vous.

L'apothicaire s'inclina et se dirigea vers la porte principale. Le doyen l'arrêta.

— Au fait, Guilhem, avant de vous rendre chez les templiers, lavez-vous. Chaque fois que vous revenez des caves, vous empestez la mort.

La légende voulait que l'église Saint-Germain fût élevée sur d'anciennes pêcheries qui dataient de la Lutèce antique. Les Romains, disait-on, avaient creusé de vastes bassins qui se remplissaient lors des crues de la Seine. Quand le fleuve retrouvait son lit, des centaines de poissons restaient prisonniers dans ses réservoirs n'attendant plus que les filets des pêcheurs. Depuis, la Seine, turbulente et imprévisible, avait changé de cours et les bassins servaient désormais de cave pour l'église. C'est là qu'on entreposait les barriques de vin d'Anjou et les épices d'Orient. C'est là aussi, dans un cellier fermé par une lourde porte, qu'on cachait, avant de les « transformer », les cadavres de la nuit.

Alain de Pareilles attendait, l'épée au côté. La carrure lourde, la parole avare, le bras armé de Nogaret en imposait dès le premier contact. Il avait fait disposer et déshabiller les morts sur une longue table de monastère. Un frère convers, muet et illettré, lavait les corps, une éponge à la main. Ainsi on voyait mieux les blessures. Guilhem tomba sa toge et s'approcha. Les cadavres ne lui faisaient plus aucun effet. Lors de son noviciat, avant qu'il ne s'intéresse aux pouvoirs subtils et mystérieux des plantes, on l'avait confié au fossoyeur de la paroisse. Entre les trous à creuser, les linceuls à couvrir de chaux ou les ossements à disperser, il avait fait son apprentissage de la mort.

Sans doute la raison pour laquelle le doyen l'avait désigné pour cette mission de confiance : transformer des assassinats en morts naturelles.

Le premier corps avait les yeux exorbités, la langue pendante et une strie noire autour du cou. Les strangulations étaient les plus difficiles à métamorphoser. Les familles éplorées, auxquelles on rapportait le corps, avaient vite fait de découvrir les marques du lacet et de hurler au meurtre. Guilhem fit un tour attentif du cadavre à la recherche d'autres contusions, avant de se tourner vers le chef des archers.

— Pour celui-là, on ne peut rien faire de propre ! Couchez-le dans une ruelle, face contre pavé, et faites passer sur le crâne l'essieu d'une charrette. Avec un peu de chance (Guilhem regarda le ventre gras de la victime), il aimait la dive bouteille. Ses proches croiront qu'il est mort écrasé, après être tombé ivre mort.

Messire de Pareilles, que rien n'étonnait, mémorisa la prescription. Il lui suffirait de déposer le cadavre cette nuit à la barrière de Paris. Juste entre les roues d'un chariot. Un imbécile de marchand ferait le reste.

Le second corps était celui d'une femme entre deux âges. Ses seins pendaient, maigres et déjà ridés. On l'avait violée et frappée à mort. Tout son corps était noir de coups. Elle avait dû résister à ses bourreaux.

— On l'a trouvée où ? interrogea Guilhem.

— Chez elle.

— La maison a été pillée ?

— Non, ses assassins ont descellé une pierre dans le mur de la chambre. C'est là qu'elle devait conserver son magot.

Guilhem se pencha vers les pieds. Ils étaient d'un noir de suie. On avait dû les plonger dans la cheminée pour qu'elle parle.

— Cousez-la dans un linceul, mais laisser pendre une main, la gauche, qui est la plus couverte d'hématomes. Faites rendre le corps à la famille par quatre de vos hommes, vêtus d'une blouse enduite de vinaigre, le nez et la bouche masqués. Parlez d'épidémie. Vous verrez qu'ils vous supplieront de la jeter dans la fosse commune !

À chaque fois, Guilhem s'étonnait de la sûreté de sa voix. Lui, si réservé, dès qu'il se trouvait devant un cadavre, se découvrait une autorité insoupçonnée.

Le mort suivant était un homme. Grand, musclé. Une boucle à l'oreille, les cheveux noirs et bouclés. Il ne correspondait pas au profil des victimes habituelles. Ce n'était ni un bourgeois repu et aisé, ni une veuve sèche et avare.

— On l'a trouvé près de l'hôtel de Nesle, précisa Pareilles.

Le corps ne présentait aucune marque de coups et, plus curieux, aucune crasse.

Ou un noble ou un prêtre. En tout cas, un homme qui avait l'habitude de soigner son corps. Guilhem examina ses doigts. Longs, effilés et striés d'une ride parallèle, juste au-dessus de l'ongle. Il se pencha sur le cadavre pour que Pareilles ne voie pas la joie de la découverte illuminer son visage. Il pensa : « En voilà un qui ne pincera plus de cordes... »

Il scruta vers la poitrine. Une mince blessure s'ouvrait sous le sein gauche. Un coup de dague, rapide et précis. Du travail de professionnel.

« ... ni de tétons. »

Alain de Pareilles s'approcha du corps, l'air méfiant. L'apothicaire s'interposa.

— Pour celui-là. Vous pouvez le jeter en aval de la Seine. Croyez-moi, personne ne le réclamera.

« Peu de chances que l'épouse infidèle ou son cocu meurtrier ne vienne s'enquérir de l'ancien trouvère aux mains lestes. »

Le chef des gardes hocha la tête. Il s'était habitué aux conseils parfois fantasques de l'apothicaire. Il ferait balancer le corps au pont de Bondy.

Restaient trois cadavres. Une étroite lucarne donnait sur la Seine. Un bruit étouffé de cloches parvint jusque dans la cave. La messe venait de se terminer. Guilhem jeta un œil sur les corps. Des hommes. S'il voulait être au Temple avant midi, il lui fallait partir. Il se tourna vers Pareilles.

— Ne dit-on pas que la ribauderie de la rue de Fournille est partie en fumée ?

La face du soldat se dérida.

— Que si ! Cette nuit, le diable a fait grand ménage et emporté les âmes des putains et de leurs clients. À cette heure, ils doivent rôtir en enfer.

Guilhem renfila sa toge.

— Placez donc les corps qui restent dans les ruines fumantes de ce bordel. Je suis certain que les familles ne voudront plus en entendre parler.

Il ouvrit la porte.

— Et surtout, n'oubliez pas de les brûler avant.

10

De nos jours
Saint-Cloud

— Soixante-treize, soixante-quatorze, soixante-quinze…

Ses biceps le brûlaient. Ses épaules étaient gorgées d'acide lactique.

— Soixante-seize.

Ses lèvres effleurèrent le sol. Il ne pouvait plus remonter.

— Encore une, lança David tout en tournant la page de son livre, le dernier chapitre de la Somme contre les Gentils de saint Thomas d'Aquin. Tu m'ennuies avec tes pompes, tu devrais plutôt te mettre aux échecs. De quoi muscler ce qui te sert de cerveau.

Lucas souffla avec rage. Ses muscles se remirent à fonctionner, puisant les ultimes réserves d'énergie de ses fibres martyrisées. Il réussit à remonter de quelques centimètres puis s'effondra sur le parquet. David referma son petit livre de cuir et croisa les bras. Il le détailla avec moquerie.

— Soixante-seize. Perdu. Puisse saint Paul fortifier ta volonté. N'a-t-il pas dit : « *Le corps est le temple de l'Esprit…* »

— Je sais, première *Épître aux Corinthiens...*, dit Lucas en se relevant avec peine. Tu me le sers toujours. Ça ne s'appliquait sûrement pas à un concours de pompes.

Lucas se mit debout et fit tourner ses bras autour de ses épaules. Son cou lui faisait horriblement mal. Un filet de sueur coula le long de son dos. Son ossature fine faisait ressortir les paquets de muscles en saillie.

— Je te signale que c'est moi qui ai découpé et porté les têtes, mine de rien, ça pèse lourd. Tu t'es contenté de conduire.

— « Qui s'excuse, s'accuse ! »

— Encore saint Paul ? Une *Épître* oubliée ?

— Non, Stendhal. *Le Rouge et le Noir.*

Lucas prit une bouteille d'eau en plastique à moitié pleine et engloutit le fond en quelques secondes.

— Merde, je suis mal à l'aise dans cette mission. Les types qu'on a tués, c'étaient des moines ?

— Je ne sais pas. Je me contente d'obéir. Tu devrais faire pareil et prier.

— C'était pas une mission, comme en Irak. Là, c'était une boucherie. Ils étaient en train de prier, bon sang.

La porte du salon s'ouvrit. Une femme d'une cinquantaine d'années apparut dans l'embrasure. Grande, rousse, les cheveux coupés court, mince et sèche. Ses joues creusées rehaussaient ses pommettes et faisaient ressortir des yeux verts, presque minéraux. Elle était habillée d'un jean usé et d'un blouson de cuir épais. Une dégaine de garçon manqué lui donnait une allure plus juvénile que son âge.

— Ça suffit, le sport en chambre. Venez, j'ai besoin de vous.

Elle s'avança dans la pièce et contempla sans sourciller le corps musculeux de Lucas en caleçon. Les deux hommes échangèrent un regard entendu. Lucas ramassa son pantalon et l'enfila. David se leva de sa chaise.

— Il va peut-être falloir changer de ton, glissa-t-il doucement.

La femme continuait de regarder Lucas qui remontait sa braguette. Elle se rapprocha de lui et posa sa main sur ses pectoraux parfaitement dessinés.

— Impressionnant. J'ai toujours aimé les hommes qui s'entretiennent, vous avez un torse magnifique. Si je vous disais que l'anatomie des mâles est au cœur de mon métier vous ne me croiriez pas…

Puis tournant la tête vers David, elle continua sur un ton cinglant :

— Vous êtes sous mes ordres, ne l'oubliez pas.

— J'en doute. Vous savez très bien qui commande cette opération. Vous êtes une exécutante, comme nous.

La femme se rapprocha de David et lui prit le menton dans la main. Elle le défia du regard.

— Nous savons tous les trois qui m'a embauchée. On vous a imposés pour vos compétences d'hommes de main. Cela n'aurait tenu qu'à moi, je prenais des amis avec un CV plus costaud que le vôtre. Les choses sont simples, vous obéissez sans discuter ou j'appelle votre supérieur.

David la jaugea. Il n'aimait pas cette ancienne gauchiste. Son chef lui avait dit de la prendre très au sérieux en lui montrant sa fiche. *La Louve.* Jeune recrue de la Fraction armée rouge allemande, passage au Nicaragua, puis au Pays basque pour le compte de l'ETA et virage à cent quatre-vingts degrés dans le grand banditisme. Une quinzaine de cadavres au compteur et des braquages lucratifs. Mercenaire pour les sales besognes, un profil rarissime dans le métier. Peu de femmes l'exerçaient.

Elle avait assuré avec succès la coordination de la mission, faisant preuve d'un sang-froid impressionnant, jusque dans l'exécution du dernier membre en fuite de la confrérie en cape. David inclina la tête.

— C'est bon. Je voulais juste vous demander de faire preuve d'un minimum de savoir-vivre.

La Louve éclata de rire puis, sans prévenir, le gifla à toute volée. Une fine trace rouge zébra la joue droite de David.

— Pardon, j'ai oublié que j'avais un solitaire à mon annulaire. On vient de décapiter cinq types et tu me parles de savoir-vivre ? J'ai dû rattraper vos conneries en m'occupant du dernier cadavre. Du savoir-vivre ? Tu te crois où, imbécile ? Dis à ton copain culturiste de s'habiller vite fait et rejoignez-moi au premier.

Elle tourna les talons et disparut de la pièce. Ses pas résonnèrent dans l'escalier qui menait à l'étage. Lucas donna une serviette à David.

— J'ai hâte que cette mission s'achève. Elle me fout la trouille, cette dingue. Je l'ai regardée quand on a ramené les têtes, elle était presque en transe.

David essuya le sang qui perlait de sa joue avec la petite serviette. Son visage était empourpré.

— Visiblement, nos chefs ont oublié cet enseignement : « Je veux cependant que vous sachiez ceci : Dieu est le chef du Christ, Christ est le chef de tout homme, l'homme est le chef de la femme. » C'est simple, clair, limpide.

— Saint Paul ?

— Tout juste, j'ai toujours aimé sa vision de la femelle. Allez, habille-toi. Il faut lui obéir. Au moins, pour quelque temps.

— Une vraie louve dont je partagerais bien la tanière.

— C'est là ta faiblesse. Le sexe, toujours le sexe. C'est comme ça que les femmes dominent les hommes et en font leurs jouets. « Si vous vivez selon la chair, vous mourrez. » On devrait faire lire et relire saint Paul aux garçons dès leur plus jeune âge. Il avait tout compris.

David lui donna une tape sur l'épaule.

— Ah oui. Tu fais comment toi quand tu bandes?

Lucas posa la serviette sur un coin de chaise et le regarda en souriant.

— Dieu m'a offert le bien le plus précieux. L'absence de désir. Mon âme est pure. Mon sexe me sert uniquement à excréter l'eau usée de mon corps.

— Je t'envie, si je ne baise pas je deviens dingue.

Ils traversèrent la pièce et montèrent rapidement à l'étage. Le manoir de Saint-Cloud, perdu au fond d'un parc privé leur servait de QG. Il possédait une entrée discrète, un jardin d'hiver avec une tonnelle et une verrière, une cave qui donnait sur un souterrain bouché. Les fenêtres à l'étage avaient été occultées avec des rideaux double face. Le grand salon avait été réaménagé pour les besoins de la mission. Ils avaient sué toute une journée pour y installer le matériel. Un garage privatif, assez large pour faire rentrer leur camionnette de plomberie, autorisait des allées et venues sans attirer l'attention. Ils s'étaient installés là, trois semaines plus tôt, attendant les ordres pour passer à l'action.

Arrivés devant la pièce principale, ils entendirent des éclats de voix.

— Trop de temps. Il faut accélérer.

Ils reconnurent la voix de la Louve. Cassante, brutale.

— Encore quatre et c'est fini. En attendant, laissez-moi travailler, répondit une voix d'homme, plus âgée.

Ils pénétrèrent dans le salon. Une grande table en inox était posée en travers de la pièce. Du plafond pendait un projecteur. Une odeur écœurante de formol imprégnait la pièce.

La Louve était en train de fumer une cigarette, appuyée contre un frigo. Elle regardait un homme en blouse banche, petit et râblé, s'affairer devant la table.

— Ils ont moins fière allure sans leurs capes et leurs masques, ricana la femme en soufflant une volute.

L'homme ne répondit pas.

Six visages hurlaient en silence.

Les têtes étaient alignées sur la table, piquées sur des pointes de fer. Les cheveux poisseux, la carnation de la peau livide, presque verdâtre.

Tous avaient la bouche ouverte, figée dans un dernier cri. Le premier visage avait les yeux ouverts sur un regard exorbité, le deuxième s'était figé dans une expression de douleur indicible, le troisième avait les paupières closes, tachetées de sang, la joue droite du quatrième pendait, déchiquetée, quant au dernier, sa langue racornie tombait d'une bouche tuméfiée. Des croûtes de peau séchée s'accrochaient sur la base des piques. Sur la table, des instruments chirurgicaux baignaient dans une petite bassine d'aluminium souillée de sang.

L'homme en blouse blanche portait un calot sur la tête et des lunettes grossissantes déformaient ses yeux. Il palpait le troisième crâne. Ses doigts gantés de vert appuyaient méthodiquement sur la peau comme s'il effectuait un massage. Son index s'arrêta et tapota une zone derrière l'oreille.

— Enfin, lança-t-il avec un cri de triomphe.

Il saisit un scalpel, l'approcha de l'oreille et la trancha délicatement de haut en bas. Puis, il repêcha un autre instrument en forme de pique retournée et cura entre le haut de la mâchoire et le trou béant. Il tournait l'instrument dans un mouvement de rotation circulaire de sa main droite. La tête tremblait autour de la pique. L'homme poussa un soupir.

— Ça ne vient pas !

Il posa l'instrument sur le côté et s'adressa à David qui contemplait la scène, fasciné.

— Passez-moi le fusil posé contre le mur.

David lui tendit l'arme. L'homme la brandit et l'amena à la verticale de la tête décapitée. D'un coup sec, il donna un coup de crosse sur le cuir chevelu. Un craquement se fit entendre, suivi d'un bruit de succion. La pique s'enfonça d'un coup dans le crâne. La pointe argentée jaillit au sommet, comme un cheveu de fer qui aurait poussé de façon incongrue. Le mouvement vertical provoqua l'ouverture soudaine des yeux, la tête semblait s'être réveillée pour fixer ses bourreaux.

— Bonjour, mon gars. Navré de t'avoir réveillé.

La Louve secoua la tête en poussant un soupir. L'homme en blouse de chirurgien articula, satisfait :

— Voilà qui est mieux. Elle avait été mal fixée. C'est marrant, je sais à qui ils me font penser, ces types, décapités et alignés sagement, presque en train de chanter. Aux mecs de Disneyland.

— Quoi? répondit, surprise, la femme.

— Il fut un temps où j'emmenais mes nièces au parc d'attractions de Disney. Elles adoraient la maison hantée. Dans une des pièces, il y a des têtes coupées sur lesquelles ils projettent des films de visages animés. Ça fait le même effet.

Il reprit son instrument recourbé et l'appliqua à nouveau sur la zone initiale. Cette fois, la tête ne bougeait plus. Un bruit aigu de raclement d'os résonna dans la pièce. Au bout de quelques minutes, il déposa l'outil d'un air satisfait et s'approcha de la partie incisée. Il inspecta l'orifice dans la chair.

— Et de trois.

Il prit une pince, sonda la plaie et remonta un tout petit objet qu'il plaça dans le faisceau du projecteur. Une minuscule capsule oblongue noire, souillée de sang, apparut. Dans un bruit sec de métal, elle rejoignit un récipient où étaient déjà alignées deux autres capsules. La Louve jeta sa cigarette dans l'évier.

— À ce rythme-là, j'ai le temps d'aller me faire une séance de manucure, un peeling et un massage.

L'homme se retourna vers elle. Il soufflait et clignait des yeux.

— Vous croyez que c'est facile, bordel ! À chaque fois, elles sont implantées à des endroits différents.

— Vous êtes payé en conséquence.

— Je devrais toucher plus. Bien des gens seraient intéressés par votre collection insolite. Vous n'avez pas des gueules de Jarivos.

La Louve sourit, affichant une dentition parfaite.

— On dit Jivaros. Des indiens Jivaros. J'aime votre sens de l'humour, docteur. Vous voulez ajouter votre tête à ma collection ?

Il vit qu'elle ne plaisantait pas et haussa les épaules.

— Je déconnais. Laissez-moi prendre un quart d'heure de pause et je m'y remets.

David et Lucas étaient restés silencieux, assistant à l'échange sans broncher. Elle leur fit signe.

— Je vous présente le Dr Elbaz, grand spécialiste de la chirurgie esthétique qui a fait le bonheur de tant de femmes… Il a même eu sa photo dans les journaux.

— C'est bon. Lâchez-moi. C'était il y a dix ans.

— Allons, pas de modestie. Vos clientes auraient pu postuler au livre des records. À la rubrique ratage et monstruosité. Visages paralysés par des injections de botox sur des nerfs faciaux, seins déformés, liposuccions jusqu'à l'os. C'était une idée très lucrative de faire de la chirurgie esthétique à l'artisanal, sans diplôme reconnu et matériel de pointe. Récompense, cinq ans de prison et radié de l'Ordre des médecins.

Elbaz prit une bière dans le frigo et cracha par terre.

— Je m'en fous. Je me fais plus de blé maintenant.

— En effet. L'ami qui vous a recommandé m'avait avertie de vos honoraires et de votre discrétion. Un médecin pourri reste quand même un médecin. C'est toujours très utile pour certaines tâches.

— La prochaine fois, oubliez-moi. Je n'aime pas être mêlé à des meurtres.

— Finissez votre ouvrage et ces cinq têtes disparaîtront à jamais de votre vie, et nous aussi. De plus vous repartirez avec votre mallette bien remplie. Appelez-moi quand vous aurez fini. Lucas, David. On en est où avec ce Marcas ?

— Je vais vous montrer, dit Lucas d'une voix froide.

Le trio descendit l'escalier et arrivèrent dans un grand bureau. Deux écrans d'ordinateurs étaient posés sur une table. Lucas s'installa devant le plus grand. Il pianota sur le clavier.

— On a intercepté une conversation.

— Comment faites-vous ça ? demanda la Louve.

— Très simple. Nous avions son numéro inscrit sur le portable de Balmont. J'ai piraté le site de l'opérateur de Marcas à qui j'ai envoyé une demande officielle de la part du ministère de l'Intérieur pour le mettre sur écoute. J'ai leurs codes de procédure. Ils mettront au moins deux jours pour s'en apercevoir.

— Et alors ?

— C'est un flic.

— Où est-il ?

— Il était à Prague et arrive à Orly dans deux heures.

— On peut l'intercepter là-bas.

— Non, son adjoint lui a fait envoyer une voiture officielle.

La Louve réfléchissait.

— Vous pouvez avoir une photo de lui ?

— On peut essayer sur Google s'il a participé à des manifestations publiques. Ou alors s'il va sur des réseaux sociaux, genre FB.

— Allez-y. Je dois voir notre ami. Si vous avez sa tête, prévenez-moi, je suis dans la véranda.

La Louve les laissa en plan, traversa le salon du rez-de-chaussée et alla dans la véranda qui donnait sur un grand jardin. Un homme l'attendait, de dos face au jardin. Une compresse rougie maintenue par une bande barrait le bas de son crâne. La Louve s'approcha.

— Vous appréciez les alentours ?

— Du tout, répondit-il sans se retourner. Mais c'est discret.

La Louve arriva à son niveau. Son visage se reflétait flouté sur la vitre. Il haussa la voix :

— Ça s'est passé comment pour Balmont ?

— On l'a récupéré chez lui de justesse. Il s'y était réfugié. Comme une bête.

— À son âge, et vu les circonstances, ça se comprend. A-t-il souffert ? S'est-il défendu ?

— Non, il est mort comme un agneau à l'abattoir. On a juste emporté la tête et effacé toutes nos traces. Mais il y a un problème.

— Lequel ? Il n'y a jamais de problèmes avec les professionnels, non ?

— Il a réussi à passer un appel.

— La police ?

— Oui. Hélas ! J'ai rappelé le numéro et je suis tombé sur le répondeur d'un certain Marcas. Antoine Marcas, ça vous dit quelque chose ? Il lui parlait quand nous l'avons abattu. Je suis sûre qu'il lui a dit quelque chose.

L'homme se retourna. Ses yeux bleus la transperçaient.

— Jamais entendu parler. Et la chapelle souterraine ?

— Nous avons refermé la porte d'accès après votre départ. Quant aux corps, vu le nombre de rats dans ces catacombes, je leur laisse moins d'une semaine pour qu'ils soient transformés en squelettes léchés jusqu'à l'os.

— Et le couple de gardiens ?

— Pas de dessert au chocolat supplémentaire pour les rats. On a emporté les corps et nettoyé les lieux.

— Ça suffira ?

— On a laissé un message dans la loge où ils expliquent qu'ils rentrent au pays. Personne ne se souciera de leur départ.

L'homme la fixa avec mépris.

— Je n'apprécie pas vos commentaires personnels.

— Autre chose ?

— Oui.

Il se massa le haut de la nuque avec lenteur. Le pansement cachait un trou de la taille d'une pièce de deux euros. Il tâta les croûtes brunes qui auréolaient la déchirure de chair. Sa voix éraillée résonna dans la véranda :

— Ils me l'avaient implantée à cet endroit. Votre médecin véreux me l'a extraite tout à l'heure, sans anesthésie.

L'homme reprit d'un ton sans réplique. Il s'était à nouveau tourné vers le jardin.

— Je ne veux pas avoir fait ce sacrifice pour rien. Occupez-vous de ce type. Pas de témoins.

Au même moment, Lucas arriva dans la pièce et tendit une page imprimée à la Louve.

— On a de la chance. Ce flic n'a pas d'existence publique sauf… sur un réseau de rencontres amoureuses. On a sa fiche. Tenez.

La Louve s'attarda sur le visage d'Antoine avant de demander :

— Avez-vous toujours vos mini-traqueurs électroniques ?

— Oui, on les a récupérés. Équipés de puces nouvelle génération, de la taille de l'ongle d'un pouce.

— Trouvez-moi les vols qui arrivent de Prague à Orly. Je vais faire connaissance avec ce… Marcas.

11

De nos jours
Rome
Vatican

Une volée de corbeaux passa à l'aplomb de la basilique Saint-Pierre, tourna en essaim puis s'éparpilla pour se poser sur les statues du Christ et de ses apôtres au-dessus de la façade du bâtiment principal qui donne sur l'esplanade. Un soleil magnifique chauffait l'immense place ovale et le bout de rectangle qui la prolonge. La blancheur du dôme de la basilique irradiait, affirmant dans la pierre la puissance millénaire de l'Église catholique. L'un des corbeaux, enhardi, s'éleva jusqu'au sommet, frôla de ses ailes la fameuse inscription gravée en 1590 pour célébrer le pontificat de Sixte V :

Tu es Petrus et super hanc petram aedificabo Ecclesiam meam. Tibi dabo claves regni caelorum.

« Tu es Pierre et sur cette pierre je construirai mon Église. Je te donnerai les clés du royaume des cieux. »

Le volatile s'accrocha sur le maillon d'une énorme chaîne rivée des siècles plus tôt pour empêcher deux pans de murs de se desceller, et contempla d'un œil vide l'État du Vatican.

Là pulsait le cœur même de la chrétienté, bâti sur la moitié d'un kilomètre carré. Oltre Tevere, de l'autre côté du Tibre qui le séparait du centre de Rome.

Le Vatican, le plus petit État du monde par sa superficie mais dont le pouvoir s'étend sur plus d'un milliard d'êtres humains sur toute la planète. *Civitas vaticana, santa sede, status civitatis vaticanae*, peu importaient les noms en latin, langue officielle, la cité du Vatican n'avait qu'un seul but depuis des siècles : diffuser le message universel du Christ. Un État théocratique, une monarchie de droit divin, avec à sa tête un homme élu à vie, disposant de tous les pouvoirs, exécutif, judiciaire et législatif, sur ce confetti de terre sacrée. À son service, une armée hétéroclite de 3 245 âmes, prélats de petite et haute fonction, travailleurs laïcs, gendarmes, gardes suisses, diplomates, comptables, domestiques, maçons, informaticiens, cuisiniers, et d'une foultitude de métiers, tous unis pour servir le vicaire temporaire du Christ.

Le bruit sourd et grave de la Campanella, la benjamine, la plus petite des six cloches de la basilique, fit vibrer la chaîne. Elle égrenait le premier des onze coups de l'horloge. Le corbeau prit peur et s'envola à nouveau, cette fois pour rejoindre son groupe perché au-dessus de la façade centrale. Il atterrit sur la tête de la statue de saint Jean-Baptiste et observa la foule noire massée sur l'esplanade.

Des dizaines de milliers de fidèles attendaient depuis deux heures pour apercevoir le Saint-Père, qui devait leur adresser un ultime salut depuis son balcon avant son départ pour Prague. Des catholiques du monde entier, comme il s'en déversait chaque jour sur la place, depuis des décennies, pour la plupart fraîchement débarqués de l'aéroport de Ciampino, le terminal des compagnies low cost. La papauté pouvait se réjouir de la démocratisation du transport aérien. Un rapport enthousiaste du secrétariat logistique de l'administration pontificale avait estimé à 20 % la hausse de la fréquentation de la basilique Saint-Pierre depuis l'arrivée des vols low cost à Rome. L'année précédente, quatre millions de touristes, croyants ou non, avaient arpenté le territoire le plus sacré de la chrétienté. Le cardinal de la Curie, destinataire du rapport, avait noté à la marge, un brin ironique, la question de savoir s'il fallait bénir les responsables de ces compagnies pour leur apport à la propagation de la foi.

À une centaine de mètres de la place, sous le bâtiment de l'administration pontificale, le commandant Paolo Borghèse maudissait intérieurement ces milliers de croyants. Dans son PC souterrain, assis sur une chaise en cuir rembourré, trop moelleuse à son goût, le commandant de la gendarmerie de l'État de la cité du Vatican, contemplait les visages des fidèles qui s'affichaient sur les écrans de contrôle. Beaucoup trop de monde, selon lui. À chaque veille de départ en voyage de Sa Sainteté, les fidèles étaient plus nombreux qu'à l'ordinaire, comme s'ils craignaient qu'elle ne revienne jamais dans la cité.

Le bureau de Borghèse surplombait quinze écrans de contrôle devant lesquels étaient assis des jeunes hommes, au visage concentré, tous habillés du pull bleu réglementaire. Le moindre recoin de la place était balayé par des caméras de précision, installées sur les hauteurs des 284 colonnes du Bernin qui encerclaient la place. Elles scannaient corps et visages, à défaut des âmes. Un ordinateur IBM de génération trois, analogue à celui de la Maison Blanche, enregistrait depuis trois ans les millions de visages des touristes, à une vitesse folle, et les comparaient aux bases de données fournies par les services de sécurité américains et italiens, y compris les fichiers d'Interpol. Terroristes, hommes de main, trafiquants, mafieux en cavale, plus de vingt mille profils étaient stockés dans la mémoire électronique d'*Il Diavolo*, le diable, l'unité centrale surnommée ainsi par les informaticiens du Vatican. Les gestes des fidèles étaient analysés, disséqués et, au fil des ans, les surveillants avaient acquis une acuité aiguisée pour repérer les mouvements suspects.

Le téléphone de Borghèse vibra. Le chiffre 13 s'afficha sur le combiné. L'un des veilleurs avait repéré un suspect.

— Oui, sergent?

— Commandant, nous avons une identification de niveau un. Abscisse : Michele, ordonnée : Raphaele.

Le commandant pianota sur son clavier. Le niveau deux indiquait qu'*Il Diavolo* avait repéré un individu présentant des traits de ressemblance avec un profil du fichier, mais pas suffisamment pour une identification précise. Borghèse se connecta sur la caméra du 13 qui couvrait la partie est de la place. L'écran était divisé en huit cases, délimitées par des noms d'anges pour les parties verticales et horizontales. Deux noms renvoyaient à une case précise. Il zooma sur le carré, vit apparaître un petit cercle rouge sur la tête d'un homme d'une trentaine d'années couvert d'un bonnet vert rayé et pressa deux autres boutons sur son téléphone.

— Veilleurs 14 et 15. Connectez-vous sur la 13, incrémentez les paramètres de localisation et faites-moi un transversal de l'identifié.

Quelque part, à mi-hauteur de la place, deux autres caméras pivotèrent silencieusement. Le commandant se rapprocha de l'écran; il avait sous ses yeux trois vues d'homme, de face et des deux profils. Le suspect avait des cheveux blonds qui lui masquaient une partie du visage, une veste de sport orange et un pantalon noir. Son visage était quelconque. Il croisait les bras et regardait en direction du balcon du pape.

— Repassez-le au contrôle en intégrant la 14 et la 15, dit Borghèse d'une voix détachée.

Les trois images du jeune homme s'affichèrent côte à côte puis se fondirent en quelques secondes pour laisser place à un visage en trois dimensions qui tournait sur lui-même. Le bonnet avait été enlevé automatiquement. Un nouveau visage apparut sur le côté gauche de l'écran, celui d'un homme dont la fiche anthropomorphique avait été extraite de la base Interpol. Le second visage tourna lui aussi sur lui-même pour rendre l'image en 3 D. Le commandant consulta la fiche.

Oliver Ranson, membre de l'IRA, coordinateur des opérations spéciales du mouvement terroriste irlandais. Surnommé l'humoriste sanglant, pour son habitude d'envoyer aux médias des dessins caricaturaux de ses victimes. Disparu depuis 2007, probablement exécuté après l'assassinat planifié par ses soins de Christian Newtown, patron de presse à Dublin.

Borghèse se rapprocha de l'écran. « L'humoriste sanglant », voilà qui changeait des terroristes à la solde d'Al-Qaida. Il détailla le visage. Il y avait bien quelques ressemblances quant au regard et aux mâchoires mais ni les oreilles, ni la bouche, ni l'implantation capillaire ne correspondaient. Il appuya sur une touche, les deux visages se rapprochèrent pour fusionner au bout de quelques secondes. Une croix rouge barra son visage. Identification négative.

— Fausse alerte, reprenez vos surveillances.

Borghèse fit pivoter son siège. Le mois dernier, *Il Diavolo* avait donné un sacré coup de main à la justice italienne, un parrain de la N'drangheta, recherché par les carabiniers depuis un an, avait été interpellé alors qu'il se promenait tranquillement dans la basilique pour acheter un crucifix béni par le pape. Alertés par Borghèse, ses homologues romains l'avaient cueilli sur le pont du château Saint-Ange. Borghèse jeta un œil à sa montre, il lui restait encore un quart d'heure et il serait remplacé. Ce travail de supervision des veilleurs l'insupportait au plus haut point. Il laisserait les commandes à son adjoint pour filer à une réunion urgente à Rome avec les carabiniers, avec qui il entretenait d'excellents rapports. Néanmoins, le gendarme s'estimait heureux de son poste. Au fil des ans, Borghèse avait tissé sa toile, frayé avec les cardinaux les plus en vue, rendu des services en toute discrétion et nommé des hommes sûrs aux postes clés. Ses équipes fonctionnaient à merveille et les gardes suisses avaient cessé de l'emmerder depuis belle lurette. Il avait la haute main sur les services de sécurité du Vatican et personne ne s'amusait à remettre en cause son management.

Son prédécesseur lui avait raconté les bouleversements qui avaient secoué le corps de protection du pape depuis la tentative d'assassinat du 13 mai 1981 contre Jean-Paul II. Les gardes suisses chargés de sa protection au moment de l'attentat avaient respecté l'étiquette jusqu'à l'absurde, ils n'avaient pas le droit de tourner le dos au pape et, alignés en rang d'oignons comme à la parade, ils étaient obligés de regarder en direction du Saint-Père et pas la foule à qui ils tournaient le dos. Le tireur turc s'était régalé.

La catastrophe avait servi de leçon. Plus jamais, la chrétienté ne devait faire l'objet d'une telle menace. En moins de deux ans, le budget de la sécurité avait été multiplié par dix, la construction de la papamobile n'étant que le haut de l'iceberg de protection. En 2002, Jean-Paul II avait confié la sécurité des successeurs de Pierre au corps de la gendarmerie de l'État du Vatican, dissous par l'un de ses prédécesseurs. Cent hommes, Italiens de naissance, tous catholiques de plus d'un mètre soixante-quatorze, professionnels aguerris des carabiniers, composaient cette unité d'élite qui avait damé le pion aux gardes suisses, éclaboussés par un scandale de mœurs en 1998.

Borghèse ne put réprimer un sourire en pensant à cette affaire qui avait donné le coup de grâce à ces connards endimanchés. Un soir, on avait retrouvé les corps du commandant de la garde et de son épouse, tués par un jeune garde qui s'était ensuite suicidé. Le pape était entré dans une fureur noire et n'avait pas décoléré pendant des jours, menaçant même de supprimer purement et simplement les gardes suisses. La gendarmerie avait alors définitivement pris le pouvoir.

Il décrocha son téléphone et appela le coordinateur intermédiaire.

— Que dit *Il Diavolo* ?

— Rien. Aucun suspect.

— Parfait. J'aime partir dans de bonnes conditions.

Le système *Il Diavolo* avait déjà amplement justifié son investissement colossal pour déjouer des attentats dont la presse et le bon peuple chrétien n'avaient jamais entendu parler. En septembre 2002, un an après les attentats du World Trade Center, un islamiste pakistanais s'était infiltré dans la foule, bourré d'explosifs. Deux ans plus tard, une jeune altermondialiste exaltée avait voulu balancer une bouteille d'acide sulfurique au visage du souverain pontife après la messe. Elle avait réussi à passer les contrôles de sécurité sans problèmes. Et l'année précédente, un curé irlandais chassé pour une sombre histoire de pédophilie avait été maîtrisé avant qu'il ne pointe son pistolet à dix mètres du pape. Les trois fanatiques avaient tous été fichés dans la base de données d'*Il Diavolo.* Satan veillait sur le vicaire du Christ.

Borghèse se massa les yeux, il supportait de moins en moins la pénombre perpétuelle qui baignait le bunker. Depuis quelques mois, il souffrait de maux de tête à répétition, son médecin l'avait mis en garde. Il fit un signe à son adjoint.

— Les contrôles sont opérationnels ?

— Oui, commandant.

— Merci. Je donne le feu vert à Hemler.

Il était temps de prévenir Sa Sainteté pour commencer le show. Il tourna son siège et décrocha son téléphone. L'impulsion électronique courut le long d'un câble qui passait dans les entrailles de la basilique, montait vers la façade principale et débouchait dans l'appartement du père Hemler, secrétaire particulier du pape. L'un des hommes les plus influents de la Curie.

— Oui, Borghèse ?

— *Il Diavolo* donne son feu vert. La place est sûre, du moins dans les limites de la compétence de Satan.

— Vous m'en voyez ravi. Savez-vous que notre Saint-Père goûte peu votre humour ?

— Du moment qu'il apprécie mes compétences en matière de sécurité.

— Pour le moment, il n'a pas à s'en plaindre, commandant. Mais, ne soyez pas trop sûr de vous.

— Ce n'est pas un péché, mon père.

— Non, mais cela confère de bonnes dispositions pour l'orgueil, qui en est un, me semble-t-il. Je vais informer Sa Sainteté.

— Je vous salue, mon père.

Hemler raccrocha. Il n'avait jamais aimé le commandant Borghèse, trop Italien, trop prétentieux, trop militaire. Trop de trop… et pas assez d'humilité pour le Vatican. Pourtant, il lui reconnaissait un professionnalisme sans faille et c'était ce qui comptait. Conrad Hemler était encore jeune pour sa fonction, à peine quarante ans, mais il avait acquis une expérience des hommes au fil de ses ministères en Amérique du Sud et en Afrique. Repéré très tôt par la hiérarchie, il avait été placé sous la protection de l'ordre des Jésuites et avait grimpé rapidement. Le pape, quand il n'était encore qu'un évêque, lui avait fait confiance pour l'aider à tenir d'une main de fer son diocèse en Allemagne et des liens très forts s'étaient noués entre les deux hommes. Il voyait en lui comme un fils, la même piété, la même foi, le même respect de l'institution. Petit, sec, Conrad Hemler avait hérité de ses parents éleveurs de bétail un pragmatisme et une absence totale de nervosité. Un atout fort utile pour son mentor dans les situations difficiles, surtout après son élection au trône de saint

Pierre quand il avait fallu réorganiser une partie de la Curie.

Hemler se leva et se dirigea vers la fenêtre qui donnait sur la place Saint-Pierre. Il n'était jamais blasé par cette foule, mouvante, qui venait s'échouer comme les vagues sur le rivage. On frappa à la porte. Il n'eut pas le temps de répondre, un homme entra dans la pièce. Hemler tourna la tête et reconnut le cardinal Patristi. Joufflu, le teint pâle, le regard globuleux, le sosie craché de feu Jean XXIII, le pape débonnaire des années 1950. Il arrivait en oscillant comme s'il était monté sur des roulettes, en soutane et mozette rouges trop serrées à la taille.

Un fourbe et un faible, selon Hemler. D'ailleurs, Patristi faisait partie du courant moderniste, favorable au mariage des prêtres, à l'usage de la contraception, au dialogue avec les autres religions. Tout ce qui révulsait Hemler et le pape mais avec qui il fallait composer pour tenir les rênes. Candidat malheureux au pontificat, il avait rejoint la faction du gagnant au dernier moment. Le pape avait surpris tout le monde en le nommant à la Congrégation pour la doctrine de la foi, la plus puissante de la Curie. Une façon habile de le garder près de lui. Le cardinal Patristi s'avança.

— Une bien belle journée, père Hemler.

— Votre Éminence, répondit le secrétaire du pape en inclinant la tête. Je ne savais pas que vous aviez rendez-vous.

— J'ai une nouvelle importante à communiquer à notre Saint-Père.

— Le moment est mal choisi. Il doit bénir les fidèles dans quelques instants. Il y a une urgence particulière?

Le gros cardinal mit sa main sur l'épaule du père, exerçant une infime pression qui n'échappa pas à ce dernier.

— Hemler, notre pape a beaucoup de chance de vous avoir auprès de lui. Mon secrétaire particulier n'a pas le même dévouement, je le crains. Néanmoins je me dois d'insister.

Le prêtre s'inclina une nouvelle fois.

— Que Votre Éminence me pardonne, je ne suis que l'humble serviteur de Sa Sainteté. Voulez-vous m'en parler d'abord ?

À peine avait-il prononcé ces mots qu'un autre homme entra dans la pièce. Mince, voûté, le visage émacié, vêtu de blanc. Une tête fripée surmontait un cou usé jusqu'aux tendons. Son nez aquilin et son front plissé étaient marqués d'une myriade de taches de vieillesse Le pontificat l'avait étrillé jusqu'à l'âme. Pourtant sa démarche paraissait affirmée et la main qui s'accrochait au pommeau de nacre de la canne laissait entrevoir des articulations noueuses et puissantes. Les muscles de ses poignets étaient encore volumineux et dégageaient une impression de force vitale indicible. Les deux sœurs gouvernantes, les papalines, comme on les appelait, qui l'avaient souvent vu torse nu répétaient à l'envi que le pape était bien plus solide qu'il n'y paraissait, sa musculature sèche témoignait des restes d'une jeunesse passée à pratiquer l'aviron dans le club de son diocèse.

Il s'approcha de Patristi en silence ; le contraste entre les deux hommes était impressionnant. Ses yeux d'un bleu intense semblaient jaillir de leurs orbites. Le cardinal s'agenouilla pour baiser l'anneau papal.

— Allons, cardinal. Pas de ça entre nous. Relevez-vous, dit le Saint-Père, puis se tournant vers son secrétaire : Tout est prêt pour la bénédiction ?

— Borghèse n'a rien à signaler, mais le cardinal souhaite vous parler. De toute urgence.

Le pape tapota le poignet du cardinal.

— Ça ne peut pas attendre ? Voyez donc ça avec Hemler.

— C'est que… On vient de me rendre à l'instant un rapport interne…

— … Un problème interne ? Mais n'êtes-vous pas là pour vous en occuper ?

— Je vous en supplie, Très Saint-Père, laissez-moi vous parler.

Hemler remarqua que Patristi suait à grosses gouttes et avait perdu sa quiétude habituelle. Le pape plongea son regard glacé dans celui du cardinal.

— Soyez bref. Je vous accorde deux minutes. J'ai horreur des retards.

— Je crains que cela ne prenne plus de temps.

— Dix. Hemler, faites annoncer ma bénédiction comme imminente. Les fidèles attendent déjà depuis des heures.

Le cardinal avala sa salive et s'assit sur un fauteuil rembourré qui s'affaissa sous son poids. Il sortit de l'intérieur de sa mozette fabriquée sur mesure chez le couturier De Ritis, via Cestari, le concurrent direct de Gammarelli fournisseur du pape, une liasse froissée de pages imprimées.

— Il serait bon de vous asseoir vous aussi, Saint-Père. Aucun de vos prédécesseurs n'a eu à gérer une tragédie de cette ampleur. Une catastrophe s'abat sur notre Église.

12

Abbaye de Ligugé
23 février 1307

Couché dans un lit à baldaquin surmonté d'une tiare d'or, le pape Clément, les mains grelottantes de fièvre, fixait le jour gris à travers la fenêtre. Il était élu souverain pontife depuis à peine deux ans et déjà la maladie le rongeait comme un chien affamé racle un os.

Assis à ses côtés, un page lui épongeait le front à l'aide d'un linge trempé dans un mélange d'eau bouillie et de vinaigre. Au pied du lit, un secrétaire, au crâne luisant de sueur, lisait à voix haute, un récit de l'occitan Bertrand de Born :

— « J'aime le choc des boucliers aux teintes de sang, les oriflammes aux couleurs d'orage, les lances qui se brisent, les pavois qui se déchirent, les heaumes étincelants qui se fendent sous les coups que l'on donne et que l'on reçoit... »

Le secrétaire était un bénédictin, il avait la voix ample des moines, habitués à prononcer la parole de Dieu.

— « J'aime quand les chevaux des morts errent dans la forêt. J'aime voir tomber dans les fossés la plèbe et les grands. J'aime contempler les cadavres, la poitrine percée d'une lance... »

Le pape grinça des dents. Le plus puissant homme sur Terre avait une rancœur cachée, il était le cadet de sa famille : le *tard venu*, celui dont on avait fait un prêtre alors qu'il ne rêvait que du fracas des batailles, d'épées ensanglantées, de gloire et de sang.

Le secrétaire s'était tu et faisait rouler entre ses doigts les grains de son chapelet. Depuis qu'il faisait office de lecteur, il avait appris à devenir transparent surtout quand le regard de Clément V se fixait brusquement et prenait une teinte grise comme le plomb.

— Votre Sainteté ?

Un serviteur venait d'entrer. Son visage blanchit quand le pape darda sur lui ses pupilles exsangues.

— Nogaret est là ?

— Non, Votre Sainteté.

— Qu'on le conduise près de moi, dès son arrivée. Et que l'on ouvre cette fenêtre, je veux entendre l'orage.

Un jeune page, portant la livrée jaune du pontife, se précipita. Une rumeur de tonnerre gagna la chambre. Le serviteur reprit :

— Votre Sainteté, il s'agit de votre neveu.

— Bertrand ?

La main droite du pape sortit de sous la couverture et tapota le bois du baldaquin. Quelques années plus tôt, il s'était tranché l'index. On avait sauvé son doigt, mais il était resté courbé vers la paume. La griffe du diable.

— Et que lui reproche-t-on ?

— Seigneur, le guet de la ville l'a surpris ce matin, aux petites heures, dans une maison de plaisir. Il était dans une femme et…

La griffe se courba.

— … Et il tentait de l'étrangler. Ses cris ont alerté les gardes qui ont jeté votre neveu au cachot.

— Il y est toujours ?

— Non, Votre Sainteté, dès que les échevins de la

ville ont compris leur méprise, ils ont relâché votre bien-aimé Bertrand.

L'index se détendit.

— Néanmoins...

— Parle.

— ... La fille, elle, est morte, Votre Sainteté.

Le secrétaire lâcha son chapelet et entama en silence la prière des trépassés.

— Qu'on fasse quérir mon neveu, sur-le-champ.

Dans la chambre, l'air devenait glacial. Mais Clément avait chaud, il baissa la couverture et interpella le secrétaire :

— Frère Bartolomé, lisez-moi donc la note que le cardinal de Suissy a rédigé sur Nogaret.

Le secrétaire saisit un tube de cuir sur la table, brisa le cachet et déplia un parchemin couvert d'une fine écriture noire et obstinée.

— Guillaume de Nogaret est né dans le comté de Toulouse, sans doute vers 1260. Une famille de nobliaux, obscure et sans fortune, mais son grand-père a été emprisonné par l'Inquisition.

— Un hérétique ?

— Oui, Saint-Père, un cathare. Il fait ses études de droit à Montpellier où on le retrouve professeur à l'université. Remarqué par Philippe le Bel, il devient un de ses juristes à Paris. En 1300, il rentre au conseil du roi.

Le pape hocha la tête. Une ascension foudroyante.

— C'est aussi l'année où votre prédécesseur, Boniface VIII, décide d'excommunier le roi Philippe.

Clément V ferma les yeux. La suite, il la connaissait. Trois ans plus tard, Guillaume de Nogaret, à la tête d'un groupe de mercenaires, tentait d'enlever le pape, à Agnani. Une audace folle, un complot incroyable, mais qui avait échoué. Toutefois, le pape Boniface, menacé, insulté, frappé par les sbires de Nogaret, ne s'était jamais remis de cet attentat. Il était mort, dément, quelques semaines plus tard.

Le secrétaire reprit sa lecture.

— Selon nos renseignements, Nogaret avait pour but, une fois le pape enlevé, de le mener à Lyon où un concile l'aurait déposé avant d'élire un nouveau pontife.

— Un pape à la dévotion du roi Philippe, bien sûr, conclut Clément, décidément ce Nogaret a un passé bien chargé. La miséricorde de Dieu est cependant infinie et elle s'attarde volontiers sur les grands criminels. Je suis impatient de recevoir pareil personnage. Mais d'abord qu'on fasse venir mon médecin personnel.

Aussitôt le page se précipita vers l'escalier. Quand il revint, le pape s'était assis au bord du lit. Sans cesse irrité par des douleurs dans les entrailles, il tenait serré entre ses doigts les replis de sa chair flasque comme pour en extirper le mal.

— Votre Sainteté m'a fait mander, prononça en s'inclinant un homme svelte, tout vêtu de noir.

— Maître Aboulia, mon ventre me ronge tel l'aigle avide de Prométhée.

Le médecin s'agenouilla et commença son examen. C'était sa cinquième visite depuis que l'évêque de Gérone en Aragon l'avait arraché à ses études pour l'envoyer à la cour du pape. Depuis, Aboulia s'était installé dans le minuscule quartier juif de Poitiers où vivait une communauté d'orfèvres et de changeurs. Clément laissa échapper un gémissement de douleur.

— C'est bien là…, murmura le médecin.

Sous ses doigts la tumeur avait la taille d'un abricot mûr. Depuis la semaine précédente, elle avait encore grossi, colonisant patiemment le bas de l'intestin.

— Les douleurs sont de plus en plus vives, dit Clément d'une voix altérée.

Pour ne pas lever la tête et voir l'angoisse luire dans les yeux de son patient, Aboulia continua de tâter l'abcès. Ce genre de grosseur avait une vie propre, imprévisible et souvent définitive. Toutefois, un homme surtout âgé pouvait survivre des années, souffrant, mais vivant.

— Saint-Père, vous devriez vous ménager.

Clément sourit faiblement.

— Un pape ne se repose que quand il est mort. Donnez-moi votre bras pour que je me lève. Seul, je n'y arrive pas.

— J'ai préparé une potion pour étancher la soif de la douleur, expliqua le juif en tendant le bras. Dans une heure vous ne sentirez plus rien.

— Endormez le serpent qui déchire mes entrailles, mais n'affaiblissez pas mon esprit, répliqua le pape, je vais en avoir besoin.

Aboulia s'inclina et tendit une fiole d'un bleu vif qu'un page versa dans un verre d'argent.

— Mieux vaut la couper avec de l'eau, le goût en est très amer, précisa le médecin.

À ce moment, un bruit de sabots résonna sur les dalles de la cour d'honneur. Clément fit un signe en direction du fond de la chambre.

— Menez-moi jusqu'au trône, murmura-t-il en indiquant une haute chaise d'ébène, incrustée de nacre et de cabochons d'émeraude.

Aboulia s'exécuta et recula. D'une main lasse, le pape lui fit signe de partir. Aussitôt, les serviteurs couvrirent le corps du pontife d'une chasuble immaculée. On frappa à la porte. Clément appela le plus jeune des pages.

— Mouche les chandelles.

L'adolescent s'exécuta. La pénombre tomba comme un rideau. Sur le siège, on ne distingua bientôt plus que le visage d'ivoire du Saint-Père.

— Faites entrer messire de Nogaret.

Un cliquetis d'éperons traversa la chambre du pape. L'homme qui s'arrêta devant Clément V était d'une maigreur spectaculaire. Ses poignets menaçaient de se rompre, son nez de rapace était presque translucide. Ses bottes de cavalier s'enroulaient comme du lierre autour de ses cuisses sèches, son manteau de voyage, constellé de pluie, semblait un linceul sur un cadavre.

Il s'agenouilla, puis baisa l'anneau du pontife.

— Messire Nogaret, comment se porte le roi de France ?

— Mon maître se porte toujours bien quand il sait qu'il peut compter sur l'amitié et le soutien de Votre Sainteté.

— Mon affection lui est acquise comme à un bon fils et mes prières l'accompagnent dans sa tâche de souverain.

L'envoyé du roi s'inclina à nouveau.

— Mais souffrez, messire le conseiller, que je règle d'abord une affaire de famille.

Un jeune homme, au visage tuméfié, venait d'apparaître dans l'encadrement de la porte. Large comme un tronc de chêne, les jambes prises dans de longues chausses rouge sang, ses mains, nerveuses, tressautaient le long de ses hanches.

— Vous voici donc, mon neveu.

Bertrand cacha ses mains derrière son dos. Le pape se tourna vers l'envoyé de Philippe le Bel.

— Permettez, messire de Nogaret, que je vous présente le fils de mon frère aîné, Bertrand de Got, et pardonnez son apparence un peu négligée. Il vient d'avoir affaire avec les archers de la ville.

— Un malentendu, je n'en doute pas, suggéra le conseiller.

Un petit rire cristallin s'échappa de la bouche ridée du Saint-Père.

— Un malentendu, voilà le mot juste. Voyez-vous, messire, mon cher neveu se passionne pour un point essentiel de théologie.

— Vous piquez ma curiosité, déclara poliment Nogaret, quel est donc son thème d'étude ?

— Comment diminuer le nombre des pécheurs sur Terre. Un sujet qui vous intéresse aussi, je crois.

Nogaret, le profil en lame de couteau, resta impassible.

— Et quelle est sa solution à ce lancinant problème ?

— Les tuer.

D'un coup, le regard du conseiller de Philippe le Bel changea. Sa voix d'habitude autoritaire se fit caressante :

— Voilà un bien intéressant jeune homme. A-t-il mis sa théorie en pratique ?

— Pas plus tard qu'hier soir, répondit le pape, et pour cela, il a soulagé les souffrances terrestres d'une ribaude.

Bertrand de Got tenta de protester, mais son oncle le fit taire d'un geste.

— Saint-Père, reprit Nogaret, vous devriez me confier votre neveu. Je l'amènerai avec moi à Paris. Quelque chose me dit que je saurai l'occuper au mieux de son savoir-faire.

Clément, une main sur le ventre, se tourna vers son neveu. Le jeune homme, les yeux noirs de colère, fixait le crucifix qui se dressait au-dessus du trône papal.

— Mon beau neveu, remerciez messire de Nogaret qui désormais se chargera de vous. Allez dans votre chambre et faites vos préparatifs de départ.

Sans un mot, Bertrand tourna le dos et disparut dans l'antichambre.

— Une bien belle acquisition que vous faites là, messire le conseiller. Je vous en remercie et je vous en plains.

Le légiste du roi esquissa une révérence.

— Je n'ai d'autre désir que d'être agréable à Votre Sainteté. Quant à ce jeune homme, j'ai connu des bois plus durs et j'ai su en faire des piliers de l'ordre et de la foi. En attendant j'ai un message à vous délivrer de la part du roi de France, mon maître.

— Qu'on nous laisse seuls, ordonna le pape.

Le secrétaire, suivi des serviteurs et des pages, se

retira dans l'antichambre. Nogaret attendit que les lourdes portes de chêne soient fermées.

— Très Saint-Père, le roi mon maître me charge de vous révéler que les chevaliers du Temple, la milice sacrée de la chrétienté, ne sont plus aujourd'hui que des chiens impurs, indignes de votre confiance et de votre protection.

— Ainsi, reprit Clément, ce que la rumeur colporte est chose avérée…

— Oui, Saint-Père.

— … et vérifiée ?

Le chancelier abaissa son bec d'aigle d'un coup sec.

— Nous avons de nombreux témoignages qui affirment que les templiers sont fornicateurs…

— La chair est faible, mon fils.

— Sodomites…

— La vie entre soldats est cause de bien des péchés.

— Usuriers…

— Ce ne sont pas des juifs.

— Hérétiques.

Le pape replia brusquement son index.

— C'est une accusation très grave, messire.

Nogaret se rapprocha et baissa la voix.

— Saint-Père…

— Je vous écoute, mon fils.

— … nous savons que les templiers ont renié le Christ.

Clément saisit la croix d'or à son cou et la baisa avidement. Quand il reprit la parole, sa voix résonna comme une menace :

— Vous avez des preuves ?

Le chancelier respira avec force.

— De multiples rumeurs parcourent la France.

— On ne condamne pas sur des rumeurs.

— Depuis que l'ordre du Temple a été chassé de Terre sainte, nombreux ont été les chevaliers, d'Orient, venus s'installer dans les commanderies du royaume.

Pour beaucoup d'observateurs, ses frères ont un comportement souvent étrange, des attitudes religieuses parfois ambiguës et une liberté de mœurs intolérable.

— Et aussi beaucoup de richesses, ajouta le pape, de quoi susciter bien des tentations.

— L'argent n'intéresse pas le roi Philippe, seul le préoccupe le bien de la chrétienté et le respect de la foi.

— Nous savons, ô combien Philippe est un fils dévoué de l'Église…

— … et un fidèle serviteur de votre personne.

Dans l'ombre protectrice où il se tenait, le pape laissa échapper un rictus. Oui, Philippe le Bel pouvait lui être reconnaissant, car c'était lui, Clément, qui avait autorisé le roi à puiser dans les ressources fiscales de l'Église de France pour financer une hypothétique croisade. En fait pour renflouer les caisses du royaume désespérément vides depuis des années.

— Quand donc le roi Philippe compte-t-il se croiser pour partir à la conquête des lieux saints ?

Nogaret ne se démonta pas.

— Il espère prendre la croix, pour la plus grande gloire de Dieu, d'ici la fin de l'année.

— Voilà une heureuse nouvelle dont je me réjouis.

— Et vous-même, Très Saint-Père, quand comptez-vous convoquer un concile ?

Tout en prononçant ces mots d'une voix égale, le chancelier tentait de percer l'obscurité où se terrait son interlocuteur. Il voulait voir les traits de son visage, deviner s'il avait bien touché le point sensible. Depuis des mois, les cardinaux réclamaient un concile pour discuter et trancher des grandes questions de l'Église. Ce à quoi Clément V, autocrate impénitent, se dérobait sans cesse.

— Si Dieu le veut et si ma santé le permet, le concile aura lieu, d'ici la fin de l'année.

— À mon tour, de me réjouir de cette nouvelle. Vous

savez que vous pourrez compter sur le soutien des cardinaux français.

— Je ne doute pas en tout cas que le roi Philippe ne s'y emploie.

— Comme il l'a fait pour votre élection au trône de saint Pierre.

Clément ne réagit pas. Pourtant, dans toute la chrétienté, une rumeur circulait. On parlait d'un accord préalable et secret entre Philippe et le futur Clément V. On disait que ce dernier s'était vendu corps et âme au roi de France pour ceindre la tiare papale. Depuis, Clément avait rendu de nombreux services à la Couronne de France mais voilà maintenant qu'on lui demandait de condamner l'ordre de chevalerie le plus puissant d'Occident.

— Messire de Nogaret, vous savez que les chevaliers du Temple ne relèvent pas de la justice du roi, mais de la mienne. Et, sans vouloir vous offenser, nos tribunaux, quand ils doivent juger des affaires internes, ne procèdent pas avec la même improvisation que ceux de votre maître.

— Nous vous fournirons des preuves.

— Allons, vous ne disposez que de bruits qui agitent le bas peuple, de rumeurs vaines et inconsistantes. Rien qui puisse justifier que j'accuse les templiers d'hérésie.

— Nous avons les aveux de nombreux frères.

— Combien ?

Nogaret se mordit les lèvres. Le vieux renard lui donnait du fil à retordre.

— Une dizaine, souverain pontife, et tous affirment que…

— Et où les avez-vous trouvés ?

Le conseiller hésitait à répondre.

— Allons, mon fils, nous savons bien où vous avez recruté ces âmes perdues : dans des prisons royales. Et qui sont-ils ? Des ivrognes ou des voleurs, des faillis ou renégats, des Judas qui, si vous produisez leur témoignage, vous perdront dans l'opinion publique. Sans compter que, si je suis au courant de leurs aveux, dites-vous bien que les templiers le sont aussi. Je serais vous, Nogaret, je me méfierais. Par les temps qui courent, l'enfer recrute bien plus que le paradis.

Déjà blanc, le visage de Nogaret devint livide.

— Regardez-vous, vous avez déjà le teint d'un cadavre. Heureusement vous êtes venu vous confier à moi.

Nogaret s'agenouilla.

— Conseillez moi, Saint-Père.

Le pape regarda la nuque courbée de cet homme qui avait conduit à la mort son prédécesseur.

— Mon fils, si vous voulez que toute la chrétienté croie que les templiers sont devenus des hérétiques, il vous faudra l'aide de l'Église. Et moi seul peux vous accorder cette immense faveur.

— Souverain pontife…

— Pas un mot de plus, messire de Nogaret. Je vais consulter ma conscience et prier le Très-Haut qu'il m'inspire une juste et sage décision.

Nogaret se releva. L'audience était terminée. Marchant à reculons, le visage tourné au sol, le conseiller reculait vers la porte d'entrée.

— Un dernier mot, messire de Nogaret. S'il advenait que l'ordre du Temple soit traduit devant la justice des hommes, il ne faut surtout pas que l'on puisse accuser votre maître de cupidité.

— Mon roi ne cherche que…

— … que « le bien de la chrétienté et le respect de la foi », vous me l'avez déjà dit. C'est pour éviter que sa sainte cause ne soit diffamée par des malveillants que le roi Philippe veillera à ce que tous les biens du Temple, dans son royaume, soient remis à la Sainte Église.

Nogaret se figea en statue de sel.

— Nous les prendrons sous notre garde et les

administrerons en bon père de famille en attendant l'issue du procès.

— Souverain pontife, je transmettrai votre requête au roi Philippe, mais je ne sais si...

— Il en va du salut de son âme, messire de Nogaret. Et sans cette décision, qui marquera son noble désintéressement et son amour de la justice, je ne pourrai le soutenir. En attendant, faites quérir mon neveu. Que je l'entende en confession avant qu'il ne parte avec vous.

13

De nos jours
Aéroport d'Orly

La double porte de sortie s'ouvrit dans un souffle. Le hall des arrivées du terminal Sud était noir de monde. Antoine avait récupéré son sac en cuir souple et se dirigeait vers le parking minute utilisé par la police, à l'autre bout de l'aéroport. Son portable déchargé, il n'avait aucun moyen de communiquer avec son adjoint. Il contourna un couple âgé et deux petits enfants entourés d'une montagne de valises, et obliqua sur la gauche pour éviter une file d'attente à un comptoir d'une compagnie de charters. Il accéléra le pas quand soudain son pied buta sur un objet dur. Un chariot à bagages surgit dans son champ de vision. Son corps déséquilibré tomba en avant, il eut juste le réflexe pour mettre ses paumes contre le sol et éviter de se cogner le visage. Mais son genou avait cogné la barre transversale du chariot. Une voix féminine retentit derrière lui.

— Je suis désolée, monsieur !

Il s'était étalé tout du long et son sac était tombé à terre. Il se releva en se massant le genou. La femme lui tendit une main. Elle avait une poigne chaude et vigoureuse.

— J'avais la tête ailleurs. Vous n'avez rien?

— Non, ça va.

Il la détailla. Elle approchait de la cinquantaine, les cheveux courts et roux, le regard vert. Beaucoup de charme. Elle sourit.

— Je suis navrée. Voulez-vous un café ou quelque chose d'autre?

— Merci, mais on doit venir me chercher...

Elle le regardait avec insistance.

— C'est dommage. Pour une fois que je renverse un bel homme. En plus j'ai raté mon vol...

Il afficha une mine étonnée. La nana le draguait ouvertement. C'était assez plaisant. Il sourit.

— Une autre fois peut-être. Je suis vraiment pressé.

— C'est le drame de ma vie, les hommes qui me plaisent sont toujours pressés. Adieu donc, cher inconnu.

Il la vit s'éloigner. La femme couguar dans toute sa splendeur... Il ramassa son sac et reprit son chemin. Il sortit du hall et arriva devant la zone réservée. Un homme en civil, appuyé contre une Mégane bleue le héla.

— Commissaire!

Marcas arriva à sa rencontre et lui serra la main.

— Lieutenant Michel Bouchet, bonjour. Tassard m'a dit que je devais vous emmener rue Saint-Jacques. Chez un certain Balmont. L'homme a été retrouvé assassiné chez lui.

— Franchement j'aurais préféré passer l'après-midi avec la rousse plutôt qu'avec un cadavre.

— Comment?

— Non, rien.

Sur le trottoir qui longeait l'entrée du hall, la Louve s'était allumé une cigarette. Une voiture arriva à son niveau. Lucas sortit et lui ouvrit la portière arrière. Elle s'y engouffra.

— C'est fait, je l'ai mis dans son sac. Vous me garantissez l'efficacité de vos petits joujoux ?

— Guidage par GPS partout dans le monde, directement sur n'importe quel smartphone. D'ordinaire, on équipe les voitures avec ces boîtiers. Le propriétaire peut la suivre à la trace en cas de vol.

— Parfait. Il suffit de trouver le moment propice pour lui tomber dessus. Je n'aime pas quand un homme résiste à mon charme.

La voiture banalisée de police s'engagea dans la rue Saint-Jacques et s'arrêta devant un numéro impair. Une camionnette de la police scientifique était garée devant l'immeuble voisin, la portière arrière ouverte. Marcas sortit de la voiture, présenta sa carte aux deux policiers en faction et s'engouffra dans l'immeuble haussmannien.

En pénétrant dans le hall, Antoine ralentit sa foulée, surpris par l'élégance du lieu. Sol en marbre bleu turquin italien, statues de cariatides encadrant les premières marches d'un escalier monumental, l'architecte de l'immeuble avait voulu en mettre plein la vue et il avait réussi. Il prit l'ascenseur, une cabine moderne cachée par un habillage en fer forgé, et monta jusqu'au dernier étage.

Il sortit sur le perron et marcha sur un tapis rouge moelleux, incrusté de lys noirs. Il n'y avait qu'une seule porte à l'étage, gardée par un policier. Marcas posa son sac de voyage et entra dans l'appartement. Des spécialistes en combinaison blanche inspectaient les murs et le sol avec des lampes à ultraviolets. Il traversa le vestibule d'entrée, au mur duquel était accroché un bouclier frappé d'une croix rouge vif, marcha le long d'un couloir aux murs décorés de tableaux religieux et arriva dans un salon rococo aux fenêtres chargées de lourdes tentures noires. Une grande bibliothèque de chêne massif occupait tout un mur, rempli de volumes anciens aux reliures impeccables. En face, était accroché un retable flamand, que Marcas estima de la fin du XVe siècle, représentant l'Annonciation. La Vierge affichait cette grâce fragile des peintres de cette époque. Sur un mur adjacent, une copie d'un Greco, un Christ livide porté en croix. L'appartement dégageait une atmosphère de solitude et d'ascétisme.

Deux hommes étaient en train de discuter autour d'une table de laque noire. L'un des deux aperçut Marcas et lui fit un signe de la main. Antoine les reconnut immédiatement. Les capitaines Charbonneau et Albouy, l'un de la police judiciaire de la préfecture de police de Paris, la fameuse Crim', l'autre du laboratoire de la police scientifique. Le Bourguignon et l'Aveyronais. Il les avait connus tous deux à l'école de police, même promotion. Albouy avait fait un mémoire sur l'influence de la drogue dans les milieux du show-biz, Charbonneau sur l'historique des maisons closes. Ils avaient écumé les bars puis s'étaient perdus de vue, se croisant seulement lors d'affaires connexes ou d'un pot place Beauvau. Tous deux avaient bien réussi leur carrière.

— Antoine, qu'est-ce que tu fous là ? lança Albouy d'un air étonné. Tu viens piquer une toile ?

— Toujours le même sens de l'humour… J'ai vu de la lumière, je suis monté. Et toi, tu lèches les traces de sperme, à la recherche d'ADN ? La police scientifique, quelle bande de branleurs. Depuis que *les Experts* passent à la télé, tu dois plus te sentir !

Albouy éclata de rire. Marcas salua les deux hommes. Charbonneau lui broya la main.

— Il est trop modeste, notre Antoine. Il était en vacances à Prague, ce salaud. C'est lui qui a reçu le dernier coup de fil du mort. On lui doit indirectement cette découverte. Tu connaissais le type ?

— Du tout. Apparemment il m'a appelé sur recommandation. Mon adjoint ne m'a pas donné de précisions sur sa mort. Il m'a juste dit que c'était spectaculaire.

Le flic de la Scientifique boutonna son blouson.

— C'est le moins qu'on puisse dire. Moi je dois y aller. Ravi de t'avoir revu, Antoine. Nico, je te fais parvenir nos premiers résultats dans la soirée.

Charbonneau le regarda s'éloigner puis se tourna vers Marcas.

— Tu ne connais vraiment pas le mort ?

— Non. On m'a seulement dit qu'il s'appelait Balmont.

— Et c'est tout ?

— On pourrait arrêter avec les devinettes...

— Viens, tu vas vite comprendre.

Ils passèrent dans la salle de bains. Des traces constellaient le sol en béton ciré. Une silhouette était découpée à la craie par terre. Marcas s'avança, la baignoire était aussi maculée de sang.

— On lui a fait quoi ? interrogea Antoine.

— Tu ne remarques rien ?

Marcas inspecta la pièce. Son regard s'attarda sur un crucifix accroché au mur.

— Jésus en guise de déco de salle de bains ? C'est ça ? Le bonhomme semble apprécier l'art religieux au point de vouloir en contempler pendant qu'il prend sa douche.

Charboneau pointa son index sur le sol.

— Les contours du cadavre ne te paraissent pas bizarres ?

Marcas se pencha vers le sol. La silhouette du mort s'étirait entre la baignoire et le lavabo. Ses jambes étaient écartées, son bras gauche formait un angle incongru comme s'il avait été tordu. Antoine remonta vers le haut quand soudain il comprit. Le dessin s'arrêtait net au niveau du cou.

— Où est passée la tête ?

— Bonne question, j'espère avoir un jour la réponse, répliqua Charbonneau.

— Qui était ce pauvre gars ?

— Suis-moi.

Ils croisèrent une fille en blouse blanche qui leur sourit et passèrent dans une petite pièce attenante au salon. Marcas se figea. C'était une chambre avec un lit, un sommier en fer, un matelas vieillot, une petite lampe de chevet. Sur le mur qui longeait le lit, rien d'autre qu'un grand tableau carré.

On y voyait une coupe noire stylisée sur fond bleu, entourée des symboles des quatre apôtres de l'*Apocalypse* de saint Jean : le Taureau de saint Luc, le Lion de saint Marc, l'Aigle de saint Jean, l'homme de saint Matthieu. Avec une inscription en lettres capitales : GRAAL.

Le Graal. Le vase sacré qui aurait contenu le sang du Christ. À l'évidence, Balmont aimait les œuvres religieuses. Sur le mur qui faisait face était accroché un petit blason en forme de disque. Marcas s'approcha. Au milieu d'un cercle on distinguait un être étrange. Mi-homme, mi-coq, dont les pieds se terminaient par des tentacules. Des signes en latin étaient gravés autour du cercle qui entourait l'être hybride.

TEMPLUM SECRETI

Ce blason était familier à Marcas, le mot *templum* faisant évidemment référence aux templiers. Il avait déjà vu ça quelque part sans pour autant se souvenir de sa signification.

Charbonneau le sortit de sa contemplation en lui tapant sur l'épaule.

— Super, la déco, non ? Et c'est pas fini, viens voir l'autre pièce.

Ils passèrent dans la chambre suivante. La fenêtre avait été occultée par un rideau noir. Il y avait une grande croix rouge carmin épaissie sur les bords au fond de la pièce, un mini-autel devant, un siège avec une marche pour s'agenouiller. Un ciboire, et un vase en argent. Une bible était posée sur l'autel. Charbonneau écarta les bras.

— La chapelle privée du mort. Amen.

Marcas s'approcha de l'autel, sa main passa sur la croix écarlate.

— La croix de l'ordre du Temple... Les chevaliers templiers. La dernière fois que j'ai vu ce genre de croix, c'était au Brésil, à Bahia, j'ai failli y laisser ma peau[1].

— Le mort n'a pourtant pas l'air d'avoir été un amateur de samba. À mon avis, il faisait plutôt partie d'une autre confrérie, plus austère, ricana le Bourguignon.

Marcas s'était appuyé contre l'autel et croisait les bras.

— Laquelle ?

— Les Jésuites. On a fouillé ses papiers dans son bureau. Balmont avait hérité de cet appartement familial. Le type faisait partie de la haute hiérarchie de l'Ordre. Une huile sainte, pourrait-on dire. Autant te dire que ça ne simplifie pas l'enquête, Antoine.

— Pourquoi ?

— Trop de questions et pas assez de réponses. Un jésuite décapité qui appelle un flic franc-mac avant de mourir. Étrange, non ?

— Je te jure que je ne connais pas ce type.

— On ne jure pas dans la maison du Seigneur, dit Charbonneau en montrant le Christ en croix qui les regardait fixement.

— Les voisins n'ont rien vu ou entendu ?

— Rien et la concierge est en vacances en province. Ça t'embête de rester sur Paris dans les jours qui viennent ?

Marcas croisa les bras et répondit sur un ton glacial :

— Je n'ose croire que tu me soupçonnes d'avoir trempé dans ce meurtre...

— Non mais tu es notre seul lien avec ce type. Il

1. Voir *La Croix des Assassins*, Fleuve Noir, 2008.

faudra prendre au moins ta déposition. Le prends pas mal, tu ferais pareil à ma place.

— Je n'y suis pas. Heureusement. J'ai le droit de rentrer chez moi ?

— Bien sûr, je t'appelle demain.

Antoine laissa le Bourguignon planté là, claqua la porte de l'appartement et récupéra son sac. Il pestait. Il avait voulu rendre service et aider ce pauvre bougre de mort et voilà qu'on l'impliquait dans une affaire de meurtre. Toute cette histoire était délirante. Un homme d'Église décapité. Un homme d'Église qui l'avait appelé mon frère, comme le font les francs-maçons. Il ne connaissait aucun maçon prêtre ou curé et encore moins haut placé dans la hiérarchie catholique. C'était absurde, un jésuite franc-maçon, ça n'existait pas ou alors peut-être au Siècle des lumières et encore ils ne devaient pas courir les loges, les jésuites eux-mêmes étaient déjà une confrérie à part dans le catholicisme.

Il descendit les marches de l'escalier quatre à quatre en fulminant. Il ne voulait pas passer au bureau, au siège de l'OCBC, à Nanterre ; compte tenu de la circulation à cette heure, entre les allers et les retours, il ne rentrerait chez lui que dans la soirée. Impossible, d'autant plus qu'il avait promis à son fils de le voir à son retour de Zbiroh. Cela faisait trois semaines qu'il ne l'avait pas vu et l'adolescent devenait de plus en plus susceptible sur ses absences répétées. Il soupçonnait d'ailleurs son ex de le monter contre lui depuis quelques mois. Tout se bousculait dans sa tête, il fallait qu'il gagne un peu de répit. Il décrocha son téléphone et composa le numéro de son adjoint.

— Tassard, je rentre chez moi directement. Tu peux expédier les affaires courantes ?

— Ben pas vraiment, je suis en formation. Et en plus le commissaire Parent veut vous voir.

— Ah ouais...

— Il a été contacté par le SRPJ qui lui a raconté votre coup de fil du type de la rue Saint-Jacques. Il voudrait avoir un rapport, genre pas l'air content, déjà qu'il pense que vous passez votre vie en vacances...

— C'est pas le moment. Ces abrutis de la PJ vont me convoquer pour prendre ma déposition. Parent attendra demain pour le rapport. Rends-moi service, fais-le patienter, je serai là demain à la première heure. En échange, je te prends ton week-end de permanence de Noël.

— Si vous me prenez par les sentiments, commissaire. Je m'en occupe.

— T'es le meilleur.

Il raccrocha. Une journée de gagnée, un vrai luxe. Il fit un signe au planton et passa la porte de l'immeuble. La camionnette de la police scientifique était partie et il s'aperçut avec stupeur que la voiture banalisée qui l'avait emmené de l'aéroport avait elle aussi disparu. Sa valise était restée dans le coffre.

— Et merde, jura-t-il, ils auraient pu me prévenir.

Il se planta dans la rue, à la hauteur de la vitrine d'un magasin de jeux vidéo et tenta de héler un taxi. Les voitures défilaient devant lui, toutes occupées. Une fine pluie commença à tomber, tachetant le trottoir. Antoine regarda le ciel plombé d'un air mauvais. Ce n'était pas son jour. Il croisa les bras en maugréant, il n'avait ni parapluie ni imper sur lui, juste sa veste. Les gouttes se firent plus lourdes, en quelques secondes le trottoir prit une teinte sombre et mouillée.

Soudain, une voix féminine chuchota derrière son oreille.

— Vous êtes sûr que vous ne voulez pas prendre un café ?

Il connaissait cette voix. La femme de l'aéroport. Il se tourna. Elle était presque collée contre lui. Un objet dur, recouvert d'une écharpe de soie rouge, toucha son ventre. La Louve ne souriait pas.

— C'est un Walther TPH, calibre 22. Une arme pour sac à main. 380 grammes à peine. À cette distance, je peux faire de très jolis trous dans vos intestins.

Marcas gardait son calme. Surtout ne pas montrer la moindre once de peur.

— Que voulez-vous ?

— Vous emmener faire une petite balade romantique. J'ai un magnifique pavillon de banlieue pour abriter nos retrouvailles.

— Et si je refuse ? Vous ne pourrez pas vous enfuir. L'endroit est truffé de flics.

La Louve accentua la pression de son arme. Son regard se durcit.

— Essayez. Juste pour voir.

Une Toyota grise arriva à leur niveau. Lucas était au volant et fit un petit signe. La Louve toisa Marcas.

— Montez !

14

De nos jours
Rome
Vatican

Le commandant Borghèse sortit les clés de son manteau et cliqua en direction de l'Alfa Romeo frappée du blason de la gendarmerie du Vatican. La voiture cligna des deux phares.

Son portable sonna. Le numéro d'urgence.

— Commandant, on a un problème. *Il Diavolo* a repéré une nouvelle anomalie.

— Il n'arrête pas de foirer en ce moment. Il nous a fait le coup tout à l'heure.

— Je sais. Cela concerne le même individu.

— Vous l'avez morphé à nouveau?

— Oui, ça n'a rien donné chez nous, mais...

— Mais quoi? Dépêchez-vous, capitaine, je dois me rendre à une réunion avec le commandement des carabiniers de Rome.

— OK. La semaine dernière, le service informatique est venu faire une opération de maintenance sur le système. Je vous passe les détails, ils ont ajouté une procédure de sécurité supplémentaire à la demande du constructeur pour améliorer le process.

— Je n'étais pas au courant.

— On ne veut pas vous embêter avec des détails techniques. Bref, la nouvelle protection envoie une requête instantanée à nos partenaires étrangers dès que nous avons suspecté quelqu'un. Cela permet d'avoir des informations immédiates, pas encore répertoriées dans la base de données commune. Nous sommes plus réactifs et surtout ça nous protège en cas de panne d'*Il Diavolo.*

— Satan ne se trompe jamais...

— Justement si ! C'est ce qui vient de se passer avec le type au bonnet vert. On leur a envoyé en routine les deux photos, celle du type sur la place Saint-Pierre et celle de Ranson, le terroriste irlandais. Ils nous ont renvoyé un signal d'alerte. Leur ordinateur confirme l'identification. Il s'agit du même homme.

— Vous en êtes certain ? dit Borghèse en s'extrayant de l'Alfa.

— J'ai demandé de nouveau à *Diavolo* de refaire un morphing, il persiste à ne pas reconnaître l'Irlandais. Que fait-on ?

— J'arrive.

Les corbeaux s'envolèrent en masse quand les haut-parleurs inondèrent la place Saint-Pierre de l'annonce, en italien, anglais et espagnol, du retard du pape à son balcon. La foule de fidèles manifestait des signes d'impatience perceptibles. Des murmures désapprobateurs s'élevaient de part et d'autre. Hemler referma la fenêtre et tira les rideaux. La patience n'était plus la vertu cardinale des chrétiens du troisième millénaire. Tout, tout de suite. La civilisation de l'instantané, de la vitesse, du Web. Plus le temps de s'arrêter pour réfléchir, penser, prier. Il avait lu le mois précédent, dans la résidence de Castel Gandolfo, l'essai d'un penseur chrétien français, Paul Virilio, sur la nocivité de la vitesse dans la civilisation. Il prit note mentalement de conseiller au pape de rédiger un chapitre sur les méfaits spirituels de l'impatience. Combien parmi eux étaient de véritables croyants ? Il ne se faisait pas d'illusions, les millions de touristes qui débarquaient chaque année venaient pour la basilique de Bramante, Sangallo, pour les beautés de la chapelle Sixtine, les fresques incomparables de Michel-Ange, pour tous ces trésors artistiques uniques… mais pas forcément pour le Berger choisi par le Tout-Puissant. Hemler continuait d'écouter le gros cardinal.

Patristi se racla la gorge. Il était mal à l'aise et se tortillait sur son fauteuil.

— L'affaire risque d'éclabousser le Saint-Siège.

Le pape crispa ses mains sur les dossiers patinés du fauteuil.

— Vous voulez me gâcher ma bénédiction ? Encore une affaire de pédophilie ? Je suis fatigué de ces scandales à répétition. Aucun pape avant moi n'a eu à subir ces humiliations. J'ai l'impression que chaque diocèse cache une histoire de curé violeur. J'ai beau condamner ces horreurs et lancer des enquêtes dans le monde entier, cette fange revient comme la marée aux portes du Vatican.

Hemler vit le visage du pape virer au pourpre. Il fallait qu'il fasse attention à sa tension. Les médecins étaient formels. Il intervint :

— Parlez clairement cardinal. De quoi s'agit-il exactement ? C'est un scandale sexuel ?

Le cardinal s'épongea le front avec un mouchoir finement brodé avec ses initiales. Il remit le bout de tissu mauve dans sa veste.

— Non. Il ne s'agit pas d'enfants abusés, mais d'argent évaporé.

— Évaporé comment ? dit le pape.

— Je viens de recevoir un prérapport de l'Autorité d'Information financière du Vatican. Cette institution avait été créée par votre prédécesseur pour contrôler tout risque de dérive dans la gestion des fonds de l'Église. À l'époque, l'idée était de mieux surveiller notre banque, l'IOR[1], et de nous alerter en cas d'anomalie.

Le pape se rembrunit. Patristi le prenait pour un imbécile ou un gâteux. Du temps où il était à la tête de la Congrégation pour la doctrine de la foi il s'était lui-même occupé de mettre sur pied cet organe de contrôle. Il avait rédigé une lettre *motu proprio*, publiée dans *les Acta Apostolicae Sedis*, que son prédécesseur avait signée. Dans l'échelle de Richter des injonctions papales, c'était le niveau le plus bas, moins fort que l'encyclique ou la bulle mais plus fort qu'un acte administratif classique, généralement adressé sous forme de bref apostolique.

L'objectif était de lutter contre le blanchiment, les investissements, contraires à la morale chrétienne, armement ou technologies pharmaceutiques utilisant le vivant.

— Cardinal, je vous ai dit que je n'avais pas de temps à perdre. Vous avez la mémoire courte. C'est moi qui ai mis sur pied cette autorité de contrôle. Le Vatican avait été trop souvent éclaboussé par des scandales financiers de grande ampleur. Ces actes d'infamie sont hélas gravés dans l'histoire du Saint-Siège. Dans les années 1970, le banquier Michele Sindona avait détourné trente millions. Rattrapé par la justice, on l'a retrouvé suicidé au fond de sa cellule.

Hemler esquissa un signe de croix. Le pape continua :

— Puis il y avait eu le scandale de la banque Ambrosiano, trois cent soixante millions d'euros de perte sèche. Tout cela sous la responsabilité du flamboyant Mgr Marcinkus, que j'ai poussé moi-même à la démission. Alors soyez direct.

Patristi inclina la tête, une couche de graisse apparut sous son menton. Il continua :

— Comme vous le savez, l'IOR gère les investissements

1. L'Institut des œuvres religieuses.

de l'Église et à ce titre investit dans de très nombreuses sociétés de par le monde. Souvent ces investissements transitent par des structures financières offrant plus de souplesse sur le plan fiscal.

— Dans les paradis du genre Bahamas ou îles Caïmans. Je lis la presse, répondit le Saint-Père, de plus en plus agacé.

Le cardinal tendit l'un des feuillets au pape.

— Saint-Père, lisez vous-même. C'est la synthèse de l'affaire.

Hemler s'approcha du pape pour lui donner une fine paire de lunettes. Le vieil homme les chaussa et entama sa lecture d'un air maussade. Il passa rapidement l'introduction et les circonvolutions d'usage dans ce type de document pour aller directement au résumé.

Il apparaît, à la suite de notre enquête, que le conseiller Michele Stanza, directeur du département de Gestion du patrimoine immobilier du Saint-Siège, au sein de la banque IOR, a créé de son propre chef, en 2005, deux sociétés fiduciaires basées à Zurich et au Luxembourg. Ces sociétés ont pour but de faire fructifier les revenus locatifs des trois quarts des immeubles détenus par le Vatican dans les grandes capitales européennes (voir la répartition en fonction des villes jointe en annexe). À titre d'exemple, la ligne budgétaire de l'année de création représentait 1 989 millions d'euros. La première fiduciaire, Virga, a confié son argent en gestion à la banque suisse Geneva Inc. La seconde fiduciaire a pour sa part fait des dépôts importants à la société Milanaise industrielle de courtage. Ce système de sociétés en cascade aurait dû alerter les administrateurs de l'IOR et pourtant les comptes ont été avalisés. Il y a un mois l'autorité de contrôle des marchés financiers américains, la SEC, nous a transmis une alerte sur la Geneva Inc. et la Milanaise industrielle de courtage. Ces deux sociétés vont être mises en cessation de paiement à la suite de graves irrégularités dans les comptes certifiés. Elles avaient investi toutes les deux dans le hedge fund BMIS. Ce dernier a été déclaré en faillite frauduleuse en décembre 2008. J'ai joint en annexe le montant de la perte estimée qui sera répercutée sans compensation dans la ligne budgétaire de l'IOR. Le conseiller Michele Stanza n'a pas répondu à deux convocations au siège de l'IOR.

Le pape posa le document sur ses genoux et baissa les lunettes sur son nez pour fixer le cardinal.

— Combien, Patristi ?

— Vous avez le montant relevé en annexe, Très Saint-Père.

— Je vous ai demandé combien !

— Cinq cents millions d'euros... Dans un premier temps.

Le pape se figea sur son siège.

— Quoi ? Vous plaisantez ?

— Nullement. L'argent est parti, pendant cinq ans, du Saint-Siège pour atterrir directement dans le fonds américain spéculatif BMIS. Ce nom vous dit quelque chose ?

— Cardinal ! Je ne suis pas banquier.

— Le patron de BMIS était un certain... Bernard Madoff.

Hemler sursauta. Le pape crispait ses mains sur les accoudoirs. Il tremblait. Le père Hemler s'arc-bouta contre le mur, écrasant la tapisserie représentant l'Annonciation. L'une de ses fonctions auprès du pape consistait à se tenir au courant de l'actualité. Il avait suivi avec intérêt et incrédulité la chute de l'escroc américain Madoff; il avait lu ses exploits dans la presse... L'escroc qui avait volé cinquante milliards d'euros grâce à un réseau de conseillers financiers haut placés un peu partout dans le monde. Il avait ruiné la vie de banquiers, d'industriels, de vieilles familles fortunées, de rentiers, d'acteurs... toute la planète des riches. Son escroquerie avait été découverte au moment de la crise financière des *subprimes* qui avait conduit à l'effondrement des marchés financiers. Ses clients avaient voulu retirer leur argent et il avait été incapable de le leur rendre.

— Le conseiller Stanza était l'un de ses représentants officieux à Rome, dit Patristi.

Le pape articula d'une voix blanche :

— Madoff! Mon Dieu! Le plus grand escroc de tous les temps. Le Vatican a placé de l'argent chez Madoff.

— Oui, répondit piteusement le cardinal.

— Le Vatican escroqué d'un demi-milliard d'euros! Je vois les titres des journaux. Il va falloir une réponse officielle. Se justifier auprès des journalistes. Supporter le regard de la communauté internationale. Comme si c'était moi le responsable. Au sein de l'Église, on va se mettre tous les courants à dos. Les intégristes vont nous tomber dessus, trop contents. Le Vatican s'est fait voler par un juif. Et les gauchistes de leur côté vont crier à l'incurie et à la corruption, le Vatican s'est souillé à Wall Street.

Le vieil homme irradiait de colère. Les veines de son cou saillaient. Il fixait Patristi comme si celui-ci était le responsable de l'escroquerie. Hemler prit la parole :

— Pourquoi découvre-t-on ça maintenant? Madoff a été démasqué en 2008. Trois ans se sont écoulés.

— Je vous ai dit que ce trou n'était qu'une estimation, dans un premier temps. Stanza a dissimulé cette perte en gageant, massivement, le patrimoine du Saint-Siège. Il faut faire face aux échéances. Le trou réel serait plus proche d'un milliard d'euros.

— C'est du délire, cria le pape. Cela représente combien de fois notre budget annuel?

— Environ quatre fois. L'année dernière il était de deux cent trente-cinq millions d'euros.

— Que faut-il faire, Patristi?

— Les actifs immobiliers du Vatican dans le monde sont estimés à quatre milliards d'euros mais seul le quart est négociable. On ne peut pas vendre des abbayes et des presbytères à tour de bras. Si l'on cède tous les immeubles d'habitation, de bureaux, les terrains – nous possédons un tiers de Rome – on peut réussir à rembourser la moitié de la dette. On peut aussi liquider nos participations en Bourse et les investissements dans des fonds divers. Avec ça on arriverait à un quart de la dette. Mais il ne restera quasiment rien pour faire fonctionner le Vatican et notre crédibilité financière sera réduite à néant. L'État du Vatican sera obligé d'émettre des obligations comme tous les pays endettés. Et encore, les marchés vont nous imposer des taux de crédit exorbitants.

Hemler se rapprocha du pape. Il leva la main.

— Pourquoi vous, le préfet de la Congrégation pour la doctrine de la foi, êtes-vous destinataire de ce rapport ? ajouta Hemler d'un ton méfiant.

Patristi se dandina.

— Le cardinal Almeida, votre représentant au conseil de surveillance de l'IOR, n'a été averti qu'il y a deux semaines. Il a souffert d'un problème de côlon ces six derniers mois, il n'a pas assisté aux trois derniers conseils intermédiaires. Quand il a appris l'existence de ce rapport, il a eu peur de votre réaction et m'a contacté. Le responsable de l'IOR étant un ami proche, je lui ai demandé ce document tout de suite pour pouvoir vous le communiquer. Je n'ai fait que mon devoir.

Hemler regardait, stupéfait, le gros prélat. Il avait à l'évidence outrepassé ses fonctions. Les finances du Vatican ne rentraient pas dans les prérogatives de la Congrégation pour la doctrine de la foi.

Le pape leva les yeux vers le plafond représentant une armée d'anges virevoltant autour d'un nuage.

— L'imbécile ! J'aurais dû nommer un représentant plus jeune, avec des intestins solides, maugréa le vieil homme qui se leva de son fauteuil capitonné vert, cadeau de la reine d'Angleterre à l'un de ses prédécesseurs, anglophile. Un milliard d'euros. Mon Dieu.

Combien de temps cette information restera-t-elle confinée entre nos murs ?

— Pas longtemps, je le crains. L'autorité financière du Vatican est en liaison avec ses homologues internationaux. L'affaire Madoff étant sous le coup d'une enquête des autorités américaines, nous avons obligation de leur transmettre tout acte délictueux commis dans le cadre de cette affaire.

— On peut surseoir quelques mois ?

— Peut-être. Je n'en suis pas certain, Très Saint-Père.

Le pape dardait son regard d'acier bleuté sur le cardinal qui suait à grosses gouttes.

— Conclusion ?

— Si les prévisions sont justes, c'est la faillite de l'Église, Très Saint-Père.

15

Paris
Enclos du Temple
23 février 1307

Hughes de Payraud saisit une nouvelle lance et fit tourner son cheval au bout du champ clos. En face de lui se tenait un mannequin de bois, protégé par un bouclier en cuir tressé. Dans le soleil matinal, les naseaux du cheval brillaient d'écume.

Hughes leva sa main droite au-dessus du heaume pour mieux apercevoir l'objectif. Le mannequin reposait sur un socle où une vis de bois permettait d'en régler la hauteur selon l'angle d'impact choisi. Payraud fit un signe pour qu'on l'abaisse. Il aimait fondre sur la cible comme un faucon sur sa proie.

— Le Grand Visiteur de France va charger.

Hughes abaissa sa lance et piqua des éperons. Un nuage de poussière envahit la lice. Derrière les barrières, chevaliers et servants reculèrent. Le sol trembla, puis un choc sourd retentit. Le bouclier venait de voler en éclats. Un écuyer se précipita, une nouvelle lance à la main. Payraud hésita, puis déclina la tentation. C'était déjà folie, à son âge, que de continuer à jouter. Et puis, il était en sueur et, avec ce froid, il risquait d'attraper la mort. Il sauta de cheval, posa son casque sur la selle et fit signe à un écuyer de lui ôter ses éperons. Le sol était jonché des débris du bouclier. Hughes, une fois allégé de sa tenue, se dirigea vers l'église. Un groupe de jeunes chevaliers, qui traversaient la cour, s'inclina sur son passage. Comme il atteignait le porche, il entendit son nom voler de bouche en bouche. Depuis son entrée dans le Temple, il avait franchi tous les degrés. Dans l'ombre du Grand Maître, c'est lui qui dirigeait et contrôlait l'organisation, administrait les commanderies, gérait les finances, décidait de tout pour la bonne marche, visible et invisible, de l'Ordre. À l'entrée de la nef, il trempa distraitement un doigt dans le bénitier et esquissa un signe de croix. Au fond de la nef, un christ en bois peint attendait dans le silence et le froid. Hughes s'assit sur un banc. L'église était déserte. Tant mieux. Ce matin, il avait besoin de solitude, il avait à parler à Dieu.

Paris

Malgré le froid, les rues de la capitale étaient encore boueuses. Le givre qui avait transformé flaques et ornières en miroirs de gel avait cédé sous le passage incessant des charrettes et des cavaliers. De larges trous d'eau, profonds et gluants, crevaient les rues. Guilhem tentait d'avancer en rasant les murs, mais sa progression était entravée par les étals des marchands, sans compter les mendiants qui ne cessaient de le harceler. Accroupi sous un auvent, un aveugle aux yeux laiteux lançait des prophéties. De sa bouche édentée, un flot de paroles dégorgeait comme du sang caillé. Sa voix résonnait entre les murs de torchis, annonçait un grand bouleversement, un prodige sans pareil. La roue de la Fortune allait tourner et précipiter le monde dans les ténèbres. Un cri éclata et le petit groupe autour du prophète se disloqua aussitôt. Entouré de gardes, Guillaume de Paris venait de surgir. Le nez busqué et la barbe clairsemée, l'Inquisiteur de France remontait la rue en direction du Louvre. Guilhem ne le connaissait que par la rumeur qui le précédait. Infatigable traqueur d'hérétiques, ce dominicain parcourait le royaume pour la plus grande gloire de Dieu, brisant des vies, ruinant des réputations, déterrant et brûlant même les morts, pour peu qu'ils aient été soupçonnés d'hérésie. Ces bûchers de cadavres avaient terrifié les populations.

Du haut d'une fenêtre, un tas de détritus s'écrasa dans la fange, aussitôt fouillé et dévoré par une bande de chiens errants au pelage galeux. Les chiens, rendus fous par la faim, étaient une des plaies de Paris. On racontait que, à la nuit tombée, ils se ruaient dans les cimetières pour se repaître des morts fraîchement inhumés, quand ils ne s'attaquaient pas aux promeneurs isolés. Guilhem ralentit pour contempler un lévrier, gris pommelé qui déchiquetait une carcasse de poulet. Les os craquaient sous la fureur des mâchoires. Il s'approcha et observa la disposition des crocs. Leur puissance était fulgurante : en un instant ils broyaient tout. Guilhem sourit. Il demanderait à Pareilles de tuer un de ces molosses. Lui se chargerait de récupérer les mâchoires : bien utilisées, elles défigureraient n'importe quel cadavre.

Enclos du Temple

Il y avait longtemps que Hughes de Payraud ne se prosternait plus devant Dieu. Il tenait son visage droit devant le crucifix. Une cicatrice sculptait sa pommette saillante et rehaussait son regard sombre. Des années de combat au nom du Christ, en Terre sainte, lui donnaient ce droit de fixer d'homme à homme ce Dieu pour lequel il versait le sang. À chaque fois, un vertige le prenait à contempler ce corps martyrisé dont la Passion avait conquis et embrasé le monde. Comment un simple fils de charpentier avait-il pu provoquer un tel miracle ? Fallait-il admettre qu'il était vraiment fils de Dieu et Dieu lui-même ? Ces questions, ils n'étaient qu'une poignée à se les poser dans l'Ordre. L'immense majorité des templiers avait une foi naïve et absolue : ils combattaient pour le vrai Dieu et leur sacrifice leur donnerait le droit d'entrer au paradis. Seuls quelques frères, plus éclairés, s'interrogeaient en conscience. Toutefois dans la religion catholique, ce n'étaient pas les questions qui posaient un problème, mais les réponses. Hughes se rassit. Depuis le début du printemps, il avait recueilli des rumeurs qui le troublaient. On murmurait à voix basse que le roi n'était plus favorable au Temple, que le pape songeait à rénover l'Ordre... Des bruits qui pourtant ne troublaient pas le Grand Maître, assuré que l'Ordre était inébranlable. D'ailleurs, le Temple n'était-il pas le créancier de Philippe ? Comment le roi de France aurait-il pu se passer de son banquier ? Hughes détacha son regard du crucifix. De nouvelles informations lui donnaient à réfléchir. D'abord, dans tout le royaume, Nogaret, l'âme maudite de Philippe, avait ordonné un recensement de tous les biens du Temple. Officiellement pour lever un nouvel impôt. Sauf que chaque commanderie avait reçu la visite d'un *missus dominicus* qui avait parcouru les lieux en détail, dénombré tous les frères et inspecté chaque page des livres de comptes. Une inspection minutieuse mais qui n'avait en rien inquiété le Grand Maître. Pour lui, le monarque s'agitait pour mieux appuyer la demande prochaine d'un futur prêt. Une simple gesticulation destinée à obtenir le meilleur taux d'emprunt.

— Vous verrez, avait ironisé Jacques de Molay, Philippe viendra bientôt quémander de quoi renflouer ses caisses. Et nous lui prêterons, avait-il répondu, car c'est un excellent placement : les rois de France remboursent toujours leurs dettes.

Payraud n'avait pas répliqué. Depuis longtemps, il avait pris ses précautions. Mais une nouvelle le taraudait. On avait récupéré, non loin du guet de l'île aux Juifs, le corps d'un homme qui s'était révélé être un frère. Un templier du Rouergue, disparu de sa commanderie des semaines auparavant, et dont la dépouille avait fini dans la Seine. Hughes avait fait discrètement rapatrier le cadavre dans l'enclos du Temple.

Restait maintenant à savoir comment ce frère était mort. Payraud se leva et quitta l'église. Son visiteur allait peut-être l'aider.

Enclos du Temple

Arrivé à la grand porte, Guilhem fut surpris du flux incessant qui s'écoulait entre les deux tours d'angle. Bourgeois en pleine discussion, aristocrates en habits de cour, artisans avec leurs apprentis, charrettes de vivres minutieusement contrôlées par la garde, toute la société semblait défiler dans ce quartier isolé, hors les murs de la capitale. Protégé par un large fossé, puis une enceinte fortifiée, le Temple avait tout d'un château en temps de guerre alors même qu'une vie intense palpitait entre ses murs. La circulation était pire qu'à Paris, les marchands haranguaient le chaland, des cracheurs de feu, des jongleurs amusaient les badauds sous le regard attentif des chevaliers qui patrouillaient en rangs de deux.

D'ailleurs, on ne rencontrait ni mendiants ni voleurs ; au moindre acte de délinquance, la loi du Temple s'appliquait à l'instant. À côté des douves, un gibet étendait son ombre tandis qu'au bout de sa poutre maîtresse, une corde au nœud coulant ondulait au vent. Sécurisé, le quartier du Temple attirait commerçants avisés et riches clients. Un bon investissement pour le Temple qui prélevait une taxe sur chaque transaction. Guilhem se fraya un passage jusqu'à la seconde porte qui séparait le quartier marchand de l'enclos où résidaient les dignitaires de l'Ordre. Visiblement, on l'attendait. Un chevalier fit lever la herse et s'avança.

— Hughes de Payraud m'a demandé de vous accompagner.

Ils s'engagèrent dans la cour. À gauche, s'élevait l'église bordée par un cimetière où s'activaient des tailleurs de pierre. Guilhem ralentit le pas. Un apprenti dégrossissait une lourde dalle de calcaire tandis qu'un autre sculptait la croix pattée dans une rosace. Plus loin, un maître montrait à des compagnons comment tailler une épée en relief dans la pierre brute.

— Le Grand Visiteur de France vous attend en face.

À droite de l'église, s'élevait un donjon, flanqué de quatre tours, noires et effilées. Le logis central, où se trouvaient les salles de réception, était surmonté d'une lourde toiture grise. Au sommet, une girouette, en forme de corbeau, tournait son bec de métal vers l'Orient. L'ensemble, sombre et silencieux, contrastait vivement avec l'animation joyeuse du marché. Guilhem, dont la sensibilité vibrait à la beauté colorée des plantes, se sentit d'un coup écrasé par la pesanteur obscure du lieu. De rares fenêtres grillagées perçaient le premier niveau du donjon, remplacées aux étages supérieurs par d'étroites meurtrières. Guilhem avait la désagréable sensation d'être épié comme si un rapace invisible l'observait. Il frissonna et, d'un coup, tous les ouï-dire sur le Temple le plongèrent dans l'inquiétude. Un fossé, rempli d'eau stagnante, acheva de l'angoisser. Il avait toujours eu peur des eaux mortes. Deux gardes, le gantelet sur le pommeau de l'épée, traversèrent aussitôt le pont pour contrôler les visiteurs. Le chevalier s'approcha, murmura un mot de passe et se tourna vers l'apothicaire en le saluant :

— Bonne chance, magister.

Le visage pâle, Guilhem pénétra dans l'antre du Temple.

Tour d'Orient

Hughes de Payraud attendait dans la salle des chartes. La pièce, protégée du risque d'incendie par de lourdes portes, détenait tous les actes de propriété de l'Ordre. Des rives de la mer Baltique aux vallées ensoleillées du Portugal, des lochs brumeux d'Écosse aux îles de Méditerranée, l'empire des frères dormait dans des coffres de pierre, taillés dans l'épaisseur des murs. Des siècles de dons, d'échanges, d'acquisitions qui faisaient du Temple le principal propriétaire foncier d'Europe. Une puissance internationale sans précédent, ni équivalent. Sur une table basse, une pile de parchemins attendait le sceau du Grand Visiteur. Un bloc de cire noirci fumait près de la chandelle.

Hughes ferma les yeux et se concentra sur l'homme qu'il allait recevoir. Depuis le retour de Terre sainte, il avait constitué, dans le secret de sa mémoire, un registre connu de lui seul. Des lieux, des personnes, des souvenirs de conversations qu'il parcourait chaque jour comme on visite un monument. Ainsi, chaque fois que Payraud voulait retrouver une information, il s'imaginait arpenter un vaste château où chaque souvenir était associé à une pièce précise. Une pratique inédite et clandestine de la pensée, qui lui avait été transmise par un frère, Roncelin de Fos, fort versé dans les anciens mystères. Une pratique créatrice aussi : à chaque nouvelle incursion dans les méandres de sa mémoire, des connexions, des analogies se faisaient jour. Un travail étrange et supérieur de l'esprit qu'il pratiquait avec une régularité et une rigueur quotidiennes. Ainsi, avait-il retenu une information qui faisait d'un novice de Saint-Germain un expert en cadavres. Une science dangereuse, que l'Église réprouvait. Les secrets de la mort étaient propriété de Dieu. Si l'Inquisition apprenait que ce Guilhem se passionnait pour les corps des trépassés, il finirait au bûcher et personne ne pourrait le protéger.

Une maigre lumière tombait d'une archère, dessinant l'ombre d'une croix sur le sol dallé. Le Visiteur de France saisit un des parchemins pour apposer sa marque. Une idée mûrissait dans son esprit. Quand on frappa à la porte, elle était à point.

Salle des chartes

L'austérité du lieu frappa aussitôt Guilhem. Alors que, dans le donjon, messagers, gardes et serviteurs ne cessaient d'arpenter les escaliers et les étages, le silence régnait dans cette salle isolée.

— Magister, je suis bien aise de vous voir, annonça Payraud, en reposant son sceau, le doyen de Saint-Germain dit grand bien de vous.

Guilhem baissa la tête, révélant sa tonsure. Le sol dallé était lisse comme un miroir.

— Êtes-vous déjà prêtre? interrogea le Grand Visiteur en se levant.

Sa dague tinta contre le plateau de marbre de la table.

— Non, monseigneur, je n'ai reçu que les ordres mineurs.

Hughes rangea l'information dans une des pièces de son château intérieur, hocha la tête et s'avança vers le novice.

— Savez-vous pourquoi vous êtes ici?

Surpris par la question, Guilhem leva les yeux. Son interlocuteur le contempla. L'inquiétude se lisait en signes clairs sur son visage, des lèvres pincées aux sourcils arqués.

— Visiblement, non, conclut Payraud du silence de son visiteur. Pourtant, il paraît que vous avez certain talent…

Le jeune novice souffla intérieurement. Il ne s'agissait que de soulager quelques maux. Un frère du Temple, sans doute, qui était malade.

— Dieu m'a donné la grâce d'aimer les plantes et parfois d'en découvrir les pouvoirs, mais je suis venu sans onguents, ni potions…

— Un don véritable que celui de pouvoir guérir son prochain, l'interrompit le dignitaire, mais ce n'est pas de ce talent-ci que je veux parler.

Brusquement, le froid sembla monter des dalles et saisir les jambes du novice dans un étau de gel.

— Monseigneur, je ne vois pas…

Hughes le coupa à nouveau :

— J'ai dans la glacière du château un cadavre qui m'encombre l'esprit. Un noyé de frais.

Le regard de l'apothicaire vacilla. D'un coup il imagina le corps, gonflé d'eau, les chairs exsangues… Payraud reprit :

— On me dit que les morts n'ont pas de secrets pour vous…

— Messire, je ne suis qu'un humble novice et je ne…

— … et que vous connaissez même l'art subtil de dissimuler les causes véritables de leur trépas ?

L'angoisse qui avait étreint Guilhem quand il avait pénétré dans l'enclos du Temple le saisit tout entier. Ce qui était un secret entre lui, le doyen de Saint-Germain et Alain de Pareilles était connu de cet homme qui désormais tournait autour de lui comme un loup autour d'une chèvre au piquet.

— Allons, pas de crainte, le rassura Hughes de Payraud, je suis un serviteur de Dieu comme vous et je ne vous trahirai pas.

— Merci, monseigneur, balbutia Guilhem.

— Mais vous possédez une science unique et j'en ai besoin.

Le Grand Visiteur se rassit à sa table et saisit son sceau qu'il fit jouer entre ses doigts. En un éclair, Guilhem aperçut un serpent qui se mordait la queue. Payraud le congédia en une parole :

— Le chevalier qui vous a guidé vous attend à l'entrée du donjon. Il vous conduira auprès du corps.

Comme le novice se dirigeait vers la porte, la voix de Payraud l'arrêta :

— Magister, faites parler ce mort.

16

De nos jours
Paris
Rue Saint-Jacques

La pluie tombait dru sur le trottoir. La Louve appuya encore plus fort le canon de son Walther TPH sur le ventre de Marcas tout en se collant contre lui. La rousse haussa le ton :

— Ne me faites pas perdre mon temps. Montez !

Le conducteur de la Toyota avait ouvert la porte arrière. S'il montait maintenant, il n'aurait plus aucune chance de s'en sortir. Il rageait, une escouade de collègues était encore dans l'appartement, juste à côté, et il allait se faire kidnapper comme un bleu. La femme se colla à lui, le poussant insensiblement vers la voiture. Il jeta un coup d'œil autour de lui. Personne ne pouvait lui donner un coup de main. Il n'avait pas le choix. La femme était déterminée. Elle n'hésiterait pas à tirer à bout portant. Il s'assit dans la voiture, la femme s'engouffra à côté. La Toyota s'engagea lentement dans la circulation. Il sentait toujours le pistolet contre ses côtes.

— Vous êtes du genre tenace, madame.

— Je préfère mademoiselle.

La voiture tourna sur la droite et prit la rue des Écoles. Elle passa une main sur son genou.

— J'adore avoir un homme à ma merci.

— Vous leur faites perdre la tête... Comme ce pauvre jésuite, répliqua Marcas.

Il croisa le regard du conducteur dans le rétroviseur.

— De l'humour en plus. Vous avez toutes les qualités, capitaine. C'est votre grade ?

— Non. Commissaire.

— Pardon. Ça y est, je sais. Lanvin.

— Quoi ?

— Quand j'ai vu votre photo, j'y ai retrouvé un air de ressemblance. L'acteur français, Jean-Pierre Lanvin. De profil c'est encore plus frappant.

— Gérard, je crois.

— Ça ne fait rien. Et si vous me parliez pendant notre petite virée ? Que vous a dit Balmont avant de raccrocher ?

Marcas regardait autour de lui, la circulation était fluide. Impossible de demander de l'aide, s'ils étaient coincés dans un embouteillage. Ils descendaient vers l'Odéon, laissant sur leur droite la faculté de Médecine.

— Rien. J'étais à l'étranger. Ça captait mal.

Il ne vit pas venir le coup. D'un geste sec, la Louve avait pris le Walther et s'en était servi comme d'un coup-de-poing américain. La culasse percuta sa mâchoire, sa tête cogna la vitre côté passager. Une douleur vive irradia toute la partie droite de son visage.

— Mauvaise réponse, commissaire.

Elle braquait à nouveau le petit pistolet sur lui. Il se redressa en se massant la joue.

— Ma mère m'a toujours dit de me méfier des rousses. Elle n'avait pas tort.

La Louve hocha la tête.

— C'est un avant-goût de ce qui vous attend quand

nous serons arrivés. Appréciez la balade, je ne pense pas que vous ayez l'occasion de revenir dans le quartier.

La Toyota avait longé les cinémas de l'Odéon et remontait la rue de Condé vers le Sénat. Le conducteur parla pour la première fois :

— Nous y serons dans une bonne demi-heure. Quel temps pourri ! Je n'aime pas cette ville. Il pleut toujours.

— Allez passer vos vacances ailleurs, dit Marcas.

— Lucas, mettez un peu de musique pour couvrir les commentaires du commissaire.

Le conducteur inséra un CD dans le lecteur radio. Une musique baroque emplit l'habitacle. La Louve grimaça.

— Vous pourriez m'éviter cette guimauve. Quelque chose de plus speed. J'aimerais bien...

La Toyota pila brutalement. Une femme avec une poussette s'était engagée sur un passage piétons. La Louve bascula vers l'avant. Marcas se précipita sur elle et tenta de lui arracher son arme. Elle se débattit violemment. Il la frappa au poignet de toutes ses forces. Le Walther TPH tomba à terre. Il lui décocha un coup de coude dans le ventre qui la projeta sur le côté. Au moment où il agrippait la crosse, il vit le canon métallique d'une autre arme braquée sur sa tête.

— On se calme. Lâche ça !

Il était coincé. C'était trop stupide. La Louve se relevait, elle lui jeta un regard sombre.

— Ce n'est pas bien de s'attaquer à une femme. Tu vas souffrir tout à l'heure. Jette l'arme.

À regret, il lâcha le Walther sur le tapis de sol. La rousse le récupéra en un éclair et le pointa dans sa direction. Au moment où il se redressait, un choc retentit à l'arrière de la Toyota. Lucas poussa un juron.

— On vient de se faire emboutir.

Un homme jeune, costaud, les cheveux mi-longs, en

blouson marron, était sorti d'une C 3 noire. Il arriva au niveau de Lucas et frappa à la vitre.

— Vous n'êtes pas malade de piler comme ça !

Lucas planqua l'arme et abaissa la vitre.

— J'étais déjà arrêté.

— Pas du tout. Il faut faire un constat.

La Louve cracha.

— Démarre, rien à foutre de son constat. Vite.

Lucas allait passer la première quand l'homme sortit un pistolet qu'il braqua sur la tempe du conducteur.

— Police nationale. Voilà comment on va procéder. Tu coupes le contact. La petite dame va poser son joujou à terre si elle tient à toi. Ensuite, vous sortez de là, les uns après les autres.

La Louve ne bougeait pas et braquait toujours son arme sur Marcas. Lucas avait posé ses mains sur le volant.

— Aux échecs, c'est une situation qui nous conduirait au pat. Les mêmes forces en présence sans que la situation évolue.

— Je ne joue pas aux échecs. Coupe le contact. (Puis s'adressant à Marcas tout en regardant le conducteur, la Louve aboya :) Laissez-nous partir. Je le tuerai sans hésiter.

Le jeune policier restait calme.

— Ça va, commissaire ?

— J'ai connu mieux. Les portières sont bloquées.

Le flic passa sa main derrière la vitre et appuya sur le bouton de verrouillage des portes. Un clac retentit du côté de Marcas. Il riva son regard dans celui de la Louve. Tout était désormais une question de sang-froid. Quitte ou double. Il articula lentement :

— Je vais sortir. Vous pouvez tirer sur moi mais mon collègue fera feu lui aussi sur votre chauffeur. Impossible de vous échapper. Ce sera ensuite entre vous deux que ça se jouera.

Leurs regards s'aimantèrent. Il la vit crisper ses

doigts sur la crosse. Toujours avec lenteur, il continua de pousser la portière puis sortit du véhicule. Elle menaça à nouveau :

— Je vais tirer. Remontez !

Ne pas céder. Ne pas plier devant l'intimidation. C'était maintenant ou jamais.

— Allez vous faire foutre.

Il sortit de la Toyota en reculant. Le jeune policier détourna son regard vers lui.

— Vous allez bien ?

Lucas avait profité de la fraction de seconde d'inattention pour appuyer sur l'accélérateur. La Toyota se cabra. La portière passager frappa de plein fouet le policier qui lâcha son arme. La Louve tira en direction de Marcas, le ratant de justesse. Autour de la voiture, des cris fusèrent de toutes parts. La tueuse hurla :

— On se casse. Roule.

La voiture faillit renverser deux jeunes filles à Vélib'. Marcas se jeta sur l'arme, roula sur le côté et prit la position réglementaire, genoux écartés, corps légèrement fléchi. Il visa la Toyota et ajusta son tir. Deux balles firent exploser la vitre arrière. Il vit le regard de démente braqué sur lui. Il tenta de viser à nouveau mais la Toyota zigzaguait, il ne pouvait pas prendre le risque de toucher des passants. Il laissa retomber l'arme sur le côté. La voiture disparut de son champ de vision. Le jeune flic était sonné, mais il le releva. Trop tard pour la course-poursuite, la Toyota avait pris trop d'avance.

— Merci pour votre coup de main. Qu'est-ce que vous faites ici ?

L'homme tendit sa carte de police. Antoine la prit.

— Lieutenant Lomazzi. Quel service ?

— Détaché auprès du ministère. Je devais vous récupérer, rue Saint-Jacques. Au moment où j'arrivais à pied je vous ai vu vous faire embarquer. J'ai récupéré votre sac et j'ai suivi vos ravisseurs. Heureusement que la bonne femme traversait avec sa poussette.

— C'est Tassard qui vous envoie?

— Non, commissaire. Vous avez rendez-vous.

— Avec qui?

— Je ne peux pas vous le dire.

Marcas s'engouffra dans la voiture. Le jeune policier entra de l'autre côté, la Citroën démarra en trombe. La voiture prit la rue de Condé à contresens, sans se soucier de la circulation, suivit le boulevard Saint-Germain, tourna à gauche sur Saint-Michel et fonça sur la voie réservée aux bus. Le compteur affichait un bon 90 km/heure. Deux minutes plus tard, ils avaient traversé la Seine et s'engageaient sur l'île de la Cité. Marcas se tourna vers le lieutenant :

— Ce serait sympa de me ramener chez moi juste après la visite. À cette vitesse, j'aurais tort de m'en priver.

Lomazzi sourit.

— Et encore, je trouve qu'on se traîne. De toute façon, nous n'allons pas tarder à arriver.

La Citroën ayant dépassé à toute allure le palais de justice, arriva sur le pont au Change, puis tourna pour filer sur le quai de Gesvres. Elle longea le bâtiment austère de la préfecture de police, où se trouvait la brigade des mineurs. Antoine se demanda s'il y avait toujours cette camarade de promo qu'il avait perdue de vue depuis quelques années. Il admirait la façon dont les collègues de ce service abattaient leur travail, au vu de toute la misère humaine qui s'y déversait chaque jour. Leur tâche devenait encore plus dure avec la réforme de la garde à vue qui limitait singulièrement leur action mais ça, les médias ne voulaient jamais en parler.

La Citroën accélérait encore. Antoine fronça les sourcils.

— Pour la place Beauvau, c'est pas le bon chemin.

— Je n'ai pas dit que c'était notre destination.

— Qu'est-ce que c'est que ces conneries? gronda Marcas.

La voiture tourna à gauche sur la rue de Lobau. Le lieutenant Lomazzi se tourna vers lui, le visage de marbre.

— Allons, commissaire, vous n'êtes pas curieux ?

— Curieux de quoi ?

— De savoir, par exemple, pourquoi le père Jean Balmont vous a appelé avant de mourir ? La personne qui nous attend connaît la réponse

17

De nos jours
Rome
Vatican

Le commandant Borghèse passa en trombe devant le planton qui gardait la porte du PC souterrain. Il descendit l'escalier qui menait à la salle de contrôle. Il aperçut son adjoint, penché sur le surveillant numéro 13. Le haut gradé fonça vers lui.

— Ça donne quoi ?

— On l'a dans le champ de la caméra 13. Vous voyez le bonnet vert sur le coin en bas à droite ? C'est lui, là, avec la tête baissée. Il est en train de lire la Bible.

— Gardez-le sous surveillance et envoyez un agent à son contact.

— À vos ordres, répondit son subordonné.

— Et au fait…

— Oui ?

— La prochaine fois, tenez-moi au courant de vos opérations de maintenance.

— À vos ordres.

Borghèse remonta pour s'asseoir à son bureau, l'air préoccupé. Il voyait l'adjoint s'affairer avec zèle, passant son coup de téléphone en même temps qu'il scrutait l'écran. Borghèse remit son ordinateur en marche pour se brancher sur la caméra 13.

Appartement papal

Le pape se rapprocha d'une toile représentant saint Sébastien, attaché à un poteau, transpercé de toutes parts par des flèches. Il aurait pu se croire devant un miroir. Hemler croisa les bras et articula lentement :

— À moins d'un miracle, c'est la cessation de paiement. Aucune banque ne nous prêtera une telle somme. C'est une affaire de quelques mois tout au plus.

Le pape recevait une flèche supplémentaire dans le dos. Il se retourna lentement et prit une profonde inspiration.

— Je vais bénir la foule. Il ne faut pas faire attendre tous ces gens qui croient en nous. Patristi, je vous remercie pour votre initiative. Vous pouvez disposer. Hemler, prévenez le cardinal Almeida et le cardinal camerlingue, j'aurais besoin de leur aide. Et organisez une réunion d'urgence pour demain avec le conseil d'administration de l'IOR.

— Comment avoir confiance désormais ?

— Au point où nous en sommes, je traiterais avec le diable s'il m'était d'une quelconque utilité. Prévenez les gendarmes de mon arrivée sur le balcon.

Le père Hemler composa le numéro direct du commandant Borghèse.

— Commandant, le Saint-Père va saluer les fidèles.

Il raccrocha sans attendre la réponse. Du regard, il suivit le pape qui passait dans la pièce attenante. Le soleil n'éclairait plus la pièce, l'obscurité envahissait imperceptiblement les recoins de l'appartement. Saint Sébastien regardait la fenêtre avec une expression de douleur infinie.

Patristi s'était levé à son tour. Hemler fut surpris par

sa souplesse, insoupçonnable. Le cardinal avait perdu sa bonhomie habituelle et arborait une expression étrange en regardant le pape sortir de la pièce.

— Il paraît fatigué, notre Saint-Père. Vous ne trouvez pas, Hemler ?

— Rassurez-vous, Éminence, il a une santé d'airain. Son pontificat est loin d'être terminé.

— Que Dieu vous entende.

Hemler sentit l'agacement poindre. Il se leva et présenta la porte d'un revers de main. Patristi resta immobile.

— L'argent... Il me revient une phrase prononcée par Romano Prodi, l'ancien président du Conseil italien, lors d'un colloque organisé à Rome sur l'argent et la conscience chrétienne. Citant saint Marc, il avait lancé à la tribune : « L'argent est le crottin du diable. »

— Belle définition. Un crottin dans lequel nous marchons à grandes enjambées et qui nous souille.

Le cardinal plissa les lèvres avec dédain.

— Vous ne m'avez pas laissé finir, Hemler. C'est bien là votre problème, vous jugez trop rapidement les gens et les situations. Ce n'est pas la tirade de Prodi la plus pertinente mais la réponse de l'archevêque de Bologne : « Vous avez raison, mais le crottin du diable peut aussi engraisser les champs du Seigneur. »

Le prélat jaugea son cadet quelques secondes puis sortit de la pièce. La porte se referma doucement, laissant derrière lui un effluve que Hemler trouva déplaisant.

PC souterrain

Borghèse zooma sur les fenêtres de l'appartement papal. Les rideaux étaient en train de s'ouvrir progressivement. Il brancha le son. Un murmure de soulagement se propagea dans la foule. Les fidèles assis se levaient, d'autres applaudissaient, des parents juchèrent leurs enfants sur leurs épaules. Une armée d'appareils photo, de portables et de caméras se levèrent comme un tapis de roseaux après un coup de vent. Des cris jaillissaient de tous les coins de la place.

— Il papa !

— Veni, veni !

Soudain, le voyant rouge de la caméra 13 clignota. Borghèse décrocha.

— Lancez l'alerte ! cria son adjoint.

Il pouvait entendre sa voix en stéréo dans la salle. Le commandant se leva.

— Quoi ?

— Le type au bonnet vert, il a levé la tête de sa bible. C'est plus le même homme !

— Mon Dieu.

Le pape fit un signe à deux serviteurs qui ouvrirent les portes vitrées. D'un pas lent, il apparut sur le balcon, accompagné par un garde du corps en retrait. Le soleil était en partie masqué par des nuages lourds et épais. La clameur s'amplifia sur la place. Il les contempla avec tristesse et leva le bras droit pour les saluer. Les acclamations montaient de toutes parts. Il vit cet océan de visages sur la place et le vertige s'empara de lui. Mécaniquement, il agitait sa main et s'efforçait de sourire. Il savait que son image était retransmise par la télévision sur les deux grands écrans de chaque côté de la grande place. Il murmura à voix basse :

— Dieu, donne-moi le courage pour l'épreuve qui m'attend.

Il s'avança en levant les deux mains. Sa silhouette mince et ses deux bras écartés le faisaient ressembler à un christ en croix.

Du bruit provint de l'intérieur de l'appartement puis un cri. Le garde du corps porta son index à son oreillette, l'air troublé. Le pape tourna la tête. Il aperçut Hemler qui hurlait :

— Rentrez, Saint-Père. Vite.

Un premier coup de feu claqua. La balle traversa de part en part le crâne du garde du corps. Il s'écroula comme un pantin disloqué.

Le second coup de feu atteignit le vicaire du Christ en pleine poitrine.

II

18

Abbaye de Ligugé
23 février 1307

Les appartements du pape étaient situés en bordure de la clôture du monastère, dans la maison des pèlerins, réquisitionnés par la cour pontificale. C'était une vaste demeure qui, en temps normal, hébergeait les fidèles en partance pour Saint-Jacques-de-Compostelle. Au pied des murs, des roses trémières attendaient le printemps tandis que la vigne qui s'étendait sous les fenêtres venait d'être taillée. Clément V, quand il ne souffrait pas, aimait à s'isoler dans l'embrasure de la fenêtre, pour observer la lente maturation de la Nature. Il y trouvait matière à enseignement. Alors que les rois et les princes se déchiraient, que l'Église était rongée par l'hérésie et la corruption, le pape solitaire réfléchissait au-delà du simple temps humain. Derrière le visage de cire, que les moines apercevaient parfois, se tramait le destin à venir du monde.

De l'étage occupé par le pontife un pont de pierre enjambait la ruelle des artisans, permettant d'accéder au monastère. Tous les jours, le Saint-Père, à pas lents, empruntait ce passage aérien pour assister à la messe dans l'église. Au-dessus de la nef, une estrade discrète permettait de suivre l'Eucharistie tout en échappant au regard avide de curiosité du peuple. Pourtant, ce n'était pas dans l'église que Clément et son neveu se rendaient, mais sur les terrasses qui donnaient sur le cloître. C'était là, entre terre et ciel, que le pape avait décidé d'entendre en confession Bertrand de Got. Dès son arrivée à Ligugé, Clément s'était fait aménager un jardin suspendu. Des bosquets, pris dans des jarres de terre cuite, ombrageaient un lit à baldaquin tandis que, dans des auges de pierre, poussaient des plantes d'outre-mer dont la vue et la senteur apaisaient l'esprit du Saint-Père.

Le ciel, jusque-là encombré de nuages, se découvrit sur un soleil imprévu. Des serviteurs tirèrent une toile de tente tout le long de la terrasse. Clément les congédia d'une bénédiction et se tourna vers son neveu. À genoux sur les dalles, les mains jointes, Bertrand se raclait la gorge.

— Je t'écoute.

— Mon père, je n'ai pas péché.

Clément abaissa son regard sur le cloître. Adossé contre un pilier, Guillaume de Nogaret observait l'entrée du scriptorium. De dos, on reconnaissait la toge noire de maître Aboulia en train de discuter avec le frère bibliothécaire.

— Nogaret a senti le juif... murmura pour lui le pape... pire qu'un chien de chasse.

Près du puits, des moines puisaient de l'eau. Dans l'ombre d'une arcade, un frère convers allumait patiemment une brassée de cierges devant la statue de la Vierge. Des fourmis, pensa le pape, attachées à leur simple besogne et sur lesquelles jamais ne pèsera la moindre responsabilité. Des humbles qui se présenteront devant les portes du paradis, le cœur pur et les mains blanches, alors que pour d'autres...

— Mon père..., reprit Bertrand... je n'ai pas tué cette putain.

Un instant distrait, le pape se retourna vers son neveu. Brusquement il se rappela l'enfant en train de courir dans le château familial en Guyenne. Un bambin aux boucles blondes dont l'âge adulte n'avait pas encore tout à fait entaché l'innocence.

— Aide-moi à me lever.

Quoique méfiant, Bertrand s'exécuta aussitôt. Tout en marchant, Clément reprit la parole :

— Sais-tu ce qu'est le Mal?

Saisi par la question, Bertrand balbutia :

— Seigneur... je ne sais...

Le pape le coupa d'une voix lasse, mais sans appel :

— Suis-moi, je vais te montrer quelque chose dont tu te souviendras toute ta vie.

Finissant de traverser la terrasse, le pape tourna le dos au cloître et s'accouda au parapet extérieur. Dessous, s'étendait une cour herbeuse protégée par de hauts murs. Une longue table de bois était dressée au centre.

— Tu ne t'es pas déjà demandé pourquoi nous empruntons un pont au-dessus de la ruelle des artisans?

— Pour ne pas nous mêler au bas peuple?

La voix de Bertrand reprenait son arrogance naturelle.

Clément secoua la tête. Il pensa au roi Philippe à Paris. Son fils, disait-on, était un imbécile, borné et colérique. Le doyen de Saint-Germain avait même murmuré qu'il était aussi limité au lit que dans sa tête.

— Le peuple... gronda le pape... que sais-tu du peuple, si ce n'est les putains du bordel?

— Mon oncle...

— Tais-toi! Si nul ne descend dans cette ruelle, c'est que les artisans qui y vivent portent sur eux la malédiction des hommes.

Inquiet, Bertrand se signa.

— Regarde, indiqua Clément en tendant sa main à l'index replié.

Trois hommes, le visage recouvert d'une capuche,

venaient d'entrer dans la cour. Une nuée bourdonnante d'insectes tournoyait autour d'une fente dans le mur. Le premier saisit une poignée de clous effilés et les enfonça méthodiquement dans une planche en forme de tête. À chaque coup de maillet, la pointe jaillissait, à travers le bois, comme un dard menaçant.

— Il ne replie pas la pointe du clou? s'étonna Bertrand de Got.

— Regarde bien.

L'artisan posa son maillet. À côté, ses compagnons roulaient une toile, découvrant un sommier de bois. Des centaines de pointes aiguisées brillèrent à la lueur des torches. Le menuisier s'approcha et vint ajuster sa planche hérissée de métal.

— Le lit de la mort, énonça Clément, une commande de Guillaume de Paris, Inquisiteur de France. Un investissement, dont je pressens qu'il va servir bientôt.

Les yeux écarquillés, Bertrand suivait les gestes précis de l'artisan. À petits coups secs, il fixait la tête au reste de la planche de torture.

— À l'aide de cordes, on suspend le prisonnier au-dessus du lit. Puis, par un jeu de poulies, on le descend progressivement..., précisa Clément.

À ses côtés, son neveu s'agrippa au parapet.

— Bien sûr, on place le suspect, le visage face au lit. On dit que ce sont les yeux qui sont crevés en dernier. Ça laisse du temps à l'imagination.

Bertrand s'écroula au sol. Cette chose lourde pleurait, qui n'était faite que pour tuer.

— Mon père... pardonnez-moi... j'ai péché.

— Tu as bien étranglé cette ribaude?

— Oui... oui.

— Pourquoi?

Le jeune homme n'eut pas le temps de se justifier.

— Pour t'amuser? Pour te prouver que tu appartenais bien à une caste supérieure, c'est ça?

Le pontife songea à Nogaret. Cet homme qui avait osé s'en prendre à son prédécesseur. Lui aussi méritait une leçon. Aujourd'hui, Nogaret s'attaquait au Temple... Eh bien, lui, Clément, allait se servir de l'un pour abattre l'autre. Et Bertrand serait son instrument.

— Le Mal est en toi, mon neveu, mais je vais t'absoudre de tes péchés. En échange...

Surpris, Bertrand releva la tête.

— ... tu seras à moi corps et âme.

Le pape prononça la phrase sacramentelle.

— *Ego te absolvo a peccatis tuis, in nomine Patris, et Filii et Spiritus Sancti. Amen.*

Le corps ployé, Bertrand baisa l'anneau pontifical.

— J'ai une mission pour toi.

Fouillant sous sa robe brodée, Clément sortit un petit parchemin qu'il tendit à son neveu.

— Le roi veut la chute des templiers. Je connais Philippe, il est tenace, il parviendra à ses fins. Mais de là à lui faciliter la tâche...

Intrigué, Bertrand fixait le rectangle de parchemin.

— Les templiers sont sous mon autorité juridique, Philippe ne peut rien sans moi. Et tant qu'il ne m'accorde pas ce que je demande, il en sera ainsi.

— Ne risque-t-il pas de tenter un coup de force? interrogea son neveu.

— Je vois que tu comprends vite, approuva le pape, le risque existe, surtout s'il s'appuie sur le Grand Inquisiteur de France, Guillaume de Paris. Ce dominicain de malheur vendrait son âme pour allumer un bûcher. Voilà pourquoi nous devons jouer sur deux terrains en même temps.

— Je suis à votre service, mon oncle.

De l'émeraude de sa bague, le pape caressa la joue de son neveu.

— À la fin de l'été, rends-toi à l'enclos du Temple. Là, rencontre Hughes de Payraud et donne-lui cette carte.

Intrigué, Bertrand fixa à nouveau le parchemin : du haut d'une tour frappée par la foudre, deux chevaliers chutaient dans le vide.

— Ne te pose pas de questions. Il comprendra.

— Votre bénédiction, mon oncle.

Du pouce, le pape traça un signe de croix sur le front de son neveu. Ce dernier se leva et se dirigea d'un pas lourd vers l'escalier.

— Bertrand ! N'oublie jamais que tu m'appartiens.

La carrure épaisse se figea.

— ... Jusqu'en enfer.

19

De nos jours
Paris
Près de l'Hôtel de Ville

La pluie avait cessé de tomber sur Paris. La Citroën ralentit pour se garer devant le parvis de l'église Saint-Gervais-Saint-Protais. Le lieutenant Lomazzi sortit de l'habitacle et fit signe à Marcas de le suivre. Antoine crispa sa main sur la poignée d'ouverture intérieure.

— Il ne pouvait pas venir me voir, votre ami ?

— Je n'ai pas l'habitude de discuter les ordres qu'on me donne, commissaire. Nous avons une rue à parcourir.

Antoine sortit à son tour et suivit le lieutenant. Un groupe de touristes asiatiques photographiait la façade de l'église. Les deux hommes contournèrent les badauds, prirent la rue de Brosse puis tournèrent à gauche pour prendre l'étroite ruelle de l'Hôtel-de-Ville. Ils passèrent devant la maison des compagnons du devoir, Antoine reconnut instantanément les marques des tailleurs de pierre gravées sur le mur encadrant la vitrine. Ils marchèrent sur une trentaine de mètres jusqu'au numéro 105 bis. Une porte en fer rouillée encadrée de deux piliers de grosses pierres taillées se dressa devant eux. Au-dessus de la porte, un linteau de même facture était surmonté d'un carré de marbre vieilli, sur lequel avait été ciselé un fin triangle. Lomazzi frappa à la porte trois fois, s'arrêta puis recommença à frapper trois fois de suite. La porte s'ouvrit. Le lieutenant fit signe à Marcas de passer.

Antoine descendit une volée de quatre marches qui débouchaient sur une vaste antichambre éclairée par un plafonnier vétuste, meublée d'une vieille armoire en noyer et de trois portemanteaux. Une porte de bois vermoulu était à moitié ouverte. Marcas la poussa et arriva dans une salle voûtée. Il se figea quelques secondes. Un triangle percé d'un œil noir recouvrait quasiment la totalité du mur en face de lui. De chaque côté de la salle, des bancs de bois couraient contre les parois de pierre. Il reconnut tout de suite, sur le sol, le damier noir et blanc, caractéristique du pavé mosaïque que l'on trouve dans tous les temples maçonniques. Au fond de la salle, un homme était assis derrière un bureau, à la place du vénérable. Aveuglé par un faisceau de lumière braqué sur lui, Marcas n'arrivait pas à distinguer son visage.

— Entre, n'aie pas peur, Antoine. Tu es ici chez toi. Tous les Fils de la Lumière sont les bienvenus ici, même s'ils ne font pas partie de la bonne obédience.

Antoine reconnut tout de suite le son de la voix. Il avança de quelques mètres et se trouva face à l'homme. La voix familière retentit à nouveau :

— Comment vas-tu, mon frère, depuis notre dernière rencontre ?

— J'aurais dû me douter que c'était toi, répondit Marcas d'un ton tranchant. Tu peux abaisser ta lampe de gestapiste ?

— Toujours des grandes envolées, Antoine… Tu ne changeras jamais.

Le gros homme assis ne dissimulait pas son amusement. Le regard vif, les mains étonnamment fines qui tapotaient le bureau, le frère obèse riva son regard sur celui de Marcas. Le frère obèse, conseiller particulier de différents ministres de l'Intérieur, frère haut placé dans une obédience qui défrayait sporadiquement la chronique en raison du penchant de certains de ses frères pour les *affaires*, avait de nombreuses fois croisé le chemin de Marcas. Mais il était surtout redouté pour son titre de directeur du *Rucher*, une officine de centralisation et de collecte d'informations confidentielles qui avait des ramifications dans toute la France. Ses agents, les abeilles, faisaient remonter leur miel en échange de services judicieusement distillés. Il en avait rendu de nombreux en haut lieu et il possédait une collection de dossiers confidentiels constitués au fil des ans. Il était devenu intouchable, même les responsables de la Direction centrale du renseignement intérieur le consultaient avec déférence.

Marcas s'assit sur une chaise posée à côté du bureau.

— Où sommes-nous ?

— Au temple de la loge de Saint-Jean à l'Orient, la mienne. Où l'on prête serment sur la Bible, naturellement. La vraie maçonnerie.

— Ben voyons ! J'attends des explications. Le petit lieutenant m'a dit que tu savais pourquoi le jésuite m'a contacté avant de mourir.

— Exact, c'est moi qui lui ai donné ton numéro.

— Quoi ?

Le frère obèse se leva lentement et s'appuya sur le bureau.

— Jean Balmont était un très grand ami et un... frère.

Antoine afficha une mine stupéfaite.

— Tu déconnes ! C'était un religieux. Un jésuite.

— Je sais. Nous en avons quelques-uns chez nous. Ils ne veulent surtout pas que ça se sache. C'est un secret bien gardé. Même les Grands Maîtres successifs ne sont pas forcément au courant. Ça se passe au niveau des hauts grades et c'est très compartimenté. Balmont faisait partie d'une loge très discrète.

— Ça ne répond pas à ma question.

Le frère obèse se mit complètement debout et fit quelques pas sur le pavé mosaïque.

— Juste avant de mourir, il a essayé de me joindre mais je n'étais pas disponible. Je lui avais donné deux autres numéros de frères policiers à appeler en cas d'extrême urgence. Un commandant des Stups, de notre obédience et... Antoine Marcas. Le premier numéro ayant changé, il ne restait plus que toi.

— Mais pourquoi moi ?

— Tu es le flic et le maçon le plus entêté et le plus intègre que je connaisse.

— Comment sais-tu qu'il m'a appelé ?

Le patron du *Rucher* continuait d'arpenter la loge, les mains croisées derrière le dos.

— Il m'a laissé un appel sur mon répondeur me disant qu'il était en danger. J'ai eu le message trop tard, entre-temps mon réseau m'a fait remonter que tu avais alerté tes collègues. Que t'a dit Jean ?

— Des paroles incohérentes. Ça a duré juste quelques secondes. Une histoire de sceau, de maître dont il fallait se méfier. Tu as la liste des membres de la loge ?

— Non. Ils opéraient dans un secret total. J'ai dû croiser l'un de ses frères une fois, et encore... Je veux savoir qui l'a exécuté. J'avais beaucoup d'affection pour lui.

— Ça m'étonne. Je ne te savais pas aussi sentimental.

— Ne te moque pas. Veux-tu m'aider ? Tu es un frère de ressource...

— Je dois être interrogé par la PJ, j'ai du travail en retard qui m'attend et un fils à récupérer dans moins d'une heure.

Le frère obèse s'approcha de lui et le saisit par le bras.

— J'ai arrangé les choses. La Direction générale de

la police nationale a prévenu ton supérieur de ta subite et immédiate disponibilité.

— Super, et j'ai mon mot à dire ?

— Tu me dois bien ça, je t'ai sauvé la mise plus d'une fois. Et puis… il s'agit d'un frère.

Antoine était ébranlé, il n'avait jamais vu le directeur du *Rucher* manifester une telle émotion. Il poussa un soupir de consentement.

— Je peux y consacrer quelques jours, pas plus. On a déjà une piste. J'ai vu les tueurs.

Le frère obèse se leva.

— Quoi ?

— Ils ont essayé de m'enlever tout à l'heure, devant le domicile de Balmont. Heureusement, ton envoyé spécial m'a tiré de là.

— Ils ressemblent à quoi ?

— Une femme, rousse, la cinquantaine. Une pro, elle sait se servir d'une arme. Coriace. Il y avait aussi un jeune type. Vingt-cinq, trente ans. Je crois pouvoir les identifier sur des photos et faire des portraits-robots.

— Je t'envoie un dessinateur et quelqu'un du fichier central.

Marcas hocha la tête.

— OK, mais d'abord tu vas me rendre un service fraternel.

— Tout ce que tu veux.

— Tu me fais ramener chez moi avec ton chauffeur d'élite. Je dois être là pour mon fils. C'est très important. En ce moment, je merde totalement avec lui.

— Pas de problème.

— Ensuite, tu me fais livrer un dossier complet sur ton pote le jésuite. Je veux tout savoir sur lui. Ses fréquentations, ses vices cachés, tout.

— Tu auras ça demain, chez toi.

— Parfait. Nous pouvons fermer nos travaux ?

Le frère obèse sourit.

— Puisqu'il est l'heure… mon frère.

Un quart d'heure plus tard, la Citroën le déposa à son nouvel appartement, dans le 18e arrondissement, rue Charles-Nodier, avec vue imprenable sur les jardins de la butte Montmartre et du Sacré-Cœur. Littéralement épuisé, il fallait qu'il se repose. Il se servit un curaçao pur dans un mug que l'un de ses collègues lui avait rapporté de Washington, marqué du sceau de l'équerre et du compas. À la différence des Français, les Américains assumaient sans complexe leur appartenance maçonnique. Il avala une rasade du liquide sucré et fit claquer sa langue. Antoine adorait le goût de cette liqueur hollandaise depuis qu'il avait découvert son existence, adolescent, chez la grand-mère d'un de ses amis.

La pluie était repartie de plus belle et tapait sur les carreaux de son appartement plongé dans le silence. Il repensa au frère obèse. Ce frère était aux antipodes de lui-même, homme de réseau, de services tordus, familier des arcanes du pouvoir, conseiller d'œuvres plus ou moins occultes, il ne savait toujours pas s'il était un parfait salaud ou un cynique blanchi à la fréquentation de la noirceur des grands de ce monde. Pourtant, il avait l'air sincèrement peiné de la mort de son ami Balmont.

Un frère jésuite.

C'était ahurissant. Certes, les frères de cette obédience étaient pour la plupart marqués par un attachement, parfois viscéral, au catholicisme, mais de là à retrouver dans les temples un prélat, ça le dépassait. Avec un pape en exercice particulièrement hostile à la franc-maçonnerie, le mélange du compas et du goupillon devait se révéler périlleux. Il songea à la demeure du mort et à la sensation de désolation et de solitude qui s'en dégageait. Le jésuite ne devait pas avoir une vie très joyeuse, en compagnie de ses vierges exaltées et de ses christs torturés.

Pourquoi des hommes ou des femmes deviennent-ils

religieux ? Pourquoi la compagnie d'êtres imaginaires leur semble-t-elle plus agréable que celle de leurs semblables ? C'était un mystère pour lui. Il n'avait jamais aimé les reportages ou les articles sur les moines et les monastères, ça lui filait un coup de déprime à chaque fois. Il avait ressenti la même sensation dans l'appartement du jésuite. La vieillesse et la mort. Depuis son coma[1] il n'avait plus peur de la mort, en revanche il ne se faisait toujours pas à la vieillesse.

Il posa son verre et contempla son salon. Une grande bibliothèque, une lampe Kartell orange qui diffusait une douce lumière, un tableau d'Erro. Une déclaration des droits de l'homme surannée. Tous ces objets stockés pour apporter un semblant de vie, pour tromper sa propre solitude. Quelle différence entre lui et ce jésuite ? Il repensa aux phrases du mort.

L'Abrax garde la clé.

Le maître dont il fallait se méfier.

Ce n'était pas un vocabulaire de jésuite, mais celui d'un maçon, d'un frère versé dans l'ésotérisme.

Les expressions tournaient à nouveau dans sa tête, mais rien de logique ne suivait.

Abrax...

Un mal de tête s'annonçait. Sa nuque devenait douloureuse ainsi qu'un point entre ses yeux. Il alla prendre un cachet d'aspirine. Le contraste du goût chimique juste après le curaçao se révéla exécrable. Il n'était pas en état de se concentrer et revint s'affaler sur son canapé. La visite de l'appartement du jésuite l'avait déprimé. Cet étalage de religiosité l'indisposait. Ça sentait la mort avant même que le pauvre bougre se fasse charcuter. Il jeta un œil à sa montre, son fils arriverait dans moins d'une demi-heure. Il lui fallait oublier pour un temps l'affaire Balmont et afficher un

1. *Lux Tenebrae*, Fleuve Noir, 2010.

air joyeux. Pierre n'avait pas à subir les contrecoups de ses enquêtes.

Il ouvrit son portable pour consulter ses mails et vit un message sur *Meetic*.

Des femmes. Ça lui changerait les idées et chasserait l'image du jésuite décapité. Faire le point sur son actualité sentimentale. Bonne idée. Il redevenait optimiste.

Sur les conseils de son fils, il s'était inscrit sur ce site pour trouver l'âme sœur. Il lui avait fallu presque une semaine pour créer sa fiche, car il avait eu du mal à trouver les mots justes et à choisir une bonne photo. Au final cela donnait ceci :

Antoine, 42 ans, divorcé, un enfant. Aime les longues discussions et les câlins profonds. Adore le cinéma en salle. Atout supplémentaire : n'aime ni le foot ni tout autre sport à la télévision. Pas plus que la pêche, la pétanque et la voiture. Cherche une femme épanouie, ouverte, qui aime la vie. L'esprit compte autant que le physique. Peu porté sur les dépressives, les psycho-rigides, les maîtresses femmes, les maniaques en tout genre, les pratiquantes en religion, les insomniaques, les accros à la cigarette, les sportives obsessionnelles, les échangistes, les cocaïnomanes, les jalouses pathologiques… Bienvenue à toutes les autres.

Son fils, adolescent déjà nanti d'un machisme précoce qui sidérait Marcas, lui avait fait remarquer que ses critères écarteraient 85 % de la population féminine.

Il avait essayé de mettre une photo. Mais le choix s'était révélé désastreux : en short et tee-shirt orange lors de vacances à Séville, du dernier ridicule, en cravate et costume froissé prise lors d'une remise de médaille au ministère de l'Intérieur, où il avait l'air aussi sympathique qu'un CRS avant une charge contre des étudiants, et une version Photomaton pathétique. Après plusieurs essais infructueux avec la caméra de son ordinateur qui lui donnait dix ans de plus, il avait opté pour un cliché pris par son fils sur un portable.

Sceptique au début de son aventure virtuelle, il avait vite changé d'avis. Du moins pour trouver des partenaires sur un plan charnel. En trois mois, il avait déjà rencontré cinq femmes dont trois avec lesquelles il avait eu une aventure. Une Slovaque de quinze ans de moins que lui, une tornade au lit, qui l'avait demandé en mariage au bout de deux semaines ; une visiteuse médicale originaire de Strasbourg, passionnée par les catalogues de puériculture et qui refusait au bout de trois rencontres d'utiliser un préservatif ; une danseuse du Moulin-Rouge qui l'avait jeté au bout de deux nuits, ne le trouvant pas assez passionné à son goût.

Bref, un début encourageant pour accumuler autant d'erreurs de casting de façon aussi professionnelle. À ce stade ça devenait du grand art. Il ouvrit le premier message envoyé. Une fiche apparut.

Alienor. 37 ans.

Blonde, un beau visage gracieux, des yeux étirés.

Artiste de cœur, célibataire, peintre de l'âme, comédienne, écrivain, résidente du monde, aime l'art, la poésie, les palaces, la parapsychologie, les expositions. Mange bio. Exigeante envers les autres comme pour elle-même, cherche l'homme de sa vie qui saura épanouir le bourgeon et le mener à l'efflorescence du cœur. Tolérante, ouverte, j'adore l'Afrique et le Maghreb et je respecte les riches coutumes de ces nobles peuples, mais je ne rendrais pas heureux un homme originaire de ces contrées. Habite à Paris, dans le 6e.

Un petit mot était joint.

Je serais ravie de vous voir. Votre regard me parle. Osons la rencontre.

Il zooma sur le portrait, curieusement elle paraissait un peu plus vieille que l'âge indiqué. Il sourit, relut une nouvelle fois la fiche et se fit un rapide décryptage de la postulante. L'efflorescence du cœur, au secours. Vaniteuse, pas portée sur les Blacks et les Arabes, sérieusement allumée du lampadaire, un poil mytho.

Adieu Alienor. Il envoya un message poli, indiquant qu'il avait trouvé quelqu'un.

Il repensa à la rousse qui avait voulu l'enlever. Elle avait quelque chose de cruel dans le regard. D'implacable. Son dernier regard dans la voiture était empreint d'une vraie sauvagerie.

Pourquoi avait-elle décapité Balmont ? Il se cala dans le canapé, gagné par une torpeur envahissante.

Abrax... Il avait déjà entendu ce mot.

Le Maître Inconnu.

Une étincelle maçonnique jaillit dans le temple de sa conscience. Il se leva pour allumer la chaîne et mettre un CD. Un détail lui avait échappé.

Saint-Cloud

La Louve était rentrée bredouille de sa chasse. Elle s'était enfermée dans sa chambre et n'était plus réapparue. Lucas était persuadé qu'elle se droguait en cachette. Pour tenir. Dans la pièce qui servait de laboratoire, le traître contemplait les têtes des suppliciés. Les cinq implants étaient alignés sur la table en aluminium. Chacun devant la tête qui l'avait contenu. Le médecin était en train de cureter le sixième crâne. Celui de Balmont.

— Le chirurgien qui vous a tous opérés est un virtuose. Ces implants ont été recouverts d'une couche de silicone pour éviter les infections. Qui est-ce, si ce n'est pas indiscret ?

— C'est le troisième en partant de la gauche, répondit d'une voix tranchante le Grand Maître de la loge templière. Il s'est fait mettre le sien par un assistant.

Le traître restait debout, les bras croisés. Il s'avança. Sa main caressa la chevelure du premier crâne, puis les autres, un par un. Le credo de la loge résonnait dans sa tête, comme une litanie.

Sept templiers.
Trois portes.
Une seule vérité.

Il savait que sur les implants insérés dans les crânes des sept membres de la loge, seuls trois détenaient un indice. Pour mener aux trois portes. Les quatre autres étaient des leurres. Une mesure de précaution pour ne pas disperser le secret.

Il prit la première des minuscules capsules et l'ouvrit. Celle qu'il portait. Son cœur battait à tout rompre. Un petit bout de plastique en sortit. Il murmura :

— Le premier élément !

C'était une sorte de microfilm, un système classique mais ingénieux. Il s'approcha du microscope. Il inséra le film sur une lamelle et régla l'objectif. Une phrase apparut.

Là où gisent élus et martyrs.

Il resta l'œil rivé sur le microscope. Comme les autres frères, il ne savait pas qui avait rédigé ces phrases. Dataient-elles du temps des templiers ? Avaient-elles été modifiées au fil des siècles, pour sécuriser la transmission, toujours est-il que quelqu'un, un membre de l'Ordre, en était le créateur. La première des trois phrases, des trois mots de passe, qui ouvraient successivement sur la vérité.

Là où gisent élus et martyrs.

Cela pouvait faire référence à un cimetière, une

nécropole religieuse. Des martyrs de la foi, bien sûr. Quelque part en France, mais où ? Il ouvrit les autres capsules, une par une, avec précipitation. Les trois suivantes étaient vides, il passa à la quatrième, impatient, les mains tremblantes. Un autre carré en plastique surgit. Il le mit à son tour dans le microscope. Une deuxième phrase se détacha sous l'oculaire.

Dans la main du premier.

Son cerveau était embrumé de fatigue. Il n'arrivait pas à décrypter le sens du message. Le premier de quoi ? D'une série probablement. Il leva la tête du microscope et se tourna vers le médecin qui besognait le crâne de Balmont. Il ne restait que son implant pour décrypter l'ensemble.

— Vous l'avez trouvé ?

Le médecin arrêta de cureter la tête décapitée et jeta son crochet à terre.

— Celui-là n'a rien.

— C'est impossible !

— Puisque je vous le dis. J'ai repéré une incision récente, au vu de la cicatrice, je dirais un mois. Quelqu'un lui a enlevé l'implant.

Jean Balmont ouvrait de grands yeux vides. Sa bouche était tordue sur la gauche.

Le Grand Maître de la loge prit une profonde inspiration. Il n'avait que deux éléments à sa disposition et il avait des comptes à rendre à son commanditaire. Balmont s'était méfié. Il avait forcement caché ce secret quelque part ou l'avait confié à quelqu'un. Sans doute à ce Marcas. Désormais il fallait retrouver ce type vivant. Il prit le crâne de Balmont entre ses mains et le leva vers le plafond.

— Je te jure que je trouverai ton secret, mon frère.

Le mort le regardait fixement. Le relâchement de sa bouche sur le côté lui plaquait sur le visage souillé de sang un sourire infernal.

20

De nos jours
Rome
Vatican

Des cris et des suppliques montaient, par vagues successives, de la place Saint-Pierre et de l'esplanade. L'écran géant avait saisi, en direct, les images du pape, frappé en pleine poitrine. Les milliers de fidèles l'avaient vu, horrifiés, chavirer en arrière, les yeux révulsés au moment de l'impact.

Le père Hemler et la sœur augustine oblate de l'Enfant-Jésus s'étaient précipités sur le balcon de l'appartement papal. Une flaque de sang, souillée d'éclats d'os et de chair dégoulinait à mi-hauteur de la fenêtre sur le corps sans vie du gendarme. À un mètre sur sa gauche, le pape gisait, assis, contre le mur de pierre. D'un coup d'œil, Hemler remarqua que le haut du crâne du Saint-Père pouvait être visible de la place. Toujours vulnérable.

— Ma sœur, aidez-moi, il faut le mettre à terre.

— Avec précaution. Son dos est…

— J'en prends la responsabilité !

Les deux religieux déplacèrent le corps en robe blanche, l'un par les jambes, l'autre par les bras.

— Je le croyais plus léger, confia la papaline, en posant les bras du pape à terre.

Elle n'eut pas le temps de se relever, des cris jaillirent de l'intérieur de l'appartement et en quelques secondes trois gardes suisses et deux gendarmes surgirent sur le balcon. L'un des gardes tira Hemler brutalement en arrière, à l'intérieur de la pièce.

— Navré, mon père, le tireur a des complices, cria le soldat en le traînant sur le tapis recouvert des armoiries d'Alexandre VI Borgia.

Les deux autres gardes et les gendarmes s'étaient rués sur le pape pour former un bouclier de leurs corps. Ils brandissaient leurs Beretta 7,65 mm de service. L'un d'entre eux hurla dans un émetteur accroché au revers de sa veste :

— Sommes en place. Attendons les secours.

Hemler se redressa et vit passer devant lui la sœur papaline, extirpée elle aussi sans ménagement du balcon. Il lui tendit la main pour la relever. Le médecin de garde, qui logeait au troisième étage comme le pape, et une autre sœur en charge de la blanchisserie, arrivèrent en trombe devant eux. Hemler reconnut le Dr Paoletti, l'un des trois praticiens en poste, avec qui il prenait parfois un bon single malt dans son cabinet. Le médecin était en bras de chemise et en chaussettes, le visage en sueur. C'était le plus compétent et le plus dévoué du corps médical du Vatican. La jeune augustine pleurait à chaudes larmes. Elle regardait le balcon avec toute la tristesse du monde.

— Quelle horreur !

Hemler la prit contre lui, il la dépassait d'une bonne tête.

— Ayez confiance, ma sœur. Il faut prier et laisser les médecins à leur devoir.

À peine eut-il prononcé ces paroles qu'un lit roulant surgit dans la pièce, poussé par des infirmiers. L'un des gendarmes sortit du balcon et courut vers l'entrée des appartements, la main posée sur son oreillette. Il aida la sœur à s'asseoir et s'approcha de la grande fenêtre. Les gardes avaient soulevé le pape pour le poser sur le lit. Un masque à oxygène vert recouvrait le visage blanc et décharné du vieillard. Hemler se poussa sur le côté pour laisser passer le lit roulant qui fila à travers la pièce, escorté par le médecin et les infirmiers.

Sur le balcon, les gendarmes s'étaient groupés autour du corps de leur collègue, à la fois fascinés et écœurés par la tête à moitié déchiquetée sous l'impact de la balle. Hemler ne put s'empêcher de revenir sur le balcon : personne ne faisait attention à lui. Il s'approcha de la balustrade et jeta un regard en contrebas. Des milliers de fidèles, agenouillés, priaient avec ferveur, les mains jointes, d'autres se bousculaient pour arriver au plus près du palais. Hemler se sentit saisi de vertige, submergé par la désagréable sensation d'avoir, sous les yeux, un océan de damnés. Vision apocalyptique d'une humanité en attente du jugement dernier. Un peu partout dans la foule, des hommes et des femmes tendaient le doigt vers l'écran géant. Il s'agrippa au balcon et tourna la tête. Son visage tendu occupait toute la surface du mur électronique. Pendant un instant, il resta songeur face à son double gigantesque puis rentra dans l'appartement papal, sortant du champ des caméras. Il se précipita sur le téléphone et composa le numéro du PC de la gendarmerie. Une seule sonnerie suffit pour que l'on décroche.

— Hemler à l'appareil. Passez-moi Borghèse.

— Il n'est pas là, mon père. Il devait se rendre à une réunion d'urgence suite à l'attentat. Il revient au PC. Je suis le lieutenant Videla.

— Vous avez identifié le terroriste ?

— Oui… Nos équipes quadrillent la place. Ils sont plusieurs. Je dois vous laisser. Je suis seul à mon poste.

— Je n'ai pas fini, lieutenant. Dites à Borghèse

de rappliquer immédiatement. Je me suis bien fait comprendre ?

— Oui, mon père.

Un petit clic se fit entendre. Hemler avait permuté les boutons et composa un autre numéro, celui du directeur du centre de télévision, dont le siège était excentré, de l'autre côté de la basilique. Une voix aigrelette répondit :

— C'est un grand malheur. Toutes nos pensées vont vers le Saint-Père. Il est...

— Mort ? Je n'en sais rien. La RAI était-elle en train de retransmettre au moment de l'attentat ?

— Oui, ils ont tout balancé. Mes collaborateurs en régie m'ont montré leur mur d'écran, les images font le tour du monde. CNN, Al Jazira, les chaînes asiatiques, ça passe en boucle partout.

— Prévisible..., murmura Hemler qui reprit d'une voix plus forte : Vous allez faire exactement ce que je vais vous dire. Vous m'entendez ?

— Oui, mon père.

— Coupez la transmission sur l'écran géant sur la place et diffusez en plan fixe le portrait de notre bon pape. Et mettez en incrustation quelques phrases pour les rassurer.

— Vous m'aviez dit que vous ne saviez pas s'il était encore vivant.

— Peu importe ! Expliquez qu'il est pris en charge par les meilleurs médecins en poste au Vatican. Lancez un appel à la prière. Ensuite, vous envoyez à la RAI et aux autres chaînes de télévision uniquement des plans sur les fidèles en dévotion. Rien d'autre ! C'est compris ?

— Oui, mon père.

— Que l'esprit de Dieu soit sur vous, coupa Hemler.

La sœur papaline avait relevé la tête, surprise par la fermeté de sa voix. Il s'en aperçut et lui adressa un sourire.

— Ma sœur, ayez confiance. Un miracle est toujours

possible, surtout quand on vit dans la joie du Seigneur. Le successeur de Pierre est cher au cœur de Christ.

— Comme Jean-Paul II, murmura la jeune sœur.

— Exactement, l'attentat l'avait rendu encore plus fort. Ce sera pareil pour notre pasteur.

— Il est si vieux, si fragile, répondit-elle en levant un regard implorant.

Hemler la couva du regard. Il était touché par cette bonté sans faille.

— Il faut toujours croire en la Providence, ma sœur, et dans les nouvelles technologies...

— Je ne comprends pas...

— Ça ne fait rien, priez, encore et toujours.

Il passa dans la pièce attenante, jeta un œil plus appuyé qu'à l'ordinaire sur le saint Sébastien percé de traits et récupéra le rapport présenté par le cardinal Patristi. Il plia le document et l'inséra dans la poche intérieure de sa soutane. La sonnerie du téléphone retentit dans la pièce. C'était le numéro du centre médical. Il avança lentement la main vers le téléphone.

— Prier et surtout croire dans les nouvelles technologies..., murmura-t-il, avant de décrocher le combiné.

Le PC souterrain de la gendarmerie du Vatican bourdonnait comme une ruche. Les téléphones sonnaient de partout, les opérateurs, rivés sur leurs écrans, criaient dans tous les sens. L'adjoint de Borghèse, le lieutenant Videla, dictait ses ordres aux surveillants et jonglait avec trois téléphones.

— Canalisez la sortie, via della Concilazione. Prévenez le central des carabiniers qu'ils bouclent les voies d'accès hors les murs. Numéro deux, d'où est parti le coup de feu?

— Du quadrilatère Gabriel-Michel. Tous nos hommes disponibles ont rejoint le secteur. Les gardes suisses sécurisent aussi les issues.

La porte d'entrée s'ouvrit avec fracas, le commandant

Borghèse avait surgi dans le PC, essoufflé. Il se posta à côté de son adjoint.

— Rapport !

— Pas de trace du tueur.

— Au moins, on connaît son identité. Oliver Ransom, c'est ça ? L'Irlandais ?

— Affirmatif, commandant.

— Que donne l'enregistrement du quadrilatère, au moment de la détonation ?

— On va le savoir tout de suite.

Il pianota sur le clavier et accéda à la banque de données des caméras. Il tapa le numéro de la caméra et l'indication de temps. Une image apparut. Un homme au milieu d'un groupe de fidèles fouillait dans un sac à dos puis extirpait un objet cylindrique qu'il laissa pendre le long de sa cuisse droite. C'était le visage de l'Irlandais. Les autres pèlerins masquaient une partie de sa silhouette. Soudain, il s'agenouilla et disparut du champ de la caméra. Le lieutenant pointa le doigt sur l'écran.

— Les types à ses côtés forment comme un cercle pour échapper à notre surveillance. Très astucieux, regardez !

L'extrémité d'un long tube noir partait du sol vers le ciel. Le commandant Borghèse se pencha.

— Zoomez !

On voyait distinctement un tronçon de canon de fusil avec au bout une lunette de visée. Le lieutenant Videla émit un sifflement.

— Ça m'a tout l'air d'un PGM Hécate II. Un petit bijou. Fusil de précision utilisé par les forces spéciales françaises. On en a essayé l'année dernière, les représentants de la firme sont venus nous faire une démo. Fiable et léger. Ça ne se trouve pas chez l'armurier du coin, cette merveille.

— Cette merveille, comme vous dites, a abattu le pape, lieutenant.

— Pardon, commandant.

— Regardez, les types autour du tireur sont de vrais pros. Ils surveillent ses flancs et le protègent.

Les trois hommes scrutaient les alentours. Deux coups de feu retentirent. La scène dura quelques instants puis, très vite, les inconnus s'évanouirent dans la foule prise de panique. Une femme noire essaya d'attraper le tireur par la manche de son blouson mais il la repoussa violemment en arrière. Elle hurlait quelque chose dans sa direction puis la foule masqua la caméra.

— Que donne le scan morphique par *Il Diavolo* ?

— Rien. À part l'Irlandais, ces types ne sont pas fichés.

— Bon sang, six minutes se sont écoulées. Ils ont sûrement quitté le périmètre, pour se noyer dans la foule. A-t-on des nouvelles du Saint-Père ?

— Transféré à l'unité médicale. Je n'en sais pas plus. En revanche, Piazolla est mort, atteint par le premier coup de feu. Une boucherie, selon nos hommes.

Borghèse resta impassible.

— On connaît tous les risques du métier, lieutenant. Garde du corps d'un pape ou d'un président d'une grande nation, c'est un sacerdoce.

— C'était un type bien, il avait une femme et trois enfants. J'ai dîné chez eux le mois dernier.

— Je sais, coupa le commandant. Mais on n'a pas le temps pour les regrets. Notre mission est de retrouver les salauds qui ont fait ça. Combien d'hommes sur la place ?

— J'ai réquisitionné toute l'équipe de permanence et fait revenir les autres, du moins ceux qui sont sur Rome. On peut compter sur quarante-cinq gendarmes plus cinquante gardes suisses. Ils encerclent quasiment toute la place mais je ne garantis rien pour les fidèles qui auraient déjà quitté les lieux.

— Ces connards de Suisses ne font pas d'emmerdes ?

— Non, ils sont aux ordres, d'autant que le

commandant Payet, leur supérieur, est en mission aux États-Unis.

— C'est vrai, j'avais complètement oublié. Un signe de Dieu. Une guerre des polices du Vatican pendant un attentat contre le pape, ça fait désordre.

Borghèse prit sa casquette noire, la vissa sur sa tête et reprit :

— C'est bon d'être seul maître à bord. Vous avez eu Hemler ?

— Oui. Imbuvable. Comme d'habitude. Il vous demande.

— Je m'en doutais. Sa faiblesse, c'est qu'il est prévisible. Tenez-moi au courant du moindre élément.

Son adjoint lui tendit la photocopie du rapport d'Interpol. Borghèse la lui arracha des mains. Son regard se durcit.

— Un terroriste de l'IRA. C'est n'importe quoi ! Ça aurait pu être un islamiste exalté, un intégriste déglingué, un altermondialiste illuminé ou même, dans mes pires cauchemars, un franc-maçon dérangé. Non, on a affaire à un Irlandais, catholique de surcroît.

— On est toujours trahi par les siens.

— Jésus n'aurait pas dit mieux, grimaça Borghèse qui se massa la nuque. J'espère que notre Saint-Père va s'en sortir et qu'on va coffrer ce criminel.

21

Donjon du Temple
23 février 1307
Salle des chartes

Hughes de Payraud regarda la position du soleil à travers l'archère, il lui restait encore un peu de temps avant l'heure du conseil. Il saisit un tabouret et se retira dans la partie la plus sombre de la chambre forte. Il avait besoin d'obscurité pour méditer. Une habitude qui venait de loin, quand il avait été détenu par les Infidèles. Pendant trois mois, il avait moisi au fond d'une geôle, le temps que le Temple paye sa rançon. C'est là qu'il avait rencontré Roncelin de Fos. Un templier étrange qui lui avait appris comment échapper à la folie de l'enfermement. Sur le sable de leur cellule, il lui avait tracé le plan d'un château. Avec ses murailles, ses tours, ses logis, ses salles, ses chambres, ses cuisines, ses caves, ses écuries. Du sommet du donjon, battu par les vents, jusqu'au souterrain, obscur et humide. Une fois le plan tracé, il lui avait demandé d'imaginer chaque élément, en prenant pour modèle des châteaux réels. L'apprentissage avait demandé plusieurs jours, mais Roncelin était patient et précis : pour chaque pièce, il demandait la couleur des murs, posait des questions sur le mobilier ou bien réclamait le nombre de carreaux au sol. Au bout de trois semaines, Hughes connaissait chaque recoin de son château intérieur et avait quasiment oublié qu'il était détenu. Durant des heures, il errait dans son royaume, modifiant un détail, couvrant un mur d'une tapisserie d'or et de pourpre ou faisant disparaître une cheminée en un battement de cils.

Puis Roncelin lui avait conseillé d'associer une idée ou un souvenir à chaque élément du décor. De nouveau, Payraud parcourut son domaine. Il s'arrêtait dans chaque pièce, contemplait un objet, un détail, puis lui ajoutait une part de son passé. Bientôt, toute la vie d'Hughes tint dans l'espace de sa mémoire imaginaire. Par moments, il se sentait presque immortel, presque divin.

Enfin, Roncelin lui enseigna une dernière méthode. Cette fois, il ne s'agissait plus d'associer, mais de dissocier. Au centre de son château, Hughes créa un puits. Un escalier en saillie dans la maçonnerie permettait de le parcourir de haut en bas et inversement. Durant plusieurs jours, Payraud s'entraîna à descendre dans son puits. Toutes les sept marches, il marquait un palier par un souvenir personnel qui le rapprochait de plus en plus de sa naissance. Quand Hughes se souvint de sa première chute d'enfant, qui lui avait laissé une cicatrice au creux du menton, Roncelin jugea que le puits était foré à la profondeur intérieure nécessaire.

Au fur et à mesure qu'il descendait, le Grand Visiteur passait en mémoire les différents moments de son échange avec Guilhem. Sans les analyser ou les juger il les laissait simplement surgir. Un par palier avant de descendre plus profond. Les souvenirs sont comme des feuilles au vent, si on les laisse suffisamment voler, elles finissent par se poser et on peut alors découvrir leurs nervures secrètes.

Quand il atteignit le fond du puits, il entendit presque l'eau clapoter contre la pierre. Une image remontait lentement à la surface. Une enluminure que Hughes avait vue enfant : un cœur rouge sang qui battait dans une cage usée.

Payraud ouvrit les yeux. Il savait. Sous la robe de bure du novice, brûlait un désir incandescent de liberté. Son intuition première était la bonne. Il pourrait utiliser Guilhem.

Chambre du conseil

Comme il arrivait sur le palier, Hughes de Payraud s'interrogea. Combien de fois déjà était-il rentré en chambre haute? Alors que ses frères, un par un, pénétraient dans la salle rituelle, en murmurant le mot de passe au gardien du seuil, il se projeta dans le château de sa mémoire, grimpa en imagination au dernier étage et pénétra dans la pièce consacrée à ses activités secrètes. Chaque soir, avant de dormir, il faisait le tour de son domaine imaginaire, mémorisant avec soin la disposition des lieux, ajoutant une tour ou un cul-de-basse-fosse, selon ce dont il désirait se souvenir. Alors que le parvis peu à peu se vidait, Payraud, les yeux clos, visitait son royaume secret. Dans la pièce réservée, il compta les niches, évasées dans les murs, toutes ornées d'un saint précis du calendrier, ce qui lui permettait de se rappeler à volonté chaque date de cérémonie.

— Vingt-sept, murmura-t-il.

— Tu dis?

Hughes ouvrit les yeux. Devant lui, l'épée dégainée à plat sur la poitrine, se tenait le gardien du seuil.

— Pardonne-moi, mon frère, j'étais perdu dans mes pensées.

— Donne-moi le premier mot, je te donnerai le second, dit le gardien.

— Ba*sileus.*

— *Philoso*pho*rum.*

— Met*allicorum*, conclut le Grand Visiteur comme la porte s'ouvrait.

Illuminée de longs cierges noirs, parée de teintures sombres, la chambre haute ressemblait à un long catafalque. Hughes s'avança sur le sol dallé, s'immobilisa devant une plaque de marbre rouge sang qu'il contourna par la gauche. Il était le dernier. Face à lui, sur une estrade de bois, se tenait un mur oblong en ruine tandis que deux colonnes brisées gisaient au sol. Comme il s'agenouillait, ses frères, qui l'avaient précédé, sortirent de l'ombre et vinrent prendre place près de lui.

— Richard de Monclerc ?

Un chevalier se leva et posa sa main droite à plat sur l'épaule gauche, avant de répondre :

— Présent, Vénérable Frère.

— Foulques de Rigui ?

Son voisin se leva à son tour et prononça la phrase rituelle.

— Gérart de Villiers et Hughes de Châlons ?

Appuyé sur l'épaule de son voisin, un chevalier se hissa lentement. Il porta un moignon sur son cœur.

— Présents, Vénérable Frère.

— Imbert Blanc ?

Hughes sentit son voisin se lever. À sa main gauche brillait le sceau de maître d'Auvergne.

— Présent, Vénérable Frère.

— Hughes de Castillon ?

C'était le plus jeune des chevaliers. Il porta la main à son épaule en la faisant glisser le long du cou.

— Présent, Vénérable Frère.

À son tour Payraud se leva, monta les trois marches vers l'estrade, et s'immobilisa entre les colonnes rompues avant de prendre la parole :

— Il y a presque deux siècles, nos fondateurs Hughes de Payns et Guillaume de Saint-Omer, entourés de sept compagnons, installèrent notre Ordre à Jérusalem, à l'endroit même où s'élevait le temple de Salomon.

— Saint, trois fois saint est le nom de Salomon, répondirent en chœur les frères présents.

— Du temple sacré, qui était l'image de Dieu sur Terre, il ne restait qu'un mur éboulé et deux colonnes effondrées. En souvenir, nos fondateurs décidèrent que leurs successeurs, où qu'ils soient de par le monde, se réuniraient dans un lieu semblable.

— Sacré, trois fois sacré est le Temple, ajoutèrent les chevaliers d'une voix grave.

Hughes s'avança d'un pas.

— Tous, nous devons nous souvenir de notre véritable mission qui est de retrouver les proportions justes et parfaites du temple de Salomon pour le reconstruire dans le cœur des hommes.

Chacun des frères tendit la main droite vers le haut.

— Au nom de Dieu, nous le jurons.

— Retournez-vous, mes frères.

Au centre de la chambre haute, éclairée par les cierges, la dalle de marbre rouge brillait comme un flambeau.

— Quand nos maîtres fondateurs pénétrèrent dans les restes du temple, ils trouvèrent, sous les ruines, une longue pierre, comme une dalle sur un tombeau. Un arbre, un acacia, avait pris racine entre les pierres. L'un de nos frères glissa la lame de son épée entre les racines.

À ces mots, chaque chevalier recula de trois pas et leva les deux bras vers le ciel.

— Ce qui a été trouvé, nul mot ne peut le dire, nulle image ne peut le représenter.

D'un seul geste, tous les frères se cachèrent le visage avec les mains.

— Depuis, nous protégeons le secret. Et chacun de nous a inscrit dans sa chair la parcelle du secret qui mène à la Vérité.

Un à un, les chevaliers s'écartèrent et prirent place sur les sièges de pierre installés près des tentures. Hughes s'assit sur le rebord de l'estrade, posa les mains à plat sur ses jambes et prononça la sentence rituelle.

— Mes frères, puisque nous formons le cercle et le nombre, je déclare ouvert le conseil de l'Ordre intérieur.

Debhir

Le maître d'Auvergne fut le premier à abaisser sa capuche, dévoilant un front raviné par l'âge. Lentement, il frappa trois fois de l'index et du majeur dans sa main gauche, un signe de ralliement qui datait de l'époque de la Terre sainte.

— Bien-aimés frères, chacun en vos rangs et services, je demande la parole.

Payraud, d'un geste rituel, l'autorisa. Imbert se leva avec difficulté. Sa cuisse gauche le lançait sans trêve depuis qu'un Sarrasin l'avait transpercée d'un coup de lance à la bataille de Safed. Quarante ans déjà.

— Mes frères, les preuves apportées par le Grand Visiteur ne souffrent malheureusement d'aucun doute. Il est certain que le roi de France veut provoquer la dissolution de l'Ordre.

Hughes, sous sa capuche, hocha la tête. Il venait d'informer les membres du conseil des dernières manœuvres de Guillaume de Nogaret. Interrogatoires de templiers par la justice royale, dénombrement des biens du Temple. Depuis que l'Ordre intérieur avait été créé, jamais menace n'avait été aussi proche, précise et définitive. Même si le Grand Maître se berçait encore d'illusions, le conseil, dépositaire de la tradition, devait, lui, anticiper et réagir.

Un claquement de mains retentit. Le Grand Visiteur

tourna la tête vers son neveu. Une volonté de fer, mais une tête bouillante. Hughes de Castillon se leva.

— Mes frères, cela fait quinze ans que la rumeur court de notre mort annoncée. Depuis que nous sommes rentrés de Terre sainte, il ne se passe pas un jour sans qu'un manant, au fond de sa campagne ou un artisan dans son échoppe ne prophétise notre chute. Ce ne sont que bruits de tavernes, jalousie de la populace. Qui oserait s'attaquer à nous ? Qui oserait prendre d'assaut nos centaines de commanderies ? Qui aurait le courage et la force d'affronter nos milliers de frères ? Je le dis : personne !

Hughes ne réagit pas à ses propos péremptoires. Comme tous les frères trop jeunes, Hughes de Castillon rêvait d'en découdre avec n'importe quel adversaire, fût-ce le roi de France. Un manque évident de maturité, une intervention brouillonne, mais qui allaient servir le Grand Visiteur. Il suffisait d'attendre.

Foulques de Rigui réclama la parole. Il fit glisser son capuchon, découvrant une masse bouclée de cheveux noirs et des yeux sombres surmontés de sourcils effilés. Malgré sa beauté légendaire, dont la tradition murmurait qu'elle avait fait tourner bien des têtes aristocratiques, Foulques était d'abord réputé pour sa parfaite connaissance de la cour de France et son intelligence politique.

— Le roi Philippe est un homme autoritaire et tenace. S'il a décidé de la chute du Temple il fera tout pour arriver à ses fins, croyez-moi.

La majorité des frères hocha gravement la tête. Richard de Monclerc frappa dans ses mains. Avare de mots, il ne prenait la parole qu'à de rares exceptions. Il se tourna vers Rigui :

— Mon frère, tu parles d'or. Depuis des mois, j'entends le peuple médire du Temple, les moines railler notre opulence, les seigneurs jalouser nos terres et nos domaines. Le serpent de l'envie et de la colère siffle sur nos têtes.

Foulques acquiesça et enfonça le clou.

— Quant à nous, nous ne sommes qu'un colosse aux pieds d'argile. Nous nous croyons puissants, nous sommes faibles, nous nous croyons riches, nous finirons pauvres parmi les pauvres.

— Que conseilles-tu, mon frère? demanda le maître d'Auvergne, rompant avec la prise rituelle de parole.

Foulques croisa les mains sur sa poitrine.

— D'abord, il nous faut connaître la position du pape, ensuite...

À son tour, le Grand Visiteur abaissa sa capuche :

— C'est parole sage et réfléchie. Si le conseil m'en donne mandat, je sonderai les intentions du pape à notre égard.

— ... ensuite, reprit Foulques, il faut nous préparer au pire.

Hekkal

Un des cierges venait de s'éteindre, mais nul ne pensait à le rallumer. Chacun écoutait avec attention la parole qui tombait, froide et précise, de la bouche du Vénérable Frère.

— Si une action violente devait être entreprise contre le Temple, nous le saurions à temps. Depuis longtemps, nous avons placé des hommes dans l'administration du roi. Dans ce vaste rucher, certaines des ouvrières travaillent pour notre cause, elles sauront bourdonner au moment opportun.

Un murmure de satisfaction parcourut le conseil.

— J'estime cependant que nous aurons moins d'une semaine pour nous disperser. Voilà pourquoi j'ai prévu pour chacun un itinéraire et un lieu de repli.

Deux chevaliers se levèrent pour prendre place

devant le Vénérable Frère. Chacun se mit en posture rituelle selon son grade et ses services.

— Frères Monclerc et Blanc, vous passerez la mer et vous mettrez sous la protection de nos frères à Londres. Vu les relations du roi de France avec le souverain anglais, il y a peu de chances que ce dernier vous livre à la justice française.

Sous sa capuche, Foulques de Rigui se laissa aller à un sourire. Il était de notoriété publique que le roi Edward détestait sa femme Isabelle, réputée froide comme la glace, mais qui était la fille du roi Philippe. Bref, il y avait fort à parier que, sur la question des templiers, gendre et beau-père s'opposeraient une fois de plus.

— Frère Gerart de Villiers, vous prendrez avec vous quarante hommes de guerre et vous irez vous cacher en Auvergne, près d'Issoire, à Jonas. Le Temple possède là-bas des grottes, vous les aménagerez pour la défense.

À nouveau, Foulques approuva en son for intérieur la décision de Payraud. Éloigner, en le protégeant, le frère de Villiers, qui avait été Maître de France, c'était mettre à l'abri un des plus hauts dignitaires du Temple, capable de reprendre le flambeau en cas de force majeure.

— Hughes de Châlons, vous prendrez le chemin de Normandie et irez à Gisors. Foulques de Rigui et Hughes de Castillon, vous partirez pour les marches d'Allemagne, l'un à Cologne, l'autre à Strasbourg.

Foulques posa la main droite sur son cœur en signe d'assentiment. On lui confiait la garde du plus turbulent des frères en même temps qu'il ferait jouer ses talents de diplomate dans les États d'outre-Rhin. Un choix subtil.

— Quant à moi, la voix de Payraud résonna avec fermeté, j'ai pour responsabilité...

Tous levèrent les yeux vers le Grand Visiteur.

— ... de préserver le Secret.

Un par un les chevaliers prirent position autour de la dalle de pierre, croisèrent leurs mains sur la poitrine et saisirent celles de leurs voisins. Une chaîne humaine se forma, que vint fermer Hughes de Payraud.

— Mes frères, il est l'heure de clore la chambre haute…

— Qu'elle demeure secrète dans notre mémoire, répondirent Richard et Imbert.

— … Le cercle, qui nous unit, vient du plus profond des temps…

— Il est saint, juste et parfait, ajoutèrent Gérart et Hughes.

— … Et il existera après nous par-delà les siècles et les siècles.

— Amen, conclut Foulques.

Oulam

Sur le parvis, les dignitaires parlaient à voix basse. Le jeune chevalier, qui avait accompagné Guilhem, attendait près de la porte. Hughes l'entraîna dans l'embrasure de la fenêtre.

— Alors ?

Le chevalier baissa la voix.

— Le frère retrouvé dans la Seine n'est pas mort noyé.

Le front de Hughes se plissa.

— Le novice en est sûr ?

— Il a ouvert le corps et il n'y a pas d'eau dans les poumons. De plus…

— Quoi d'autre ?

— Il a trouvé des traces de tortures sur le corps.

— Nogaret…, murmura une voix.

Surpris, le Grand Visiteur leva les yeux, Foulques de Rigui se tenait près de lui. Hughes se pencha vers le chevalier.

— Où est le novice ?

— Au rez-de-chaussée, désirez-vous le voir ?

Le Grand Visiteur secoua la tête.

— Fais-lui compter deux florins d'or et qu'il parte à l'instant.

Le chevalier s'inclina et salua. Une fois sorti, Payraud se retourna vers Rigui.

— Ce frère de Rouergue, trouvé mort, était chargé de la collecte des fonds. Il s'est fait arrêter en tentant de changer de l'or en pierres précieuses.

Foulques s'assit sur le siège de pierre et regarda l'horizon qui se découpait dans la fenêtre. Le soleil brillait sur Paris.

— La curée ne va plus tarder maintenant, annonça Rigui, tu as pris tes précautions ?

Hughes s'assit à son tour et jeta un coup d'œil circulaire. Le parvis s'était vidé. On entendait le bruit des pas qui descendait l'escalier.

— Tu as déjà été attaqué par une bande de loups, Foulques ?

Le Grand Visiteur n'attendit pas la réponse.

— Ça m'est arrivé à treize ans. Je chassais avec un lévrier que m'avait offert mon père. Une bête magnifique. J'en étais fou.

Dehors, une brise légère venait se lever.

— Il neigeait et je suivais à la trace un sanglier. Ils sont apparus d'un coup. Toute une meute.

— Qu'as-tu fait ?

Hughes se pencha vers la fenêtre.

— J'ai détaché mon lévrier et je l'ai piqué d'un coup d'éperon. Il a foncé droit devant.

Juste au pied de la tour, le novice de Saint-Germain venait de surgir.

— Les loups l'ont pris en chasse et j'ai eu la vie sauve.

Foulques croisa les mains et fit craquer ses phalanges.

— Et tu penses te servir de la même ruse ?

— Je n'ai pas fini mon histoire : trois jours plus tard, mon lévrier est revenu au château, couvert de blessures, mais vivant. Je l'ai soigné mieux qu'un enfant, mais quand il a été guéri…

Rigui se pencha pour mieux entendre.

— … à la première chasse. Ce n'était plus le sanglier, ni le cerf blessé qu'il coursait, mais les loups qu'il cherchait comme un damné. Il était devenu fou de vengeance.

Dans la cour, Guilhem plongeait les mains dans l'eau de la fontaine que ridait le vent.

— Et j'ai trouvé mon lévrier.

22

De nos jours
Paris
Appartement de Marcas

L'Abrax garde la vérité.

Antoine alluma la chaîne et inséra un CD d'Ella Fitzgerald. Les premières gouttes sonores de *Black Coffee* inondèrent l'appartement. La tessiture incomparable de la diva du jazz s'insinua dans tous les recoins de son cerveau. Une méthode très personnelle pour se relaxer et mettre au travail ses neurones.

Le Maître Inconnu.

Abrax.

Abrax garde la vérité.

Ce nom revenait sans cesse. Antoine savait où il trouverait la réponse. Il ouvrit la porte de son bureau et se retrouva face à Schibboleth.

C'est ainsi qu'il avait surnommé sa bibliothèque, gorgée d'ouvrages, qui montait jusqu'au plafond. Schibboleth, un mot de passe bien connu des frères et qui, pour lui, signifiait de façon allégorique : le passage sur l'autre rive. Sa bibliothèque était un pont qui permettait de traverser le fleuve de l'ignorance et les livres en constituaient les pierres patiemment taillées. Le déménagement dans son appartement de la rue Charles-Nodier lui avait été fatal, Schibboleth menaçait de s'écrouler. Le poids des livres avait gondolé les étagères au point qu'Antoine clouait régulièrement des blocs d'appui contre le mur pour empêcher un effondrement généralisé. Il avait eu le tort d'acheter le meuble dans un vide-grenier : un jour ou l'autre il tomberait dans un ultime craquement. Même la femme de ménage refusait d'y faire la poussière, de peur de finir écrasée. Antoine n'avait pas osé répliquer que mourir sous les volumes de *la Comédie humaine* était somme toute une fin remarquable.

Collection de livres précieux, classiques en tout genre, romans de gare, traités de symbolique, curiosités érotiques, bandes dessinées, Schibboleth était un gigantesque bazar de papier. Borges, Bonnefoy et Gary côtoyaient Fredric Brown et Raoul de Warren, Lovecraft comprimait Houellebecq tandis que Grisham, Coben et Easterman se tassaient contre les auteurs français de la Ligue de l'Imaginaire. Deux autres colonnes entières de bandes dessinées avaient été installées sur le mur mitoyen. Son fils, amateur compulsif de mangas, lui avait redonné le goût de la BD. Il s'était rattrapé avec boulimie, achetant des collections d'un coup. Des précieux *Largo Winch* dédicacés par Francq, les *Corto Maltese* en édition d'époque, la série *Histoires secrètes*, de Pécau, chez Delcourt, son dernier coup de cœur, qu'il feuilletait avec délectation.

Son portable sonna. Antoine reconnut l'air de fado attribué au numéro de son vénérable. Une sensation de culpabilité l'envahit. Voilà quatre mois qu'il n'avait pas mis les pieds dans son atelier. Une parenthèse maçonnique dont il ne s'expliquait pas la cause. Mais il se rassurait en se disant que la plupart des frères connaissaient cette traversée du désert. Une période où le rituel ne leur apportait plus rien et où les débats en loge leur paraissaient un bavardage insipide. Un *passage au noir*, pour reprendre une expression alchimique, presque obligé pour retrouver, apaisé, le chemin de la fraternité.

Le portable redevint silencieux. Soulagé, Antoine se dirigea vers la partie la plus précieuse de Schibboleth. En haut à droite, sur les trois dernières étagères. Il monta sur un tabouret branlant et laissa errer son regard sur sa collection de traités maçonniques et symboliques. *Les Constitutions d'Anderson*, *le Discours du chevalier de Ramsay*, le *Cooke*, le plus ancien texte maçonnique, daté du Moyen Âge, tous les textes fondateurs de la maçonnerie sagement alignés comme à la parade. Plus haut, s'étalaient des dizaines d'ouvrages d'érudition sur l'histoire maçonnique : de l'étude des loges stuartistes au XVIIe jusqu'à l'histoire de la franc-maçonnerie sous l'Occupation d'André Combes, et le tout récent recueil de textes maçonniques d'Emmanuel Pierrat qu'il n'avait pas encore lu. Et des perles, comme ce rituel manuscrit des *Philalètes*, une loge hermétique du siècle des lumières.

Il passa le doigt sur plusieurs reliures, hésita sur un volume épais en cuir bordeaux pour finir par retirer un ouvrage de format haut et large, à couverture cartonnée, recouvert d'un film de plastique fripé. Il prit soin de ne pas s'appuyer sur la bibliothèque pour ne pas déclencher une catastrophe irrémédiable et le posa délicatement sur une étagère du bas. Et de un. Son regard erra de gauche à droite, monta d'un niveau et finit par s'arrêter sur un gros livre à la tranche dorée.

Il redescendit avec les deux volumes, retourna dans le salon et s'assit sur le canapé. Il allait éteindre la télévision quand son regard intercepta un flash.

Un rectangle rouge barrait le haut de l'écran, avec la mention : *Édition spéciale*.

Il posa les deux volumes et augmenta le son. La présentatrice blonde, clone inachevé de mannequin, semblait exaltée.

... Le pape a été transporté dans l'unité médicale du Vatican. Les autorités ecclésiastiques restent silencieuses. La Curie n'a publié aucun communiqué officiel. Je vous propose de revoir les images de l'attentat.

Marcas reconnut le visage de l'homme qu'il avait vu sur les affiches géantes dans la banlieue de Prague. Il était en train de saluer la foule. Soudain, un coup de feu retentit. Le pape tournait la tête sur sa droite. Une autre détonation claqua et le vieil homme fut projeté en arrière puis disparut du champ de la caméra. L'image repassa encore une fois au ralenti avec un gros plan sur le visage de la victime. Antoine resta stupéfait. L'onde de choc allait submerger le monde entier. Il se souvenait de l'attentat contre Jean-Paul II par le tueur turc. Il était encore adolescent mais les images restaient gravées. Il eut la tentation d'appeler ses contacts place Beauvau mais l'attentat venait d'avoir lieu, ils n'auraient probablement aucun élément.

Il songea à contacter le père rencontré chez Potocki, da Silva, mais le moment était sûrement malvenu. Quant au frère obèse, pas question de lui demander quoi que ce soit. Sa faculté à interférer dans sa vie était déjà assez pesante comme ça. Au moins, il lui avait donné un indice sur l'appartenance du jésuite Balmont à la maçonnerie, c'était un début.

Antoine baissa le son et reprit les volumes récupérés dans la bibliothèque. Il n'avait aucune sympathie pour ce pape trop réactionnaire, mais assister à l'assassinat de ce vieil homme l'attristait. C'était probablement le geste d'un fanatique. Antoine secoua la tête. La religion déchaînait trop de passions à son goût. Catholiques, musulmans, juifs, tous voulaient prouver la supériorité de leur Dieu. Son engagement maçonnique avait fortifié en lui une critique marquée de ces manifestations trop prononcées d'un monothéisme primaire. Il avait beaucoup de respect pour les religions en tant qu'enseignement spirituel mais leurs représentants sur Terre le laissaient de marbre. Il voyait dans le monde de plus en plus de manifestations d'intolérance, de communautarisme, de bigoterie et de violences et de moins en moins de compréhension et de solidarité. Il songea au jésuite décapité.

Cette femme rousse et son acolyte. Comment avait-elle pu faire preuve d'une telle sauvagerie ?

Antoine resta songeur quelques minutes puis se ressaisit.

Il ouvrit le premier livre, celui à la tranche dorée.

Le serpent d'émeraude,
Dictionnaire des symboles et termes ésotériques.

La bible du genre, aussi appelée le H. Memberti, en référence à son auteur. Là-dedans, il trouverait le terme Abrax. Il parcourut rapidement la table des matières.

Abaddon, Abeille, Abif (Hiram), Ablette...

Eh oui, gagné ! Ce n'était pas Abrax mais Abraxas. Il jubila.

Abraxas. Page 37.

Il feuilleta les pages, ornées de nombreuses reproductions de symboles en tous genres, et s'arrêta sur Abraxas.

A plusieurs significations.

1 – Symbole utilisé à Alexandrie, au IIe siècle après Jésus-Christ, par les adeptes de la gnose. Les Abraxas étaient montés sur des bagues ou gravés sur des pierres. Par extension, l'Abraxas était utilisé en tant qu'amulette ou talisman de protection contre le mauvais sort et les démons.

Antoine se souvint d'en avoir vu, au musée d'Égyptologie de Berlin. Il avait été ému par cette pierre gravée qui avait traversé les temps alors même que son possesseur n'était plus que poussière.

2 – Abraxas est composé de sept lettres, les sept lettres du nom de Dieu en hébreu. Fait référence aux sept jours de la Création, aux sept planètes du système solaire. Selon certains exégètes, symbolise la marque du divin sur le plan humain.

3 – Abraxas est aussi connu sous le nom Abrasax, terme assyrien qui signifie le démon. À l'inverse, selon certains gnostiques, il serait le vrai Dieu qui aurait envoyé Jésus-Christ aux hommes.

Les gnostiques ! Des sectes étranges aux pratiques déconcertantes qui avaient fleuri dans le sillage du christianisme. Pour les prêtres, des fleurs vénéneuses qu'il fallait couper dès l'éclosion. Antoine soupira. Il avait une tendresse particulière pour ces quêteurs de lumière, ces amants de l'absolu, que l'Église avait persécutés sans états d'âme.

4 – Pour saint Jérôme, l'Abraxas était aussi le symbole des adeptes du culte de Mithra, dont le sacrifice rituel du taureau signifiait le renouvellement de la vie.

5 – Du mot Abraxas a été tirée la célèbre formule utilisée par les prestidigitateurs, Abracadabra.

Antoine restait dubitatif; dans ce fatras, aucune interprétation ne pouvait le satisfaire : aucun lien avec les templiers. L'article continuait au verso. Il tourna le feuillet. Un symbole s'étalait sur la moitié de la page. Il sursauta, c'était exactement la même image qui était reproduite sur le blason accroché au mur de l'appartement du jésuite assassiné.

23

De nos jours
Rome
Vatican

Le père Hemler avançait d'un pas vif le long du couloir qui menait à l'unité médicale, passant devant les tableaux des papes du siècle écoulé. Il les connaissait par cœur, Paul VI et son air d'oisillon égaré, le bon Jean XXIII, Pie XII, son regard d'oiseau de proie dépassant de sa tiare, Benoît XV, aristocrate à la lèvre hautaine, l'acariâtre Pie XI, Jean-Paul II, robuste et resplendissant avant son Parkinson.

Mais de tous, Hemler préférait l'énigmatique Jean-Paul Ier, à la carrière météorique, à peine un mois de trône. Surnommé par le bon peuple romain *Il sorriso di Dio*, le sourire de Dieu. Le seul de la lignée spirituelle dont le regard était doux et compatissant. La vision de ce portrait confortait ses convictions. Jean-Paul Ier avait été la preuve éclatante que Dieu ne voulait pas d'un faible sur le trône de Pierre. L'Église catholique, apostolique et romaine exigeait un homme à la volonté de fer, surtout dans les périodes de crise. Voilà pourquoi il avait noué son destin à celui du pape actuel depuis des années.

Il laissa le doux Jean-Paul Ier à son paradis et aperçut le bout du couloir, bloqué par une masse informe, rouge et tournoyante, d'où s'échappaient des bribes de conversations. Il redressa le torse au fur et à mesure qu'il se rapprochait de la dizaine de cardinaux en robe rouge, massée devant l'entrée. Il alla fendre l'attroupement de princes de l'Église, accourus en hâte pour soutenir leur berger mais dont certains se voyaient déjà à sa place. Ils faisaient face aux deux gardes suisses impassibles qui bloquaient l'entrée de l'unité médicale. Le tourbillon pourpre vociférait.

— C'est inacceptable ! Laissez-nous entrer !

— Un scandale, le médecin doit nous donner de ses nouvelles !

— Je veux prier à son chevet.

Le père Hemler toussa derrière le groupe pour annoncer sa présence.

— S'il vous plaît, un peu de place. Vous serez tenus au courant.

Comme un seul homme, la masse de cardinaux se retourna vers lui. Il les connaissait tous. Toute la gamme d'émotions prévisibles s'affichait sur les visages de ces hommes, pour la plupart entrés dans la dernière partie de leur vie. Tous élevés à la plus haute distinction de l'Église, après le pape, et qui se comportaient en tant que tels. Hypocrisie pour Leonetti, de Venise, peine sincère pour Ramirez de Buenos Aires, indignation pour Reigner de Paris, tous savaient que Hemler était le seul à entrer, bien que secrétaire privé.

— Je vous en prie. Je suis attendu, jeta à haute voix le prélat en soutane noire.

— Pourquoi ne pouvons-nous pas entrer? lança le cardinal français en lui mettant la main sur l'épaule.

— Ordre du médecin-chef, répliqua le père en se dégageant.

— Nous prions tous pour lui, si seulement nous étions à ses côtés avant que Dieu ne le rappelle, intercéda le grand Argentin, responsable de la commission pontificale des œuvres diplomatiques.

— Rassurez-vous, Dieu veille sur lui, répondit Hemler en avançant encore davantage au sein de la masse rouge.

Il finit par arriver devant l'entrée de l'unité, crut s'être échappé du maelström cardinalice quand un gros obstacle écarlate lui barra le chemin. Les bras croisés, le cardinal Emigliano Patristi obstruait entièrement son champ de vision, planté entre lui et la porte. Il lui souriait.

— Hemler. Vous devez me laisser entrer avec vous.

— Je suis désolé, Votre Éminence.

— Vous prenez de gros risques pour la suite de votre carrière. Le responsable de la Congrégation pour la doctrine de la foi est tenu, par sa fonction, d'être informé de tous les événements graves qui peuvent menacer l'Église. C'est dans les statuts.

Hemler savoura l'utilisation par Patristi de la troisième personne du singulier. Cet homme avait décidément toutes les faiblesses. L'homme en noir répondit en jouant sur le même terrain :

— Avec tout le respect que je dois à sa fonction, je lui fais remarquer humblement que la foi et le dogme de l'Église catholique ne sont pas menacés en ce moment. Seulement l'intégrité physique du Saint-Père. Seul le cardinal camerlingue peut se rendre à son chevet. Ce qui est déjà le cas, m'a-t-on dit. Veuillez me laisser passer, Éminence.

L'ancien évêque de Florence continuait de sourire.

— Non.

— Si, dans sa grande bonté, Christ a veillé sur son vicaire, et assure son salut physique, alors c'est vous qui aurez à répondre de votre attitude hostile. Ce serait regrettable.

Les deux hommes se défièrent du regard. Une trentaine de secondes s'écoulèrent, glaciales, même les autres cardinaux s'étaient tus. Puis, d'un geste plein de morgue, le cardinal Patristi s'écarta en indiquant la porte et gronda :

— Le bon berger a besoin de son chien de garde.

Les deux gardes suisses entrouvrirent le double battant, le refermant sous le nez du gros cardinal qui suivait Hemler du regard. Le père s'engouffra dans les locaux de l'annexe médicale qu'il connaissait comme sa poche. Il avait participé deux ans auparavant à la rénovation de l'unité avec le médecin-chef. Équipement flambant neuf, scanner de dernière génération, bloc opératoire de pointe, c'était une clinique complète à la disposition d'un seul homme. On y avait adjoint un poste de transmission de téléchirurgie qui, en cas d'urgence, pouvait permettre à trois grands spécialistes de New York, Paris et Berlin d'opérer à distance.

Hemler identifia deux religieux qui parlaient à voix basse devant une armoire vitrée, le cardinal camerlingue et son conseiller spécial. On ne pouvait pas imaginer duo plus mal assorti, le premier était tout petit, pas plus d'un mètre cinquante-cinq, le crâne dégarni, le regard vif, et le second grand et massif comme un joueur de rugby. Le camerlingue, Ludovico Sarteni, président de la Chambre apostolique, était devenu l'un des cardinaux les plus puissants de la Curie. À l'origine, les camerlingues constataient le décès des papes et régissaient le gigantesque ballet de succession lors de la vacance du trône pontifical. *Sede vacante*. Mais le pape précédent avait accordé à Sarteni des pouvoirs plus étendus dans les affaires courantes du Vatican en raison de sa fidélité à toute épreuve. En raison de son physique, certains prélats l'avaient surnommé le gnome. Quant au père Antonio da Silva, il faisait partie du discret service des trois clés de saint Pierre, attaché au petit cardinal. Une sorte d'envoyé spécial officieux, aux talents multiples. Hemler travaillait souvent avec lui, comme lors du déplacement du Saint-Père à Prague. S'il appréciait son efficacité, il se méfiait de sa trop grande proximité avec le camerlingue. Da Silva était les yeux, les oreilles et parfois les bras de Sarteni.

Le petit prince de l'Église interrompit sa discussion avec son adjoint et se rua vers le secrétaire du pape.

— Ah, Hemler! Ils m'ont réveillé alors que je faisais un brin de sieste. J'ai juste eu le temps d'enfiler une veste et de prévenir le père da Silva. Quel malheur! Vous étiez présent pendant cet acte effroyable?

— Oui, du moins en retrait dans l'appartement. Comment va notre Saint-Père?

— On ne sait pas. Le médecin-chef n'a rien dit à son équipe. Vous savez que j'étais à la Curie lors de l'attentat contre Jean-Paul II? Pas au même poste naturellement.

— Je l'ignorais.

— On était tous persuadés que le Polonais, Wojtyla, allait y passer et puis ce fut le miracle. Pour tout vous dire, en plus de l'amour que je porte à notre Saint-Père, je ne me sens pas le courage d'organiser un nouveau conclave... J'en discutais justement avec da Silva. Sur un plan politique, la situation est très confuse en ce moment. Les clans pour la succession se sont reformés. On a au moins quatre candidats en lice.

— Je sais. J'en ai rencontré deux devant la porte, bouleversés naturellement par l'épreuve subie par notre Saint-Père. Mais ce n'est pas nouveau, à chaque fin de règne, les couteaux ressortent dans la demeure de Dieu. Et puis, je vous connais suffisamment, Éminence, pour savoir que votre énergie est intacte.

Le cardinal camerlingue se rapprocha de lui. Il jeta un regard circulaire et chuchota :

— Laissons ces ambitieux à leurs chimères. Vous avez raison, la vraie raison de ma perplexité, le mot est faible, réside ailleurs. Dites-moi, Hemler, êtes-vous au courant du rapport de l'inspection financière?

Le secrétaire du pape fut désarçonné. Les yeux perçants du haut dignitaire le scrutaient. Pour avoir passé plus de quarante ans au Vatican, le camerlingue était réputé pour connaître tous les secrets de la Curie. On murmurait même qu'il en savait plus sur les secrets du Vatican que les papes qui s'étaient succédé sur le trône de Pierre.

— C'est-à-dire..., répondit-il en hésitant.

Le camerlingue avait pris un visage grave.

— Ne jouez pas au plus fin. Votre discrétion vous honore mais je suis au courant. Patristi est venu vous montrer ce rapport juste avant l'attentat. J'ai lu ce document hier. C'est stupéfiant. Le Vatican ruiné ! Au cours de l'histoire, nombreux furent ceux qui ont voulu nous mettre à genoux, l'empereur mégalomane Charles Quint, le belliqueux Napoléon, le franc-maçon Garibaldi, les dictateurs enragés Hitler, Staline, et j'en passe. Tous ont échoué et ce petit escroc de Wall Street, ce Madoff dont personne ne connaissait l'existence pendant des décennies, fait vaciller le trône de Pierre. Ni la vanité ni la folie n'auront eu raison de la chrétienté, seulement la cupidité... Une chose est certaine, il est impossible d'organiser une succession si ce rapport venait à s'ébruiter. Comment a réagi notre Saint-Père ?

— Comme vous. Mais je ne sais pas si c'est le moment et le lieu pour en parler, Éminence.

Hemler aperçut l'infirmier de permanence en pleine discussion avec l'un des gendarmes qui avaient emporté le pape.

— Ne pourrions-nous pas continuer cette discussion plus tard ? Allons demander des nouvelles.

Le camerlingue agrippa la manche de sa soutane.

— La papauté a reçu des coups depuis deux mille ans et elle a toujours trouvé en elle les moyens pour assurer sa défense. Venez me voir quelle que soit l'issue médicale. Nous avons à parler. Il existe peut-être une solution.

— Oui, Votre Éminence.

Le gnome eut un sourire bienveillant.

— Je vais essayer de tirer les vers du nez de l'infirmier en chef.

Hemler regarda s'éloigner l'étrange cardinal. Il avait du mal à le cerner, ne sachant pas s'il fallait s'en faire un allié ou se tenir sur ses gardes. Le pape, lui, l'avait toujours tenu à distance, se méfiant en règle générale des apparatchiks de la Curie mais reconnaissant son sens de l'intérêt supérieur.

Au moment où il allait s'asseoir pour reprendre des forces, une voix retentit derrière lui.

— Sale journée.

Hemler se retourna. Da Silva le dévisageait. Le secrétaire du pape lui serra la main.

— En effet.

— J'ai prié saint Fidèle et saint Prisque pour lui.

— Pourquoi ces deux-là ?

— Je me suis dit que tout le monde allait invoquer le Seigneur, Son Fils ou la Vierge. Comme j'ai toujours préféré les chemins de traverse j'ai fait appel à deux saints moins sollicités. Fidèle protège l'innocent de l'assassin. C'était un Allemand, tout comme vous, né à Sigmaringen au XVIe siècle. Il a été tué par des protestants.

— Et le second, comment vous dites ?

— Prisque, un officier romain exécuté à Auxerre pour avoir donné asile à des chrétiens. On l'invoque pour guérir des blessures et refermer les plaies.

— Jamais entendu parler. C'est une tradition au service des trois clés d'invoquer les saints oubliés ?

Les yeux de da Silva ne cillaient pas.

— Non, une marotte personnelle. J'ai failli écrire un ouvrage sur tous ces saints que l'on invoquait dans les temps anciens. Il y en a pour tous les soucis de notre existence. Protection des hémorroïdes avec saint Fiacre, réconciliation après une scène conjugale grâce à saint Baldus… Il existe même un Eucher à qui l'on fait appel en cas de coupure d'électricité.

Hemler avait du mal à soutenir son regard fixe. Ce curé avait le don de le mettre mal à l'aise. Il répliqua :

— Vous n'en avez pas un en réserve pour éponger de très grosses dettes ?

Da Silva ne broncha pas. Le camerlingue ne l'avait peut-être pas mis au courant du rapport ou alors il était suffisamment malin pour ne rien laisser paraître. Hemler opta pour la seconde solution. Le curé portugais fit mine de réfléchir.

— Le Christ n'a-t-il pas sermonné ses disciples sur la montagne ? Ne vous amassez point de trésors sur la Terre. Vous ne pouvez pas servir Dieu et l'argent.

Le secrétaire du pape se demandait si le Portugais lui faisait réellement une leçon de morale.

— C'est pour une juste cause…

— Saint Albin ou saint Pamphile.

— Merci. Demandez-leur de l'aide, coupa-t-il d'une voix sèche. Ah, voici l'estimable Borghèse. Il arrive comme la cavalerie, après le massacre.

Le commandant de gendarmerie marchait d'un pas martial, sa casquette sous le bras. Il salua les deux prêtres.

— Mes hommes font le maximum pour interpeller les coupables.

— Espérons qu'ils seront plus efficaces que tout à l'heure, sur la place Saint-Pierre, ironisa Hemler.

Le policier ne releva pas la pique.

— Quelles sont les nouvelles de la santé du Saint-Père ?

— On ne sait rien. Il est entre les mains des médecins et de Dieu. Vous connaissez le père da Silva, je pense.

Le commandant serra la main du Portugais. Eux aussi avaient travaillé ensemble et s'étaient toujours bien entendus.

— Mon père, comment s'est passé votre voyage à Prague ?

— Très bien. Je l'ai clos par une balade touristique culturelle. Dire que notre Saint-Père était resplendissant, charismatique. J'étais présent dans la cathédrale Saint-Wenceslas quand il a dit la messe. Et maintenant, il est là derrière cette porte, entre la vie et la mort. Je...

Tout à coup, la porte de la salle de réanimation s'ouvrit en grand, laissant sortir le médecin-chef. Toutes les têtes se tournèrent vers lui. Le quinquagénaire s'avança au centre de la pièce, le regard fixe, et resta silencieux. Le temps s'était suspendu, chacun attendait ses paroles. Le cardinal camerlingue se précipita vers lui, lui prenant sa main gantée.

— Il est mort ?

24

Forêt des marais
Octobre 1307

Messire de Paris, Grand Inquisiteur de France, aimait la chasse. Dans sa vie austère de dominicain, pourfendeur d'hérésies, c'était son unique plaisir, sa seule faiblesse. Chaque mois, entouré seulement de deux écuyers, il sortait de Paris et se rendait dans les marais. Une fois passé les derniers villages, s'étendait un territoire d'eau grasse et de bois profonds fréquenté par les seuls bûcherons et chasseurs. Un domaine abandonné au vent et à la pluie. C'est pourtant là que Guillaume de Paris aimait à venir pour traquer le sanglier. Il méprisait ces jeunes nobles, en habits brodés, accompagnés de leurs favorites qui, le faucon au poing, se donnaient l'illusion de la chasse. Ce n'étaient que vanité et comédie humaine. La vraie chasse, c'était la poursuite acharnée, un cheval en sueur entre les cuisses, de la bête noire. Un véritable adversaire qu'il fallait affronter à l'épieu et qui se battait jusqu'à la mort.

Guillaume leva la tête. Les premiers chiens commençaient à aboyer dans les taillis. Ils avaient trouvé une piste. D'un coup, l'Inquisiteur éperonna son cheval et se lança à l'aventure. L'eau jaillit en trombe grise sous les sabots. Une odeur de vase rance monta dans l'air tandis que les hurlements de la meute se rapprochaient. Derrière lui, les écuyers se dispersèrent. Chacun coupa à angle droit pour barrer le passage à la bête si elle faisait demi-tour. C'était une ruse habituelle du sanglier de ne jamais fuir en ligne droite. Rapide et endurant, il pouvait parcourir des lieues et des lieues, changeant de direction à n'importe quel moment. C'était là le plaisir de cette chasse, brusque et imprévue. Sans doute ce que recherchait Guillaume de Paris : une bête qui lui résiste. Tout le contraire des hérétiques qu'il interrogeait. Le dernier en date, un paysan champenois qui prétendait enseigner les véritables *Évangiles* du Christ, n'avait tenu que quelques instants quand on avait mis ses jambes dans un étau de bois. Au deuxième tour de vis, il confessait son erreur, au troisième, il remerciait ses tourmenteurs d'avoir sauvé son âme. L'Inquisiteur ralentit. Les marais avaient laissé la place à une clairière, encombrée de troncs abattus, de branches éparpillées. Des bûcherons venaient de commencer une coupe. Guillaume mit son cheval au pas et posa les mains sur le pommeau de sa selle. Il était seul. Les aboiements de la meute avaient disparu dans les profondeurs des marécages. L'aube montait au-dessus des frondaisons. Une lumière grise qui nivelait le paysage. Le froid le saisit d'un coup et il abaissa ses manches pour se protéger. Un vol de canards se leva et traversa le ciel d'une zébrure noire. Guillaume se signa et débuta une oraison. Il priait toujours deux fois. Un *Pater Noster* pour lui et un *Ave Maria* pour tous ceux qu'il allait condamner. Tant qu'ils n'étaient pas déclarés hérétiques, il pouvait encore prier pour eux, ensuite, ils seraient irrécupérables, damnés pour l'éternité. Devant lui s'étendait la forêt des marais. Une masse sombre, hostile. Nul ne rentrait dans ces bois noirs, hormis les chasseurs acharnés, tant l'atmosphère du lieu était pesante. Les arbres, abreuvés de vase, fourmillaient comme des vers sur un cadavre, une mousse verte et spongieuse gangrénait le sol stérile. Si Satan avait un royaume sur Terre, c'était dans la forêt des marais.

— Messire Inquisiteur...

Guillaume se retourna, un écuyer venait de surgir qui se rangea à ses côtés.

— Vous avez retrouvé la meute ?

— Non, Seigneur, mais vous avez un visiteur.

Stupéfait, Paris fit tomber sa capuche. Qui pouvait bien venir à sa rencontre dans un endroit aussi désolé ? Le cavalier, le visage rougi par sa course, ajouta :

— Il vous attend à l'entrée des marais. Au cimetière des âmes perdues.

— Mais qui, au nom de Dieu ?

L'écuyer reprit son souffle.

— Guillaume de Nogaret.

Assis sur une tombe fraîchement recouverte, le conseiller du roi attendait. Aucune croix ne marquait l'emplacement des corps, un simple renflement de terre désignait les sépultures. Les plus anciennes étaient déjà couvertes d'herbe, d'autres disparaissaient sous des buissons d'églantiers. Des pruniers dont personne ne récoltait les fruits poussaient entre les monticules de terre. C'est là qu'on venait inhumer les victimes du marais. Paysan noyé en voulant récolter de la tourbe, bûcheron écrasé par la chute d'un arbre, inconscient perdu dans les marécages. C'est aussi là que l'Église abandonnait les trépassés promis à l'enfer : les suicidés qui, une pierre au cou, se jetaient dans les marécages putrides. Nogaret se leva. Les morts pas plus que les damnés ne l'impressionnaient. En revanche, le roi avait prévu une audience en fin de matinée et il devait être présent. Impérativement. Le conseiller leva les yeux vers le ciel. Un soleil pâle commençait de monter. Si l'Inquisiteur se montrait bref, il serait à l'heure. Le conseiller rejoignit les chevaux que gardait Bertrand de Got. Le neveu du pape s'était posté sur le mur de la chapelle. Une ruine, couverte de ronces, et que protégeait une légion d'orties. Bertrand s'était frayé un passage à coups de dague avant d'escalader les pierres. De là, en se tournant vers le couchant, il observait Paris en train de s'éveiller.

La ville n'était qu'un tissu de brume, à peine troué par le donjon du Louvre et la tour du Temple. Comme deux géants, prêts à s'affronter, les deux pouvoirs se défiaient à distance. Entre eux, la flèche de la Sainte-Chapelle, fine et sombre, semblait un roseau sur le point de se rompre à la moindre tempête.

À l'abri de son physique et de sa réputation, Bertrand de Got était un esprit affiné, un chat sauvage, capable aussi bien de bondir pour tuer sa proie que d'attendre le moment favorable pour y parvenir. Sous ses dehors frustes et immatures, une intelligence subtile veillait, que son oncle n'avait jamais soupçonnée. Plus on lui prêtait de torts et de défauts, plus on s'aveuglait sur son compte. Derrière la cuirasse des préjugés, s'affûtait une arme à double tranchant, l'habitude féconde de la perspicacité et le sens aigu de l'opportunité.

Mentalement, Bertrand traça un triangle entre le Louvre, le Temple et la Sainte-Chapelle. Ce n'était pas un de ces triangles isocèles, qui faisaient la joie des géomètres et la fascination des philosophes, mais tout au contraire une figure instable, où les angles ne parviennent pas à s'équilibrer, et qui menace à tout moment de se rompre. Seul un invisible centre de gravité en assurait encore la cohérence. Tout en regardant la capitale émerger de sa chape de brouillard, Bertrand ressentait une curieuse exaltation. C'était lui, le centre de gravité, celui qui servait aussi bien Nogaret que le Temple, tout en restant fidèle au pape. Cette idée lui procura un instant de bonheur qui le fit rire tout seul. S'il était le point par où les tensions parvenaient encore à se neutraliser, il serait aussi celui qui briserait l'équilibre. Et il attendait ce jour avec impatience.

Un hennissement retentit. Bertrand baissa les yeux. Un cheval luisant de sueur fit son apparition devant le cimetière. Guillaume de Paris venait d'arriver.

Ils marchaient paisiblement. De dos, on aurait pu les prendre pour des bourgeois tranquilles parlant du cours des affaires. Nogaret releva le pan de sa toge. Une flaque brillait au soleil levant. À ses côtés, Guillaume avait la tête baissée. Il n'aimait pas la lumière.

— Je me suis toujours demandé comment on devient Inquisiteur.

— C'est un choix.

Nogaret avait mené plusieurs interrogatoires dans sa carrière. La souffrance d'autrui le laissait froid. Pour autant, tout ambitieux qu'il fût, il n'avait jamais songé à devenir le tourmenteur officiel de l'Église.

— Un choix de Dieu, précisa Paris. C'est un lourd fardeau dont le Seigneur a chargé mes frêles épaules, mais je le mènerai jusqu'à mon dernier souffle. Je suis là pour sauver des âmes.

— Au détriment des corps… murmura Nogaret.

L'Inquisiteur se retourna et fixa les marais.

— La chair n'est rien. De la pourriture en sursis.

Nogaret ne releva pas. Il avait été un brillant polémiste dans sa jeunesse, mais on ne se confrontait pas à Guillaume de Paris.

— Nous servons tous deux des maîtres exigeants, le pape et le roi.

— Je ne sers que Dieu, répliqua l'Inquisiteur d'une voix aussi froide que le tranchant d'une lame.

— Et le pape ?

— Le pape obéit à Dieu.

Sur un des canaux qui menaient aux marais, une barque, chargée de bois, descendait le courant. Une femme tenait un nourrisson entre ses bras tandis que son mari maniait la rame. Quand il aperçut l'Inquisiteur, il porta la main à son cou et serra un sachet de cuir. Guillaume de Paris se signa.

— Tous ces manants portent un talisman. Le plus souvent, ce sont des fragments de coquillages ramenés de Saint-Jacques-de-Compostelle, d'autres fois des herbes des marais. Une fois, j'ai trouvé un bout de corde.

— Quel intérêt ? s'étonna Nogaret.

— C'était la corde d'un pendu.

Le conseiller se signa à son tour.

— Et qu'en avez-vous fait ?

— Rien. La superstition ne me touche pas, ce n'est qu'une preuve de faiblesse. Non, ce qui m'intéresse, ce sont les âmes d'élite, celles qui se donnent au Mal consciemment. Elles, elles ont besoin d'être purifiées par le feu.

À cet instant, Nogaret s'aperçut que, depuis le début de la conversation, il respirait mal. Sans le vouloir, l'Inquisiteur venait de lui tendre une perche, il la saisit aussitôt.

— Et si je vous offrais une moisson d'âmes d'élite ?

Guillaume de Paris s'arrêta brusquement. Il ferma un œil pour mieux scruter son interlocuteur.

— Qui suspectez-vous d'hérésie ? Des prêtres ?

Le conseiller du roi secoua la tête.

— Des religieux ?

— Pis.

La pupille brûlante de l'Inquisiteur se cercla de rouge. La parole de Nogaret se dévida d'un coup :

— Les templiers.

25

De nos jours
Paris

Antoine se pencha sur la reproduction imprimee du Memberti. C'était exactement la même figure qui trônait dans l'appartement du jésuite assassiné.

Il se précipita sur les définitions qui accompagnaient l'image de l'Abraxas.

6 – Chimère composée d'une tête de coq, d'un buste humain et de deux serpents en guise de pieds. Il tient un fouet à la main. Le coq chante le matin pour célébrer le retour de l'aube, symbole de l'initié qui renaît à la vie après la nuit de la mort. Les serpents représentent les forces de la vie tellurique.

7 – Utilisé au Moyen Âge par les seigneurs de Champagne et aussi par certains maîtres de l'ordre du Temple sous forme de sceau. Celui reproduit plus haut appartenait à André de Colours, précepteur de l'Ordre, l'inscription SECRETUM TEMPLI peut se traduire par le secret du Temple. Ce sceau était utilisé pour cacheter des lettres privées entre les dignitaires de l'ordre militaro-religieux.

Antoine observa longuement la reproduction insolite. Au fil des années de pratique maçonnique, il avait appris que l'interprétation d'un symbole reposait sur deux piliers. Le premier sur la signification intellectuelle du symbole, en l'occurrence les explications fournies dans le manuel du *Serpent d'émeraude* livraient une bonne base. Le second portait sur une imprégnation intime du signe, et c'était sans doute le plus difficile. Le frère premier surveillant qui l'avait emmené à l'élévation au grade de maître lui martelait constamment cette maxime.

Comme le rituel, il faut vivre le symbole, tu dois devenir le symbole. Sinon tu passeras à côté de l'essentiel.

Lors de son initiation, il avait compris que le fait de pratiquer le rituel lui apportait beaucoup plus que la simple connaissance intellectuelle. Il avait lu des livres sur le sujet mais la pratique apportait une émotion incomparable. En revanche, comme beaucoup de maçons, il était passé à côté de l'étude de la symbolique. Ce n'était qu'à partir du grade de maître qu'il avait fini par se rendre compte de la puissance de ces signes et de ces marques immémoriales.

L'un de ses frères lui avait enseigné un exercice de concentration : la contemplation active des symboles. Cela consistait à regarder fixement une série de signes, triangle, rond, croix, damier mosaïque, piliers, pyramide, en essayant d'oublier toute interprétation rationnelle. Le symbole était chargé d'une énergie propre. Il fallait se laisser guider par son intuition, son cerveau droit. L'exercice s'était révélé stimulant sur le plan mental. Pour étayer son propos, il lui avait montré un documentaire étonnant sur la croix gammée et son impact sur les foules allemandes pendant la période nazie. Antoine s'était souvenu que le svastika avait été réintroduit en Allemagne par des cénacles ésotériques et l'emblème du parti nazi n'était qu'une récupération de la société Thulé, bien avant que Hitler n'en soit le héraut[1].

Il s'imprégna de l'Abraxas. Longuement. Ce sceau templier contenait un message. Mais lequel ?

Cet être étrange tenait plus d'une iconographie païenne que d'une tradition chrétienne, dont étaient issus les chevaliers du Temple. Quelque chose le mettait mal à l'aise dans ce symbole. Et il y avait un autre point qui clochait. Le dessin était le même que celui du blason de Balmont, mais avec un détail différent qu'il n'arrivait pas à identifier. Il essaya de se concentrer et de faire remonter à sa mémoire ce qu'il avait vu dans l'appartement du mort. Le monstre mi-coq, mi-homme semblait le même, les lettres inscrites autour aussi, les étoiles idem. Ça lui échappait. Il fallait qu'il retourne là-bas revoir le blason et prendre une photo pour comparer. Il posa le livre ouvert par terre et prit l'autre ouvrage. Il était nettement plus récent que le premier, dont les pages s'étaient jaunies avec le temps.

1. Voir *Le Rituel de l'ombre*, Fleuve Noir, 2005.

La Croix et le Compas
ou
la Doctrine templière dans les hauts grades maçonniques.
Par G. Delsignac

Il parcourut le glossaire et tomba sur ce qu'il cherchait.

Maître Inconnu. Page 234

Il arriva rapidement à la page en question.

Maître Inconnu. Selon le frère Van Pragman de Bruxelles, le Maître Inconnu serait celui d'une loge d'inspiration templière qui aurait traversé les siècles, sans se mêler aux obédiences légales. L'origine légendaire de cette loge remonte à la chute de l'ordre du Temple. Jacques de Molay, dernier Grand Maître, mort sur le bûcher en 1314, aurait nommé pour lui succéder un maître dont le nom ne devait jamais être prononcé, d'où le Maître Inconnu. Aucune preuve n'a étayé cette légende qui, pour les historiens de la maçonnerie, tiendrait de l'invention pure et simple dans la lignée de la pseudo-affiliation templière créée par le baron Von Hund. Le terme de Maître Inconnu est à rapprocher de celui de Supérieurs Inconnus, très en vogue dans de nombreux courants maçonniques du XVIIIe siècle. Lors du convent européen qui se tint en 1782, en Allemagne, à Wilhelmsbad, il fut décidé que la maçonnerie universelle refuserait toute tutelle de Supérieurs ou Maîtres Inconnus. Par ailleurs, la généalogie templière était déclarée nulle et non avenue. Les décisions actées au convent de Wilhelmsbad eurent un profond retentissement dans les loges européennes. Pour beaucoup d'historiens, le rejet du « spectre des templiers » sur les rituels marqua la naissance de la maçonnerie moderne, celle du Siècle des lumières, pour d'autres, en nette minorité, et plus portés sur la symbolique, ce fut un convent « noir » qui vida la maçonnerie de sa substantifique moelle initiatique. Van Pragman, qui ne prend pas partie, est considéré comme l'une des meilleures sources sur l'histoire maçonnique.

Antoine referma l'ouvrage. C'était un début mais il restait sur sa faim. Son esprit analytique fonctionnait à toute vitesse. Il classa les éléments en sa possession.

• Le jésuite assassiné lui avait parlé d'un Maître Inconnu et de l'Abraxas.

• Le Maître Inconnu et l'Abraxas ramenaient à l'ordre du Temple.

• L'Abraxas donnait la clé pour trouver un secret. Secret qui avait dû provoquer sa mort.

• Le jésuite était franc-maçon, membre d'une loge cousine de celle du frère obèse.

Il contempla la couverture de *La Croix et le Compas*. Manifestement, il avait besoin des connaissances de l'érudit, auteur du livre. G. Delsignac. Son vénérable de loge lui avait offert cet ouvrage, acheté à la librairie Detrad, située devant la Grande Loge de France, rue de Puteaux. C'était la seule fois où il avait fait des infidélités à l'autre enseigne de la rue Cadet, son repaire favori avant de rentrer en tenue le jeudi soir. Une idée surgit. Il prit son téléphone et tapa sur la touche « appels ». Le numéro de son vénérable s'afficha. Cette fois, il avait une bonne raison de le rappeler. José était féru d'ésotérisme, il connaissait comme sa poche le milieu et ses auteurs spécialisés. Trois sonneries suffirent pour que le professeur d'université à la retraite, d'origine portugaise, décroche.

— Bom dia, Antoine.

José répondait toujours au téléphone en portugais. Une entrée en matière imparable pour se débarrasser immédiatement de tous les démarcheurs en portes et fenêtres et autres vendeurs de forfaits discount.

— Salut, frangin, j'ai besoin d'un tuyau. Si je te dis *Maître Inconnu*, *Abraxas* et *templier*, ça te fait penser à quoi ?

— Je te réponds : ésotérisme, fables et chimères…

— Mais encore ?

— C'est drôle, tu ne viens pas en tenue depuis quatre mois, et tu m'appelles pour taper la causette sur l'ordre du Temple !

— Je suis débordé par le taf, en ce moment…

— Bien sûr. Tes frères de loge m'ont interrogé pour savoir si tu n'étais pas mort et s'il fallait entonner le *gémissons, gémissons* en ton honneur.

— N'exagérons rien, je ne suis pas encore passé à l'*Orient éternel* !

— Et toi, tu oses me rappeler pour me poser une devinette.

— Je suis sur une enquête et j'ai besoin de réponses urgentes.

— Ben voyons…

Un silence s'installa. Antoine savait que le vénérable jouait avec ses nerfs.

— Promis, je reviens en loge dès la semaine prochaine, finit par lâcher Marcas.

— À la bonne heure. Que puis-je pour toi ?

— Tu te souviens du livre que tu m'as offert quand je suis passé maître ? Le Delsignac ? Tu m'avais dit que l'auteur faisait partie de la… maison.

— Oui. Et d'ailleurs ça fait un bout de temps que je ne l'ai pas vue, la frangine.

— La frangine ?

— G pour Gabrielle. Tu sais que la maçonnerie compte dans ses rangs des sœurs très érudites, je te conseille d'ailleurs de lire le bouquin d'Irène Mainguy sur la voie royale des contes de fées à l'opéra, une perle. Elle a fait une…

Antoine interrompit son interlocuteur, bavard impénitent qui n'avait jamais réussi à corriger ce défaut.

— Tu as les coordonnées de la sœur Delsignac ?

— Elle est à la Grande Loge féminine. Une femme

comme on en voit peu. Ça va te changer. Je t'envoie son contact par SMS.

— Une dernière question, José. As-tu déjà eu des échos sur des loges composées de frères religieux?

— Qu'entends-tu par là? Des frères croyants? Oui, bien évidemment! Frappe au temple de la rue de Puteaux ou à Christine de Pisan et tu en trouveras un tas qui prennent le grand architecte de l'univers pour le vieux barbu dans les nuages.

— Non, je veux dire des vrais hommes d'Église. Des prêtres, par exemple.

D'un coup, la voix du vénérable devint grave. Sa famille avait quitté le Portugal sous la dictature de Salazar. Une époque de fer où l'Église catholique persécutait les frères.

— Tu plaisantes, j'espère. Le Vatican nous maudit depuis des générations. Ils n'ont rien dit quand on a été persécuté dans le Portugal du professeur Salazar et dans l'Espagne du caudillo Franco. Ils ont détourné les yeux quand le maréchal Pétain nous a mis au ban de la société. Que viendraient faire des religieux chez nous? Bon sang, un maçon ne peut vouer sa vie à la servitude d'un Dieu omnipotent.

— Une majorité de maçons dans le monde croient en Dieu. Tu le sais.

— C'est leur problème. Pas le mien.

José avait raccroché.

Marcas était totalement excité, sa fatigue avait disparu. Il se leva et alla se servir un verre de thé glacé à la pêche. Le liquide froid descendit dans sa gorge en rasades. Il jeta un œil à l'écran de télévision. La place Saint-Pierre de Rome était noire de monde, les gros plans sur les fidèles montraient des visages en pleurs, la plupart étaient en train de prier. La caméra s'était arrêtée sur une jeune femme magnifique, aux longs cheveux noirs, au teint mat, probablement d'origine espagnole ou d'Amérique du Sud. Elle tenait un chapelet entre ses mains, ses yeux sombres étaient humides. Elle semblait bouleversée. Antoine eut un pincement au cœur pour cette femme anonyme. Il ne comprenait toujours pas d'où venait l'émotion des fidèles pour ce pape. Son portable vibra. Le vénérable n'avait pas tardé.

Gabrielle Delsignac
13, rue Vieille-du-Temple, 75003 Paris

Antoine cliqua sur le numéro de portable surligné en bleu, joint à l'adresse, pour l'appeler directement. Il s'assit à nouveau sur le canapé. La tonalité d'attente persista plusieurs fois puis on décrocha ; une voix de femme résonna.

— Oui ?

— Bonjour, excusez-moi de vous déranger. Je m'appelle Antoine Marcas, c'est José, mon vénérable, qui m'a donné vos coordonnées.

— Oui.

La voix était atone. Sans aucune sympathie. Antoine revint à la charge :

— Très chère sœur, j'ai besoin de tes lumières, à propos de ton ouvrage, *La Croix et le...*

— Désolée. Je n'ai pas le temps.

— Mais c'est important. Vois-tu, je...

— Navrée, monsieur Marcas, vous me dérangez. Le moment est mal choisi. Si vous voulez des explications complémentaires sur mon livre, envoyez une lettre à mon éditeur, il me la transmettra. Bonne journée.

Elle avait raccroché. Antoine jura.

— « Vous me dérangez » ! Je rêve. Bonjour, la fraternité maçonnique des sœurs ! Quelle conne !

Antoine consulta sa montre, son fils allait arriver et il fallait absolument qu'il élucide cette histoire de blason dans l'appartement du jésuite. Il pouvait faire l'aller-retour en moins d'une heure en taxi. Il envoya un SMS pour prévenir Pierre de son absence.

Son cerveau était en ébullition, le sceau templier Abraxas recelait bien un secret. Il se leva, enfila un blouson et jeta un œil au dôme du Sacré-Cœur. La basilique devait être remplie à craquer de fidèles priant pour leur pape. Marcas n'avait jamais aimé ce monument construit pour expier les péchés de la Commune. Le triomphe d'une Église dominatrice et réactionnaire, incarnée par le sévère et gigantesque Christ représenté sous le dôme de la basilique.

Rue Charles-Nodier, une voiture était garée devant une mercerie en gros, juste en bas de l'immeuble de Marcas. À l'intérieur, David tapotait son volant avec impatience. La Louve réfléchissait, son regard errait sur la façade XIXe.

— Son copain flic est reparti. Si on monte maintenant on a une chance de lui mettre la main dessus.

David intervint :

— Pourquoi perdre son temps ? Après tout, il ne nous connaît pas. Votre copain du bal masqué a eu sa collection de têtes et son pote, le Dr Frankenstein, a extrait ce qu'il voulait, non ?

— Depuis quand on vous demande de penser ? Il manque une pièce du puzzle et ce Marcas sait quelque chose.

— Alors c'est maintenant ou jamais, il faut monter, dit Lucas.

— Non. Regarde !

Un taxi venait d'arriver et se gara devant l'entrée de l'immeuble. Au même moment, Antoine sortit du hall et monta dans une Renault rouge. La Louve inspecta son solitaire qui brillait sous la lumière du plafonnier et lança sur un ton coupant :

— La chasse continue.

26

De nos jours
Rome
Vatican

Tous les hommes et toutes les femmes présents dans la salle de l'unité médicale avaient interrompu leurs conversations, leurs visages tournés vers le médecin-chef. Hemler s'était rapproché de lui. Le Dr Paoleti restait silencieux, son visage était tendu, presque minéral. Une minute s'écoula, personne n'osait reposer la question du cardinal camerlingue, de peur d'entendre la réponse pressentie par tous. Il croisa les bras et articula d'une voix posée :

— C'est un jour que je n'oublierai jamais, de toute ma vie.

Tous le dévisagèrent, figés.

Soudain, la porte de la salle de réanimation s'ouvrit. La manche d'une robe blanche apparut dans l'entrebâillement. Une silhouette immaculée se découpa progressivement, nimbée par une lumière vive provenant de la pièce. Des cris de stupeur fusèrent de toutes parts.

Le pape apparut tel un spectre. Ses yeux bleus semblaient brûlants, son visage était livide. Il avança vers eux, souriant, les bras écartés, paumes tournées vers l'avant.

— Que la paix du Christ soit sur vous.

D'un seul mouvement, tous s'agenouillèrent, sauf le médecin. Des larmes coulaient sur le visage d'une infirmière, des exclamations fusèrent !

— Un miracle !

— Il est vivant ! Que la Vierge soit bénie.

— Gloire à Dieu !

La sœur papaline récita à voix basse un *Pater Noster* en égrenant un chapelet. Le pape traversa la pièce, posant sa main sur les têtes recourbées. Hemler vint à ses côtés, à un pas derrière lui, dans une attitude respectueuse. Le père da Silva s'était écarté sur le côté, impressionné, lui aussi, par l'apparition. Le cardinal camerlingue affichait une joie débordante.

— Très Saint-Père, c'est le plus beau jour de ma vie, avec celui de la résurrection de Jean-Paul II. Je me voyais mal organiser votre succession.

— Nul n'est irremplaçable, mon ami. Je suppose que mes bons cardinaux m'attendent dans le couloir ?

— Oui, Votre Sainteté. Tous prient pour votre rétablissement, Patristi le premier.

— Eh bien, je vais les rassurer. Dites aux gardes d'ouvrir les portes.

— Est-il bien raisonnable de sortir ? Vous devriez vous reposer et…

— Et laisser toute la chrétienté sans son berger ! Le médecin m'a fait une injection d'un produit légèrement dopant. Je ne me suis jamais aussi bien porté de ma vie. Allons-y !

Hemler passa devant lui. L'essaim écarlate tourbillonnait toujours. Les portes s'ouvrirent en grand. Le pape s'avança lentement vers eux, le visage impassible, son sourire avait disparu, les poings étaient fermés. Les cardinaux restèrent tétanisés durant quelques secondes, puis l'un d'entre eux applaudit, suivi par un deuxième puis par l'ensemble du groupe. Les exclamations jaillirent :

— Miracle !

— Hosanna !

— L'Esprit-Saint est parmi nous ! Christ a sauvé notre Saint-Père.

Les manches rouges battaient l'air en cadence. Le pape savoura ce moment de grâce et d'unanimité, puis leva la main droite pour faire cesser les effusions.

— Un miracle a bien eu lieu. Mais s'il y a quelqu'un à applaudir c'est le père Hemler, ici présent.

Le secrétaire du pape se dressa à ses côtés, un très léger sourire sur son visage. Le cardinal Patristi s'avança vers eux et prit la parole :

— Pourquoi ?

Le pape posa sa main sur l'épaule de son secrétaire, le gratifiant d'un regard tendre.

— C'est lui qui m'a convaincu de mettre un gilet pare-balles sous ma robe. L'impact du tir m'a juste étourdi. C'est tout. Je n'ai pas une égratignure, à peine un hématome. Dieu soit loué !

Dans le PC souterrain, le lieutenant de gendarmerie scrutait l'écran de contrôle numéro 7, la tête penchée au-dessus de l'opérateur. L'écran était divisé en quatre carrés, avec des grosseurs de zoom différentes. Il reconnut certains de ses hommes qui fendaient la foule des fidèles, scrutant les visages, le doigt sur leurs oreillettes. L'un d'entre eux s'arrêta devant un type en blouson gris, assis en position du lotus, le visage caché par ses mains jointes pour prier. Le militaire releva sa tête sans ménagement, révélant un visage asiatique surpris. Le gendarme s'excusa poliment, les consignes étaient strictes, au diable la politesse, il fallait mettre la main sur le tueur. Le lieutenant Videla maugréa :

— Bon sang, où sont passés ces fumiers ?

Le contrôleur balaya l'écran d'un revers de la main.

— Ils sont là quelque part ou… déjà dehors. Nos hommes quadrillent le secteur mais c'est trop grand, on ne peut pas contrôler tout le monde. Nous n'avons qu'une centaine d'hommes présents pour vingt mille personnes. Le seul moyen, c'est le contrôle aux sorties et les fouiller un par un.

— Sauf s'ils sont déjà partis. Que donnent les enregistrements des sorties juste après les coups de feu ?

— On les a visionnés, entre le moment de la détonation et la fermeture des sorties, il s'est écoulé huit à neuf minutes. On a vu à peu près une trentaine de personnes qui ont quitté l'enceinte de la place, par les sorties nord et ouest. On a mis *Il Diavolo* sur le coup. Il a enregistré les visages au moment de l'attentat et les scanne avec ceux qui sont partis. Dans quelques minutes on aura la réponse.

Son portable sonna, le numéro de Borghèse s'afficha.

— Oui, commandant.

— Le pape est vivant. Il portait un gilet Interceptor de l'armée américaine. Du sur mesure, kevlar doublé de plaques de céramique de dernière génération.

— Dieu soit loué ! Je croyais qu'il ne le mettait jamais.

— Hemler l'a convaincu. Pour une fois dans sa vie, ce type aura servi à quelque chose. Vous avez repéré le commando ?

— Non. Pas encore. Je suis soulagé que notre Saint-Père s'en soit sorti.

— Restez en alerte.

Sans plus se préoccuper des cardinaux, le miraculé fendit l'attroupement, suivi par Hemler. Les princes de l'Église inclinèrent respectueusement la tête à son passage. Sa frêle silhouette flottait presque. Patristi trottina lui aussi derrière l'homme en blanc. Le commandant Borghèse accéléra le pas pour les rattraper. Le gros cardinal discourait avec emphase :

— Nous sommes tous baignés de joie. Le ciel a exaucé nos prières. J'en étais sûr, un pape tel que vous a encore beaucoup de chemin à parcourir pour nous guider.

— Vous avez toujours eu une tendance à l'exagération, Patristi. J'ai quand même été frappé par l'impact de la balle.

— Il va vous falloir beaucoup de repos.

— Croyez-vous que j'aie le temps ! D'autres épreuves m'attendent. L'Église est au bord du gouffre, me semble-t-il, selon votre rapport. Et Dieu m'a choisi pour porter ce fardeau.

Au fur et à mesure que le pape avançait le long du couloir, les gardes suisses s'agenouillaient les uns après les autres. Borghèse arriva à la hauteur de Hemler.

— Où va-t-il ?

— Demandez-le-lui vous-même, commandant.

Le gendarme se mit à l'unisson des pas du vicaire du Christ.

— Très Saint-Père, je suis votre serviteur.

Le vieillard continuait de marcher, le regard fixé vers le bout du couloir.

— Avez-vous arrêté le tireur, commandant ?

— Non, mais mon équipe investit la place. C'est une question de minutes. Je dois recevoir un appel de mon adjoint.

— Fort bien. Je me rends dans l'appartement central, avec mon secrétaire, puis je compte apparaître au balcon.

Le commandant de gendarmerie ne put s'empêcher de crier.

— Quoi ?

— Vous m'avez bien entendu. Le monde entier croit que je suis mort. Eh bien, je vais rassurer de ce pas tous les fidèles. Je leur dois bien ça.

— C'est trop dangereux. Je m'y oppose. Je suis responsable de votre sécurité.

Le trio arriva devant l'appartement. Un garde suisse ouvrit la grande porte, le regard stupéfait. Le vieillard inclina la tête. Borghèse était rouge de colère et se contenait pour ne pas exploser.

— Bon sang, Hemler, dites-lui que c'est impossible tant qu'on n'a pas mis la main sur le tireur et ses complices. Ils vont recommencer !

— Saint-Père, le commandant dit juste, la raison recommande de prendre des précautions.

Le pape s'arrêta net et vrilla son regard dans celui des deux hommes.

— La raison ! Elle n'a rien à voir avec ce qui m'est arrivé. Dieu m'a choisi, comme Jean-Paul II en son temps, pour montrer aux hommes que la sainte Église est indestructible. Vous n'avez pas compris son message ? Juste avant d'être victime de cette tentative d'assassinat, je prenais connaissance du rapport de Patristi qui m'annonçait la catastrophe financière. J'étais abattu, désespéré, humilié. Et j'ai survécu miraculeusement. Voyez-vous le signe de la providence ?

Hemler s'inclina. On ne discutait pas les ordres de Sa Sainteté.

— Je vais maintenant sur le balcon pour délivrer un message d'espoir, veillez à ce que le centre de télévision ne rate pas cet événement. Pressons, nous n'avons pas de temps à perdre.

— Je vous en supplie, Saint-Père, donnez-moi dix minutes, que l'on puisse sécuriser la place ! s'exclama Borghèse.

Hemler le soutint.

— Juste dix minutes. Le temps que je prévienne la régie de télévision.

— Accordé.

Le vieil homme entra dans l'appartement. Le médecin-chef les avait rejoints. Borghèse l'interpella :

— Il veut retourner là-bas. C'est de la folie. Après ce

qui lui est arrivé. Pour un homme de son âge. Docteur, intervenez !

— J'ai déjà essayé, commandant. Il n'en démord pas. Sur le plan médical, il n'a rien. C'est ça le plus extraordinaire. Sa tension, son cœur, tout est normal.

Borghèse appela son adjoint.

— Alors ?

La voix du lieutenant Videla était tendue.

— Mauvaise nouvelle, commandant. *Il Diavolo* vient d'identifier les types : ils se sont enfuis par la sortie principale, via della Conciliazone. On est en train d'analyser la séquence vidéo.

— Et les carabiniers, ils n'étaient pas en position devant le Vatican ?

— Non. Ils sont arrivés après.

— Espérons qu'ils auront mis des barrages partout dans Rome. Le pape veut à nouveau saluer les fidèles sur la place. Envoyez-y un maximum d'hommes et prions le ciel que les tueurs n'aient pas laissé des complices.

— C'est trop dangereux !

— Ne perdez pas votre temps, j'ai essayé de l'en dissuader. En vain. Il sera sur le balcon dans quelques minutes. Exécution.

Dans l'appartement papal, le successeur de Pierre méditait devant le tableau de saint Sébastien. Hemler s'approcha de lui. L'homme en blanc semblait comme hypnotisé par le corps percé de flèches.

— Vous n'avez donc pas peur, Saint-Père ?

— Bien sûr que oui. Je ne suis qu'un homme. Hemler, vous connaissez la vie de saint Sébastien ?

— Je l'ai étudiée au séminaire. Sébastien était un chrétien, capitaine de la garde de l'empereur Dioclétien. Un jour, ce dernier apprit sa religion et, fou de rage, ordonna à ses gardes de le transpercer de flèches en place publique. Un supplice affreux et une mort terrible.

— Vous vous trompez, Hemler Les gardes, qui avaient beaucoup d'admiration pour Sébastien, visèrent des parties non vitales et le transportèrent en lieu sûr après son supplice. Quelques jours plus tard, Sébastien se présenta devant Dioclétien afin de le convertir. Il fut jeté dans les égouts de Rome.

— Curieuse histoire...

— La leçon est pourtant limpide. Sébastien a eu le courage de retourner voir son bourreau, malgré ses blessures et la crainte que l'empereur ne le supplicie à nouveau. S'il l'a fait c'est grâce à la foi. Sans mc comparer à ce saint, je pense que la mienne s'est fortifiée dans cette épreuve. En plus, je n'ai pas à convertir un empereur dément, juste à saluer nos fidèles. Avouez que l'exercice est plus facile.

Hemler s'agenouilla et baisa la robe du pape. Ce dernier reprit :

— Et puis d'autres épreuves cruciales m'attendent.

— Le cardinal camerlingue est au courant.

Le pape sourit.

— Ça ne m'étonne pas, ce vieux singe a des yeux et des oreilles partout. Mais c'est un homme de grande qualité. Il aura peut-être des solutions à proposer. Il a connu tellement de crises au Vatican.

— C'est ce qu'il semblait suggérer, Saint-Père...

Borghèse pénétra dans la pièce. Il paraissait plus calme. Hemler en profita pour appeler le centre de télévision et communiquer ses instructions.

— Les tueurs se seraient enfuis. Mais ça ne veut pas dire qu'ils n'ont pas de complices.

— Eh bien, voilà une bonne nouvelle, répondit le pape d'un air placide. Dès que Hemler me donne le feu vert pour la télévision, je vais prendre le frais dehors. Ça sent un peu le renfermé ici.

Le secrétaire opina de la tête. Le vieil homme s'approcha du balcon et d'un geste ferme ouvrit la fenêtre.

— Il est vivant !

Sur le balcon, le pape écarta les bras. Sa silhouette formait une croix blanche. En contrebas, la marée de fidèles en train de prier leva des yeux incrédules. Une clameur survoltée parcourut les premiers rangs de la foule. Des milliers de fidèles se levèrent d'un coup.

— Gloire à Dieu !

Le cri se propageait en vagues successives de l'esplanade vers le cercle de la place Saint-Pierre. Une onde immense secouait la foule. Soudain, sur l'écran géant, le portrait officiel du pape disparut. À sa place, s'afficha un gros plan sur sa silhouette debout sur le balcon. L'image grossit et se fixa sur son buste. Il souriait et agitait les mains. Une phrase apparut en surimpression.

— Je vais bien. L'Esprit de Dieu nous accompagne. Ma mission ne fait que commencer !

Une déflagration, cette fois de joie, éclata sur toute la place Saint-Pierre.

III

« Nous avons trois articles
que personne ne connaîtra jamais,
excepté Dieu, le diable et les Maîtres. »

Interrogatoire du templier Gaucerand de Montpezat

27

Près de Poitiers
Commanderie de l'Épine
3 octobre 1307

Le chemin de la commanderie n'était qu'une longue piste de boue, défoncée par les charrettes. Au bout d'une lieue, la petite troupe avait dû poser pied à terre, les fins chevaux arabes risquant de se briser les jarrets dans les trous d'eau. Enroulés dans des pelisses de laine dégoulinantes de pluie, les hommes pataugeaient dans la boue, quand ils ne tombaient pas dans les fondrières glacées. Parfois, à travers le brouillard qui se levait, on entendait un juron qui se perdait dans les profondeurs de la forêt. Le long du chemin, un troupeau bêlant de moutons, maigres et trempés, suivait la lente progression des chevaliers. D'un coup, le clocher apparut, lançant son aiguille délavée au-dessus de la dentelle jaunie des frondaisons. La masse sombre des bâtiments se distinguait à peine de la forêt. C'était une vieille bâtisse des débuts de l'Ordre. Trapue, grise, elle reposait, presque oubliée, à la lisière des bois. Hughes leva la main. Son escorte s'immobilisa comme un groupe de statues, figées dans la glaise. La porte d'entrée venait de s'ouvrir. Le commandeur surgit, sa cape au vent, le front dégarni, le visage lacéré d'une balafre qui lui clôturait l'œil.

— Monseigneur, c'est un grand honneur pour moi de recevoir le Visiteur de France.

— C'est un plus grand honneur qui va vous échoir bientôt, messire commandeur, avez-vous tout préparé comme je vous l'ai fait demander ?

— Oui, seigneur, la salle du chapitre est prête pour recevoir vos invités. Le réfectoire est bien pourvu et j'ai fait mettre un lit dans le dortoir.

Hughes tendit les rênes de son cheval à un écuyer.

— Faites sortir tous vos hommes. Qu'ils se postent tous les cent pas, l'épée à la main, le long du chemin.

— Et la sécurité de la commanderie ? interrogea le chevalier à la balafre.

— Ce sont mes chevaliers qui l'assureront. Rigui ?

Foulques baissa sa capuche et passa en revue les ouvertures des bâtiments, avant de répondre :

— J'ai besoin de sept frères à l'extérieur. Trois à la porte centrale et deux en patrouille entre l'entrée du cellier et le porche de l'église. Les deux derniers surveilleront le mur de clôture, côté forêt.

Hughes approuva.

— Mets-les immédiatement en position.

À l'intérieur, l'air avait été purifié par de l'encens, une succession de tapis d'Orient conduisait de la porte à la salle de réception. Hughes poussa la porte du chapitre. Le commandeur avait fait répandre du sable blanc au sol et frotté la pierre des bancs avec de l'huile de lin. Au centre, se dressait une colonne surmontée d'un chapiteau de grenades. Au bout de la salle, un fauteuil de parade en bois précieux était installé sous l'unique fenêtre ogivale.

— Tu as bien suivi mes conseils, commenta Payraud, maintenant va aux cuisines et fais hâter le service.

Le commandeur allait passer la porte quand le Visiteur le rappela :

— Et fais aussi venir le frère chargé des finances, j'ai à lui parler.

Foulques entra, secoua ses cheveux mouillés et vint examiner la chaise d'apparat.

— Noyer, bois vert de tilleul, incrustations de nacre et d'ivoire...

— Nos frères ont dû la ramener d'Orient, peut-être ornait-elle le harem d'un palais de Damas ?

Foulques se releva, le sourire aux lèvres, les beautés interdites de l'Orient le mettaient toujours en joie. Il étouffa pourtant un juron :

— Et dire que maintenant, c'est le cul maigrelet de ce...

Un coup discret retentit contre la porte. Hughes ouvrit lui-même la porte. Un frère, au visage ridé comme du parchemin, entra et se tint coi près de la colonne.

— Ton nom ?

— Aymeri de Scelles, monseigneur, j'ai apporté avec moi les chiffres...

Il fit chuter de son dos deux longs tubes de cuir tressé.

— Tu ne les connais pas par cœur, c'est la règle pourtant ? s'étonna Hughes.

— Seigneur, se redressa fièrement le frère, je pourrais les réciter les yeux fermés, mais j'ai tenu à t'apporter les pièces originales.

Hughes s'approcha et l'embrassa.

— Que ce baiser de paix te dise toute ma confiance, je n'ai nul besoin de tes écrits, ta parole seule me suffit.

— Merci, Grand Visiteur.

— Depuis combien de temps tiens-tu les comptes de la commanderie, mon frère ?

— Depuis plus de vingt ans.

— Quelles sont les ressources du fief ?

— Monseigneur, nous fournissons du bois de charpente pour les abbayes du comté, les châteaux avoisinants et toute la cité de Poitiers. Toute la forêt nous appartient, nous pouvons donc établir nos coupes à l'avance et prévoir les nouvelles plantations. Sur toute l'étendue du domaine, tu ne verras aucune parcelle en friche. Ici, le Temple pourrait produire du bois pour mille ans.

Foulques baissa la tête et tira sa dague de dessous sa cape. Il dessina une spirale dans le sable puis l'effaça du pied. Rien ne demeurait sur cette terre.

— La commanderie a-t-elle d'autres revenus ?

— Monseigneur, il y avait beaucoup de marais dans les bois. Les frères convers les ont assainis.

— Ainsi vous produisez du poisson ? s'étonna Payraud.

— Qui se vend fort bien tous les jours de maigre. Nous fournissons la table de l'évêque aussi bien que celle du bailli du roi.

À l'extérieur de la salle du chapitre, une rumeur montait tandis que des pas rapides couraient à l'étage.

— À combien se monte le bénéfice annuel, frère régisseur ?

— Jamais moins de deux mille florins, monseigneur.

Dehors, la rumeur se faisait vacarme.

— Tu as appliqué les ordres secrets.

— Oui, tous les bénéfices, sauf ceux de cette année, ont été convertis en pierreries venues d'Orient.

— Tu es sûr de l'homme qui te les vend ?

Le régisseur ricana.

— Un juif de Poitiers, monseigneur, vous savez qu'ils sont toujours officiellement interdits par notre bon roi. S'il s'avisait de parler, sa peau ne vaudrait pas plus qu'un…

Payraud le coupa.

— Et les autres commanderies ? Le rassemblement a-t-il été fait ?

— Toutes ont fait parvenir leur trésor particulier, ici, à l'Épine.

Hughes se déganta et fit briller son sceau à l'annulaire. Le serpent Ouroboros.

— Regarde bien cette figure.

Les yeux écarquillés, le régisseur se pencha.

— Un frère viendra bientôt, il portera la même bague. Tu lui donneras toutes les pierres.

La porte s'ouvrit brusquement. Le commandeur surgit, le visage écarlate.

— Monseigneur, mais vous ne m'aviez pas dit qui...

Une forte voix résonna dans son dos.

— Place ! Place au représentant de Dieu sur Terre ! Place au pape Clément V.

Salle du chapitre

Le pape venait de s'asseoir. Toute la salle bruissait de conversations particulières. La voix du Saint-Père, étonnamment grave pour un homme si frêle, brisa net toute discussion.

— Pourquoi cette commanderie porte-t-elle le nom de l'Épine ?

Le chevalier à la balafre s'agenouilla avant de répondre.

— Selon la légende, souverain pontife, un de nos frères avait ramené de Jérusalem une des épines de la couronne du Christ.

Les yeux mi-clos, le pape répondit d'un souffle :

— Il est vrai que vous autres, templiers, avez toujours été friands de reliques... Maintenant, qu'on nous laisse seuls.

Les serviteurs sortirent les premiers, suivis des pages. Seul un homme, vêtu de noir, resta près du pape. Assis sur un banc, il dosait minutieusement un breuvage. Clément, les deux mains sous sa tunique, l'observait, une ride se creusant sur le front. Dès que la préparation fut prête, le pape s'empara avidement de la coupe d'argent et la vida d'un trait.

Payraud se tourna vers Foulques qui, lui aussi,

observait la scène. Ainsi la rumeur qui circulait sur la rigueur de la maladie du pontife était vraie. Le pape congédia son médecin en le nommant.

— Chers frères du Temple, permettez-moi de vous présenter le magister Isaac Aboulia, venu tout exprès de Gérone, en Aragon, pour prendre soin de ma santé chancelante. Ne vous éloignez pas, magister, que je puisse vous appeler.

Une fois le médecin sorti, le Grand Visiteur congédia à son tour Foulques, puis s'agenouilla devant le souverain pontife et baisa son anneau d'or.

— N'avez-vous pas reçu la visite d'un mien neveu? demanda Clément.

— Si, Saint-Père.

Le pape fit mine de soupirer.

— On est parfois bien encombré de sa famille. Ce neveu, Bertrand, est une telle tête chaude que j'ai dû accepter la généreuse proposition de messire de Nogaret de le prendre à son service.

À ce nom, Payraud ne put s'empêcher de tressaillir. La main froide du pape se posa sur son épaule.

— Rassurez-vous, Bertrand est d'abord et toujours à mon service. D'ailleurs, ne vous a-t-il pas transmis un message de ma part?

Le Grand Visiteur sortit de son pourpoint un mince carré de parchemin qu'il posa sur les genoux du pape. Clément le retourna. La tour, frappée par la foudre, apparut entre ses mains jaunies comme du vieil ivoire.

— Savez-vous d'où vient cette image? C'est le doge de Venise qui me l'a offerte, avec d'autres. Tout un jeu. Il les a trouvées en Égypte. Selon lui, elles proviendraient de l'ancienne bibliothèque d'Alexandrie et permettraient de prévoir l'avenir. Qu'en pensez-vous?

— Les Égyptiens connaissaient sans doute bien des secrets.

Le pape tourna la carte entre ses doigts.

— Étrange symbole, n'est-ce pas? La colère du ciel

qui abat un donjon tandis que des chevaliers sont précipités dans les abîmes.

— Saint-Père, pourquoi m'avoir fait passer cette image ?

Clément leva les yeux vers la fenêtre. Des nuages lourds voilaient l'horizon.

— Le ciel est bien menaçant.

— Vous croyez à un orage prochain, Très Saint-Père ?

— Une tempête est toujours précédée de signes, mon fils. Dieu n'a-t-il pas prévenu Noé avant de faire disparaître la terre sous les eaux ?

— Ce qui lui a laissé le temps de construire une arche, ajouta Hughes.

— Certes, mais une arche, voilà qui est fort long à construire. Et souvent, le temps est déjà compté.

Après s'être massé le ventre, le pape reprit d'une voix plus basse :

— Mieux vaut compter sur des amis fidèles que l'orage dévastateur n'atteindra pas.

Payraud leva la tête vers la carte à la tour foudroyée.

— Certains édifices, surtout quand ils ont des fondations très anciennes, résistent néanmoins à la tempête.

Le pape ouvrit les yeux.

— À une tempête, c'est possible…

Son regard de plomb se figea.

— … mais jamais à un déluge.

Église

L'escorte du pape disparut sous un rideau de pluie. Payraud se réfugia sous le porche où se trouvait déjà Foulques. Au-dessus d'eux, dans l'œil du tympan, un artiste anonyme avait taillé une crucifixion. On y voyait un Christ aux côtes saillantes, cloué à vif sur le bois. Rigui se pencha à l'oreille du Grand Visiteur :

— Que t'a dit le Saint-Père ?

— Il a parlé en paraboles. Mais les images sont plus explicites que les mots : on veut notre perte.

Rigui médita un instant l'information. À l'entrée de la commanderie, les chevaliers montaient encore la garde. Impassibles sous l'averse qui flagellait leur manteau blanc.

— Le roi de France sans aucun doute. En revanche, le pape…

Le Grand Visiteur jeta un regard sur le chemin boueux, piétiné par l'escorte pontificale.

— Le pape… Il a mis son neveu à notre disposition. Comme il est au service de Nogaret, cela pourrait nous servir. De plus, il y a ce médecin, ce juif…

— Aboulia, précisa Foulques.

— Oui, envoie un chevalier le voir demain matin. Qu'il tâche de le sonder. Qu'il aille jusqu'à lui offrir notre protection. La situation des juifs est plus que précaire dans le royaume et le pape qui les protège est bien malade.

— Notre situation est tout aussi précaire, fit remarquer Rigui.

Payraud sourit.

— Oui, mais le juif, lui, ne le sait pas.

Foulques hocha la tête. Il avait déjà traité avec des juifs en Terre sainte. Des siècles de persécution les avaient rendus méfiants, surtout envers les chrétiens qui les favorisaient un jour pour mieux les abattre le lendemain. Mais cette défiance s'estompait quand il s'agissait des templiers. L'Ordre, après tant d'années passées en Orient, s'était défait de bien des préjugés de race et de religion.

— Le pape ne t'a rien proposé d'autre? demanda Foulques.

— Si, il suggère que les dignitaires du Temple se rendent en Avignon qui est terre d'Église.

Rigui interrogea du regard Payraud.

— Je provoquerai une réunion des dignitaires du

Temple à Paris, la semaine prochaine, pour évoquer cette proposition. Le Saint-Père semblait beaucoup y tenir.

Une main dans ses cheveux en broussaille, Foulques réfléchit à voix haute :

— Avignon… Le roi de France ne pourrait y intervenir. C'est une manœuvre qui semble habile.

— En apparence oui, mais je n'ai pas plus confiance en ce pape que dans le roi. Souvent, pour échapper aux griffes des chiens, on se met dans la gueule du loup.

— Alors que vas-tu faire ?

Le Grand Visiteur se retourna vers le tympan sculpté. Le Christ sur la croix baignait dans une lumière rougeâtre, reflet d'un soleil hésitant.

— Clément est comme Philippe, un rapace qui a toujours faim. Alors je vais les nourrir. Les nourrir d'un serpent qui les tuera

— Comment ?

— Écoute-moi bien, il y a à l'abbaye de Saint-Germain-l'Auxerrois, un novice du nom de Guilhem qui s'intéresse beaucoup aux plantes.

Foulques fronça les sourcils.

— Un sorcier ?

— Non, c'est l'apothicaire de la paroisse.

— Alors je ne vois pas…

— Il se trouve que notre ami a une seconde passion. Il se passionne pour les cadavres. On dit même qu'il prend un malin plaisir à les ouvrir…

Rigui se signa.

— C'est blasphème que de toucher aux morts !

— Tu le penses vraiment ?

— Bien sûr.

Payraud sourit.

— Alors ce te sera plus facile de le dénoncer à l'Inquisition.

28

De nos jours
Paris
Rue Saint-Jacques

Le taxi avait foncé à travers tout Paris en vingt minutes, une prouesse à cette heure avancée de l'après-midi. Le chauffeur pila net devant l'immeuble de Balmont. Marcas régla la course et s'engouffra dans le hall. C'était la seconde fois dans la journée, il allait connaître le coin par cœur. Aucun policier à l'horizon, la Crim' avait dû poser les scellés et déguerpir. Peut-être que, avec un peu de chance, il restait encore un collègue dans l'appartement. Il gravit les étages et se trouva devant la porte close mais le ruban des scellés semblait avoir été détendu. Il colla son oreille sur la porte et entendit des bruits de pas sur le parquet. Sans doute Charbonneau, qui finissait d'inspecter les lieux. Le parquet cessa de grincer mais personne ne se déplaça pour ouvrir. Il sonna à nouveau. Cette fois, il reconnut des pas furtifs. Quelqu'un venait vers la porte sans vouloir se faire entendre. Sûrement pour voir par le judas. Antoine frappa cette fois contre le bois.

— Je sais qu'il y a quelqu'un. Ouvrez.

Un silence lui répondit.

— Ouvrez, sinon j'avertis la police, cria Antoine.

Un bruit de serrure retentit, la porte s'entrouvrit, fermée par une chaîne de sécurité. Un visage féminin apparut.

— Que voulez-vous? interrogea la femme d'un air méfiant.

— Je devrais vous retourner la question, cet appartement est sous scellés. Y pénétrer est un délit.

— Qu'est-ce que ça peut vous faire? répliqua la femme. Allez-vous-en. L'appartement est à mon oncle. Je n'ai pas de comptes à vous rendre.

Antoine sortit sa carte de la police qu'il brandit dans l'entrebâillement.

— Commissaire Marcas. Je vous conseille de m'ouvrir tout de suite.

— Attendez un instant.

Elle referma la porte, débloqua la chaîne et l'ouvrit à nouveau.

— OK, entrez. Je ne fais rien de mal. Je possède un double des clés.

Antoine pénétra dans le vestibule. Le chauffage avait été coupé, il faisait plus froid que lors de sa précédente visite. La jeune femme se tenait devant lui, une cigarette allumée à la main. Une bonne trentaine, un beau visage qui semblait fatigué, des yeux marron qui avaient rougi, les cheveux noirs tirés en arrière. Elle portait un manteau de demi-saison, blanc cassé, une écharpe de velours noir nouée autour du cou. Un vague air de parenté avec la célèbre effeuilleuse Dita Von Teese, mais habillée de la tête aux pieds. La façon dont elle soutenait son regard dénotait une assurance propre aux femmes qui connaissent leur pouvoir de séduction. Ni trop ni trop peu.

— Une enquête est en cours; en entrant ici vous pouvez effacer des indices, voire apparaître sur la liste des coupables potentiels.

Elle lui lança un regard ironique.

— Vous croyez vraiment que si j'étais coupable, je retournerais sur les lieux du crime. Ce serait plutôt stupide. Non ?

— Les assassins sont capables de beaucoup de choses, y compris des pires conneries. Il n'y a que dans les romans policiers où l'on trouve des meurtriers dotés d'une intelligence supérieure. Alors ? Pourquoi êtes-vous ici ?

— Je vous l'ai dit, Jean était mon oncle. Nous étions très proches.

— Mes collègues vous ont interrogée ?

— Oui. Je suis arrivée ce matin et un capitaine a pris une sorte de déposition informelle. Je dois me rendre chez eux demain. J'ai attendu qu'ils partent et je suis remontée. J'ai passé énormément de temps dans cet appartement avec mon oncle. Dire que ces salauds l'ont décapité. Je n'ai pas voulu entrer dans la salle de bains.

Marcas ne put s'empêcher de laisser glisser un discret regard sur sa poitrine, moulée avantageusement dans un pull blanc à fines mailles.

— Vous l'aviez revu récemment ?

— Pas depuis deux semaines. Mais il m'avait semblé inquiet. Il m'a dit qu'il avait eu une petite opération chirurgicale sans gravité. C'est tout. Je ne comprends pas, c'était un homme bon, généreux. Un érudit. Un chercheur.

— Un jésuite aussi.

— Bien sûr, il a aussi fait partie de l'école biblique de Jérusalem dans sa jeunesse. Il m'a appris beaucoup de choses. Plus que mon père...

Antoine hocha la tête et consulta sa montre, il fallait qu'il fasse vite.

— Vous êtes de quel service, exactement ?

— Lutte contre le trafic des œuvres d'art volées. Il semble que votre oncle possédait une pièce de collection suspecte.

Il savait qu'elle en parlerait à ses collègues le lendemain mais il n'avait plus de temps à perdre. Il se dirigea droit vers la chambre où était accroché le blason. La nièce du mort ne le lâchait pas.

— Mon oncle n'est pas un voleur ! Je connais toutes les œuvres qu'il possédait. Qu'est-ce que c'est que cette histoire ?

— Je viens juste prendre la photo de cet objet pour la comparer avec notre catalogue informatisé. C'est tout.

Ils entrèrent dans la pièce, l'un après l'autre. Il fila droit vers le mur. Le sceau n'était plus là. À la place, il y avait un rond qui faisait une tache claire sur le papier peint défraîchi. Quelqu'un l'avait enlevé.

— Ce n'est pas possible. Il était là. Je l'ai vu ce matin même.

Il se retourna, la jeune femme avait disparu. Il courut derrière elle. Elle avait filé dans le salon, il la vit prendre un sac de toile grise.

— Arrêtez.

Elle se figea au moment où elle tournait les talons pour passer dans le vestibule. Il la rattrapa et la saisit aux poignets.

— Qu'avons-nous là ?

Elle le regardait avec un air de défi. Leurs visages se touchaient presque. Il pouvait sentir son parfum, une senteur légèrement boisée. Elle essaya de se libérer.

— Vous me faites mal. Lâchez-moi.

— Si vous me montriez plutôt ce que contient ce sac.

— Non. Vous n'avez aucun droit.

Elle tenta encore une fois de se dégager mais il accentua sa pression. Elle ne résista plus et posa le sac à terre. Il la repoussa.

— Merci. Voyons voir.

Il plongea la main et sentit sous ses doigts le petit blason en pierre. Il afficha un air ironique en le brandissant à la lumière.

— Je suppose que vous vouliez garder un souvenir de votre tonton ? Il avait sans doute une grande valeur sentimentale.

Elle se massait le poignet en lui lançant un regard furieux. Ses cheveux d'ébène s'étaient dénoués.

— Ça changerait quoi si je vous disais oui ?

— Rien.

Il inspecta le blason. L'Abraxas. La même figure mythique que sur la reproduction de l'ouvrage. La chimère, mi-homme, mi-coq. Les pieds en forme de serpent. Le fouet à la main, les étoiles en arc de cercle. Et sur le pourtour l'inscription :

TEMPLUM SECRETI

Il passa le doigt sur la pierre gravée. La femme se planta devant lui, le regard méfiant.

— Vous vous intéressez aux templiers ?

— Peut-être.

— Vous mentez ! Que faites-vous ici exactement ?

— Ce serait trop long à vous expliquer. Sauf que cet objet est sans doute lié à la mort de votre oncle.

Elle se recula et prit son sac à main. Ses mains fouillaient à l'intérieur avec nervosité.

— J'ai le droit d'allumer une cigarette ?

— Pas celle du condamné…

Devant le visage fermé de la nièce, Antoine s'excusa.

— Désolé, c'était juste une blague.

Il retourna le sceau en pierre. Une inscription était gravée, à moitié effacée. Il n'arrivait pas à distinguer les lettres.

— De très mauvais goût. Donnez-moi ce sceau.

Sa voix était devenue plus dure. Il se tourna vers elle.

De sa main droite, la jeune femme brandissait un Taser dans sa direction.

— Tout de suite. Je vous électrocuterais sans la moindre hésitation.

Antoine resta de marbre. Au moindre mouvement, il savait qu'elle n'hésiterait pas. Quelque chose de sauvage dans l'expression du visage. Il articula, posément :

— Ne faites pas de bêtise. Vous savez que j'ai raison. Votre oncle m'a appelé avant de mourir, il m'a parlé de ce sceau.

— C'est à votre tour de mentir. Vous ne le connaissiez pas. Il ne m'a jamais parlé de vous. Vous faites partie de ceux qui l'ont tué et vous êtes revenu pour finir votre besogne.

— Je vous ai montré ma carte de police. Je vous ferai aussi remarquer que vous n'avez pas le droit de détenir ce type d'arme. Vous...

— Ça suffit ! Je vais vous envoyer une décharge, illégale certes, rien que pour le plaisir.

— Attendez ! C'est moi qui ai alerté mes collègues pour le retrouver. Vous pouvez vérifier, passez un coup de fil au policier qui vous a interrogée. Le commandant Charbonneau, c'est ça ? Un type avec une gueule de présentateur de télévision, une poigne à vous broyer les os, même avec les femmes ?

Elle semblait hésiter.

— Oui... Peut-être. Je n'ai pas noté son nom.

— Il a dû vous donner une carte de visite.

Il avança d'un pas.

— Ne bougez pas.

Au même moment, un cliquetis retentit dans la serrure de la porte d'entrée. Des bruits de pas résonnèrent devant le perron. Des voix d'hommes chuchotaient. Elle tourna la tête. Antoine se jeta sur elle, profitant de son inattention. Il la plaqua à terre. Leurs corps s'entremêlèrent, il sentit son parfum, acidulé, provocant.

— Ça suffit. Restez tranquille.

Il arracha le pistolet électrique et le projeta contre la porte. Elle hurla.

— À l'aide ! Au secours !

Un coup brutal retentit sur le linteau.

Derrière la porte, Lucas et David armaient leurs Beretta.

29

De nos jours
Rome

De l'autre côté du pont qui menait au château Saint-Ange, une camionnette blanche démarra doucement et s'engagea sur la Lungotevere Tor di Nona, la voie qui longeait le Tibre. De tous les côtés de la rive du centre de Rome, des hordes de badauds, romains et touristes convergeaient pour traverser le pont Victor-Emmanuel qui menait à la place Saint-Pierre. L'annonce de l'attentat avait allumé le feu d'une curiosité malsaine. La voie di Nona était à sens unique mais des hordes de voitures de carabiniers et de motards fonçaient en sens inverse vers le Vatican. Le chauffeur de l'utilitaire s'écarta pour rouler sur le côté droit. À l'arrière, quatre hommes étaient assis en silence. L'un d'entre eux remplissait un grand sac avec ce qui traînait sur la tôle.

Oliver Ransom fumait une cigarette, le regard perdu vers le toit. La camionnette prit un virage et s'engouffra dans la petite rue di Panico, bordée de petites trattorias aux terrasses bondées de touristes et de maisons repeintes en terre de Sienne. La frénésie immobilière avait chassé les vieux habitants au profit d'une population plus jeune, plus aisée, moins authentique. Le chauffeur klaxonna pour faire déguerpir un groupe de Chinois guidés par une petite femme arborant un parapluie rouge vif et accéléra dans la petite rue. Moins de deux minutes plus tard, l'utilitaire pila devant le porche délabré d'un hôtel particulier décrépit. La porte s'ouvrit et le véhicule pénétra dans un parking qui semblait abandonné.

Les quatre hommes et le chauffeur sortirent de la camionnette. En un clin d'œil, ils vidèrent son contenu. Sans un mot, chacun effectuait ses gestes avec précision. L'Irlandais s'était assis devant une table sur laquelle était posée une mallette en aluminium ouverte en deux. Il jubilait.

« J'ai buté le pape. Putain, je suis le seul mec au monde à avoir réussi à flinguer le pape… »

Il ouvrit son sac et sortit les différents éléments de son fusil de précision qu'il inséra dans les parties de mousse grise évidées. Satisfait, il referma la mallette. Il jeta un œil aux hommes du commando qu'il ne reverrait jamais plus. Ils étaient efficaces, disciplinés, du genre ex-militaires d'élite. L'un d'entre eux semblait être le chef. Un grand type aux cheveux ondulés, les yeux noirs, la bouche mince.

L'Irlandais sortit un petit calepin et un crayon gras, et commença à esquisser en quelques traits la caricature du chef du commando. C'était plus fort que lui, il ne pouvait s'empêcher de dessiner les gens qui croisaient son chemin.

« … Le pape. Et personne ne saura que c'est moi. »

Les autres avaient fini de ranger leurs affaires et remplissaient trois gros sacs-poubelle. Le timing était parfaitement respecté, d'ici une heure ils auraient vidé les lieux, le commando devait s'éparpiller tandis que lui se ferait exfiltrer vers Naples dans un camion de fruits et légumes puis vers Malte à bord d'une vedette rapide et ensuite la Libye, pour se faire oublier un bon bout de temps dans une villa juste à côté de Tripoli.

Encore une fois, la Louve avait fait la preuve de son talent, jusque dans les moindres détails. Quand elle avait contacté Ransom deux mois auparavant, il l'avait accueillie avec joie. Elle était apparue à la terrasse du café à Damas où il avait ses habitudes, sur la place Al-Mansour. La Louve l'avait embrassé comme s'ils s'étaient quittés la veille alors qu'ils ne s'étaient plus vus depuis dix ans. Elle avait pris quelques rides, changé de couleur de cheveux, mais son corps était aussi mince et souple qu'avant. Son ancienne maîtresse s'était assise à ses côtés, ils avaient évoqué le bon vieux temps des camps d'entraînement en Libye, de la fuite de Carlos, de la dernière fiesta mémorable à Khartoum avec les représentants progressistes des mouvements de libération, les Irlandais de l'IRA, les Basques d'ETA, les Péruviens du Sentier Lumineux, les Palestiniens du FPLP. Ça lui avait fait du bien de parler avec elle de tous les militants qui au fil des ans avaient été au mieux arrêtés ou au pis assassinés, souvent par leurs anciens alliés.

Les deux rescapés menaient désormais une vie de mercenaires, sans attaches, mettant leur savoir-faire au service de gouvernements ou d'organisations à la recherche d'exécutants de basses besognes discrets et compétents. Lui, ne travaillait plus depuis deux ans et s'était mis au vert chez les Syriens. La Louve lui avait proposé un dernier contrat, le plus beau de toute sa vie. Quand elle avait prononcé le nom de la cible, il avait failli recracher son café sur la table. Le tarif s'élevait à cinq millions de dollars, frais non inclus. Bien qu'Irlandais, Ransom n'avait jamais fait preuve d'une foi chevillée au corps. Il faisait partie de l'aile la plus à gauche de l'IRA, c'était à lui que le haut commandement clandestin confiait l'élimination des prêtres qui avaient trahi la cause.

Il n'avait pas osé lui dire qu'il aurait accepté le job même gratuitement, tellement il s'ennuyait à Damas.

Une ville poussiéreuse, sans aucune distraction, hormis se taper des putes fournies par les services secrets auxquels il donnait quelques coups de main pour faire disparaître les opposants du président Assad, le chef bien-aimé de ce glorieux pays. Le contrat accepté, il avait passé la nuit avec la Louve, en souvenir du bon vieux temps et, trois semaines plus tard, il était arrivé à Rome pour préparer l'attentat avec les hommes du commando.

« Le pape, bon sang ! J'ai dessoudé ce vieux réac. »

Il referma la mallette et se remémora la scène sur la place Saint-Pierre, au moment où il s'était mis en position. Le premier coup de feu avait dévié sur le garde du corps, à cause d'un gamin qui avait lâché son ballon devant lui juste au moment où il ajustait son tir. Heureusement, le second coup avait porté. Le chef du commando lui avait recommandé de viser la poitrine du pape par sécurité, le temps imparti pour le tir ne pouvant excéder vingt secondes s'ils voulaient avoir une chance de s'enfuir.

Il reprit son calepin et finit de croquer le chef du commando. Ce dernier et les trois autres hommes étaient en train de se changer, ils avaient jeté leurs habits de touristes dans les sacs-poubelle et revêtaient des uniformes de carabiniers. Le chef du commando l'avait briefé. Une fausse voiture de police les attendait de l'autre côté de la rue pour sortir du centre-ville de Rome, quadrillé par les forces de l'ordre, puis rejoindre le camion d'exfiltration au sud de la ville.

Son portable vibra. Le numéro était masqué mais il n'y avait toujours qu'un seul interlocuteur : la Louve.

— Félicitations, Oliver. Je savais que tu étais l'homme de la situation.

— Je n'en reviens toujours pas, ça avait l'air si facile. Pour mon ultime contrat, c'est vraiment l'apothéose.

— Que vas-tu faire de tout cet argent ?

— Je n'en ai touché que la moitié, ma belle. Le reste a-t-il été transféré sur le compte prévu à Singapour ?

— Dès que la mort du pape est confirmée. Ça ne saurait tarder.

— Je vais rester tranquille quelques mois en Libye et ensuite direction le Venezuela. J'ai toujours rêvé d'aller à Caracas, il paraît qu'on y trouve les plus belles femmes d'Amérique du Sud et j'aime bien ce président Chavez. Un vrai progressiste, un homme qui tient tête aux Américains. Une bonne raison d'investir des capitaux dans son pays. Et toi ? Tu ne veux toujours pas me dire qui est le commanditaire ? Un cardinal ambitieux ? Un mouvement révolutionnaire anti-cathos ?

— Pas de curiosité mal placée. Paolo est à côté de toi ?

— Je l'appelle. Bouge pas.

Ransom fit un signe au chef du commando. Il lui tendit le portable.

— La patronne.

L'homme en tenue de carabinier colla l'appareil à son oreille pendant qu'il finissait d'ajuster les boutons de sa veste de capitaine. Il hocha la tête en jetant un œil à l'Irlandais puis lui rendit le téléphone.

La voix de la Louve grésillait légèrement.

— Je dois te laisser.

— Si tu veux faire un peu de bronzette sur les plages libyennes, tu sais où me trouver.

— Ma mission n'est pas terminée. Ravie de t'avoir connu. Vraiment...

Elle avait raccroché. Il posa le portable sur la table, elle n'avait pas dit au revoir. Tant pis pour elle. Les hommes du commando s'étaient tous changés, ils avaient l'air de carabiniers plus vrais que nature dans leur uniforme. Le chef du groupe serra son ceinturon et prit le calepin de l'Irlandais. Il sourit.

— C'est moi ?

— Tu t'es reconnu.

— Je peux le garder en souvenir ?

— J'aurais dû te dessiner dans ton uniforme d'officier des carabiniers. Dommage. Toi et tes potes vous avez vraiment la tronche de l'emploi. « Cons comme des carabiniers », ricana l'Irlandais en griffonnant la phrase sur la petite feuille blanche.

Les hommes du commando éclatèrent de rire. Leur chef donna une bourrade dans le dos de Ransom.

— Et toi, t'es con comme un Irlandais.

— Pourquoi ?

Les hommes avaient cessé de rire. En un éclair, le chef sortit le Beretta de son ceinturon et le braqua sur Ransom. D'un geste brusque, il lui écrasa la tête contre son calepin.

— Tu vas rire, on est vraiment des cons de carabiniers. Et je suis capitaine.

— Arrête, c'est pas drôle !

— T'en veux une autre bien bonne ?

Ransom s'était figé. Il sentait le canon froid du pistolet contre sa peau. L'officier ricana à son tour.

— Tu as raté ta cible. Le pape se porte à merveille.

— Non. Je l'ai vu tomber...

— Tu ne crois que ce que tu vois. Tu te prends pour saint Thomas ? Très amusant. Dans quelques secondes, tu verras saint Pierre. Tu lui diras que tu as voulu tuer son successeur, je doute qu'il t'accueille à bras ouverts.

Le coup de feu éclata. La balle traversa la nuque du terroriste, le calepin, et la table. Des bouts de cervelle giclèrent de tous côtés. Le faux capitaine des carabiniers remit le pistolet dans son étui, leva la tête par les cheveux et contempla, dégoûté, le dessin maculé du sang du terroriste.

— C'est dommage, j'aurais bien récupéré ma caricature.

30

Paris
Palais du Louvre
6 octobre 1307

Le conseil restreint allait bientôt s'ouvrir. Assis à côté de la chaise du roi, Guillaume de Nogaret jetait un dernier œil sur les rapports remontés des bailliages de France. Le front penché, il lisait les lignes serrées qui l'informaient de l'état du royaume. En Normandie, le froid et la famine chassaient les paysans qui venaient grossir la troupe des miséreux échoués sur le pavé de Rouen. À Montpellier, des marchands avaient été condamnés au pilori pour avoir limé des pièces d'or afin d'en rogner la valeur. À Provins, on signalait que les templiers mettaient plus d'ardeur que de coutume à faire payer leurs débiteurs. À Toulouse, l'Inquisition avait arrêté un illuminé qui prophétisait la fin du monde. Nogaret leva la tête, devant lui venait de s'asseoir Alain de Pareilles.

— Combien cette nuit ? lança-t-il au chef des archers.

— Deux meurtres seulement.

Le conseiller du roi hocha la tête.

— Les corps sont à Saint-Germain ?

— Je les ai fait porter, oui, mais...

— Mais… reprit avec impatience Nogaret qui voulait terminer de lire ses rapports avant l'arrivée du roi.

— … Guilhem, l'apothicaire, il a disparu.

Nogaret tapota nerveusement le bois noir de la table. Qu'avait-il à faire de la disparition d'un moine ? Pareilles n'avait qu'à improviser. De toute façon, dans quelques jours, le bon peuple se passionnerait pour tout autre chose.

— Faites le nécessaire, lâcha-t-il entre ses dents.

Le roi tardait. Les secrétaires, courbés sur leur pupitre, aiguisaient les plumes d'oie. Un crissement qui avait toujours eu le don d'irriter Nogaret. Il se plongea dans la lecture des rapports. À Marseille, le flux des pierres précieuses, en provenance d'Orient, avait augmenté. À Saint-Denis, la basilique où on enterrait les rois de France, une nouvelle campagne de travaux avait commencé. Un rapport, en provenance de Poitiers, attira son attention. Il s'agissait des juifs. Expulsés du royaume, l'an passé, ils revenaient en catimini. On en signalait un peu partout. D'après la rumeur publique, la plupart trafiquaient de la monnaie ou prêtaient à usure. Nogaret reposa le parchemin et s'adossa contre son siège. Tout en réfléchissant, il contempla la voûte peinte. Un ciel bleu clair, parsemé de fleurs de lys. Le symbole du royaume. Un royaume dont le roi voulait faire un État, puissant et respecté, mais un État qui allait devoir affronter une tempête. Depuis des semaines, Nogaret cherchait le moyen de souder la population autour de la politique royale. Il cherchait un ennemi, un bouc émissaire.

Il claqua des doigts. Un secrétaire se précipita et installa son écritoire.

— À l'attention de Messire de Paris, Inquisiteur de France…

Un serviteur entra, moucha les chandelles prêtes à s'éteindre et les remplaça par des cierges immaculés. Une à une les mèches s'allumaient tandis qu'un étroit filet de fumée montait en direction de la voûte. Tout en parlant, Nogaret fixait, fasciné, la lumière, or et sang, qui brûlait sur la cire chaude. Un bruit de pas, dans le couloir, le fit jaillir de sa contemplation. Il dicta à la hâte les dernières phrases.

— ... Ainsi, je ne doute pas que vous employez toute votre autorité et votre ferveur pour purger la bonne ville de Poitiers des crucificateurs du Christ. La Foi l'exige, le roi l'ordonne.

Nogaret saisit son sceau et l'apposa sur le courrier. La porte s'ouvrit. Philippe le Bel entra. Il était accompagné de son fils qui s'installa à sa droite. Le cheveu rare, le front étroit, le dauphin de France n'avait pas vraiment la prestance de son père. Maigre et de petite taille, son habitude de parler la voix sourde et le regard baissé le rendait quasi insignifiant. Le roi s'était assis et fixait au loin un point connu de lui seul. Au bout de la table se tenait son frère, Charles de Valois. Vêtu d'un pourpoint cramoisi à fils d'argent, la face rubiconde et le verbe sonnant haut, Charles était la tête chaude de la famille royale. Batailleur impénitent, comploteur permanent, le frère du roi ne s'était jamais remis d'être né cadet. Exubérant et pétulant, il était tout le contraire de son neveu sur lequel il exerçait, sans doute par effet de contraste, une notable influence.

— Alors, messire Nogaret, de quoi allez-vous nous parler aujourd'hui, attaqua Charles, de quelque pauvre seigneur de province qui a eu le malheur de vous déplaire ou bien des finances du royaume ? Dans les deux cas, ce sont bien sûr des morts en sursis.

Le Dauphin pouffa. Les saillies brouillonnes de son oncle provoquaient toujours son hilarité.

— Suffit, Louis, intima le roi.

— Monseigneur, s'inclina Nogaret, les finances royales se porteraient sans doute mieux si les nobles du royaume s'acquittaient sans tricher de leur impôt et s'ils ne ruinaient pas leurs paysans en les pressurant de charges et de taxes.

Alain de Pareilles baissa les yeux. En bon chien de guerre, il aimait les ordres clairs et définitifs et ne comprenait pas quand les maîtres se déchiraient. Dans le coin des secrétaires, les plumes s'étaient tues, suspendues au prochain éclat de voix.

— Mon frère… s'exclama Valois… comment permettez-vous que l'on parle ainsi à la table de votre conseil ? Comment laissez-vous un homme de rien, un juriste, oser critiquer la bonne noblesse ?

Nogaret demeura impassible. Depuis toujours, il savait ce que les grands du royaume lui reprochaient en sourdine et dont le frère du roi venait se faire l'écho provocateur. Le droit du sang.

Le regard du roi se posa sur son cadet.

— Sans doute, mon frère, vous qui réfléchissez beaucoup, avez-vous quelque idée inédite et brillante pour restaurer les finances de l'État ?

Donneur de leçon à tout venant, Valois restait pourtant désespérément coi devant le roi.

— Dans ce cas, Charles, si même vous êtes sans solution, il va falloir que je donne l'exemple et que je taille à vif dans les pensions que je verse à ma propre famille.

Un fin sourire traversa un instant le visage de Nogaret. Tout le monde savait, à la cour, que sans le soutien financier du roi, ce panier percé de Charles courrait à la faillite.

— Philippe, s'écria Valois, vous n'allez pas me condamner à la misère ?

Le roi fixa un instant le pourpoint rehaussé d'argent qui brillait sous les chandelles.

— Alors dites-moi donc où trouver de l'argent ! Vous ne pouvez vivre sans habits brodés et les paysans, eux, n'ont plus rien pour vivre.

— Le clergé, suggéra le Dauphin, on pourrait saisir les biens de l'Église…

Nogaret échangea un regard avec le roi avant de répondre lentement :

— Monseigneur, nous risquons l'excommunication immédiate.

Valois bondit aussitôt.

— Vous avez pourtant été vous-même excommunié, Nogaret… remarquez pour une peccadille, vous aviez juste frappé un pape.

— Un homme peut être excommunié, pas un royaume, asséna Philippe.

Le silence tomba dans la salle du Conseil. Le Dauphin fixait la table, en proie à un de ces tics qui déformaient son visage quand il était sous le coup d'une émotion trop vive. Nogaret et Valois, eux, s'observaient de biais comme deux duellistes avant une prochaine passe d'armes. Un serviteur passa une tête par la porte et inclina la tête en direction de Nogaret. Le conseiller se tourna vers le roi.

— Sire, puis-je me retirer un instant du conseil ?

Philippe baissa les paupières et Nogaret se leva pour gagner l'antichambre. Quand il passa derrière le Dauphin, une odeur moite le saisit aux narines. Il jeta un œil oblique sur les mains que l'héritier du trône avait posées sur ses cuisses. Elles tremblaient.

À son entrée, Bertrand de Got se leva. Sa cape était souillée de boue et il portait une barbe de trois jours.

— Quelle bien piètre apparence, messire !

Le neveu du pape ploya sa haute carcasse.

— J'arrive à bride abattue de Poitiers.

— Vous êtes allé rendre visite à votre oncle ? Comment se porte la santé du Saint-Père ?

Au nom du pape, Bertrand s'inclina à nouveau.

— Messire, il m'a chargé d'un message pour vous.

Nogaret prit le temps de s'asseoir sur un banc de bois contre le mur. Il aimait entendre les nouvelles dans une position confortable. Bertrand se pencha vers son oreille.

— Tous les dignitaires du Temple se réuniront bientôt à Paris.

— Quand ?

— Le 13 de ce mois.

Nogaret réfléchit. Il lui restait sept jours. D'un signe, il ordonna au valet de se préparer à ouvrir la porte du Conseil.

— J'ai besoin d'un homme de confiance auprès de messire de Paris, l'Inquisiteur. Ce sera toi. Qu'il se tienne prêt.

Le conseiller se leva et pénétra dans la salle du Conseil. À son entrée, le roi prit la parole.

— J'ai donc tranché, annonça Philippe

Le tic qui zébrait le visage de son fils disparut en un instant. Louis posa ses mains sur la table. Comme Nogaret prenait place, le roi reprit :

— Donnez lecture de l'arrêt pour tous les baillis du royaume.

Un des secrétaires se leva et déplia un parchemin.

— « ... c'est une chose amère, une chose déplorable, une chose assurément horrible à penser, terrible à entendre, un crime détestable, un forfait exécrable... »

Le Dauphin leva la tête et fixa la face glacée de son père.

— « ... sur le rapport de personnes dignes de foi qui nous fut fait, il nous est revenu que les frères de l'ordre de la milice du Temple, cachant le loup sous l'apparence de l'agneau et, sous l'habit de l'Ordre, insultant misérablement la religion de notre foi, crucifient de nos jours à nouveau Notre Seigneur Jésus-Christ... »

Valois ouvrit la bouche, mais cette fois aucune parole n'en sortit.

— « ... Nous avons décrété que tous les membres dudit Ordre seraient arrêtés, sans exception aucune, retenus prisonniers... »

Nogaret laissa échapper un soupir de satisfaction. C'est lui qui avait rédigé le texte.

— « … et que tous leurs biens, meubles et immeubles, seraient saisis, mis sous notre main et fidèlement conservés. »

Le conseiller du roi avait fidèlement transmis la demande du pape d'avoir la haute main sur les biens du Temple afin d'autoriser leur mise en accusation. Fidèle à sa politique d'effet de surprise, Philippe avait décidé de mettre le pape devant le fait accompli de l'arrestation. Prendre d'abord, négocier ensuite.

Stupéfait, Pareilles regardait le parchemin que le secrétaire venait de poser sur la table. Le sceau royal, en bas de page, éclatait comme une tache de sang.

— Mon père, tenta le Dauphin, le Grand Maître du Temple est le parrain de votre fille, ma sœur Isabelle…

Le roi posa sa main sur celle de son fils.

— Il n'en est que plus coupable, Louis.

Le secrétaire s'inclina et retourna à son pupitre.

— Les templiers sont suspectés de crime d'hérésie, annonça Nogaret, un chef d'inculpation qui peut les mener au bûcher s'ils ne reconnaissent pas leurs crimes.

Étrangement calme, la voix de Charles de Valois se fit entendre.

— Mon frère, vous n'allez pas envoyer cet arrêt ? Ce serait la mort de la chevalerie.

— Il est déjà envoyé, mon frère.

Le souverain se tourna vers le chef des archers.

— C'est vous, messire, qui aurez la charge de saisir les frères du Temple de Paris. Aucun ne doit vous échapper.

Alain de Pareilles se leva, posa la main droite sur son cœur.

— Sire, aucun ne vous manquera.

Le roi reprit.

— Le même ordre sera exécuté par tous les baillis de

France. Tous les templiers du royaume seront arrêtés en même temps.

La gorge nouée, le Dauphin osa une dernière question :

— Et vous avez prévu l'arrestation…

Nogaret posa sa main droite déployée sur la table, suivie du pouce et de l'index de la main gauche. Le roi se tourna vers son fils. Trois mots tombèrent :

— … Dans sept jours.

31

De nos jours
Paris

Antoine mit une main sur la bouche de la nièce du jésuite pour étouffer ses cris et tendit l'oreille. Quelqu'un voulait entrer dans l'appartement. Des policiers auraient annoncé leur présence et le concierge serait déjà entré depuis longtemps. Il se maudit de ne pas avoir pris son arme de service. Il chuchota contre la joue de la jeune femme.

— Bon sang, faites-moi confiance. Votre oncle était franc-maçon, je le suis aussi. Il m'a vraiment appelé à l'aide, mon numéro lui a été donné par un frère commun. Et la personne qui essaye d'entrer dans l'appartement n'est pas aussi bien disposée que moi. Si vous ne vous reprenez pas, ça va très mal finir pour nous deux.

Elle écarquilla les yeux et cessa de résister. Il relâcha légèrement la pression.

— Parfait. J'enlève ma main.

Elle déglutit et articula :

— Vous êtes un frère ?

— Je viens de vous le dire.

— Ça ne prouve rien. Quel est votre âge ?

— Ça ne vous regarde pas.

Elle le regarda droit dans les yeux.

— Êtes-vous maître ?

Antoine trouvait la situation stupide et dangereuse. Soit elle était sourde, soit elle ne comprenait rien. Il n'avait pas le temps de jouer aux devinettes. Elle reposa la question, d'une voix tranquille :

— Êtes-vous maître ?

— Ça devient lassant, vos questions !

Soudain, il comprit. Elle répétait l'une des phrases maçonniques utilisées pendant le rituel de maîtrise. Sa réponse fusa :

— L'acacia m'est connu.

L'acacia, l'arbre sacré, symbole de lumière, dont les feuilles se dressent pendant la journée et se courbent le soir. L'acacia planté sur la tombe d'Hiram, le fondateur légendaire de la maçonnerie, assassiné par les trois mauvais compagnons.

Elle enchaîna :

— Quel âge avez-vous ?

— Sept ans et plus.

Les âges symboliques maçonniques. Trois ans pour l'apprenti, cinq ans pour le compagnon, sept ans pour le maître.

Il la libéra. Elle se redressa d'un coup.

— Tu es une sœur ?

— C'est mon oncle qui m'a fait entrer. Je...

Dans le vestibule, la serrure était sur le point de céder. Antoine ramassa le Taser.

— Prends ton sac. Il y a une autre sortie ?

— Oui, dans la cuisine, une porte de service.

— Allons-y. Je ne sais pas qui est derrière cette porte mais je préfère l'avoir loin de moi.

Ils coururent le long du couloir. Au moment où ils arrivèrent au bout, la porte d'entrée s'ouvrit avec fracas. Antoine eut juste le temps d'apercevoir le visage des intrus. Deux hommes jeunes, les cheveux courts. Le plus grand sortit son arme et tira dans sa direction. La balle traversa un retable, pile sur l'œil droit de l'archange saint Michel. Antoine hurla.

— Vite !

Ils entrèrent dans la cuisine. Marcas referma la porte derrière lui. Il regarda autour pour trouver un objet qui pourrait bloquer la porte. La jeune femme s'était précipitée sur un grand buffet en vieux chêne massif et avait ouvert un tiroir.

— Il mettait toujours la clé dedans.

Des bruits de talons martelaient le parquet du couloir. Lucas et David connaissaient déjà l'appartement. Les deux hommes fonçaient vers leur cible. Ils savaient qu'ils n'avaient pas le droit à l'erreur avec la Louve et le traître.

— Cette fois, on le chope pour de bon, cria David.

— Il y a une femme avec lui.

— On s'en fout. Lui, on l'embarque et on se débarrasse d'elle.

Lucas actionna la poignée de la cuisine. En vain. Derrière la porte, Antoine jeta un regard angoissé autour de lui. Le Taser n'avait qu'un seul coup.

— Ouvrez, Marcas.

Antoine balaya la cuisine du regard. Juste à côté de la porte trônait un vieux frigo massif. Il se précipita et le poussa de toutes ses forces. L'appareil vacilla quelques secondes puis s'effondra à terre contre la porte. Le commissaire se tourna vers sa sœur.

— Alors cette clé ?

— Plus désordonné que mon oncle…

Elle sortit le tiroir des rails de glissement et déversa le contenu sur la desserte.

— J'ai trouvé.

Elle sortit une grosse clé en métal brun qu'elle inséra dans la serrure. La porte s'ouvrit dans un affreux grincement rouillé en raclant le sol. Marcas jaillit de la cuisine et s'engouffra derrière elle. Au même moment, la porte de communication avec le couloir s'ouvrit à moitié sous la poussée des deux hommes. Lucas tentait d'enjamber le frigo. Une main munie d'un pistolet apparut suivie d'un torse puis un visage. Antoine tenta de refermer la porte de service. L'homme avait réussi à passer dans la cuisine.

Antoine reconnut le conducteur de la Toyota. Il le visa avec le Taser. Les deux fines aiguilles partirent à la vitesse de l'éclair. La décharge électrique de cinquante mille volts le foudroya net. Lucas s'effondra comme une masse. Antoine eut juste le temps de voir une ombre surgir derrière lui avant de refermer la porte de service. Il fit jouer la clé dans la serrure et se mit à courir.

— Où est la sortie ?

— L'escalier, au bout. Il donne sur le local à poubelles.

Ils traversèrent le couloir miteux, encadré par des chambres de bonnes, puis dévalèrent un escalier étroit en bois qui descendait sur quatre étages. Un coup de feu retentit. David avait laissé Lucas inconscient sur le sol de la cuisine, s'assurant qu'il respirait encore puis, à son tour, avait foncé dans le couloir.

Le couple venait de déboucher sur une petite cour pavée, encombrée de poubelles vertes, fermée par une porte en fer forgé. Antoine appuya sur le bouton qui commandait la sortie. La grille s'ouvrit.

— On fonce, lança Antoine en montrant un taxi qui était en train de déposer un couple de touristes japonais.

Ils s'engouffrèrent dans la 307 qui démarra aussitôt.

— Rue Rodier, dans le 9e, vite ! lança Marcas au chauffeur d'origine indienne qui avait mis la bande-son d'un film de Bollywood.

Antoine et la jeune femme se retournèrent et virent le type courir derrière eux. Progressivement sa silhouette rapetissait.

— On va chez un ami, on y sera en sécurité là-bas. C'est lui qui a donné mon nom à ton oncle.

— Pourquoi pas chez vous ?

— L'un des tueurs m'a appelé par mon nom. On ne peut pas prendre de risque.

Il regarda à nouveau en arrière. Aucune voiture ne les suivait. Ils avaient gagné un moment de répit.

— Et chez les flics qui m'ont interrogée ce matin ?

— Si on leur raconte tout, on sera bloqué toute la journée, sans compter le sceau que tu as récupéré. Ils le garderont

La voiture reprit quasiment le même itinéraire que lors de son transfert par les hommes du frère obèse. Il se souvint tout à coup de son fils. Il ne pouvait plus le prendre avec lui. Il ne devait pas mettre les pieds dans son appartement. La mort dans l'âme, il composa son numéro. La voix trop grave pour son âge jaillit.

— J'arrive plus tard, c'est ça ?

Antoine essaya de plaisanter.

— Mon fils, tu as des dons de prémonition. Ne viens pas. Je dois régler une affaire urgente. Tu n'es pas encore parti de chez ta mère ?

— Non.

Au ton froid, il comprit que ses explications ne serviraient à rien.

— Je suis désolé. Sincèrement. Mais on remet à la semaine prochaine.

— Encore ! Putain, tu fais vraiment chier !

Antoine n'en crut pas ses oreilles. Pourtant il garda son calme, ce n'était pas le moment de se disputer avec lui. Il avait senti monter chez Pierre un ressentiment larvé depuis sa sortie du coma. Triste banalité pour un enfant de divorcés dont le père exerçait un métier trop prenant. Pourtant il avait essayé de faire le maximum, il déjeunait avec lui dès qu'il le pouvait, il le gâtait de cadeaux. L'année précédente, il avait passé toutes ses vacances disponibles avec lui, l'emmenant à Cuba et à

New York. Mais ça ne suffisait pas. La fameuse crise d'ado lui tombait dessus. En plein pendant une course-poursuite avec des tueurs.

— Pierre, tu emploies un autre ton avec moi, OK ?

— Mais tu m'avais promis de m'emmener à l'expo.

— Je sais mais quelque chose de grave vient de se produire. Je suis flic, ne l'oublie pas.

— Belle excuse. Maman a raison. À part toi, y a rien qui compte.

— Ça suffit, Pierre ! J'ai ni le temps ni l'envie de me lancer dans une thérapie familiale.

Il avait haussé la voix. La jeune femme l'avait regardé avec étonnement. Le téléphone raccrocha.

— Et merde, maugréa Antoine en rangeant le portable dans sa veste.

— Des soucis ?

— Mon fils commence sa crise d'ado. Ça devait arriver un jour ou l'autre.

— Divorcé ?

— Oui. Et toi ?

— Aussi, mais pas d'enfants.

La 307 traversa la place du Châtelet et fila sur le boulevard de Sébastopol. Les chants indiens au curry lui tapaient sur les nerfs. Il demanda au chauffeur de baisser le son et se tourna vers la jeune femme :

— Je ne t'ai pas demandé ton nom. Moi, c'est Antoine.

— Gabrielle Delsignac.

Antoine ne put cacher sa stupéfaction.

— L'auteur ?

— Tout juste.

— Tu sais que je t'ai appelée tout à l'heure…

— Ah, c'était toi. J'attendais justement devant l'immeuble que les policiers se tirent.

— … d'ailleurs tu m'as jeté comme un malpropre.

— Disons que le moment était mal choisi.

— C'est incroyable. Moi qui voulais te demander de l'aide sur ce que m'avait raconté ton oncle.

Gabrielle sourit.

— Le hasard, c'est Dieu qui voyage incognito.

— C'est ce que n'arrête pas de dire mon vénérable, José, pour se moquer de moi.

Sidéré par la coïncidence, Marcas regarda par la vitre. Le chauffeur venait d'accélérer. Encore quelques minutes et ils seraient à l'abri. Gabrielle se pencha vers lui.

— Que t'a dit exactement mon oncle ?

— Que l'Abraxas gardait une vérité. Et puis, il a parlé d'un Maître Inconnu. J'ai trouvé la signification de ce terme dans ton ouvrage.

— Je vois.

— Tu as de la chance, moi je patauge complet. Ce blason gravé dans la pierre...

Elle hocha la tête.

— Il est unique.

— Tu es sûre ? s'étonna Antoine en se rappelant la reproduction. Je croyais que c'était la copie d'un original.

Elle sortit le sceau de son sac.

— Tu te trompes. Il y a un mois, mon oncle m'a révélé quelque chose d'extraordinaire. C'est pour ça que j'ai récupéré cette pierre. Pour ça aussi que ces hommes l'ont exécuté et décapité. Pour ça qu'ils veulent mettre la main sur ce blason. Pour ça que nous ne sommes pas en sécurité.

Antoine scruta son regard. Une lueur étrange brillait dans ses yeux. Elle jeta un œil sur la nuque plissée du conducteur et baissa la voix.

— Ce sceau ouvre une porte.

— Pour aller où ?

— Une porte qui mène au secret, mon frère. Au secret des templiers.

32

De nos jours
Rome

Une douce chaleur s'était abattue sur la Ville éternelle. Le bon peuple romain y avait vu un merveilleux présage. La ville était en liesse. Navona, Popolo, Campo dei Fiori, Di Spagna, toutes les grandes places de la ville étaient engorgées de badauds qui fêtaient la bonne nouvelle, même les non-croyants levaient le coude et avalaient en chœur leur verre de Valpolicella. Dans le quartier du Panthéon, des orchestres improvisés s'étaient plantés devant les boutiques pour déverser une joyeuse cacophonie. Il n'en fallait pas beaucoup pour que les Romains fassent la fête mais là, l'exubérance dépassait le niveau habituel. On se jetait tout habillé dans la fontaine des Quatre-Fleuves du Bernin et dans celle de Neptune, sous l'œil bienveillant des carabiniers. Les Romains avaient tremblé pour ce pape, un peu trop austère à leur goût, et laissaient éclater leur joie comme il se devait. Dans le quartier plus tout à fait populaire du Trastevere, arrimé sur la même rive que le Vatican, les habitants avaient accroché des portraits du Saint-Père à leurs fenêtres.

Les cloches de la basilique Saint-Pierre sonnaient

à tout rompre pour célébrer le miracle. À la télévision, les commentateurs disséquaient les événements passés, échafaudant toutes les hypothèses, même les plus saugrenues sur l'identité des commanditaires. Al Jazeera avait retransmis un communiqué d'Al-Qaida, authentifié à 90 %, qui niait toute implication. Le message était ferme, jamais Al-Qaida ne s'attaquait à des hommes de Dieu, même s'ils faisaient partie du camp adverse. Dans toute la chrétienté, les messages de soutien affluaient de toutes parts.

Dans les jardins de la Curie, la chaleur était presque devenue supportable. Le cliquetis des pompes d'arrosage rythmait le travail des jardiniers. Le pape était assis sur son fauteuil favori, sous une tonnelle d'où pendaient des grappes de raisin. Derrière lui, s'étalaient les allées de chênes majestueux, les camphriers odorants, les parterres de plantes exotiques de toutes les couleurs dont il avait oublié le nom. Et devant, le somptueux jardin à la française avec en contrebas des palmiers fins et élégants. Un havre de paix et de repos.

Il avalait une tasse de thé glacé à la gentiane en compagnie du père Hemler et du commandant de la gendarmerie, sanglé dans son grand uniforme. Le pape reposa la tasse et essuya ses lèvres minces avec le petit mouchoir brodé de ses armoiries.

— De grandes choses nous attendent. Dieu lui-même ne s'y est pas trompé. Mais, maintenant, j'aimerais ne jamais quitter ce jardin d'Éden.

— Je vous comprends, Très Saint-Père. C'est un endroit magnifique. Si paisible, répondit poliment le commandant Borghèse.

— Ça dépend de l'époque. Il y a fort longtemps, Alexandre VI Borgia y a organisé des fêtes licencieuses pour le mariage de sa fille Lucrèce. On y a vu en d'autres temps des courses de taureaux. L'un de mes prédécesseurs, au XVIe siècle, a même eu l'idée saugrenue d'y élever un rhinocéros.

Le père Hemler reconnut la petite manie papale de lancer une anecdote avant de rentrer dans le vif du sujet. Il ne se trompait pas. Le Saint-Père avait déjà repris :

— Si je comprends bien, commandant, ces terroristes se sont évaporés, comme la fumée blanche après mon élection.

— Oui, Votre Sainteté. L'État italien et Interpol nous prêtent leur concours. Nous avons néanmoins une piste, celui qui a tiré sur vous est identifié.

— Un Irlandais, je sais... Catholique de surcroît. Le destin est bien curieux. Communiquez-moi toutes les informations nouvelles par l'intermédiaire du père Hemler. Ce sera tout, commandant.

Le secrétaire du pape remarqua qu'il avait pris son ton poli, si particulier. Signe qu'il n'était pas bien disposé envers le militaire. Borghèse ne passerait pas la fin de l'année au Vatican. Le commandant salua respectueusement le pape, inclina la tête en direction d'Hemler et tourna les talons. Le Saint-Père regarda s'éloigner le militaire.

— Borghèse me paraît un peu dépassé par les événements. Comment dois-je faire pour recruter un nouveau commandant de ma gendarmerie ?

Hemler hocha la tête.

— Je vous le déconseille. Ça ferait très mauvais genre dans le contexte actuel. De toute façon, l'enquête nous échappe. La gendarmerie n'a aucun pouvoir hors les murs du Vatican pour appréhender l'auteur de ce lâche attentat. Plus tard peut-être... On pourrait mettre ça sur le compte d'un nécessaire rajeunissement de nos cadres. Et puis, une juste indemnité fluidifiera les conditions de son départ.

Le pape laissa vagabonder son regard sur les massifs fleuris des jardins.

— Vous avez l'art de la transition, Hemler, mais le Vatican n'est plus en mesure de fluidifier quoi que ce soit en matière financière. Vous avez lu le rapport de l'inspection financière ? Nous avons rendez-vous dans un quart d'heure avec tout le conseil d'administration de l'IOR. Il n'y a aucune marge de manœuvre, un gouffre d'un milliard...

Hemler sentait des gouttes de sueur couler sur sa peau. Sa soutane le serrait trop avec cette chaleur soudaine. Le pape ne semblait nullement incommodé. Qui aurait pu croire que cet homme de soixante-quinze ans avait été victime d'une tentative d'assassinat quelques heures plus tôt ? La santé de fer et l'énergie du Saint-Père étaient toujours pour lui une source d'émerveillement. Des heures et des heures de course de fond dans sa jeunesse, lui avait un jour révélé son mentor, du temps où il n'était que cardinal. Courir jusqu'à la souffrance et la dépasser. Surmonter la douleur et se relever. Comme son saint préféré : Sébastien.

Le pape avala une dernière gorgée de thé et se leva. Il contempla les jardins autour de lui. Il avait retrouvé son air dominateur et irradiait cette aura de vigueur quasi miraculeuse.

— Il est temps d'aller voir nos banquiers. Ce sont eux les plus chanceux.

— Je ne comprends pas, Saint-Père.

— Souvenez-vous de la parabole. *Il est plus facile à un chameau de rentrer par un trou d'aiguille qu'à un riche d'accéder au royaume de Dieu.* Jusqu'à présent ils étaient riches et gras de notre argent mais c'est terminé. Les cieux leur sont ouverts.

Alentours de Rome
Via di Trigoria

La voiture des carabiniers filait sur la petite route de campagne en direction du sud. Le soleil entamait sa descente, plus à l'ouest, vers la côte tyrrhénienne. La radio grésillait des appels du central et des réponses des autres patrouilles. Le chauffeur conduisit avec souplesse, il n'avait pas mis son gyrophare. À l'arrière, l'officier finissait de manger une grappe de raisins blonds, gros et croquants. Il en proposa à son subordonné qui refusa poliment. Son portable entonna les premières notes du chant des supporters du club de foot de la Lazio. Le numéro affiché lui était familier. Il décrocha.

— Nous arrivons sur place dans quelques minutes. Nous sommes à une vingtaine de kilomètres de la ville, vers Trigoria Alta. Deux de mes hommes nous attendent avec la camionnette.

— Vous savez ce qu'il vous reste à faire.

— Bien sûr. Comme pendant les exercices précédents. Tout se déroule à la perfection.

— Comment a réagi Ransom quand vous lui avez annoncé votre véritable identité ?

— Surpris naturellement. Mais il n'a pas eu beaucoup de temps pour s'en rendre compte. Il est dans le coffre.

— Bien. Appelez-moi quand le dispositif sera opérationnel.

— À vos ordres.

Il raccrocha. Les pins parasols et les chênes-lièges surgissaient de chaque côté de la route. Au détour d'un tournant se profila une petite maison de pierre décrépite surmontée d'un toit rouge. La camionnette qui les avait récupérés sur la via Tor di Nona était garée sur le côté de la route. Un policier était en train d'installer sur le bas-côté des barrières de contrôle et un poteau avec un panneau lumineux de stop. La voiture de carabiniers s'arrêta juste derrière. Le capitaine et les deux hommes descendirent, ouvrirent le coffre et prirent le corps de Ransom enveloppé dans une grande bâche de plastique gris.

Tout alla très vite. Dix minutes plus tard, le terroriste était installé derrière le volant de l'utilitaire, le corps calé avec sa ceinture de sécurité. La tête droite, les yeux révulsés, son visage était livide. Le moteur tournait au ralenti, la camionnette était à une vingtaine de mètres d'une grange située plus bas. L'un des carabiniers prit son arme automatique et mitrailla le pare-brise. Les impacts de balles déchiquetèrent le verre, le corps de Ransom et le fond de la tôle. Un autre carabinier arriva avec un gros jerrican et déversa copieusement de l'essence sur le mort, les sièges et le tableau de bord. Satisfait, il ouvrit la porte du conducteur et, debout sur le marchepied, d'un geste rapide desserra le frein à main.

La camionnette roula doucement, l'homme réajusta le volant pour caler la trajectoire. Il se jeta hors du véhicule au moment où celui-ci prenait de la vitesse. L'utilitaire fonça vers le mur de la grange et s'encastra dans un grand bruit de métal qui s'entrechoque. Une explosion troua le silence de la campagne, la camionnette flambait comme une torche. Le capitaine et l'un de ses collègues descendirent le talus en courant avec des extincteurs, une deuxième explosion retentit. Une épaisse fumée noire enveloppa le véhicule, le capitaine colla un mouchoir contre son nez pour ne pas inhaler directement l'odeur âcre du caoutchouc brûlé.

Il s'approcha à quelques mètres du véhicule et aperçut distinctement la tête de l'Irlandais qui s'était embrasée. Il fit un signe à son subordonné. Ils dégagèrent la goupille de leur extincteur et aspergèrent généreusement l'intérieur de l'habitacle. En moins d'une minute, le feu avait été éteint. Le capitaine s'approcha et vit distinctement le visage à moitié carbonisé de Ransom recouvert de mousse blanche ignifugée. Il contourna le véhicule et ouvrit la porte arrière. Une épaisse fumée s'échappa. Il repéra à l'intérieur l'étui du fusil de précision et le sac à dos contenant les affaires du terroriste dont le faux passeport allemand qu'il avait lui-même commandé.

Satisfait, il remonta vers la route. Le barrage était

installé. Il prit place dans la voiture et décrocha la radio.

— Voiture 132. Alerte jaune. Je répète alerte jaune. Terminé.

— Ici central. Où êtes-vous ? Terminé.

— Via di Trigoria, un peu avant Castel Romano. Nous avons eu un accrochage. Un véhicule suspect nous a foncé dessus. Avons riposté. Envoyez secours. Le véhicule est en feu. Je suis le capitaine Visconti. Terminé.

— Avez-vous identifié le suspect, capitaine ?

Il laissa quelques secondes de silence s'écouler. La voix du central grésilla à nouveau.

— Voiture 132, ici central. Avez-vous identifié le suspect ? Terminé.

Visconti sourit.

— Pour le moment, non... Attendez ! Un sergent a trouvé un fusil dans un étui. Terminé.

— Nous vous envoyons toutes voitures disponibles. Si c'est le flingueur de la place Saint-Pierre, vous et vos hommes allez avoir droit à de l'avancement. Terminé.

— Que le ciel vous entende, central ! Terminé.

33

Poitiers
Dimanche 8 octobre 1307

Les cloches sonnèrent à toute volée au sommet de la cathédrale. Leur écho, répercuté par les murailles, plana un instant sur la ville, puis s'abattit, comme le tonnerre, sur la rue des Juifs. Dans les ruelles, les rares passants matinaux pressèrent le pas. Au fond des échoppes, les artisans ordonnèrent à leur commis de fermer soigneusement portes et fenêtres. Aujourd'hui on travaillerait à la lueur chiche des lampes à huile. Dans la venelle des orfèvres, on posa contre les persiennes de lourdes barres de bois, préparées à l'avance. Plus loin, dans le coin des changeurs, on fit disparaître les florins d'or et les deniers d'argent. Quand le dernier battant de cloche finit de résonner, la rue des Juifs était vide.

Des bords de la Boivre, monta alors la clameur immense des fidèles en marche pour la procession. La foule hurlait sa joie dans un bruit d'émeute. Indifférent à ce vacarme, un chat, au pelage d'ébène, sortit d'un soupirail et vint se déhancher au milieu de la rue des Juifs. À pas de velours, il se dirigeait vers le haut du plateau où se trouvaient les vergers et les jardins potagers.

Les oreilles droites, la démarche hautaine, il frôlait les murs, reniflait les pavés et s'arrêta brusquement devant une volée de marches usées. Il s'immobilisa, son regard jaune rivé sur la porte, la queue battant jalousement le sol. En bas de la rue, le tumulte venait de reprendre. Le nom sacré du Christ courait sur toutes les lèvres. Des femmes, des enfants s'époumonaient à hurler le nom du Sauveur tandis que les religieux entonnaient des chants de gloire pour le Très-Haut. Dans le ciel, les nuages fuyaient vers le sud, découvrant un soleil pâle et frileux.

Sur la place de la rue des Juifs, un vent aride ridait l'eau de la fontaine. Le quartier, retranché dans l'attente, était désert. Au dernier étage de la maison Aboulia, un homme observait la rue. Adossé à une cheminée qui brûlait une brassée de sarments, entouré par une bibliothèque qui ployait sous les livres, Isaac espionnait le chat. Depuis les premiers coups des cloches, il avait tiré les volets, mouché les bougies et remis son âme et son destin à Dieu le Tout-Puissant. Les processions étaient toujours un risque pour les habitants de la rue des Juifs. Mieux valait prendre ses précautions.

Sur le pavé, le chat n'avait toujours pas bougé, désormais il faisait sa toilette intime pile devant le pas de la porte des Aboulia. Isaac étouffa un juron. Il suffisait qu'un exalté de catholique passe par là… Il secoua la tête, il s'en voulait de condamner en vrac tous les chrétiens. Quelques jours plus tôt, il avait reçu la visite d'un chevalier. Un homme affable et posé, qui lui avait proposé son aide. Les temps n'étaient guère favorables aux juifs. Le roi était imprévisible, le pape incertain… Aboulia l'avait écouté avec intérêt, mais avait décliné son offre. Mieux valait s'en remettre à la main de Dieu. Avant de partir, le chevalier avait posé sur la table un petit pendentif. Une croix en émail rouge. Comme un talisman.

Un tapotement se fit entendre contre la porte, puis la poignée joua et une ombre entra dans la pièce. Elle se dirigea directement vers la cheminée et tendit deux paumes, blanches et fines, vers la chaleur.

— Nous avons éteint tous les autres feux dans la maison, s'excusa Sarah, et j'ai si froid.

Isaac se détourna de la fenêtre et contempla sa fille. Son visage s'éteignait chaque jour un peu plus. La maladie était en train de l'épuiser. Le reflet des flammes sur ses joues lui donnait un teint de cire chaude. Il regarda ses pieds nus sur les dalles de pierre.

— Combien de fois t'ai-je dit de ne pas te lever ainsi. Tu dois rester couchée.

— J'ai peur dans l'obscurité.

Isaac soupira. Depuis deux semaines, sa fille n'existait plus. Ce n'était plus qu'une enveloppe vide, un corps de plus en plus transparent qui errait dans les couloirs. Son âme l'avait quittée. Et une autre avait pris sa place.

— Tu n'as pas eu… de crise cette nuit ?

— Je ne sais pas…

Le père jeta un regard dans la rue. Le chat léchait son pelage qui faisait une tache noire sur le pavé luisant.

— Approche-toi

Dans sa chemise froissée, le visage défait, les yeux en berne, Sarah semblait son propre fantôme.

— Ouvre la bouche.

Un parfum fétide sauta au nez d'Isaac. Sa fille sentait l'odeur de la mort. Il se détourna un instant avant d'examiner la langue. Des cicatrices blanches et boursouflée témoignaient des précédentes morsures, mais il n'y avait aucune plaie vive. La nuit s'était passée sans possession.

— Tu te sens fatiguée ?

— Non.

— Tu es courbaturée ?

— Non, mais j'ai peur…

— Peur de quoi ? décréta Isaac, je suis médecin. Le pape même me consulte. Je vais te guérir.

Sarah se força à sourire.
— Mon mal n'est pas de ceux que tu connais, père.
— Qu'en sais-tu?
— Toutes ces voix qui se battent dans ma tête...
— C'est la fièvre qui te fait déparler.
— ... Elles envahissent mon corps, elles montent en hurlant dans ma bouche...
Un cri retentit à l'extérieur. Isaac se précipita. Au bout de la rue, un groupe de fidèles qui se dirigeait vers l'église Sainte-Radegonde venait de s'arrêter. Une femme montrait du doigt l'entrée de la porte des Aboulia. Livide, Isaac se tourna vers sa fille.
— Descends tout de suite aux cuisines. Et fuis dans le jardin.
Sarah ne bougea pas, interloquée. Son père la saisit par le poignet.
— Obéis-moi, vite...
Dehors, le cri devenait marée.
— ... ou tu vas mourir.

Paris
Donjon du Temple

La pièce était vide à l'exception d'une table où brûlait une bougie. Payraud s'approcha, puis posa un à un ses vêtements sur le plateau en bois taché de cire. Quand il se déshabillait rituellement, Payraud ne se préoccupait pas de la nudité de son corps. Au contraire, toute son attention était tendue vers les détails : le geste de sa main qui défaisait le ceinturon, la couleur bleu nuit du pourpoint... Rien ne devait lui échapper. Quand il eut terminé, son esprit était concentré. Le torrent d'habitude impétueux de sa pensée s'était transformé en une eau calme et limpide. Prête à refléter le ciel.

Il se coucha sur les dalles. Le froid de la pierre le saisit aux épaules. Il laissa le frisson parcourir tout son être. L'épreuve de la terre pouvait commencer. Progressivement, il s'immergea dans son corps. Carré par carré, il parcourut son épiderme, avant de pénétrer la mécanique des muscles, de suivre l'entrelacs fragile des nerfs… Roncelin recommandait à ses disciples de méditer sur les cadavres, de tout connaître de leur anatomie… Le corps du Visiteur de France était plus immobile qu'une statue. Seule une légère buée, échappée des lèvres, témoignait qu'il était encore vivant. Peu à peu, il échappait à sa pesanteur, il détachait son esprit de son enveloppe charnelle.

Solve. Il prononça l'antique sentence alchimique et se concentra sur sa respiration. Après s'être libéré de son corps, il devait maintenant passer l'épreuve de l'air, pacifier sa respiration pour qu'elle ne soit plus que rythme.

Coagula. L'autre formule alchimique s'échappa de ses lèvres et lentement il se sentit devenir souffle. Cet état de pure mesure le fascinait toujours. Pris par la scansion de sa respiration, son esprit se fondait dans cette cadence où se devinait l'harmonie secrète du monde. Pourtant sa conscience se réveillait, comme une lueur, une étoile à venir.

Solve. À nouveau, il se sépara d'une partie de soi. Bientôt la cadence de son souffle s'évapora. Un bruit se leva, comme un vent qui bruisse parmi les arbres, puis la pulsation se fit plus rapide. L'épreuve de l'eau. D'un coup, il ne fit plus qu'un avec le rythme de son sang qui frappait dans ses artères. Les premières fois où il avait atteint ce seuil, il avait reculé, effrayé, d'entendre battre sa propre vie. Il lui avait fallu plusieurs tentatives pour plonger dans ce flux incessant qui parcourait tout son être.

Coagula. Ce n'était plus l'euphorie du souffle, mais l'ivresse du sang. Des différentes épreuves, la plus dangereuse. Celle où l'on risquait de se perdre, emporté par le courant.

Solve. Comme un plongeur, qui remonte à la surface, Payraud émergea de ses propres profondeurs. Il ouvrit les yeux. À nouveau, il sentit la fraîcheur des dalles.

Il se leva d'un bond.

Une énergie incandescente l'habitait.

Corps et esprit ne faisaient plus qu'un.

Il était prêt à transmettre le Secret.

Rue des Juifs

La femme, une commerçante des bas quartiers, tendait un index tremblant vers le haut de la rue. Couché devant la porte des Aboulia, le chat venait de se figer, dardant ses prunelles d'or sur la foule hésitante.

— La bête du diable ! s'exclama la commère

— Le diable... le diable ! reprit la foule en écho.

— Le jour de la fête du saint !

— Et dans le quartier des impies ! lança un moine aux yeux brûlants.

La procession s'était arrêtée. Les hommes de tête avaient posé les bannières où flottait l'effigie de saint Hilaire, le patron de la ville. Derrière, une cohorte de fidèles portait, sur un drap brodé d'or et de pourpre, un sarcophage dont la dalle de pierre avait été ôtée. Un symbole de renaissance que les fidèles touchaient de leurs mains superstitieuses avant d'y jeter une obole. La première à voir le chat, une tripière du marché, se signa et s'écria en vacillant :

— J'ai vu ses yeux. La braise de l'enfer. Je suis maudite.

Deux robustes commères la saisirent au moment où elle s'écroulait terrassée par sa propre peur. Aussitôt, le moine saisit son crucifix et se précipita. À la vue de la croix, la tripière hurla de plus belle.

— Seigneur Dieu, protège-moi du Mal.

Le moine, un dominicain, se tourna vers la foule. Il rentrait du comté de Toulouse où il avait traqué les derniers restes de l'hérésie albigeoise. Une œuvre pour la plus grande gloire de Dieu qui consistait à déterrer des morts, suspectés d'hérésie, pour les embraser ensuite en place publique. Il suffisait d'une simple rumeur, d'une seule dénonciation, pour jeter un corps au bûcher. Comme il ne restait plus de vivants à livrer aux flammes, l'Église brûlait désormais les morts. De sa traque de cadavres, le dominicain avait acquis un regard fixe et incandescent. On l'avait envoyé à Poitiers pour former de jeunes recrues aux méthodes expéditives et définitives de la Très Sainte Inquisition.

— Écoutez-moi, au nom de Dieu, et craignez Sa colère ! J'ai vu le diable de près.

La foule frémissante recula. Un des porte-bannières tomba à genoux, tremblant de tous ses membres. La voix exaltée du moine éclatait entre les murs des façades closes.

— Je l'ai vu dans les orbites vides des morts, je l'ai vu dans le rire muet des crânes, je l'ai vu dans la pourriture grouillante des linceuls…

Le dominicain pivota vers le haut de la rue. Dédaigneux, le chat continuait de se prélasser sur les marches de l'escalier.

— … Je l'ai senti dans l'odeur putride des cimetières, je l'ai touché dans la chair corrompue des damnés, et aujourd'hui, je le reconnais, je le retrouve à nouveau…

Il tendit un doigt accusateur vers le perron de la maison Aboulia.

— Il est là.

Paris
Donjon du Temple

Foulques n'était jamais rentré dans la salle du trésor. La taille de la pièce le surprit. Deux longs murs se perdaient dans l'ombre tandis que de la voûte perlait un goutte à goutte lancinant qui s'écrasait en cadence sur le dallage glacé. Au pied d'un contrefort, un anneau rouillé se pétrifiait peu à peu.

— Selon les anciens, précisa Payraud qui venait de surgir d'un escalier à vis, c'est ici qu'on enfermait les premiers chrétiens avant de les offrir en pâture aux fauves affamés.

Foulques s'approcha du mur. Des croix grossières étaient gravées dans la pierre, entourées de figures stylisées de poissons. Il ôta son gant et toucha les graffitis. Les mains qui les avaient taillés n'étaient plus que poussière. Pourtant, les preuves de leur foi étaient toujours là. Au-delà des siècles.

— Nous avons découvert ces « caves » en creusant les fondations du donjon. Bien sûr nous les avons conservées et discrètement utilisées.

Tout en inspectant la paroi, Rigui buta sur l'angle d'une des dalles qui dépassait du niveau du sol. Étonné, le chevalier se pencha. La dalle vacilla légèrement sous son poids. Le Grand Visiteur s'approcha, dégaina son épée et enfonça la pointe dans la rainure entre les deux pierres plates. À la grande surprise de Foulques, la lame entière disparut dans la fente. Payraud se tourna vers la partie la plus obscure de la pièce et frappa dans ses mains.

Un homme surgit.

Vêtu d'une bure de moine, il semblait jaillir des ténèbres. Il marchait lentement, tâtant du pied nu les irrégularités du sol. Quand il arriva près de Foulques, il passa son orteil sur la dalle.

— Coffre de saint André, annonça-t-il d'une voix caverneuse, province de Chypre.

Devant la mine stupéfaite de son frère, Payraud expliqua :

— Chaque coffre correspond à une des régions administratives du Temple et chacun porte le nom d'un saint.

— Mais alors, il y en a...

— Plus de trois cents. Adhémar, retourne-toi et compte quatre pas.

Le moine, la capuche rabattue sur le visage, s'exécuta. Sa voix retentit comme une corne de brume :

— Coffre de sainte Blandine, province de Paris.

— Mais comment fait-il, s'exclama Foulques, pour identifier chaque emplacement ?

Le Visiteur de France s'agenouilla sur une des dalles et de la main fit voleter la poussière qui en recouvrait la surface. À son tour, Foulques s'accroupit. À l'angle supérieur droit de la pierre, un sceau apparut. Un cercle au centre duquel se devinait un chiffre en latin.

— Adhémar ! intima Payraud.

La bure noire se rapprocha tandis qu'un pied aux ongles ébréchés caressait l'épiderme granuleux de la pierre.

— Coffre de saint Namphaise, province du Quercy.

— Je n'ai jamais vu pareille sensibilité du toucher... s'étonna Rigui.

Payraud se releva et doucement fit glisser la capuche du moine. Deux orbites creuses apparurent.

— ... sauf chez les aveugles.

Poitiers
Rue des Juifs

Sarah venait de surgir du jardin. Derrière elle, un bruit de porte brisée retentit au milieu des hurlements de haine. Le sang bourdonnait à ses oreilles. Elle franchit le portail et s'élança au hasard. Une odeur âcre de fumée la rattrapa. Elle courait dans une venelle étroite, entre deux murs noirs et aveugles, tandis que le tocsin sonnait dans la ville. À un moment, elle heurta une pierre en saillie et hurla. Terrifiée par son propre cri, elle se figea contre la paroi. Son cœur sautait dans sa poitrine. Elle se sentit glisser contre le mur. Ses jambes se dérobaient. Une barre de fer rougi brûlait ses poumons à chaque inspiration. Un instant, elle n'eut plus qu'une envie. Celle de s'effondrer au sol, d'enfouir son visage dans la terre humide du chemin et ne plus jamais respirer. La voix angoissée d'Aboulia retentit dans sa mémoire. Il lui fallait fuir. Elle se releva. Ses cuisses tremblaient encore, mais elle se remit à courir. Serré dans sa main, elle tenait le dernier présent de son père, le seul talisman qui pouvait la sauver encore : une croix rouge sang.

Paris
Donjon du Temple

Le Grand Visiteur avait congédié l'aveugle. Foulques était encore agenouillé. Il venait de découvrir une dalle toute noire. Il glissa sur ses genoux pour atteindre le centre du monolithe. D'un coup de gant, il fit se lever la poussière, découvrant un signe gravé. Cette fois, c'était un triangle au milieu duquel étaient sculptées en relief sept lettres étranges. Rigui se tourna vers Payraud.

— Et cette dalle, elle correspond à quelle province ?

— Aucune. C'est une tombe.

Foulques se releva et contempla la pierre. Au-dessus du signe, un écusson était gravé. Rigui le reconnut aussitôt. Le même que celui sur lequel il avait prêté serment lors de son initiation dans la chapelle Saint-Denis. Les armes de Roncelin de Fos. Payraud le prit aux épaules.

— Depuis notre retour forcé d'Orient, il a été décidé que le Temple se devait de constituer un trésor pour la reconquête de la Terre sainte. Un trésor immense, sans précédent. De quoi armer la plus importante flotte de tous les temps et faire traverser la mer à des centaines de milliers d'hommes.

À ses paroles, Rigui sentit un frisson parcourir son échine. Le Grand Visiteur continua :

— Aujourd'hui, les temps ont changé. Le Temple ne conduira pas l'ultime croisade. Alors nous devons protéger notre secret.

Foulques n'osait plus parler.

— Ainsi, dans chaque province, j'ai ordonné qu'une commanderie, une seule, soit la dépositaire de toutes les autres. Puis, de là, j'ai fait converger les fonds dans la commanderie de l'Épine.

Le Grand Visiteur ôta son sceau et le transmit au chevalier.

— Rends-toi là-bas et fais-toi remettre le trésor. Tu me l'apporteras ici. Je veux qu'il soit à disposition pour la réunion du 13.

Payraud frappa du talon une des pierres au hasard. Un son creux résonna un instant.

— J'ai fait vider tous les coffres. Si les hommes du roi parviennent jusqu'ici, ils ne trouveront rien.

Le chevalier passa la bague à son annulaire avant d'interroger son aîné.

— N'est-ce pas risqué d'amener le trésor à Paris, à portée de main du roi ?

— Il n'y restera pas.

Rigui contemplait la dalle noire. Payraud surprit son regard.

— Depuis longtemps, nous avons une cache prête à défier les siècles.

Le visage de Foulques prit un air incrédule.

— Si le pape et le roi décident de notre perte, je doute fort qu'une simple cachette échappe à leur perspicace voracité.

Pour la première fois, depuis leur entretien, Payraud sourit. Il se retourna et fit jaillir son épée enfoncée entre les pierres.

— C'est notre maître secret Roncelin qui a conçu

cette cache. Il a aussi imaginé le secret qui permet de la trouver. La Parole sacrée.

Le Visiteur saisit son épée par la lame.

— La Parole, pour qui la comprend, ouvre la porte du saint des saints. Elle est constituée de sept lettres. Approche-toi.

Foulques obéit.

— Je te donne la première lettre. Prononce-la à ton tour.

Le chevalier s'exécuta.

— Je te donne la deuxième. Répète-la.

Rigui articula le son étrange à l'oreille du Grand Visiteur.

— Tu connais les deux premières lettres. Les frères du conseil ont les cinq suivantes.

Sans prévenir, Rigui fit tomber le pommeau sur le triangle au centre de la dalle. Les lettres sculptées volèrent en éclats.

— Désormais, à part nous, la Parole est perdue.

34

De nos jours
Paris
10e arrondissement

La 307 se traînait sur le boulevard de Strasbourg, noir de circulation. Même la file réservée aux bus et taxis était engorgée. Le chauffeur indien marmonnait des insultes dans sa langue natale en observant les rabatteurs des boutiques de beauté black qui alpaguaient les femmes à la sortie du métro Château d'eau. Le chauffeur pesta :

— *Bahan Tchowd.*

— Ça ressemble à une insulte, murmura Antoine à la jeune femme.

— Je préfère ne pas connaître la traduction.

Derrière les vitrines s'entassaient des amoncellements de perruques de toutes les couleurs, des fers à défriser, des cartons de produits aux noms improbables. Un minuscule bout d'Afrique en plein 10e arrondissement. Imperméable aux charmes exotiques du coin, Antoine se pencha vers le siège du chauffeur.

— On est vraiment pressés. Ça risque aussi de coincer après la gare de l'Est. Essayez de prendre rue de Paradis juste avant l'angle avec le boulevard.

— Ça va rouler, grommela le chauffeur.

— Je ne crois pas, répliqua Marcas, qui se tourna vers la jeune femme. Alors c'est quoi, cette affaire de trésor des templiers ?

Elle soutint son regard.

— C'est une longue histoire.

— Vu le bouchon, on a largement le temps.

Gabrielle Delsignac affichait un air grave.

— Mon oncle n'a pas toujours été jésuite. Il a été marié... et il a même eu une fille. À l'époque, il travaillait comme professeur d'histoire médiévale à la Sorbonne, spécialiste de Philippe le Bel et de l'ordre du Temple. Un vrai érudit, invité à des colloques partout dans le monde.

Son visage se détendit.

— Sa femme, elle, n'avait pas son pareil pour organiser des dîners où se pressaient universitaires et chercheurs. Ils formaient un couple extraordinaire, ils étaient beaux, brillants et la vie leur souriait. Avec ma cousine, Marie, nous étions très proches, presque comme deux sœurs. Je passais la plupart de mes vacances avec elle.

Elle marqua un silence. Comme pour contrôler une vague d'émotions qui remontait de loin. Dehors, des coups de klaxons rythmaient le ballet lent des voitures. Antoine restait silencieux.

— L'existence de mon oncle a basculé le 25 juillet 1995. Ce jour-là, sa femme et sa fille ont pris le RER à Saint-Michel pour aller faire les magasins rive droite. Elles étaient dans le mauvais wagon, au mauvais moment, le mauvais jour. La bonbonne de gaz, remplie de clous, dissimulée par les islamistes les a pulvérisées. Les secours n'ont trouvé que des lambeaux éparpillés dans toute la rame.

Sa respiration se fit plus lente.

— Dire que Jean a été anéanti est un mot faible. Après une longue dépression et deux tentatives de suicide, il est parti dans un monastère. Il a disparu pendant cinq ans. Et puis, un jour, il est revenu, sans prévenir. Mes parents ont été stupéfaits : il était devenu jésuite. Il a repris son appartement et jeté tout ce qui rappelait son passé. Jusqu'à la moindre photo de sa femme et de ma cousine.

Le profil de la jeune femme était éclairé par un rayon de soleil. Antoine se sentit troublé sans savoir pourquoi.

— Je suis désolé.

— C'est tellement lointain... Vous savez, il s'est attaché à moi, je lui rappelais sa fille et très vite il est devenu un second père pour moi, d'autant que le mien n'était pas présent, trop occupé à gérer ses cabinets de courtage. Au fil des ans, mon oncle m'a transmis le virus de l'histoire et j'ai naturellement suivi ses traces à la Sorbonne. Ensemble, nous avons parcouru toute la France des abbayes, des cloîtres et des cathédrales. Chartres, Cîteaux, Vézelay, Jumièges... « Il aimait entendre chanter les pierres », c'était son expression favorite.

— Ça n'explique pas sa double appartenance à la maçonnerie. Jésuite et initié...

La 307 avait ralenti pour stopper net. Le chauffeur lança une bordée de jurons en hindi. Devant eux, un bus était arrêté par un camion de livraison mal garé. Le taxi ne pouvait changer de file, la portion de chaussée était séparée par un petit muret de béton. La jeune femme sortit un bâtonnet pour s'humecter les lèvres. Antoine apprécia la sensualité du geste. Elle poursuivit, à voix basse :

— Jean est entré en maçonnerie à l'époque où il était maître de conférences. Une démarche classique dans le milieu universitaire. Je pensais qu'il avait arrêté après la disparition tragique de sa famille et sa conversion... C'était une erreur.

— Comment l'avez-vous su ?

— Il y a un mois, lors d'un dîner, il m'a raconté une histoire stupéfiante. Pendant sa dépression, un de ses frères de loge lui avait conseillé de se rendre dans un centre de prière et de recueillement tenu par un jésuite.

— Curieuse recommandation.

— N'oubliez pas que Jean faisait partie d'une obédience pour laquelle la croyance au Grand Architecte de l'Univers est une obligation, et qui garde des contacts avec les gens d'Église, du moins les plus ouverts. C'est là-bas qu'il a été converti. Selon lui, l'épreuve effroyable qu'il avait subie était une étape. Dieu lui avait confié une mission. Sa vie d'homme, de profane, était morte. Il était devenu, à sa façon, un serviteur de Dieu. À son retour dans la vie civile, il a intégré une nouvelle loge, en marge de son obédience. Composée exclusivement de gens d'Église.

Antoine émit un sifflement.

— C'est la première fois que j'entends ça. Et pourquoi vous l'a-t-il révélé ?

Elle se massa la tempe et écarta une mèche de cheveux.

— Il m'a parlé comme à une sœur et non à une... nièce. J'avais été initiée le soir même de ma soutenance de thèse. Jean était très fier de moi. Mon livre, *La Croix et le Compas*, n'est d'ailleurs qu'une version allégée de ma thèse sur la symbolique maçonnique dans l'histoire.

Antoine était captivé par le récit de la jeune femme et sentait qu'il tombait sous le charme. Elle s'aperçut de son regard appuyé.

— Sa loge d'adoption opère en marge de l'obédience. Peu de gens étaient au courant de son existence et même ceux-là ne connaissaient pas son but, tout juste qu'elle suivait un rituel d'origine templière et se réunissait dans un endroit tenu secret, non loin de l'hôpital du Val-de-Grâce.

— Son but ?

— Protéger un secret perdu depuis la nuit des temps. Celui des templiers. Mais il n'a pas voulu préciser la nature du secret.

Elle hocha la tête.

— Oui. Mon oncle était persuadé que l'un des frères allait trahir l'Ordre. Il ne connaissait pas son identité. Il m'a dit que, s'il lui arrivait malheur, il fallait récupérer l'Abraxas.

Le chauffeur indien fulminait contre un scooter.

— Petit con. Pas le droit d'être là. Moi te dénoncer.

Le jeune conducteur lui fit un doigt d'honneur en souriant et fila le long du bus.

La jeune femme prit le sceau entre ses mains. L'Abraxas, mi-homme, mi-coq, luisait sous le rayon de soleil.

— Cette chose me fascine et me dégoûte. Elle est responsable de la mort de mon oncle.

— Il faut la décrypter. Vite.

— J'ai peut-être une idée...

Un autre scooter s'était faufilé sur la voie des taxis et s'arrêta au niveau de la vitre d'Antoine. Le chauffeur du taxi s'était penché sur le siège passager et pestait contre le scooter. La conductrice, les cheveux débordant du casque, portait un blouson de cuir clouté auquel s'accrochait un passager.

— Interdit aux motos. Vous dégager !

Antoine et Gabrielle échangèrent un sourire. Le scooter ne bougeait pas. Marcas croisa le regard de la conductrice. Les mêmes yeux. Marcas saisit la main de Gabrielle.

— Écoutez-moi attentivement. Sur ma droite, la femme sur le scooter, c'est celle qui a essayé de m'enlever. Le type derrière doit être le tueur de l'appartement. Ouvrez la porte de votre côté et foutez le camp.

Elle eut un moment d'hésitation et rangea le sceau dans son sac.

— Foncez ! lança Marcas qui, au même instant, ouvrit violemment sa portière passager.

La conductrice du scooter ne put esquiver le choc. Elle tomba à la renverse. Son dos heurta le bord du trottoir tandis que son passager valsait contre une poubelle qui s'affaissa avec fracas. Gabrielle jaillit de l'autre portière et courut à travers la chaussée, zigzaguant entre les voitures à l'arrêt. Le chauffeur de taxi se retourna, furibond.

— Vous pas bouger cria-t-il à Marcas qui brandit sa carte de police.

— Je suis flic, toi comprendre !

L'Indien l'agrippa par la manche de son blouson.

— Rien à foutre. Toi payer ! Portière abîmée et course.

De l'autre côté de la 307, les motards se relevaient péniblement. Marcas supputa qu'il lui restait peu de temps pour s'enfuir. Il repoussa brutalement le chauffeur et jaillit de la voiture. Il fila entre les véhicules à l'arrêt et aperçut Gabrielle qui lui faisait des signes devant une boutique afro. Antoine connaissait vaguement le quartier, il savait qu'il y avait un passage avec des restaurants turcs à quelques dizaines de mètres, mais le trottoir était noir de monde.

Il repéra une boutique de produits de beauté spécialisée.

— Par ici. On n'a pas le choix.

Ils poussèrent la porte du magasin et s'engouffrèrent à l'intérieur, bousculant des clientes qui inspectaient les rayonnages. Ils étaient les deux seuls Blancs dans les rayons. Le magasin était plus grand qu'il n'y paraissait et s'enfonçait en profondeur. Ils coururent tout au fond vers la caisse.

Dehors, Lucas et la Louve s'étaient relevés. Ils avaient poussé le scooter contre le trottoir.

— Le salopard. Il va payer la note.

Le chauffeur de taxi s'était approché.

— Vous pas le droit d'être voie réservée. Vous casser portière.

Lucas l'ignora et tendit le doigt en direction des fuyards.

— Ta gueule.

Il brandit sous son nez un Beretta, noir et luisant. L'Indien le regarda, stupéfait. La Louve hurla :

— Je les ai vus. Dans le magasin. Là-bas.

Elle arracha son casque et le jeta à terre. Ses cheveux roux ruisselèrent sur le cuir de son blouson. À leur tour, ils traversèrent le boulevard, laissant le chauffeur de taxi debout devant sa portière défoncée, hurlant des imprécations.

Dans le magasin, Antoine et Gabrielle se faufilèrent entre les clientes qui faisaient la queue et foncèrent vers l'entrée d'une sorte de débarras où l'on entrevoyait des piles de cartons.

La patronne de la boutique, une Camerounaise en boubou noir et or, les arrêta, l'air autoritaire.

— *Ekié !* Vous comptez aller où comme ça, les *guingérous* (*blancs*) ?

Les clientes leur jetèrent des regards surpris. Marcas brandit à nouveau sa carte. Il allait régler ça rapidement.

— Police, inspection surprise.

La commerçante ne se laissa pas démonter et le toisa d'un air ironique.

— Vos collègues sont déjà passés la semaine dernière pour nous faire la surprise, aussi. Vous les *beaux-frères* (*blancs*), vous pouvez pas arrêter les voyous au lieu de persécuter les commerçants ? On s'est groupés avec les *petites* (*copines*) pour déposer plainte pour harcèlement contre les *mangent mille* (*policiers*). Montrez votre nom et votre grade, je vais appeler mon avocat.

— Sympa les expressions, ça va enrichir mon vocabulaire, murmura Gabrielle.

Marcas regarda en arrière. Derrière la vitrine, la rousse et son complice s'approchaient dangereusement. Il changea de tactique : ces temps-ci, la carte de police n'impressionnait pas grand monde. Il sortit deux billets de vingt euros qu'il donna à la fille.

— Montrez-nous l'issue de secours. C'est pour vos frais d'avocat.

La patronne le regarda d'un air méfiant puis empocha les billets.

— La police qui me donne du fric ! *Ekié*. Un miracle, sainte mère de Dieu. Toi et ta *Ngo* (*femme*) passez dans la réserve et, au fond, il y a une *mapane*.

— Une quoi ?

— Une porte. Elle donne sur une coursive. À cinquante mètres, il y a une autre sortie vers la rue du faubourg Saint-Denis.

La porte du magasin s'ouvrit avec fracas. Les silhouettes de la Louve et de Lucas se découpèrent dans la porte. La commerçante lança un regard contrarié.

— Encore deux *Mbengués* (*Français*). C'est la première fois que j'en vois autant dans une seule journée. Ça va faire fuir les clientes.

Marcas sortit un dernier billet de vingt euros.

— Et ça c'est pour les ralentir.

— *Tcha moi l'os* (*ça marche*) *!* Filez et ne faites pas tomber les cartons, c'est fragile.

Les fuyards entrèrent dans la réserve qui sentait la vanille et la laque. Ils contournèrent une grosse table sur laquelle était posée en équilibre une pile de cartons de shampoings. La porte de service était ouverte. Une adolescente jetait des cartons vides les uns après les autres dans un container défoncé. Dans le magasin, la patronne avait fermé la porte de la réserve et s'était mise devant la caisse. Elle vit arriver la Louve et Lucas et lança à la cantonade aux clientes :

— Les *Yoyettes* (*jeunes femmes branchées*) ! Y a deux *guingérous* qui arrivent.

— Et alors, ils ont le droit de s'acheter des perruques, répondit une cliente métisse.

— Gaffe, c'est des *cochons grattés* (*Blancs mal intentionnés*) !

Toutes les femmes se tournèrent vers les deux intrus

puis, comme par enchantement, elles commencèrent à vociférer entre elles. Ça criait dans tous les sens, la queue se disloquait pour former un magma informe qui bloqua la Louve. Trois grosses femmes en boubou jaune s'étaient collées formant une muraille infranchissable, empêchant la Louve et Lucas de s'approcher de la caisse. La caissière continuait dans le plus pur style camerounais.

— Faut ralentir les deux *chiens verts* (*fils de putes*) !

La Louve essaya de pousser l'une des trois. Tout d'un coup, les masses jaunes s'entrouvrirent pour la laisser se fondre dans le groupe de clientes menaçantes. Les insultes fusaient :

— Salut, les *chiens verts* !

— Ça pue le *chien vert*, ici.

— Elle a une belle tête de *bordelle* (*prostituée*), la *Ngo*.

La muraille jaune se reforma derrière elle, la coupant de Lucas qui faisait des grands gestes pour se frayer un chemin de son côté, sans succès. La Louve intercepta le regard amusé de la caissière et comprit. Elle sortit son Beretta de son blouson et tira en l'air. La détonation stoppa net la volière. Elle tira une seconde fois. Les clientes affolées prirent peur et s'enfuirent vers la porte d'entrée, renversant au passage les présentoirs chargés de tubes et de flacons. Un vent de panique parcourut le magasin, créant le vide autour de la Louve. Elle pivota sur elle-même.

— Où sont-ils, ma beauté ?

La Noire ne se laissa pas impressionner. Elle la fusilla du regard.

— Elle veut *me sissia*, celle-là (*me faire peur*) ! *Mouf* (*fous le camp*) !

Lucas sortit son Walther TPH et visa la tête de la commerçante.

— Je comprends pas ce que tu me dis. Ça va peut-être t'aider à parler le français.

La Camerounaise recula et indiqua la porte de la réserve.

— Là-bas !

La Louve fit un signe à Lucas qui, d'un geste précis, appuya sur la détente.

— Je n'aime pas les Noirs qui aident les Blancs. C'est votre problème à vous les Blacks, il faut résister à l'oppression impérialiste occidentale.

Le coup parti, un rond de sang se dessina sur son épaule dénudée. La jeune femme, interloquée, eut juste le temps d'ouvrir la bouche puis s'effondra en arrière sur une étagère pleine de bouteilles de parfum. La Louve avait poussé la porte de la réserve et cria :

— Je les vois !

35

De nos jours
Vatican

La chaleur du jardin avait laissé place à la fraîcheur du déambulatoire. Des prélats en soutane saluèrent respectueusement le pape et son secrétaire qui marchaient à un bon rythme. Ils prirent un petit escalier qui menait à un ascenseur installé là par son prédécesseur. À ses débuts dans la cité papale, Hemler se perdait facilement dans le labyrinthe de la cité du Vatican. La superficie n'était pas grande, mais des kilomètres d'escaliers, de couloirs parcouraient la cité. Il avait découvert, émerveillé, les coulisses de ce théâtre de la religion. Une armée de fonctionnaires civils, de religieux, zélés, travaillaient jour et nuit pour assurer le bon fonctionnement de l'institution. Il avait découvert un petit supermarché, une poste, un terrain de football et même une gare, construite sous Mussolini, mais qui n'était plus utilisée.

L'ascenseur les déposa au deuxième étage du bâtiment, le plus moderne, de la Curie. Ils traversèrent un grand couloir habillé de dorures et de boiseries et débouchèrent dans la salle de réunion favorite du pape. L'ancien hall aux génuflexions, transformé en salle de réunion. Le pape avait tenu à organiser la rencontre, non pas au siège de l'IOR, mais sur son territoire, pour bien marquer la solennité de l'événement.

Un garde suisse leur ouvrit la porte. À l'intérieur, cinq hommes étaient assis autour d'une table marquetée rectangulaire, un cardinal et quatre hommes en civil. À l'arrivée du souverain pontife, tous se levèrent et inclinèrent la tête. Le cardinal Almeida, représentant de la Curie auprès de l'IOR, s'approcha et vint baiser l'anneau du pêcheur.

— Ma joie est profonde de vous voir en vie, Saint-Père. Tout le conseil de surveillance a le cœur en fête.

Hemler dévisagea les autres hommes, des quinquagénaires aux visages gris et fermés, qui ne rayonnaient pas vraiment de bonheur.

— Je ne pourrais pas en dire autant. Veuillez vous asseoir.

Les hommes échangèrent des regards gênés. Le pape s'installa sur le fauteuil principal, à larges accoudoirs. Le cardinal s'éclaircit la gorge, jeta un coup d'œil circulaire aux visages fermés des hommes assis autour de la table.

— Très Saint-Père, nous avons ici le directeur financier exécutif de l'IOR, le dottore Pasquale, à sa droite le conseiller Borsa, chargé des opérations d'investissements, de l'autre côté de la table, le signor Pragua, responsable de la branche immobilière et, tout au bout, Ettore Olibio, l'auteur du rapport que vous avez reçu.

On frappa à la porte. Un garde suisse vint chuchoter à l'oreille de Hemler qui approuva et se pencha à son tour contre l'oreille du pape.

— C'est le camerlingue. Je l'ai prié de venir. Il peut nous être utile.

Le pape hocha la tête. Le petit cardinal salua l'assemblée et s'assit sur une chaise contre le mur. Les yeux bleus du pape inspectèrent les visages des participants à la réunion. Il n'y avait pas la moindre trace d'empathie dans son regard. Il prit la parole :

— Merci. J'ai découvert avec effarement le rapport de l'inspection financière. J'ai quelques questions à vous poser. Je vous prierais d'être clair et précis dans vos réponses.

Le cardinal tentait de se concentrer sur un petit ordinateur portable allumé devant lui.

— Saint-Père, voulez-vous que l'on prenne note des interventions de cette réunion ? Je peux appeler mon secrétaire, qui attend dans la pièce attenante ?

— Non. Je veux des explications. Pour le moment. Ma première question est la suivante. Comment ce Madoff vous a-t-il piégé ?

L'homme ajusta sa cravate et soutint le regard du pape.

— Mon adjoint m'a abusé. Il a passé des ordres au fil des mois. Pour être court, il a mis en place ce que l'on pourrait appeler une double comptabilité. Je n'ai rien vu. Les ordres de virement étaient masqués par d'autres opérations pour brouiller les pistes.

Le pape fit jouer ses doigts sur la table.

— En clair, vous êtes un imbécile doublé d'un incapable. Parfait. Quelqu'un peut-il m'expliquer comment l'escroc... américain a réussi à entrer dans la place ?

Le directeur des investissements répondit d'une voix qui se voulait assurée.

— En préambule, il faut vous expliquer sa technique. Bernard Madoff a créé un fonds d'investissement réservé à de très riches clients, des banques et des fonds de placement. Pour entrer dans ce fonds, les clients devaient investir une somme minimale de dix millions de dollars. Madoff leur garantissait un rendement de 15 % chaque année, un taux très largement au-dessus de la moyenne du marché. Au fil des ans, les riches clients en ont parlé à leurs amis qui placèrent à leur tour de l'argent dans ce fonds. Si l'on excepte les grandes banques, aux États-Unis, il a opéré essentiellement dans la communauté juive et, en Europe, il a agréé des agents commissionnaires, des sortes de courtiers, très bien implantés dans les milieux d'affaires ou au contact de grandes familles aristocratiques. Ces agents étaient eux-mêmes rétribués sur un pourcentage des sommes récoltées par leurs soins. À son apogée, il avait récolté près de soixante-cinq milliards de dollars.

Le pape leva la main pour l'interrompre.

— Je ne comprends pas. Comment les clients ne se sont-ils jamais aperçus de rien ? Comment leur versait-il les rémunérations promises ?

— Une partie de l'argent confié par chaque nouveau client dans le fonds servait en partie à payer les intérêts des anciens clients. Le système aurait pu continuer longtemps s'il n'y avait pas eu la crise des *subprimes*. En 2008, les marchés s'effondrent, de nombreux clients exigent leur argent pour éponger une partie de leurs pertes. Madoff ne peut plus payer et c'est la chute. Il est arrêté par le FBI.

Le pape ne cilla pas.

— Je réitère ma question, comment le loup s'est-il introduit dans notre bergerie ?

Le directeur des investissements leva le bras.

— L'un des agents de Madoff en Italie, le conseiller Stanza, était aussi courtier pour l'IOR. Un descendant d'une très vieille famille de banquiers florentins, au pedigree au-dessus de tout soupçon.

— Même chez les chiens de race, il y a des bâtards..., murmura Hemler.

Le pape émit son premier sourire. Le directeur continua :

— Ce courtier s'est mis en cheville avec un de nos membres en fuite, il y a environ six ans de cela. Au début, il a placé des sommes raisonnables, puis au vu des rendements il a augmenté la mise.

— Et il s'est ouvert au passage un compte personnel pour encaisser des commissions en toute illégalité, lança l'auteur du rapport du fond de la salle.

Le directeur piqua du nez.

— En effet. Toujours est-il qu'il a opéré comme ce jeune trader d'une banque française qui a défrayé la chronique l'année dernière. Il a pris des positions trop fortes. Et le jour où l'escroquerie de Madoff a été révélée, il s'est couvert auprès des marchés en s'appuyant sur notre parc immobilier. Avec la complicité de l'agent italien de Madoff qui gérait ce parc.

— Pourquoi n'y a-t-il pas eu de signaux d'alerte? Vous étiez son supérieur.

— Il avait trafiqué les circuits financiers. Et puis tant qu'aucun créancier ne réclamait son dû, rien n'apparaissait. Bien des banques et des fonds d'investissement institutionnels ou privés ont subi ce genre de... mésaventure.

— Délicat euphémisme pour catastrophe. Et maintenant, ma seconde question. Quelles sont vos propositions?

Un long silence s'installa, finalement rompu par le cardinal Almeida.

— Les immeubles étant gagés, il faut emprunter sur les marchés. Je vous rappelle que cela fait quatre ans que nous finissons sur un exercice comptable négatif. Deux cent cinquante millions de recettes pour deux cent cinquante-quatre millions de dépenses. Les recettes baissent d'année en année. Et pour emprunter, il faut fournir des garanties.

L'un des banquiers éleva légèrement la voix :

— Et le denier de Saint-Pierre, Très Saint-Père? C'est une ressource régulière. Soixante-cinq millions d'euros proviennent du monde entier chaque année.

Le pape écarquilla les yeux.

— Êtes-vous devenu fou? Comment croyez-vous que les fidèles vont réagir? Le scandale va être énorme. Vous voyez les curés finir leur prêche dominical en mendiant de l'argent pour rembourser les banquiers? Autre chose?

Le directeur de l'IOR leva la main.

— Un plan social… Le Vatican emploie un peu moins de trois mille salariés, ça laisse de la marge et il n'y a pas de syndicat pour s'y opposer. Cela montrerait notre bonne volonté si l'on emprunte sur les marchés. Diminuer la masse salariale rassure les banques et les fonds. C'est exactement la démarche des États endettés qui taillent dans les rangs des fonctionnaires.

Le rapporteur répliqua :

— Vous oubliez que nos salariés sont très peu payés. Le salaire moyen tourne autour de neuf cent cinquante euros.

— C'est stupide. Nous ne sommes pas une multinationale qui met sur le carreau ses salariés. Je m'y refuse.

— On peut temporiser deux à trois semaines maximum, c'est tout. Il faut se résoudre à liquider les trois quarts du parc immobilier. Les loyers que nous encaissons de nos immeubles romains atteignent à peine trente millions d'euros.

— Et dans ce cas, l'Église n'a plus de filet de sécurité. Tout ce qui a été accumulé au fil des siècles par mes prédécesseurs sera dilapidé. Le Vatican sera un colosse aux pieds d'argile qui s'effondrera à la prochaine tempête. Je ne peux m'y résoudre.

Le cardinal Almeida prit la parole :

— Et si nous profitions du contexte, notre Saint-Père a survécu à son attentat. Pour célébrer ce miracle, il peut très bien lancer l'édification d'une nouvelle basilique pour remercier son saint protecteur, Sébastien. Ce sanctuaire pourrait être dédié à toutes les victimes du terrorisme dans le monde entier. Ça stimulerait les fidèles.

Le directeur de l'IOR approuva :

— C'est une très bonne idée. Un appel aux catholiques du monde entier pour qu'eux aussi remercient le ciel et envoient leurs dons. Le marketing au service de la foi.

— Je n'y suis pour rien. L'idée date d'une vingtaine d'années, après l'attentat contre Jean-Paul II. Son secrétaire particulier avait trouvé cette solution pour financer la rénovation d'un sanctuaire en Pologne.

Le rapporteur intervint :

— Ça peut se tenter mais ça va prendre au moins six mois, entre le lancement de cette quête mondiale et le transfert des fonds.

Le pape hocha la tête.

— Merci de nous enlever toute espérance… Mais vous avez raison, c'est trop long.

Un silence s'installa à nouveau. Plus pesant. Chacun était muré dans ses pensées, attendant que le pape les congédie.

Le cardinal camerlingue se leva et s'approcha du pape. Il chuchota à son oreille :

— Il existe une ultime solution, Saint-Père.

Le pape leva la tête, ses yeux étaient fatigués.

— De quoi parlez-vous ? Vous ne connaissez rien aux affaires financières…

— Je dois m'entretenir seul avec vous.

— Ce n'est pas le moment.

Le cardinal posa une main ferme sur l'épaule du pape. Un geste contraire à toutes les règles du protocole.

— Il le faut.

Le pape fronça les sourcils.

— Il s'agit d'un secret, Saint-Père.

Les hommes assis autour de la table essayaient de tendre l'oreille. Le petit cardinal murmura d'une voix melliflue :

— Tu es Pierre et sur cette pierre je bâtirai ton Église.

— Merci, je connais cette phrase.

— Elle a un autre sens. Le tombeau, Saint-Père. Le tombeau du premier des papes. Celui qui gît sous la basilique…

— De quoi parlez-vous ?

— Il est temps de m'accompagner dans la tombe. Comme l'ont fait vos prédécesseurs avant vous.

36

Senlis
Grange dîmière
12 octobre 1307

Longue comme une église, fortifiée comme un château, la grange des moines de l'abbaye de Chaalis, près de Senlis était leur fierté. C'est là qu'après les moissons, les paysans venaient payer la dîme. De toutes les paroisses de cette terre à blé, des charrettes tirées par des bœufs luisants de sueur convergeaient pour déposer, aux pieds du collecteur d'impôts, des sacs gonflés de grains qui faisaient la richesse de l'abbaye. Installé à l'ombre d'un pigeonnier, le receveur de la dîme ouvrait son grand livre et consignait les dépôts. Près du puits, un moine silencieux tenait une cruche à boire et, une fois la redevance payée en nature, offrait l'eau et une bénédiction. Le paysan, lui, s'agenouillait, baisait la robe de bure et priait pour pouvoir payer l'impôt l'an prochain. Mais le printemps glacial, suivi de violents orages, avait provoqué une récolte catastrophique. Ce mois de juin, le receveur avait attendu en vain que l'on vienne lui apporter des grains, quant à la cruche d'eau, elle était demeurée intacte sur la margelle du puits. Les paysans, eux, étaient trop occupés à dévorer le moindre brin d'herbe encore vert, pour penser à payer la dîme.

C'est dire si le prieur de l'abbaye de Chaalis n'avait fait aucune difficulté pour louer à l'Inquisiteur de France sa grange désormais vide. L'endroit, situé à quelques lieues de Paris, desservi par des routes rapides, et entouré par des forêts royales, était le lieu idéal.

Idéal pour interroger les templiers.

C'est Bertrand de Got qui l'avait déniché lors de ses missions pour le compte de Guillaume de Paris. Depuis que Nogaret l'avait mis au service de l'Inquisiteur, Bertrand travaillait à tendre le filet qui allait se refermer sur le Temple. Chaque semaine, il envoyait un compte rendu codé à son oncle. Le pape disposait ainsi d'une araignée fidèle au centre de la toile.

Une fois la grange louée, c'est Guillaume de Paris lui-même qui avait supervisé l'aménagement des lieux. Le neveu du pape savait seulement que les sous-sols serviraient de cellules et l'étage de salle d'interrogatoire. Discrètement, Paris avait fait venir des quatre coins du royaume des dominicains rompus à la pratique intensive de la *question*. Depuis longtemps, l'Inquisiteur de France avait établi une liste des meilleurs praticiens en ce domaine. Il n'avait eu qu'à choisir.

Devant la grange, Guillaume de Paris attendait. Une lourde charrette bâchée venait d'arriver. Des hommes au regard fuyant déchargeaient des pièces de bois, d'autres, une capuche sombre rabattue sur le visage, les assemblaient. Plus loin, un ferronnier tordait des lames de métal en arc de cercle. À ses côtés, un aide les reliait entre elles. En s'approchant, Bertrand comprit qu'il montait une cage de fer cylindrique. Vu l'étroitesse de la taille, seul un homme en position fœtale pouvait y tenir. Sans la moindre émotion dans la voix, Guillaume de Paris expliqua :

— Les Italiens appellent cela la torture de *l'œuf*; on

glisse le prisonnier dans sa cage, puis on le suspend à une corde.

Bertrand fit sa révérence. Il n'avait pas vu l'Inquisiteur depuis plusieurs jours. Ce dernier rentrait de la chasse, les bottes souillées de boue. Et comme toujours, quand il revenait des marais, ses yeux brillaient d'exaltation.

— Ensuite, on balance la corde. Au bout d'une heure de ce mouvement régulier, le suspect vomit son propre sang. Généralement il a parlé avant.

À l'entrée de la porte à deux battants, un charpentier taillait des trous circulaires dans une barrique vide.

— Plus larges, les ouvertures du bas ! (L'Inquisiteur se tourna vers Bertrand.) Elles permettent de faire passer les pieds. Celles du haut servent pour les mains.

Bertrand hocha la tête avec prudence. Depuis qu'il travaillait pour Guillaume de Paris, il se méfiait. L'homme était imprévisible de caractère, redoutable d'intelligence.

— Une fois le prisonnier enfermé dans le tonneau, seuls ses pieds et ses mains dépassent et, bien sûr, il ne peut les rétracter. Alors on les enduit de graisse animale.

Un instant, le neveu du pape eut la vision de deux moignons enflammés tandis qu'un bourreau jetait un brandon sur les chevilles.

— Je vois dans vos yeux une lueur d'incendie, vous devez apprendre à mieux maîtriser vos pensées intimes.

Le front plissé, Bertrand baissa la tête.

— Seigneur, j'étais en train d'imaginer à quel supplice pouvait servir pareil instrument.

Tout en lui répondant, l'Inquisiteur passa le seuil de la grange.

— On descend le tonneau dans une cave, le plus souvent près d'une rivière...

Bertrand leva des yeux interrogateurs.

— Les rats sont très friands de graisse fraîche.

À l'intérieur, les instruments de torture s'alignaient sous la charpente. Là où sommeillait le grain pendant l'hiver se tenaient un chevalet, un fauteuil à pointes, une table à vis... Certains étaient dissimulés sous des linceuls blancs. Sous la poutre maîtresse, un menuisier achevait une cage en osier.

— C'est un supplice qui vient d'Orient. L'osier est entrelacé de manière que, une fois le prisonnier enfermé, aucune partie de son corps ne puisse être accessible. Sauf le haut du crâne.

Intrigué, Bertrand se pencha. Sur le couvercle finement tressé, un orifice de la taille d'une pièce de monnaie donnait à l'air libre.

— Regardez en haut, intima Guillaume.

Accrochée à la poutre une outre de cuir pendait avec, à son extrémité la plus basse, un minuscule robinet de bois. L'inquisiteur fit un signe et un des aides monta sur l'échelle pour tourner lentement la vis de buis. Une goutte tomba, suivie d'une autre. Pile dans l'ouverture de la cage d'osier.

— À chaque instant, jour et nuit, une goutte frappe le crâne du suspect. À ce jour, aucun n'y a résisté.

— Et ils parlent? interrogea Bertrand.

— Pas tout de suite. D'abord ils deviennent fous.

Le neveu du pape se figea.

— Ensuite ils avouent.

Une à une les machines prenaient place sous la charpente où persistait encore une odeur de grains. Les servants posaient les pupitres où viendraient s'asseoir les greffiers. Plumes, encre, parchemin vierge étaient disposés sur chaque bureau. Bertrand compta une quarantaine de tables.

— Les greffiers et les tourmenteurs se relaieront toutes les quatre heures. En général c'est plus que suffisant pour obtenir des aveux définitifs.

— Et pour les récalcitrants? interrogea le neveu du pape.

Guillaume de Paris montra une cloison. Hâtivement

monté avec des planches à peine équarries, ce mur improvisé isolait un réduit au fond de la grange.

— C'est là que les inquisiteurs les plus chevronnés interrogeront les réfractaires.

Intrigué, Bertrand passa dans le fond. Un pigeon s'envola quand il pénétra dans la pièce. Il n'y avait aucun instrument de torture. Seul un tabouret semblait abandonné dans la pénombre. Guillaume entra à son tour. Bertrand lui jeta un regard surpris.

— Le meilleur des inquisiteurs n'a besoin ni d'écarteleur, ni de pince rougie pour faire avouer un suspect. Il suffit qu'il parle.

La voix de Paris avait pris un ton suave, presque jouissif.

— J'ai connu à Carcassonne, un tourmenteur qui, par le simple don de parole, parvenait à faire avouer les plus forcenés des hérétiques. Dieu lui avait donné la grâce de créer la terreur par le pouvoir du verbe.

Bertrand sentit comme un serpent froid se glisser entre ses omoplates et onduler dans son dos. Il sortit de la pièce.

— D'ailleurs, continua le Grand Inquisiteur, sa réputation finit par le précéder. Et les hérétiques trouvèrent une parade.

— Laquelle ? s'inquiéta Bertrand.

L'air subitement rêveur, Guillaume passa une main sur la panse rebondie d'une jarre d'huile. Bouillante, on la versait sur l'entrejambe des suspects.

— Pour ne pas parler, ils se sectionnaient la langue.

Pris d'un haut-le-cœur, le neveu du pape s'arrêta.

— Avec leurs propres dents.

Un messager entra. Il tendit un tube de cuir à l'Inquisiteur.

— Messire Nogaret vous transmet le premier rapport d'interrogatoire des templiers qu'il a personnellement questionnés.

Guillaume s'assit sur un tabouret, brisa les scellés et

déplia un parchemin qui craquait légèrement. Sous le plancher, un bruit de chaînes retentit un instant, puis disparut.

— Nogaret nous simplifie la tâche, annonça l'Inquisiteur de France, il a déjà déterminé cinq chefs d'accusation, du plus humain au plus sordide. Sodomie, parjure, sorcellerie...

Bertrand contemplait la charpente. Une carène de bateau renversée.

— Eh bien, tu n'es pas intéressé de connaître les griefs contre les frères du Temple ? s'agaça Paris en passant au tutoiement d'autorité.

— Pour sûr, Monseigneur, simplement je regardais la charpente en forme de navire. Elle me fait penser à l'arche de Noé.

L'Inquisiteur changea aussitôt de ton.

— Depuis quand vois-tu dans les œuvres des hommes des signes de Dieu ?

Bertrand tourna un regard surpris vers Paris.

— Monseigneur, c'est une simple analogie. Rien de plus. N'y voyez pas mal.

— Le Mal est partout.

De nouveau, le neveu du pape sentit son dos frissonner.

— Monseigneur...

— Le Mal est comme une herbe folle. Elle rampe, invisible, et finit par tout envahir. Voilà pourquoi il faut la couper dès la racine.

L'Inquisiteur se rapprocha. Bertrand sentit son souffle haleter près de son oreille.

— Ainsi tu vois la main de Dieu dans une charpente ?

Le neveu du pape réprima un tremblement qui montait des jambes.

— T'a-t-il déjà parlé ?

Guillaume lui saisit les mains.

— Tu L'as vu ?

Bertrand tomba à genoux.

— Seigneur, pardonnez-moi parce que j'ai péché !

Un éclat de rire se répercuta entre les murs de la grange et fit se retourner les greffiers qui prenaient place.

— Tu vois, reprit Guillaume, qu'avec le pouvoir de la langue on peut tout.

Le visage, tendu et blême, Bertrand voulut se lever. Le regard de nouveau froid de l'Inquisiteur l'en dissuada.

— Et toi, de quoi es-tu capable pour briser la nature humaine ?

D'un coup Bertrand bondit sur le plancher.

— Mettez-moi à l'épreuve.

— Descends au sous-sol. On a aménagé des cellules. Dans celle du fond tu trouveras un suspect.

Le neveu du pape réfléchit. Quatre jours auparavant, il avait vu arriver un prisonnier. Un certain Guilhem.

— Le moine ?

— Oui, il est accusé de profanation de cadavres.

Bertrand prit garde que ses prunelles ne le trahissent pas. Il se dirigea vers l'escalier. La voix de l'Inquisiteur l'arrêta sur la première marche :

— Fais comme tu veux, mais fais-le parler.

Forêt de l'Épine

La chaleur était tombée d'un coup.

Foulques tendit le bras et saisit la gourde qui battait sur l'encolure du cheval. Depuis leur départ de la commanderie, il n'avait pas encore bu une seule goutte d'eau. Autour de lui, les visages ruisselaient de sueur. Nul cependant, dans l'escorte, n'avait voulu ôter sa cotte de mailles. Certains chevauchaient même la main sur le pommeau de l'épée. Depuis des années, la région n'était plus sûre. Brigands venus du Berry, routiers en quête de razzias, hérétiques poursuivis par l'Inquisition, le Poitou abritait une faune sauvage sans foi ni loi. Tout autour du chemin qui serpentait le long de la rivière, les collines étaient jonchées de chênes. Un couvert sans fin d'où la mort pouvait survenir à tout moment. Le cri perçant d'une buse, fondant du ciel, sur une proie invisible, fit hennir les chevaux. Le guide qui conduisait la troupe leva le bras en signe d'arrêt. En contrebas du chemin, des frênes au feuillage languissant formaient un coin d'ombre au bord de l'eau. Un endroit parfait pour échapper au soleil au zénith. Avant de faire desseller les chevaux, le guide désigna deux hommes pour sentinelle. Le premier posta son arbalète à l'orée du chemin, le second partit discrètement en patrouille le long de la berge et se dirigea vers les trois chevaux de trait. Sur les harnais, des bourses de toile pendaient comme de vulgaires sacs à grains. Six par chevaux. Toute la fortune du Temple. Quatre sergents d'armes les surveillaient avec attention. Des rustres, devenus soldats, pour échapper à la misère et au servage, mais dont l'Ordre avait su faire des hommes. L'un d'eux, en passant devant Foulques, porta la main à plat sur sa poitrine en signe de respect. Le chevalier lui répondit.

Depuis quelque temps pourtant, il ne faisait pas bon rappeler que l'on avait combattu en Orient. Les templiers qui avaient versé leur sang pour défendre la Terre sainte n'étaient plus en odeur de sainteté. Dans la forêt, Rigui avait écouté les hommes. Tous parlaient de la réputation de l'Ordre. Le peuple racontait mille rumeurs et calomnies sur les templiers On disait qu'ils adoraient le diable, qu'ils forniquaient entre eux à la manière de Sodome... Rigui toucha son épaule meurtrie par le poids du bouclier et grimaça. Lui, qui avait combattu à Saint-Jean-d'Acre, ne savait qu'une chose : l'esprit des croisades ne soufflait plus sur l'Occident.

Comme Foulques mettait pied à terre, un groupe de paysans apparut sur le chemin. Des gueux, vêtus de haillons, qui encadraient une charrette tirée par un mulet aux côtes saillantes. Dans un lit de foin, une femme haletait, le visage convulsé. Le chevalier s'approcha. C'était une jeune fille, les yeux bordés de cernes et les lèvres blanches comme le sel. D'un coup, son corps trembla, secoué de spasmes. Rigui recula. Une odeur immonde montait de la paille. Un soubresaut plus violent découvrit ses mains et le chevalier s'aperçut qu'elles étaient attachées au montant de la charrette. Des liens de cuir rêche suintaient de sueur et de sang.

— Pour l'amour de Dieu, pourquoi avez-vous attaché cette malheureuse ?

Le gueux qui conduisait le mulet loucha d'abord sur le pavois orné de la croix pattée avant de répondre :

— Votre Seigneurie devrait passer son chemin et ne pas tant s'approcher. Cette femme est possédée du démon. Elle est comme la vipère, remplie du venin de la mort.

— Une sorcière ?

Tous les paysans se signèrent d'un coup. Certains, la face rongée de peur, sous la crasse et les ans, s'écrièrent en chœur :

— Le diable la possède…

— La maudite a jeté un sort sur les récoltes…

— Elle attire le mal sur nous autres…

— Elle se fait chevaucher par Satan, les nuits de lune pleine…

Foulques leva la main droite pour réclamer le silence. La jeune femme gémissait. Une frange d'écume coulait de sa bouche. Il se pencha tandis que les oraisons et les exorcismes bourdonnaient sur toutes les lèvres. Il ôta son gantelet et toucha le bras de la prisonnière. Ses muscles étaient durs et figés comme de la pierre. Autour de lui, les paysans formaient un cercle, à la fois fascinés et craintifs. Il posa sa main sur le front et du pouce souleva une paupière, l'œil tournait comme une bille folle.

— On l'a trouvée dans la forêt. Elle avait les pieds en sang.

— Elle est damnée, cracha une voix.

— Qu'on la brûle, glapit une autre.

Le chevalier saisit sa dague. Le silence tomba brusquement.

— Elle n'est pas possédée du Malin, elle est simplement malade. À Chypre d'où je viens...

Un murmure incertain flotta un instant.

— J'ai déjà vu pareils symptômes. Là-bas, on le soigne avec des plantes venues d'Orient.

— Des plantes du diable, oui... lança un paysan, ici on n'aime pas trop ceux qui viennent de par-delà la mer. Ils apportent des maladies...

Rigui haussa les épaules et ficha la pointe de la dague entre les lèvres de la jeune femme.

— Si on ne lui ouvre pas la bouche...

D'un geste rapide, il fit tourner en vrille le pommeau.

— ... elle risque de s'étouffer.

Une dent se brisa, libérant un passage pour la lame. Aussitôt le chevalier fit levier entre les mâchoires. La langue surgit lovée au fond de la gorge.

— Une vipère... hurla une voix de femme... le démon est en elle.

Foulques saisit la chair humide et tira d'un coup. Un cri rauque jaillit de la gorge de la victime. Aussitôt le cercle de gueux se disloqua comme une couvée d'oisillons apeurés.

Assis sous l'ombre des saules, l'escorte observait le spectacle. La plupart de ses hommes avaient combattu en terre infidèle et ils avaient vu plus de prodiges et de merveilles qu'une vie ne suffirait à conter. La peur éperdue des paysans ne leur inspirait qu'un souverain mépris. L'un des sergents, un arc en bandoulière, se dirigea vers les chevaux et inspecta les sabots. Le chemin avait été rude. Poussière, soleil et silence. Les montures étaient épuisées et nerveuses. Un rien pouvait les rendre imprévisibles. Délicatement le sergent inspectait chaque sabot et retirait de minuscules cailloux avec un couteau à manche de corne. Rigui l'appela.

— Toi, viens m'aider.

Il avait détaché la femme et la portait sur son épaule, tête en bas. Ses longs cheveux dénoués traînaient dans la poussière. Elle respirait par saccades comme si la vie hésitait encore à revenir dans ce corps. Près de la charrette, les paysans s'étaient rassemblés et tenaient conciliabule. L'un d'eux serrait du poing une fourche édentée. Un autre frappait le sol de son bâton noueux.

Arrivé près du chevalier, le sergent fit glisser discrètement une flèche de son carquois avant de la poser à plat sur son arc.

— Frère, j'ai l'impression qu'ils t'en veulent.

— Pour avoir sauvé une femme ? répliqua Foulques.

— Pour les avoir frustrés d'un magnifique spectacle, celui de cette femelle grillant sur un bûcher.

— Arme ton arc.

Le sergent fit glisser la corde dans l'encoche de la flèche. Autour de la charrette, les paysans s'agitaient. D'un coup de reins, le chevalier fit glisser son fardeau sur un des chevaux de bât. Il saisit les rênes et les noua autour de la taille de la femme couchée sur la selle. Ses poings fermés battaient dans l'air. D'un coup, l'un s'ouvrit.

Une petite croix rouge tomba. Foulques la ramassa.

— Je crains fort, reprit le sergent, qu'ils ne nous laissent pas partir en paix.

Rigui se retourna. Un des gueux venait de saisir une pierre. Sa pomme d'Adam montait et descendait le long de son cou décharné. Il avait peur. Et il avait raison.

— Flèche, hurla Foulques en fermant les yeux.

Un cri brusquement interrompu, puis le choc sourd d'un corps sur le sol. Quand le chevalier rouvrit les paupières, les paysans étaient figés comme ces statues des apôtres que l'on voit autour d'une mise au tombeau.

Foulques s'approcha du cadavre. La flèche lui avait traversé la gorge. D'un coup de pied, il retourna le corps. C'était à peine un adolescent. Il se dirigea vers les gueux et sortit une bourse de dessous son pourpoint.

— Combien?

Un vieillard au crâne pelé se précipita.

— Seigneur, il aidait son père aux champs.

Le chevalier jeta une pièce au sol.

— Seigneur, il avait déjà la force d'un homme.

Une seconde pièce tinta avant de s'immobiliser dans la poussière.

— Seigneur, il...

— Suffit, le coupa Ruigi, dis-moi le prix pour la femme.

Le vieux recula en crachant par terre.

— Le diable l'a déjà payée pour toi.

37

De nos jours
Paris 10e arrondissement

Antoine et Gabrielle couraient dans la coursive encombrée de détritus et de cartons vides. Des odeurs de cuisine épicée le disputaient aux relents de produits chimiques d'un pressing. Un petit groupe d'hommes en casquette et débardeur obstruaient le passage. Ils s'échangeaient des petits paquets entre eux.

— Police, on ne bouge pas.

Les hommes interrompirent net leur trafic, échangèrent des regards inquiets puis décampèrent en un clin d'œil. Marcas ne ralentit pas sa course et jeta à la jeune femme :

— Je commençais à me demander si la police avait encore un semblant d'autorité dans ce pays.

Au moment où ils arrivèrent sur la rue du Faubourg-Saint-Denis, un coup de feu claqua du fond de la coursive. La balle se fracassa sur le pan d'un mur lépreux. Antoine prit la main de Gabrielle et fonça de l'autre côté de la rue.

Un camionnette Ford était stationnée devant un dépôt de vêtements. Moteur allumé, deux hommes chargeaient des caisses scotchées de toutes parts.

— Tu as déjà volé une voiture, ma sœur?

— Tu ne vas pas...

— Côté passager à mon signal.

Ils se rapprochèrent de l'utilitaire. À la sortie de la coursive, leurs poursuivants allaient apparaître d'une seconde à l'autre. Il pivota vers le livreur, il fallait attendre qu'il disparaisse à l'intérieur du magasin. Le type prenait son temps. Il venait de poser un carton et reprenait son souffle devant la cargaison. Les secondes s'écoulèrent, interminables, comme du plomb fondu qui tombe goutte à goutte. L'homme ne bougeait toujours pas. Gabrielle jetait des regards désespérés en direction de la ruelle. Elle cria :

— Là!

Marcas aperçut la rousse qui jaillissait, une arme à la main.

— On fonce.

Ils se précipitèrent sur le véhicule de livraison. Marcas s'engouffra à l'intérieur, à la place du conducteur. Gabrielle apparut devant la vitre, côté passager et monta sur le siège. Au moment où il voulut refermer sa portière, un bras apparut et une main large comme un battoir agrippa son blouson. Le livreur se dressa à ses côtés. Un Turc, massif, le visage carré.

— *Gotunu sikyim* (*Je t'encule*)*!* Sors de là ou je t'explose.

— On fait le tour du monde de l'insulte avec toi, dit Gabrielle à Marcas. Démarre!

— Je peux pas, ce dingue me bloque.

La rousse et l'autre type couraient vers la camionnette, leurs silhouettes grossissaient inexorablement dans le rétroviseur. Soudain, Antoine repéra une grosse clé à molette sur le tapis de sol, côté passager. D'un geste rapide il la saisit et frappa le poignet du livreur. L'homme poussa un hurlement et lâcha Marcas qui en profita pour claquer la portière.

Il passa la première et appuya à fond sur la pédale d'accélérateur. Le moteur rugit de douleur. Antoine eut juste le réflexe de braquer le volant pour éviter la voiture garée devant eux. Un horrible bruit de tôle froissée résonna dans toute la rue. Les passants s'étaient arrêtés pour assister à la scène.

Deux autres coups de feu claquèrent. Les balles transpercèrent la tôle et passèrent entre les têtes des fuyards avant de traverser le pare-brise. Marcas ne distingua plus rien, la vitre s'était constellée de minuscules éclats feuilletés. Il passa la tête au-dehors pour voir la rue. Il cria à Gabrielle :

— Prends la clé et frappe le pare-brise.

L'utilitaire zigzaguait dans la rue, accrochant le pare-chocs d'une autre voiture. Derrière eux, la Louve et Lucas couraient. Gabrielle saisit l'outil et donna de grands coups répétés. Les bouts de pare-brise se détachèrent au fur et à mesure. Un autre coup de feu éclata, pulvérisant le rétroviseur gauche. Antoine passa la seconde, se cala contre le siège et eut enfin une vue plus dégagée de la rue.

— Oh non !

Devant eux, à vingt mètres, la file de voitures était à l'arrêt. Il rétrograda et ralentit brutalement. Il jeta un œil en arrière, leurs poursuivants étaient toujours derrière eux. Ils grignotaient leur retard. Antoine avisa la rue d'Enghien sur la droite, juste après une boulangerie. Il tourna à fond, la camionnette dérapa vers l'arrière. Gabrielle montra un panneau.

— C'est en sens interdit…

— On n'a pas le choix. Accroche-toi.

Il appuya à nouveau sur l'accélérateur. La Ford fonça dans un hurlement de douleur mécanique.

— On va y arriver ! cria Marcas. On va les avoir, ces salopards !

La Louve et Lucas étaient toujours à leur poursuite, ils venaient de tourner au coin de la rue.

— Ils sont au bout, on peut les rattraper, s'écria Lucas.

La Ford avait parcouru la moitié de la rue quand tout à coup un énorme camion poubelle vert tourna à l'ange de la rue d'Hauteville et s'engagea dans leur direction.

— C'est pas vrai, hurla Antoine. Dégage.

L'éboueur vit la Ford et klaxonna. Marcas se retourna : les deux tueurs étaient à quelques immeubles de là. Il appuya sur l'accélérateur.

— On va se le prendre, lança Gabrielle

— Pas le choix.

Le camion poubelle n'avait pas ralenti. Dans sa cabine, le chauffeur éructait et faisait des gestes désespérés.

La Ford s'arrêta pile à dix centimètres du pare-chocs. Deux éboueurs sautèrent de leur marche pied arrière, en hurlant de colère. Antoine saisit le sac qui contenait le blason.

— Notre balade touristique n'aura pas duré longtemps. Tout le monde descend !

Ils jaillirent de la Ford et coururent le long de la rue d'Hauteville. Antoine essaya de se repérer. Il fallait foncer vers les Grands Boulevards. Derrière, la rousse et son copain ne faiblissaient pas.

— Ils ne lâchent pas. Plus vite.

Gabrielle avait du mal à reprendre son souffle.

— Je ne vais pas tenir longtemps, glissa-t-elle.

Le boulevard n'était plus très loin. Il ralentit l'allure. Son corps donnait des signes de fatigue. La station Bonne-Nouvelle se rapprochait, mais les deux tueurs regagnaient du terrain.

— Ils sont teigneux. On est presque arrivés. Un peu de courage.

Ils ne mirent que quatre minutes pour arriver sur le boulevard de Bonne-Nouvelle. La circulation était tout aussi chargée que sur le boulevard de Strasbourg. Il vit des taxis, occupés. Pas un seul flic en vue.

— Je ne peux plus courir, Antoine.

— À droite, le métro.

La station était en face d'eux. Ils s'y précipitèrent en trombe. La Louve et Lucas se rapprochaient.

— On va les coincer, cria la tueuse avec un air de triomphe.

Ils dévalèrent à leur tour les escaliers de la bouche de métro. Les deux fuyards venaient juste d'escalader les portillons d'accès. Antoine croisa leurs regards. Ils ne pourraient pas les distancer. Il regarda les panneaux indicateurs de la RATP.

— La 8 ou la 9 ? Vous choisissez quoi ?

— La 8, chiffre symbolique signifiant l'infini.

— Suivons les signes... Va pour la 8, direction Créteil.

Ils dévalèrent les escaliers. Le quai était plein à craquer. Antoine avait la gorge sèche, un goût amer remontait dans sa bouche. Gabrielle était à bout de souffle. Ils bousculèrent les voyageurs pour accéder en tête de station. Le panneau électronique indiquait une attente de deux minutes avant l'arrivée de la prochaine rame.

— Plus vite, gronda Marcas. Plus vite.

— On va où ensuite ? demanda la jeune femme.

— Le plus loin possible.

La Louve était parvenue à l'autre extrémité du quai. Lucas arriva sur ses talons.

— On ratisse le quai.

Ils avancèrent rapidement, dévisageant les voyageurs. En bout, Antoine jetait des coups d'œil désespérés vers le panneau électronique.

1 minute.

La Louve et Lucas remontaient inexorablement le quai. Elle touchait au but. Elle les embarquerait et ensuite prendrait son temps pour s'occuper d'eux. Surtout le type, ce Marcas. Elle aimait les hommes pleins de ressource. Elle gardait un excellent souvenir d'un agent du contre-espionnage anglais infiltré dans un camp à Beyrouth, il avait passé une nuit entière de souffrance avant de lâcher les informations nécessaires. Une belle nuit de torture savamment administrée... Elle vit le panneau lumineux.

1 minute.

Elle pressa le pas, la main droite à portée de son Beretta. Soudain, elle les vit. Assis contre le mur à une dizaine de mètres, pas plus, derrière une masse compacte de voyageurs. Juste à côté, deux SDF éclusaient de la bière en chantant d'une voix éraillée. Un sourire mauvais éclaira son visage. Elle dit à Lucas :

— Au fond, à droite.

Marcas repéra la rousse, lui aussi. C'était trop tard. Les tueurs seraient sur eux avant que la rame n'arrive. Il fallait trouver autre chose. Le panneau électronique était toujours bloqué sur le chiffre 1. De l'autre côté du quai, la prochaine rame en direction de Balard arrivait dans une minute. Il chuchota à Gabrielle :

— Tu as de l'argent sur toi ?

— Oui. Je dois avoir vingt ou trente euros.

— Donnez-les-moi.

Elle sortit trois billets de dix euros. Il les prit et tendit le cou vers l'un des SDF. Il leur chuchota quelque chose. Le SDF le regarda d'un air méfiant mais empocha les billets. Antoine se retourna vers Gabrielle.

— Tu as confiance en moi ?

— Pourquoi cette question ?

— La flingueuse nous a repérés, elle arrive avec son homme de main, bien avant que la rame ne soit à quai. La seule solution, c'est de traverser les voies et de grimper de l'autre côté.

— T'es dingue ? J'ai pas envie de m'électrocuter.

— C'est le seul moyen. Écoute-moi, il faut juste que tu n'entres pas en contact avec le rail de conduction et une autre partie métallique.

— Ils vont faire pareil que nous.

— Oui, mais nous avons des amis...

La Louve bousculait les voyageurs sans se soucier de leurs réactions. Les cibles étaient quasiment à sa portée. Elle riva son regard sur celui de Marcas, le genre de type un peu trop sûr de lui. Elle saurait le mater. Elle ne voyait pas le visage de la femme. Soudain, l'homme se leva avec sa compagne. Elle crut discerner un sourire sur son visage.

— Lucas, prends sur la droite.

Marcas et Gabrielle s'avancèrent vers le bord du quai, comme si de rien n'était.

1 minute.

Un petit groupe de voyageurs séparait la Louve et Lucas des deux fuyards. Soudain, l'un des clodos se leva à son tour et se rua sur la rousse.

— T'es canon, poupée. Tu veux pas me faire un câlin ?

L'autre SDF se colla contre Lucas.

— T'as pas cent euros, mon pote ?

Au même moment, Marcas se jeta sur la voie. Il atterrit pile entre les deux rails. Une femme hurla. Antoine tendit les bras à Gabrielle qu'il attrapa à la volée. Gabrielle, elle, atterrit sur son pied gauche mais fut déséquilibrée par son sac. Elle vacilla, son pied droit dérapa et ripa. Marcas l'attrapa juste avant qu'il ne touche le rail de conduction.

Il vit les deux phares de la prochaine rame qui arrivait à l'autre bout du quai. Les voyageurs hurlaient. Les deux fuyards traversèrent les rails et atteignirent l'autre quai.

Les clochards s'agrippaient aux tueurs. La Louve les voyait s'échapper, elle essaya de se dégager de l'étreinte du SDF.

— Un petit bisou, ma belle. Rien qu'un.

D'un geste, elle dégaina son pistolet, le colla contre le ventre du clodo et tira à bout portant. Le clodo vacilla sur lui-même et s'effondra.

Un vent de panique gagna les voyageurs qui se

ruèrent vers la sortie. La Louve tenait son pistolet à la main en regardant Antoine et Gabrielle, de l'autre côté du quai. Elle sauta à son tour entre les rails. Lucas, pris par le flot, ne pouvait pas accéder au bord du quai.

La Louve se redressa comme un félin. De l'autre côté, la rame entrait en station. Elle eut à peine le temps de croiser à nouveau le regard de Marcas, puis la rame coupa son champ de vision. Elle pivota, mais l'autre rame arrivait en sens inverse. Elle recula de justesse vers l'intérieur du tunnel pour éviter l'impact.

Gabrielle allait monter quand Antoine la stoppa.

— Non. La ligne va être arrêtée dans les deux sens. C'est la procédure de sécurité quand quelqu'un se jette sur les rails. Nous allons prendre la 9. Comme quoi les signes, ça marche pas à tous les coups.

Ils grimpèrent à nouveau les escaliers et prirent le couloir qui menait à l'autre ligne. Deux minutes plus tard, ils étaient assis dans le wagon. Elle était essoufflée, son maquillage avait coulé. Antoine lui prit la main.

— Comment ça va ?

— Étrange question ! Mon oncle a été décapité. Deux tarés nous ont tiré dessus, j'ai volé une camionnette, et on a manqué de se faire électrocuter en traversant les voies d'un métro. À part ces menus détails, ça va.

Marcas laissa échapper un sourire.

— Je vais appeler l'ami que nous devions voir et qui connaissait ton oncle. Il va nous apporter son aide.

Elle resta un long moment silencieuse puis sortit le sceau en pierre du sac. Elle passa son doigt sur les inscriptions et la tête du monstre hybride. Sans quitter le blason du regard, elle dit d'une voix blanche :

— Allons plutôt chez moi. Les tueurs ne me connaissent pas. Je vais t'aider pour le blason.

— Il y a des risques à m'accueillir...

— Je dois bien ça à mon oncle. Il m'a toujours dit

que la peur est la pire des conseillères. Et puis, quand on est maître maçon, on est censé ne plus avoir peur de la mort, non ? Ou on m'aurait menti ?

Le cran de cette femme le bluffait.

— Rue Vieille-du-Temple ? C'est ça ?

— Comment tu sais ?

— Mon vénérable ne m'a pas donné que ton numéro de portable.

Elle jeta un œil au plan du métro collé sur la paroi du wagon.

— Les frères sont d'incorrigibles bavards. En changeant à République, on prend la 11 jusqu'à Hôtel-de-Ville. Après, c'est à dix minutes à pied. Une bonne douche me fera du bien. À toi aussi d'ailleurs. J'ai connu mieux comme odeur corporelle masculine.

— Notre rencontre baigne déjà dans un pur romantisme...

Il passa la main sur le blason.

— Tu crois pouvoir déchiffrer ce symbole ?

Elle leva la tête.

— Pour décrypter ce sceau Abraxas, il manque un objet.

Il la regarda, intrigué.

— Et cet objet est chez moi.

38

Senlis
Grange dîmière
Jeudi 12 octobre 1307

L'escalier plongea rapidement dans l'ombre avant de déboucher dans le sous-sol. Le pavement était formé de galets ronds sur lesquels Bertrand trébucha. Il se rattrapa à un pilier et attendit que ses yeux s'habituent à l'obscurité. Bientôt, sur le côté gauche, une suite de raies lumineuses apparut sur le sol : des lignes étroites et parallèles qui se succédaient jusqu'au fond de la grange. La lumière tombait de fines ouvertures dont la suite rythmait l'épaisse austérité du mur. Entre chaque meurtrière, un anneau était scellé dans la pierre en attente d'un suspect. Bertrand s'avança, prenant garde de ne pas chuter de nouveau. Une odeur entêtante de cuir flottait dans la salle. Sans doute, les moines devaient y parquer des troupeaux. À mi-parcours, dissimulé derrière un pilier, un lumignon brûlait faiblement. Plus bas, un corps gisait dans du fourrage. Une main sur le pommeau de son épée, Bertrand examina le prisonnier. Ses deux mains étaient prises dans des grésillons, des menottes de fer, préalablement rougies au feu. Au niveau des poignets, la chair s'était rétractée, dévoilant muscles noircis et nerfs à vif.

Le neveu du pape grimaça. Visiblement, on avait commencé les réjouissances sans lui.

— Vous cherchez quelqu'un... ou quelque chose ?

Bertrand se retourna. Un homme venait de surgir. Petit, malingre, le nez camus, une protubérance saillait entre ses omoplates. Il s'avançait avec lenteur, se balançant sur ses jambes grêles.

— Vous regardez ma bosse ? Vous voulez la toucher ?

Bertrand recula. Il avait toujours eu en horreur les nains. Même si, à la cour de son oncle, ces êtres ridicules et contrefaits amusaient courtisans et visiteurs. Comme animaux de divertissement, il préférait les chiens.

— Que me veux-tu, nabot ?

— Mon nom est Jean.

Le neveu du pape cracha sur les galets.

— Vous savez ce qu'il y a sous ma bosse ?

Dans la paille, le prisonnier gémit. D'un coup, il battit des jambes.

— Des ailes qui attendent pour s'ouvrir. Comme les anges.

Bernard retourna vers le suspect. Le bossu le rejoignit. Essoufflé, il s'appuya contre le pilier.

— Il s'appelle Guilhem. On le soupçonne d'une folle passion pour les cadavres.

— Il les viole ?

Le bossu ricana.

— Croyez-vous que les inquisiteurs aient du temps à perdre ? S'il fallait torturer tous les braves gens qui ont commerce charnel avec des morts ou des animaux, on n'en finirait plus.

— Alors ?

Jean saisit le lumignon et s'approcha du prisonnier. Sous la lumière vacillante, le visage de Guilhem parut plus blanc, plus jeune. Presque paisible. Un adolescent plongé dans un sommeil sans rêves.

— Non, lui, ce n'est pas pour le plaisir. C'est plus

grave. Il ouvre, il dépèce, il mutile… pour un tout autre besoin.

— Enfin, vas-tu me dire de quoi on l'accuse?

Le nabot remonta la lampe à l'huile sous son menton. En un instant, il ressembla à un de ces noyés que l'on retire, vert et difforme, de l'eau croupie des marais.

— D'un crime sans pardon : la soif de connaissance.

Abbaye de Ligugé
Salle des audiences

— Très Saint-Père, s'inclina le cardinal de Suissy, je suis à vos ordres.

Courbé sur sa table de travail, le pape releva la tête et laissa filtrer un regard gris-bleu sur son collaborateur.

— Que pensez-vous des juifs, cardinal?

La question surprit le prélat. Habitué aux négociations diplomatiques avec les puissants de ce monde, il ne s'intéressait guère aux tribulations des Hébreux.

— Saint-Père, ce sont eux qui ont mis à mort le Christ. Depuis, ils sont maudits de Dieu.

— Ainsi, selon vous, si, il y a quelques jours, les juifs de Poitiers ont vu leurs biens pillés, leurs maisons brûlées, c'est par la volonté de Dieu?

— Bien sûr, comment le Tout-Puissant pourrait-il pardonner à cette race impie qui a tué son propre Fils?

— Mais le Christ lui-même ne nous a-t-il pas commandé de pardonner à nos ennemis?

— Très Saint-Père, la parole de Jésus ne doit pas toujours être prise à la lettre. C'est pour cela que saint Pierre a fondé notre Église pour dire la vérité et ainsi éclairer le chemin de tous les hommes.

— Et que dit l'Église, quand une populace déchaînée, excitée par des moines, massacre ses semblables?

— Elle dit que c'est la volonté de Dieu.

Le pape porta la main à son ventre.

— Je suppose donc que c'est à la volonté de Dieu que je dois le meurtre de mon médecin juif, ce qui me prive de ses services et m'abandonne à de cruelles souffrances.

Le visage du cardinal se rembrunit.

— Très Saint-Père, nul ne peut juger de la volonté du Très-Haut.

Clément V hocha la tête.

— Et pour les templiers, cardinal ? J'ai là un courrier de mon mien neveu qui m'assure que leur arrestation est imminente. Selon vous, que dois-je faire, m'en remettre à la Providence divine ou intervenir ?

En bon théologien, Suissy répondit aussitôt :

— Il s'agit d'affaires d'Église. Les frères du Temple sont sous votre autorité. Vous vous devez de prendre position.

— C'est déjà fait.

Le cardinal hocha la tête à son tour.

— Vous avez prévenu les templiers ?

Le pape laissa échapper un fin sourire.

— Oui… et non.

Senlis
Grange dîmière

— Ainsi vous n'avez jamais torturé, chuchota le nabot, c'est ce que m'a dit le Grand Inquisiteur. Même pas un chien, un chat ?

Le neveu du pape haussa les épaules et se dirigea vers une table appuyée contre le mur.

— Remarquez, vu votre carrure, vous avez dû vous attaquer à vos camarades de jeu, vous imposer brutalement par votre force. Ce qui vous a donné un sentiment inné de supériorité physique.

Posé sur le plateau, un triangle à quatre faces émergeait d'une pierre brute. Bertrand passa son pouce sur les arêtes luisantes, elles étaient tranchantes comme le fil d'une lame.

— Dans l'art de la torture, la force ne sert à rien. Pas

plus que l'impatience et les certitudes. Au contraire, il y faut un caractère subtil et une intelligence affirmée. Des qualités qui sont rarement l'apanage des…

— Cesse donc de pérorer, nabot, et dis-moi plutôt à quoi sert cette pierre du diable ?

Le nain s'approcha.

— On l'appelle le bouc des sorcières.

— Pourquoi ?

— Tu manques d'imagination. À quoi peut donc servir un bouc pour une hérétique en chaleur ?

Jean passa sa main rugueuse sur les côtés polis de la pyramide.

— On suspend le prisonnier au-dessus de la pierre, puis on le fait descendre avec lenteur. Quand la pointe pénètre les voies naturelles…

D'un coup, le neveu du pape recula.

— Celui-ci a beaucoup servi. Les faces sont bien lustrées.

Un cri monta de derrière les piliers. Bertrand se précipita. De nouveau les membres du prisonnier étaient secoués de mouvements spasmodiques. À chaque torsion, le fer des grésillons pénétrait dans la chair.

— De la mauvaise qualité, soupira le nain, elles vont céder.

— Il est réveillé ?

— Bientôt. Vous êtes prêt ?

Surpris, le neveu du pape demanda :

— Mais à quoi ?

Jean lui tendit un étrange objet en métal. Un bourgeon monté sur une tige terminée par l'anneau d'une clé.

— À le torturer.

Le nain tourna la clé. Le bourgeon s'ouvrit comme une fleur. En un instant, Bertrand comprit où il allait introduire cette rose assassine aux pétales de mort.

Enclos du Temple
Paris

Un à un, les dignitaires du Temple arrivaient pour participer à la réunion du lendemain. Du haut du donjon, Payraud entendit une cavalcade de chevaux qui passaient le châtelet d'entrée. Il se leva et jeta un regard sur la cour d'honneur. Le Grand Maître venait de mettre pied à terre et faisait tinter ses éperons d'argent sur le pavé. Autour de lui, sa garde d'honneur, dans des capes immaculées, paradait sur des chevaux aux naseaux fumants. L'un des cavaliers, dont l'armure étincelait sous le soleil, sauta de sa monture et brandit l'étendard du Temple. La croix rouge sang flotta au vent du nord. Précédé de l'oriflamme, Jacques de Molay se dirigea vers le donjon. Massé le long du mur d'enceinte, le peuple regardait en silence ce déploiement de faste.

Un instant, Payraud eut l'impression qu'ils étaient venus pour assister à une exécution capitale. Il chassa cette pensée et se concentra sur la tenue de la réunion. Il ne se faisait guère d'illusions. Une fois encore, il ferait part de ses craintes et, une fois de plus, le Grand Maître s'en moquerait. Le roi, un ennemi ? Une pure folie ! Le matin même, Jacques de Molay avait assisté à l'inhumation de la belle-sœur du souverain. Il avait même porté le cercueil. Il faisait quasi partie de la famille du monarque. D'ailleurs, n'était-il pas le parrain de sa fille ? Puis le Grand Maître entonnerait son couplet favori : Philippe ne veut que de l'argent, voilà pourquoi il s'agite. Mes frères, nous n'avons qu'à lui en prêter. Ainsi il restera notre ami et, en plus, nous ferons une bonne affaire.

Le Grand Visiteur quitta la fenêtre et revint s'asseoir près de la cheminée. Trois jours avant, il avait reçu la visite discrète de Bertrand de Got. Ce dernier lui avait révélé la mise en place d'un centre de détention et d'interrogatoire sur les terres de l'abbaye de Chaalis. Bien sûr, Bertrand en avait d'abord informé le pape. Et, dans sa grande mansuétude, le souverain pontife avait donné son accord pour prévenir les templiers.

Il suffisait que le Visiteur de France transmette cette information au Grand Maître et, aussitôt, Jacques de Molay se précipiterait pour dévaster préventivement l'abbaye.

Exactement ce que voulait le roi qui cherchait un prétexte pour abattre l'Ordre.

Exactement ce que souhaitait le pape qui voulait s'emparer de leurs richesses.

Hughes sourit. Il avait remercié Bertrand de Got en versant dans sa paume droite une émeraude. Quand le neveu du pape avait ouvert sa main gauche, il y avait déposé deux topazes.

Puis, il avait expliqué avec précision ce qu'il attendait de lui.

Une lourde bûche grésillait, léchée par les flammes. Bientôt elle ne serait plus que cendre. Hughes replia ses jambes, ferma les yeux et passa le pont-levis de son château intérieur. Deux pièces l'attendaient. Chacune portait un nom.

L'une s'appelait Trésor.

L'autre s'appelait Vengeance.

Dans la première, Foulques de Rigui chevauchait vers Paris.

Dans l'autre, Guilhem se réveillait.

Senlis
Grange dîmière

Le nain saisit l'instrument de torture des mains de Bertrand.

— On appelle ça « la poire d'angoisse », en raison de sa forme. D'autres le nomment « la fleur du mal ». Regarde.

Jean fit tourner la clé. La coque en métal s'entrouvrit, déployant quatre parois concaves de métal noirci.

— Touche les bordures, intima le nain, elles sont crénelées.

Fasciné, le neveu du pape posa un doigt sur le tranchant irrégulier. On aurait dit une dentition. Une mâchoire entièrement constituée de canines.

— Alors, où vas-tu lui enfoncer?

Guilhem venait d'ouvrir les yeux. L'odeur de brûlé le frappa. Il baissa les yeux et vit sa chair noircie. D'un coup, tout lui revint. Son arrestation, son interrogatoire... Devant lui se tenait le nain.

— Ouvre la bouche.

Par réflexe, Guilhem obéit. Jean fit la grimace.

— Comme tous les moines, il a une grande gueule. Mieux vaut lui mettre la poire ailleurs, tu vois ce que je veux dire...

Un coup de poing imprévu le fit rouler au sol. Quand il revint à lui, une lourde botte écrasait sa poitrine.

— Un seul mot, nabot, et tu es mort.

Bertrand de Got était en train de faire sauter les grésillons. Guilhem le regardait, ahuri.

— Il y a une porte au fond qui n'est pas surveillée. Gagne la forêt de Chantilly et cache-toi deux jours.

L'apothicaire se leva en titubant. Ses poignets le brûlaient. Bertrand le saisit par les épaules.

— Trouve-toi, après-demain, à l'heure du midi, au carrefour de la Table. Quelqu'un viendra te chercher.

— Comment le reconnaîtrai-je?

— Souviens-toi du *serpent qui se mord la queue.*

Avant de fuir, Guilhem se tourna vers la forme recroquevillée sur le sol

— Et lui?

Bertrand saisit la « poire d'angoisse » et se pencha vers le nain.

— Ouvre la bouche, nabot.

39

De nos jours
Paris
Rue Vieille-du-Temple

Il sortit de la douche, revigoré. L'alternance des jets brûlants et froids l'avait plongé dans un état de relaxation très agréable. Antoine s'était rhabillé en remarquant la collection de tubes de cosmétiques en tous genres et de petits flacons de parfum alignés sur la grande étagère d'aluminium brossé au-dessus du lavabo. Des accessoires de beauté rassurants qui donnaient vie et douceur, uniquement pas leur présence. Cela faisait longtemps qu'il n'avait pas partagé la même salle de bains avec une femme et ça lui manquait. Il enfila sa chemise et passa dans le grand salon. Gabrielle était assise, en tailleur, sur le canapé et se lissait les cheveux avec une brosse nacrée. Elle portait un jean et un pull bleu informe. Elle lui sourit.

— Tu as meilleure allure. Veux-tu un peu de thé ? J'en ai préparé.

— Non, merci. « Le thé, petit tas de boue humide, ultime vestige de l'empire des Indes que les ladies ingurgitent à 5 heures en regardant la pluie tomber. »

— C'est pas de toi, ça ?

— Non, de quelqu'un de connu dont je ne me souviens pas le nom.

Il s'assit sur le canapé, à côté d'elle. Sur la table basse de verre, à côté de la théière, étaient posés l'Abraxas en pierre et un livre ouvert. Juste à droite, trônait un objet étrange. Une petite boîte noire, à sept faces, de dix centimètres de haut sur vingt de large, en bois patiné surmontée de trois têtes de mort, de deux tibias et d'une équerre. Antoine la prit entre ses mains. Sur chaque face verticale était gravée une étoile.

— Bel ouvrage maçonnique, mais encore ?

— C'est une tabatière de maître maçon, façonnée au XIXe. Mon oncle me l'a offerte lors de notre dernier dîner. S'il lui arrivait malheur, il m'a dit que cet objet était nécessaire pour décrypter l'Abraxas et que je ne devais jamais oublier le chiffre des maîtres maçons.

— Le chiffre 7 !

— Laissons de côté la tabatière et intéressons-nous à l'Abraxas. Il s'agit d'une copie de celui ayant appartenu à un haut dignitaire templier, André de Colours, précepteur de la maison de France au XIIIe siècle, à l'apogée de l'Ordre. Or, une anomalie saute aux yeux. Tu as bien vu une reproduction de l'original dans le Memberti ?

— Exact, mais je ne vois pas...

— Regarde bien. Sur l'Abraxas original du livre de Memberti, la devise latine est la suivante :

SECRETUM TEMPLI

Gabrielle continuait, le visage tendu.

— Mais, sur l'Abraxas de pierre, l'inscription a changé :

SECRETI TEMPLUM

Antoine hocha la tête sans conviction.

— Et tu en conclus quoi ?

Gabrielle arqua ses fins sourcils.

— Les deux devises n'ont pas la même signification. Cette erreur de transcription a donc été faite intentionnellement, mon oncle était trop fin latiniste pour se tromper. Mais je ne vois pas où ça nous mène...

Marcas prit l'Abraxas entre les mains. Il passa son doigt sur les lettres gravées. Vue de près, la facture de la copie était simple, sans fioritures. Il inspecta ensuite la tabatière sous toutes les coutures. Son visage s'éclaira.

— Tu as une loupe ?

— Oui, bien sûr.

La jeune femme sortit un étui d'un tiroir de son bureau qu'elle ouvrit sur la table. Marcas prit la loupe et inspecta les lettres.

— Oublions la signification latine. Tu viens de me parler du chiffre 7 pour décrypter le secret ?

— Oui.

— Sept comme les sept faces de la tabatière maçonnique, et comme le nombre d'étoiles sur l'Abraxas à côté de la Chimère.

— Mais oui. Comment n'y avais-je pas pensé ? Trois degrés pour l'apprenti, cinq pour le compagnon et sept pour le maître.

Antoine reprit le sceau et sa loupe. Il s'arrêta sur la septième lettre, le I.

— Cette lettre est différente des autres. C'est curieux, on dirait qu'elle est en métal et pas en pierre.

Il appuya fortement sur la lettre. Celle-ci s'enfonça sous la pression, libérant sur le côté du sceau un minuscule compartiment. À l'intérieur, il y avait une capsule oblongue grise.

Les deux se regardèrent, interloqués.

Antoine ouvrit la capsule. À l'intérieur il y avait un petit carré de plastique roulé sur lui-même.

— Astucieux. Un bon vieux microfilm à l'ancienne. Ça peut se conserver des centaines d'années si c'est bien isolé. Beaucoup plus solide que le numérique. Voyons voir. Il faudrait agrandir, la loupe ne suffit pas. As-tu un microscope ?

— Bien sûr, j'en ai un dans la cuisine pour traquer les microbes. Une autre question d'initié ?

Malgré la pression, Marcas sourit. Il aimait son sens de l'humour décalé.

— Remarque, je m'en doutais.

Tout d'un coup son portable sonna. Il vit le numéro du frère obèse s'afficher.

— Mon bien aimé frère, je parie que tu as quelque chose à me demander.

— Tu as de nouvelles infos sur la mort de Balmont ?

— Pas grand-chose. Quelques vagues pistes.

— Et sur la fusillade dans le 10e arrondissement ?

— C'est toi qui me l'apprends...

— Une commerçante a été blessée lors d'une course-poursuite et une personne âgée électrocutée dans le métro.

— Décidément Paris n'est plus sûr... Mais en quoi ça me concerne ?

La voix du frère obèse se fit plus mielleuse comme chaque fois où il s'apprêtait à piéger une nouvelle victime.

— On m'a transmis des images de la caméra de surveillance de la RATP. C'est étonnant, on y voit un type qui te ressemble comme deux gouttes d'eau en train de sauter sur les voies. Une coïncidence, je suppose.

— Je vois que tu es toujours aussi bien renseigné. Ta ruche d'informateurs bourdonne à plein régime.

— Il n'y a pas que moi qui ai remarqué ton incroyable don d'ubiquité. Tes collègues vont sans doute te poser quelques questions.

— OK. Tu proposes quoi ?

— Tu me dis tout.

— Tout ?

— Vide ton sac, si tu veux que je retienne les chiens renifleurs de la PJ.

— On sait pourquoi Balmont a été assassiné.

— Parle.

— Pour retrouver le trésor des templiers.

Le frère obèse restait muet. De son côté, Gabrielle était partie dans une autre pièce. Il entendait des bruits de cartons déballés. Marcas reprit :

— Écoute, je sais que cette histoire semble ahurissante mais on a trouvé un document qui tient la route.

Le Grand Maître du *Rucher* ne réagit toujours pas. Antoine continua :

— Il semble que toute la loge de Balmont ait été massacrée par des gens qui veulent s'approprier ce secret.

Le frère obèse évalua rapidement la valeur possible de l'information. Depuis ses débuts dans les coulisses de l'Histoire[1], il avait appris à ne mépriser aucune hypothèse, fût-elle la plus étrange. En lecteur assidu, il savait depuis Conan Doyle et Edgar Poe que, une fois toutes les possibilités rationnelles exclues, l'impossible devenait vérité.

— Tu veux connaître le nom d'un de tes poursuivants ? Les caméras de la station Bonne-Nouvelle ont enregistré le visage d'une femme.

Bien que surpris par cette annonce, Antoine ne laissa rien paraître. Au fil de leur collaboration, il avait appris à demeurer toujours professionnel devant les réactions, souvent imprévisibles, du frère obèse.

— La rousse ?

— Oui. J'ai envoyé les images à un ami d'Interpol à qui j'ai rendu quelques menus services. Alors tu veux savoir ?

— Balance.

— Bien que ta copine ait souvent changé de nom et

1. Voir *In Nomine*, Pocket, 2010.

de coloration capillaire, j'ai son curriculum vitae complet sous les yeux. Lena Albrecht, cinquante et un ans, dite la Louve, ancienne flingueuse d'une cellule action de la FAR, Fraction Armée Rouge, celle de la bande à Baader. Elle a commencé sa carrière au milieu des années 1970, à seize ans, elle jouait les appâts pour attirer les riches hommes d'affaires qui étaient ensuite kidnappés. Ensuite, elle a pris du galon en jouant l'agent de liaison avec la Stasi, la police de l'ex-Allemagne de l'Est, qui finançait la FAR. Lena a exécuté pas moins de douze personnes pendant sa carrière révolutionnaire, dont le dernier carton en date, celui du patron de la Deutsche Bank, juste après la chute du mur de Berlin. Elle s'est ensuite reconvertie comme l'une des rares mercenaires femmes employées par différents services secrets. Elle aurait participé à divers attentats en Europe et au Moyen-Orient sans qu'on en ait la preuve certaine. Officiellement, elle a été assassinée par le Mossad à Beyrouth lors de l'opération Plomb Durci. Je ne te cache pas que mon ami d'Interpol est très préoccupé par cette résurrection. D'autant qu'elle pourrait être liée à l'attentat contre le pape.

— Comment ça?

— Le type qui a tiré sur le pape a été identifié. Il s'agit d'un ancien de l'IRA, lui aussi soi-disant déclaré mort. Il se trouve que ces deux *professionnels* ont eu l'occasion de se croiser dans les camps d'entraînement syriens. La coïncidence est pour le moins curieuse.

— Tu divagues, frangin, quel rapport entre l'attentat contre le pape et l'assassinat de Balmont?

— En tout cas, une alerte a été déclenchée sur tout le territoire pour appréhender cette Lena. Bon, je fais quoi de tes collègues et de tes exploits sportifs dans le 10e?

— Gagne du temps. Au moins une semaine.

— Deux jours, maximum. Et en échange, je veux

être tenu au courant du moindre indice. Bien sûr, c'est non négociable.

— J'ai toujours apprécié ton sens inné de la solidarité fraternelle. Je te rappelle.

Il raccrocha. Le répit n'était que de courte durée. Deux jours. Il avait envie d'un verre de whisky pour se donner un bon coup de fouet.

— Tu aurais quelque chose de corsé à boire ?

— Oui, dans le compartiment à glaçons, de la vodka à l'herbe de bison, sers-toi. Et si tu veux grignoter quelque chose, n'hésite pas.

Il retira une bouteille givrée et se versa un verre. L'alcool descendit d'un trait dans son estomac. Une délicieuse chaleur envahit son visage et son esprit. Il réalisa qu'il n'avait rien avalé depuis son arrivée à Paris, le matin même. Il ouvrit le frigo, mit la main sur deux tranches de jambon qu'il avala avec voracité.

Il vit arriver Gabrielle avec un gros appareil de projection de diapositives. Elle l'installa sur la table et le brancha. Une lumière vive illumina le mur blanc qui leur faisait face. Elle prit le microfilm et l'inséra dans une diapositive vierge.

— Et dire que je voulais le jeter depuis longtemps. Tu peux éteindre la lumière ?

Elle mit la diapositive dans un espace libre du panier circulaire et actionna le mécanisme automatique. Les premières images apparurent. Deux jeunes filles d'une dizaine d'années jouaient au ballon, se chamaillaient autour d'un jeu de société, avaient le visage barbouillé de chocolat.

— Ma cousine... On passait nos vacances dans la maison de campagne familiale de sa mère, à côté de Toulouse.

Les diapos se succédaient. Elle s'arrêta sur un homme et une femme, jeunes, qui s'enlaçaient tendrement sur l'herbe.

— Mon oncle et sa femme, du temps où la vie était

douce. Je ne me souvenais même plus que j'avais gardé tout ça.

Sa voix s'était embuée. Antoine lui prit la main. Il vit une larme perler le long de sa joue. Elle actionnait nerveusement la poignée électrique. Une autre image de Jean Balmont apparut en gros plan, surpris en pleine lecture. Son regard était clair, ses cheveux ébouriffés, il avançait une main vers celui qui prenait la photo comme pour se cacher. L'écran passa à la diapo suivante. Un petit carré noirci apparut sur le mur.

— Stop. On y est. Tu peux agrandir ?

Il se leva pendant qu'elle manipulait le zoom. Le carré grossissait à vue d'œil. Marcas s'approcha du mur. Une succession de chiffres apparut en caractères noirs sur fond blanc.

7086270813380401585
83138433708685101585 33
808133381070608533 8380
811540708533868470 1040
7038837038608580 8683

Comme cela était souvent le cas pour les codes, les chiffres devaient correspondre à des lettres, l'ensemble conduisant à une série de mots. Un programme informatique de cassage de code, utilisé dans n'importe quel service de renseignements, arriverait aisément à donner une transcription mais, hélas pour lui, il n'en avait pas sous la main et il se voyait mal lancer une demande officielle auprès de la DGSE. L'autre solution consistait à posséder une clé de transcription qui donnerait une indication sur la nature du code utilisé par Balmont. Il avait beau inspecter la succession de chiffres, aucune indication supplémentaire n'apparaissait. Il retourna auprès d'elle et s'assit à ses côtés.

— On est bloqué. Tu es sûre que ton oncle ne t'a rien

donné d'autre qui pourrait nous permettre de décrypter ces nombres ?

Gabrielle secoua la tête, affichant une moue décontenancée. Elle jouait avec la tabatière entre ses mains.

— Non, uniquement cette pièce de collection. On pourrait essayer à nouveau d'utiliser le chiffre 7 comme clé de traduction, comme tout à l'heure ?

— Non, un chiffre ne peut pas servir pour une succession d'autres chiffres. Il doit y avoir autre chose.

Antoine tendit sa main.

— Je peux te l'emprunter ? Il y a peut-être une indication qui nous aurait échappé.

Il tourna la petite boîte dans tous les sens puis l'ouvrit et posa le couvercle garni des trois têtes de mort sur la table. L'intérieur était vide, sans aucun signe, ni symbole apparent. Il jouait avec le petit couvercle entre ses doigts. La clé était nécessairement sous leurs yeux. Son regard erra sur les trois crânes. La maçonnerie avait toujours eu un faible pour les ornements funèbres. Il tourna le couvercle dans l'autre sens, par réflexe quand il vit une minuscule inscription gravée dans le bois, en relief, exactement sous les trois têtes de mort. Il passa la loupe dessus.

— J'ai trouvé !

Deux mots dansaient sous le verre :

Nekam Adonaï

Marcas croisa les bras. Il lut les mots, à haute voix :

— Nekam Adonaï…

Gabrielle Delsignac se leva à son tour.

— Une référence maçonnique, on parie ?

Elle alla à sa bibliothèque et en sortit un ouvrage à la couverture frappée d'un fil à plomb doré. Elle feuilleta rapidement le volume et posa son index sur un paragraphe.

— Jackpot ! Ça veut dire *Vengeance, contre toi ô Adonaï.*

C'est le mot de passe utilisé pour le 30e degré des hauts grades, celui de chevalier Kadosh.

Antoine se passa sa main sur le front. Il aurait dû deviner.

— Mais bien sûr. Les trois crânes sur le couvercle ne sont autres que ceux des assassins de l'ordre du Temple. Le roi Philippe le Bel, le pape Clément V et Guillaume de Nogaret, l'exécutant des basses œuvres. Kadosh ! Ça me rappelle des mauvais souvenirs au Brésil[1]. C'est le...

La nièce de Balmont le coupa :

— Le grade maçonnique de la vengeance templière !

1. Voir *La Croix des Assassins*, Fleuve Noir, 2008.

40

De nos jours
Vatican
Centre informatique du PC de la gendarmerie vaticane

Le lieutenant Videla arpentait la grande salle de l'ordinateur central, l'air soucieux. Jamais *Il Diavolo* ne s'était trompé à ce point. Le gendarme avait enfilé son blouson d'hiver, la climatisation était poussée à fond pour absorber la chaleur dégagée par les grosses unités centrales. Tout était blanc du sol au plafond, sauf les armoires contenant les circuits d'*Il Diavolo* qui irradiaient une lumière bleue diffuse.

Pas une seule fois, depuis sa mise au point, le système n'avait donné le moindre signe de défaillance, pas une seule fois les caméras n'avaient flanché. *Il Diavolo* aurait dû reconnaître le terroriste irlandais. S'il n'y avait pas eu la nouvelle procédure de second contrôle avec Interpol, personne n'aurait identifié le tueur.

Il s'assit devant le pupitre central qui donnait accès à toutes les fonctions de l'unité centrale. À l'étage au-dessus, le PC restait silencieux, ses collègues étaient tous partis prendre un repos bien mérité. De toute façon, il n'y avait plus âme qui vive sur la place Saint-Pierre. Seules trois caméras de routine filmaient les lieux en continu. On venait juste de les prévenir que le pape voulait s'isoler dans la basilique pour prier avec le camerlingue. Un triple cordon de sécurité de gardes et de gendarmes bloquait toutes les issues.

Il tapa son code d'accès et s'introduisit dans le système central d'*Il Diavolo*. Sa double formation d'ex-carabinier et de spécialiste informatique avait beaucoup joué dans son embauche. Il entra dans le programme qui gérait l'historique des opérations de maintenance du serveur. Les formules codées défilaient sous ses yeux de façon monotone. Aucune intrusion n'avait été signalée via Internet, aucun virus détecté. Il remonta sur plusieurs jours. Ses yeux rougissaient à force de scruter la moindre anomalie. Il se cala contre le dossier de son siège et se massa le visage. Tout cela ne menait à rien.

Il but une gorgée de la petite bouteille d'eau. Quelques gouttes étaient tombées sur un papier recouvert de notes prises au stylo-bille. Les mots s'estompèrent sous l'action du liquide. Il resta songeur quelques instants quand une idée germa subitement.

D'un coup de doigts, il accéda à la banque de données des fiches des suspects stockées dans la mémoire d'*Il Diavolo*. Une fois le nom du terroriste tapé, la photo apparut, suivie de sa biographie. Il passa aux données de morphing, celles qui paramétraient le visage, une longue série de chiffres codes. Juste avant l'attentat, la première reconnaissance avait été positive. Ce qui voulait dire qu'une partie des informations était exacte. En revanche, celle du contrôle avait été négative, comme si le signal s'était brouillé.

À nouveau, une nouvelle série de chiffres et de lettres de programmation défilait à l'écran. Il ouvrit un autre écran et récupéra la fiche d'Interpol retransmise en directe. C'était exactement la même photo avec la même biographie. Il parcourut les données de morphing et lança une comparaison des codages numériques. De nouvelles séries défilaient en parallèle. Tout d'un coup, tout un paragraphe clignota en rouge.

Videla se pencha sur l'écran. Les deux fichiers numériques n'étaient pas identiques. Il vérifia à nouveau. C'était impossible. Et pourtant, l'alarme continuait à clignoter.

Il vérifia manuellement. Les deux listes étaient bien différentes.

Estomaqué, Videla se renversa dans son fauteuil. À l'évidence, quelqu'un avait trafiqué le fichier stocké dans le cerveau de Satan pour planter le système d'identification. Un frisson lui parcourut l'échine. Les conséquences de sa découverte étaient terrifiantes.

Le groupe de terroristes avait un complice à l'intérieur du Vatican.

Quelqu'un qui possédait les autorisations pour pénétrer le système et modifier les données. Il ne perdit pas de temps et composa le numéro de portable de son supérieur direct. Celui-ci décrocha.

— Oui, lieutenant? Je suis en pleine réunion avec les carabiniers.

— Je viens de découvrir quelque chose de très grave.

— Plus grave qu'un attentat contre le pape je ne vois pas.

— Je suis sérieux, commandant. Les terroristes ont un complice ici même.

— Vous plaisantez, Videla?

— Du tout. La fiche de Ransom a été trafiquée. C'est pour ça qu'*Il Diavolo* ne l'a pas détecté après le contrôle de routine.

— Vous êtes sûr?

— Absolument.

Un silence, puis la voix reprit :

— Comme si on avait besoin d'un traître. Il va falloir annoncer ça à la Curie. Vous l'avez identifié?

— Non j'attends votre feu vert.

De nouveau un silence.

— Foncez.

— À vos ordres.

Videla se leva, mal à l'aise. Il regarda autour de lui et instinctivement mit la main sur la crosse de son Beretta. Le centre informatique était toujours aussi silencieux, avec en arrière-fond sonore le bourdonnement de l'alimentation électrique d'*Il Diavolo*. Il se remit face à son écran et pianota à nouveau sur le clavier. Il passa en revue le fichier des entrées dans le système. Chaque ordinateur possédait un code d'identification pour accéder aux données, chaque demande était affectée d'une clé matricielle. Les chiffres défilaient à toute allure sous ses yeux rougis. Les minutes s'écoulèrent, lentes, fastidieuses, aucune anomalie n'apparaissait. Soudain, un code apparut. Videla stoppa la recherche. Une insertion de données avait été enregistrée une semaine auparavant. Il accéda au fichier de codage. Il faillit bondir de son siège. Ça y est! Une clé de transcodage avait été introduite pour modifier le fichier de l'Irlandais. Il n'avait plus qu'à identifier l'ordinateur et il aurait le nom de l'intrus.

Au même moment, un petit déclic se fit entendre du côté de la porte d'accès au PC. Il tourna la tête, la main à nouveau sur son pistolet.

— Il y a quelqu'un?

Personne ne répondit. Il hésita entre consulter l'écran et aller voir à la porte mais le petit bruit recommençait. Il prit son arme et marcha vers l'entrée, prudemment. Une silhouette apparut à l'entrée. Un homme en soutane se découpait dans l'entrebâillement. Il n'arrivait pas à distinguer son visage. Il baissa son arme.

— Cet endroit est interdit à toute personne étrangère au service.

Le prélat ne bougeait pas. Videla eut juste le temps d'apercevoir l'éclat métallique du canon. Il dégaina trop tard. La balle le frappa juste sous le cœur. Le lieutenant s'effondra en se tenant la poitrine. Il essaya de se traîner pour saisir son Beretta. Un pied se posa sur sa main. Il leva les yeux vers son bourreau et s'agrippa. Une voix familière chuchota :

— Le bien de l'Église passe avant nos pauvres existences. Je suis désolé.

Le lieutenant découvrit, stupéfait, le visage du tueur.

— *Vous!*

Paris
Avenue du Président-Wilson

La Mercedes gris métallisé, aux vitres fumées, stationnait devant les grilles de la nonciature apostolique de Paris. Le petit hôtel particulier qui abritait l'ambassade du Saint-Siège auprès de la République française ne présentait aucun signe ostentatoire, se fondant dans la discrétion ouatée propre à cette partie huppée du 16e arrondissement, à quelques pas du Trocadéro. Une discrète plaque gravée aux armoiries du Saint-Siège indiquait aux passants l'identité des propriétaires du lieu.

À l'intérieur du véhicule, les mains sur le volant, David écoutait la radio qui diffusait un extrait du troisième concerto pour piano de Tchaïkovski. À l'arrière, un homme en costume gris était assis à côté d'une femme brune aux cheveux frisés. Il épousseta sa veste nonchalamment.

— Vous avez échoué. Si près du but...

— C'est une question d'heures.

— Et ensuite? Ce Marcas est un policier et votre expédition dans le métro parisien a été d'une stupidité sans bornes. Votre photo tirée des caméras de la RATP doit s'afficher dans tous les commissariats de France.

La Louve lança un coup d'œil dans le rétroviseur du plafonnier.

— Ne soyez pas stupide. J'ai passé les trois quarts de ma vie dans la clandestinité. Pas une seule fois, je n'ai été inquiétée dans une quinzaine de pays. De plus, ce n'est pas un traître comme vous qui va me donner des leçons dans ce domaine.

Le maître de la loge massacrée frotta son pansement sur la nuque, et grimaça.

— Je connais votre parcours… professionnel, mademoiselle. Vous représentez tout ce que l'Église combat. Anarchie, agnosticisme, chaos, meurtres, communisme… Que notre ami du Vatican vous ait choisie me laisse songeur. Mais après tout, vu la besogne que nous accomplissons, il vaut mieux que l'on fasse appel à vos services. Je vous donne deux jours, pas plus.

La tueuse continuait de s'admirer dans le rétroviseur du plafonnier, sa perruque lui allait à merveille. Mieux, elle la rajeunissait. Ce vieux salopard lui tapait sur le système.

— Changez de ton. Je peux interrompre ce contrat à tout moment et disparaître dans la nature. David et Lucas, cette fine équipe qu'on m'a imposée, finiront le boulot. N'est-ce pas, Lucas ?

Le chauffeur crispa sa main sur le volant.

— Vous êtes typiquement le genre de femme appréciée par saint Paul…

— Laissez ce père spirituel de la misogynie pourrir dans sa tombe, répondit la Louve, agacée.

Le Maître Inconnu saisit l'allusion.

— Je ne savais pas qu'on lisait l'*Évangile* dans les cellules terroristes d'extrême gauche. Il y a donc de l'espoir.

— Bien sûr. J'ai discuté toute une nuit avec l'un de vos collègues à Beyrouth, un aumônier des forces phalangistes de Gemayel, c'était il y a dix ans. Un type très intéressant, bel homme de surcroît qui prenait des libertés avec son vœu de chasteté. Il m'a donné un cours de catholicisme en accéléré, pensant me convertir.

— Il n'a pas l'air d'avoir réussi, dit l'homme âgé en ouvrant la porte arrière.

— En effet, je l'ai envoyé au ciel au petit matin, d'une balle entre les deux yeux. Un petit contrat pour faire plaisir au camp d'en face.

— Merci du renseignement. Retrouvez ce Marcas. Vivant.

Le Maître Inconnu n'attendit même pas la réponse de la Louve et descendit de la Mercedes avec une lenteur calculée. Il claqua la porte avec mépris et se dirigea vers la grille. La Louve ouvrit la vitre arrière, brandit un majeur vers le ciel et l'apostropha :

— J'emmerde saint Paul et tous ses copains de la Bible. Puisque vous avez vos entrées privilégiées là-haut, faites une prière pour éviter l'enfer qui vous attend.

Puis s'adressant à Lucas :

— Toi, démarre. Encore une seule allusion aux *Évangiles* et je te fais passer en dégât collatéral de cette mission.

L'homme à la veste grise vit la voiture s'éloigner doucement dans l'avenue Wilson pendant qu'il tapait le code d'ouverture de la grille centrale. La porte d'entrée de l'hôtel particulier s'ouvrit avant même qu'il n'entre dans la cour. Le garde de sécurité repéra le gros pansement derrière la nuque et le prit par le bras.

— Mon père ! Vous êtes blessé ?

— Je suis tombé. Rassurez-vous, des amis m'ont emmené à l'hôpital, on m'a recousu. Plus de peur que de mal. Le nonce est-il revenu de son déplacement au diocèse de Lyon ?

Le garde alluma le lustre du grand hall d'entrée. Une lumière éclatante illumina la pièce d'apparat, décorée de dorures et de tableaux pieux. La grande photo officielle du pape dans un cadre doré accueillait les visiteurs sur le côté gauche. Le garde boutonna sa veste en laissant passer l'homme au pansement.

— Non, mon père. Il a pris une journée supplémentaire. Vous savez que la table du cardinal archevêque de la capitale des Gaules est réputée dans toute la chrétienté. Voulez-vous que le cuisinier vous prépare un petit-déjeuner ?

— Quelque chose de léger, merci.

Le garde s'inclina.

— Je le préviens tout de suite.

L'homme au pansement traversa le hall et poussa la porte de son bureau. Il la referma soigneusement et s'assit devant un secrétaire de style Arts déco, cadeau de l'Élysée, du temps du président Pompidou.

Il était exténué. Il se passa les mains sur le visage puis sortit un petit flacon de sa veste et avala une gélule jaune. Ses mains tremblaient légèrement, son cœur battait à tout rompre. Il respira profondément, le temps que le cachet fasse son effet et que le principe actif se diffuse dans le sang, remonte les vaisseaux et calme ses palpitations. Les premiers signes avant-coureurs étaient survenus juste après la découverte des indices récupérés dans les crânes. Au moment précis où il s'était rendu compte de l'absence d'une partie du message crypté. Pire, il commençait à avoir des troubles nerveux. Dans la voiture, il avait failli exploser de rage.

Il sortit une boîte avec les éléments en sa possession :

• La petite clé en or fin qu'il détenait comme tous les vénérables de sa loge, avant lui.

• Les extractions de deux implants : deux microfilms qui portaient les indications suivantes :

Là où gisent élus et martyrs.
La main du Premier.

Ce n'était pas suffisant. Il manquait l'essentiel pour accéder au secret. Comme tous ses frères massacrés, il connaissait par cœur le credo de la loge. Transmis depuis des siècles.

Sept templiers.
Trois portes.
Une seule vérité.

Il était désormais le dernier des sept templiers. L'ultime survivant.

Balmont avait brouillé les pistes en se faisant ôter son implant avant la tenue annuelle de l'Ordre. Il fallait à tout prix qu'il sache ce que le frère jésuite avait dit à ce Marcas.

Il sentit ses palpitations se calmer mais la fatigue le submergeait. Il revoyait les têtes décapitées de ses frères plantées sur les piques. C'était comme si elles étaient en face de lui. Il secoua la tête pour chasser la vision macabre.

Tant de morts pour ce résultat. Il avait eu beau prier, rien n'y faisait. Il savait qu'il allait devoir répondre devant Dieu de ses actes. Les meurtres, sa trahison... Il avait mis son âme en péril. Où était passé le jeune prêtre idéaliste qu'il avait été ? Celui qui avait parcouru le monde pour propager l'*Évangile*, la seule parole de Dieu. Celui qui avait été initié en maçonnerie templière pour garder un secret immémorial.

Il ouvrit l'un des petits tiroirs du secrétaire et en sortit une photographie. Il alluma la lampe et examina les sept hommes, debout, en robe de bure, devant le portail d'une abbaye du Sud de la France. Leurs visages étaient graves, comme s'ils connaissaient à l'avance leur destinée tragique. Ils étaient tous en convalescence après la pose de l'implant. Au centre du groupe, se tenait le frère Delambre, le chirurgien qui avait eu l'idée de leur poser les capsules dans le crâne. Au début, ils avaient tous rejeté en bloc cette proposition. Chaque membre de la loge gardait par-devers lui un fragment de l'énigme. Et le transmettait à son successeur, une fois celui-ci trouvé, lors d'une cérémonie dans la loge de la rue Pierre-Nicole. Le frère professeur Delambre avait fini par les convaincre. L'époque changeait, c'était le moyen le plus sûr pour assurer la conservation du secret. Ils avaient passé une semaine tous ensemble, à prier, se réconforter et fortifier leur foi. Du plus jeune au plus vieux, ils partageaient la même mission sacrée. Parmi eux, Jean Balmont était son frère préféré, brillant, cultivé, obéissant, il était un jésuite et un frère de premier plan. Avec le chirurgien, il était le seul à avoir eu une vie laïque avant de rentrer dans les ordres et de prononcer les vœux.

L'abbaye était devenue le refuge, le berceau de la loge templière et eux en étaient les ultimes servants.

Sept templiers.
Trois portes.
Une seule vérité.

Tel était leur credo. Et avant eux, tous ceux qui les avaient précédés depuis la destruction du Temple. Des hommes de foi mais aussi d'action. Et il en était le plus fougueux.

Le secrétaire de la maison du nonce triturait la photo entre ses doigts. Ils étaient tous morts, décapités, et leur sang coulait sur ses mains. Leurs corps gisaient dans la petite chapelle souterraine et leurs têtes reposaient sous la terre, à Saint-Cloud.

Il prit un cendrier et un briquet et passa la photo sous la flamme. Le cliché se consuma, les visages disparaissaient dans un halo incandescent. Il jeta le dernier bout dans le cendrier. C'était la dernière trace de leur existence. Il s'agenouilla et pria pour le salut de leurs âmes. Et de la sienne. Il récita une litanie d'Ave Maria pour calmer son esprit mais les pensées se bousculaient. Quand avait-il pris la décision de trahir ?

Un an, pas plus. Trahir… Accepter l'exécution de ses frères ? Devenir leur Judas… Trahir l'Ordre, oui, mais pour la meilleure des raisons. La plus douloureuse. Que pesaient les vies des six frères templiers face à ce qu'on lui avait révélé ? Il se leva et s'assit à son bureau. Il devait passer un coup de fil avant de prendre une douche et d'avaler un morceau puis se coucher. Le sommeil allait peut-être lui apporter la paix.

Il prit le téléphone et composa le numéro de portable

qu'il connaissait par cœur. Au bout de trois appels, on décrocha. La voix familière résonna.

— J'attendais votre appel avec impatience. Avez-vous les implants ?

— Pas tous. Il manque un code et je n'ai pas la seconde clé. Quant à la troisième…

— Je m'occupe de la troisième… Que s'est-il passé ?

— L'un des frères avait enlevé son implant. Il a dû repérer l'un de vos tueurs. Avant d'être rattrapé, il a appelé quelqu'un à qui il a confié un indice. La Louve est sur sa piste, reste à savoir si elle sera à la hauteur.

Son interlocuteur restait silencieux. Le prêtre reprit :

— Néanmoins, elle m'assure pouvoir retrouver la personne à qui Balmont a transmis l'énigme.

— Le temps, c'est ce qui nous manque, mon père. Il est notre ennemi mortel. Vous n'avez pas changé d'avis sur notre action ?

— Non… Oui. Je ne sais pas. C'est tellement brutal. J'ai souillé mon âme dans leur sang.

— Moi aussi, si ça peut vous consoler. Tenez bon. J'ai confiance dans l'équipe qui vous a été envoyée. Que votre foi ne vacille pas. Rappelez-moi demain.

Le prêtre raccrocha d'une main fatiguée. Il fallait tenir, coûte que coûte. N'était-il pas un moine soldat, un templier de Dieu ? Ses ancêtres avaient arpenté pendant des siècles les champs de bataille d'Orient les plus sanglants, participé à des massacres sans nom, enduré les pires souffrances. Se montrer digne des preux chevaliers et tenir bon.

Dans la chapelle souterraine, au milieu de ses frères martyrisés, il avait mis un pied en enfer, mais c'était pour gagner le paradis.

41

Donjon du Temple
Chambre haute
12 octobre 1307
Minuit

— Donne-moi le premier mot, je te donnerai le second.

— Ba*sileus*, prononça Hughes de Payraud

— *Philoso*phor*um*, répliqua le gardien

— Met*allicorum* conclut le Grand Visiteur en poussant la porte.

Hughes s'avança, puis s'immobilisa devant la plaque de marbre recouverte d'une toile grise. Il était le premier. Face à lui, sur l'estrade de bois, aucun décor. Pas de cierge funèbre, pas de tentures noires, pas de colonnes brisées rappelant la destruction du Temple de Salomon. Seule une lance tachée de sang avait été posée sur l'autel par le maître de cérémonie. Comme il prenait place, ses frères pénétrèrent dans le temple.

— Richard de Monclerc et Hughes de Châlons.

Les chevaliers s'inclinèrent, puis joignirent leurs mains au-dessus de sa tête, paumes retournées vers le haut.

— Présents, Vénérable.

— Foulques de Rigui ?

Les bottes couvertes de boue, les cheveux en broussaille, le frère mima le geste rituel.

— Gérart de Villiers ?

Le moignon tremblant, le chevalier tenta de hisser ses bras au-dessus du front.

— Je te dispense du signe, mon frère.

— Merci, Vénérable.

— Imbert Blanc ?

À son tour, le maître d'Auvergne répéta le geste

— Présent, Vénérable.

— Hughes de Castillon ?

D'un mouvement rapide, le chevalier fit craquer ses phalanges sur sa chevelure.

— Présent, Vénérable.

Les frères reculèrent et prirent place sur les sièges. Hughes s'assit, posa les mains à plat sur ses cuisses et prononça la sentence rituelle :

— Puisque nous formons le cercle et le nombre, je déclare ouvert le conseil de l'Ordre intérieur.

La salle n'était éclairée que par un chandelier à trois branches dont la lumière errait, au hasard des courants d'air qui provenaient des archères. Par intermittence, une lueur frôlait un visage, révélant le pli arqué des lèvres ou une cicatrice qui datait de la Terre sainte. Chacun avait conscience du moment historique qui se jouait.

— Mes frères, débuta le Grand Visiteur, en pénétrant dans la chambre haute chacun de vous a fait le geste rituel. Tous vous connaissez ce signe, qui provient du début de notre Ordre, quand un chevalier dans la bataille, n'ayant plus d'armes pour se battre, joignait ses mains au-dessus de son front, pour réclamer l'aide des siens.

— Il n'y a pas plus haut signe que le signe de détresse, prononça une voix grave.

— Oui, reprit Payraud, et si tous nous l'avons répété, c'est que demain matin les hommes du roi viendront nous arrêter. Dans quelques heures, l'Ordre visible du

Temple n'existera sans doute plus. Voilà pourquoi je demande au Conseil l'autorisation d'ouvrir la crypte.

D'habitude prompt à la réaction, Castillon resta muet. Seul Richard de Monclerc prit la parole :

— Mes frères, tous, ici, sommes dépositaires du Secret. Plus que tout, il importe qu'il soit préservé. Pourquoi veux-tu ouvrir la crypte qui le protège ?

— Pour y enfouir notre trésor. Voulez-vous qu'il tombe dans les mains du pape ou du roi ?

— Jamais, s'écria Hughes de Châlons, je vote pour que l'on ouvre la crypte.

— Moi aussi, s'écrièrent d'une seule voix les autres membres du Conseil.

Le Grand Visiteur posa la main sur son cœur en signe de remerciement.

— Mes frères, j'ai choisi Foulques de Rigui pour cette mission, il partira demain. Mais il ne connaît que les deux premières lettres qui ouvrent la dernière porte. Ôtez votre capuche.

Imbert Blanc fut le premier à s'exécuter. Foulques s'approcha et plongea la main dans les cheveux de son frère. Aussitôt il trouva la cicatrice.

— Tu as la première et la deuxième lettre, je te donne la troisième.

Le rituel se répéta jusqu'au Grand Visiteur. Ce dernier se leva et avança son corps contre celui de Rigui. Pied contre pied. Genou contre genou. Poitrine contre poitrine. Main contre main. Oreille contre Oreille. Hughes murmura :

— Ainsi se reconnaissent les initiés de l'Ordre intérieur. Tu as les sept lettres ?

— Oui, souffla le chevalier.

Quand Foulques se rassit, le silence se fit. Chaque frère se souvenait du jour où un grand aîné l'avait admis au sein du Conseil, où il avait reçu l'initiation et où la Vérité lui avait été révélée.

— Mes frères, annonça Payraud, vous partirez tous cette nuit. Chacun de vous connaît sa destination depuis le dernier Conseil. Un lieu vous a été désigné. Pour nous tous, le temps de la dispersion et de l'exil a commencé.

— Vénérable, demanda Gérart de Villiers, quand rassemblerons-nous ce qui est épars ?

Le Grand Visiteur se leva et saisit un sac.

— Mes frères, le Temple entre dans de grandes tribulations, sa chute sera longue et douloureuse. Il faudra des années avant que nous puissions nous réunir.

— Combien ? interrogea Castillon, le regard brûlant.

— Sept ans.

Le froid sembla se cristalliser dans la chambre haute. Foulques se passa la main dans les cheveux. Il grimaça.

— Nous nous retrouverons à la Pâques 1314.

— Où ? demanda à nouveau Castillon.

Payraud posa son sac au sol et l'ouvrit. Il en extirpa d'abord un fil à plomb, puis une équerre, un compas, suivi d'une règle et d'un maillet.

— Dans sept ans, à Paris. Chacun de vous va prendre un outil. Nul ne sait ce que sera devenu le monde, mais ce dont je suis certain, c'est que l'on construira toujours des temples à la gloire du ciel.

Une fois encore, Foulques admira la subtilité du Grand Visiteur. Les maçons et autres tailleurs de pierre formaient une corporation d'hommes libres, échappant à tout contrôle, et qui se déplaçaient sans cesse.

— Aussitôt revenus à Paris, vous vous rendrez sur le chantier de l'église Saint-Pierre-Saint-Merri et vous y ferez recevoir.

— Mais les maçons ont des codes, des grades…

Pour la première fois de la nuit, Hughes sourit.

— Dans chaque ville ou lieu que je vous ai assigné, il y a un chantier. Regardez votre outil.

Chacun saisit l'instrument qui lui avait été attribué. En retournant son maillet, Monclerc aperçut une gravure sur le manche. L'Ouroboros.

— Présentez cet outil au maître du chantier et vous serez reçu et accepté frère maçon.

— Il n'y a pas d'outil pour toi, fit remarquer doucement Foulques.

Le Grand Visiteur se rassit.

— Demain, je pars pour Poitiers.

— Voir le pape? s'inquiéta Imbert, il va te jeter en prison.

— Je vais tenter une dernière démarche pour sauver l'Ordre.

— Laquelle?

— Le pape est malade...

— Qu'il crève... siffla Castillon.

Le visage de Payraud se fendit d'un bref sourire qui fit rosir la cicatrice sous sa pommette.

— Tout au contraire... j'ai un remède à lui proposer... Foulques va récupérer un apothicaire auquel nous avons sauvé la vie...

« Après l'avoir vendu à ses tortionnaires », pensa Rigui.

— C'est un homme très habile, continua le Visiteur de France, les plantes n'ont pas de secret pour lui. Et comme nous savons que le pape n'a plus de médecin...

Foulques acquiesça. Sarah lui avait raconté l'attaque de la maison de son père.

— Il suffit qu'il ait un répit et qu'il se croie sauvé. Le temps de déclarer illégale notre arrestation et d'absoudre nos frères s'ils avouent sous la torture. Ensuite...

Hughes se tourna vers Castillon.

— ... qu'il aille brûler en enfer.

Paris
13 octobre 1307
Heure de matines

Les sergents d'armes attendaient dans la salle de garde. Un feu grêle crépitait doucement dans la cheminée, attisée par un vent froid qui sifflait à travers les meurtrières. L'un des hommes, le casque à terre, vidangeait un tonnelet de cidre dans des gobelets en terre cuite. La plupart se tenaient accroupis près de l'âtre. On les avait réveillés bien avant l'aube. Les ordres étaient tombés, rapides et imprévus : rassemblement immédiat en tenue de combat. Un peu à l'écart, un des soldats polissait le bois d'if de son arc avec une poignée de sable. Dès le premier gobelet de cidre, les rumeurs éclatèrent. On parlait d'une révolte de bourgeois qui ne voulaient plus parler de l'impôt, d'une expédition punitive contre les bandes de gueux dont la cité était infestée. Un prêtre entra qui s'installa sur un tabouret bancal et, le visage fermé, commença d'entendre les confessions. À la vue de vieux soldats, agenouillés, qui récitaient la litanie de leurs péchés, les plus jeunes mirent un nouveau fût de cidre en perce. Les rires gras se mêlaient déjà aux murmures pudiques des confessions quand Alain de Pareilles fit son entrée.

Casqué, l'épée nue glissée dans la ceinture, le chef des archers du roi semblait plus hiératique encore que d'habitude, comme si l'ombre glacée de son maître s'était insinuée en lui. Il ne salua ni capitaine ni sergent. À la main, il tenait un long rouleau d'où pendait une languette de soie. Un à un les hommes se turent. On n'entendait plus que le grésillement du feu dans la cheminée.

— Archers, je vous sais tous fidèles et dévoués à notre roi Philippe.

— Que Dieu le maintienne sur le trône et sous Sa sainte garde, répondit la troupe dans un mélange bigarré d'accents picard et normand.

Le chef des gardes inclina la tête en signe de satisfaction. Un peu de chaleur semblait l'habiter à nouveau. Il reprit la parole :

— Archers, beaucoup d'entre vous ont déjà combattu contre les adversaires du Royaume, sur les frontières de Guyenne, de Flandres, mais aujourd'hui...

La voix de Pareilles monta d'un ton.

— … les ennemis sont dans nos murs, dans nos villes. Ils menacent l'existence du royaume, ils insultent la religion. Ils sont rebelles. Ils sont hérétiques.

Une clameur de guerre monta de la troupe. Pareilles déroula le parchemin d'où pendait, rouge sang, le sceau du roi.

— Archers ! Au nom de notre souverain, ordre vous est donné d'arrêter à l'instant et d'emprisonner à jamais, les templiers de Paris.

Il reprit son souffle avant de lancer :

— Et tuez tous ceux qui résistent.

Tour du Temple
Heure de prime

— Alors ?

L'homme, un mendiant, s'inclina devant Hughes de Payraud. Le Visiteur de France avait revêtu une vieille tunique délavée qui bâillait aux entournures. Sur ses épaules, une longue cape trouée se balançait sous le vent qui accompagnait l'aube. Une lumière rouge montait des douves et enjambait déjà la pierre froide des créneaux.

— Monseigneur, la garnison du Louvre vient d'être mise en alerte. Quand je suis parti pour vous prévenir, Alain de Pareilles venait juste d'entrer dans la tour des gardes.

Dans la cour, des marchands chargeaient des chevaux. L'un d'eux comptait des sacs attachés aux selles. Près de lui, se tenait une adolescente au teint pâle que le froid faisait trembler. Quand le marchand se retourna pour lui donner sa cape de laine, Payraud reconnut Foulques.

— Tes sources sont certaines ? interrogea le Grand Visiteur.

L'homme ricana sous sa capuche mitée.

— Cela fait dix jours que j'ai installé des hommes

sûrs aux portes du palais. Des espions dévoués corps et âme et dont personne ne s'avisera jamais de contrôler les faits et gestes.

— Des hommes sûrs ? reprit Payraud en regardant les vitraux de l'église que l'aurore léchait d'une lueur d'incendie.

Le mendiant éclata d'un rire mauvais.

— Des lépreux, monseigneur !

Payraud lui jeta une pièce. Quand le soleil dépasserait les murailles, Alain de Pareilles serait là. Et avec lui, la prison et la mort. Deux siècles de bruit et de fureur ne seraient plus que souvenirs et légendes. Brusquement, le Grand Visiteur se sentit pris dans la spirale du temps qui n'épargne ni les hommes ni leurs rêves. Il songea à Jacques de Molay, à Geoffroy de Charnay, à tous ces dignitaires qui dormaient encore et qui se réveilleraient dans un monde où ils n'existaient plus.

— Monseigneur, les hommes du roi vont bientôt arriver, il est temps de partir.

Le Grand Visiteur ne répondit pas. Il regardait la lumière du jour monter à l'assaut du donjon. Il revit le visage de Roncelin de Fos, l'homme qui, d'Orient, avait ramené la Vérité.

— La route de Poitiers est encore sûre, mais il ne faut plus tarder, pressa le mendiant.

Rigui s'approcha. Derrière lui, son escorte attendait, prête à partir. Payraud jeta un œil sur leur tenue. De paisibles marchands, de la cape de laine délavée jusqu'à la bourse usagée qui pendait à la ceinture. De quoi tromper l'Inquisition et les sbires du roi.

— Monseigneur, demanda Foulques en s'inclinant, mes compagnons et moi avons un long voyage à accomplir, puis-je vous demander votre bénédiction ?

Hughes se pencha.

— Je ne suis pas prêtre et ne puis te bénir, mon ami, mais je vais te donner le baiser de la paix.

Foulques se releva et tendit la joue droite.

— Donne-moi la première lettre, murmura Payraud, je te donnerai la seconde.

Un cheval hennit comme la cloche de l'église sonnait prime. Le Grand Visiteur recula d'un pas. Foulques le salua et monta en selle. Cette fois, le trésor était en sécurité. La Vérité aussi.

— Monseigneur, je vous en supplie, s'écria le gueux, allons-y !

En partant, Rigui porta la main à son cœur. Payraud répondit par le même geste. La petite troupe traversa la cour dans un bruit de sabots. Avant de passer la porte du châtelet, la jeune femme se retourna. Son regard semblait perdu comme celui de quelqu'un qui ne sait où il va.

Louvre
Tour des Gardes
Heure de tierce

Les nouvelles tombaient les unes après les autres. Dans les escaliers, les messagers se croisaient qui tous apportaient des informations favorables. Alain de Pareilles serra les mains et fit craquer les jointures. À la commanderie de Clichy, les templiers, surpris en plein sommeil, n'avaient opposé aucune résistance. Hébétés et incrédules, ils étaient déjà en route pour la grange aux dîmes de Senlis. À Reuilly, les frères convers, effrayés, s'étaient enfuis, abandonnant le domaine aux soldats du roi. À Stains, on avait trouvé un crâne, incrusté de pierres précieuses et gravé de formules cabalistiques, dans la chambre du chapelain. Voilà qui allait faire la joie de Guillaume de Paris.

Une fois encore, Alain de Pareilles fit jouer ses phalanges pendant qu'il dictait le premier rapport pour Nogaret. Ce dernier, installé au palais, centralisait les informations qui remontaient peu à peu de tout le royaume. La rafle était un succès. À la fin de la matinée, l'ordre du Temple serait anéanti. Un bruit sourd retentit en bas de l'escalier : on venait de jeter un nouveau prisonnier dans les caves. Partout, au Louvre, à la Conciergerie, on transformait les sous-sols en lieux de détention. À chaque nouvelle incarcération, Pareilles signait le registre d'écrou et faisait transmettre une double copie pour Nogaret et Paris. Déjà un premier convoi, sous la garde de l'Inquisition, avait quitté Paris pour Senlis. La population n'avait pas protesté. Au contraire, près de Saint-Denis, les marchands avaient insulté les détenus. Les rumeurs, propagées par les mouchards du roi, avaient fait leur œuvre.

— Messire ?

Pareilles leva les yeux. Le capitaine des archers venait au rapport.

— L'enclos du Temple est entre nos mains, messire.

— Des résistances ?

— Mineures.

— Des pertes ?

— Aucune.

Pareilles ferma le registre d'écrou. Il devait prévenir le roi. Avant de quitter la salle de garde, un doute l'arrêta.

— Les dignitaires sont arrêtés ?

— Oui, messire, le Grand Maître, les commandeurs de province…

— Et aucun n'a réussi à fuir ?

Le capitaine afficha un sourire aux dents gâtées.

— Depuis plusieurs jours, mes hommes surveillent l'entrée du Temple. Les dignitaires sont arrivés hier et…

— … et nul n'est ressorti ?

Le soldat éclata de rire.

— Tout ce qui en est sorti, ce sont deux gueux et un groupe de marchands avec une fille. Sans doute une catin.

Pareilles hocha la tête avec satisfaction. Il n'allait pas s'inquiéter pour une putain.

42

De nos jours
Paris
Rue Vieille-du-Temple

Le soleil lançait ses derniers feux à travers les lourds nuages noirs qui planaient au-dessus de la capitale. Gabrielle mit en marche la bouilloire pour se faire à nouveau du thé. Antoine s'était assis derrière le comptoir qui séparait la cuisine du salon et dévorait le chapitre du livre consacré aux chevaliers Kadosh et aux hauts grades.

— Nekam Adonaï... Ils avaient le sens de la formule, nos anciens maîtres. J'imagine ces bourgeois bien comme il faut quitter le cocon familial pour jouer les chevaliers templiers dans les loges. Ça devait leur donner un peu de piment. Je les vois brandir leur épée et réclamer vengeance pour la mort de Jacques de Molay, Grand Maître des templiers. Maudire Dieu, le pape et le roi et faire ensuite bombance aux agapes.

— Derrière le folklore, il y a une véritable démarche initiatique. D'ailleurs, peu de frères atteignaient le trentième degré. Je te sens un peu ironique sur ce coup...

Elle posa un verre de vodka sur le comptoir et se fit infuser du thé. Il la regarda avec sympathie. L'alcool lui faisait du bien après toutes ces épreuves. Il s'arrêta sur la liste des hauts grades du Rite écossais ancien et accepté.

— Tu crois qu'il n'y a pas de quoi ? L'immense majorité des frères et des sœurs ne dépassent jamais le troisième degré, celui de maître. Pourquoi une poignée de privilégiés se considéreraient-ils comme une élite avec leurs grades aux titres ronflants ?

Les joues roses, à cause du thé brûlant, Gabrielle laissa passer un sourire complice. Antoine ne s'arrêtait pas.

— Tu veux que je t'énumère ce que j'ai sous les yeux, les hauts grades du Rite écossais ancien et accepté ? On y va : *Chevalier du serpent d'airain, Grand Pontife, Prince du Tabernacle, Grand élu de la voûte sacrée, Sublime prince du royal secret*... Je vois la scène : « Bonjour, très chers frères et sœurs, je me présente : je suis le Chevalier du serpent d'airain ! » Et encore je ne parle même pas des degrés dans la maçonnerie égyptienne.

— Un peu facile... Derrière ces titres, il y a toujours une énigme, un symbole...

— Écoute ça. Le Rite égyptien comporte quatre-vingt-dix-neuf grades, une vie n'y suffirait pas pour tous les passer. *Sublime Titan du Caucase, Sublime pasteur des Huts, Patriarche des Védas sacrés, Grand Pontife de l'Ogygie.* Il y a même un *Sublime maître du Sloka* ! Bon sang, c'est quoi, le Sloka ?

— C'est une strophe poétique utilisée dans les prières hindoues. Le Rite maçonnique égyptien a toujours été quelque peu... exotique. Ce qui fait son charme.

— Le charme du Sloka, j'y penserai à l'occasion... Ils sont tous sublimes, ces frères et ses sœurs ! On peut se moquer des cathos avec leur pompe mais là on dépasse le mur du son du ridicule.

Elle sourit et alla s'asseoir sur le canapé.

— Un peu de tolérance, mon très cher frère. Et si l'on se concentrait sur notre énigme ?

Antoine se servit un autre verre de vodka qu'il avala d'un trait.

— Ça t'est jamais arrivé de douter sur la maçonnerie ? Et si tout ça n'était qu'une vaste fumisterie inventée il y a des siècles par des types qui avaient besoin de se donner des sensations fortes ? L'initiation, les décors, les passages de degrés. Tout ce cérémonial... On gobe tout comme parole d'Évangile mais, au final, nous sommes les acteurs qui répétons à l'infini une pièce montée par des auteurs dont on ne sait rien.

Elle éclata de rire en reposant sa tasse de thé.

— Tu as répété ta tirade avant de venir ?

— Sérieux... Je ne vais plus en loge depuis un bon bout de temps. J'en ai un peu ma claque de la famille trois points. Et puis, toute la polémique sur l'initiation des sœurs, ça m'a refroidi. J'ai l'impression de faire partie d'une confrérie de machos invétérés et en même temps j'en ai marre de recevoir des leçons des profanes sur notre supposée misogynie.

Elle le regarda, surprise.

— Pour ma part, je préfère les initiations entre sœurs, c'est plus... intime. Je comprends que des hommes puissent vouloir rester entre eux. La démarche initiatique reste un choix personnel. Et si nous revenions vraiment à notre énigme ?

Marcas acquiesça.

— À la santé de nos chevaliers Kadosh ! Les sublimes vengeurs des templiers. De toute façon, tous les historiens sérieux de la maçonnerie sont d'accord entre eux. Il n'existe aucune preuve sérieuse d'une filiation entre templiers et francs-maçons. À ma gauche, des moines soldats qui suaient sang et eau pour la gloire du Christ, étripant vaillamment les infidèles sur la route des croisades et, à ma droite, des frangins qui se drapent dans des capes et jouent au carnaval dans leurs loges par pure vanité. Pauvres templiers, ils doivent se retourner dans leur tombe.

Il s'assit à son tour. Elle le regarda bizarrement et mit sa main sur son poignet. D'un coup, il eut envie de l'embrasser. Comme ça, juste pour voir. Mais il se retint. Ce n'était pas le moment. L'alcool le poussait à dire et à faire n'importe quoi. D'ailleurs, elle mit le verre de côté.

— Je pense que tu te trompes sur la motivation de ces frères et surtout sur le sens véritable de l'enseignement de ce grade templier. Il faut aller au-delà des apparences. Lis ce passage du catéchisme du chevalier Kadosh. C'est beaucoup plus subtil qu'il n'y paraît. Tu sais, les templiers ne sont qu'un prétexte.

Marcas se pencha sur le paragraphe.

— Quel est ton vœu ?

— Je foule aux pieds la couronne royale, non pas comme symbole d'une forme particulière de gouvernement ou d'un développement de l'usurpation ou du pouvoir inconscient, mais comme l'emblème de la tyrannie licencieuse et irresponsable, quels que soient son nom, sa forme, sa manifestation. Et comme je la foule aux pieds, l'humanité foule à ses pieds la tyrannie et le despotisme ; car seule la souveraineté du peuple a droit à ses hommages. Je foule aux pieds la tiare pontificale et papale, non pas comme symbole d'une foi ou d'une religion, ou d'une Église particulière, mais comme l'emblème de l'ambition hautaine et de l'imposture pervertie qui asservissent l'homme par la crainte et l'abrutissent par la superstition, qui protègent l'ignorance et sont les fidèles alliés du despotisme. Et comme je la foule aux pieds, la libre pensée foule à ses pieds l'intolérance et le despotisme spirituel, car seuls l'enseignement et la persuasion ont droit à ses hommages.

— Qui sont les ennemis irréconciliables des Kadosh ?

— Le despotisme des gouvernants, l'oppression des privilégiés et de la tyrannie des prêtres, assassins infâmes de la liberté de la pensée, de la liberté de conscience.

Antoine se gratta la tête, pensif. Ces paroles étaient un peu pompeuses mais elles trahissaient, compte tenu de l'époque, fin XVIIIe siècle, un besoin de liberté et une soif de justice qui résonnaient encore.

— Je retire ce que j'ai dit. Je n'aurais pas dû faire mon Léo Taxil[1].

— Alors revenons à notre énigme.

Les chiffres énigmatiques s'affichaient toujours sur le mur blanc.

7086270813380401585
83138433708685101585 33
8081333810706085338380
8115407085338684701040
703883703860858 08683

Elle avait pris un stylo, une feuille de papier et jetait ses idées en vrac.

— Nekam Adonaï est le mot de passe des maçons au grade de chevalier Kadosh. Cela veut dire qu'il faut décrypter cette série de chiffres comme le ferait un frère Kadosh.

— Cette fois, je sèche moi aussi. C'est toi, la spécialiste de la symbolique maçonnique et templière. Ce doit être une sorte d'alphabet codé.

Elle se leva et arpenta la pièce. Elle avait déjà vu ce type de codage, à l'époque où elle préparait sa thèse mais c'était tellement loin. Soudain, elle se tourna vers Marcas.

— Qui as-tu cité tout à l'heure ?

— Rien, je me moquais des maçons égyptiens.

— Non. Tu as fait référence à qui déjà ?

— Léo Taxil, celui qui nous a collé une réputation de satanistes et de comploteurs pour la plus grande joie de l'Église et des mouvements réactionnaires nationalistes.

1. Pourfendeur de la maçonnerie, écrivain du XIXe siècle et mythomane.

Elle fila vers la bibliothèque et en sortit un livre à la couverture rouge, usé jusqu'à la corde.

LES FRÈRES TROIS-POINTS
Par LÉO TAXIL
Deuxième volume
PARIS
LETOUZEY et ANÉ, ÉDITEURS

Les pages jaunies défilaient à toute allure sous ses doigts. Antoine se pencha vers elle.

— Tu possèdes ce tas de boue... C'est la première fois que j'en vois un d'époque. Tu sais que ç'a été un best-seller, recommandé par le pape lui-même, le livre de chevet de tous les dictateurs européens. Hitler, Franco, Mussolini et surtout Pétain, qui s'en sont servis pour argumenter leur haine contre la maçonnerie

— Je sais. Mon oncle me l'a fait étudier. Un monceau d'affabulations mais en revanche très bien documenté sur certains rituels. J'ai trouvé. Regarde. Page 406.

Les Kadosh, eux, écrivent en chiffres.
A : 70 /B : 2 /C : 3 /D : 12 /E : 15 /F : 20 /G : 30 /H : 33 /I ou J : 38 /K : 9 /L : 10/ M : 40 /N : 60 /O : 80 /P : 81 /Q : 82 /R : 83 /S : 84 /T : 85 /U : 86 /V : 90 /X : 91 / Y : 94 / Z : 95

Marcas n'en croyait pas ses yeux, c'était la première fois qu'il voyait un autre alphabet maçonnique que celui utilisé dans les loges bleues. Ils s'approchèrent du mur avec un stylo et décryptèrent un par un les chiffres du microfilm au fur et à mesure de leur lecture. Au bout de quelques minutes, Antoine leva le doigt.

— Premier !

— Je t'écoute.

— AU BAPHOMET TRÈS HAUT THÉOPHILANTHROPE MATHUSALEM IRAIN TOUR.

— Pareil pour moi, sauf pour l'avant-dernier mot j'ai AIRAIN. Un peu de rigueur, commissaire.

Ils restèrent silencieux tous les deux, essayant de

saisir la signification de chaque mot. Gabrielle se lança à son tour :

— Selon les actes du procès contre les templiers, le Baphomet était une idole qui aurait été adorée par les chevaliers. Une sorte de tête de démon cornu, barbu. Les aveux des templiers ayant été obtenus sous la torture, il est difficile d'y accorder crédit. Il pourrait aussi s'agir d'une version provençale de Mahomet. Les templiers avaient établi de nombreux contacts avec les musulmans pendant les croisades. Pour le reste je suis dans le brouillard.

— Moi pas, dit Marcas d'un ton joyeux. La théophilanthropie, ça me connaît !

— Comment ça ?

— Une des dernières fois où je suis allé en loge, un frère nous a infligé une planche sur le sujet.

— Résultat ? s'impatienta Gabrielle.

Antoine se leva et prit un ton pompeux. Il ne savait pas pourquoi, mais il se sentait des ailes d'adolescent. La vodka à jeun sans doute.

— Chère madame, la théophilanthropie est un courant religieux né pendant la Révolution française. Ses promoteurs voulaient en faire une sorte de troisième voie entre la religion catholique et l'athéisme. Le mouvement a connu une vraie popularité à Paris, mais un peu moins en province. Ses adeptes croyaient en l'immortalité de l'âme et à l'existence de Dieu mais dans une optique dégagée de toute pression morale. Ils ont essaimé dans de nombreuses églises réfractaires pendant la Révolution, mais ça n'a pas duré longtemps et le culte a fini par disparaître.

Gabrielle le regardait avec de grands yeux ouverts. Antoine reprit aussitôt :

— Le fondateur était un maçon, un certain Chemin, vénérable de la loge des Sept Écossais réunis, un humaniste un peu exalté. J'ai assisté à une tenue commémorative de cette loge, l'occasion pour un frère érudit de faire une planche sur la théophilanthropie.

Pas mécontent de son effet, Antoine alla à la cuisine et s'aspergea le visage avec de l'eau froide. Il fallait chasser les vapeurs d'alcool. Gabrielle, elle, lisait à haute voix.

— MATHUSALEM AIRAIN. Le vieux Mathusalem, fils d'Énoch, était le plus vieux patriarche de la Bible, il aurait vécu mille ans. Airain peut faire référence à la mer d'airain, décrite dans l'Ancien Testament lors la construction du temple de Salomon, à Jérusalem. Le même temple dont les chevaliers du Christ vont tirer le nom de leur ordre pour y avoir campé au début des croisades. Tout cela s'embrouille un petit peu. Si l'on essayait Google ?

— Avec plaisir. Ça va nous reposer les neurones.

Antoine ouvrit la grande fenêtre et s'alluma une cigarette pendant qu'elle sortait une tablette iPad d'un tiroir. La connexion se fit rapidement. Elle tapa la succession de mots sur le moteur de recherche. Antoine s'étira devant le ciel nocturne. Dans l'immeuble en face, il aperçut un couple en pleins préliminaires. Il rejeta la fumée de ses narines en jouant les voyeurs. La voix de Gabrielle monta vers lui :

— Il n'y a rien qui rassemble tous les mots du message. Ça part dans tous les sens. Il nous faut de l'aide.

— À cette heure-ci, ça va être dur.

La jeune femme secoua la tête.

— Je connais quelqu'un qui va nous renseigner. Ma vénérable de loge a été aussi ma directrice de thèse, elle nous a présenté une planche très documentée sur le Baphomet et sa signification symbolique. Elle est incollable là-dessus.

— Tu peux l'appeler ?

— Maintenant non. Elle doit être en train de préparer une élévation à la maîtrise de deux sœurs, ce soir.

Elle consulta sa montre.

— Nous avons juste le temps. Tu as déjà assisté à une tenue d'élévation féminine, mon très cher frère ?

43

De nos jours
Rome
Basilique Saint-Pierre

Les gardes suisses avaient fait évacuer l'entrée principale de la basilique Saint-Pierre. Le pape et le cardinal camerlingue marchaient seuls dans le narthex, l'entrée de l'église, côte à côte, le vieil homme en blanc et le petit homme en rouge. Ils passèrent devant la statue équestre de Constantin, l'empereur qui avait changé le cours de l'histoire en se faisant convertir au christianisme après sa victoire au pont Milvius contre son rival, Maxence. Ce fut le même empereur bâtisseur de la première basilique à la gloire de son nouveau Dieu.

Ils pénétrèrent à l'intérieur de la basilique monumentale, éclatante de marbres polychromes, de piliers gigantesques, de statues blanches et minérales. La plus grande église de la chrétienté. Leurs pas résonnaient dans l'écrasant édifice où les hommes paraissaient, à dessein, écrasés par la puissance architecturale. Même les officiants de permanence avaient disparu. Plus une âme qui vive dans les lieux saints. Les deux hommes seuls arpentaient la nef vers le grand baldaquin noir. Le pape marcha sur un rectangle commémorant le sacre de Charlemagne, l'autre grand empereur champion de la chrétienté.

— Étrange sensation... Je n'ai jamais connu cette basilique vide. Je viens de réaliser que j'ai toujours été entouré de monde. Dieu m'est témoin qu'après avoir célébré tant de messes, la joie au cœur, cette fois je me sens... insignifiant.

Le pape leva les yeux au ciel. À chaque fois qu'il regardait cette coupole majestueuse, il était saisi de vertige, comme s'il allait être aspiré à jamais dans les cieux.

— Je crois, Très Saint-Père, que vos prédécesseurs ont dû se faire la même remarque, répondit le cardinal camerlingue. Je voudrais vous présenter un serviteur de Dieu d'une grande qualité.

Un homme en soutane attendait devant la statue lourde et sombre de saint Pierre tenant, assis, les clés du paradis, les pieds usés par les caresses des fidèles. En voyant le pape et le camerlingue, le prêtre s'agenouilla avec souplesse et porta ses lèvres vers la main du vieil homme.

— Relevez-vous. Je vous connais, n'est-ce pas ?

Le prêtre se redressa aussi rapidement qu'il s'était baissé. Il était carré d'épaules, grand, le cheveu ras, le visage buriné. Une force brute émanait de sa personne. Le petit cardinal se mit à ses côtés. Le contraste était saisissant.

— Je vous présente le père Antonio da Silva. Il fait partie de mon équipe de sécurité personnelle, l'office des Trois Clés de saint Pierre. Il était avec vous lors de votre déplacement à Prague, la semaine dernière. Le père da Silva veille, avec efficacité, sur notre Église.

Le pape avait détourné son regard du prêtre et contemplait la statue de Pierre. Il connaissait ce service de protection attitré aux camerlingues depuis sa création par Pie XII, en 1942. À l'époque, il fallait assurer la protection des princes de l'Église chargés des missions spéciales.

— Et que fait ce bon père ici ?

Le camerlingue se dandinait sur lui-même, l'air grave.

— Outre son activité, le père da Silva, comme ses prédécesseurs, a une mission bien précise. Vitale même. Allez-y, Antonio.

Da Silva déboutonna le haut du col de sa soutane et en sortit un fin collier sur lequel était accrochée une petite clé en or. Il monta sur le socle de la statue et s'agenouilla devant l'apôtre, puis il inséra sa clé dans le pan d'ouverture crénelée de la grande clé tenue par la main gauche de saint Pierre. Il fit jouer deux tours comme dans une serrure. La grande clé tourna brutalement d'un quart d'angle sur elle-même. Da Silva redescendit et reboutonna son col romain. Le pape avait observé l'opération sans faire preuve de la moindre surprise.

— La clé de saint Pierre est donc une serrure. Je comprends pourquoi le service auquel vous appartenez, da Silva, fait référence à une troisième clé. Fort bien, et cela nous mène où ? dit le pape d'une voix paisible.

— Dans les entrailles de la colline du Vatican. À une dizaine de mètres sous le maître-autel, à l'exacte verticale du dôme de la basilique.

Le père da Silva ouvrit la barrière qui bloquait l'escalier de marbre, constellé de dorures, menant à la nécropole, et laissa passer le vieil homme et le cardinal. Les marches étaient éclairées par une lumière jaune, diffuse. Les trois hommes s'enfoncèrent dans les entrailles de la basilique. Au fur et à mesure qu'ils descendaient, la fraîcheur devenait plus intense. Le cardinal prit la parole :

— Faites attention aux marches, elles ne sont pas larges. Comme vous le savez, cet escalier mène aux reliques sacrées de saint Pierre, même si les preuves de sa réalité sont pour le moins sujettes à caution.

— Oui. Il faut bien que les fidèles puissent fortifier leur foi. J'ai vu les rapports circonspects des archéologues. Il y a une nécropole sous la basilique où l'on a trouvé vingt-deux tombes datant de l'époque romaine.

— C'est Pie XII qui a lancé les fouilles en 1938. C'est lui qui a annoncé en 1950 que les os découverts dans une petite niche étaient ceux de Pierre.

— Il a déclenché les fouilles, à la veille du conflit le plus meurtrier de l'histoire du monde. Certains pensent que son geste sacrilège aurait entraîné cette catastrophe. Il aurait fallu laisser Pierre en paix.

Les trois hommes arrivèrent devant le reliquaire doré. Le pape baissa la tête en signe d'humilité et de soumission puis se tourna vers le camerlingue.

— Je n'ai pas le temps pour faire un pèlerinage. Pourquoi m'avoir amené ici ?

Son interlocuteur hésita un instant avant de répondre :

— Deux ans après le lancement des fouilles, les scientifiques ont fait une découverte exceptionnelle. Ils ont trouvé des os, oui, mais pas seulement ceux attribués à Pierre. Il s'agissait d'un squelette qui tenait entre ses mains un coffret. Celui-ci a été présenté à Pie XII. Il l'a ouvert et a pris connaissance de son contenu.

Le pape le regarda avec étonnement. Da Silva, lui, restait muet.

— Et alors ?

— Après en avoir confié la garde au camerlingue de l'époque, il a aussitôt créé l'office des Trois Clés de saint Pierre, officiellement pour assurer des missions de protection lors de déplacements à l'étranger mais surtout pour assurer la sécurité du secret.

— Un secret ?

— Saint-Père, que se transmettent les camerlingues et qu'ils ne doivent révéler au pape qu'en dernière extrémité. Pie XII a spécifié que ce coffret ne devait être ouvert que si l'existence même du Vatican était menacée.

Le petit cardinal s'agenouilla devant le reliquaire,

passa son doigt sur une clé dorée et appuya. Un déclic se fit entendre. Le couvercle s'ouvrit. Il passa la main et en retira une boîte rectangulaire en argent ciselé sur lequel était gravé le mot :

KEPHA

Il le tendit au pape. Celui-ci le prit dans ses mains. La boîte lançait des reflets argentés. Le père da Silva observait la scène en silence. Le pape était fasciné par le coffret.

— Je connais ce mot. C'est la traduction de Pierre en araméen, Kepha veut dire le roc, le rocher, la pierre…

Le camerlingue hocha la tête.

— Tu es Pierre et sur cette pierre je bâtirai mon Église. Très Saint-Père, il est temps pour vous de prendre connaissance du secret de Pie XII.

44

Paris
Palais du Louvre
Octobre 1307

— Vide !

Le mot résonna, lugubre comme le cri d'un animal blessé.

— Tout est vide !

De colère, Nogaret jeta la liasse de parchemins sur l'écritoire. Quelques feuillets glissèrent sur le dallage. Sans bruit, Pareilles les ramassa. *Commanderie d'Andrivaux, d'Argens, de Montsaunès...* chaque parchemin portait le même commentaire, en fin de page, rédigé par un tabellion sans imagination : *hormis le nécessaire de la commanderie et les biens propres des frères, aucun numéraire, ni or, ni argent, ni pierreries n'ont pu être trouvés.*

— Des centaines de commanderies, fouillées de la charpente au cellier, des murs sondés, les jardins retournés, les puits vidés... et rien. Rien !

Nogaret toussa. D'un geste fébrile, il moucha une chandelle qui fumait.

— J'ai froid. Que l'on fasse venir Bertrand de Got.

Pareilles appela un valet auquel il chuchota un ordre.

— Messire, le cardinal de Bissy vient d'arriver au palais.

Le conseiller du roi se retourna. Depuis l'arrestation des templiers, son visage, naturellement émacié, épousait de plus en plus étroitement la forme de son crâne

— L'envoyé du pape ?

Alain de Pareilles retira son casque.

— Oui, il vient d'arriver de Poitiers.

Nogaret saisit une pelisse et se rapprocha de la cheminée.

— Il a demandé à voir le roi ?

— Ses lettres de créance ont été immédiatement déposées.

Depuis la rafle, la position de Nogaret au conseil du roi s'était sensiblement dégradée. Charles de Valois ironisait sur cette arrestation, censée renflouer le royaume, et qui allait achever de le ruiner. Louis le Hutin, lui, ne cessait de gronder entre ses dents. On murmurait, parmi les serviteurs de son hôtel de Nesle, que son ardeur au plaisir, déjà guère brillante, souffrait désormais d'une éclipse continue. Bien sûr, l'héritier du trône se croyait la victime d'une malédiction lancée par les chevaliers au blanc manteau. À la différence de son frère ou de son fils, Philippe le Bel n'avait prononcé aucune parole de colère, mais il se murait dans un silence hautain qui semblait condamner tout un chacun à l'exil.

— Il porte sans doute un message du pape, murmura entre ses dents Nogaret.

— En fait, une proposition, corrigea le chef des archers.

Le conseiller releva la tête. Ses yeux brillaient d'un éclat que Pareilles ne connaissait que trop. Dans ce cas, il valait mieux parler avant même d'être interrogé.

— La porte de la chapelle était ouverte et j'ai entendu le cardinal...

— Par le sang de Dieu, Pareilles, allez au fait !

Le chef des archers respira profondément et se lança :

— Sa Sainteté réclame qu'on lui remette tous les templiers emprisonnés. Et d'abord les dignitaires du Temple.

Nogaret ne réagit pas. Il tendit les mains vers le feu et

fit miroiter ses paumes. Depuis des années, ses veines creusaient des sillons noirs sous la peau. Son sang l'étouffait. Le matin, quand il se levait, il sentait son cœur frapper dans sa poitrine comme le battant d'un tocsin. Il ne se laisserait pas voler sa dernière victoire.

— Ainsi le Saint-Père souhaite prendre sous sa protection les frères du Temple ?

— Oui, messire.

— Alors, annoncez officiellement le transfert des dignitaires. En bon fils aimant de l'Église, notre roi Philippe va accéder aux désirs de Sa Sainteté avant même qu'elle en fasse la demande.

Nogaret s'enroula dans sa pelisse. Il venait de couper l'herbe sous le pied du pape. La levée d'écrou demanderait des semaines. Ensuite, il transférerait les prisonniers par étapes. Le roi disposait de nombreuses forteresses sur la route de Poitiers. Le trajet serait long. Quand le Saint-Père récupérerait les templiers, ils auraient avoué. Tout.

Bertrand de Got entra. Fait rare, le neveu du pape était habillé à la dernière mode. Chausses moulantes terminées par une boule d'argent, pourpoint scintillant de brillants, gants de velours noir faisaient presque oublier la rudesse native du personnage. Nogaret pesta en détaillant son accoutrement :

— Nous cherchons tous le trésor du Temple, visiblement vous l'avez trouvé.

— Mon oncle m'a gratifié de quelques libéralités et…

— Votre costume sied sans doute à un damoiseau de cour, pas à homme dont les mains se sont couvertes de sang…

— … du sang versé à votre service, répliqua Bertrand.

Le conseiller se leva, fébrile.

— Eh bien, j'aimerais être mieux servi ! On me dit qu'un prisonnier s'est échappé de la grange aux dîmes ?

Got haussa les épaules.

— Ce n'était pas un templier, noble seigneur. Un

simple apothicaire de Saint-Germain-l'Auxerrois, soupçonné de nécrophilie.

Nogaret se tourna vers Pareilles. Il n'aimait pas cette histoire. Si ce moine retombait dans les mains de la justice, il pourrait parler. Raconter ce qui se passait dans les caves de Saint-Germain. Son ton se radoucit subitement.

— Messire de Got, dans votre intérêt, vous m'obligeriez en retrouvant ce fugitif et en faisant le nécessaire pour que ce témoin de votre incompétence ne revoie pas la lumière du jour.

Le neveu du pape porta la main à son cœur.

— Il en sera fait selon vos ordres.

D'un geste, Nogaret indiqua à Pareilles de quitter la pièce. Il se dirigea vers l'écritoire, saisit un parchemin et s'approcha de Bertrand.

— Les templiers ont eu le temps de mettre à l'abri leur trésor. Je veux que vous le retrouviez coûte que coûte.

— Monseigneur, nous avons passé à la question plusieurs dizaines de frères à la grange aux dîmes. Tous ont fini par reconnaître leurs fautes. Mêmes celles qu'ils n'ont pas commises. En revanche, aucun n'a parlé de trésor.

Nogaret lui tendit le parchemin.

— Parce que vous n'avez pas interrogé les bons. Lisez.

Le neveu du pape ôta ses gants. Le texte était bref.

État des frères qui se sont enfuis.

— À force de recoupements, précisa le garde des sceaux, nous avons fini par établir une liste de cinq chevaliers, tous présents à Paris, ces derniers jours, et qui nous ont échappé.

— *Richard de Monclerc*, commença Bertrand.

— Il a été aperçu en Normandie, il va chercher à passer la mer.

— *Imbert Blanc.*

— Il s'est déjà réfugié outre-Manche. Sans doute attend-il son compère Monclerc.

— Vous pensez que le trésor du Temple peut être à Londres ?

Le visage chafouin, Nogaret ricana.

— Voyons, si le roi d'Angleterre soupçonne un instant que l'or des frères est dans son pays, il les persécutera jusqu'au dernier. Les templiers ne sont pas fous. D'ailleurs, vous verrez que ces deux fugitifs iront vite se faire oublier en Écosse.

— *Hughes de Castillon.*

Tout en toussant, Nogaret haussa les épaules.

— Une tête brûlée, un impulsif ! Jamais les dignitaires ne lui auraient confié une mission cruciale.

— *Hughes de Châlons.*

— Évaporé quelque part dans le Vexin. Sans doute près de Gisors.

— *Gérart de Villiers.*

— On a retrouvé sa trace en Auvergne où il a disparu. Il était accompagné d'une forte escorte.

Le regard de Got s'alluma.

— Alors c'est lui ?

— De Villiers est un mutilé. Je doute que ce soit à lui que l'on ait confié la charge du trésor.

— Pourtant les hommes qui l'accompagnent…

D'agacement Nogaret frappa du poing sur le rebord de la cheminée.

— Une diversion. Pour nous mettre sur une fausse piste.

— Seigneur, la fortune du Temple est réputée considérable. Une escorte est fatalement nécessaire pour protéger le convoi.

Cette fois, le conseiller éclata de rire.

— Parce que vous imaginez les templiers traverser la France, transportant leur or sur des charrettes tirées par des bœufs ?

Bertrand baissa la tête.

— Nous avons arrêté un templier, il y a quelques mois, le gestionnaire d'une commanderie, en Rouergue. Il tentait d'échanger de l'or contre des pierreries. Une grosse somme d'or.

— Vous voulez dire que…

— … que le trésor du Temple doit plutôt ressembler à une rivière de pierres précieuses.

Forêt de Chantilly
Octobre 1307

Guilhem s'était réveillé dans un fourré. Tapi, comme un renard, sous l'épaisseur protectrice d'un bosquet de genêt. Le soleil, pâle sous la brume, avait commencé son ascension. L'apothicaire tendit l'oreille. Ce qu'il redoutait le plus, c'était de croiser le chemin d'une chasse et d'être poursuivi par une meute. La peur qui avait battu ses flancs, depuis son évasion, devait avoir lancé des traces. Il imaginait les chiens, excités par son odeur, se ruer sur ses brisées, prêt à le déchiqueter comme une proie animale. Guilhem secoua la tête. Il avait la fièvre. Des idées folles le gagnaient. Il se leva. Son corps avait laissé une empreinte dans la terre sablonneuse. Il tendit les doigts pour en effacer les contours. La douleur le faucha en plein mouvement. La souffrance, pareille à un serpent venimeux, ondulait des poignets suppliciés jusqu'aux épaules. Il retomba au sol, en cherchant sa respiration. Une odeur de vase amère montait de ses mains. S'il ne trouvait pas rapidement de quoi apaiser ses plaies, la pourriture le rongerait jusqu'à l'os. Il chancela et s'appuya contre un tronc. Dans sa course, il avait échoué sur un monticule de rochers, entourés de bouleaux. Un frêne s'élevait, solitaire, près d'un tapis de bruyère. Guilhem, à coups d'ongles, en râpa l'écorce qu'il broya entre ses doigts. Quand il eut obtenu l'équivalent d'un doigt de poudre, il la plaça sous la langue. Si la fièvre continuait à monter, l'écorce de frêne l'aiderait à garder la tête froide.

Déjà le sang battait à ses tempes. Les images pullulaient et éclataient dans son esprit, comme s'il avait avalé un champignon de sorcières. La douleur, entrelacée à la faim, gagnait du terrain. Il fallait agir.

La forêt, compacte et sombre, s'étendait jusqu'à l'horizon. Seul un chêne, aux branches immenses et dénudées, émergeait de cette mer d'arbres. Autour, une friche semblait dégagée. Guilhem regarda le tronc des saules, les mousses étaient toutes orientées dans son dos, du côté nord. La clairière, elle, était située juste en face, éclairée par le soleil levant. Pour aller vers le sud, il lui suffirait donc d'observer les troncs à intervalles réguliers. À pas lents, il descendit de la butte et s'engagea dans la forêt.

Foulques avait pris son temps, évitant soigneusement les chemins de traverse au profit des voies les plus fréquentées. En tacticien averti, il flairait que les hommes du roi surveilleraient prioritairement les chemins de contrebande qui filaient vers la mer. En conséquence, il avait choisi d'emprunter les routes traditionnelles des marchands, s'acquittant sans rechigner de chaque péage, de chaque octroi. Il voulait être vu. À Goussainville, il s'arrêta à l'auberge et régala sa compagnie d'un mauvais vin clairet. Pour ne pas être reconnue, Sarah portait une bure à large capuche qui dissimulait ses cheveux. Rigui lui avait enjoint de ne pas parler. Précaution sans doute inutile car, depuis qu'il l'avait recueillie, elle n'avait pas desserré les dents. Parmi les soldats qui accompagnaient Foulques, certains s'inquiétaient du silence énigmatique de cette sauvageonne. D'autres, au contraire, la prenaient pour une sorte de talisman qui les protégeait dans leur périple. Foulques laissait dire. Pendant qu'ils s'interrogeaient ainsi, les hommes ne se posaient pas d'autres questions.

Sur les bancs, les habitués ne parlaient que de l'arrestation des templiers. Des paysans, arrivés pour la foire du lendemain, racontaient d'incroyables histoires. On avait vu des chevaliers aux blancs manteaux capturés, leurs commanderies fouillées et pillées. Un marchand de bois, qui venait de Senlis, avait croisé une troupe misérable de frères, chaînes aux pieds, gardés par les corbeaux noirs de l'Inquisition.

Foulques jugea qu'il en avait assez entendu et jeta une pièce sur la table. Autour de lui, ses hommes étaient pétrifiés. Certes, Rigui les avait prévenus de l'imminence d'un coup de force du roi, pourtant la surprise et le désarroi se marquaient sur leur visage. Quant à Sarah, elle qui ne manifestait aucune émotion apparente, au mot Inquisition elle avait sursauté. Dans la salle, les rumeurs se répandaient. Le roi d'Angleterre allait débarquer en Normandie pour sauver les templiers. Le pape les avait vendus en échange de leurs richesses. Foulques se leva. Ses hommes le suivirent d'un pas lourd. Sous sa capuche, le visage de Sarah était devenu de neige. Le chevalier lui serra la main jusqu'aux chevaux.

Bertrand épongea la sueur qui dégoulinait de son front. Le templier était résistant. Pour la seconde fois, on venait de resserrer les brodequins. L'inquisiteur, un moine au teint olive et aux yeux rougis, exhortait le prisonnier à avouer. Bertrand fit tourner la vis de l'étau qui comprimait les deux étais de bois autour de la jambe. On entendit un craquement. La chair venait de céder, découvrant l'os. Un gémissement inhumain monta de la table d'interrogatoire.

— Avoue, ordonna le dominicain, avoue que tu as renié le Christ, que tu as commis le péché de sodomie avec tes frères, que tu adores une idole à tête de chat, avoue !

Discrètement, Bertrand jeta un œil à travers la lucarne. Bientôt les rayons du soleil la frapperaient à la verticale. Il devait partir.

— Il ne parlera pas, déclara le bourreau qui visitait une à une les chambres de torture, c'est un coriace. Il faut lui infliger une souffrance continue qu'il ne supportera pas.

— Vous proposez quoi ? interrogea Bertrand, soudain intéressé.

De son sac, le bourreau sortit une longue écharde de bois rugueuse.

— Si c'est votre solution miracle… s'emporta l'inquisiteur.

— Regardez plutôt.

D'un geste habile, l'homme de l'art s'approcha de la jambe suppliciée et fit coulisser l'écharde entre la chair et l'os.

— Maintenant vous pouvez serrer. L'écharde va éclater et des dizaines de débris de bois vont se loger entre les muscles et les nerfs. La douleur sera insupportable.

Avant de partir, Bertrand se pencha sur le visage du templier. Ses yeux étaient clos. À travers ses lèvres fendues, il répétait une prière incessante. *Kyrie eleison. Kyrie eleison.*

L'inquisiteur tourna la vis. Un hurlement retentit. Le bourreau conclut :

— Maintenant il va parler.

La clairière venait juste d'être défrichée. Des rémanents jonchaient le sol tandis que des cordes enserraient une souche à demi arrachée du sol. Guilhem la regarda avec attention. Entre les racines, parmi les mottes hérissées de cailloux, des champignons éclataient en grappes dorées. L'apothicaire les reconnut aussitôt. C'était dans le chapeau conique que se concentrait leur vertu cachée, celle de hâter la cicatrisation. Guilhem les cueillit avec précaution et les roula dans sa tunique. Ce soir, mélangés avec de la glaise, il les appliquerait sur ses poignets. Un bruit de cognée le fit sursauter. Il se releva et aperçut, au bout de la clairière, un homme penché sur un tronc.

La hache brillait au soleil. Sans doute le bûcheron examinait-il l'entaille du tronc avant de frapper à nouveau. Guilhem s'approcha. Il avait entendu beaucoup d'histoires sur les bûcherons. Des légendes dans lesquelles ils étaient pêle-mêle confondus avec les brigands ou les ermites, réfugiés dans les forêts. L'homme portait des vêtements souillés de sciure tandis que ses mollets étaient lacérés de cicatrices. Il manquait deux doigts à sa main gauche.

— Je cherche le carrefour de la Table.

— Tu n'es pas un templier en fuite? cracha le bûcheron avec mépris.

Guilhem s'arrêta, interdit.

— Je viens en paix, bredouilla-t-il.

C'était la seule phrase qui lui avait traversé l'esprit.

— La paix des templiers, je la connais, répliqua l'homme en tendant sa main mutilée, regarde ce qu'ils m'ont fait, pour avoir coupé un arbre sur leur domaine.

La hache reposait sur le tronc. Guilhem supputa ses chances.

— Je suis un moine de Saint-Germain. Je cherche des plantes pour la pharmacie de mon monastère.

Le bûcheron s'apaisa.

— Alors sois béni. Tes frères les dominicains viennent d'arrêter ces suppôts de Satan, ces chiens du Temple, âpres au gain et méprisant le peuple. Que ces porcs maudits brûlent en enfer.

Stupéfait de la nouvelle, Guilhem balbutia quelques mots que l'homme prit pour une approbation.

— Le carrefour est à main gauche. Tu n'es plus loin. Un quart de lieue, pas plus.

Le bûcheron regarda Guilhem s'éloigner. Il cracha dans ses mains avant de saisir sa cognée. C'était une belle journée. Une seule chose l'étonnait. C'était la seconde fois, ce matin, qu'on lui demandait le chemin du carrefour de la Table.

45

De nos jours
Paris
Siège d'une obédience féminine

Houzé !
Houzé !
Houzé !

Les trois acclamations solennelles du Rite écossais résonnaient sous la voûte étoilée du temple. Antoine Marcas observait la trentaine de femmes en longue robe noire, la taille ceinte d'un tablier, jeunes et plus âgées, qui se tenaient debout, de chaque côté du temple. Quinze à la colonne de gauche, quinze autres, et lui-même, à la colonne de droite. Gabrielle se tenait debout à sa droite, elle aussi revêtue d'une robe couleur ténèbres et d'un tablier de maître.

La nuit venait de tomber sur le temple. La nuit de la mort.

La mort d'une compagnonne et la naissance d'une maîtresse.

Au milieu de la loge, exactement sur le pavé mosaïque, reposait un corps recouvert d'un drap gris. L'orient était fermé d'un rideau de deuil et la vénérable s'était éloignée de son plateau. C'était elle qu'Antoine et Gabrielle devaient rencontrer à l'issue de la tenue pour décrypter l'énigme laissée par le frère Balmont.

La femme d'une soixantaine d'années, le visage énergique, le regard vif, donna un coup de maillet.

— Vénérables maîtresses, les travaux sont ouverts dans la chambre du milieu.

Antoine observait attentivement les sœurs autour de lui, notant chaque détail. La façon de se tenir, droite, la précision des gestes, l'enchaînement des passages du rituel… Elles pratiquaient cette tenue d'élévation d'une de leurs sœurs au grade de maître avec une rigueur maçonnique qui aurait pu en remontrer à plus d'un frère.

Il devait le reconnaître, au fond de lui, il se sentait presque intimidé, seul homme au milieu de toutes ces femmes. Quand ils étaient entrés dans la loge avec Gabrielle, à l'invitation de sa vénérable, il avait senti les regards de ces femmes se poser sur lui. Une curieuse sensation. Il avait maintes fois assisté à des tenues mixtes, dans son obédience, mais c'était la première fois qu'il passait les portes de la Grande Loge Féminine. Une obédience qui n'initiait que des femmes, mais autorisait la présence de frères à leurs tenues. Au milieu de toutes ces initiées en robe noire, pour la première fois, il comprenait ce que ressentaient des sœurs quand elles venaient visiter sa loge, et se retrouvaient en minorité au milieu des frères.

Le rite d'élévation au grade de maîtresse débutait avec force et beauté.

La sœur compagnonne qui demandait son admission en tant que maître, s'avança devant la dépouille gisant sur le pavé constellé de carreaux noirs et blancs. Elle avait une trentaine d'années, les cheveux bruns coupés court, une frange sur le front, vêtue d'une robe noire. Antoine la contempla avec émotion. Il était aussi passé par cette épreuve initiatique à nulle autre pareille dans la vie d'un maçon.

C'était un moment crucial, celui où chaque frère accède au plein état de la maîtrise. Après avoir attendu entre deux et trois ans comme apprenti puis comme compagnon, il passait la dernière épreuve d'initiation.

L'aspirante maîtresse faisait face à la dépouille qui représentait le cadavre d'Hiram. Depuis des siècles, dans chaque loge du monde, se jouait le même drame, le meurtre d'Hiram, l'ancêtre mythique de tous les maçons, assassiné par trois mauvais compagnons qui voulaient s'emparer de ses secrets.

À la vérité, sous le drap couleur de cendre, se tenait une sœur qui jouait le rôle du maître assassiné. Antoine avait eu le temps de l'apercevoir alors qu'elle enfilait sa tunique noire, sur une robe fuseau, avant la cérémonie. Brune, avec des yeux vert amande, un visage anguleux slave, Marcas se disait que, durant sa période de retrait de sa propre loge, il aurait dû en profiter pour fréquenter d'autres obédiences, les féminines en priorité. Gabrielle lui avait jeté un regard amusé qui l'avait presque fait rougir. Il se comportait vraiment comme un imbécile. Il s'était approché d'elle et lui avait pris la main. Comme pour se faire pardonner d'avoir admiré une autre femme. Gabrielle avait souri, faisant ressortir une grappe de taches de rousseur sur ses joues.

— Ne t'inquiète pas, chaque fois qu'un frère vient nous rendre visite, il tombe en extase devant cette sœur. Ce sont des comportements de ce genre qui m'inclinent à penser que la mixité n'est pas forcément un avantage en maçonnerie. Du moins, pour vous les hommes… le tablier ne vous empêche pas, hélas, de laisser libre cours à vos pulsions.

Dans le temple, le rite continuait. C'était le moment clé où la future maîtresse allait examiner le corps et constater sa mort. Antoine se rappelait avec ferveur l'instant où il avait plongé la main sous le drap. Il se mit à la place de cette jeune sœur. Ressentait-elle les mêmes émotions qu'il avait éprouvées, était-elle inquiète de ce qu'elle découvrirait sous le linceul ?

Après avoir répondu aux formules traditionnelles prononcées par la vénérable, elle avança lentement de l'ouest à l'est. D'abord par le pas d'apprenti, puis par celui de compagnon et enfin celui de maître. Elle passa par le sud, enjamba la dépouille vers le nord et se plaça à l'orient. Le point d'où jaillit la lumière après la nuit.

La magie de la cérémonie opérait. Pris par le rituel, Antoine n'avait plus devant lui une femme séduisante mais tout simplement un compagnon qui se transformait en maître. La différence de sexe n'avait plus d'importance à ce stade, la mort et la renaissance de la sœur dissolvaient tout.

À cet instant précis, sa singularité masculine s'évanouit. Il était vraiment un frère au milieu de sœurs, communiant dans un moment initiatique extraordinaire.

La tenue était terminée. Gabrielle et Antoine étaient les seuls restés dans le temple, toutes les sœurs commençaient à festoyer dans la salle des agapes. De retour derrière son bureau, la vénérable passa ses mains sur la longue robe noire pour enlever des plis imaginaires. Elle fusilla Marcas du regard.

— Dis-moi, mon frère, on ne t'a jamais dit que l'on pratiquait le Rite écossais ici ?

La question, prononcée sur un ton courroucé, prit Antoine par surprise. Depuis quinze ans, il avait eu le temps de connaître tous les rites. De l'écossais rectifié au français traditionnel en passant par celui d'Émulation, sans compter les subtiles variantes des rites égyptiens.

— Je te rassure, ma sœur, j'ai pleinement conscience du rite que…

— Faux, je t'ai vu. Quand nous avons ouvert au grade de compagnon, tu n'as pas levé ta main gauche.

D'un coup, Antoine se retrouva projeté des années

en arrière, à l'époque du primaire, quand l'institutrice, une vieille fille acariâtre, lui passait un savon pour ne pas avoir levé la main avant de prendre la parole.

— Ma chère sœur, il se trouve qu'étant un frère du Rite français, nous avons l'habitude de conserver…

L'œil de la sœur en question vira à l'encre noire.

— Ne me raconte pas d'histoires. Je t'observe depuis le début. Pendant les acclamations, tu n'as pas dit « Houzé, Houzé… »

Antoine allait perdre son flegme fraternel quand la sœur sortit de sa poche une pile de feuilles photocopiées.

— Je parie que tu ne connais pas la circulaire F.333 ? Les frères, vous êtes tous pareils. Cette circulaire est capitale, elle précise le comportement rituélique que les hommes doivent scrupuleusement respecter quand ils assistent à nos tenues.

Elle saisit la main gantée de Marcas et lui fourra les photocopies.

— Je te conseille vivement de les lire.

Ébahi, Antoine se demanda s'il ne devait pas se lever pour aller au coin. Mais il n'en avait pas encore terminé avec la sœur dragon.

— Et rappelle-toi ! À la fin de la tenue, au moment des acclamations…

— Houzé, Houzé…, murmura, tétanisé, Marcas.

La vénérable hocha la tête, satisfaite, chaussa de petites lunettes rectangulaires et prit le bout de papier que lui avait tendu Gabrielle.

AU BAPHOMET TRÈS HAUT
THÉOPHILANTHROPE
MATHUSALEM AIRAIN TOUR.

Elle resta pensive pendant de longues secondes. Le temple était plongé dans un silence total. Elle enleva ses lunettes et les regarda attentivement tous les deux.

— Vous cherchez quoi, exactement ?

— Un indice, un lieu, une phrase qui fasse sens. Je ne sais pas. On bloque.

— Il n'y a pas de quoi. Le début de la phrase est limpide. Ça m'étonne que tu ne l'aies pas trouvé par toi-même. Le Baphomet devrait te parler.

— Je connais sa signification mais il n'existe aucune trace ou reste d'un Baphomet templier quelque part en France. Il s'agit seulement d'aveux extorqués par les bourreaux du pape. Quant aux théophilanthropes, on sait qu'il s'agissait d'un culte lancé par un franc-maçon un peu exalté sous la Révolution et disparu quelques années plus tard.

La femme âgée plissa les yeux. Ses mains étaient croisées sous son menton.

— Tu te trompes. Après l'arrestation des templiers, les sergents du roi ont découvert un reliquaire en forme de tête dans la maison du Temple qu'ils ont cru être le Baphomet mais hélas la pièce a disparu, probablement volée par un officier. En revanche, il existe trois endroits en France où l'on trouve des représentations de ce démon cornu. L'un se situe à Provins, sur le portail de l'église Sainte-Croix. Et juste en face il existe une maison dite des templiers. Le deuxième est dans le village de Saint-Bris-le-Vineux, non loin d'Auxerre, au fronton d'une maison bâtie sur une ancienne commanderie du temple. Le troisième est à Paris, sur le frontispice de l'église Saint-Merri. De mémoire, cette petite statue date du milieu du XIXe siècle. Tous ces Baphomet sont sculptés en hauteur de ces édifices, d'où, je pense, la mention « Très Haut ».

Antoine écoutait attentivement. Il s'assit sur la table de la vénérable. Elle le fusilla à nouveau du regard.

— Si tu pouvais t'abstenir de poser ta fesse d'initié sur mon bureau ce serait louable de ta part, mon très cher frère. J'ai décidément beaucoup de mal avec le manque de rigueur de nos frères du Rite français.

— La fesse est une partie du corps plus sacrée qu'on

ne le croit. Le frère Léo Campion, trente-troisième degré devant le grand architecte de l'Univers, passé à l'orient éternel, avait créé l'ordre sacré du Taste fesses.

— J'ai connu ce vieux brigand, plus jeune. Je ne goûtais pas son humour. Ni le tien.

La raideur de certaines sœurs commençait à l'agacer. Il voulut répliquer mais Gabrielle intervint :

— Un peu de fraternité… Comment choisir entre ces différents lieux ?

La vénérable toisa Marcas et reprit :

— C'est là qu'interviennent vos théophilanthropes. Il faudrait savoir s'ils ont célébré leur culte dans l'une de ces bâtisses. Mes connaissances s'arrêtent là.

Marcas sortit son smartphone et se connecta à Internet.

— Place aux nouvelles technologies. Voyons… Que dit-on sur les théophilanthropes… Lieux de cultes…

Pendant qu'il cherchait, la vénérable se leva et prit sa canne. Elle posa une main sur l'épaule de sa jeune sœur.

— Je ne dois pas faire attendre nos sœurs pour les agapes. Accompagne-moi jusqu'à la sortie du temple. Tu as de bien curieuses fréquentations. Fais attention. Ce genre de frère est souvent dangereux.

— Je suis assez grande pour me défendre, plaisanta la jeune femme.

— Ça y est ! cria Marcas, enthousiaste, en montrant son écran googlisé. Les théophilanthropes ont réquisitionné l'église Saint-Merri pendant trois ans, organisant des cérémonies en l'honneur du Père de la nature.

Il continua à pianoter tout en marchant derrière les deux sœurs. Soudain, il lança :

— C'est incroyable ! Mathusalem d'airain ! J'ai trouvé. Saint-Merri possède la plus vieille cloche de Paris, fondue en 1331. Or, les cloches sont fabriquées avec un alliage d'airain, composé de cuivre et d'étain. Voyons… La description indique que la cloche est dans une tourelle. Et l'église Saint-Merri se situe, rive droite, entre Beaubourg et la rue de Rivoli.

— Je vois tout à fait, ce n'est pas loin de chez moi. L'église fait l'angle avec la rue de la Verrerie. Un lieu pour le moins inspiré. On est sur les anciennes terres du Temple et, juste à côté, se trouvait l'ancienne maison de l'alchimiste Nicolas Flamel et de sa femme Pernelle. Vu l'heure, ça m'étonnerait qu'elle soit ouverte, il est 10 heures passées.

— On est planté. Il va falloir attendre demain matin, l'ouverture des portes.

La vénérable s'arrêta devant la porte du temple.

— Saint-Merri... Très belle église. Je la connais bien. Le problème avec vous, les jeunes, c'est votre manque d'intérêt pour la culture. Saint-Merri est réputée pour la qualité de ses concerts nocturnes de musique classique ou baroque. De mémoire, ça se passe le vendredi. Aujourd'hui.

46

De nos jours
Rome
Vatican

Le père da Silva se releva et s'inclina respectueusement devant la statue de la Vierge. Il aimait venir se recueillir dans la petite chapelle de la Piété. Peu fréquentée, loin de la pompe de la basilique Saint-Pierre, elle dégageait une atmosphère de simplicité, plus en accord avec son caractère. Il n'en avait pas toujours été ainsi ; jeune prêtre, pendant son séminaire, il se voyait gravir les échelons, devenir évêque et pourquoi pas cardinal. Mais Dieu en avait décidé autrement. Sportif, résistant à la fatigue, doté d'une constitution physique rare chez un prêtre, il s'était porté volontaire pour accompagner une mission de soutien humanitaire, avec des médecins, au Salvador. Le petit pays d'Amérique centrale était alors plongé en pleine guerre civile entre l'armée, les escadrons de la mort gouvernementaux et les guérilleros sandinistes.

La mission où ils se trouvaient était située en pleine zone de combat et était devenue le dernier refuge des paysans, terrorisés par les exactions. L'Église essayait de rester neutre mais de plus en plus de prêtres avaient sympathisé avec la guérilla. Comme dans une bonne partie de l'Amérique du Sud, ils avaient basculé dans le camp chrétien de gauche de la théologie de la Libération. Les serviteurs du Christ devaient assistance aux pauvres et ne plus soutenir les dictatures même si elles luttaient contre le marxisme.

Antonio da Silva, lui, gardait la tête froide, et ne voulait pas prendre parti. Il savait aussi que sa carrière naissante pâtirait d'une sympathie pour les curés de gauche. Et puis, un dimanche, tout avait basculé. Juste après la messe, il avait assisté en direct à l'assassinat de l'évêque local, un homme bon et juste, abattu à bout portant par un tueur membre d'un groupe paramilitaire d'extrême droite. Le soir même, il avait vu les commanditaires de l'assassinat se saouler avec les policiers locaux et plastronner devant la porte de l'église souillée. Ils célébraient, ivres de joie, la mort de ce cochon d'évêque rouge. Ces hommes se déclaraient bons chrétiens et se targuaient de ne jamais manquer une seule messe. Derrière la fenêtre du petit presbytère, le père da Silva les avait observés et, pour la première fois de sa vie, un sentiment étrange avait jailli au fond de son cœur, qu'il croyait pur. La haine. Une haine implacable. Comment Dieu permettait-il une telle injustice ? Il avait passé des jours et des nuits à combattre ce sentiment honteux. En vain.

Et un beau jour, il était parti dans les montagnes et avait proposé ses services officieux à la guérilla en échange de la capture et du jugement des assassins de l'évêque. Il avait passé presque un mois dans le camp des guérilleros, apportant prières et réconfort aux paysans et à leurs familles de la zone. Une expérience terrible et marquante, qui lui avait fait comprendre son vrai rôle sur Terre. C'est là qu'il avait appris à invoquer les saints multiples auprès d'un vieux curé superstitieux. Il avait même sauvé la vie du fils d'un des chefs sandinistes, victime d'une intoxication alimentaire aux champignons, en priant saint Pirmin, un moine bénédictin aragonais.

Deux mois plus tard, revenu dans sa paroisse, alors qu'il finissait de nettoyer l'arrière-cour de l'église, un sandiniste était venu lui apporter une petite boîte de cigares. À l'intérieur, il y avait cinq colliers fins, en argent avec un crucifix, tachés de sang. Da Silva s'était emporté, jamais il n'avait voulu leur mort, seulement la justice. Le sandiniste l'avait regardé droit dans les yeux, avait haussé les épaules et s'était éloigné. Le prêtre sut alors qu'il était responsable de leur mort, qu'il les avait tués. Pas de ses propres mains, mais avec son cœur, son âme. Il avait enterré la boîte dans le jardin du presbytère et demandé son rappel en Europe pour servir dans n'importe quelle paroisse perdue. Il avait envoyé une longue lettre à son supérieur, au service des missions, expliquant en détail ce qu'il avait vécu et ses tourments intérieurs. Pour conclure sa longue missive, il assumait son acte devant Dieu. En postant la lettre, il savait que sa carrière dans l'Église était terminée. Son évêque l'avait sermonné et, quatre mois plus tard, il s'était retrouvé au Vatican, dans le bureau du cardinal camerlingue.

Par quel détour sa lettre avait-elle abouti entre les mains de ce prince de l'Église, il ne l'avait jamais su. Le petit homme l'avait longuement interrogé, le questionnant pendant plus de deux heures. Le prélat au regard perçant avait sondé son âme et son cœur. La proposition était tombée à l'issue de l'entretien. Le cardinal avait besoin d'un prêtre de confiance, frotté aux réalités de la vie, pour assurer des missions de sécurité pour le corps diplomatique de la Curie. Un moine soldat, l'épée en moins. Da Silva avait accepté tout de suite, presque sans réfléchir et il avait intégré le service, très discret, de la troisième clé de saint Pierre. Il avait subi une formation intensive auprès du corps des gardes suisses. Uniquement à des fins de défense. Maniement des armes, étude des procédures de sécurisation de personnes et des biens, identification des techniques de manipulation mentale, des disciplines inconnues au séminaire mais très utiles dans sa nouvelle fonction. Les années de mission diplomatique lui avaient permis de mettre en pratique une partie de ces enseignements.

Le père da Silva ajusta sa soutane et tourna les talons. Il n'était que 7 heures du matin et il faisait encore frais à l'extérieur de la chapelle. Le bâtiment sombre et lourd de la Curie se dressait sur le côté, derrière une rangée de chênes centenaires. Il contourna l'édifice et se dirigea vers la place Saint-Pierre. L'immense esplanade était déserte à cette heure. Il s'arrêta pour contempler le balcon où le pape avait été abattu. Il n'était pas loin de partager l'avis des croyants, c'était un vrai miracle, Dieu faisait parfois preuve de bonté. Du moins pour le vicaire du Christ. D'autres n'avaient pas eu cette chance. L'image de l'évêque rouge, les yeux grands ouverts, apparut dans son esprit, pour disparaître aussitôt. Da Silva reprit sa marche et longea la basilique, encore fermée.

Il songea à la scène de la veille, avec le pape et le camerlingue. Pour la première fois de sa vie, il avait utilisé la clé de saint Pierre confiée par le petit cardinal dix ans auparavant. Il ne devait s'en servir que sur ordre et, pendant tout ce temps, il l'avait laissée dans un coffre, oubliant presque jusqu'à son existence. Jusqu'à la veille.

Il contourna la basilique et se dirigea vers l'immeuble qui abritait le bureau du camerlingue. Il salua le garde suisse et monta rapidement l'escalier qui menait aux appartements réservés aux dignitaires de haut rang. Il frappa à une lourde porte en chêne clair.

— Entrez !

Le camerlingue finissait une tasse de café derrière son bureau. Il avait l'air soucieux. Derrière lui, de l'autre côté de la fenêtre, un grand palmier ondulait.

— Ah, da Silva, prenez place. Laissez ouvert, j'attends quelqu'un d'autre.

Le père s'assit dans un fauteuil confortable. Le

cardinal posa sa tasse et mit les mains à plat sur le bureau.

— Je suppose que vous avez des questions sur ce qui s'est passé hier soir ?

— Non. J'ai accompli ma tâche.

— Pas de déférence inutile. Je vais être direct. Le pape a pris connaissance d'un message capital, hier soir. Il va avoir besoin d'un homme de confiance dans les jours qui viennent. Cet homme, c'est vous. En tant que gardien de la clé de saint Pierre, vous devez assurer l'exécution d'une mission.

— Je suis honoré. Que dois-je faire ?

— Obéir !

La voix avait jailli derrière le fauteuil. Le père Hemler était debout, les bras croisés. Le visage fermé. Da Silva se leva pour le saluer. Le secrétaire du pape était un homme de fer qui ne tergiversait jamais. Une grande qualité, selon lui. Hemler posa la main sur son épaule.

— Vous partez avec moi pour Paris.

— Puis-je en connaître la raison ?

— Sauver l'Église.

Rome
Panthéon

Debout, le regard levé vers le plafond de l'édifice, le commandant Borghèse observait l'oculus, le trou par lequel entraient, en milieu de journée, les rayons du soleil. Il avait toujours été fasciné par le jeu de lumière mis au point par l'architecte de cet ancien temple païen. Le faisceau jaillissait à la verticale et irradiait dans la semi-pénombre. Un phénomène presque surnaturel. Le Panthéon commençait à se remplir de touristes des quatre coins du monde.

— À cette heure-ci, vous ne verrez rien, mon commandant.

Borghèse tourna la tête et vit le capitaine des carabiniers, habillé comme lui, en civil. Ils se serrèrent la main.

— Félicitations, capitaine. C'est un honneur de me trouver devant l'officier qui a tué l'assassin du pape.

— Merci. J'ai eu beaucoup de chance et je n'ai fait que mon devoir.

— Ne soyez pas modeste. Dommage que ce Ransom soit mort. Ses complices ont dû s'éparpiller dans la nature et on aura du mal à retrouver les commanditaires.

— C'est triste en effet. Mais il nous a foncé dessus, nous n'avons pas eu d'autre choix que de riposter.

Le commandant de la gendarmerie du Vatican prit le capitaine par le bras.

— Je sais, j'ai lu votre rapport. D'autant que nous l'avons rédigé ensemble, une semaine avant les événements qu'il relate.

Le capitaine inclina la tête avec gravité et articula lentement :

— Votre plan a marché à la perfection. Le cadavre de Ransom est à la morgue pour identification. Et pour les caméras au moment de la tentative d'assassinat ?

— Vos visages sont méconnaissables. Je suis rentré dans le système peu de temps auparavant et j'ai changé les codes. J'ai entré ensuite les paramètres de vos visages et de celui de Ransom pour qu'il ne les identifie pas. Mais il s'en est fallu de peu. Je ne savais pas qu'ils avaient modifié entre-temps les procédures de sécurité avec Interpol. Quant à mon adjoint, ce pauvre lieutenant Videla, je crains qu'il n'ait été un peu trop curieux. Il est actuellement dans un caveau bien au frais. J'ai dû me déguiser en prêtre pour ne pas être reconnu. C'est regrettable, il était très compétent.

— Pourquoi avoir choisi cet Irlandais ?

— L'idée ne vient pas de moi mais de la Louve. Elle l'a bien connu en d'autres temps.

— Dire que cette femme a été dans le même camp

que ces salopards des brigades rouges… Avez-vous des nouvelles de votre équipe à Paris ? Lucas et David ont-ils donné satisfaction ?

Un flash d'appareil photo jaillit sur leur droite. Borghèse cligna des yeux.

— Ça patine. Vos hommes ne sont pas en cause. C'est une question de temps.

Le capitaine consulta sa montre.

— Je suis obligé d'y aller. Mes supérieurs veulent me féliciter.

— Ils ont bien raison. L'Église aussi devrait vous féliciter pour cet attentat contre le pape. Hélas, je crains que vous n'ayez jamais de médailles pour cet exploit.

47

Abbaye de Ligugé
Octobre 1307

Un pape est toujours un solitaire. Hissé par le hasard ou la providence au sommet de l'Église, adulé par des fidèles innombrables, entouré de conseillers, de cardinaux, de théologiens… au dernier moment pourtant, quand il s'agit de prendre une décision, le pape est un homme seul. Clément V n'avait même plus la ressource de prier. Depuis qu'il avait à traiter les affaires de la Terre entière, il n'avait plus le temps de s'agenouiller devant un crucifix. Même l'idée de Dieu s'était éloignée. Parfois, il se demandait si cette hypothèse était nécessaire. Il n'était pas le seul d'ailleurs à s'interroger sur la foi de l'Église. Qui lui avait parlé d'un cardinal, un Français, qui avait écrit un traité prouvant que l'enfer n'existait pas ? Quelle folie ! Si un esprit supérieur pouvait se dispenser de croire en Dieu, en revanche la foi en l'enfer était essentielle. Sans la crainte d'une éternité de flammes, l'homme redevenait un animal, l'ordre social était menacé… Comment s'appelait ce cardinal déjà ? Ah oui, Jacques Duèze. En voilà un dont la carrière n'irait pas plus loin. Le pape s'adossa contre le fauteuil et posa un coussin sur son ventre. Depuis peu, ses entrailles le laissaient presque en paix. D'ailleurs il s'était contraint à un régime sévère qui le rendait encore plus maigre qu'avant. Voilà qui devait alimenter les spéculations sur sa succession. Clément ricana en silence. Qu'on ne l'enterre pas trop vite...

Ils avaient tant d'ennemis. À commencer par le roi de France qui venait arrêter les templiers. Durant tout l'été, le pape avait attendu une réponse à sa proposition de mettre les biens de l'Ordre sous le séquestre de l'Église. En vain. Non seulement le roi s'était emparé de toutes les possessions des frères, mais en plus ces derniers avaient avoué des horreurs sous la torture. Impossible désormais de soutenir ces hérétiques.

Le cardinal de Suissy toussa légèrement pour indiquer sa présence. Le prélat était arrivé la veille de Paris.

— Alors, cardinal, avez-vous vu le roi?

— Oui, Saint-Père.

— Avez-vous trouvé en lui un fils obéissant de l'Église?

— C'est-à-dire que...

Le front de Clément se fendit d'une ride, juste au-dessus d'un sourcil, blanc et lisse.

— Il refuse de nous remettre les templiers?

Les mains jointes au-dessus de sa croix pectorale, le cardinal s'avança.

— Souverain pontife, saviez-vous que Hughes de Payraud était arrivé à Poitiers?

L'œil gris du pape s'éclaircit d'un coup. Si le Visiteur de France venait à lui, c'est que le Temple, même à terre, avait encore à négocier.

— Ce cher frère, venir à moi, dans les affres que traverse son Ordre... Je le recevrai avec plaisir.

Suissy se racla la gorge avant de répondre :

— J'en doute, Saint-Père.

Une seconde ride se dessina à la pointe de l'arcade.

— Pourquoi, cardinal?

— Le roi l'a fait arrêter. Il est enfermé à la prison de Poitiers.

Une fois encore, le pape était seul. Son visage, les yeux mi-clos, avait pris la teinte de l'ivoire. Derrière le masque impassible, les idées surgissaient une à une, aussitôt pesées, conservées ou rejetées. Quand son regard se posa à nouveau sur le cardinal qui attendait en silence, il avait choisi.

— Cardinal, secouez la clochette d'argent. Trois fois.

Un secrétaire apparut.

— Prenez note. Sur le parchemin réservé aux bulles.

Le pape fit signe à Suissy de s'approcher.

— Voyez-vous, quand on n'est pas à l'origine d'un événement, il faut toujours donner l'impression du contraire. Et le seul moyen, c'est d'aller plus loin. Beaucoup plus loin.

Le cardinal hocha la tête d'un air entendu. Il n'était cependant pas sûr d'avoir bien compris. Clément se tourna vers le secrétaire.

— « À tous les rois et princes chrétiens. Ordre est donné d'arrêter tous les templiers et de les confier aux autorités ecclésiastiques. Tous les biens, mobiliers et immobiliers, seront confiés à la juste et sage tutelle de l'Église. »

Le souverain pontife s'arrêta un instant. Sa gorge était sèche. Il fit signe au cardinal.

— Mettez en forme, apposez mon sceau et transmettez à toutes les chancelleries.

La main du prélat hésita un instant en prenant la bulle. Partout en Europe, de la Baltique à Venise, du Portugal au Danube, les frères du Temple allaient être arrêtés en masse, jetés en prison, torturés en série. Quelques mots sur un parchemin allaient décider du sort de milliers d'hommes. Clément surprit ce mouvement d'hésitation, mais ne réagit pas. Il avait toujours su que Suissy manquait de sang-froid. Même après tant d'années passées au service de l'Église, un défaut capital le hantait toujours : il avait de la pitié pour le genre humain. Il ne serait jamais pape.

Au moment de sortir, le cardinal se retourna :

— Saint-Père, j'allais oublier, un visiteur vous attend dans l'antichambre, Guillaume de Paris.

Clément V n'avait jamais eu confiance en l'Inquisiteur de France. Dans la sourde lutte qui l'opposait à Philippe le Bel, le pape avait rangé Guillaume de Paris au nombre des âmes damnées du roi de France. Pour lui, le dominicain, fasciné par sa mission, ne servait qu'un seul maître : sa propre cruauté. Comme un minotaure avide de son tribut de victimes, l'Inquisiteur s'était perversement tourné vers celui qui pouvait lui fournir le plus de proies : Guillaume de Nogaret. D'ailleurs, Bertrand de Got avait confirmé la connivence des deux hommes. Pour autant, Clément, dans son opinion du personnage, se laissait une marge d'incertitude. Par expérience, il évitait toujours les jugements définitifs, se méfiant comme du démon d'une position trop tranchée. Lors d'une discussion avec son médecin, Aboulia, il avait d'ailleurs été frappé d'apprendre que certains juifs, férus du Talmud, considéraient d'une fort curieuse manière l'épisode biblique de l'arbre du bien et du mal. Là où les chrétiens ne voyaient que la révélation antagoniste du Bien et du Mal, et donc le début dramatique d'un combat inlassable dans la conscience de tout homme, certains érudits hébreux développaient une tout autre interprétation. Pour eux, cet épisode de la Genèse faisait s'abattre sur l'humanité une terrible malédiction, le vrai péché originel. Désormais, n'importe qui pouvait prétendre incarner le bien et persécuter son semblable dénoncé comme suppôt du Mal.

Le pape ruminait ses pensées comme Guillaume de Paris entrait. Le dominicain, aux traits tirés, aux yeux lourds de cernes, semblait porter tout le poids de sa charge sur son visage.

Le Saint-Père décida d'attaquer le premier. Si l'on

se devait d'éviter de juger selon le Bien et le Mal, en revanche on devait agir comme si.

— Vous avez demandé à me voir, messire l'Inquisiteur? Est-ce pour vous justifier d'avoir interrogé les templiers sans mon autorisation? Savez-vous que vous avez lésé mon bon vouloir?

— Souverain pontife, déclara Paris, après une rapide inclinaison de tête, nous n'en sommes plus là.

Un instant, le pape parut surpris. Un feu follet passa dans son regard.

— Je vous rappelle que les frères du Temple sont sous mon autorité et donc ne dépendent que de ma justice...

— Saint-Père, le coupa sans souci du protocole l'Inquisiteur, avez-vous jamais entendu parler d'un certain Roncelin de Fos?

Quand Guillaume de Paris se tut, le pape resta silencieux. D'une main tremblante, il saisit la feuille où s'étalaient les témoignages des templiers sur le secret : Gaucelin de Montpezat, Raoul de Presles, Guichard de Margiac, Geoffroy de Gonneville...

— Lors de la prise du donjon du Temple à Paris, nous avons arrêté un frère qui avait en charge la salle des coffres... un aveugle... reprit l'Inquisiteur.

Le Saint-Père leva les yeux.

— Il nous a parlé d'une rencontre entre Hughes de Payraud et un autre chevalier, quelques jours à peine avant l'arrestation des frères. Le Grand Visiteur lui aurait confié un code.

— Vous l'avez?

— Notre aveugle avait l'ouïe très fine, mais sa mémoire était vacillante. Heureusement la torture lui a rendu tous ses souvenirs.

Guillaume tendit un dernier parchemin. Sept syllabes se détachaient en lettres noires.

— Qui est au courant? interrogea le pape.

— Vous et moi.

D'un ton las car ses douleurs d'entrailles venaient de le reprendre, Clément demanda :

— Et comment avez-vous obtenu le silence des dominicains chargés des interrogatoires, des tourmenteurs responsables des tortures ?

— Souverain pontife, ils sont morts.

Cette fois, le pape sursauta. Un mouvement rapide qu'il paya d'une souffrance accrue dans le bas-ventre.

— Et les templiers qui ont avoué ?

— Ils ne sont plus en état de parler.

Clément saisit la clochette et la secoua une seule fois, d'un coup sec. Le cardinal de Suissy fit son apparition.

— Cardinal, vous m'avez bien dit que Payraud était détenu à la prison de la ville ?

— Oui, Saint-Père, le bailli du roi l'a fait arrêter.

— Délivrez-le.

Le cardinal se raidit, mais ne répliqua pas. On n'allait pas à l'encontre de la volonté du Saint-Père.

— Prenez les hommes nécessaires et soyez convaincant. Je veux le Grand Visiteur de France. Immédiatement.

Le Saint-Père se tourna vers Guillaume de Paris.

— Inquisiteur, vous interrogerez vous-même Hughes de Payraud.

Quand le dominicain sortit, Clément posa son visage sur ses mains.

Pour la première fois, depuis des années, le pape priait.

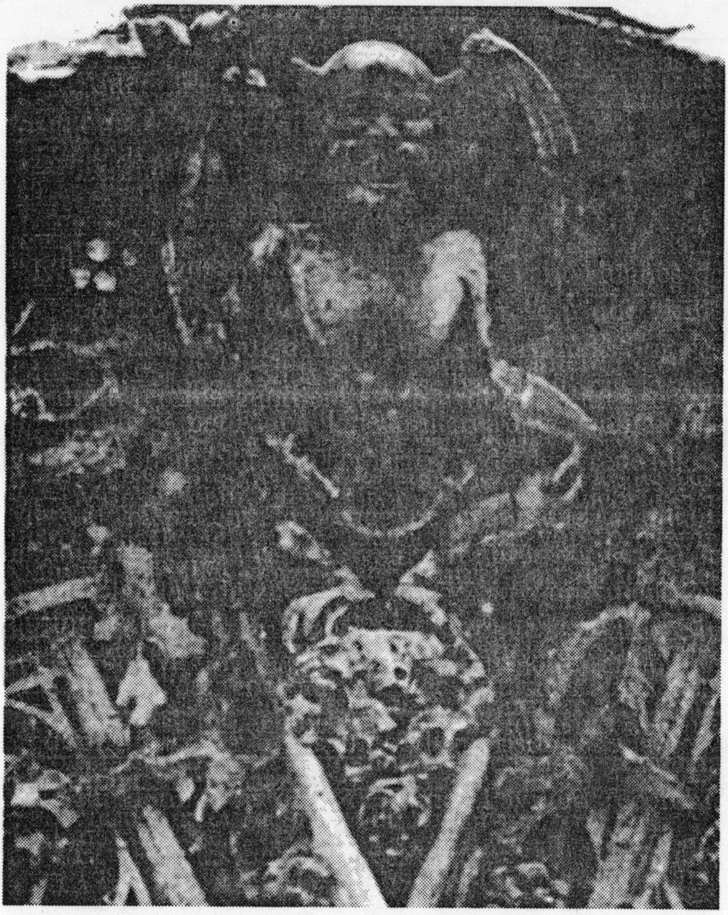

Diable au-dessus du porche de l'église Saint-Merri, à Paris. Surnommé le Baphomet par certains.

48

De nos jours
Paris
Quartier Beaubourg

Très loin au-dessus de l'imposante façade en gothique flamboyant de l'église, la lune jouait à cache-cache derrière les nuages. Les onze coups égrenés par la cloche étaient assourdis par les volutes musicales qui s'échappaient de l'intérieur. La voix d'une soprano, mêlée à la tonalité d'un piano, chantait l'air de la mort d'Yseult de Wagner. La rue Saint-Merri était encore animée, badauds et clients des restaurants alentour déambulaient en goûtant la douceur de la nuit. Antoine contemplait le haut du porche de l'église avec une paire de jumelles de poche. Il s'arrêta sur le diable cornu.

— C'est donc ça, un Baphomet. Il est vraiment très laid. Tête cornue, visage ricanant, petite paire d'ailes et de seins. Un diablotin androgyne pour accueillir les fidèles, l'Église fait preuve d'une grande ouverture d'esprit.

Il pointa ses jumelles sur une petite tourelle perchée sur le côté gauche de l'édifice. Dans l'encadrement des barreaux, il aperçut la masse sombre d'une cloche. Il zooma pour identifier des détails mais l'absence de lumière empêchait de distinguer quoi que ce soit. Il tendit les jumelles à Gabrielle en inspectant du regard les passants. La menace des tueurs planait toujours et il s'attendait à tout moment à voir arriver la Louve et son acolyte.

— En revanche, sous le campanile, la tour abritant la cloche est de forme octogonale, une architecture très prisée par l'ordre du Temple. On la retrouve dans de nombreux hauts lieux templiers, à Tomar, au Portugal, à Arginy en France. Le huit est le symbole de l'infini.

Un couple d'une quarantaine d'années arriva vers eux, ils se tenaient par la main et s'embrassaient dans le cou. Il saisit Gabrielle par la taille pour la faire reculer dans un coin entre deux boutiques, masqué par l'obscurité. La jeune femme se laissa faire.

— Tu comptes m'embrasser en cachette ?

— Ne plaisante pas, je suis un peu nerveux. Le couple qui arrive ressemble à nos tueurs.

Elle se cala contre lui, il pouvait sentir la courbe de sa poitrine contre son cœur. Le couple passa devant eux, le visage de la femme se dévoila, éclairé par un lampadaire. Elle partit d'un grand éclat de rire. Séduisante, le visage ciselé, elle ne ressemblait pas à la tueuse. Son compagnon, lui, ressemblait à Philippe Franck, le dessinateur de Largo Winch. Fausse alerte. Ils s'éloignèrent en direction de Beaubourg, la démarche un peu titubante. Antoine les enviait, il aurait volontiers échangé sa place contre celle de l'homme mais, d'un autre côté, l'exaltation qu'il ressentait à l'idée de découvrir le secret des templiers le tenaillait. La clé était là-haut, dans cette cloche qui s'était arrêtée de sonner.

Ils sortirent de l'ombre et traversèrent la rue vers l'église, distante de quelques pas. La porte haute et massive était fermée. La voix de la chanteuse prenait de l'ampleur.

— Il doit y avoir une autre entrée, probablement sur l'un des côtés. Allons voir.

Ils longèrent l'édifice, passèrent devant un restaurant avec une terrasse bondée. Ils tournèrent à gauche, à l'angle avec la rue de la Verrerie. Guidés par la voix de la soprano, ils arrivèrent devant une autre porte latérale de l'église, ouverte cette fois. Un panneau posé sur un trépied annonçait un récital de Tessy Lorman, avec des œuvres de Donizetti, Puccini et Wagner. Le concert devait se terminer à 23h15. Ils poussèrent une autre porte et pénétrèrent dans l'église. Les bancs étaient remplis de spectateurs qui regardaient en direction de l'autel. Une femme noire, en robe bleue, entonnait le dernier mouvement de la mort d'Yseult. Sa voix puissante emplissait tout l'espace. Ils s'avancèrent sur le côté, personne ne fit attention à eux, tant l'assemblée était concentrée sur la soprano. Marcas jeta un coup d'œil circulaire dans l'église. Il repéra un escalier qui montait sur le côté gauche, très certainement vers le campanile, mais la porte d'accès était située à la vue de tous. Antoine se raidit. Impossible de l'emprunter devant tout ce monde. Il fallait attendre la fin du concert. Il aperçut, derrière l'une des travées, un renfoncement sur la droite où se trouvait le confessionnal. Il chuchota à l'oreille de la jeune femme.

— On va se cacher là-bas et attendre.

— Tu as des péchés à te faire pardonner, mon frère? murmura-t-elle.

— Une quantité astronomique, ma sœur.

Ils marchèrent le long de la travée de gauche et se glissèrent dans un recoin. Marcas et Gabrielle poussèrent les portes du confessionnal qui sentait la cire chaude. Les portes fermées, ils s'assirent et se regardèrent à travers la grille qui séparait les deux parties. Gabrielle s'approcha des croisillons. Personne ne pouvait les entendre ils étaient trop loin de l'assistance et la voix de la chanteuse résonnait entre les pierres.

— On est censé rester combien de temps là-dedans, ce n'est pas très confortable?

— Je ne sais pas. Une heure peut-être. Il faut compter la fin du concert, le rangement pour préparer les prochains offices. De quoi allons-nous parler?

— De maçonnerie, bien sûr...

Plus d'une heure s'était écoulée avant qu'ils ne puissent sortir du confessionnal. Le curé était passé devant eux sans les voir, et avait éteint les projecteurs prévus pour le concert. Ils poussèrent les portes de bois. L'édifice silencieux était plongé dans une semi-pénombre, seuls quelques rayons de lune éclairaient de rares portions de pierre usées. Ils traversèrent la nef, passant entre les bancs et s'arrêtèrent devant la porte à moitié ouverte de l'escalier menant au clocher. Une longue corde oscillait dans le vide. Ils montèrent en silence l'un derrière l'autre, Marcas en tête, obligé de se pencher pour ne pas se cogner la tête contre la pierre. La rampe qui courait le long du mur circulaire était froide et glissante.

Les dernières marches les menèrent dans la partie haute de la petite tour à huit côtés. Ils arrivèrent sur une corniche intérieure étroite qui faisait tout le tour du bourdon. Devant eux, la lourde cloche semblait léviter, soutenue par un échafaudage de poutres et de grosses lames d'acier brunies. Un espace circulaire béant les empêchait de la toucher. Antoine fit le tour de la corniche pour inspecter la cloche et revint à son point de départ, au sommet de l'escalier.

— Je ne vois rien. Aucune inscription gravée, aucun symbole. Et toi ? interrogea Marcas d'une voix lasse.

— Rien non plus. Ce n'est pas possible. Tout concordait. On a dû passer à côté de quelque chose dans le décryptage du message. Tu l'as avec toi ?

Antoine sortit de son portefeuille un papier froissé et le lui tendit.

AU BAPHOMET TRÈS HAUT
THÉOPHILANTHROPE
MATHUSALEM AIRAIN TOUR.

Pendant que Gabrielle relisait attentivement le message, Marcas observait les alentours. De là où il se trouvait, la vue était superbe, tout Paris s'offrait à lui. Il tourna son regard vers les immeubles de la rue Saint-Merri, il avait une vue plongeante sur les appartements, une femme était accoudée à la fenêtre du dernier étage et le regardait en fumant une cigarette. Prudemment, il passa de l'autre côté de la tour. Ce n'était pas le moment de se faire embarquer par les flics pour tourisme nocturne illégal. Le frère obèse avait été très clair, la police allait les rechercher et on ne les relâcherait pas avant de leur avoir fait cracher tout ce qu'ils savaient, y compris à propos du bris des scellés de l'appartement de Balmont. Même libérés, ils seraient mis sous surveillance discrète, il ne se faisait aucune illusion. Autant dire que la chasse au secret des templiers finirait avant même d'avoir commencé.

Il contempla le ciel parisien. Les nuages avaient filé vers l'est et la lune brillait de toute sa splendeur. Une beauté simple, naturelle, mystérieuse. Il y avait presque quelque chose de mystique dans la façon dont le toit de l'église renvoyait les rayons lunaires. Combien de compagnons, d'artisans, de bâtisseurs avaient dû rêver devant cette lune, des siècles auparavant, quand ils érigeaient cette église. Son regard se porta sur la maçonnerie de la tourelle qui paraissait d'une époque bien plus récente, par le choix des matériaux. Pour le coup, même si elle était octogonale, les templiers n'y étaient pas pour grand-chose. Peut-être que l'architecte, féru de symbolisme, avait voulu faire un clin d'œil à l'Ordre en imaginant huit côtés à cette tour. Tout est symbole pour celui qui sait décrypter les signes, avait coutume de répéter son vénérable. Il regarda à nouveau la lune et se souvint que les différentes phases de lunaison, du premier croissant à la nouvelle lune, étaient au nombre de huit.

Gabrielle le sortit de sa rêverie symbolique :

— Je ne comprends pas. La cloche d'airain est bien dans une tour, dans cette église. Il n'y a aucun autre indice. Qu'avons-nous raté ? Si ça se trouve, c'est sous nos yeux.

Marcas allait lui répondre quand une idée germa dans son esprit. Il alluma l'écran de son portable, tourna le dos à la cloche et fit face à l'un des huit pans de murs. La faible lueur de l'appareil éclairait un petit rectangle de pierre grise. Il inspecta lentement la paroi de gauche à droite, descendant à chaque horizontale vers une portion plus basse.

— Que fais-tu ?

Il poussa un cri de triomphe et passa au mur suivant, répéta les mêmes gestes, s'arrêta un instant sur la partie basse puis se releva.

— Et si le message n'était pas sur la cloche mais dans la tour elle-même ? Tu m'as bien dit qu'il fallait raisonner comme un chevalier du Temple pour décrypter ces énigmes, or il y a huit côtés dans cette tour. Huit, le chiffre des templiers. Ce qui compte, ce n'est pas la cloche, qui appelle à Dieu mais la tour, partie maçonnée, œuvre humaine mais symbole en soi de l'infini par ses huit côtés.

Il passa à l'autre mur et s'agenouilla pour examiner la partie inférieure. Soudain, il arrêta son portable.

— Viens voir.

Elle s'approcha de lui et s'agenouilla à son tour. Une plaque de cuivre, d'une surface à peine plus grande qu'une carte de crédit était insérée dans le mur.

Entreprise Ph. Araschol.
Compagnons de la restauration du bourdon.
Travaille, fais ton devoir, perfectionne et rectifie
ta science inexacte.

Il reprit :

— Ça te parle ?

Gabrielle sourit.

— Oui. En apparence, ça ressemble à un langage de compagnons bâtisseurs traditionnels. Ils avaient l'habitude de signer leurs œuvres, soit avec des signes, soit par des sentences. Mais en fait…

— Oui?

— Les concepteurs de cette énigme continuent d'utiliser des références accessibles aux maçons de haut grade. Le nom de l'entreprise est un leurre. Ph. Araschol n'est pas un artisan, il s'agit de la transcription de l'expression secrète maçonnique Pharasch-Chol. Plus exactement, le mot de passe que les chevaliers Kadosh doivent prononcer au frère tuileur, à la sortie d'une tenue de leur degré. En revanche, je ne saisis pas la dernière sentence.

Travaille, fais ton devoir, perfectionne et rectifie
ta science inexacte.

— Formidable. Regardons les autres inscriptions.

Ils se placèrent devant le muret mitoyen. À la même place, était posée une autre petite plaque avec un seul mot :

Grammaire

Ils passèrent devant tous les murs, recopièrent les mots et s'assirent adossés contre l'un des murs, face à la cloche.

— Oui. Ne perdons pas de temps. À force d'éclairer les murs de la tourelle, les habitants de l'immeuble en face vont nous repérer. On a sept mots.

Grammaire
Dialectique
Rhétorique
Musique
Astronomie
Arithmétique
Théologie

Gabrielle et Marcas échangèrent un regard.

— Tu comprends la même chose que moi?

— Bien sûr, ce sont les sept sciences, les sept arts libéraux, révélés par le Manuscrit Regius, l'un des textes fondateurs de la maçonnerie qui date du XIVe siècle.

— Juste après la supposée disparition du Temple...

— À l'époque, on demandait aux maîtres de connaître ces sciences et de les mettre en œuvre dans leur art.

— Sans compter qu'on les retrouve au grade de compagnon...

Gabrielle fouilla dans sa poche, mais ne trouva qu'un paquet de cigarettes froissé et vide.

— Des compagnons bâtisseurs du Moyen Âge aux théophilanthropes de la Révolution, on dirait comme une lignée qui, à chaque époque, recode le secret avec ses propres références culturelles...

— Récapitulons. On a la confirmation que les frères sont passés par là. Reste à comprendre leur message.

Une brise fraîche s'engouffra dans la tourelle, la température baissa. Antoine se frictionna les épaules.

— Reprenons la devise de la première plaque. La clé est là.

Travaille, fais ton devoir, perfectionne et rectifie
ta science inexacte.

— Considérons les sept arts du Regius qui sont aussi des sciences et trouvons celle qui ne serait pas à sa place. Cherchons l'intrus.

Gabrielle se leva d'un bond et se dirigea à l'opposé du bourdon.

— Ton intrus est dans la septième plaque. La théologie, mon très cher frère. Voilà l'intrus. L'auteur anglais du Regius était un maçon très croyant, comme tous les frères de son époque mais la théologie n'est certainement pas une science. Il aurait dû y avoir la géométrie à la place.

Elle s'accroupit devant la plaque et alluma son portable devant.

— Regarde. Autour du mot Théologie, il y a quatre vis. En revanche, toutes les autres plaques sont scellées.

Marcas jubilait.

— Et la maxime est : « Travaille, fais ton devoir, perfectionne et rectifie ta science inexacte. » Bien joué. Malheureusement je ne me balade pas avec un tournevis dans la poche.

— J'ai un couteau suisse dans mon sac. Cadeau d'un ex, profane, qui lui, avait un sens pratique pour déboucher les bouteilles de vin.

Elle sortit le petit couteau à usages multiples, dégagea une lime à ongles et l'enfonça dans la rainure d'une vis.

— Laisse-moi faire, dit Marcas. C'est un boulot d'homme.

— Merci, mais je fais du bricolage chez moi depuis longtemps et je n'ai jamais eu besoin d'une paire de testicules pour m'en sortir.

Il sourit dans l'ombre. Décidément, cette sœur prenait un malin plaisir à le provoquer. Au bout de quelques tours, la première vis sortit puis les trois autres. La plaque en cuivre tomba sur la pierre, une ouverture noire apparut. Marcas braqua son portable à l'intérieur. Dans la cachette, se trouvait une boîte rectangulaire en acier d'environ sept centimètres sur quinze. Il la sortit délicatement et la posa à terre. Ils se regardèrent tous les deux, intrigués, impatients de l'ouvrir.

— Tu y vas ? demanda Gabrielle.

— Non, toi. C'était ton oncle et il t'a confié le secret.

Elle prit la petite boîte et fit jouer le couvercle. À l'intérieur, reposaient une clé et une médaille gravée.

49

Forêt de Chantilly
17 octobre 1307

L'arbre était un chêne. Un monstre de la nature qui avait défié les siècles. Des branches, longues et tortueuses, qui jaillissaient du tronc noir comme des serpents d'un nid venimeux. Bertrand avait attaché son cheval puis, debout sur la selle, avait sauté à l'assaut de l'arbre. Il s'était assis à califourchon, invisible derrière la ramure. Patiemment, il brisait une à une les branches pour dégager un mince couloir de vision, une meurtrière. Le sel de la sueur collait aux poils de sa barbe naissante. Il avait soif. Depuis le matin, sur les dix-sept nouveaux templiers confiés aux bons soins de l'Inquisition, cinq étaient morts, dix avaient avoué, les autres avaient perdu l'esprit. Guillaume de Paris allait être comblé. Certains des suspects avaient même avoué ce qu'on ne leur demandait pas. L'un d'eux en particulier avait parlé d'un rite secret qui apportait force et courage mais, sous la torture, il était mort trop vite[1].

Toute la journée du 13, les templiers avaient afflué à la grange aux dîmes. D'abord emmenés par les

1. Voir *La Croix des Assassins*, Fleuve Noir, 2008.

dominicains, puis, quand ces derniers commencèrent les interrogatoires, transférés par les hommes du roi. Prévoyant, Bertrand avait installé un tonneau de vin à l'arrière de la grange. Une fois les prisonniers confiés aux inquisiteurs, les archers de Pareilles venaient se désaltérer tandis que le neveu du pape en profitait pour surprendre les conversations. Un des soldats avait raconté l'arrivée de Guillaume de Nogaret au Temple de Paris. Immédiatement, le conseiller du roi s'était rendu dans les salles des coffres. Chaque dalle avait été brisée. En vain. Tout était vide. La même mésaventure s'était reproduite dans des commanderies hors les murs. Nulle part, on n'avait trouvé l'or espéré.

Tout en réfléchissant, Bertrand finit de sectionner une repousse. Le carrefour était face à lui. Deux routes boueuses qui se croisaient devant un calvaire. Il n'y avait plus qu'à attendre.

Caché derrière un taillis de houx, Guilhem pansait ses blessures. Un bourrelet de chair violacé entravait ses poignets et suppurait au moindre geste. Lentement, il appliqua la glaise mêlée aux fragments de champignons. Il faudrait des semaines avant qu'il ne retrouve la souplesse de ses mains. Lui, dont les doigts étaient devenus de parfaites balances pour doser les ingrédients des onguents et des philtres, il ne toucherait plus ses chers bocaux avant longtemps. D'ailleurs, à cette heure, le doyen de Saint-Germain devait être informé de ses tribulations et, sans le moindre doute, il l'avait déjà publiquement maudit. Guilhem imaginait facilement la scène : devant toute la communauté réunie, le doyen prononcerait la *damnatio memoriae*. Non seulement Guilhem serait exclu à jamais du monde des vivants, mais son souvenir même serait effacé. On ne prononcerait plus son nom, on le vouerait à l'oubli éternel, on gratterait même son nom des parchemins officiels.

Guilhem frissonna. Depuis des jours qu'il errait dans

les bois, se nourrissant de racines et des restes de charognards, sa haine n'avait cessé de croître. Comme une plante parasite, elle avait éliminé toute autre pensée, se nourrissant sans cesse du souvenir et de la douleur. Tandis qu'il attendait, un serment terrible se formait lentement en son cœur. Quand la faim lui étranglait le ventre, quand la souffrance hurlait en lui, il jurait sur Dieu de ne jamais connaître ni paix ni repos avant de punir ceux qui l'avaient conduit au désespoir.

Une fondrière coupait le chemin. Foulques mit pied à terre. Il avait abandonné son escorte à la lisière de la forêt. Depuis Goussainville, les patrouilles se multipliaient. Ils avaient été contrôlés deux fois. C'est Sarah qui les avait sauvés. Dans l'esprit obtus des soldats, la présence d'une femme était incompatible avec celle de templiers. Des bougres, avaient plusieurs fois répété les gardes en riant. L'un d'eux néanmoins avait regardé les sacs d'un air méfiant. Mais le sergent avait haussé les épaules. Et ils étaient repartis indemnes. Rigui, néanmoins, avait compris la leçon. Il avait demandé à ses hommes de se disséminer, préférant désormais se déplacer seul avec Sarah et le chargement. Ils avaient été de nouveau arrêtés en pleine forêt. Une escouade en maraude les avait interrogés avec soin. Avaient-ils vu des cavaliers filant vers le nord? Avaient-ils croisé un convoi de charrettes? À cet instant Foulques comprit pourquoi le sergent, lors du précédent contrôle, n'avait pas fait fouiller les sacs. Les hommes de Nogaret, obnubilés par le trésor du Temple, imaginaient et cherchaient une caravane d'or. Un convoi, tiré par des bœufs, pas des pierres précieuses dissimulées dans des sacs à grains.

Sarah était restée sur son cheval tandis que Foulques, à pied, longeait le chemin. Une croix de bois surgit. Rigui s'approcha du carrefour, les sens aux aguets. Le soleil était au zénith. Il pouvait commencer.

Bertrand observait avec attention la scène. Cette

jeune femme, l'air épuisé, qui tenait un cheval en bride, lui faisait penser à une représentation de la Fuite en Égypte. Son oncle aimait beaucoup ce passage des *Évangiles* où l'on voyait Marie se cacher pour protéger le trésor de son ventre de la furie homicide d'Hérode. Bertrand saisit son arc. Ce qu'il savait, lui, c'est que la même histoire ne se répétait jamais deux fois.

Guilhem fit un pas, puis s'avança franchement. Au centre du carrefour, dans la terre boueuse, une figure venait de surgir. Un cercle parfait, un serpent se mordant la queue. « Ouroboros », murmura l'apothicaire.

Foulques attendait debout au centre du cercle. Il se sentait à la fois fatigué d'avoir rempli sa mission et soulagé d'avoir récupéré ce garçon auquel Payraud semblait tant tenir. D'un geste, le chevalier fit signe à Sarah d'avancer.

La flèche siffla avant de frapper. Le cheval que tenait la jeune juive se cabra. Guilhem fonça. Le chevalier venait de tomber.

Une seconde flèche affola complètement le cheval. Foulques se releva en titubant et approcha sa bouche sanglante du visage de Sarah.

— Prends.

Surprise, la jeune fille sentit dans sa paume l'angle droit d'une équerre.

— Le symbole gravé...

Tétanisé, Guilhem venait de voir une ombre sauter de l'arbre, s'emparer du cheval et fuir au galop. Une main agitée de soubresauts le saisit.

— Dans sept ans... à Pâques... le chantier de Saint-Merri à Paris... La Parole... retiens la Parole...

L'apothicaire se pencha. Foulques balbutia une à une les syllabes et s'effondra. Un dernier murmure passa ses lèvres glacées

— Venge-nous !

Bertrand fit sortir de son pourpoint la fleur de lys qu'il portait au bout d'une chaîne d'argent et l'exposa en sautoir. Dans sa poche, il caressa du doigt le sauf-conduit signé par son oncle. Il était prêt à parer à toute éventualité. Une fois encore, il eut la sensation intense d'être, au centre de la tempête, le seul point fixe de l'Univers. Le roi et le pape pouvaient se disputer le cadavre encore chaud de l'ordre du Temple, Nogaret racler de ses ongles voraces jusqu'au sous-sol des commanderies, Guillaume de Paris torturer les corps et bafouer les âmes, lui seul avait su tirer son épingle du jeu.

Il tira sur les rênes du cheval et sauta à terre. La route était déserte, une brume humide masquait le paysage. L'endroit et le moment parfaits. Il sortit sa dague et lacéra un des sacs.

Le rire, qu'il préparait depuis son saut du chêne, lui resta dans la gorge.

Il éventra un autre sac. Puis un autre.

Partout du sable coulait.

50

De nos jours
Paris
Église Saint-Merri

La boîte rectangulaire était posée à même le sol. Ouverte. Gabrielle avait sorti la clé et la médaille gravée. Sur l'une des faces, était gravée une croix templière insérée dans un serpent qui se mordait la queue. Une inscription circulaire indiquait :

O :. de Paris. Sept Écossais réunis.

Elle tourna la pièce. L'autre face montrait un homme décapité qui tenait sa tête entre ses mains, debout sur une montagne.

— O :. pour l'Orient ! C'est un jeton de loge, celle des Sept Écossais réunis, lança Marcas. Pas étonnant si l'on considère que les théophilanthropes qui ont occupé l'église Saint-Merri faisaient partie de cette loge.

— Le serpent est un Ouroboros, symbole de la continuité dans le temps et du retour perpétuel des événements. Je m'attendais à quelque chose de plus précis sur l'autre face.

Le regard de Gabrielle se voila. Une ombre de tristesse passa sur son visage.

— Un homme décapité, comme mon pauvre oncle...

Antoine posa sa main sur son avant-bras.

— Je suis désolé.

— Peu importe... Nos frères théophilanthropes vivaient ici, sous la Terreur, une époque où l'on guillotinait son prochain à tour de bras. C'est peut-être l'un des leurs après être monté sur l'échafaud. Mais j'en conviens, ça ne va pas loin.

Ils se levèrent, légèrement courbatus, et s'appuyèrent sur l'un des petits balcons de tourelle. Gabrielle avait brandi la médaille à hauteur de ses yeux pour en inspecter les détails.

Soudain, dans un vacarme assourdissant, un gong sonore déchira le silence. Surprise, Gabrielle lâcha la médaille qui roula sur le muret de pierre, tomba de toute la hauteur de la tourelle, bondit sur les plaques vertes du toit de l'église et bascula de l'autre côté d'un pilastre.

— Non ! hurla Marcas.

La plus vieille cloche de Paris s'était réveillée et sonnait la demi-heure. Marcas essayait de repérer le jeton maçonnique mais il avait disparu de leur champ de vision.

— Et merde, dit Gabrielle d'une voix contrite.

— Descendons, il y a peut-être un moyen d'aller la

récupérer par un autre passage dans l'église. Ici, c'est impossible.

La jeune femme prit la clé dans sa poche et suivit Marcas dans la descente de l'escalier de pierre. L'église était silencieuse. Antoine inspecta la voûte et essaya de repérer l'endroit où avait pu rouler le jeton. Il alla vers la travée la plus au sud. Aucun escalier ne menait vers les toits.

— Si ça se trouve, la pièce est tombée dans la rue Saint-Merri. Sinon c'est cuit. Impossible de monter sur les toits ou de faire de l'escalade, on n'a ni l'équipement ni le plan de l'église.

Ils longèrent la nef, contournèrent le chœur pour se diriger vers la porte de sortie, côté rue de la Verrerie. Ils étaient à une dizaine de metres de la porte quand une ombre se dressa devant eux.

— Les prières nocturnes sont interdites !

Marcas et Gabrielle s'arrêtèrent net. La voix féminine était familière. Le visage de la Louve apparut, éclairé par un rayon de lune qui passait à travers le vitrail de l'Annonciation. Les traits étaient les mêmes mais elle avait changé de couleur de cheveux, arborant une coupe noire et bouclée. Antoine prit la main de Gabrielle et recula. Trop tard. Derrière eux avaient surgi Lucas et David, tenant chacun un pistolet dans leur main. La Louve s'approcha d'eux.

— Vous m'avez donné beaucoup de mal pour vous retrouver. Nous avons des tas de choses à nous dire.

Gabrielle Delsignac s'avança, le visage tendu.

— Vous avez assassiné mon oncle !

La tueuse plissa les lèvres. Sa main droite effectua un arc de cercle et gifla la jeune femme. Un filet de sang apparut sur sa joue. Elle tituba sous l'effet du coup. Antoine voulut se ruer sur la Louve, mains en avant pour la saisir à la gorge mais Lucas le ceintura par-derrière. Collés l'un à l'autre, les deux hommes vacillaient et se rapprochaient d'un pilier tout proche.

Antoine essayait de se dégager de l'étreinte du tueur mais celui-ci serrait ses bras de toutes ses forces. La pression s'accentuait. Antoine pivota sur lui-même avec le tueur, toujours agrippé à lui, et s'arc-bouta devant le pilier. Ses jambes se détendirent contre la pierre et ils furent projetés violemment en arrière. Les deux hommes tombèrent à la renverse contre la rangée de bancs. L'étreinte se desserra autour des bras de Marcas. Le jeune tueur gisait sur le pavé de l'église, le corps secoué de convulsions.

— Non, hurla Lucas.

Antoine se releva à moitié mais un canon de pistolet plaqué sur son front l'empêcha de continuer.

— Ne bouge pas. Et toi non plus, dit-elle en regardant Gabrielle.

Lucas s'était précipité sur son ami. Son visage était tourné sur le côté, la bouche grande ouverte. Sous l'effet de la poussée, le crâne de David avait percuté le coin en bois d'un banc. Lucas le posa, tel un enfant, sur le banc, sa tête à une extrémité.

— Tu as mal ?

Son ami tentait de rapprocher ses lèvres pour articuler.

— Je... je ne sens plus mes membres...

— On va te chercher un médecin.

Les yeux de David roulaient dans tous les sens. Il se figea net, une expression d'horreur envahit son visage livide. Il tendit le doigt sur le numéro du banc, inscrit en lettres romaines.

— Là !

Lucas se rapprocha et lut le numéro.

XVII

David poussa un faible cri :

— Vi... Vixi.

Sa tête retomba sur le côté, ses yeux se fermèrent. Lucas secoua la tête, incrédule, et se leva, laissant le corps de son ami sur le banc. Gabrielle s'était rapprochée d'Antoine et faisait face à la Louve qui sourit en montrant le cadavre :

— Ils étaient très liés et je crains que Lucas ne soit rancunier.

Antoine serra les poings.

— Va te faire foutre toi et…

Il ne vit pas s'approcher Lucas. Une explosion de douleur irradia l'arrière de son crâne. Il vit l'église vaciller autour de lui et s'effondra à terre, sous l'impact du coup de crosse.

51

Paris
Île aux Juifs
18 mars 1314
Le soir

Effrayés par le bruit qui montait des bords de Seine, les oiseaux cherchaient refuge dans les hautes branches. Un nuage vert tendre de feuilles caressées par le vent, ondulait au-dessus du fleuve. L'odeur légère du printemps montait de la terre tandis que le soleil couchant incendiait la façade du palais du Louvre. Accoudé à la balustrade, le menton dans ses mains translucides, Philippe le Bel observait les derniers préparatifs du bûcher. Un à un les fagots de bois s'élevaient comme un rempart autour des croix noires.

— Ils en mettent trop, observa Charles de Valois, s'ils continuent on va enfumer les templiers comme de simples renards.

Un coup de vent monta de l'île aux Juifs et fouetta les murs du palais d'une senteur âcre.

— C'est bien ce que je pensais, ils font couler de l'huile sur le bûcher. Ces imbéciles ont dû prendre du bois vert. Décidément, mon frère, votre chef des archers, Pareilles, perd la main.

Le regard fiché sur les deux croix noires, le roi ne répondit pas. Il attendait ce moment avec jubilation. Si froid par nature, il sentait monter en lui une sève nouvelle. Maintenant que le Temple était définitivement abattu, il se sentait rempli de force et d'espoir pour l'avenir. Sept ans que le royaume vivait au rythme des rebondissements du procès des templiers. Sept ans de procédures, d'aveux, de rétractations, qui s'achevaient ce soir. Sept ans à se battre contre le pape, sa propre famille… Philippe se tourna vers sa droite. À côté de lui, la place était vide. Guillaume de Nogaret était mort, trois ans auparavant, écrasé, épuisé par la tâche, mais vainqueur.

En ce jour de printemps, Jacques de Molay allait finir brûlé.

Louis avait surpris le regard de son père. Il frissonna. La mort de Nogaret était un mauvais signe. Partout dans le peuple, on répétait que Dieu, furieux des sévices infligés aux templiers, commençait de se venger. Peut-être l'avait-on aidé… Des langues bien informées affirmaient que le visage du chancelier mort était noir comme la suie. On avait interrogé ses serviteurs, Nogaret prenait beaucoup de précautions : aucun aliment, liquide ou solide, ne passait ses lèvres qu'il n'ait été goûté. Louis toucha l'amulette qu'il portait à son cou et murmura une prière. La rumeur courait que les templiers avaient empoisonné les cierges dont le conseiller faisait grand usage pour travailler la nuit. Le fils du roi frissonna à nouveau. Seul, un vrai spécialiste des poisons pouvait réussir un tel meurtre.

— Les voilà !

De sa main gantée, Charles de Valois indiquait une tache blanche qui grossissait rapidement. Bientôt, on aperçut deux silhouettes courbées, coiffées de la fausse mitre dont on affublait les hérétiques promis au bûcher.

Jacques de Molay et Geoffroy de Charnay, précepteur de Normandie, venaient d'entrer en scène.

Aussitôt le vacarme monta. Cris, insultes fusèrent de toutes parts. Dans un même mouvement de frénésie, la populace vomit sa haine des puissants Ces templiers qui étaient montés si haut, le destin les avait abattus. Une farandole de joie entoura les condamnés. Hommes, femmes, tous saisis par l'ivresse de la mort, hurlaient de plaisir au passage de ces deux dignitaires, brisés et hagards. Debout près du bûcher, Pareilles criait des ordres :

— Plus vite, plus vite.

Mais la charrette n'avançait plus. Serrés autour des condamnés, les gardes ne parvenaient plus à contenir la foule. Seul le confesseur, le visage englouti dans sa capuche, semblait échapper à l'hystérie qui se déchaînait. Guillaume de Paris, qui se tenait assis sur une estrade, près de la berge, décida de réagir :

— Les torches, hurla-t-il.

Tout autour du bûcher, un cercle de lumière s'alluma. Aussitôt le peuple se détourna du convoi et se rua en masse sur les berges. La charrette put repartir.

— Quel spectacle infâme ! s'écria Charles de Valois en se tournant vers le roi, Dieu m'est témoin que je n'ai jamais voulu ça.

— Vous avez pourtant accepté, mon frère, que vous soit dévolue la gestion de toutes les commanderies sises sur vos terres. Et je crois me souvenir qu'elles sont fort nombreuses.

Le visage de Valois vira au cramoisi. Exactement la couleur de ses gants venus d'Orient.

— Et vous n'avez pas eu, je pense, à vous plaindre, depuis sept ans, des revenus confortables que les biens du Temple, ainsi saisis, vous ont ainsi procurés.

Philippe se retourna vers son fils.

— Quant à vous, Louis, cessez donc de marmonner

des *Ave Maria*. Vous feriez mieux de vous activer à nous donner un héritier mâle au trône de France.

Malgré la semonce de son père, Louis se remit aussitôt à prier. Tout ce qui touchait à sa virilité, trop souvent aléatoire, le plongeait dans un abîme de superstitions. Pour détourner la conversation qui prenait un ton orageux, Charles interrogea son frère :

— Je ne vois que deux condamnés. Ne restait-il pas quatre dignitaires du Temple dans vos prisons ?

Comme le roi ne répondait pas, Valois persista :

— En plus de Jacques de Molay et de Geoffroy de Charnay, qui vont nous offrir un spectacle vivant, il y avait bien aussi de Gonneville, le précepteur du Poitou…

— La prison l'a rendu fou, expliqua Philippe de Bel, je ne tenais pas à ce qu'il déparle devant la populace.

— … Et Hughes de Payraud.

— Le pape me l'a réclamé par la voix de son neveu Bertrand de Got, précisa le roi.

— Je ne comprends pas, s'étonna Valois, il y a sept ans, le pape vous l'avait *emprunté* à Poitiers. Vous l'avez récupéré depuis, enfermé à Chinon, puis transféré à Paris.

Philippe faillit laisser échapper un geste d'agacement. Dans chacune de ces prisons, Payraud avait été interrogé et jamais il n'avait parlé. Désormais, ce n'était plus qu'un moribond.

— Et vous lui avez rendu… s'étonna Valois.

— … contre le prolongement d'un an de la mise sous séquestre des biens du Temple en faveur du royaume.

Une clameur s'éleva des berges. Les prisonniers venaient de descendre de la charrette. Les insultes et les menaces redoublèrent contre ces deux vieillards titubants. Un enfant s'échappa d'entre les mains de sa mère et vint cracher sur les condamnés. Comme il revenait, tout fier de son exploit, un homme, capuche baissée, l'intercepta. Subitement effrayé, l'enfant se mit à crier.

La main qui le tenait était cerclée, au niveau du poignet, d'un bourrelet de chair noirci. Sa mère se précipita. Aussitôt l'inconnu lâcha l'enfant et disparut dans la foule.

Alain de Pareilles avait fait installer un escalier de fortune derrière le bûcher pour que les templiers puissent monter jusqu'aux croix. De Molay fut le premier à s'engager. Les pieds nus couverts de crasse, les membres décharnés, une barbe graisseuse, l'ancien Grand Maître avait perdu de sa superbe. Pourtant, il montait à la mort, le visage digne, les lèvres serrées sur ses dents brisées. Derrière lui, Geoffroy de Charnay était porté à bout de bras par les aides du bourreau. Les lèvres baveuses, les yeux éteints, il balbutiait des paroles incompréhensibles.

Le confesseur les attendait déjà sur l'étroite plateforme cernée de fagots trempés d'huile. Au pied du bûcher, une rangée de prêtres commencèrent à prier pour la conversion *in extremis* des condamnés.

La foule s'apaisa d'un coup. Marchands, artisans, serviteurs, tous fixaient désormais les flambeaux qui entouraient le brasier à venir. Douze soldats se tenaient debout prêts à jeter leur torche dans le bûcher. Ils n'attendaient qu'un signe de Pareilles.

Sur la plate-forme, les aides, le visage recouvert d'une cagoule, préparaient les condamnés. On passa une corde sous leurs aisselles, puis on les hissa le long de la croix avant de les attacher par les poignets et les chevilles. Charnay fut le premier à être exposé à la foule. Comme sa tête pendait sur sa poitrine, l'aide négligea de lui enfourner un bâillon dans la bouche. Puis vint le tour de Molay qui n'opposa aucune résistance. Quand son corps fut attaché à la croix, le silence tomba sur la foule.

Désormais, les condamnés appartenaient au confesseur.

Il négligea Geoffroy de Charnay et alla directement vers le Grand Maître. Dans le silence qui était tombé sur la foule, on attendait juste les flammes des torches. À un moment, Jacques de Molay rejeta la tête en arrière. Devant lui, le confesseur venait de brandir un crucifix.

— Il refuse l'absolution, s'indigna un teinturier aux mains rougies.

— Il a peur que la croix lui brûle les lèvres, renchérit une commère.

Les commentaires fusaient de toutes parts.

— Des sodomites !

— Ils adorent le diable en secret !

— Comme les juifs !

— On dit qu'ils tuent des enfants durant leur cérémonie.

— Qu'ils boivent leur sang.

Une marchande de poisson au tablier maculé d'écailles se mêla à la conversation :

— Ça ne m'étonne pas. La sœur de mon mari habite à Reuilly juste face à l'entrée de la commanderie qui est près de l'église. Chaque fois que les templiers se réunissent, elle les compte…

— Et alors ?

— … elle les compte aussi à la sortie. Eh bien, il en manque toujours un.

Un murmure d'effroi parcourut le groupe. Adossé à un arbre, l'homme à la capuche baissée se frottait les poignets. Il résista à la tentation d'intervenir. Des années d'errance lui avaient appris à se méfier des réactions trop impulsives. Mais il se félicita de ne pas avoir amené Sarah. Elle aurait eu le cœur soulevé d'entendre pareilles abominations. Si c'était bien le roi qui avait abattu le Temple, c'était le peuple qui, par ses rumeurs, l'avait condamné.

Le confesseur venait de descendre de l'estrade. Jacques de Molay avait la tête tournée vers les premières étoiles qui brillaient sur la voûte du ciel. Au pied du bûcher, Pareilles surveillait la foule avec angoisse. Plus qu'une émeute, il craignait une tentative d'anciens templiers pour délivrer leur Grand Maître. Il fit le tour des soldats qui encerclaient le bûcher, puis, ôtant son casque, se tourna vers le palais du Louvre.

Le roi venait de l'apercevoir. Lentement il leva le bras.

— Mon frère, il est encore temps, murmura Charles de Valois, faites grâce.

Le bras tomba d'un coup.

Pareilles hurla un ordre.

Les soldats jetèrent leurs flambeaux dans le bûcher.

Attisés par le vent, les fagots gorgés d'huile s'enflammèrent aussitôt. L'île aux Juifs se transforma en brasier. De l'autre côté de la Seine, le roi se pencha pour mieux voir. Geoffroy de Charnay fut le premier touché. En un instant, son corps supplicié se transforma en une torche hurlante. Effrayé, le premier rang de la foule reflua. Seul l'homme à la capuche resta immobile. D'un geste, Alain de Pareilles fit reculer ses gardes. Le feu monta d'un coup et dévora la tunique du Grand Maître. Tous s'attendaient à le voir s'effondrer quand sa voix surgit parmi les flammes :

— Pape Clément !

Pareilles se précipita et arracha un arc à l'un de ses hommes.

— Roi Philippe.

Les moines qui priaient agenouillés se levèrent d'un coup et entonnèrent un cantique.

— Avant un an, je vous cite devant le tribunal du ciel.

Le feu s'enroula autour de sa barbe.

— Devant Dieu, je le jure.

Une clameur d'effroi parcourut toute la foule. Le visage, rouge de colère, Guillaume de Paris quitta brusquement l'estrade. L'homme à la cagoule joignit ses poignets suppliciés vers le ciel et murmura :

— Par Dieu, je le jure aussi.

52

De nos jours
Saint-Cloud

Le barbu maigre le scrutait avec insistance. Le visage émacié, les yeux cernés, il n'avait pas l'air en bonne santé. Des gouttes de sang perlaient sur son front. Sa tête était cerclée d'une couronne d'épines. Que faisait ce type devant lui ?

Marcas referma les yeux. Une douleur lancinante lui vrilla la nuque. Il respira profondément mais le sang qui arrivait à son cerveau décuplait la souffrance. Il ouvrit les yeux et vit à nouveau l'étrange barbu qui semblait avoir de la peine pour lui. Il comprit.

Jésus.

Pourquoi Jésus le regardait-il fixement, sans rien dire ?

Des images revenaient à sa mémoire. L'église Saint-Merri, le clocher, la lutte dans la nef, le type qu'il avait tué. Dans la demeure du Christ. C'était peut-être ça, l'explication. Il était mort et Jésus le jugeait. Mais ça n'expliquait pas la douleur à la tête.

Il accommoda sa vision et comprit l'absurdité de la situation. Le Christ était dans un tableau, posé sur une chaise juste à côté du lit sur lequel il était étendu. Antoine sentit sa joue mal rasée frotter contre un drap rêche. Il essaya de se retourner sur le côté mais n'y arrivait pas. Ses mains et ses pieds étaient entravés par des liens. Il tira avec insistance mais les lanières de cuir se refermèrent davantage sur sa chair. Il était étendu, en croix, sur le lit. Nu.

— N'insistez pas. Je les ai serrées moi-même.

Une femme le regardait. Sans compassion, avec dureté même. Le regard noir comme ses cheveux, la bouche mince. Juste derrière elle, se profilait un grand crucifix noir métallique. Elle n'allait pas dans ce décor. Il crut une fraction de seconde que c'était un autre tableau mais son apparence était bien trop réelle. La Louve. Il était retombé entre ses pattes.

— Enfin réveillé. Je vous observe depuis une demi-heure, vous parlez en dormant.

— Et alors ? On ne couche pas ensemble, répondit Marcas d'une voix pâteuse.

— Ne me tentez pas.

— Où suis-je ? Votre ami n'y est pas allé de main morte. Un peu plus et il me fracassait le crâne.

— C'est ce qu'il voulait. Vous avez tué son meilleur pote. La chance vous sourit, il n'a pas cogné assez fort.

— Où est Gabrielle ?

— Tourne ta petite tête sur la gauche.

La jeune femme était ligotée sur une chaise, les bras attachés derrière le dos, un bâillon sur la bouche. Elle ouvrait des yeux désespérés.

Antoine tenta de se relever. En vain. Sa nuque était rigide et brûlante comme une barre de fer chauffée à blanc. La Louve s'assit à côté de lui. Elle regardait son corps nu avec une insistance provocante. Sa main se posa délicatement sur le torse de Marcas, remonta vers la gorge, caressa l'épaule droite et redescendit vers la main. Elle se pencha sur son visage, embrassa son cou et chuchota :

— Oublie cette femme. On m'a donné carte blanche pour te faire parler.

Elle introduisit le bout de sa langue dans l'oreille d'Antoine. Il sentit une main s'insinuer entre ses cuisses puis effleurer son sexe. Il tenta de se soustraire à la caresse. La main se referma sur son pénis.

— Et j'ai toute latitude pour employer la méthode la plus appropriée.

Elle posa ses lèvres sur les siennes.

— Il va falloir répondre à certaines questions. Et juste.

Il secoua la tête.

— Je me doutais de ta réaction. Le machisme primaire du flic qui se croit invincible. Surtout devant sa copine. Très jolie d'ailleurs... Tu veux que je m'en occupe ?

Elle se leva et s'approcha de Gabrielle. Ses doigts effleurèrent sa joue puis sa gorge et la courbe de ses seins. Sa main se glissa dans son chemisier.

— Ça te plaît, Antoine ?

— Vous êtes malade.

La Louve retira sa main et d'un revers gifla Gabrielle. Un filet de sang apparut sur sa joue. La tueuse fixa sa bague avec délectation.

— Ton oncle poussait des cris de goret quand on l'a fini dans la salle de bains. J'espère que tu as plus de cran, ma belle.

La colère et la honte brillaient dans les yeux de Gabrielle. Elle suivait du regard la Louve qui était retournée s'asseoir à côté de Marcas et passait à nouveau sa main sur ses parties génitales.

Il sentit son sexe durcir, malgré lui. C'était humiliant, comme une impression de se faire violer et prendre du plaisir en même temps. Il tendit encore une fois ses muscles pour se libérer mais l'étau se refermait sur ses poignets et ses chevilles.

— Je n'ai rien à dire, lâcha-t-il.

La Louve l'embrassa. Elle effleurait ses parties intimes avec une précision diabolique. Il ne pouvait plus réprimer son désir qui s'étendait malgré lui. Il devait se reprendre.

— Vous me dégoûtez, c'est… pathétique.

— Ton extrémité ne partage pas ton avis… La sensualité des hommes ne cesse jamais de me divertir. Votre sexe jouit d'une autonomie surprenante par rapport à votre cerveau. C'est assez simple comme fonctionnement alors que nous… Il faut un peu plus de nuances, de subtilité.

Antoine laissa échapper un cri de rage et de plaisir mêlés.

— Tu veux qu'on essaye sur ta copine ? Elle en meurt d'envie, j'en suis sûre.

Incapable de se dominer, Marcas tenta de provoquer la Louve par l'ironie :

— Ouvrez un cabinet de sexologue, je vous enverrai des clients.

La tueuse lui donna une petite tape sur la joue tout en accélérant son massage.

— Tu n'es pas très coopératif. C'est dommage.

Elle se pencha à nouveau sur son oreille.

— J'ai cru comprendre que tu étais franc-maçon. Nous avons un point commun…

— Ça m'étonnerait qu'on accueille des sœurs dans ton genre.

Elle éclata de rire.

— Je vais te raconter une histoire. C'était dans les années 1980, je croyais sincèrement à mon idéal politique. Nous voulions changer la société, détruire un système capitaliste pourri mais le vent avait tourné, les Brigades Rouges et la bande à Baader étaient décimées, Carlos était l'un des derniers à maintenir la pression. On s'est replié dans certains pays arabes. En Libye, Kadhafi mettait à la disposition des derniers mouvements de libération ses camps d'entraînement, au sud de Tripoli et ses instructeurs nous donnaient des cours dans de nombreux domaines, dont la torture.

— Charmant.

— Notre professeur, João, était un Brésilien survivant des geôles des colonels. Un ex-franc-maçon écœuré par le soutien de ses frères à la dictature d'extrême droite.

Antoine sentit la pression sur son sexe s'arrêter, il fallait la laisser continuer ses élucubrations.

— Un frère qui pratique la torture, j'aurai tout entendu.

— João mettait en pratique ce qu'il avait enduré. La base de son enseignement était que l'on n'avait pas besoin d'instruments compliqués pour faire parler quelqu'un. Je vais te montrer.

Sa main se crispa brusquement sur ses testicules. La douleur jaillit, soudaine, atroce. Antoine hurla. Elle desserra légèrement la pression.

— Les yeux, les ongles, la bouche, les oreilles, l'aine, les parties génitales… Il nous a donné d'excellents cours d'anatomie sur les parties sensibles de l'être humain. Pour mon premier exercice pratique, je me suis fait la main sur un traître qui jouait double jeu avec les services secrets syriens. Je l'ai travaillé au corps pendant une heure. Quand je dis au corps, c'est inexact, c'était uniquement sur cette partie. Sans discontinuer. À la fin, ses couilles avaient doublé de volume et sa langue s'était déliée.

Antoine reprenait son souffle. Elle continua :

— João était très fier de moi, j'avais trouvé une variante de mon cru en utilisant mes ongles comme des pinces, ce que ne peuvent évidemment pas faire les hommes. Qu'en penses-tu?

Elle planta ses ongles dans la chair d'Antoine et la souleva délicatement vers le haut. Il hurla à nouveau. La douleur était insoutenable. Les doigts traversaient l'épiderme comme des crochets, fouraillaient les nerfs à vif.

— Tu sens ? Une pression infime, d'un millimètre à peine et cela suffit pour faire irradier la douleur. Les testicules sont parcourus par des filets nerveux d'une extraordinaire densité. Le plus drôle, c'est que les nerfs qui font remonter cette souffrance sont connectés au système... sympathique. Sympa, non !

Antoine se tordait à chaque mouvement des doigts. Elle chuchota à nouveau à son oreille :

— Pour tout t'avouer, j'ai remarqué, au fil du temps, que le fait d'exciter la verge juste avant le massage des bourses augmente la souffrance.

— Vous voulez... quoi ?

— Je n'ai pas fini mon histoire. Tout le monde croit que mon surnom de Louve vient de l'animal, pas du tout ! C'est trop primaire. João m'a baptisée comme ça, en hommage à ma technique de torture. Et le plus drôle, c'est que j'ai franc-maçonnisé sans le savoir.

Marcas se mit à haleter.

Elle leva encore un peu plus les testicules. Le corps d'Antoine se cabra sur le lit, Gabrielle assistait impuissante au supplice, des cris sourds jaillissaient sous son bâillon.

— La Louve est une pince de fer, utilisée, depuis le Moyen Âge, par les tailleurs de pierre. Elle sert à lever les blocs taillés avec un trépied. Un outil qui figure aussi dans la symbolique du grade d'apprenti maçon.

Les larmes montaient aux yeux de Marcas, il ne pouvait même pas répondre, sa bouche se crispait mécaniquement. La Louve murmura d'une voix ouatée :

— Tu devrais savoir ça. João m'a expliqué que cet outil symbolisait la force qui levait la pierre brute. Et voilà comment j'ai gagné un nom de guerre franc-maçon, mais personne ne s'en doute. C'est beau, non ?

— Je vous en supplie. Que voulez-vous savoir ?

Les ongles se retirèrent brusquement de la chair. Antoine, frissonnant, reprenait son souffle avec peine.

La Louve lui passa un mouchoir en papier sur le front, épongeant la sueur.

— Ce n'est pas moi qui vais te poser les questions. La personne qui s'en charge a certaines... comment dire... *préventions* contre la torture, je suis juste chargée de te mettre en condition. Je vais t'emmener à lui, avec ton amie. Si tu n'es pas coopératif, je m'occupe à nouveau de toi et, cette fois, je serai encore plus... convaincante. *Capito ?*

Antoine lâcha dans un murmure :

— Je... oui...

La Louve tira d'un coup sec ses testicules.

— J'ai pas bien entendu.

Antoine hurla.

53

Avignon
21 mars 1314
Rocher des Doms

Depuis que le pape s'était installé dans la région d'Avignon, les autorités de la ville avaient jugé bon de rendre plus discrets les lieux de plaisir et avaient conseillé aux ribaudes de bien vouloir exercer leurs talents ailleurs que sous les fenêtres du Saint-Père. Ainsi, les catins, qui ne manquaient ni d'ingéniosité ni de ressources avaient colonisé l'ancien quartier du rocher des Doms. Bâti sur un promontoire rocheux qui surplombait la ville, ce quartier était à l'abandon depuis longtemps. Une forteresse délabrée dominait le Rhône tandis que des maisons aux toitures croulantes finissaient de s'effondrer dans des ruelles herbeuses. C'est pourtant, au milieu de ses ruines, qu'en peu de temps on avait vu fleurir des établissements de bains où d'habiles beautés vendaient leurs charmes tarifés.

Bertrand de Got affectionnait particulièrement un de ces lieux de débauche, situés sur l'extrémité du rocher juste au-dessus du fleuve. Quand le temps le permettait, on sortait les cuves fumantes d'eau chaude sur la terrasse couverte et les heureux privilégiés partageaient leur bain avec de plantureuses créatures tout en contemplant un des plus beaux paysages du Sud.

Chaque matin que Dieu faisait, quand il n'accompagnait pas son oncle dans ses pérégrinations, Bertrand se rendait sur le rocher des Doms, plongeait son corps dans l'eau parfumée et se délectait de la lumière du ciel sur les champs d'oliviers. Le Rhône marquait la frontière entre les États du pape et le royaume de France. De l'autre côté du fleuve, Philippe le Bel avait fait construire une haute tour pour affirmer son autorité, il avait aussi fait fortifier le plateau de Saint-André entretenant une garnison aguerrie, prête à passer le Rhône si nécessaire. Bertrand se demandait si ce n'était pas cette omniprésence du roi qui empêchait son oncle de se fixer définitivement à Avignon et l'obligeait à se déplacer sans cesse. Il est vrai que le pape ne tenait pas en place, au grand dam des ambassadeurs et des cardinaux qui passaient leur temps à le chercher, tantôt à Malaucène, tantôt à Monteux. Une perpétuelle errance qui tenait autant à la maladie du Saint-Père, toujours en quête d'un lieu plus propice à sa santé, qu'à la peur devenue obsessionnelle d'un assassinat. Depuis la mort subite de Guillaume de Nogaret, Clément avait promu son neveu responsable de sa sécurité personnelle. Le pape ne vivait plus qu'entouré et protégé de gardes sûrs. De son propre chef, Bertrand avait doublé cette structure d'une autre, beaucoup plus confidentielle, organisée pour récolter un maximum d'informations sur les anciens membres du Temple. Des centaines de frères avaient été libérés des prisons du roi. La plupart menaient une vie misérable, certains mendiant même dans les rues. À Lyon, Bertrand avait vu un ancien templier torturé et mutilé, demandant l'aumône, une boîte en bois à ses côtés, contenant ses propres os arrachés par l'Inquisition. D'anciens chevaliers avaient rejoint les Hospitaliers, d'autres avaient fui en Écosse ou au Portugal. Au premier abord, l'Ordre semblait donc définitivement détruit, ses dignitaires morts ou emprisonnés, ses membres dispersés ou exilés. Pourtant, la rumeur populaire abondait en d'étranges récits. On racontait que les anciens frères se réunissaient clandestinement, en des lieux secrets connus d'eux seuls. Ainsi, sur la foi d'une dénonciation anonyme, Bertrand avait fait ratisser la garrigue de Sauveterre et avait découvert une grotte aménagée, pourvue d'une cheminée, la voûte bâtie en claveaux reposant sur un pilier central frappé de la croix du Temple. Des cendres, des débris de repas témoignaient du passage récent de fugitifs. Situé juste à proximité du château de Roquemaure où séjournait régulièrement le pape, la découverte de cette cache templière avait affolé Clément V dont la peur d'un complot tournait maintenant à la monomanie.

Son corps plongé dans l'eau chaude, Bertrand, lui, avait d'autres préoccupations. Une catin venait de surgir sur la terrasse.

Bertrand laissa échapper un murmure de plaisir, une main féminine lui massait délicatement les épaules. De l'huile parfumée gouttait en direction de son nombril tandis qu'une poitrine généreuse ballottait en cadence sous son menton. Face à lui, le fleuve coulait paresseusement, parsemé de barques et de chaloupes, qui commerçaient entre le royaume de France et les États du pape. Bertrand abaissa les yeux et regarda le cou de la ribaude. Le mouvement rythmé de sa tête faisait trembler le frisottis de ses cheveux. La nuque, à la peau blanche, laissait transparaître l'arc des vertèbres. Bertrand sortit ses mains de l'eau fumante et les posa sur le cou. Se trompant sur ses intentions, la fille de joie accéléra le mouvement. Got se mit à rire. À cet instant, il était Dieu. D'une simple pression, il pouvait décider de la vie ou de la mort de cette fille. La caresse et le meurtre hésitaient dans sa paume.

D'une tape, Bertrand interrompit la besogne de la catin. Il avait besoin d'avoir les idées claires. Il lui commanda d'aller chercher une planche sèche. La fille revint et, une fois le bureau improvisé installé en travers de la cuve, Bertrand saisit la sacoche de cuir fauve qui ne le quittait plus. Depuis l'arrestation des templiers, le neveu du pape avait fait recopier toutes les minutes d'interrogatoires pour les archives du souverain pontife. Officiellement, ces archives devaient servir à éclairer la commission des cardinaux qui décideraient de la culpabilité de templiers, officieusement, il s'agissait de récupérer tous les témoignages permettant d'appréhender le secret du Temple. Aux interrogatoires des templiers de France, s'étaient adjoints ceux d'Angleterre et du royaume d'Aragon. Une masse impressionnante de documents, mais que Bertrand s'était imposé de lire dans son entier. Son oncle qui ne voyait en lui qu'une brute au sang chaud aurait été bien surpris du travail accompli par son neveu. Des centaines d'heures de lecture attentive dont le résultat tenait dans le sac qu'il venait d'ouvrir.

La lecture des interrogatoires des templiers était d'un ennui mortel. La majeure partie des frères qui avaient été interrogés étaient de simples membres qui géraient les biens temporels du Temple. La plupart n'avaient jamais combattu, ni vu un sarrasin de leur vie. Dès les premières tortures, ils avaient avoué tout ce qu'on voulait. Cracher sur la croix du Christ ? Deux fois plutôt qu'une ! Adorer le Baphomet ? Tous les matins ! Se livrer aux joies de la sodomie entre frères ? Au moins tous les soirs ! Et les détails les plus folkloriques se mêlaient aux aveux les plus absurdes. Sur le Baphomet, pas moins de six versions différentes ! Tantôt la tête d'un saint dont on avait perdu le nom, tantôt celle d'un chat empaillé… la palme revenait à deux chevaliers qui, sans rire, expliquaient que la précieuse relique provenait du viol du cadavre d'une pucelle par un templier nécrophile. Neuf mois après, ledit chevalier avait récupéré le fruit de sa concupiscence, un crâne de nouveau-né et, ne sachant qu'en faire, l'avait offert à ses frères qui aussitôt en avaient fait un objet de culte. On imaginait quels fantasmes pouvaient surgir dans des imaginations rendues folles par la torture.

Bertrand avait fini par classer les interrogatoires en deux catégories : aveux préparés et délires incontrôlés. À la fin du classement pourtant, une pile d'interrogatoires ne rentrait dans aucune des catégories. Il s'agissait manifestement d'aveux ni extorqués ni fantasmés. Mieux encore, Bertrand était parvenu à recouper certaines assertions. Des témoignages concordants, obtenus à des époques et dans des pays différents. Tous affirmaient la même chose : derrière l'écorce du Temple se cachait la sève invisible d'un ordre secret.

Bertrand s'ébroua dans son baquet. L'eau commençait à refroidir.

Un seul homme pouvait encore tout lui révéler : Hughes de Payraud.

Avignon
Prison du pape

Cela faisait sept ans… sept ans qu'il croupissait de geôle en geôle. Tantôt seul, tantôt avec des compagnons d'infortune. Il avait connu la prison du Temple, puis celles de Loches, de Chinon… Il avait passé une dernière nuit avec Geoffroy de Charnay et Jacques de Molay, la veille de leur exécution. Ces malheureux frères, épuisés et disloqués, mais qui avaient trouvé le dernier courage de crier au monde que le Temple se vengerait. C'était lui, Hughes de Payraud, qui avait soufflé au Grand Maître ces dernières paroles.

Lentement il se leva. Depuis son transfert à Avignon, ses geôliers semblaient l'avoir oublié. Deux fois le jour, la porte s'ouvrait et une main anonyme glissait un bouillon de couenne ou un fromage rassis. On changeait son eau, mais pas sa paille. Peu importe, depuis sept ans, il avait appris à vivre au milieu de ses propres déchets. Son dos, couvert d'escarres, lui faisait mal. Il passa le doigt sur ses gencives creusées d'alvéoles. Sans dents, il ne pouvait mâcher ni viande, ni pain. Il se contentait de sucer longuement os et croûtons.

Un bruit métallique retentit près de la porte. La barre rouillée venait de coulisser. Un jour gris et humide pénétra dans la cellule en même temps qu'une haute forme noire. Depuis son arrestation, la vue de Hughes de Payraud avait beaucoup baissé. Il ne percevait plus les contrastes.

— Vous ne me reconnaissez pas ?

Un parfum de cannelle et de musc se mêla à l'air vicié du cachot. Hughes cligna des yeux. Le visage était flou, mais la taille imposante lui rappelait quelqu'un.

— Nous nous sommes croisés, il y a bien des années, je vous apportais un message…

Aussitôt, l'esprit aux aguets de Payraud se mit en œuvre. Il pénétra dans son château de mémoire, en quête de la pièce où il conservait les souvenirs de ses courriers.

— … un message de mon oncle.

— Bertrand de Got, murmura Payraud.

Le neveu du pape saisit un tabouret et s'assit.

— Messire l'ex-Grand Visiteur de France, combien de fois avez-vous été torturé ?

— Dix-sept fois.

— Vous n'avez jamais parlé ?

Depuis qu'il avait été arrêté, son château intérieur n'avait cessé de s'agrandir jusqu'à devenir une forteresse. À chaque nouvelle séance de torture, il avait créé une tour où son esprit s'enfermait pour échapper à la douleur.

— Jamais.

Bertrand de Got contempla le cadavre en sursis qui gisait sur la paille. Comment cette loque humaine avait-elle pu tenir tête aux inquisiteurs les plus chevronnés ? Mais l'homme est comme le bronze qui peut résister à tous les coups et se briser subitement sans raison.

— Je n'ai jamais aimé les longs discours, je ne vous poserai donc que trois questions.

Hughes ferma les yeux. De nouveau, il était dans son château intérieur. Plus précisément dans le donjon. Il entendit un cliquetis.

— Si la réponse me convient, je n'aurai pas à me servir de cet instrument...

Les paupières de Payraud restèrent closes.

— Sinon...

La voix du Grand Visiteur monta, étrangement calme.

— Pose ta question.

— L'ordre du Temple est-il vraiment mort ?

Dans le donjon, Hughes choisit de descendre l'escalier à vis.

— Non.

Si Bertrand fut surpris de la rapidité de la réponse, il ne le montra pas.

— Avez-vous prévu de vous venger ?

L'escalier à vis s'arrêta brusquement sur une plate-forme de pierre grise. En dessous, on entendait le clapotis de l'eau.

— Oui.

Le neveu du pape sentit son corps tressaillir. Il avait vu juste. Maintenant il avait le choix : soit déjouer le complot, soit poser la question qui le hantait depuis des années. De toute façon, le prisonnier ne résisterait pas à deux interrogatoires successifs. Il fallait trancher.

— Où est le trésor ?

Toute sa vie, Hughes de Payraud avait préparé cet ultime moment. Lentement il avança sur la plate-forme. L'eau était lisse et sombre. Durant des heures et des heures, Roncelin de Fos lui avait fait répéter cet exercice. Au cas où.

— Tu ne trouveras ni trésor ni secret.

Un cliquetis résonna.

— Maudit templier…, s'écria de Got.

En imagination, Payraud sauta dans l'eau noire. Au même moment, il comprima sa glotte et bloqua sa respiration.

— … tu vas parler ?

Payraud ouvrit les yeux et s'effondra.

La nuit l'avait emporté.

54

De nos jours
Paris
Nonciature apostolique

Le majordome débarrassa les couverts. L'horloge marquait 3 heures de l'après-midi. Le père Conrad Hemler fit un signe discret au domestique qui se retira de la pièce en fermant derrière lui les deux portes battantes. Le secrétaire du pape se leva et prit un coffre à cigares et une bouteille de forme renflée qui se trouvait dans une petite armoire vitrée. Il l'ouvrit et les présenta au père da Silva.

— Permettez-moi de vous offrir un cognac. Il est vraiment délicieux.

— Pourquoi pas ?

Hemler prit la bouteille posée sur la table et fit couler le liquide ambré dans un verre de cristal rouge de Bohême.

— Le chef de la nonciature est prodigieux et ses petites cailles confites au foie gras, un doux péché. Le vol ne vous a pas trop fatigué ?

— Deux heures dans le jet privé de Sa Sainteté, ce n'est pas ce que j'appellerais un chemin de croix. Puis-je me permettre une question ?

— Je vous en prie.

— Si nous allions droit au but ? Qu'attendez-vous de moi, exactement ?

Le secrétaire du pape restait debout, son cigare à la main, aspirant de longues bouffées. La fumée montait vers le plafond en enveloppant son visage.

— Je reconnais votre caractère, toujours pragmatique. Comme vous le savez, il y a deux jours, dans la basilique Saint-Pierre, le cardinal camerlingue a remis un coffret au Saint-Père. Dedans, il y avait un document. Le pape l'a lu et il nous a envoyés, tous les deux, ici à Paris. En mission.

Da Silva dégusta une gorgée de cognac avant de poser la question qui lui démangeait les lèvres :

— Et si vous m'éclairiez sur cette mission ?

— Nous devons trouver le secret des templiers.

— Les chevaliers du Christ ? s'exclama le Portugais.

Hemler hocha la tête et s'assit.

— Pour comprendre, il nous faut remonter dans le temps en 1940. À la demande du pape Pie XII, les archéologues fouillent sous le Vatican, à l'aplomb de la basilique, pour découvrir les reliques de saint Pierre que la tradition situe dans les catacombes de la colline. L'enjeu est vital pour l'Église, l'Europe sombre dans la guerre et une découverte de cette importance peut apporter une espérance nouvelle. Du moins, c'est ce que pense Pie XII.

— Une manière de frapper les esprits...

— Tout à fait. Pourtant, les archéologues ont beau creuser en tous sens, ils ne trouvent que des sépultures de Romains convertis datant de la fin de l'Antiquité. Jusqu'au moment où ils mettent au jour une niche avec une vague inscription qui pourrait évoquer Pierre.

— La tombe de l'Apôtre ?

— Nul ne le saura jamais mais, en dessous, sous une dalle effritée, ils découvrent un coffret contenant une bulle papale inconnue.

Le père da Silva posa son verre de cognac.

— Quel pape ?

— Clément V.

— Le pape qui a condamné le Temple...

Hemler s'offrit une nouvelle bouffée de cigare avant de reprendre :

— Il est dit dans ce document que l'ordre des templiers n'a pas disparu en 1314, avec la mort de son Grand Maître, Jacques de Molay, mais a continué d'exister clandestinement. Cet ordre, appelé *Secreti Templum*, est une sorte de loge secrète composée de sept frères. Ces sept templiers ont pour mission de se coopter, à travers les siècles, avec pour seul objectif de préserver le secret de l'ordre dissous.

— C'est incroyable, souffla le Portugais.

— Nous pensons que ces *frères* se sont d'abord dissimulés dans des loges de maçons opératifs avant devenir... des francs-maçons.

— Secreti Templum... Des francs-maçons..., répéta le père da Silva en vidant son fond de cognac.

— Oh, ce n'est pas le plus incroyable. Cette loge devait toujours être composée, tenez-vous bien, de religieux.

— J'avoue que c'est difficile à croire...

— Pas tant que ça. N'oubliez pas que les templiers étaient des moines soldats, fidèles serviteurs du Christ, contrairement aux actes d'accusation de l'époque. Par ailleurs, les premiers francs-maçons qui apparaissent au XVe siècle sont des croyants, ils prêtent serment sur la Bible et ont foi dans le Christ.

— Je l'ignorais.

— On trouve beaucoup d'abbés, voire d'évêques de premier plan dans leurs rangs. Ce n'est qu'au XIXe que l'on voit apparaître un courant maçonnique anticlérical.

Hemler se remit à tapoter sur la table.

— Quand Pie XII découvre cette bulle secrète, Hitler est devenu le maître de l'Europe. Le pape a d'autres priorités que la survie des templiers, mais décide néanmoins de confier la garde du coffret au camerlingue de l'époque. Celui-ci entame des recherches confidentielles durant toute la guerre et envoie dans la France occupée ses hommes de confiance pour retrouver la trace de cette loge.

— Mes prédécesseurs en quelque sorte.

— Absolument. Je vais vous montrer un document qui va vous intéresser au plus haut point. Il a été rédigé par l'envoyé spécial du camerlingue de l'époque. C'est une copie tirée du livre relié dans le coffret de saint Pierre.

Octobre 1942
À l'attention de Son Éminence XXX
Affaire Secreti Templum

Comme je vous l'avais expliqué lors de notre dernière rencontre, les événements se sont aggravés en France. La loi contre les sociétés secrètes, promulguée par le maréchal Pétain, a été mise en application avec une extrême fermeté et il ne reste plus aucune loge maçonnique en activité dans ce pays. Les francs-maçons ont été pourchassés et il a été très difficile de prendre contact avec leurs représentants passés dans la clandestinité. Néanmoins, grâce à l'aide du Dr Jouhanneau[1]*, un professeur de médecine qui a occupé des fonctions importantes dans une obédience maçonnique, j'ai pu prendre contact avec un membre supposé du* Secreti Templum.

La rencontre a eu lieu dans une abbaye bénédictine, située en zone libre, dont je préfère taire le nom par souci de sécurité.

Le Grand Maître de cette loge, le père supérieur de cette abbaye, a été surpris et inquiet d'apprendre que le Vatican était au courant de son existence. Sa méfiance était d'autant plus forte que le Saint-Siège entretient de bonnes relations avec le gouvernement du maréchal Pétain. Une dénonciation de sa condition de franc-maçon l'exposerait à de graves représailles.

En substance, la loge a été mise en sommeil à cause de la guerre. Deux membres ont été déportés en Allemagne car ils appartenaient au réseau maçonnique de la Résistance, Patriam Recuperare, un troisième est parti à Londres suivre le

1. *Le Rituel de l'ombre*, Fleuve Noir, 2005.

général de Gaulle, un quatrième est mort dans un accident. Il ne reste donc que trois frères, dont le père supérieur. Ce dernier est dans un état d'abattement prononcé, il m'a avoué qu'il se sentait comme Jacques de Molay, à la chute de l'Ordre. Mais l'homme est entêté et ne veut rien avouer sur le secret. Il m'a seulement révélé que chacun des frères était détenteur d'une partie qui menait au secret et qu'avant la mort des autres, il avait pu tout mettre en sécurité. Il m'a aussi appris qu'au fil des siècles le secret avait changé de cachette.

Je vous demande conseil. En tant que chrétien je ne peux bien évidemment dénoncer cet homme aux autorités mais, d'un autre côté, le rapport de force est en notre faveur et le père supérieur le sait. C'est une occasion unique pour l'Église de récupérer ce qui lui appartient de plein droit.

J'attends votre réponse via la procédure traditionnelle.

Décembre 1942
À l'attention de Son Éminence XXX
Affaire Secreti Templum

Un accord a finalement été trouvé. Je vous en dévoile les termes suivants. Le Vatican garantit protection aux membres de la loge Secreti Templum, *s'engage à ne pas dévoiler le secret, sans avis majoritaire des sept frères. En échange, nous avons réparti trois clés qu'il faut réunir pour accéder au secret. La première est en possession du Grand Maître de* Secreti Templum, *la deuxième est cachée quelque part à Paris, la troisième sera confiée aux soins du Vatican. Le code est* secreti. *Ainsi, personne ne peut y accéder sans l'accord et la réunion préalables des uns et des autres.*

Le professeur Jouhanneau s'est porté garant de cet accord.

Je voudrais avoir votre avis, le plus rapidement possible, compte tenu des circonstances actuelles. La zone libre a été envahie par les troupes allemandes et mes déplacements sont surveillés par la Gestapo.

Le père da Silva reposa la copie des lettres sur la table. Conrad Hemler reboucha la bouteille de cognac.

— Le signataire de cette lettre est du premier gardien de la clé. Voilà comment est né votre... service.

— La troisième clé de saint Pierre. Le camerlingue ne m'en avait rien dit.

— Les temps sont venus, nous sommes en possession des deux premières clés ainsi que des indications pour accéder au secret. Il ne manque plus que la vôtre.

Da Silva ouvrit le col de sa soutane : la chaleur était étouffante dans le salon. Hemler tendit la main.

— Le pape a été très clair. Donnez-la-moi. Je vais en avoir besoin.

— Je suis désolé mais cela n'est pas possible. Le cardinal camerlingue m'a aussi donné des ordres. Je dois ouvrir moi-même la serrure, si tant est qu'elle existe.

La voix de Hemler se durcit :

— Da Silva ! C'est un ordre direct du pape ! Je vous la demande une seconde fois.

Le Portugais se leva.

— Non. Je dois vous accompagner. Je suis obligé de... prendre le... Excusez-moi.

Il vacillait devant son interlocuteur. Hemler ricana :

— Je m'étais douté de votre refus. L'entêtement devrait être considéré comme un péché.

— Je... je ne comprends pas.

— Il ne faut jamais abuser du cognac.

Da Silva s'avança puis s'effondra d'un bloc. Les deux portes battantes du salon s'ouvrirent. Le majordome se posta devant le père Hemler. Celui-ci lança d'un ton rapide :

— Retirez-lui la clé, ensuite transportez-le dans sa chambre. Il en a pour douze heures minimum. Enfermez-le à double tour et surveillez l'entrée.

Le serviteur lui tendit la clé en or. Le père Hemler la contempla avec ravissement. Il prit son portable.

— Je l'ai. À vous de jouer.

55

Saint-Germain-l'Auxerrois
Pâques 1314

Le portier fit coulisser la planche de bois et jeta un œil sur le visiteur qui venait de frapper à la porte. Enseveli dans une cape de laine déchirée, les pieds nus et le visage rongé par une barbe sale, le pauvre diable ne payait pas de mine. Le portier grinça des dents. Franchement, le Christ avait eu une bonne idée en recommandant d'accueillir les pauvres comme si c'était lui-même ! On voyait bien qu'il n'était pas resté assez longtemps sur Terre pour bien connaître ces miséreux, cette plaie de la société civilisée. Le portier secoua la tête. Il en avait plus qu'assez d'accueillir toute la misère du monde. Il en arrivait tous les jours, couverts de crasse et de poux, pour réclamer un bol de soupe et une litière de paille. Et c'était lui qui devait les accueillir, les secourir, supporter leur puanteur, leur pauvreté insondable.

— Si c'est pour manger, on sert devant l'église à l'heure des vêpres.

C'était le doyen qui avait eu cette idée d'installer les loqueteux devant le porche d'entrée : la vue de la misère avait cette facilité déconcertante de dénouer la bourse des paroissiens émus de tant de malheur. Ainsi les troncs de l'église se remplissaient plus vite. Le doyen pouvait donc envisager avec sérénité d'agrandir les bâtiments de l'église grâce à la générosité publique. Quant aux pauvres, on se contentait d'ajouter quelques feuilles de chou dans la soupe commune pour se donner bonne conscience.

Le loqueteux leva des yeux rougis de fièvre et secoua la tête. Comme une bête qui ne comprend pas un ordre.

— Encore un qui ne parle pas français, éclata le portier, un de ces fainéants nourris à ne rien faire.

Il en venait de partout : des journaliers sans travail du Poitou, des paysans faméliques de Champagne et, le pire, ces Bretons qui mâchaient de l'herbe et parlaient un jargon incompréhensible. Allez faire un royaume prospère avec ces gens-là !

L'homme, pour se faire comprendre, tendit les mains. Le portier recula. Au niveau des poignets, comme roussie au feu, de la chair pendait en une grappe brune.

— Toi, t'es bon pour l'hôpital. Au moins, on te verra pas devant l'église. Avec tes mains de lépreux, tu ferais fuir les aumônes.

Le portier ouvrit la porte et, d'un geste, indiqua l'entrée de l'hôpital, le long du cloître. L'homme entra en boitant. Une odeur amère montait de ses vêtements en lambeaux.

— Par le sang de Dieu, tu pues la mort ! s'écria le gardien.

Guilhem baissa la tête pour dissimuler un sourire. Le gardien ne pouvait pas mieux dire.

Église Saint-Pierre-Saint-Merri.

Dans la chapelle latérale, le bruit du maillet cessa. L'apprenti recula et examina le bloc qu'il venait de dégrossir. La pierre était arrivée des carrières de

Montmartre encore brute, les faces lourdes de bosses et d'irrégularités. Patiemment l'apprenti avait lutté contre le minéral, domestiqué les veines de calcaire, travaillé la face jusqu'à la polir. Il n'avait jamais vu de miroir, mais il imaginait que cet objet inconnu devait avoir une parenté avec cette surface plane qu'il contemplait. Brusquement une ombre troubla sa contemplation. L'apprenti se retourna. Le maître venait de surgir.

Haut et large d'épaules, les cuisses et les bras sculptés comme des colonnes en spirale, le maître ressemblait plus à un héros de chanson de geste qu'à un tailleur de pierre. D'ailleurs, l'apprenti ne l'avait jamais vu un ciseau à la main. D'un geste lent, le maître passa la paume sur la face encore chaude des coups de maillet.

— Le jour où les hommes sauront polir leur esprit comme tu l'as fait de cette pierre...

L'apprenti hocha la tête à tout hasard.

— ... alors ils refléteront l'univers.

Vaguement inquiet, l'apprenti tentait de comprendre le sens de ces paroles.

Le maître s'approcha, lui ôta le ciseau des mains et le posa sur la pierre.

— Tu as bien travaillé. Va faire une pause dehors.

L'apprenti salua et se dirigea vers le porche. En remontant la nef, il croisa un groupe d'hommes qui portaient capuche comme des chanoines. Il n'y prit pas garde. Il essayait toujours de comprendre ce qu'avait voulu dire le maître.

Saint-Germain-l'Auxerrois

En sept ans, les lieux avaient beaucoup changé. Alors que Guilhem avait quitté un chantier, il revenait dans un dédale de bâtiments neufs, de cours rutilantes, de ruelles fraîchement pavées que des moines, des artisans, des clercs ne cessaient d'arpenter. Nul ne lui adressait la parole, au contraire chacun s'écartait dès qu'il le croisait. Il avait passé la porte de l'hôpital sans que personne ne l'interpelle ou ne l'interroge. Saint-Germain était devenu un lieu de passage où la charité chrétienne commençait par l'ignorance de son prochain. Un moine, au crâne dégarni et aux sourcils broussailleux, surgit d'un porche. Guilhem posa la main sur le poignard qu'il tenait dissimulé dans son dos. Il venait de reconnaître l'économe responsable des achats de la communauté. Mais le moine passa sans même l'apercevoir. Un instant, Guilhem se demanda s'il n'avait pas rêvé sa vie précédente. Durant des nuits, il avait confié à Sarah ses angoisses à l'idée de revenir en ces lieux où le malheur avait fondu sur lui et voilà qu'il venait de comprendre que, pour ses anciens compagnons, il n'existait plus. Instinctivement, il hâta le pas. C'était une drôle d'impression que d'être une ombre parmi les vivants. La façade de la pharmacie apparut. Un rosier avait poussé contre le mur qui ombrageait la porte. Les volets étaient clos, mais repeints. Devant l'entrée un pavage luisant avait été posé. La grand cloche de l'église sonna, Guilhem jeta un coup d'œil circulaire et traversa la place. Dans sa main, il tenait une clé qui n'avait rien ouvert depuis sept ans.

Église Saint-Pierre-Saint-Merri

Le maître s'était adossé au bloc et contemplait ses anciens compagnons. Sept ans d'absence les avaient métamorphosés. Si ce n'étaient les mots et les gestes de reconnaissance, Imbert Blanc aurait parfois hésité. Certains n'étaient plus qu'un regard aiguisé par la vengeance, d'autres un corps tremblant encore de colère et de haine. Si l'exil avait changé jusqu'à leurs traits, leur détermination brûlait dès le premier contact. Des mercenaires du châtiment.

Mais devant lui, ils n'étaient plus que trois.

À voix basse, ils firent chacun le récit de leur vie aventureuse. Cachés dans des loges, ils avaient tous vécu dans la clandestinité la longue agonie de leur ordre. Devenu qui architecte, qui maître des travaux, ils n'avaient pas été inquiétés mais, dans leur cœur, l'angoisse avait levé son vent mauvais et le doute s'était insinué.

— Trois de nos frères ne sont pas au rendez-vous, dit le premier.

— Ils sont tous morts, annonça le deuxième.

— Alors la Parole est perdue, conclut le dernier.

Saint-Germain-l'Auxerrois

La clé fonctionna sans un bruit. Sitôt la porte refermée, Guilhem avança à tâtons vers les étagères aux bocaux. Il marchait dans l'obscurité, les deux mains en avant pour se prévenir de tout obstacle. Intérieurement, il priait le destin que son successeur n'ait pas modifié son ordre de rangement. Malgré les années, il se souvenait parfaitement de la place des substances rares. Sa paume toucha un montant en bois : il reconnut l'angle droit d'une des étagères. D'un geste, il descendit vers le sol, comptant chaque planche. Parfait, le nombre était le même. Maintenant, il n'avait plus qu'à effectuer un test. J 13. Sa main glissa sur le rebord d'une planche et il se mit à compter patiemment. Au nombre 12, il sentit son cœur résonner dans la poitrine. Plus qu'un. Il avança la main. Le pot en terre cuite était bien là, identique à tous les autres. Délicatement, il ôta le couvercle. Une odeur amère et macérée s'échappa dans la pharmacie. La *muscaria*. Guilhem jubila : rien n'avait changé.

Il sortit une fiole de sa poche et fit tomber quelques brins de muscaria dans l'eau-de-vie.

Juste avant que sa vie bascule, il avait reçu, de la part d'un marchand d'aromates, une plante inconnue, venue d'Orient, dont ce dernier affirmait qu'elle tuait sans laisser de trace. Cependant, inquiet d'être trouvé en possession d'un tel poison, le marchand avait préféré la confier à l'apothicaire de Saint-Germain, de crainte d'intéresser dangereusement la curiosité de l'Inquisition. Guilhem avait juste eu le temps de la préparer et de la déposer dans le bocal classé F 66. De nouveau, sa main longea le bord de l'étagère et s'immobilisa. Le pot était bien là. Guilhem le saisit avec précaution et se dirigea vers la fenêtre. Un des volets avait été attaqué par un pivert. Un trou de la taille d'un florin perçait le bois d'où tombait un rai de lumière. L'apothicaire s'approcha et fit sauter le couvercle. Il jeta un œil. Au fond, à peine séchées, reposaient trois minces feuilles grises, galbées et acérées comme des pointes de flèche.

Église Saint-Pierre-Saint-Merri

Le soir tombait sur le chantier. Un échafaudage de planches grises escaladait le porche et masquait une Vierge en pleurs, son fils mort dans les bras. À l'entrée, un bloc encore brut attendait le ciseau et le maillet pour s'associer à la légende de pierre au-dessus de l'entrée. Un feu de camp couvait devant la loge où se réunissaient tailleurs, maçons et charpentiers. Quand Guilhem s'approcha, une ombre surgit brusquement et lui interdit l'entrée.

— Que veux-tu, étranger?

Guilhem serra dans sa poche le bout de tissu dans lequel il avait roulé les feuilles séchées.

— J'ai le mot de passe.

— Donne-moi le premier mot.

— Ba*sileus*

— *Philoso*pho*rum*, reprit le gardien du Seuil.

— Met*allicorum*, conclut Guilhem.

L'ombre s'écarta et fit pivoter la porte. Illuminée

de longs cierges noirs, parée de teintures sombres, la salle ressemblait à une tombe. Guilhem s'avança sur le sol dallé et s'immobilisa devant une plaque de marbre rouge sang. Face à lui, sur une estrade de bois, se tenait un mur oblong en ruine tandis que deux colonnes brisées gisaient au sol. Comme il s'avançait, une voix interrogea :

— Richard de Monclerc ?

À droite, un chevalier se leva, tomba sa capuche et posa sa main droite à plat sur l'épaule gauche, avant de répondre :

— Présent.

— Hughes de Châlons ?

Son voisin se leva à son tour et prononça la phrase rituelle.

— Hughes de Castillon ?

— Présent.

— Imbert Blanc ?

Guilhem aperçut l'homme qui avait posé la question assis au fond de l'estrade. À sa main gauche brillait un sceau en argent.

— Je suis présent.

— Gérart de Villiers ?

— Le cinquième est mort. Gémissons !

— Hughes de Payraud ?

— Le sixième est mort. Gémissons ! Gémissons !

— Foulques de Rigui ?

— Le septième...

Le chœur des frères allait entamer sa déploration.

Guilhem s'avança et porta la main à son épaule en la faisant glisser le long du cou.

— Présent.

Il posa l'équerre marquée de l'Ouroboros et prononça d'une voix ferme :

— J'ai les sept syllabes.

56

De nos jours
Saint-Cloud

Antoine et Gabrielle étaient assis sur un canapé de velours noir. La Louve lui avait permis de se rhabiller avant de l'emmener, avec Gabrielle, dans un grand salon, aux murs décorés de boiseries sombres. Il avait marché avec peine, soutenu par la jeune femme, le moindre frottement sur son entrejambe ravivant la douleur.

Devant lui, un homme âgé, une couronne de cheveux blancs ceignant sa tête, attendait. Une statue polychrome de la Vierge était posée sur son bureau de verre. Lucas avait les bras croisés, un Beretta à la main, dissimulant avec peine sa nervosité.

Le vieil homme posa ses deux mains à plat sur le bureau et s'adressa à Marcas :

— Comment vas-tu ?

— On se connaît pour se tutoyer ?

— Le tutoiement n'est-il pas de rigueur entre frères ?

Marcas jeta un œil dans la pièce. Un portrait du pape était accroché sur un mur, à côté de la baie vitrée, un tableau du XVIIe siècle représentant l'Annonciation trônait au-dessus d'une cheminée et un christ en métal noirci reposait sur un guéridon. Il lança, dubitatif :

— On ne fait pas partie de la même paroisse. C'est rare, les frères qui prennent leur bureau pour une église.

Le vieil homme ne sourit pas.

— Et pourtant, si. Je suis le vénérable de la loge des Sept où croire en Dieu est une condition sine qua non. Celle de Jean Balmont, je suppose que tu en as entendu parler, sinon, nous ne serions pas réunis tous ensemble.

Gabrielle se leva d'un bond, rattrapée de justesse par Lucas qui la fit rasseoir.

— Ordure, vous avez assassiné mon oncle !

— Je suis navré, croyez-le bien. Vous n'êtes pas obligée de me croire mais je l'aimais beaucoup. Je vais aller à l'essentiel. Qu'avez-vous trouvé, tous les deux, à Saint-Merri, à part la clé ?

Antoine jeta un regard à Gabrielle. Elle balbutia :

— Ils l'ont trouvée dans mon sac.

Le Grand Maître demanda à nouveau :

— Qu'y avait-il d'autre ?

— Je ne sais pas. On m'a abîmé le cerveau dans l'église et les couilles dans la chambre d'à côté.

Lucas s'approcha de la jeune femme et, d'un geste brusque, lui tira les cheveux en arrière. Elle bascula la tête en arrière, par réflexe elle ouvrit la bouche. Lucas y introduisit le canon de son Beretta. Il soutint le regard de Marcas, les pupilles haineuses.

— Réponds ou je lui explose sa gueule d'ange.

Antoine voulut se lever mais la Louve le plaqua contre le canapé.

— Tu es dur à comprendre. On t'écoute.

Il jaugea la situation. Sa marge de manœuvre était inexistante.

— D'accord. Avec la clé, on a trouvé un jeton de loge des Sept Écossais réunis avec sur le côté pile, une croix templière, cerclée d'un serpent Ouroboros.

— Très intéressant. Où est-il ?

— Perdu. Tombé sur le toit de l'église. Il a dû rouler sur une corniche.

— Je n'aime pas que l'on me prenne pour un imbécile.

Le vieil homme glissa un regard vers Lucas. Celui-ci arma son pistolet dans la bouche de Gabrielle. Elle ouvrait de grands yeux, écarquillés de terreur. Antoine crispa ses mains sur ses genoux.

— Pourquoi vous mentirais-je ? Vous avez toutes les cartes en main.

— Il y avait sûrement quelque chose de plus sur ce jeton.

— Et même si c'était le cas. De toute façon, vous nous tuerez.

Le religieux répondit avec onctuosité :

— Je te donne ma parole de frère que nous ne vous ferons aucun mal.

— Un homme qui a trahi son frère et lui a coupé la tête… C'est toi qui me prends pour un imbécile.

Le vénérable rapprocha son buste du bureau, avec une lenteur calculée.

— J'ai fait exécuter mes cinq autres compagnons de loge pour retirer leur implant comme je l'ai accompli pour moi. Chaque jour qui passe me fait regretter mes actes. Tu ne peux pas savoir à quel point. Si j'ai mis mon âme en péril, c'est pour une mission pure et glorieuse. Je ne veux pas faire couler le sang davantage.

— Je ne connais même pas le nom du frère qui me fait une promesse.

— Je suis le secrétaire de la nonciature à Paris.

— Franc-maçon et membre de la diplomatie du Saint-Siège. Vos supérieurs sont au courant de ce mélange des genres ?

— Certains, oui… Maintenant, réponds. Qu'y avait-il sur le jeton ?

Gabrielle hoquetait. Antoine savait qu'il n'avait aucune échappatoire. Tout juste pourrait-il gagner du temps.

— D'accord. Un homme décapité avec sa tête aux pieds.

Le vénérable des Sept Templiers fit un geste à Lucas, qui retira son pistolet. Il ouvrit un tiroir de son bureau et en sortit une boîte ronde. Il la posa sur la table en verre et l'ouvrit silencieusement. Il en sortit une clé identique à celle trouvée par Antoine et Gabrielle, et les aligna l'une à côté de l'autre, ainsi qu'une petite feuille annotée.

— « Réunir ce qui est épars... » La maxime connue de tous les maçons s'applique à merveille en cet instant. Nous avons deux clés en notre possession, la troisième, celle du Vatican, ne va pas tarder à arriver. Reste à savoir où se trouve la serrure, mais ces indices vont nous y mener.

Un homme décapité avec sa tête aux pieds.
Là où gisent élus et martyrs.
Dans la main du premier.

Le vénérable examina les indices.

— L'homme sans tête... Si l'on se place dans un contexte chrétien, il peut s'agir d'un saint. Et Denis a été le seul saint majeur de la chrétienté... décapité. Passons à l'autre phrase : *Là où gisent élus et martyrs.* Ils nous indiquent une nécropole, un cimetière avec des personnalités importantes ou considérées comme telles à l'époque.

Antoine intervint :

— Il peut s'agir de saints, de princes de l'Église ou de rois.

Gabrielle sursauta :

— Tu ne vas pas les aider !

— Laisse-moi faire.

— Voilà qui est très raisonnable de ta part, mon frère.

— Montrez-moi vos indices.

— Tu es stupide, ils nous tueront, lâcha Gabrielle d'une voix lasse.

Plusieurs minutes s'écoulèrent dans un silence glacé. Marcas relisait les trois énigmes.

Un homme décapité avec sa tête aux pieds.
Là où gisent élus et martyrs.
Dans la main du premier.

Il séchait.

— Un cimetière. Peut-être les catacombes...

La Louve s'avança.

— Vous permettez à une non-initiée d'intervenir dans votre petit jeu?

Le vénérable de la loge la regarda avec un étonnement mêlé d'ironie.

— Je vous en prie. Je ne connaissais pas vos compétences en matière symbolique et historique.

La tueuse s'approcha du bureau et prit un jeton qu'elle tourna entre ses doigts. Puis elle le reposa et s'assit sur la table en verre. Elle le regarda avec ironie.

— Vous me faites penser à un gardien de musée, au Luxembourg. Il ne connaissait pas l'origine du château du Diable. C'était pourtant l'information la plus intéressante à donner à des touristes.

— Allez au fait.

— Il suffit d'ouvrir n'importe quel guide de Paris, à la rubrique « Monuments à ne pas rater ». Après avoir été martyrisé, saint Denis a été enterré dans l'église et la ville qui prirent son nom, juste à côté de la capitale. Consacrée comme basilique, elle est célèbre dans le monde entier pour abriter les tombeaux des rois de France.

Antoine ne put s'empêcher de s'exclamer :

— Mais oui, elle a raison! Pour la chrétienté, les rois sont les élus de Dieu, leurs représentants sur Terre. Ils y sont tous, Philippe le Bel y compris, et même Louis XVI, le roi décapité...

Le visage du prélat restait fermé.

— La basilique Saint-Denis... Les sépultures des

rois et des reines. Il fallait y penser. La ville de Saint-Denis se situe dans le nord de Paris. Ça doit être à trois quarts d'heure d'ici. Et saint Pierre ?

Marcas était enthousiaste.

— Il doit y avoir une statue ou un tableau du saint avec sa clé pour entrer au paradis. Comme dans toute basilique qui se respecte. Il faut aller là-bas.

L'ultime templier ne disait rien, perdu dans ses pensées. La Louve s'éclaircit la gorge.

— Personne ne daigne me remercier. Et la galanterie française ? Incultes...

Gabrielle la fusilla du regard. Le vieil homme se leva, l'air déterminé.

— Enfermez-les. Lucas, tu les surveilleras jusqu'à notre retour. Je dois prévenir la personne qui doit arriver de Rome.

Antoine se leva, les mâchoires crispées.

— Et ta parole, mon frère ?

— Je la tiens. Rien ne t'arrivera si tu restes tranquille avec ta sœur. Je statuerai sur votre sort plus tard.

Dix minutes plus tard, ils étaient enfermés à double tour dans une pièce sans fenêtre. Gabrielle faisait les cent pas. Assis sur une chaise, Antoine restait calme, la douleur commençait à disparaître. Un sourire énigmatique éclairait son visage.

— Je ne te comprends pas. Comment fais-tu pour rester aussi calme ? Tu les as quasiment aidés pour la découverte de l'énigme. Ils vont mettre la main sur le secret. Ils ont triomphé sur toute la ligne.

— Ne t'énerve pas.

Il se leva et, à pas discrets, alla coller son oreille sur la porte. Satisfait, il s'approcha de Gabrielle. De son bras, il entoura son épaule. La jeune femme se raidit.

— Ce n'est pas le moment. Tu ne...

— Chut. Écoute-moi. Ils se trompent d'endroit. Ce n'est pas Saint-Denis.

— Comment ça ? Tout concorde. Le saint, les tombeaux, le...

— Souviens-toi du jeton de loge. Que montrait-il ?

— Le saint décapité.

— Oui mais il était sur une montagne. Je ne leur ai pas précisé ce détail.

— Et alors, ça change quoi ?

— Beaucoup de choses. Dans la tradition légendaire, Denis n'a pas été décapité à Saint-Denis mais dans un autre lieu, au nord du Paris de l'époque, un lieu sacré, perché, où l'on enterrait les martyrs.

— Tu le connais ?

— Oui et toi aussi. C'est même un lieu connu dans le monde entier, ma sœur.

57

Avignon
Couvent des dominicains
Jeudi saint 1314

Le pape venait de se retirer dans sa cellule. C'est là qu'entre quatre murs étroits et blancs, il se recueillait pour entendre la voix de Dieu. Malgré la douleur qui le consumait sans cesse, désormais il s'enfermait plusieurs heures par jour entre un prie-Dieu de bois noirci et un lit de paille. Tous ses proches louaient son humilité et tous l'imaginaient, plongé dans de profondes méditations intérieures. Certains allaient même jusqu'à parler de sainteté. On le comparait aux apôtres Paul et Jean, ces hommes frappés par la parole de Dieu…

À la vérité, Clément vivait en ermite par peur. Depuis que son neveu l'avait prévenu des complots templiers, le pape ne trouvait plus l'apaisement que reclus, coupé du monde, et surtout de ses semblables. Durant les dernières semaines, il ne se nourrissait plus que de lait de chèvre, de rares fruits, et maigrissait à vue d'œil. Cette abstinence, que les âmes naïves prenaient pour de l'ascétisme, le rendait plus inquiet encore. La nuit, il lui semblait entendre le rire amer de Hughes de Payraud.

Par-delà son suicide, le maître secret des templiers le hantait comme une épée de Damoclès : la promesse inéluctable d'une proche vengeance.

À chaque fois qu'il pensait au Grand Visiteur, la douleur qui lui dévorait les entrailles se rappelait à lui comme un chien affamé. Il ne retrouvait de sérénité que dans la gestion harassante des affaires de l'Église. Le travail forcené lui apportait un apaisement qui touchait à l'hébétude.

Durant ses retraites intimes, le souverain pontife gardait sa porte close et ne recevait jamais personne. Même ces conseillers ne pouvaient l'approcher. Tel Moïse en conversation avec l'Éternel, il était inatteignable.

Un homme pourtant avait trouvé grâce à ses yeux. Vêtu de la bure des dominicains, il avait franchi la porte en noyer qui séparait le pape du reste de l'humanité. À l'entrée de son visiteur, Clément releva la tête.

— On m'avait dit que vous étiez mort…

Le Grand Inquisiteur fit pivoter sa soutane. Juste au-dessus de l'aine, un pansement souillé de sang masquait une partie du bas-ventre.

— J'ai survécu. Pour l'instant.

— Ainsi, c'est donc vrai, murmura le pape, on a tenté de vous tuer.

Le visage émacié, le regard altéré par la douleur, Guillaume de Paris hocha la tête.

— Le lendemain du bûcher de Jacques de Molay. Un inconnu a surgi et m'a donné un coup de poignard comme je sortais de la sainte messe.

Le pape grimaça.

— Un ancien templier?

— Qui d'autre? Sur le moment, la blessure a paru peu profonde, mais depuis elle ne cesse de s'infecter. La lame devait être empoisonnée. Je n'en reviendrai pas.

Le souverain pontife frissonna de dégoût. Il n'aimait pas qu'on parle de mort.

— Pourquoi êtes-vous venu me voir jusqu'en Avignon?

Les traits de plus en plus tirés, le Grand Inquisiteur murmura :

— Saint-Père, vous souvenez-vous de ce que je vous ai dit sur le secret des templiers ?

— Comment l'oublier ? Vos paroles hantent mes nuits.

Guillaume de Paris fit un signe de croix avant de répondre :

— Depuis, j'ai fait de nouvelles découvertes.

Le pape se pencha. Son inquiétude grandit d'un coup. L'Inquisiteur réprima une grimace de douleur avant de reprendre :

— Il y a six mois, un templier a été arrêté alors qu'il tentait de passer les Pyrénées sans doute en direction du Portugal. Vous savez que, en ce royaume, les templiers n'ont été ni arrêtés ni inquiétés. Le roi les protège.

— Il en a besoin dans sa lutte contre les Sarrasins dans la péninsule Ibérique.

Guillaume de Paris secoua la tête de dépit.

— La lutte contre l'hérésie passe avant celle des infidèles. C'est l'ennemi intérieur qu'il faut vaincre en priorité.

— Et ce frère du Temple ? interrogea, anxieux, le pape.

— Nous l'avons tourmenté et il a raconté une étrange histoire. Ce qui nous a frappés, c'est que, malgré les tortures successives, son récit était toujours le même.

— Ce pouvait être un leurre, objecta Clément, une histoire apprise par cœur pour vous tromper.

Guillaume se rembrunit.

— On ne trompe pas l'Inquisition. D'ailleurs, nous avons vérifié ses dires.

— Et que prétendait-il ?

— Que certains chevaliers, profitant de la naïveté de certaines congrégations religieuses, avaient constitué des prieurés où, sous l'habit de moines, ils perpétuaient l'esprit du Temple.

— Vous croyez qu'*il* pourrait y en avoir ici, à Avignon ? s'inquiéta le Saint-Père.

— Le templier que nous avons capturé n'a donné qu'un nom : Jonas, une minuscule paroisse des terres d'Auvergne

Le pape leva la main. Il avait le front en sueur et un spasme continu déchirait ses entrailles. Il saisit la clochette qu'il fit tinter nerveusement. Un serviteur surgit aussitôt. Il porta un verre d'or à la bouche du pape. Une odeur de pavot flotta dans la cellule.

— Je dois absolument dire la messe du jeudi saint en la chapelle du couvent, sinon mes cardinaux se disputeront ma succession de mon vivant.

Épuisé, le Saint-Père ferma les yeux. Quand il respirait à un rythme différent des vagues de douleur, il parvenait parfois à calmer la souffrance. Inquiet de ce halètement rapide et plaintif, l'Inquisiteur se rapprocha.

— Très Saint-Père ?

Le pape rouvrit les yeux. Le plomb durci qui lui servait de regard fit reculer Guillaume de Paris.

— Rassurez-vous, messire le Grand Inquisiteur, je ne mourrai pas avant que vous ne m'ayez raconté la fin de votre histoire.

— Nous avons surveillé ce prieuré. En fait, une falaise, creusée de grottes, où les templiers vivaient en communauté. Peu avant le bûcher de Jacques de Molay, nous l'avons investie. Non sans mal, d'ailleurs, ces soldats perdus ont résisté comme des damnés…

— Et qu'avez-vous trouvé ? s'impatienta Clément V.

— C'est plutôt *qui* nous avons trouvé… Gérart de Villiers, un des templiers de haut rang qui avait réussi à fuir.

Cette nouvelle ranima le Saint-Père.

— Vous l'avez interrogé ? Il a parlé d'un complot contre moi ?

Guillaume de Paris secoua la tête négativement et tendit un parchemin au successeur de saint Pierre.

— Tout est là.

Malgré la douleur, le pape se redressa.

— Est-ce le secret que nous craignions ?

— Oui, sans compter que, désormais, ils ont mis à l'abri leur trésor. Mon seul espoir est qu'ils en aient perdu le chemin.

La main vacillante, le pape prit le parchemin et le posa au fond d'un coffret en bois de buis.

— Dans ce coffret, se trouvent déjà les sept syllabes, mais un tel secret est un trop lourd fardeau, je ne peux me résoudre à le conserver par-devers moi.

L'Inquisiteur tressaillit. Le pape porta la main à son épaule pour le rassurer.

— N'ayez crainte. Il ne se perdra pas. Et mes successeurs au trône de Pierre y auront accès, si les circonstances l'exigent.

À son tour, Clément fit un signe de croix.

— Mais je souhaite que jamais, au grand jamais, ils n'aient à le connaître.

Poitiers
Rue des Juifs

Sarah avait ouvert les volets dans un fracas de plâtre et de bois pourri. L'air tiède était rentré dans les pièces, balayant sept années d'abandon. Il faisait froid. Elle porta sa main à son cou. La croix du Temple n'y était plus. Elle l'avait donnée à Guilhem. Comme un talisman. Dans la rue, le changeur se frottait les yeux de surprise : la maison des Aboulia reprenait vie. Il s'avança prudemment : beaucoup des anciennes échoppes des juifs massacrés appartenaient désormais à des chrétiens. Il monta les premières marches, envahies d'herbe folle. La porte s'ouvrit. Une femme au ventre rebondi se dressa, les cheveux noirs tressés tombant sur l'épaule. Elle fixa l'inconnu qui, ôtant sa calotte, balbutiait quelques mots en hébreu. La rue était déserte. Elle se pencha et donna son nom. Surpris, le voisin releva la tête :

— Par Ézéchiel et Isaïe, tu es revenue !

Sarah s'écarta et fit entrer le changeur. La grande pièce n'était plus qu'une ruine sinistre. Les carreaux du sol avaient été brisés et volés, le linteau de la cheminée effondré tandis que la chaux des murs dégoulinait de suie. Entre deux pierres rongées de salpêtre, une grappe de champignons aux teintes vénéneuses achevait de noircir. Le voisin se lamenta :

— Par le Saint Nom de Dieu, on dirait le temple de Salomon après le passage des impies, mais tu es seule, ma fille ?

Sarah baissa les yeux sur son ventre en saillie au-dessus de sa taille encore fine.

— Que les Prophètes soient remerciés, Dieu le Tout-Puissant a honoré ton mariage de la grâce de la fécondité ! s'exclama le changeur avant de se reprendre, mais rassure-moi, digne fille d'Aboulia, tu es bien mariée au moins ?

Sarah éclata de rire.

— En bonne et due forme, mon voisin.

— Voilà qui me rassure, mais je ne vois que toi dans cette maison en ruine. Que fait ton mari ?

— Il est médecin.

— Comme ton père. Que sa mémoire soit dans nos cœurs. Et quand verra-t-on ton époux ?

— Bientôt, pour l'instant…

Le ton de Sarah changea imperceptiblement.

— … Il a une affaire à régler à Avignon.

Avignon
Couvent des dominicains

Une cloche tintait régulièrement dans l'air embaumé qui montait du cloître. Une odeur de cyprès mêlée à celle, plus évanescente, d'oliviers.

— Saint-Père, il est temps de vous réveiller.

La voix du cardinal de Suissy fit remonter la conscience du Saint-Père à la surface des choses. Il agrippa le bois de son fauteuil, posa ses sandales d'or sur le dallage. Depuis sa discussion avec Guillaume de Paris, une idée s'était imposée. Mais il fallait agir. Vite. Et par surprise.

— Dites-moi, Suissy ambitionnez-vous de devenir pape ?

— Votre Sainteté ! s'offusqua le prélat

Clément darda son regard d'orage, puis s'adoucit.

— L'envie ne vous en manquerait pas, sans doute, mais vous et moi savons que vous n'avez aucune chance. Vous êtes un diplomate et, pour gouverner le trône de saint Pierre, il faut un guerrier...

Le pape laissa sa phrase en suspens et se leva lentement. La cloche avait cessé de sonner. Une voix musicale monta, chaude et aérienne, de la chapelle. La messe du jeudi saint avait commencé. Le pontife s'avança.

— Très Saint-Père, j'ai prévenu les cardinaux que vous ne seriez présent que pour le lavement des pieds.

Clément grimaça. Depuis qu'il était pape, chaque jeudi avant Pâques, il devait se livrer à cette comédie d'humilité comme le Christ l'avait fait pour les apôtres avant sa crucifixion.

— Nous avons choisi les pauvres en ville avec beaucoup de soin.

Le Saint-Père faillit hausser les épaules. Chaque fois, on lui avait ramené tout ce que le lieu où il se trouvait comptait de borgnes, de bancals, de goitreux, une vraie galerie de monstres. Mais peu importe, il avait mieux à penser et à faire.

— En revanche... reprit Clément V... que diriez-vous de faire un pape...

Le cardinal se figea.

— ... après ma mort.

D'un geste rapide, Suissy replia la liste des malheureux réquisitionnés pour la cérémonie.

— Très Saint-Père, mais c'est le rôle du cardinal camerlingue.

Clément V se retourna. Quelques années auparavant, il avait nommé Arnaud d'Aux, un imbécile remuant. Il ferait taire ses jérémiades avec de belles paroles et une poignée d'or.

— Ce sera le vôtre désormais, mais en échange de ce pouvoir qui vous échoit…

Suissy se jeta à genoux. Le camerlingue avait la responsabilité d'organiser la succession du défunt pape en réunissant le conclave. Un conclave qui pouvait durer des mois, vu l'amour fraternel que se vouaient les cardinaux. Et, durant tout ce temps, c'est le camerlingue qui se tenait assis sur le trône de saint Pierre…

— Saint-Père, tout ce que vous voulez !

— Vous voyez ce coffret à droite du trône ?

Ébahi, le cardinal acquiesça.

— Alors, maintenant écoutez-moi attentivement.

Chapelle des dominicains

Les pauvres attendaient leur tour dans la sacristie. Six étaient déjà passés. Sept patientaient encore. L'un d'eux, un batelier du Rhône, dont le visage avait été défiguré à la naissance, paraissait anxieux. Il passait régulièrement la main sur ses traits martyrisés et son front, parsemé de creux et de bosses, se couvrait de gouttelettes. Un prêtre lui tendit une pièce de tissu.

— Éponge-toi ! Tu ne comptes quand même pas te présenter devant le représentant de Dieu sur Terre, dégoulinant de sueur.

La remarque cinglante finit de tétaniser ses compagnons. Un ancien captif des Sarrasins, dont le corps était couvert de cicatrices, osa pourtant prendre la parole. Une question le taraudait :

— Notre-Seigneur Jésus-Christ avait bien douze apôtres ? C'est bien à eux qu'il a lavé les pieds ?

Le curé ricana.

— Bien sûr !

— Alors pourquoi sommes-nous treize ?

Le prêtre allait répondre, expliquer le miracle qui avait eu lieu sous le pape Grégoire et pourquoi on avait changé la liturgie quand le cardinal de Suissy entra et, du doigt, désigna un des hommes.

— Toi.

C'était le plus jeune. Il se leva, roula les manches de sa tunique, et suivit le prélat.

Dans la chapelle, le dos tourné à l'assistance, le pape Clément était agenouillé devant une bassine d'argent où tremblotait une eau grise. Il entendit le pas sourd du suivant que l'on installait sur la chaise face à lui. Par principe, le pape ne levait jamais les yeux. Il attendait juste de voir une paire de pieds apparaître dans son champ de vision. En neuf ans de pontificat, il avait acquis une connaissance empirique aussi bien de l'angle de la voûte plantaire que de la forme des talons. Mais là, il fut surpris. Entre les orteils, se trouvaient disséminés des débris brisés de feuilles grises. À croire que ses serviteurs n'avaient même pas pris la peine de nettoyer les extrémités de ce rustre. En soupirant, il humecta ses mains dans la bassine et les passa sur les pieds. Comme il retirait ses doigts, un fragment de feuille se planta sous son ongle.

Il n'y prit pas garde.

58

De nos jours
Saint-Cloud

Gabrielle s'était assise sur le bord du lit. Marcas faisait les cent pas, le sang affluait à nouveau en haut de ses cuisses, ravivant la douleur. Il s'arrêta, debout face à elle.

— Réfléchis, Gabrielle, il n'existe qu'une seule montagne des martyrs dans toute la France. À Paris.

— Je ne vois pas.

— Dans les premiers temps chrétiens, on enterrait les martyrs et les croyants dans des grottes situées sur une colline, juste à côté de la ville. C'était un lieu sacré, auparavant consacré aux dieux païens. Selon la légende, c'est là que Denis, premier évêque de la ville, a été décapité sur ordre de l'empereur Valérien. Il aurait ensuite pris sa tête sous le bras et marché quelques kilomètres. Ses restes ont été transférés plus au nord, là où se trouve la basilique.

— La seule colline que je connaisse dans le nord de Paris, c'est…

— Montmartre ! *Mons Martyrium*.

— Bien sûr !

Antoine s'assit sur le bord d'une petite commode qui jouxtait la fenêtre.

— Le Montmartre des peintres, du Sacré-Cœur,

de la place du Tertre, le doux royaume du cliché touristique. On est loin de se douter que, dans les temps anciens, c'était une zone reculée, couverte de bois et de champs, loin du centre-ville. On y venait en pèlerinage de toute la France pour se recueillir auprès des élus et des martyrs, enterrés là-bas.

— Comment sais-tu tout ça ?

— Je ne vais pas t'apprendre que l'un des avantages de la maçonnerie, c'est le côté enseignement permanent. L'un de nos surveillants de loge est un véritable passionné de Montmartre, il y habite depuis son enfance, et il nous abreuve de planches sur le sujet. Le problème, c'est que le quartier est très vaste, que tout a été reconstruit maintes fois.

— Tu oublies la deuxième indication : *Dans la main du premier.* Qui effectivement pourrait faire référence à saint Pierre.

— Et alors ?

Gabrielle se leva d'un bond.

— À moi de t'en mettre plein la vue. Je t'ai raconté que mon oncle m'emmenait visiter les églises et les cathédrales de France. Il était incollable, avec un faible pour la plus vieille église de Paris, consacrée à... saint Pierre, située tout en haut de Montmartre, à côté du Sacré-Cœur. Il se moquait des touristes qui se pressaient en masse pour visiter la basilique et dédaignaient la petite église de Pierre. Tu sais qu'il était jésuite ?

— Oui, ce doit être la seule exception de toute la maçonnerie. Les jésuites ont été pendant des siècles nos pires adversaires.

— Eh bien, figure-toi que l'ordre des Jésuites a été fondé par Ignace de Loyola... justement dans l'église Saint-Pierre. Voilà aussi pourquoi elle était chère à son cœur. Je la connais bien, nous avions l'habitude de nous retrouver là-bas et de déjeuner ensuite à Boboland, dans le quartier des Abbesses.

Antoine se pencha contre la fenêtre. Le jardin

était désert, l'ombre avait envahi tous les recoins des allées. Le soleil allait disparaître dans moins d'une demi-heure.

— Nous avons le lieu, ils ont les trois clés. On est dans l'impasse et je ne vois pas comment s'échapper d'ici.

Elle lui glissa un regard attendri.

— Comment te sens-tu? Cette femme est pire qu'un homme!

— Ma virilité va attendre quelques jours avant de pouvoir s'exprimer à sa juste mesure, dit-il en se massant le haut de la cuisse.

Gabrielle s'approcha de lui. Elle passa sa main sur son cou, comme pour l'attirer à elle. Son visage le frôla, ses lèvres se posèrent sur les siennes. Elle lui donna un baiser furtif et chuchota à son cou :

— Je te propose de jouer les infirmières si on s'en sort...

Elle se colla encore plus à lui. Il poussa un cri. La jambe droite de la jeune femme s'était glissée entre les siennes. Elle se recula.

— Désolée...

— Ce n'est rien. Tu acceptes la carte Vitale pour tes soins à domicile?

Elle sourit et murmura à nouveau :

— Je n'ai pas mon diplôme, ce ne sera pas remboursé par la Sécu.

Au moment où il voulut lui rendre son baiser, la porte s'ouvrit brutalement. La Louve surgit devant eux, pistolet au poing, suivie de Lucas et du Grand Maître de la loge.

— Quel touchant tableau, dit la tueuse, goguenarde, je ne suis pas certaine que vous soyez en mesure d'aller plus loin en besogne... Dommage!

Antoine serra la jeune femme contre lui. Le dernier des templiers restait debout dans l'encadrement de la porte.

— Ce n'est pas très fair-play de nous avoir aiguillés sur une fausse piste, mon frère.

— Je ne vois pas ce que...

L'homme âgé avait le regard fuyant, la sueur coulait sur son front comme s'il était atteint d'une forte fièvre.

— Ça suffit! Lucas a posé un micro dans cette chambre. Ainsi donc, la cachette se trouverait à Montmartre, dans l'église Saint-Pierre. Nous y sommes allés tous ensemble il y a deux ans, à l'invitation de Jean. Je vous confirme que cette église était chère à son cœur.

— Traître! cria Gabrielle.

Antoine lâcha la jeune femme et se tourna vers lui.

— Je vous ai menti. Mais vous aussi. Laissez-nous venir. À tous les coups, il y aura une autre énigme à décrypter. Vous allez avoir besoin de nous.

Lucas sortit de son silence.

— Tuons-les tout de suite. On n'a plus besoin d'eux.

La Louve arma son pistolet et se rapprocha de la jeune femme. Avec le canon de son Beretta elle caressa sa joue.

— Pour une fois je partage ton avis.

Elle leva son arme et la braqua en direction d'Antoine. Il intervint :

— OK! Je n'ai pas tout dit, il y avait une autre indication sur le jeton de loge trouvé à Saint-Merri.

La tueuse jeta avec mépris :

— Il se fout de notre gueule. Adieu, Antoine Marcas.

Le Grand Maître leva la main.

— C'est moi qui décide qui vit et qui meurt car je suis le dernier des sept. Parle.

Antoine secoua la tête.

— Et ensuite, ils nous flinguent?

— Croyez-moi qu'il m'en coûte, j'ai horreur de la violence. Mais c'est pour une juste cause.

— Les officiers du roi Philippe le Bel qui ont torturé les pauvres templiers devaient avoir le même discours. Ça ne vous pose pas un problème de conscience, vous qui vous réclamez de leur descendance. Faire les mêmes saloperies ?

Le regard du dernier templier s'illumina. Il paraissait complètement exalté :

— Vous ne pouvez pas comprendre. J'ai eu une grande discussion la nuit dernière avec mes frères. Ils m'ont pardonné, eux, car leur destin était déjà tracé. Jean Balmont, votre oncle, me conseille aussi. J'entends sa voix qui me guide.

Lucas lui jeta un regard en coin. Gabrielle le dévisagea, interloqué.

— Vous êtes dingue. Il est mort, tué par vos sbires.

— Mais non, il revient m'aider. Je le sais. Tout cela fait partie d'un vaste plan, vous ne comprenez pas ? Tous les frères ont été décapités, comme saint Denis ! Ce sont les nouveaux martyrs...

Le maître balbutiait, ravalait sa salive et regardait autour de lui. La Louve et Lucas l'observaient avec incrédulité. Antoine en profita :

— Mon frère, ce n'est pas un hasard si nous avons été mis sur votre route. Peut-être que nous aussi faisons partie d'un enjeu qui nous dépasse.

Le septième templier hocha la tête. Lucas se rapprocha, menaçant, prêt à bondir sur lui comme un fauve.

— Ne l'écoutez pas ! Il raconte des conneries.

Le secrétaire de la nonciature plissa les lèvres et recula derrière la porte. Il paraissait encore plus fatigué, son visage était livide, comme si tout le sang s'en était retiré. Un visage de spectre.

— Je dois prendre un avis, passer un coup de fil. Votre sort ne dépend pas que de moi.

— C'est ton côté Ponce Pilate ? ironisa Antoine.

Le septième templier répondit d'une voix glacée :

— J'espère pour vous que vous aurez plus de chance que celui qui a été jugé par Pilate.

59

Forêt de Pont-Saint-Maxence
Novembre 1314

La neige était tombée toute la nuit. Le monde semblait mort, comme enseveli dans un linceul de glace. Sur le sol, les empreintes d'un cerf résistaient à un nouvel assaut de la neige qui faisait craquer les branches. La bête n'était pas passée depuis longtemps et, à en juger par l'espacement des traces, elle filait sans se presser. La meute avait perdu sa course. D'ailleurs, on n'entendait plus l'aboiement rauque des chiens qui avaient dû continuer derrière la colline. Philippe le Bel se haussa sur ses étriers. Il y avait des années qu'il n'avait pas chassé sur les domaines de son oncle Clermont et le paysage lui était étranger. Il mit sa main en visière et chercha un repère au-dessus du manteau blanc qui recouvrait la forêt. Un mince panache de fumée montait droit dans l'air glacé du matin. Le roi se dirigea directement sur le feu de camp. Lors de la chasse au cerf, les maîtres de meute installaient des postes provisoires où les meneurs avaient pour mission de récupérer aussi bien les chiens que les chasseurs égarés. La forêt était vaste et les accidents fréquents. Parfois l'on mettait une semaine à récupérer des chiens perdus, rendus fous par la solitude et la faim. Après avoir gravi un monticule couronné de buis, le roi aperçut le camp. Autour d'un feu de broussailles, deux hommes attendaient, assis sur des souches. Des meneurs, aux vêtements de couleur vive pour éviter d'être confondus avec le gibier. Philippe attacha son cheval. Il lui caressa l'encolure puis se mit à marcher. La clairière n'était qu'à une centaine de pas, mais il avançait lentement. Arrivé près d'un bosquet, Philippe s'arrêta et ferma ses paupières, la lumière qui se réverbérait sur la neige lui fatiguait les yeux. La voix rauque d'un meneur le frappa :

— Tu crois qu'on aura bientôt un nouveau pape ?

Un rire gras se fit entendre.

— À mon avis, les prétendants vont pas se presser. T'as vu comment a passé le précédent ? Il a crevé dans sa propre fiente.

— On dit qu'il a supplié qu'on l'achève.

— Demander la mort, pour un pape ! Si le diable ne s'est pas mis de la partie...

— À moins qu'on ne l'ait aidé, bien sûr...

Le roi se figea. Juste devant lui, un pan de neige tomba d'un arbre, découvrant le cadavre noirci d'un arbre.

— Tu penses comme moi ?

— Pour sûr. Ce sont les Frères qui ont fait le coup.

Le souverain recula d'un pas. Il avait froid. Il secoua ses bras engourdis.

— On dit que son corps puait comme un rat crevé...

Un nouvel éclat de rire éclata.

— C'est pas une odeur qui dérange le Malin et à cette heure-ci...

Malgré la neige, Philippe se mit à courir, mais la voix éraillée du meneur le rattrapa :

— ... Ce pape, il brûle en enfer !

— Sire…

Dans l'ombre de la tente qui surplombait la barque, le visage d'Alain de Pareilles se pencha sur la couche royale.

— … froid, balbutia Philippe.

— Sire…

La voix du vieux soldat lui venait comme filtrée, assourdie.

— … Où… suis… ?

— Nous descendons l'Oise, sire, bientôt nous serons près de Poissy.

— Poissy… répéta le roi comme un enfant… Poissy.

— Des médecins vous y attendent.

Philippe tenta de se redresser en prenant appui sur sa main gauche, mais tout ce côté était comme endormi. Il essaya une nouvelle fois et retomba sur le drap. Une odeur forte monta de sous la couverture.

— Vite, appela Pareilles, le roi s'est souillé.

Cette fois, une lueur d'angoisse prit place dans le regard du souverain. Il essaya de parler, mais les mots tombaient comme des cailloux dans l'eau.

— … Forêt… chasse… neige…

— Sire, les meneurs vous ont trouvé près de la clairière. Vous étiez tombé aux pieds de votre cheval.

— … combien…

— Vous êtes resté sans conscience quatre jours pleins. Nous avons fait mander vos fils.

— … personne… me voie…

Le roi ferma les yeux. Tout tournait autour de lui. Il voulut encore parler, mais une étoile noire éclata sous son crâne et il s'évanouit.

— Qu'on me laisse passer ! (La voix tonitruante de Charles de Valois, retentit à l'avant de la barque.) Je veux voir le roi mon frère à l'instant.

À côté de lui, se tenait Louis, l'héritier du trône, les

yeux en coin, ruminant une prière dont on ne savait trop si elle demandait à Dieu le rétablissement du roi ou au diable la mort de son père.

— Monseigneur, intervint Pareilles, les ordres sont formels. Le roi ne voit personne.

Furieux, Charles faillit tourner sa colère contre son neveu dont la superstition l'indisposait, mais mieux valait toujours être dans les bonnes grâces d'un futur souverain.

— Louis, soyez fort, il faut vous préparer au pire. Sachez que je suis là pour vous soutenir.

Le Dauphin hocha la tête et sortit un mouchoir. Un instant, Charles crut qu'il allait sécher une larme, mais le Hutin posa le tissu blanc sur son nez. Valois s'approcha du capitaine des archers qu'il prit à part :

— Nous allons conduire le roi à Fontainebleau.

— Mais nous devons nous arrêter à Poissy, les médecins de Sa Majesté nous y attendent…

Charles coupa court à la discussion :

— Un nouveau médecin que j'ai fait mander d'urgence va arriver au château de Fontainebleau. Donnez les ordres pour qu'une litière soit prête à Poissy.

Le frère du roi tourna son regard vers la tente fermée. Une servante sortit et versa une bassine dans l'eau. Une odeur nauséabonde monta d'un coup.

Pareilles balbutia :

— Nous l'avons retrouvé dans la neige, déjà gourd. Il ne pouvait ni parler ni bouger.

Charles ne répondit pas, mais il frissonna.

Depuis plusieurs mois, des inquisiteurs avaient saisi des poupées de cire, cachées dans des églises parisiennes. Sous l'autel. Toutes portaient une couronne de paille tressée. Et toutes étaient traversées de deux clous : l'un dans la bouche, l'autre dans l'épaule.

Château de Fontainebleau
29 novembre

La neige tombait à nouveau. Philippe venait de se réveiller. Dans l'antichambre attendait le confesseur venu de Poissy. Depuis son arrivée, trois jours auparavant, il était devenu l'homme le plus puissant de France. On se pressait à ses côtés, quémandant un service, mendiant une faveur. C'est lui qui, l'oreille collée à la bouche du moribond, allait traduire sa volonté en testament.

— Frère Renaud, le roi vous demande.

Le moine entra dans la chambre. D'un roi de marbre, devant lequel chacun tremblait, la maladie avait fait une ombre frissonnante, aux yeux vitreux. Pourtant, la vie semblait de retour dans ce grand corps frappé par la maladie.

— Dieu, murmura-t-il, Dieu m'a éprouvé, mais il ne m'emportera pas.

Depuis la veille, la voix lui était revenue.

— Sire, vous ne pouvez dire pareille chose... c'est pécher contre la volonté divine.

Un éclat bleu brilla dans la pupille dilatée.

— Je suis le roi...

Le confesseur ne répliqua pas. Le souverain semblait aller mieux. Peut-être allait-il survivre à cette épreuve. Mieux valait alors ne pas le contrarier.

— Et Dieu, qui vous aime comme un fils, va hâter votre convalescence. J'en suis sûr. D'ailleurs, votre frère Valois a fait venir le meilleur médecin du royaume.

— Un médecin? répéta mi-surpris, mi-inquiet le roi.

— Oui, il vient de s'établir à Poitiers et fait déjà des miracles. Dieu, qui est la prévoyance même, l'aura fait s'installer en France pour votre salut.

Philippe baissa les yeux sur ses avant-bras lacérés de croûtes noirâtres. Il avait toujours détesté les médicastres, des ignorants, tout juste bons à vous saigner jusqu'à ce que mort s'ensuive.

— Rassurez-vous, sire, prévint le religieux qui avait surpris le regard du roi, celui-là soigne par les plantes.

Philippe ferma les yeux. Plus que la douleur, l'angoisse l'habitait. Dès qu'il s'assoupissait, un cauchemar l'emportait. Toujours le même. Il était seul au bord d'une fosse noire entourée de neige et des ombres avides surgissaient pour le happer. Si un médecin le délivrait de cette terreur, il pourrait guérir.

— Dites à mon frère de venir.

Valois regardait les cierges au pied du lit. Des cierges blancs qui coulaient doucement dans une odeur de miel. Si Philippe venait à trépasser, on les changerait pour des noirs. Charles savait très bien pourquoi ils les contemplaient. La veille, il avait reçu, au nom de son neveu, le nonce du pape à Paris. Bien que Clément V eût quitté ce bas monde et que le conclave n'eût pas toujours élu son successeur, le nonce continuait à traiter des affaires de l'Église. La rencontre avait été chaleureuse. Valois, flatté d'être traité en protecteur de son neveu, s'était laissé aller à quelques confidences auxquelles le nonce avait répondu en lui révélant certains détails sur la mort de Clément V. Ainsi Valois avait appris que, dès son oncle mort, Bertrand de Got s'était rué dans la chambre mortuaire pour dévaliser le cadavre. Dans sa précipitation à fouiller les tiroirs et forcer les coffres, Bertrand avait, par mégarde, renversé un des cierges de deuil, incendiant le lit funèbre avant d'embraser la dépouille de son oncle. Quand les cardinaux avaient surgi, ils n'avaient plus trouvé de feu le pape qu'une masse informe, noircie et ratatinée.

« Comme Jacques de Molay », pensa le frère du roi, intérieurement soulagé de s'être toujours opposé à la destruction du Temple.

Philippe le Bel venait de se réveiller. Devant lui, se

tenait un visage inconnu. Un homme jeune, aux yeux noirs, qui l'examinait avec de longs gants sombres qui remontaient jusqu'au coude. Derrière, il pouvait apercevoir son frère Valois, perdu dans ses pensées.

« Si je meurs, songea le roi, c'est lui qui gouvernera. Louis est incapable de régner, il se pliera à l'influence de son oncle. »

Cette idée lui redonna du courage. D'ailleurs, il se sentait mieux.

— Dans combien de temps pourrai-je me lever ?

Le jeune médecin reposa la main inerte du roi et saisit une sacoche. Il en tira une fiole où, dans un liquide jaune, baignaient des fragments filandreux, blancs et rouges.

— Sire Philippe, j'ai peut-être là de quoi vous sauver. Mais je dois vous prévenir, le remède est violent et il peut être pire que le mal.

Le roi contempla un instant l'élixir et hocha la tête. Le médecin sortit une spatule de bois et versa une gorgée de liquide. Au pied du lit, Louis le Hutin venait de rejoindre son oncle. Tous deux conversaient à voix basse. Le roi avala la mixture, puis de sa main valide, il examina la fiole.

— Que sont ces filaments ?

— Des extraits d'un champignon, sire, réputé pour ses vertus.

— Et comment l'appelle-t-on ?

Avant que le médecin n'eût le temps de répondre, le corps du roi fut pris d'un soubresaut. Le visage du souverain devint blême. Face à lui, là où se tenaient son frère et son fils, deux ombres décharnées venaient de sortir. Il entendit la voix du médecin, de plus en plus lointaine :

— *Amanita muscaria*, Seigneur, mais on lui donne un autre nom…

Les ombres n'étaient plus qu'ossements et chair pourrissante. Des vers fourmillants grouillaient dans chaque crâne, des serpents sifflaient entre les côtes. Il ne voyait nul visage d'anges ou de saints, des voix ricanaient dans un coin de la pièce. Il tenta de chasser les reptiles qui grouillaient sur son lit mais les créatures répugnantes montaient vers lui, inexorablement. Les ombres se levaient devant lui, monstrueuses, maléfiques. Il essaya de se signer pour les faire fuir mais ses bras ne lui obéissaient plus. La voix du médecin résonnait comme en écho.

— … on l'appelle aussi Kadosh. L'heure de la vengeance a sonné, roi Philippe. Tu vas expier pour tous tes crimes. Pour tous mes frères innocents que tu as tourmentés sans pitié.

Philippe tenta de reculer, mais les ombres s'approchaient. Une haleine fétide envahit la pièce. Un cri s'arrêta dans sa gorge, le roi venait de reconnaître les fantômes décomposés de Nogaret et de Clément. Les spectres tendaient leurs bras vers lui, ouvraient leurs bouches crevées pour mieux l'embrasser.

Les yeux de celui qui fut le plus puissant souverain de la chrétienté de son temps, celui qui avait fait trembler l'Europe et courber l'échine des papes, s'ouvrirent une dernière fois.

Le frère Guilhem ouvrit sa tunique. La croix rouge du Temple brilla à son cou.

— Bienvenue en enfer, roi Philippe.

60

De nos jours
Butte Montmartre

La nuit était tombée sur la capitale, de gros nuages filaient vers l'est, en direction des Buttes-Chaumont. Quelques étoiles brillaient dans le ciel d'un bleu profond, assez inhabituel en ce début d'automne. La butte Montmartre s'était vidée de ses hordes de touristes, ne laissant que des groupes épars qui descendaient des escaliers menant au Sacré-Cœur. Sur les marches, des grappes de jeunes badauds s'agglutinaient autour de joueurs de tam-tams improvisés et se délectaient à la vue des myriades de lumières s'échappant des immeubles parisiens. Plus haut, la blanche et imposante coupole de la basilique, éclairée par de puissants projecteurs, affirmait la domination sans partage de l'Église du plus haut point de la capitale. Juchés sur leurs chevaux de bronze, Jeanne d'Arc et le roi Saint Louis, armés de leurs épées, contemplaient d'un air sévère les intrus qui osaient faire du tapage à quelques mètres du parvis.

La berline grise déboucha de la rue, longea la voie et tourna à droite pour se garer devant le monumental réservoir d'eau de Montmartre, en forme de fortin.

Marcas et Gabrielle descendirent du véhicule sous la menace de Lucas qui avait caché son Beretta dans la poche de son blouson. Le Grand Maître et la Louve sortirent à leur tour. Ils croisèrent un petit groupe de touristes russes qui s'extasiaient devant leurs portraits griffonnés sur la place du Tertre.

Tout en marchant à pas lents, Marcas se retourna vers le Grand Maître :

— Je déteste cette pâtisserie byzantino-catholique. Et dire qu'elle a été bâtie par l'Église pour expier les soi-disant péchés de la Commune de Paris. Une belle hypocrisie. Heureusement qu'on a baptisé le square Louise-Michel[1] juste en bas du Sacré-Cœur, histoire de vous emmerder.

La Louve lui tapa sur l'épaule.

— Enfin, un point commun entre nous. Une grande révolutionnaire, cette Louise Michel, tout comme Rosa Luxemburg[2]. Elle m'a inspirée moi et mes camarades. D'ailleurs, ses adversaires la surnommaient la Louve avide de sang.

Gabrielle la toisa.

— Ne l'insultez pas. Elle ne charcutait pas les testicules des hommes et n'était pas à la solde de religieux déjantés.

La Louve haussa les épaules.

— Les temps sont durs, il faut bien vivre. Dépêchez-vous, quelqu'un nous attend dans l'église Saint-Pierre.

Le Grand Maître sortit de son silence :

— Un homme de grande qualité qui a eu la bonté d'âme de vous laisser la vie sauve.

— Amen, répliqua Marcas d'un ton mordant.

Le petit groupe contourna le réservoir d'eau de la ville de Paris et passa devant une grande grille. Une

1. Héroïne de la Commune de Paris, anarchiste, franc-maçonne, déportée en Nouvelle-Calédonie.

2. Militante allemande communiste assassinée en 1919.

église de petite taille, de style roman, se dessinait dans la nuit. Sobre, d'une pierre moins éclatante que la basilique située juste derrière, elle avait presque l'air de s'excuser d'être plantée là, face aux restaurants à touristes et aux magasins de souvenirs qui l'encerclaient.

La Louve poussa la grille et la referma derrière le groupe, à la barbe d'un couple qui voulait les suivre.

— C'est fermé, inspection sanitaire, il y a des bactéries dans l'eau des bénitiers.

Ils traversèrent une petite cour pavée et entrèrent par une porte située à la gauche du grand portail.

L'intérieur de l'église était plongé dans une semi-pénombre, un léger parfum d'encens montait vers les croisées de voûte délicatement sculptées. Un homme se tenait debout dos à la nef, les mains jointes derrière le dos. Le Grand Maître se précipita vers lui.

— Mon père, enfin ! Quel bonheur de vous voir.

Le père Hemler le serra dans ses bras.

— Moi aussi. Je sais combien toutes ces épreuves ont été pénibles. *Secretum Templi* va accomplir sa mission, grâce à vous.

— Je me… suis souillé. J'entends… je vois mes frères morts… Purifiez mon âme, vous en avez le pouvoir.

— Rassurez-vous, vous avez l'absolution de la sainte Église. Avez-vous les deux clés ?

— Oui.

Il lui tendit les deux petites clés en or. Le père Hemler sortit la sienne de sa poche et les réunit dans sa main.

— Enfin. Après des siècles…

— Si on vous gêne, on peut sortir, lança Marcas.

Le secrétaire du pape détourna son regard et détailla le groupe.

— Je suppose que vous êtes Antoine Marcas et votre amie, Gabrielle…

— Tout juste. Et vous ? Le *deus ex machina* de toute cette sanglante opération ?

Le père Hemler consulta sa montre.

— Je n'ai pas le temps de vous expliquer, de toute façon vous ne comprendriez pas. Il paraît que vous pourriez nous aider.

Lucas avait refermé la porte de l'église et s'était signé, sous le regard désapprobateur de la Louve. Marcas s'avança vers le père Hemler.

— Et si le curé de l'église arrive, vous allez l'exécuter ?

— À mon niveau, on peut se permettre pas mal de choses, y compris de disposer de n'importe quelle église dans le monde et d'envoyer son curé se coucher plus tôt que prévu.

— Qui êtes-vous ?

— Quelqu'un qui veut aider l'Église à éviter une catastrophe.

Gabrielle se rapprocha d'Antoine, les poings crispés.

— C'est vous, l'organisateur de ces massacres ? Celui qui a ordonné la mort de mon oncle ? C'était un homme infiniment bon, qui a beaucoup souffert et n'a jamais fait de mal à personne. Vous faites honte à votre Église.

Le père Hemler s'appuya contre un banc, les bras croisés.

— Croyez-vous que l'Église a été bâtie uniquement sur le message d'amour du Christ ? Depuis deux mille ans, elle fait face à des ennemis redoutables, des rois ont voulu la faire plier, des empereurs ont mis l'Europe à feu et à sang pour la mettre à leur botte. Les hérétiques, les protestants, les conquérants de l'Islam, les barbares, les païens… Même en son sein, elle a nourri les pires vipères qui voulaient l'empoisonner. Ils ont tous voulu l'abattre et tous s'y sont fracassés. Deux mille ans plus tard, l'Église catholique, apostolique et romaine, est toujours debout et son message d'espérance est aussi puissant qu'au premier jour. Tout cela, grâce à la foi mais aussi à des serviteurs dévoués. Des hommes de fer qui n'ont pas eu peur de mettre leur âme en péril pour prendre des décisions que la morale peut réprouver.

Marcas leva les mains et applaudit lentement.

— Amen. Gloire à Dieu. Vous auriez fait merveille sous l'Inquisition ou pendant la nuit de la Saint-Barthélemy. Brûlez-les tous, Dieu reconnaîtra les siens. Les fanatiques dans votre genre ont été les plus grands pourvoyeurs des cimetières de l'histoire. Remarquez, vous n'avez que six pauvres bougres à votre actif, c'est petit joueur.

Le père Hemler se redressa.

— L'avis d'un franc-maçon m'importe peu. Nous sommes ici pour accomplir une mission. Et vous allez nous aider.

Antoine savait que, tant qu'il gagnait du temps, leur vie se prolongeait et l'homme qu'il avait en face de lui n'était pas homme à perdre le sien. Il regarda autour de lui.

— Il faut trouver quelque chose qui a un rapport avec saint Pierre.

— Vous vous moquez de moi, nous sommes dans son église.

— Non, un tableau, une sculpture ou une statue.

Le Grand Maître intervint :

— Dans toute demeure consacrée au premier des apôtres, il y a une statue à son effigie. Si je me souviens bien, elle est sur la droite. Jean nous l'avait montrée.

Le père Hemler contourna les bancs et avança le long du bas-côté droit. Il s'arrêta devant une statue de saint Pierre identique à celle de la basilique de Rome. Le premier des papes assis sur son trône, le pied droit doré pointé vers l'avant, patiné par les caresses de centaines de milliers de fidèles. Sa main droite était levée, l'index et le majeur dressés, la gauche tenait un objet indistinct. Le père Hemler caressa la main.

— Pauvre Pierre, des vandales lui ont arraché ses deux clés.

— « Dans la main du premier », murmura le dernier templier.

Marcas arriva à leur hauteur.

— Il n'y a pas grand-chose dans sa main.

Le père Hemler sourit.

— L'un de mes proches m'a raconté qu'on obtenait beaucoup de choses en insérant une clé dans la main de saint Pierre.

Il prit l'une des clés en or et l'introduisit dans le creux de la main de la statue. Rien ne vint, il essaya la deuxième. Un déclic retentit, le socle de la statue s'ébranla lentement pour laisser place à une ouverture noire béante. Lucas braqua une torche dans le trou, les marches d'un escalier de pierre noire apparurent dans le faisceau. La Louve alluma aussi la sienne.

— La première porte s'est ouverte, jeta le père Hemler.

Lucas s'engouffra dans l'ouverture et descendit les marches une par une, avec précaution, posant sa main sur une rampe de bois vermoulu afin de ne pas glisser.

— Je crains que nous n'ayons pas d'autre choix que de le suivre, dit le père Hemler. La Louve fermera la marche.

Il entra à son tour dans la cavité, suivi par les autres membres du groupe. L'escalier s'enfonçait dans les entrailles de la butte, la descente leur parut sans fin. Le raclement de leurs chaussures contre la pierre trouait le silence humide. Au bout d'une dizaine de minutes, ils arrivèrent dans un couloir souterrain où les attendait Lucas. La lampe de sa torche illuminait des centaines de petits points rouges qui bougeaient dans tous les sens. Gabrielle serra plus fort la main d'Antoine.

— Des rats !

— Ils ont encore plus peur que nous, souffla-t-il.

Le souterrain finit par s'élargir et aboutir dans une très longue salle étroite, au plafond bas. Au milieu reposait le tombeau d'un gisant. Celui d'un chevalier de l'ordre du Temple, avec les deux mains jointes sur le pommeau d'une épée, la tête dissimulée dans un casque rectangulaire opaque, traversé juste par une fente en forme de croix. La terre battue avait laissé place à un sol maçonné, recouvert de dalles carrées brunes et claires. Le gisant était disposé presque contre l'un des murs, laissant un passage de deux mètres de large sur son côté gauche. Le Grand Maître fit un signe à Lucas pour qu'il éclaire davantage le tombeau avec sa torche. Le jeune homme se rapprocha et braqua le faisceau sur le gisant. Une inscription était gravée :

Frater Guilhem
1314-1346
G :. M :. S. T :.
Le Maître Marche vers l'Orient.

61

De nos jours
Souterrain de Montmartre

Frater Guilhem
1314-1346
G :. M :. S. T :.
Le Maître Marche vers l'Orient.

Le dernier templier s'agenouilla, les mains jointes face au gisant, et s'exclama d'une voix émue :

— GMST ! Grand Maître de *Secreti Templum*. Il marche vers l'Orient éternel. Le tombeau du premier vénérable de la loge, mon Dieu ! Je te rends grâce.

Gabrielle le coupa, cinglante :

— Il doit être fier de son dernier successeur, un malade qui a décapité tous ses frères.

— Tais-toi ! lâcha la Louve qui s'était avancée. On continue, je n'aime pas cet endroit, ça pue la mort.

Elle braqua sa torche vers le fond de la salle, où se détachait une porte de bronze gravée d'un grand triangle et distante d'une dizaine de mètres du tombeau.

— Va voir s'il y a une issue là-bas, Lucas.

Le jeune homme contourna le tombeau par la droite

et marcha d'un pas énergique vers le fond. Il lança au groupe :

— C'est bizarre. Le sol...

— Quoi donc !

— Les pierres sous mes pieds, ça s'enfonce légèrement.

— C'est normal, avec le temps, les dalles ont dû jouer avec le mortier. Fais attention à ne pas...

Au moment où il dépassait le tombeau un grondement sourd fit vibrer toute la salle, comme un tremblement de terre. Lucas avait arrêté sa marche, vacillant sur lui-même. Le sol s'effondra d'un bloc au-dessous de lui. Il tomba dans le trou en hurlant, s'agrippant avec ses mains sur le rebord d'une autre pierre. Sa tête dépassait à peine de l'ouverture béante, ses doigts glissaient sur la dalle humide.

— Aidez-moi !

La Louve ne bougea pas, tétanisée par ce qu'elle voyait. La tête du jeune homme disparut définitivement. Gabrielle esquissa un mince sourire.

— Une ordure de moins. Mon oncle est vengé. En partie, dit-elle en fixant alternativement la Louve, le dernier templier et le père Hemler.

Le secrétaire du pape recula contre l'une des parois et fit signe à la Louve. Elle braqua son pistolet vers la jeune femme.

— À ton tour d'y aller.

Marcas s'interposa et la prit contre lui.

— Non, vous voyez bien que c'est piégé. Ça ne servira à rien.

— Tu veux prendre sa place ?

— À l'évidence, les constructeurs de ce souterrain n'ont pas voulu que n'importe qui profane ce lieu. Regardez au sol.

Le Grand Maître et le père Hemler baissèrent les yeux vers le sol.

— Et alors ?

Marcas se baissa devant le tombeau du gisant.

— C'est un pavé mosaïque, le temps a estompé les

différences de couleur mais on discerne deux types de dalles alternées, les unes plus claires, les autres tirant sur le brun.

— Et alors, ça nous avance à quoi ? glapit la Louve.

— C'est un lieu d'inspiration maçonnique. Peut-être des indices sont-ils gravés sur les murs ou sur le sol pour éviter les chausse-trapes. Éclairez mieux ce coin !

Il s'agenouilla et passa sa main sur la pierre rongée par les siècles. Rien n'apparaissait, il avait espéré voir les mêmes signes que ceux retrouvés à Saint-Merri. Le tombeau lui-même ne contenait aucun signe distinctif. La voix du père Hemler s'éleva dans la semi-pénombre.

— Soulevez le couvercle de la sépulture, il y a peut-être quelque chose à l'intérieur.

— Non, c'est une sculpture d'un seul tenant, elle n'a aucune faille perceptible. C'est trop stupide, il doit y avoir une indication quelque part.

— Ça suffit, nous perdons notre temps, gronda le Grand Maître, la Louve a raison mais c'est toi qui vas y aller.

La tueuse sourit et leva son arme dans la direction de Gabrielle.

— Pour te motiver dans ta marche funèbre, je l'abats si tu n'obéis pas.

— Non, c'est trop dangereux ! cria l'historienne.

Antoine se redressa. Il n'avait plus le choix, il contourna le gisant et avança lentement, pas à pas. Il portait son poids sur le pied suivant avec lenteur. Il enjamba le bord du trou dans lequel avait disparu Lucas et retint sa respiration. La pierre n'était pas stable. Il comprit l'observation lancée par le disparu, quelque chose bougeait sous ses pieds. Il stoppa.

— Avance, jeta la Louve.

Au moment où il allait poser le pied sur une autre dalle, Gabrielle cria :

— Non. Attends. J'ai trouvé.

Tous les regards se tournèrent dans sa direction. Elle se courba vers le tombeau du templier.

— Les frères de la loge ont gravé une inscription. On n'y a pas fait attention.

Le Maître Marche vers l'Orient.

Le secrétaire de la nonciature croisa les bras d'un air agacé.

— C'est une métaphore maçonnique, tu le sais très bien, pour évoquer la mort d'un franc-maçon.

— Non, pas tout à fait. Ils n'ont pas ajouté le mot éternel à Orient, comme le veut la tradition. Je crois qu'ils ont voulu faire référence à la marche du maître. Notez comme le « m » de Maître a été gravé en majuscule. On veut nous indiquer la marche comme mot-clé. Une marche que seuls les maîtres maçons peuvent effectuer. Antoine, reviens à ton point de départ.

La Louve regarda le père Hemler, attendant ses ordres. Celui-ci approuva.

D'un pas souple, Marcas enjamba à nouveau le trou et revint devant le tombeau du gisant. Gabrielle le prit par le bras.

— Tu te souviens de ton passage au grade de maître ? Le compagnon arrive au milieu du temple, effectue ses derniers pas dans les grades précédents, il passe au sud, enjambe le cercueil, passe au nord puis à l'orient.

— Mais bien sûr. La marche du maître vers l'orient indique qu'il faut avancer comme le fait le compagnon quand il passe maître. Ce gisant occupe la même place symbolique que la dépouille en loge, et le triangle au fond de cette salle indique l'orient. La cérémonie à laquelle on a assisté dans ta loge, hier, m'a rafraîchi la mémoire. Reste à savoir où commencer exactement la marche.

Gabrielle inspecta les dalles d'entrée de la salle. Elle s'accroupit et épousseta le sol, scrutant la moindre anomalie. Son index s'arrêta sur une pierre brunie.

— L'Abraxas ! Ils ont gravé un minuscule Abraxas sur ce carreau.

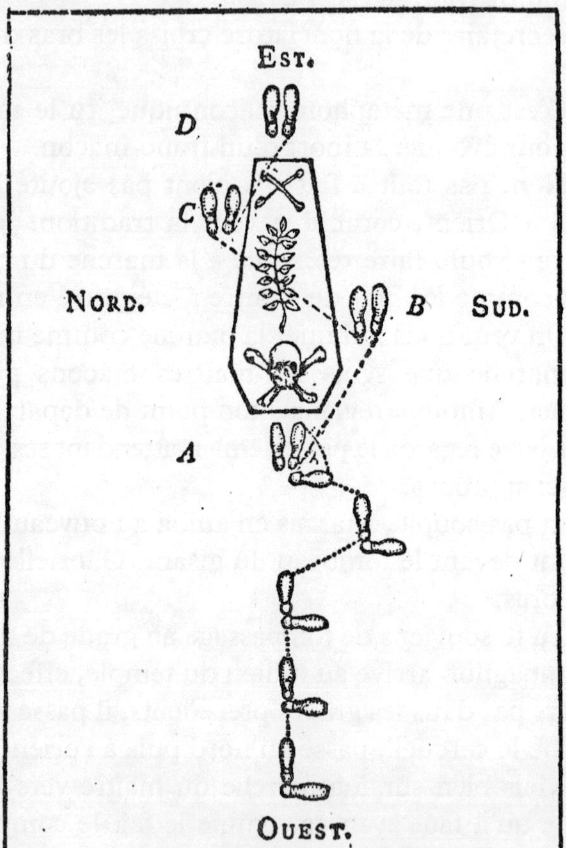

Marche et épreuve du maître

Elle se leva et laissa Marcas poser son pied dessus. Le père Hemler et ses complices les observaient, intrigués.

— J'ai horreur de toutes vos simagrées maçonniques... J'espère que vous savez ce que vous faites.

— On n'a pas le choix, répondit Marcas.

Il ferma les yeux et se remémora son passage à la maîtrise. Les cinq premiers pas d'apprenti puis de compagnon devant le cercueil. Il avança, sentant la pierre vibrer légèrement sous son poids, puis effectua le sixième pas sur le côté, correspondant au premier pas de maître, enjamba le templier de pierre. Il examina la rangée de carreaux qui séparait le tombeau du mur et traça mentalement une droite avec son dernier pas, portée sous l'angle de la maîtrise[1]. Lorsqu'il posa ses deux pieds, le carreau s'enfonça sous son poids d'une dizaine de centimètres mais sans rompre. Il vit Gabrielle et les autres le regarder avec attention. Il enjamba à nouveau un bout du tombeau et mit ses pieds sur une dalle plus noircie que les autres.

Un nouveau grondement fit trembler les murs de la salle, de la poussière marron tomba de la voûte mais Antoine ne sentit pas le sol glisser sous ses pieds. Un grincement métallique retentit au niveau de la porte de bronze. Le père Hemler rejoignit Marcas d'un pas vif et inséra l'une des deux clés restantes dans la serrure de la porte ; celle-ci s'ouvrit instantanément. Un souffle d'air moisi les fouetta au visage.

Ils reprirent leur marche, avançant le long d'un couloir bas de plafond ; une odeur de putréfaction imprégnait l'atmosphère. Progressivement, le souterrain s'élargit pour s'ouvrir sur une nouvelle salle voûtée, plus grande que la précédente. De grosses poutres de chêne étaient coincées entre les murs, en guise d'étais. La salle

1. Angle connu des seuls maîtres. Que l'on ne peut révéler aux profanes.

se terminait par deux autres ouvertures sombres qui partaient dans des directions opposées.

— Où sommes-nous ? demanda le père Hemler.

Marcas répondit d'une voix peu assurée :

— Je ne sais pas. Quelque part dans les entrailles de la butte. Ce sont d'anciennes carrières de gypse, c'est un véritable gruyère souterrain.

Le Grand Maître de l'Ordre poussa un cri :

— En face ! Sur le mur de droite.

La Louve braqua sa lampe dans la direction indiquée. Une quarantaine de squelettes, habillés de lambeaux de tissu, leurs chaussures à leurs pieds, étaient alignés contre le mur. Tous couchés les uns contre les autres, les crânes affaissés sur les os des thorax. Certains semblaient se tenir la main. Derrière eux, la pierre était comme déchiquetée. Marcas s'accroupit et ramassa une poignée de petites billes noires.

— Des balles de plomb. Ces gens ont été fusillés à bout portant.

Le dernier templier tomba, genoux à terre, et prit un crâne entre ses mains.

— L'armée des morts ! Vous ne voyez pas ? Ils gardent ce lieu de malheur. Regardez, sur le mur.

Une nouvelle porte de bronze était enchâssée dans la roche calcaire. Le Grand Maître répétait en boucle :

— Sept templiers, trois portes... Une seule vérité. C'est la mort, la seule vérité.

Il riait sans raison. Antoine chuchota à l'oreille de Gabrielle :

— Il perd la tête.

— Tant mieux... Qu'ont donc pu faire ces pauvres bougres pour être exterminés de la sorte ?

Ils dégagèrent les squelettes et s'avancèrent devant la porte, patinée et verdie par le temps et l'humidité. Elle se détachait de façon presque surnaturelle dans la pierre blanchie. Un énorme visage était gravé sur le linteau. Une tête de diable, cornue, chauve, le regard maléfique, grimaçant. Juste au-dessous, il y avait une série de sept petites molettes dorées, encastrées dans la porte. Le Grand Maître se signa.

— Nous n'aurions pas dû venir ici. C'est le Baphomet, Lucifer en personne qui conduit l'armée des morts. La troisième porte mène en enfer.

Il tomba à genoux et prit sa tête entre ses mains.

— Ils me parlent. Les entendez-vous ?

— Qui ça ? interrogea la Louve, décontenancée.

— Mes frères. Ils veulent nous prévenir, la mort nous attend si on entre là. Satan nous attend pour nous punir de nos péchés !

— Cessez vos stupidités et relevez-vous ! rétorqua Hemler.

Le septième templier releva son visage ravagé de rides, baigné de larmes. Il ricanait mécaniquement.

— Nous sommes tous maudits. Personne ne doit trouver le secret des frères. Vous m'avez menti, Hemler ! Vous êtes l'instrument de Satan. Ah, Jean, tu m'avais bien prévenu et je ne t'ai pas écouté. Que dis-tu ? Parle plus fort !

Il regardait la porte et s'exprimait comme s'il avait un interlocuteur face à lui. Il bondit soudain, l'air terrorisé.

— Vous ne comprenez pas, David est mort le premier, ensuite ce sera chacun à notre tour. Nous n'avons pas le cœur pur.

Il les examina un par un et, progressivement, recula vers l'extrémité de la grande salle. Il pointa son index dans leur direction.

— Je vous maudis, Hemler ! Soyez damné pour l'éternité !

Il lança un dernier ricanement et disparut dans l'un des couloirs obscurs. Son rire dément se perdait en écho. Hemler secoua la tête.

— Laissons-le. Il retrouvera peut-être ses esprits.

Marcas s'était penché sur la porte. Il passa son doigt

sur les molettes qui tournaient sans opposer de résistance.

— Prodigieux, c'est exactement comme pour un coffre-fort, sauf qu'à la place des chiffres ce sont des lettres. La facture ne date pas du Moyen Âge, ça doit remonter au XIXe siècle, grand maximum. Les successeurs de la loge ont dû perfectionner le système. Reste à savoir quelle est la bonne combinaison.

— La parole perdue, tout simplement, répondit sans hésitation le père Hemler, le secret de saint Pierre. Enfin, la troisième et dernière porte va s'ouvrir pour la plus grande gloire de l'Église. Grâce à moi, choisi par Dieu. Que les temps soient accomplis.

Il sortit de sa poche droite un petit bout de papier sur lequel était gravé un mot. Un mot de sept lettres, remis au pape par le cardinal camerlingue. Le mot de code. Il aligna les lettres des molettes, l'une après l'autre, avec une lenteur calculée.

SECRETI

62

De nos jours
Souterrain de Montmartre

Les molettes étaient toutes alignées, le mot apparut avec netteté :

SECRETI

Le père Hemler sortit la troisième clé en or de sa poche et l'inséra dans la serrure de bronze. Un grincement métallique se fit entendre, et il poussa la porte.

— Nous allons savoir, murmura-t-il d'un ton impatient.

Une crypte voûtée à ogives s'offrit à leurs yeux. Huit arcs de pierre torsadés montaient très haut pour se rejoindre en un point central, matérialisé par un blason flanqué d'une croix pattée templière. Plus bas, au milieu de la crypte, se dressait un autel, massif, carré, en marbre noir, strié de veines blanches. À l'extrémité gauche de la salle, un escalier en colimaçon était sculpté dans la roche.

Les quatre intrus s'approchèrent de l'autel marmoréen. La Louve posa la torche sur le bord du carré de marbre. Une grande plaque rectangulaire se détachait avec à l'intérieur un texte en lettres d'or et une grande image peinte. Les lettres irradiaient sous le faisceau.

En ce jour de la Saint-Jean, de l'an de grâce 1923, nous, les sept frères de la loge Secretum Templi *avons décidé de confier le trésor qui nous a été légué à ce lieu sacré. Quatre d'entre nous ont participé à l'édification de la basilique. Que les ouvriers qui ont participé à la construction de ce sanctuaire secret nous pardonnent et que Dieu les prenne dans sa sainte bonté. Le trésor ne doit plus être dissimulé au regard des hommes. Il sera exposé aux yeux de tous les fidèles mais sans qu'ils le sachent. En sécurité, auprès de Jésus, notre sauveur, notre premier frère. Il sera entre les mains de Dieu pour les siècles des siècles.*

Mais toutes les richesses ne sont rien face à la seule vérité : celle qui gît dans la nuit du tombeau.

Le faisceau de la torche s'attarda sur la grande image peinte.

— C'est incroyable, lança Gabrielle, les squelettes à l'entrée sont donc ceux des ouvriers qui ont construit cet endroit.

— La loge des templiers a elle aussi du sang sur les mains, ajouta Marcas.

— Le trésor, ce n'est pas possible, il ne peut pas être là… pas là…, renchérit le père Hemler en posant son doigt sur l'image peinte.

Il hésita quelques secondes, prit sa torche et fonça vers l'escalier en colimaçon. Antoine l'interpella :

— Attendez ! Où allez-vous ?

— Là-haut. Voir de mes yeux ! cria le père Hemler.

La Louve sortit son arme qu'elle braqua en direction de Marcas.

— Fin de la partie. Je crois qu'on n'a plus besoin de vous.

Hemler avait disparu dans l'escalier et grimpait quatre

à quatre les marches de pierre. La Louve arma le pistolet et visa la tête d'Antoine.

— La seule vérité gît dans la nuit du tombeau. Le dernier templier n'avait pas tort, la mort est la seule chose réelle en ce monde. Je vais mettre tout de suite en pratique cette leçon de sagesse ésotérique.

— Non, cria Marcas qui s'était rapproché de Gabrielle.

— Vous ferez un très beau couple de squelettes, tous les deux. Adieu et…

Au moment où elle allait appuyer sur la détente, une ombre noire surgit derrière elle. Une voix forte retentit.

— Jésus n'aime pas ceux qui versent le sang.

Elle se retourna, incrédule. L'ombre la frappa au visage. Elle vacilla sur elle-même, regarda, interloquée, son agresseur et s'effondra sur le sol. Antoine ramassa la torche et la dirigea en direction de l'inconnu. Il resta figé.

Le visage du père Antonio da Silva apparut dans un halo. Ses yeux ne cillaient pas, même sous la lumière.

— Quelle heureuse rencontre, monsieur Marcas. Vous me donnez l'occasion de m'acquitter de ma dette.

— Vous ! lâcha Marcas, décontenancé.

— Qui est-ce ? articula Gabrielle.

— Un simple serviteur de Dieu qui croit encore en l'amour de son prochain.

— Comment diable êtes-vous arrivé ici ?

Le père da Silva ne répondit pas et se pencha à son tour sur le carré de marbre noir. Il lut attentivement le texte doré et observa la petite peinture.

— Je vous expliquerai mais pas maintenant. Il faut rattraper Hemler.

Ils s'engagèrent à leur tour dans le petit escalier. L'ascension n'en finissait pas, plusieurs fois, ils durent ralentir pour reprendre leur souffle, les marches taillées dans de gros blocs de pierre ne favorisaient pas la montée. Le rythme de leurs respirations mêlées résonnait dans l'escalier. Ils finirent par apercevoir une vague clarté. Da Silva sortit le premier, suivi de Marcas et de Gabrielle. Ils étaient à nouveau dans une église, mais ce n'était pas celle de saint Pierre. Face à eux, des centaines de cierges brûlaient silencieusement, dans une semi-obscurité, devant une petite chapelle dédiée à la Vierge. L'une des innombrables abritées par la basilique du Sacré-Cœur. Juste à côté de l'ouverture par laquelle l'escalier débouchait, la réplique exacte de la statue du premier des papes était décentrée sur la droite. Les deux clés tenues par le saint étaient abaissées et formaient un angle droit avec la main.

— Ingénieux, le même dispositif de camouflage, l'ouverture doit être commandée depuis la salle du bas, dit Marcas, ces frères bâtisseurs avaient du génie.

— Où est Hemler ? demanda Gabrielle d'une voix fatiguée.

Ils le découvrirent debout devant l'autel, la tête levée.

Le père da Silva s'approcha le premier.

— Hemler !

L'Allemand se figea.

— Vous... n'êtes pas à la nonciature ?

— Le camerlingue m'avait recommandé de me méfier de vous. J'ai fait semblant de boire votre cognac. Il m'a suffi de prendre un taxi et de vous suivre jusqu'à l'église Saint-Pierre. Comment avez-vous pu monter toute cette opération ? Le pape n'a été mis au courant par le camerlingue qu'il y a deux jours.

Le père Hemler s'était assis sur un banc. Il souriait étrangement.

— Le Grand Maître de la loge a demandé une audience au Vatican il y a deux ans. J'avoue qu'au début j'étais sceptique sur son histoire de templiers et de secret perdu. On voit tellement d'âmes égarées, même dans l'Église, mais tout s'est précipité il y a trois mois.

— Comment ça ?

— Le rapport sur la faillite de l'Église. J'ai eu communication d'un premier jet. Je n'en croyais pas mes yeux, le Saint-Siège allait sombrer à cause de cet escroc américain. J'ai recontacté le vénérable de la loge. Il était d'accord pour rendre le trésor, mais ses frères de loge n'étaient pas du même avis. De plus, il lui manquait la troisième clé, celle sous la garde du camerlingue.

— Vous allez devoir rendre des comptes !

— À qui ? Je n'ai qu'un seul maître, le pape. Et je vais revenir vers lui, en sauveur avec de quoi renflouer les caisses de l'Église, pour au moins cent ans. Il m'accordera l'absolution… et de l'avancement.

Antoine avait récupéré le Beretta de la Louve et le braquait sur le père Hemler.

— On attendra un peu pour les plans de carrière à la Curie. Avant ça, vous allez devoir vous expliquer avec la justice française. Vous semblez oublier les meurtres de Balmont et des frères de la loge…

— Je suis couvert par mon immunité diplomatique. Et je doute que votre gouvernement laisse éclater un tel scandale.

Da Silva s'interposa.

— Il a raison, laissez-le-moi. Il ne pourra pas s'en sortir impunément et le Vatican aussi a horreur du tapage.

D'un coup, Gabrielle arracha le pistolet des mains d'Antoine et le braqua sur Hemler.

— Vous ne vous en sortirez pas comme ça. Vous allez payer pour tous vos crimes.

— Lâchez cette arme, cria da Silva qui s'interposa devant elle, nous sommes dans la maison de Dieu.

— Je m'en fous.

Hemler en profita pour descendre à reculons l'escalier dérobé. Antoine se jeta sur lui et agrippa ses mains. Les deux hommes roulèrent sur le sol froid.

— C'est fini !

— Vous ne pouvez rien contre moi, Marcas.

Gabrielle se rua sur la statue assise de saint Pierre. D'un geste brusque, elle remonta les deux clés baissées.

Le socle de la statue de pierre vibra et pivota vers l'ouverture. Hemler s'était déjà engagé à moitié dans le trou. Il se dégagea des mains de Marcas. Ce dernier lâcha sa prise. Hemler s'enfonça à nouveau quand il sentit une masse lourde le coincer sur son flanc gauche. Il leva les yeux et vit, avec terreur, le bloc de pierre du socle de la statue le prendre en tenaille. Il tenta de s'enfoncer mais c'était trop tard. Ses côtes craquèrent en premier. Il hurla.

— Arrête le mécanisme, hurla Antoine à Gabrielle.

Elle appuya de toutes ses forces sur les clés. En vain.

— C'est bloqué !

La statue de saint Pierre continuait sa lente procession, inexorable.

— Pitié, aidez-moi. Pour l'amour de Dieu.

Antoine agrippa à nouveau ses mains pour le tirer en arrière. En vain. Da Silva leva une main.

— Père Hemler, confessez-vous, je vous en supplie. Vous allez vous présenter devant le Juge éternel.

Le secrétaire du pape balbutia. Le Portugais fit signe à Antoine de reculer. Gabrielle le saisit par le bras.

— Viens, il n'y a plus rien à faire.

Da Silva fit le signe de croix sur ce qui restait de la dépouille mutilée pendant que Gabrielle s'affaissait contre un mur. Antoine se rapprocha du prêtre.

— Et le trésor ?

Da Silva leva la main vers la voûte. Le Christ en majesté, vêtu d'un long manteau blanc, écartait ses bras dans un ciel bleu nuit, pour protéger la chrétienté. Des couleurs étincelantes jaillissaient de la plus grande mosaïque que le monde ait jamais connue.

— Là-haut.

Antoine saisit la main de Gabrielle et la porta sur son cœur. Tous deux venaient de comprendre. La mosaïque était un leurre.

Incrustées dans le monumental plafond de l'abside,

des myriades de vertes émeraudes, de rubis écarlates, de cristallins saphirs bleutés, de diamants transparents et d'innombrables plaques d'or pur brillaient d'un feu sans pareil. Pour ceux qui savaient...

Le trésor des templiers s'offrait au monde.

ÉPILOGUE

De nos jours
Rome

Le *Gloria*, chanté par les chœurs de l'opéra de Rome et du Collegium Vaticanum, se répercutait contre la pierre de la basilique avec une puissance stupéfiante. Les centaines de voix réunies semblaient presque faire trembler la coupole centrale. Les fidèles en étaient émus jusqu'aux larmes. La messe était majestueuse. Le pape, lui, resplendissait de bonté et de grandeur. Toute la basilique Saint-Pierre vibrait à l'unisson de l'événement, en communion directe avec le Saint-Père miraculé, *Il Miracolato*... C'était le surnom que lui avaient attribué les Romains après son attentat. Lui qui paraissait naguère si distant, si emprunté dans sa relation avec le peuple catholique, voilà qu'il révélait une humanité débordante qui touchait presque à la grâce dans ses apparitions en public. On chuchotait qu'il avait eu une vision sur son balcon, juste après l'attentat raté. Jésus lui serait apparu pour l'exhorter à redonner un souffle nouveau à l'Église de Pierre.

La messe, la première depuis les événements, était terminée. Les chœurs entonnèrent un *Stabat Mater* en guise d'ultime hommage au *Miracolato* qui quittait la basilique, à pas lents, escorté par les officiants, et des gendarmes chargés de sa protection.

Après avoir béni une dernière fois le public, il gagna ses appartements privés. Les deux sœurs papalines l'accueillirent, l'aidèrent à se dévêtir et à se changer, puis disparurent dans l'antichambre. Il s'assit dans son fauteuil préféré, celui qui faisait face à la toile de saint Sébastien, et ferma les yeux. Tant de tâches extraordinaires l'attendaient et il était bien trop âgé pour perdre une seule seconde de lucidité. Il avait rendez-vous, en début d'après-midi, avec l'Inspection Financière du Vatican pour mettre au point les derniers détails du plan de sauvetage de la banque de l'IOR. Il aurait bien voulu se reposer, mais il devait recevoir un visiteur qu'il ne voulait pas faire attendre. Après tout, le père da Silva ne venait-il pas de sauver l'Église avec son extraordinaire découverte ? Il appuya sur l'un des boutons du téléphone posé sur une commode attenante.

— Faites-le entrer, je vous prie.

La porte de l'antichambre s'ouvrit et le père portugais avança d'un pas rapide. Il se courba respectueusement et porta l'anneau papal sous ses lèvres, sans le toucher néanmoins.

— Relève-toi, mon fils. J'ai lu ton rapport hier, je ne sais comment te remercier pour ton travail. La découverte de ce trésor est un miracle. Le second, si je puis dire.

— Vous commandez, j'obéis, répondit da Silva d'une voix ferme.

Le pape posa sa main sur le crâne du prêtre.

— Si les serviteurs du Christ étaient tous comme toi…

— Je suis vraiment désolé pour le père Hemler, Votre Sainteté.

— Son esprit s'est égaré. Je prie pour le salut de son âme.

— Il va en avoir besoin…

— Maintenant sa place est vacante...

Un silence plana, le père da Silva ne répondit pas. Les yeux bleu acier du pape le scrutaient, il ne cilla pas. Comme toujours. Le vicaire du Christ continua :

— J'ai besoin d'un homme comme toi à mes côtés. D'un secrétaire efficace, énergique et d'une grande probité intellectuelle et spirituelle. De grandes missions nous attendent : nous avons l'Église à rebâtir.

— Je vous remercie de cet honneur, mais je suis contraint de refuser.

Le pape ne cacha pas sa surprise. Il repassa au vouvoiement.

— Si vous craignez de peiner le cardinal camerlingue, j'en fais mon affaire.

— Non, je refuse à titre... personnel.

— Puis-je en connaître la raison ?

Da Silva le fixa droit dans les yeux.

— Je ne peux vous servir, cela heurte ma conscience de chrétien.

Le pape s'était redressé sur son fauteuil. Da Silva enchaîna :

— Le rapport que vous avez lu est incomplet...

— Je ne comprends pas. Soyez plus clair.

— Il s'agit d'une... confession. Celle du père Hemler. Au moment où il se faisait broyer par la statue de saint Pierre dans le Sacré-Cœur, je lui ai donné les derniers sacrements.

Le vieil homme avait joint ses mains et hocha la tête.

— Tu as bien fait. Il a accompli des actes effroyables, mais son cœur, j'en suis sûr, était pur.

— Et le vôtre, Saint-Père ?

Le pape se leva et s'avança vers le tableau du martyre de saint Sébastien. Il ne répondit pas. Da Silva continua :

— Ses dernières paroles m'ont empli d'horreur. Et vous savez pourquoi... Hemler n'était que votre exécutant. Depuis le début, vous étiez au courant du rapport sur Madoff, depuis le début vous saviez qu'une équipe cherchait à récupérer par tous les moyens le trésor des templiers.

Le Saint-Père ne se retourna pas.

— Mais le pire, c'est que votre attentat raté n'était qu'une mise en scène. Vous êtes un imposteur...

La voix du pape résonna dans la chambre, émue :

— Ne me juge pas. Je sais que je répondrai de mes actes devant Dieu. Comme beaucoup de mes prédécesseurs, j'ai mis mon âme en péril pour sauver l'Église. Tu ne peux pas comprendre comme ce fardeau est lourd sur mes épaules. Tu n'es pas obligé de me croire, mais chaque décision prise a été comme une flèche qui m'a transpercé le corps et l'esprit. Que vas-tu faire ?

— Rien, le secret de la confession me l'interdit.

Le vicaire du Christ s'était tourné vers la fenêtre. La rumeur montait de la place Saint-Pierre, lancinante comme une vague. *Il Miracolato... Il Miracolato...*

— J'ai une dernière question avant de me retirer.

— Laquelle ? dit le pape qui fixait le tableau de saint Sébastien, martyrisé.

— Pourquoi ce faux attentat ?

Un rayon de soleil éclaira le tableau, mais laissa le visage du pape dans l'ombre.

— Un miracle... Il fallait un miracle fondateur pour redonner confiance. Il y a quelques mois de cela, quand le père Conrad m'a apporté le prérapport sur le scandale financier, je savais que sa divulgation aux fidèles aurait des conséquences incalculables sur la foi en notre Église. Nous aurions eu une double faillite, matérielle et spirituelle. Ce n'était pas tolérable.

Da Silva était près de la porte.

— Mais tous ces morts, Saint-Père...

Le pape se retourna. Ses yeux étaient du plomb durci.

— Un miracle n'a pas de prix.

Paris
Jardins de la butte Montmartre

Ils s'embrassaient avec passion, cachés des regards indiscrets par un taillis de bambous. Cela faisait bien trois ans, depuis la mort d'Aurélia, qu'Antoine n'avait pas ressenti ce sentiment amoureux. S'embrasser pendant de longues minutes, se caresser furtivement et éprouver cette excitation si particulière, propre aux amants de fraîche date, sourire uniquement en regardant l'autre, autant de bonheurs offerts à nouveau et dont il goûtait toutes les saveurs. Gabrielle se dégagea de son étreinte et le prit par la main.

— Viens, montons sur les escaliers, près du Sacré-Cœur, pour contempler Paris et accessoirement le... trésor.

— À tes ordres, ma sœur...

— C'est de l'inceste maçonnique! Tcha moi l'os, mon frère.

Ils rirent l'un de l'autre et montèrent le chemin qui menait au sommet de la butte. De là où ils étaient, il pouvait voir les fenêtres de son appartement de la rue Charles-Nodier. Il arriva même à apercevoir le lit recouvert de draps noirs en bataille qu'ils avaient laissé après avoir fait l'amour. De l'avantage d'habiter un quartier touristique et de pouvoir grimper à Montmartre en quelques minutes. Une semaine s'était écoulée depuis la découverte du trésor des templiers. Il avait tout raconté au frère obèse. Le patron du *Rucher* avait arrangé l'affaire directement avec la place Beauvau qui avait à son tour alerté l'Élysée. Il était hors de question de mêler le Vatican à toute cette affaire. Officiellement, la mort de Balmont serait imputée à une ex-terroriste d'extrême gauche et à ses deux complices, dont on ne connaissait pas l'identité. Le frère obèse, lui, avait discrètement ratissé les souterrains entre l'église Saint-Pierre et le Sacré-Cœur. Outre le corps déchiqueté du père

Hemler, renvoyé par avion au Vatican, et celui du dernier templier, on n'avait pas retrouvé trace de la Louve. Le patron du *Rucher* était descendu personnellement dans les anciennes carrières pour s'assurer d'effacer toutes les traces de l'affaire. Antoine se doutait qu'il avait lui aussi lu l'inscription énigmatique sur l'autel souterrain, mais étrangement le frère obèse ne l'avait pas rappelé à ce sujet.

Gabrielle et Antoine montaient les marches du petit escalier de pierre qui contournait la fontaine sur la droite et arrivèrent sur le premier grand balcon surplombant la butte. La jeune femme l'embrassa dans le cou.

— J'ai encore envie de fauter, mon frère. Est-ce pécher ?

— Du tout, je déconseille la frustration qui conduit inévitablement à se détourner des plaisirs de ce monde créés par le Seigneur.

— Tu parles comme un vrai jésuite...

— Tu m'inquiètes, je vais en parler à mon confesseur, le père da Silva.

Gabrielle éclata de rire.

— Des curés comme ça, il en faudrait plus. Quel bel homme. Je me confesse quand il le souhaite.

Elle éclata de nouveau de rire en voyant la mine de Marcas.

— Je plaisante...

Le couple gravit les marches suivantes pour arriver sur l'esplanade du Sacré-Cœur. À leur grande surprise, trois énormes camions masquaient l'entrée de la basilique. Des hommes en tenue d'ouvriers s'affairaient, flanqués d'un cordon de policiers.

— Que se passe-t-il ? interrogea la jeune femme.

Ils se rapprochèrent d'un planton, Antoine sortit sa carte de police. Le policier le salua.

— Le pape vient en visite ? plaisanta Marcas.

— Non. La basilique a été fermée en catastrophe, des fissures sont apparues brutalement, il paraît que la coupole menace de s'effondrer. C'est une opération conjointe de l'Église et du ministère de la Culture pour intervenir en urgence. On a ordre de boucler le coin. Les touristes sont furieux.

Gabrielle et Antoine échangèrent un regard complice et s'éloignèrent tout en observant le manège des ouvriers qui déchargeaient de grandes caisses en bois et des outils de manutention lourde.

— Ça n'a pas traîné, da Silva a dû être très persuasif à Rome, dit Gabrielle.

— La participation de l'État me laisse supposer que le frère obèse n'est pas étranger à l'affaire. Il doit y en avoir pour des centaines de millions, peut-être plus. En tout cas c'en est terminé du légendaire trésor des templiers. Viens, allons boire un verre, à la santé de ces braves chevaliers du Christ.

— Et de mon oncle.

Ils redescendirent les marches monumentales. Le soleil entamait sa descente sur la capitale. L'automne allait bientôt prendre ses quartiers, l'air devenait plus vif. Antoine sentit son portable vibrer dans la poche de sa veste. Le numéro du comte Potocki apparut. Il décrocha.

— Jan, quelle bonne surprise.

— Antoine, mon frère. J'ai une histoire extraordinaire à te raconter. Tu as un peu de temps, là ?

— Pas beaucoup non…

— Écoute-moi, c'est incroyable…

Marcas masqua le bas de son portable de sa main et fit un clin d'œil à Gabrielle.

— Tu me donnes deux minutes ?

— Deux, pas plus !

— Je t'écoute, Jan.

— Tu te souviens de la grande caisse en fer parmi les objets trouvés sous le château, juste à côté des toiles ?

— Oui, des documents de la SS ou de la Gestapo, c'est ça ?

— Absolument. Je viens de les faire traduire et devine ce que j'ai trouvé ?

Antoine regardait Gabrielle assise sur une marche en train de contempler la capitale.

— Je ne sais pas...

— Un compte rendu confidentiel rédigé en 1944 par un colonel de la SS, chargé de la surveillance des mouvements de résistance à Paris. Figure-toi que ses hommes avaient arrêté un prêtre et donc fouillé de fond en comble son appartement et là, surprise...

Le commissaire se figea.

— ... ce type était aussi un franc-maçon. Le compte rendu décrit les tabliers, les cordons, les instruments du rituel, bref tout ce qui est nécessaire pour le bon fonctionnement d'une loge, et qui a été saisi, mais ce n'est pas tout...

Gabrielle lui souriait. Il sentit son ventre se nouer. Comme un pressentiment.

— Ils ont torturé le prêtre et, bien sûr, il a parlé.

— Et il a dit quoi ?

Un éclat de rire lui répondit.

— Il a parlé et il s'est bien foutu de leur gueule, le frangin. Il leur a sorti qu'il connaissait le secret du trésor des templiers, tu imagines ça ?

Le nœud dans le ventre s'accentua d'un coup.

— Et il leur a même dit où il se trouvait et devine où...

Le visage blême, Antoine se retourna vers l'entrée de la basilique masquée par les camions.

— ... à Paris, en plein Sacré-Cœur ! Mais ce n'est pas tout...

Cette fois, Antoine s'adossa à la rambarde. Gabrielle s'était levée.

— Ce frère leur a aussi affirmé que derrière le trésor se cachait un ultime secret : la Vérité qui...

— ... « gît au fond du tombeau », compléta le commissaire.

Gabrielle venait de lui prendre la main et la porta à ses lèvres. Dans le portable, une voix s'étonna :

— Comment tu sais ?

— Je t'expliquerai plus tard, mon ami.

Antoine coupa la communication. Il se rapprocha de Gabrielle, la serra dans ses bras et murmura :

— Je crois que notre aventure ne fait que commencer.

GLOSSAIRE MAÇONNIQUE

Accolade fraternelle : accolade rituelle discrète qui permet aux frères de se reconnaître.

Agapes : repas pris en commun après la *tenue.*

Atelier : réunion de francs-maçons en *loge.*

Attouchements : signes de reconnaissance manuels, variables selon les grades.

Cabinet de réflexion : lieu retiré et obscur, décoré d'éléments symboliques, où le candidat à l'initiation est invité à méditer.

Capitation : cotisation annuelle payée par chaque membre de la loge.

Chaîne d'union : rituel de commémoration effectué par les maçons à la fin d'une *tenue.*

Collège des officiers : ensemble des officiers élus de la loge.

Colonnes : situées à l'entrée du *temple.* Elles portent le nom de Jakin et Boaz. Les colonnes symbolisent aussi les deux travées, du *Nord* et du *Midi,* où sont assis les frères pendant la *tenue.*

Compas : avec l'*équerre,* correspond aux deux outils fondamentaux des francs-maçons.

Constitutions : datant du XVIIIe siècle, elles sont le livre de référence des francs-maçons.

Cordon : écharpe décorée portée en sautoir lors des *tenues.*

Cordonite : désir irrépressible de monter en grade maçonnique.

Couvreur : officier qui garde la porte du *temple* pendant la *tenue*.

Debbhir : nom hébreu de l'*Orient* dans le *temple*.

Delta lumineux : triangle orné d'un œil qui surplombe l'*Orient*.

Droit humain (DH) : obédience maçonnique française mixte. Environ 11 000 membres.

Épreuve de la terre : une des quatre épreuves, avec l'eau, le feu et l'air, dont le néophyte doit faire l'expérience pour réaliser son initiation.

Équerre : avec le *compas*, un des outils symboliques des francs-maçons.

Frère couvreur : frère, armé d'un glaive, qui garde la porte du *temple* et vérifie que les participants aux rituels sont bien des maçons.

Gants : toujours blancs et obligatoires en *tenue*.

Grades : au nombre de trois. Apprenti. Compagnon. Maître.

Grand Expert : officier qui procède aux rituels d'initiation et de passage de grade.

Grand Orient de France : première obédience maçonnique, adogmatique. Environ 46 000 membres.

Grande Loge de France : obédience maçonnique qui pratique principalement le Rite écossais.

Grande Loge féminine de France : obédience maçonnique féminine. Environ 11 000 membres.

Grande Loge nationale française : seule obédience maçonnique en France reconnue par la franc-maçonnerie anglo-américaine ; n'entretient pas de contacts officiels avec les autres obédiences françaises.

Haut grade : après celui de maître, existent d'autres grades pratiqués dans les ateliers supérieurs, dits de perfection. Le Rite écossais, par exemple, comporte 33 grades.

Hekkal : partie centrale du *temple*.

Hiram : selon la légende, l'architecte qui a construit le Temple de Salomon. Assassiné par trois mauvais compagnons qui voulaient lui arracher ses secrets pour devenir maîtres. Ancêtre mythique de tous les francs-maçons.

Loge : lieu de réunion et de travail des francs-maçons pendant une *tenue*.

Loge sauvage : loge libre constituée par des maçons, souvent clandestine, et qui ne relève d'aucune obédience.

Loges rouges et noires : loges dites *ateliers supérieurs* où l'on confère les hauts degrés maçonniques.

Maître des cérémonies : officier qui dirige les déplacements rituels en *loge*.

Obédiences : fédérations de loges. Les plus importantes, en France, sont le GODF, la GLF, la GLNF, la GLFF et le Droit Humain.

Occident : *ouest* de la *loge* où officient le *premier* et le *second surveillant* ainsi que le *couvreur*.

Officiers : maçons élus par les frères pour diriger l'*atelier*.

Orateur : un des deux officiers placés à l'*orient*.

Ordre : signe symbolique d'appartenance à la maçonnerie qui ponctue le rituel d'une *tenue*.

Orient : *est* de la *loge*. Lieu symbolique où officient le *Vénérable*, l'*Orateur* et le *Secrétaire*.

Oulam : nom hébreu du *parvis*.

Parvis : lieu de réunion à l'entrée du *temple*.

Pavé mosaïque : rectangle en forme de damier placé au centre de la *loge*.

Planche : conférence présentée rituellement en *loge*.

Poignée maçonnique : poignée de reconnaissance rituelle que s'échangent deux frères.

Rite : rituel qui régit les travaux en *loge*. Les plus souvent pratiqués sont le Rite français et le Rite écossais.

Rite Pierre Dac : rituel maçonnique parodique, créé par l'humoriste et frère du même nom.

Rites égyptiens : rites maçonniques, fondés au XVIIIe siècle et développés au XIXe, qui s'inspirent de la tradition spirituelle égyptienne. Le plus pratiqué est celui de Memphis-Misraïm.

Salle humide : endroit séparé du *temple* où ont lieu les *agapes.*

Secrétaire : il consigne les événements de la *tenue* sur un *tracé.*

Signes de reconnaissance : signes visuels, tactiles ou langagiers qui permettent aux francs-maçons de se reconnaître entre eux.

Sulfure : simple presse-papier... maçonnique.

Surveillants : premier et second. Ils siègent à l'*Occident.* Chacun d'eux dirige une *colonne,* c'est-à-dire un groupe de maçons durant les travaux de l'*atelier.*

Tablier : porté autour de la taille. Il varie selon les *grades.*

Taxil (Léo) : écrivain du XIXe siècle, à l'imagination débridée, spécialisé dans les œuvres antimaçonniques.

Temple : nom de la *loge* lors d'une *tenue.*

Tenue : réunion de l'*atelier* dans une *loge.*

Testament philosophique : écrit que le néophyte doit rédiger, dans le cabinet de réflexion, avant son initiation.

Tracé : compte rendu écrit d'une *tenue* par le *secrétaire.*

Tuileur : officier de la loge qui garde et contrôle l'entrée du *temple.*

Vénérable : maître maçon élu par ses pairs pour diriger l'*atelier.* Il est placé à l'*Orient.*

Voûte étoilée : plafond symbolique de la *loge.*

DU ROMAN ET DE L'HISTOIRE

Chacun de nos livres est composé de deux lignes narratrices, l'une contemporaine, l'autre historique, dont la tresse forme le roman. Ces deux lignes de récit ont la particularité de tenter de *coller* au plus près de la réalité. S'il est aisé de vérifier le trajet de David, du jardin du Luxembourg à la chapelle souterraine de Saint-Denis, qui existe réellement, il est en revanche bien plus délicat d'authentifier certaines assertions historiques. Quelques exemples qui tournent parfois au casse-tête pour les auteurs.

Comment écrire le nom d'un personnage médiéval?

Ainsi, le nom d'un des personnages principaux, Payraud, connaît autant d'orthographes que de copistes ou de chroniqueurs qui le citent… et bien sûr en latin. De même pour le compagnon d'infortune de Jacques de Molay, Geoffroy de Charnay, dont la dernière syllabe du nom présente de multiples variations.

Quant à Hughes de Castillon(e), il garde ou perd son « e » final au gré de l'humeur des historiens.

Mais le cas le plus extrême demeure Guillaume de

Paris qui, selon les références, bénéficie de deux prénoms et de trois noms, tous différents.

Face à une telle inflation, il convient donc d'opérer un choix unique parmi les nombreuses versions, sachant bien qu'à l'époque médiévale, l'orthographe des noms propres n'est absolument pas fixée.

Comment ne pas commettre d'anachronisme ?

Une mission difficile qui vire parfois à l'impossible. Ainsi le mot « pharmacie » dans le roman peut apparaître comme un anachronisme flagrant et il faudrait lui substituer le néologisme peu engageant d'apothicairerie. Et pourtant le mot « pharmacie » existe depuis le XIVe siècle qui est l'époque de notre récit. Seul problème : entre 1307 et 1314, ce mot-là est-il déjà utilisé ?

Comment s'en sortir sans carte d'époque ?

Certains lecteurs auront sans doute remarqué, une rue Fournille à Paris… qui n'a qu'un seul défaut, celui de ne pas exister. Les auteurs, qui avaient besoin de placer une maison de plaisir dans l'ancien Paris, avaient fini par trouver une rue de Tournelle, célèbre pour ses établissements publics… une âme charitable leur a fait remarquer que ladite rue des Tournelles ne verrait le jour que quelques siècles plus tard. De dépit, les auteurs ont créé une rue Fournille qui n'existe et n'existera jamais que sur le papier.

Comment faire avec l'absence de dates ?

L'époque médiévale entretient un rapport incertain au temps. L'immense majorité des hommes et des femmes de cette époque ne connaît pas sa date de naissance et donc son âge. Ce flottement dans les dates, s'il pose souvent problème à l'historien, est en revanche une bénédiction pour les écrivains. On connaît le cas le plus célèbre, celui de Maurice Druon, qui dans sa mythique série *les Rois maudits*, met en scène un Jacques de Molay qui, au moment de périr brûlé, condamne Guillaume de Nogaret à mourir avant la fin de l'année. Manque de chance, les spécialistes ont depuis prouvé que le jour fatidique du bûcher, Nogaret était mort depuis trois ans. Quand la bénédiction tourne à la malédiction !

QUE SONT-ILS DEVENUS ?

Philippe IV le Bel : sitôt Jacques de Molay parti en fumée, le roi est confronté à un scandale sans précédent : deux de ses belles-filles sont convaincues d'adultère, condamnées et emprisonnées. Le 4 novembre 1314, lors d'une partie de chasse dans la forêt de Pont-Saint-Maxence, le souverain est victime d'une chute de cheval, sans doute due à un accident cérébral. Selon la légende, c'est l'apparition imprévue d'un cerf, portant une croix de feu entre ses bois, qui aurait été la cause du malaise du roi. Transporté au château de Fontainebleau où il était né, il meurt quelques jours plus tard.

Louis X le Hutin : fortement marqué par l'adultère de sa femme Marguerite de Bourgogne qu'il fait enfermer à Château-Gaillard où elle meurt de froid, l'héritier de Philippe le Bel se remarie avec Clémence de Hongrie dont il aura un fils qui ne lui survivra pas. Après à peine un an de règne, il meurt au château de Vincennes, à vingt-sept ans. Selon certaines rumeurs, sa fin aurait été hâtée par des dragées empoisonnées...

Charles de Valois : infatigable va-t-en-guerre, le frère du roi continue de porter le fer en Europe, tantôt pour le compte du roi de France, tantôt pour celui du pape.

Toujours en quête d'une couronne à porter, d'un trône à conquérir, Charles meurt en 1325 à Nogent-le-Roi, sans avoir réalisé le rêve de sa vie : devenir roi.

Guillaume de Nogaret : l'homme qui avait brisé un pape et anéanti les templiers, meurt en 1311. Selon la légende, une chandelle empoisonnée aurait provoqué son trépas.

Guillaume de Paris : l'Inquisiteur de France, réputé pour ses interrogatoires impitoyables, disparaît des chroniques du temps dès 1314. Selon certaines sources, il aurait été poignardé.

Edouard II, roi d'Angleterre : marié à la fille de Philippe le Bel, Isabelle de France. Cette dernière le détrône et le fait enfermer en 1326. Il meurt assassiné au château de Berkeley. Une victime collatérale de la malédiction des templiers ?

Clément V : il meurt un mois après le bûcher de Jacques de Molay. Atteint d'une affection de l'estomac, il est *involontairement* tué par ses médecins qui, pour le soulager, lui font absorber de l'émeraude pilée… Son successeur est le cardinal Jacques Duèze qui avait la particularité, étrange pour un pape, de ne pas croire en l'existence de l'Enfer.

Bertrand de Got : après avoir *involontairement* incendié la dépouille de son oncle, en pillant sa chambre mortuaire, le neveu du pape défunt prend d'assaut le trésor de la papauté à Avignon où il s'empare de plus d'un million de florins. Selon certains, cette somme, énorme pour l'époque, constitue une partie du trésor des templiers qui aurait donc été récupéré par le pape Clément.

Richard de Monclerc, Foulques de Rigui, Gérart de Villiers, Imbert Blanc, Hughes de Castillon et *Hughes de Châlons* ont réellement existé. Leurs six noms apparaissent dans un document d'époque, aujourd'hui à la Bibliothèque nationale, les présentant comme les frères « *qui s'en sont fouy* ».

Hughes de Payraud : considéré par les inquisiteurs comme le plus versé dans les sciences secrètes, le Visiteur de France est condamné à l'enfermement à vie en 1314. On perd ensuite sa trace. Une source invérifiable prétend qu'il meurt à la prison de Montlhéry.

LA MALÉDICTION DES TEMPLIERS

C'est Maurice Druon, dans *le Roi de Fer* qui popularise définitivement l'idée d'une malédiction des templiers : Jacques de Molay, à l'instant de périr brûlé, aurait proféré la menace suivante : « *Pape Clément!... Chevalier Guillaume!... Roi Philippe!... Avant un an, je vous cite à paraître au tribunal de Dieu pour y recevoir votre juste châtiment! Maudits! Maudits! Tous maudits jusqu'à la treizième génération de vos races!...* »

Le chroniqueur Geoffroy de Paris, qui aurait été présent sur les lieux, rapporte en vers les phrases suivantes, prononcées par le Grand Maître des Templiers :

« *Dieu sait qui a tort et a péché*
Il arrivera d'ici peu malheur
À ceux qui à tort me condamnent
Dieu vengera notre mort... »

Il est bien sûr impossible de vérifier pareille assertion. C'est un certain Paul Émile qui, en 1548, dans le *De Rebus Gestis Francorum*, une chronique de l'histoire de France, fera prononcer à Jacques de Molay la fameuse malédiction qui aura la postérité que l'on sait.

LES TRÉSORS DES TEMPLIERS

Le mythe du trésor des templiers commence bien avant leur arrestation. Pourvu de centaines de commanderies, très bien gérées pour l'époque, les agents du roi comme les conseillers du pape ont toujours pensé que le Temple devait regorger de numéraire. Une idée, répandue d'ailleurs depuis longtemps, car dès Saint Louis, les rois de France font régulièrement appel aux templiers pour répondre à leurs besoins d'argent. Cette réputation de prospérité est aussi très répandue dans le peuple, convaincu que les frères ont ramené d'Orient de fabuleuses richesses. On peut donc imaginer que, lors de l'arrestation des templiers, les commanderies ont dû être fouillées avec un soin quasi méticuleux. Des fouilles qui, d'ailleurs, n'ont jamais cessé. On en trouve à toutes les époques de l'histoire. Les francs-maçons d'ailleurs n'y échappent pas, puisque l'un d'eux, le baron Hund crée, au XVIIIe siècle, un ordre chevaleresque intitulé la Stricte Observance dont l'un des buts est le rachat des commanderies du Temple.

Mais c'est en 1951 que le trésor du Temple reprend vie : un gardien du château de Gisors, Roger Lhomoy, prétend avoir trouvé une salle souterraine recelant le secret des templiers. Gérard de Sède en tirera un best-seller, *les Templiers sont parmi nous*, et André Malraux, alors ministre de la Culture, provoquera des fouilles qui ne donneront rien.

Depuis, le trésor des templiers a été situé dans bien d'autres lieux : les souterrains de la ville de Provins qui abritait aussi une loge maçonnique, le château d'Arginy en Bourgogne, d'Argens dans le Var ou bien dans les gorges du Verdon. Dans tous ces lieux, des fouilles ont été menées qui n'ont rien donné.

On peut citer aussi les grottes de Jonas, en Auvergne, dont la tradition veut qu'elles aient été un ultime réduit des frères pourchassés ou une grotte sans nom, mais très difficile d'accès, près de Roquemaure. Nous les citons toutes deux dans le roman.

Pour certains, le chemin qui mène au trésor a été codé et la clé se trouve, soit dans les graffitis supposés templiers que l'on situe à Domme en Dordogne, soit à Chinon où Hughes de Payraud a été détenu. Plusieurs décryptages ont été proposés sans succès à ce jour.

Un espoir cependant, au moins trois vrais trésors templiers ont été mis au jour :

— *Le trésor des commanderies de Catalogne :* assiégé à la fin de 1308 dans le château de Miravet, le commandeur Raymond Sa Guardia finit par se rendre. Le château, avidement fouillé, livre un trésor composé d'anneaux d'or, de pierres précieuses et de 10 456 pièces de monnaie.

— *Le trésor de la commanderie de Payns :* c'est sous le carrelage médiéval qu'ont été découvertes, en septembre 1998, 708 pièces d'argent du XIIe et du XIIIe siècle.

— *Le trésor d'Hughes de Payraud :* en septembre 1307, le Visiteur de France confie à un chevalier, Pierre Gaudès, un trésor monétaire avec mission de le cacher. Ce dernier, le 22 septembre, le dépose chez un pêcheur de Moret-sur-Loing qui, affolé par l'arrestation des templiers, le remet au bailli du roi. Recensé par la Chambre des Comptes, le 31 août 1321, le trésor d'Hughes de Payraud comprenait 1 189 pièces d'or et plus de 5 000 pièces d'argent.

Le Vatican

Toute ressemblance entre le pape décrit dans ce livre et l'actuel souverain pontife ne peut être que fortuite. L'actuel vicaire du Christ a d'autres priorités que le trésor des templiers. En revanche, les finances du Saint-Siège n'ont jamais été d'une transparence irréprochable. Si dans la réalité, la banque du Saint-Siège, l'IOR, n'a pas été ruinée par l'escroc Bernard Madoff – c'est une invention des auteurs –, elle aurait très bien pu lui confier de l'argent tant l'opacité règne dans les comptes de cette institution financière, déjà secouée par quelques scandales, dont celui du Banco Ambrosiano qui a inspiré le film *le Parrain 3*.

En 2011, Benoît XVI a autorisé la création d'une Autorité d'information financière pour remettre un peu d'ordre dans les financements de l'Église. Voici l'une des dernières dépêches sur le sujet (au moment de la fin de la rédaction de ce livre) par les journalistes de l'agence Reuters, publiée le 1er avril 2011 (ce n'est pas un poisson).

CITÉ DU VATICAN (Reuters) – Les nouvelles règles de transparence financière adoptées en décembre par Benoît XVI sont entrées en vigueur vendredi dans le but de conformer le Saint-Siège aux normes internationales.

« C'est un événement d'une grande importance juridique

qui a une signification morale et pastorale de grande portée », a déclaré le Vatican dans un communiqué. La Banque du Vatican est sous les projecteurs depuis que 23 millions d'euros de ses avoirs dans les banques italiennes ont été gelés en septembre dans le cadre d'une enquête pour blanchiment d'argent. Le Saint-Siège nie et évoque un transfert de fonds entre ses comptes. En adoptant ces mesures, le Vatican se conforme ainsi aux règles du Groupe d'action financière (Gafi), un organisme basé à Paris qui se consacre depuis 1989 à l'élaboration et au respect de normes internationales en matière de lutte contre le blanchiment de capitaux et le financement du terrorisme. Parmi les nouvelles dispositions prises par le Vatican, figure la mise en place d'une Autorité d'information financière (AIF) sur le modèle de celles qui ont été créées dans d'autres pays pour assurer la liaison avec le Gafi et les organes chargés de faire respecter ses normes. En outre, quiconque rentrant ou sortant du Vatican avec plus de 10 000 euros en liquide devra désormais en référer à la police du Saint-Siège. Ces nouvelles normes ne concerneront pas seulement la Banque du Vatican mais tous les départements de l'État pontifical, y compris sa branche missionnaire qui brasse annuellement des dizaines de millions de dollars. Le Vatican espère que cette mise aux normes lui permettra de figurer sur la « liste blanche » des États « propres » de l'OCDE. À l'origine, la banque, qui s'appelle officiellement Institut pour les œuvres de religion, gère les fonds du Vatican et de ses institutions religieuses à travers le monde, comme les ordres monastiques et les organisations caritatives. Mais elle a été impliquée en 1982 dans le scandale provoqué par la faillite frauduleuse du Banco Ambrosiano, la plus grande banque privée italienne de l'époque, dont le président, Roberto Calvi, a été retrouvé pendu sous le pont londonien de Blackfriars. Diverses enquêtes ont été menées mais aucune n'a établi si celui qui était surnommé le « banquier de Dieu » s'était suicidé ou s'il avait été assassiné. Le Vatican a nié toute responsabilité dans la faillite du Banco Ambrosiano, dont il possédait une partie du capital. Mais, à titre de geste de « bonne volonté », il a versé 250 millions de dollars aux créanciers de la banque.

Philip Pullella; Marc Delteil et Benjamin Massot pour le service français

À titre d'exemple, voilà les comptes du Vatican tels qu'ils étaient transmis à tous les diocèses du monde, en 2009. Les dépenses étaient estimées à 254 millions d'euros et les recettes à 253 millions. À titre de comparaison, et pour montrer que les finances du Vatican n'étaient pas mirobolantes, le diocèse de l'Essonne faisait remarquer, avec malice, que les dépenses du conseil général de ce département équivalaient à 883 millions d'euros.

Cependant, il est admis que la fortune totale de l'Église est estimée entre 4 et 5 milliards d'euros si l'on tient compte du parc immobilier et des terrains dans le monde ainsi que des placements financiers multiples et variés.

Comptes annuels du Vatican

Recettes	2007 (en euros)	2008 (en euros)
Dons des diocèses	21 387 525	20 980 140
Dons des congrégations	912 993	630 007
Dons des institutions	63 842 739	64 058 361
Revenus des dicastères	3 138 859	4 368 532
Autres	6 434 619	6 399 660
Activités financières	38 979 545	49 694 776
Activités immobilières	66 593 865	59 847 204
Imprimerie, Télévision Radio Osservatore Romano et autres	35 447 062	47 194 861
Total	**236 737 207**	**253 173 541**

Dépenses	2007 (en euros)	2008 (en euros)
Personnel	73 567 728	85 166 366
Fonctionnement	18 329 441	19 379 563
Nonciatures	20 102 012	27 985 966
Entretien	10 692 004	6 247 502
Autres	2 780 402	2 978 095
Dépenses immobilières	37 555 817	29 148 909
Dépenses variations financières	30 291 983	32 851 582
Activités liées au Saint-Siège	52 485 780	50 266 802
Total	245 805 167	254 024 785

Pour mieux comprendre comment fonctionne le Vatican, nous vous conseillons le livre *Le Roman du Vatican secret* écrit par les journalistes Baudouin Bollaert, ancien correspondant permanent à Rome du *Figaro* et Bruno Bartoloni, ancien correspondant de l'AFP, et actuellement au *Corriere della Sera*, aux éditions du Rocher. Bien documenté, truffé d'anecdotes savoureuses, il révèle les mille et un secrets du plus petit État du monde. Si vous voulez aller plus loin sur le registre financier, il faut lire *La Grande Braderie*, chez Fayard, de Marc Payet, journaliste au *Parisien-Aujourd'hui en France*, qui se lit comme un polar et révèle les méandres des circuits financiers et des placements immobiliers de l'Église, dans le monde et en France.

Les théophilanthropes

Fondé en 1796, en pleine période révolutionnaire, ce mouvement spirituel voulait redonner une nouvelle religion à la France. Culte de la nature en un Dieu « débarrassé du parasitisme de la papauté », il a été pratiqué dans une vingtaine d'églises à Paris avant de disparaître en 1803. Les théophilanthropes croyaient en l'immortalité de l'âme, pratiquaient le culte du Père la Nature. Son fondateur, Jean-Baptiste Chemin, était un franc-maçon, vénérable de la loge des Sept Écossais réunis, au Grand Orient de France. On y rencontrait des révolutionnaires, des francs-maçons et des prêtres. Pour la petite histoire, les théophilanthropes avaient bien occupé l'église Saint-Merri et l'ont transformée en lieu de culte et temple du commerce.

L'église Saint-Merri

Située sur la rive droite de Paris, juste à côté de Beaubourg, cette église était considérée comme l'une des « filles de la cathédrale Notre-Dame ». Elle est nichée dans la petite rue de Saint-Merri, entre restaurants et boutiques pour touristes. Si vous levez les yeux sur le tympan, vous verrez le curieux diable, considéré soit comme un Baphomet des Templiers par de nombreux auteurs férus d'ésotérisme, soit comme une curiosité de décoration par les historiens d'art religieux. Il est à noter que ce démon androgyne a été ajouté à l'église au XVIIIe siècle, à une période largement postérieure à celle de l'ordre du Temple. Saint-Merri est réputée pour ses concerts hebdomadaires de premier plan.

Les éléments maçonniques

Les descriptions des rituels évoqués dans le récit sont authentiques, comme dans toutes les enquêtes d'Antoine Marcas. Mais, comme tous les frères et toutes les sœurs vous le diront, décrire un rituel maçonnique n'est pas le vivre. Comme l'explique un vénérable de nos amis, lire un article sur un bon vin et le savourer sont deux choses fort différentes… L'alphabet Kadosh existe mais n'est plus utilisé de nos jours.

Chien vert

La scène dans la boutique parisienne de produits de beauté a été inspirée par une altercation à laquelle assistait Eric par hasard sur le boulevard de Strasbourg. Des Français d'origine camerounaise se disputaient joyeusement à propos des résultats d'un match de foot, utilisant des expressions savoureuses. Si vous voulez apprendre d'autres termes imagés et fort réjouissants, allez sur *www.souvenirducameroun.com/about3.html.*

REMERCIEMENTS

— À nos lecteurs qui nous font la joie de suivre la vie mouvementée d'Antoine Marcas au fil des ans depuis 2005, avec *Le Rituel de l'ombre*. Un clin d'œil d'Eric à trois lectrices rencontrées au Salon du Livre de Paris en 2011, qui avaient la particularité d'être la grand-mère, la mère et la fille (il a égaré le papier sur lequel il avait noté les prénoms).

— Au Fleuve Noir qui nous soutient depuis le début de l'aventure, en particulier à François Laurent et Céline Thoulouze, pour leur patience et leurs encouragements. Aux correctrices qui travaillent dans l'ombre…

— À Sylvio Carlino qui anime le groupe Antoine Marcas sur Facebook; si tu n'étais pas là, il faudrait t'inventer. D'ailleurs, il est fait mention d'un Carlino dans le livre.

— À Pierre Frédéric Garrett, de « la place Beauvau », cofondateur de la Société Française d'Histoire de la Police, homme de grande culture et ami, qui a pris un temps précieux pour relire le manuscrit et nous éviter de nombreuses erreurs inavouables.

— Aux représentants d'Interforum, et à Thierry Diaz, qui parcourent la France pour proposer nos ouvrages aux libraires et se battent comme des chefs.

Imprimé en France par

BRODARD & TAUPIN

à La Flèche
en mai 2011

FLEUVE NOIR – 12, avenue d'Italie - 75627 Paris cedex 13

N° d'impression : 64614
Dépôt légal : mai 2011